ROYAL FLUSH

Paru dans Le Livre de Poche :

BELLA MAFIA

CŒUR DE PIERRE

CONTE CRUEL

COUP DE FROID

SANG FROID

SUSPECT NUMÉRO UN

LYNDA LA PLANTE

Royal Flush

TRADUIT DE L'ANGLAIS PAR ÉRIC MOREAU

ÉDITIONS DU MASQUE

Titre original :

ROYAL FLUSH

Publié par Pan Macmillan Ltd
20 New Wharf Road, London N1 9RR

Les personnages dans ce roman sont fictifs.
Toute ressemblance avec des personnes réelles
est purement fortuite.

Je dédie *Royal Flush* à mes deux compagnons de course, Stephen Ross et Duncan Heath. À nous trois, nous formons le groupe des pur-sang d'action. Nous avons connu des moments de chance jubilatoires ainsi que quelques mauvais jours, mais, au final, le bonheur sans taches que nous ont procuré les courses hippiques vaut chaque penny péniblement empoché. Que chance et santé accompagnent mes compères, et puisse l'un de nous jouer un vainqueur au Derby d'Epsom.

PROLOGUE

Les bandes tristement célèbres des Kray et autres Richardson dominaient la pègre londonienne des années 50 et 60 mais, de nos jours, face à une police moderne, les empires des princes du crime se sont effondrés. Les cerveaux en ont tous pris pour vingt ou trente ans, leurs exploits servant désormais de matière première à des documentaires télévisés, à des films et à des autobiographies rédigées en cellule ou sur un lit de mort. Leurs territoires sont tombés entre les mains des triades, des bandits jamaïcains, des mafias russe et italienne. Le trafic de drogue et son cortège de crimes gangrènent toutes les grandes villes anglaises.

Mais la police a-t-elle réellement anéanti l'ancien milieu ? Est-on bien sûr que tous les véritables protagonistes croupissent derrière les barreaux ou reposent en paix dans un cimetière ? Ceux qui ont échappé à la justice en fuyant sous le ciel ensoleillé d'Espagne ou du Brésil avaient-ils vraiment joué un rôle aussi important qu'ils le racontent, encore aujourd'hui, à la presse ? Les butins de nombreux vols n'ont jamais été retrouvés. Un chargement de lingots d'or d'une valeur de plusieurs millions s'est totalement volatilisé. Où se trouve ce trésor ? La réponse à cette énigme restera-t-elle à jamais sous le sceau du secret ?

Les enquêteurs des brigades criminelles des années 50 et 60 soutenaient qu'un « Cerveau » se cachait derrière les grands coups de cette époque, et les rumeurs concernant sa fortune allaient bon train. Aucun malfaiteur emprisonné, que ce fût en Angleterre, en Espagne ou au Brésil, n'avait jamais fourni de renseignement à son sujet, ce qui impliquait que, s'il existait bel et bien, il possédait une sagacité et des moyens suffisants pour protéger son anonymat. Il avait dû s'entourer d'un groupe d'élite de « soldats », hommes de confiance formés à inspirer une crainte telle que ceux qui le connaissaient gardaient le silence, même sous la menace de terminer leurs jours en prison.

Les partisans de l'hypothèse d'un chef unique avaient surnommé ce personnage énigmatique le « Colonel ». Certains affirmaient qu'il devait son titre à la précision militaire qu'il apportait à l'exécution de ses forfaits. D'autres avançaient qu'il avait autrefois servi dans l'armée.

Aujourd'hui, quarante ans plus tard, les enquêteurs des anciennes brigades de répression du banditisme sont à la retraite, et le mystère du Colonel ne suscite plus l'intérêt. Aucun film ni aucune biographie d'un malfrat célèbre, de Freddie Foreman à Reggie Kray, n'ont jamais évoqué son nom. Tout cela porte à croire que son existence n'a été que pure invention. À moins que...

1

Juin 2001 — en ce troisième jour de course de la Royal Ascot, la foule profite d'un soleil et d'un temps doux inhabituels pour la saison. Les dames, arborant des chapeaux extravagants, accompagnées par des hommes en habit, forment un océan bigarré, et le champagne coule à flots tandis que tout le monde prend le chemin des loges ou de la Tribune royale. Il règne une ambiance de carnaval, impression accentuée par les clowns perchés sur des échasses et les stands des vendeurs de souvenirs hippiques. Sur le kiosque à musique central, une fanfare s'échauffe, et l'odeur des *fish and chips* flotte dans l'air. La semaine d'Ascot a attiré toutes sortes d'amateurs de courses et, ce jour-là, Sa Majesté la Reine est présente : un de ses chevaux va prendre la ligne de départ.

Devant l'hippodrome, Rolls-Royce, Bentley et Mercedes se mêlent à la file des bus, cars et berlines familiales roulant vers les parkings. Le plus proche de l'entrée principale est réservé aux propriétaires et aux entraîneurs, et des légions d'agents de sécurité examinent les sauf-conduits collés sur les pare-brise. La police et les membres du personnel d'accueil de l'hippodrome — vêtus d'un chapeau melon à l'ancienne, d'un élégant costume noir, d'une chemise blanche et, comme exigé par les officiels, d'une cravate sobre — dirigent les piétons vers un passage clouté menant aux portes et aux tourniquets.

Christina de Jersey, au volant de la Corniche bleu marine de son mari, en compagnie de ses deux filles adolescentes et de deux de leurs amies, s'engage dans le parking des propriétaires et entraîneurs. Son époux et elle ont invité plusieurs convives à déjeuner dans leur loge, et elle a composé le menu avec sa méticulosité habituelle. Il n'est pas encore midi mais, souhaitant pouvoir prendre le temps de vérifier que la table est dressée correctement et, bien sûr, accueillir ses invités, elle a pris la route de bonne heure pour éviter la cohue encore plus grande qui précédera le début de la première course.

Deux heures plus tôt, Edward de Jersey avait emmené son jockey Mickey Rowland et l'entraîneur Donald Fleming à bord de son hélicoptère pour les conduire à l'hippodrome. Du haut de son 1,90 mètre, dans son habit qui mettait en valeur sa carrure, il faisait très bonne figure. À 57 ans, emmener tous les jours les nombreux chevaux de course de son écurie à la promenade lui permettait de garder la forme. Le haut-de-forme de Jersey n'était pas gris mais en soie noire, et doté d'un bord légèrement recourbé de style victorien. Au sortir de l'héliport, où de nombreux appareils s'étaient déjà posés, il se dirigea vers les écuries, de l'autre côté de la piste. Bien qu'il ait gardé un contact permanent avec ses lads, qui avaient voyagé par la route depuis son haras, son estomac restait noué. Tant qu'il n'aurait pas vu son cheval, Royal Flush, de ses propres yeux, il ne serait pas satisfait.

— Dans quel box se trouve-t-il ? beugla-t-il à l'attention de Mickey qui, suivi de Fleming, traînait derrière lui.

— Le 4, répondit Fleming, essoufflé lorsqu'il parvint à rattraper Jersey. Ils le promènent dans le paddock depuis le petit déjeuner.

Tout comme Jersey, Fleming avait fréquemment parlé aux garçons d'écurie, s'assurant que leur poulain n'avait pas souffert du voyage. Royal Flush pouvait se montrer très caractériel : une bête aussi instable que lui risquait de se blesser en entrant ou en sortant de son box. À 15 heures, il devait participer au Chesham Stakes, course de plat de 1 500 mètres et réservée aux 2 ans, dotée d'un prix de 37 000 livres sterling. Cependant, Jersey souhaitait essentiellement savoir si son précieux poulain pouvait de nouveau terminer par un triomphe. À la fin de sa course de maiden, à Lingfield, il devançait ses concurrents de plus de deux cents mètres, un résultat spectaculaire. Royal Flush lui avait coûté une fortune, mais Jersey le croyait suffisamment doué pour remporter le Derby l'année suivante. Le cheval devait encore prouver qu'il n'était pas le prodige d'une seule course.

Lorsque Jersey approcha des stalles, de nombreux propriétaires et entraîneurs inspectaient déjà leur cheval. Royal Flush, sa couverture sur le dos, semblait calme et peu perturbé par le brouhaha ambiant. Ses deux lads étant disponibles, Jersey les salua.

— Comment va mon fiston ?

— Il nous en a fait baver, monsieur. Nous avons molletonné les parois du box, mais vous le connaissez, il a essayé de m'arracher la main d'un coup de dents, tout à l'heure... Et il n'a pas arrêté de ruer comme un fou. Du coup, on lui a fait faire une bonne promenade, et il s'est calmé.

Jersey s'avança et se pencha pour embrasser le museau velouté du cheval.

— Tiens-toi tranquille maintenant.

Puis il examina littéralement chaque centimètre de l'animal, et le nœud dans son estomac se serra davantage. En caressant les flancs musclés et brillants de son « fiston », il sentit l'anxiété croître en lui. Finalement, satisfait de tout trouver en ordre, il repartit seul arpenter la piste. Fleming et lui connaissaient le potentiel de Royal Flush, mais il avait eu fort à faire à Chesham : le cheval de la Reine partait alors favori et le cheik avait engagé un concurrent valant plus d'un million de livres.

Jersey flâna le long de la célèbre piste de course, qu'il savait idéale pour son poulain. Le sol bien humide, la météo annonçant une belle journée estivale, il n'aurait pu demander mieux. Royal Flush ne courait pas bien sur terrain léger, il le préférait lourd.

À l'approche des stalles de départ, Jersey se retourna pour regarder le poteau d'arrivée, puis les tribunes et les loges. Il regretta à moitié d'avoir invité tant de personnes. Si son cheval ne terminait pas classé, il aurait le plus grand mal à jouer son rôle d'hôte affable.

— Bonne journée pour la victoire, monsieur.

Jersey se tourna, mais ne reconnut pas le petit individu rachitique en costume et chapeau melon.

— Harry Smedley, monsieur, ajouta l'homme. Votre garçon d'écurie est passé me voir tout à l'heure. Il me demande de m'assurer que Royal Flush entre le dernier dans les boîtes. Apparemment, il est un peu agité.

— Oui, c'est impératif, répondit Jersey. Il n'aime pas être enfermé et, avec tous ces jeunes poulains, les placer tous sur la ligne de départ va prendre plus de temps que d'ordinaire.

Smedley hocha la tête.

— Je m'en chargerai personnellement. Mes collègues, ils doivent arriver avant le début de la première course, je leur transmettrai la consigne. Votre lad m'a aussi confié que la piste est idéale pour lui.

— C'est le cas, en effet, convint Jersey, qui chercha son portefeuille dans sa poche.

— Inutile, monsieur. Par contre, espérons qu'il fera une bonne course. En tout cas, on peut dire qu'il les a tous mis dans le vent, pour sa première.

Jersey souhaitait retourner à la piste au plus vite, à présent.

— Votre père, il aurait été fier, ajouta Smedley, qui lui adressa un clin d'œil entendu. C'était un grand bonhomme.

Avec son gros nez et ses joues rouges, Smedley évoquait à Jersey un nain de jardin.

— Vous le connaissiez ?

Smedley eut l'air déconcerté.

— Vous vous souvenez pas de moi ? Le fils de Maureen Smedley. Ma famille tenait la laiterie au bout de votre rue, et on allait à l'école ensemble.

Remarquez, c'était avant que vous partiez pour le lycée. Ça remonte à loin, maintenant, mais ma mère connaissait la vôtre.

Jersey ne remettait toujours pas l'individu, mais il hocha la tête et sourit malgré tout.

Smedley s'approcha de lui.

— Vous voyez le bureau de paris du coin de la rue, juste un peu après la laiterie, à deux portes de celui de votre père ? Bon sang, elle y passait sa vie, ma mère, elle savait pas résister à la tentation du jeu, alors avec ce truc à deux pas de chez nous... (Smedley pouffa.) Quand on me parlait de vous, c'était toujours pour vous citer en exemple. D'abord, vous étiez le premier gars du quartier à réussir à entrer au lycée, et puis après, vous êtes parti dans cette école pour les officiers, pas vrai ?

— À Sandhurst.

Décidément, qui pouvait bien être ce type ?

— Votre père, il nous montrait toujours cette photo de vous en uniforme... Fier comme un pou qu'il était. En fait, c'est juste parce que je vous connaissais à l'époque que j'ai suivi votre carrière. Je vous aurais jamais reconnu, mais comme je suis aussi dans le métier, je me suis demandé si c'était bien vous. Et puis, je vous ai aperçu à Epsom, il y a quelques années. Votre père, c'était un phénomène, pas vrai ?

— Il est décédé il y a très longtemps.

— Je sais, oui, mais c'était la bonne époque, hein ? On a assisté à son enterrement. C'est lui qui voulait qu'on éparpille ses cendres sur la piste d'Epsom, c'est ça ? Je m'en souviens. Sacré bonhomme. Alors, vous l'avez fait ?

— Je vous demande pardon ?

— Ce qu'il voulait, avec ses cendres ?

— Non, on ne m'en a pas donné l'autorisation. Bon, ce fut un plaisir, monsieur Smedley, dit Jersey assez sèchement.

Il se détourna à demi pour s'éloigner, mais fut de nouveau interrompu par l'homme qui lui tapotait le bras.

— Harry, monsieur. Appelez-moi Harry, d'accord ? C'est drôle, la vie, hein ? J'ai entendu dire que vous aviez dû abandonner l'école militaire. À cause d'une blessure, c'est bien ça ?

À présent, Jersey ne pensait plus qu'à prendre congé, mais Smedley lui rendait la tâche difficile.

— Oui, au genou.

— Chute de cheval, pas vrai ?

— Au polo, oui.

Malgré lui, Jersey s'amusa de l'insistance de Smedley.

— Ouais, mais entre vous et moi, ça devait être le destin. Vous voyez, quoi, regardez ce que vous êtes devenu... Moi j'ai dû faire l'armée. La vie est pleine de surprises, pas vrai ?

— Sans aucun doute, Harry.

— Qui pourrait croire qu'on allait à l'école ensemble, dans l'East End ?

— C'est-à-dire que peu sont au courant, répondit Jersey. (Cette fois, il saisit son portefeuille et en sortit deux billets de cinquante livres.) Misez sur Royal Flush au nom du bon vieux temps.

Il fourra l'argent dans la poche de veston de Smedley puis, avant que ce dernier puisse ajouter un mot, s'en alla.

— Bonne chance pour aujourd'hui, monsieur, lança Smedley en portant un doigt à son chapeau.

Jersey ne se sentit pas agacé par ce rappel d'une enfance laissée très loin derrière lui. Dans d'autres circonstances, il l'aurait peut-être été, mais pas aujourd'hui. En remontant la piste, il pensa à son père, Ronnie Jersey, petit homme toujours sur son trente et un. La particule avait été ajoutée de nombreuses années après la mort de celui-ci : Jersey trouvait qu'elle donnait à son nom une sonorité plus aristocratique, presque comme un titre nobiliaire, et déceler chez lui la moindre pointe d'accent de l'East End s'avérait à présent difficile.

La blessure évoquée par Smedley avait anéanti tout espoir de carrière militaire mais, avec le recul, peut-être que cet accident était bien l'œuvre du destin, même si à l'époque il avait manqué plonger Jersey dans la plus grande déprime. La chute lui avait endommagé la rotule à un tel point qu'il boitait toujours et souffrait souvent de douleurs, mais il avait toujours refusé que celles-ci l'empêchent de monter quotidiennement.

À l'autre bout de la piste, Smedley régalait l'un de ses collègues d'anecdotes concernant son ancien « camarade de classe », Edward de Jersey.

— Son père, y tenait un bureau de bookmaker — en fait, il en avait même deux. Ça lui rapportait pas mal, mais dans les années 50, les bandes de gangsters lui ont causé des ennuis. À ce qu'on raconte, on l'a forcé à quitter le bizness, et c'est son fils qu'a repris le flambeau, avant de très vite mettre la clé sous la porte. Incroyable, pas vrai ? Il a l'air d'un vrai rupin maintenant, même qu'y parle comme eux, mais on allait à l'école ensemble. Je vais te dire un truc, s'il pouvait me filer rien qu'une petite partie de ce qu'il a, ça me botterait un max. Il est carrément plein aux as !

Smedley aurait volontiers poursuivi son récit, mais l'heure pour le personnel de contrôler la piste approchait : on ferait bientôt entrer les premiers chevaux dans le rond de présentation.

Jersey passa à grands pas devant la tribune du vainqueur et traversa le célèbre petit porche qui menait aux loges. Il prit l'ascenseur jusqu'au deuxième étage, puis alla jusqu'à sa double loge, en marquant une pause pour jeter un coup d'œil par-dessus la rambarde à la masse de visiteurs qui, en contrebas, s'agglutinait autour du kiosque. À présent, les spectateurs se pressaient presque épaule contre épaule, dans la bonne humeur, au son de l'orchestre qui interprétait un pot-pourri de vieilles chansons de music-hall. La foule reprit en chœur le refrain : « Ohhhhh, y a pas une femme au monde contre qui je troquerais mon bon vieux pote. » En écoutant les chants, Jersey sentit le passé le submerger comme une déferlante, et se souvint de son père debout au piano du pub voisin de leur maison mitoyenne. Bien qu'il ne se rappelât toujours ni Smedley ni la laiterie, il se représentait bien le pub et son père en train de chanter à tue-tête. Ce dernier n'avait le cran de se lever qu'au bout de quelques pintes, ses yeux semblables à deux boutons fixés sur son épouse adorée, Florence. Jersey gloussa doucement lorsque de cette époque lui revint la voix de sa mère qui lui disait : « Eddy, finis tes chips et va chercher le chapeau de ton père. On rentre ! »

Lorsqu'on lui frôla l'épaule, il se tourna et vit Lord Wilby debout près de lui.

— Bonjour, Edward, quelle journée idéale pour la course.

Wilby lui tendit la main et lui présenta son épouse.

— Toujours aussi charmante, la complimenta Jersey, avant de s'incliner légèrement et de porter l'index à son chapeau haut de forme.

— À combien estimez-vous les chances de votre poulain ? s'enquit Wilby.

Deux de ses propres chevaux concouraient ce jour-là.

— Plutôt bonnes, à condition qu'il garde la tête froide.

— Est-ce Mickey Rowland qui le monte ? demanda Wilby en consultant son programme. Ah, bien, c'est un bon jockey. Je l'ai vu s'en sortir magnifiquement à Lingfield.

Avant qu'ils puissent poursuivre leur conversation, d'autres propriétaires vinrent saluer Jersey, qui prit le chemin de sa loge.

Christina l'avait décorée aux couleurs de l'écurie, bleu marine et blanc, et avait disposé de confortables chaises autour d'une table de douze couverts. De l'autre côté, sur le balcon, des rangées de sièges donnaient sur la piste pour permettre aux invités de Jersey d'assister à la course. La loge se trouvait devant l'écran géant qui diffuserait les courses, juste en face du poteau d'arrivée. Des postes de télévision étaient également placés à l'intérieur, où certains préféraient regarder le spectacle, surtout en cas de mauvais temps. Ce jour-là, cependant, la météo était idéale.

Christina, occupée à disposer les fleurs sur la table, ne vit pas tout de suite son mari entrer. Peu importe depuis combien d'années ils vivaient ensemble, Jersey ne cessait de s'émerveiller de la trouver si ravissante. À peine maquillée, et aussi discrètement bronzée que lui, elle était grande — presque 1,75 mètre —, portait ses longs cheveux d'un blond platine naturel relevés en chignon et maintenus par une pince papillon. Jersey adorait les délicates mèches tombantes qui encadraient son visage parfait, ses pommettes finement ciselées et ses lèvres pleines. Néanmoins, ses yeux d'un bleu profond étaient ce qu'elle avait de plus beau. Jersey avait déjà été marié une première fois, mais ce n'était plus qu'un lointain souvenir. Au bout de vingt ans de vie commune, Christina restait toujours aussi mince malgré deux accouchements. D'origine suédoise, elle conservait des inflexions de sa langue maternelle.

Elle portait un chapeau blanc à large bord orné d'un ruban noir et d'un grand nœud tombant sur un côté, une veste blanche, une jupe noire très serrée, et des sandales noires à talons hauts. Une impression de calme et de sophistication émanait d'elle, et l'on devinait au premier coup d'œil qu'elle avait autrefois été mannequin.

Jersey laissa glisser ses bras autour de la taille de Christina et l'embrassa dans le cou.

— Attention à mon chapeau, protesta-t-elle en riant.

— Tu es éblouissante.

Elle inclina la tête sur le côté.

— Vous ne manquez pas d'élégance non plus,

monsieur de Jersey. Bon, allez saluer vos invités, le champagne est ouvert.

— Dans un instant. J'étais en train de t'observer, et je me disais combien j'avais de la chance. Je t'aime plus que tout.

Elle se dressa sur la pointe des pieds pour lui déposer un baiser sur la joue.

— Le voyage de Royal Flush s'est bien passé ?

— Parfaitement, et il se tient tranquille, mais il aura affaire à forte partie. Je serais déjà content s'il réussissait à se placer dans les cinq premiers.

— Il va gagner, affirma Christina.

Contrairement à son époux, elle ne s'enflammait pas plus que de raison pour ce cheval. En revanche, elle aimait monter, et se montrait toujours encourageante lors des courses auxquelles ils participaient. Malgré toutes ces années de mariage, elle connaissait peu de choses du passé de Jersey et aurait été étonnée d'apprendre qu'il avait grandi dans l'East End. Lors de leur première rencontre, il travaillait dans l'immobilier, possédait déjà une grande fortune, et parlait avec un accent très distingué. Christina, qui le soutenait depuis ses débuts dans le monde des courses, avait observé avec fierté le haras devenir peu à peu l'un des plus importants d'Angleterre. Femme au foyer avant tout, elle ne prenait aucune part dans sa gestion, mais jouait un rôle important dans la vie de Jersey. Son mari lui vouait une adoration sans bornes, et elle lui procurait une stabilité qu'il n'aurait jamais crue possible par le passé.

Elle lui servit une coupe de champagne et l'encouragea à rejoindre ses invités. Ce fut à son tour d'observer son époux. Leur différence d'âge, dix-neuf ans, ne leur avait jamais posé de problème. Christina était une femme joyeuse, et surtout comblée. Contrairement à lui, elle se sentait à l'aise en société et adorait recevoir. Elle savait que derrière l'apparence extravertie de son mari se cachait un homme réservé peu enclin à la conversation mondaine. Ils formaient une bonne équipe.

« C'est une journée idéale pour la course », l'entendit-elle dire tout en trinquant et serrant des mains, puis elle déboucha une autre bouteille de Krug. Elle savait qu'il ne boirait quasiment pas, préférant s'en tenir à l'eau tant que Royal Flush n'aurait pas couru. Elle avait apporté un grand soin au choix des invités, consciente que les pensées de son mari n'iraient qu'à son cheval. Hormis leurs filles et leurs amies, l'épouse de Donald Fleming était présente, ainsi que le pasteur de leur paroisse, trop content d'être là, accompagné de sa femme timide et réservée. Après la course, ils auraient tout le loisir de faire la tournée des loges en compagnie des Sangster et des Henry Cecil.

Leurs filles, Leonie et Natasha, se tenaient auprès de leur père, qui commentait le programme de la course avec un pasteur plus qu'enthousiaste.

— Bref, je vais vous livrer mon tuyau : pour la première, je parierais sur Cold Stream gagnant et placé, et je miserais peut-être un billet de dix sur l'outsider, Charcoal.

Avant qu'il puisse poursuivre, cependant, Christina l'appela. David Lyons, son conseiller financier, venait d'arriver en compagnie de Helen, son épouse.

Jersey, qui dépassait Lyons d'une bonne tête, lui

donna une grande accolade. L'habit de location de David était un tantinet trop grand, et son haut-de-forme ne tenait en place que grâce à ses oreilles décollées.

— David, quel plaisir de te voir. Ah ! Helen, quelle splendide création, s'extasia-t-il à propos de son chapeau sophistiqué, orné d'énormes roses de couleur vive sous lequel son visage nerveux et pincé semblait plus pâle que jamais.

— Merci, Edward. David le trouve affreux.

Helen, qui assistait à la Royal Ascot pour la première fois, avait passé des semaines dans les boutiques pour choisir sa tenue. La critique de son mari concernant son chapeau l'avait fort contrariée.

— Il est éblouissant, s'enthousiasma Christina.

Puis elle embrassa Helen sur la joue et lui tendit une coupe. Jersey s'esclaffa et tapota le sommet du haut-de-forme de David, qui tomba très bas sur sa figure rouge tout en sueur.

— Il m'est avis que votre époux est bien insolent, dit Jersey. Que s'est-il passé, David ? Ils n'avaient plus de costume à ta taille, chez Moss Bros[1] ?

David sourit sans parvenir à dissimuler sa gêne évidente. À l'instar de sa femme, il n'avait jamais assisté à la Royal Ascot. Il croulait tellement sous le travail qu'il avait attendu le dernier moment pour louer son habit. Lui qui d'ordinaire se montrait si pointilleux quant à son apparence.

— Moi je vous trouve magnifique, le rassura Christina, désireuse d'arrondir les angles.

Puis elle lui tendit une coupe.

1. Magasin de location de costumes. *(N.d.T.)*

— Bon, si vous désirez miser sur une course, Natasha vous expliquera comment procéder. Edward a déjà suggéré un gagnant pour la première, mais je ne prends jamais ses pronostics en compte. Je parie sur le cheval dont le nom me plaît le plus.

Aussi vite qu'il put, David ôta son chapeau et alla s'asseoir à l'autre bout de la loge, où il s'alluma un cigare. Jersey se joignit à lui.

— Content que tu aies pu venir, David. Cela fait des semaines que nous ne nous sommes vus — des mois, même —, et je te suis immensément redevable, cela ne fait aucun doute. Grâce à toi, je suis riche.

— J'étais débordé, mais j'ai essayé de t'appeler, expliqua David, avant de vider sa coupe, que Jersey remplit aussitôt.

Ils avaient beau se connaître depuis vingt-cinq ans, ils ne se fréquentaient quasiment jamais autrement que pour des raisons professionnelles. La dernière opération de spéculation engagée par David dans l'intérêt de Jersey — le financement d'une start-up — s'était révélée une véritable mine d'or, aussi Jersey l'avait-il convié aujourd'hui afin de le remercier. En revanche, il avait hésité à l'inviter en même temps que le pasteur, à cause du goût de David pour les blagues salaces. Christina, elle, avait avancé qu'au lieu de se sentir indisposé par son humour particulier, le pasteur serait plutôt susceptible d'en placer quelques-unes des siennes ! Ne mettant que rarement, sinon jamais, les pieds à l'église, Jersey ignorait que le pasteur possédait de grands talents d'humoriste et qu'il tenait probablement bien mieux l'alcool qu'eux tous. En effet, lorsque Jersey quitta David pour rejoindre Christina, Lyons et le pasteur étaient plongés dans une grande discussion concernant la première course, alors imminente. Quelques instants plus tard, David, le cigare coincé entre les dents, interpella Jersey.

— Allez, assez plaisanté, tu dois bien avoir quelques bons tuyaux, Edward. À ton avis, quel canasson nous fera gagner à tous les coups ?

— Ça n'existe pas, ça, lui cria Jersey en retour.

Il marqua un temps d'hésitation, les paroles de David lui renvoyant de façon étrange son passé. Son père employait toujours cette même phrase. Que celui-ci fût ou non très présent dans son esprit — peut-être à cause de sa rencontre avec Smedley, il ne pouvait l'affirmer —, il ressentit un besoin soudain de se raconter, tout en sachant qu'il ne le pouvait pas. David, qui ignorait tout des racines de Jersey, serait frappé d'une crise cardiaque s'il apprenait certains des actes commis par celui-ci. David était réglo et honnête, raisons pour lesquelles Jersey avait toute confiance en lui.

— Tu sais, David, je suis vraiment content que Helen et toi ayez pu vous joindre à nous aujourd'hui.

David sourit. Il avait des dents d'une blancheur immaculée et semblait toujours bronzé. Son crâne dégarni et ses grandes oreilles offraient souvent matière à plaisanterie mais, en vérité, c'était un homme très sûr de lui. Généralement vêtu de manière impeccable, David cultivait un style très personnel, même si ses goûts en matière de costume divergeaient de ceux de Jersey. Néanmoins, il fallut attendre l'ivresse du champagne pour qu'il se sente moins gêné d'avoir loué un habit trop grand.

— Edward, je vais te confier quelque chose : tu vois, entre la roseraie que Helen porte sur la tête et mon costard, j'ai failli ne pas venir. J'ai demandé au mec de chez Moss Bros s'il ne pouvait pas me faire des ourlets. « Non », qu'il me répond, sur quoi il me met la veste sur le dos, et mes mains disparaissent sous les manches. Je lui dis : « Il va falloir les remonter. » C'est vrai, quoi, je peux pas me rendre à la Royal Ascot en ayant l'air d'une patate. Alors je lui demande : « Vous ne pourriez pas me recommander quelqu'un qui aurait des vêtements à ma taille ? » Et là, tu sais pas ce qu'il me répond ? « Personne ne remarquera rien ! » Moi je lui rétorque que si, surtout quand je me rétamerai devant la Reine. Alors je fais venir le directeur, qui s'agenouille devant moi avec plein d'épingles dans la bouche. Il me demande de monter sur un tabouret, alors je lui réponds que ça servira à rien, parce que je pourrai pas le trimbaler partout dans l'hippodrome !

David pouffa de rire en montrant les gros ourlets de son pantalon, devant une Helen rouge de honte. Tout comme son mari, cependant, elle se sentait également plus à l'aise après deux coupes.

Lorsque Christina suggéra qu'on passe à table, tout le monde semblait d'excellente humeur. Le pasteur avait accompagné David au Tote[1] et semblait avoir misé sur tous les chevaux de la première course. Il était 1 h 30. On offrit encore du champagne, ainsi que du chablis frais au moment des huîtres. Celles-ci furent suivies d'un aspic de sau-

1. Borne où l'on saisit ses paris par informatique. *(N.d.T.)*

mon sauvage accompagné de pommes de terre nouvelles et de salade. Au cours du repas, la conversation se porta sur les courses à venir. La première commencerait au milieu du déjeuner, et ils s'interrompraient entre deux plats pour y assister du balcon.

Au moment où ils terminaient les huîtres, une immense clameur s'éleva de la foule, et tous quittèrent la table pour regarder le cortège royal passer sur la piste en contrebas. Quelques instants plus tard, les premiers concurrents se mirent sous les ordres du starter, puis prirent le départ. Christina sourit en voyant ses invités, emmenés par David, encourager le gagnant. Le pasteur et lui fêtèrent le triomphe de Charcoal à douze contre un, et se précipitèrent aux guichets pour retirer leurs gains.

Jersey sentit son estomac se nouer davantage. Plus que deux courses avant de pouvoir descendre aux stalles.

Avant la deuxième, David se rendit à la borne Tote à l'étage inférieur, sous la loge des Jersey. Natasha avait déjà misé lorsqu'elle le vit intégrer la file d'attente, et l'attendit donc pour regagner la loge avec lui. David se précipita sur le balcon, mais Natasha rejoignit son père.

— Papa, David a misé une somme énorme. C'est la première fois que je vois autant de billets !

— Chut, ne parle pas si fort, la reprit Christina.

— Il peut se le permettre, et de toute façon ça ne te regarde pas, ma chérie, dit Jersey avant de lui adresser un grand sourire carnassier. Sur qui a-t-il parié ?

— Classy Lady[1], répondit Natasha, qui gloussa. Peut-être à cause du chapeau-roseraie de sa femme. Il est horrible, non ?

Christina lui lança un regard réprobateur et la réprimanda d'un ton sévère :

— Ça suffit, Natty. Et toi, Edward, ne l'encourage pas. C'est quand même de tes invités qu'il s'agit.

Jersey afficha une moue faussement étonnée.

— Moi ? Mais je n'ai pas prononcé un mot.

Natasha se dressa sur la pointe des pieds pour l'embrasser.

— J'ai misé cinq livres gagnant sur l'outsider, Blue Babushka.

— Alors, va rejoindre les autres, sinon tu vas manquer la course, dit Christina, qui jeta un rapide coup d'œil à la table, à présent prête pour le plat suivant.

Lorsque Natasha partit, Jersey s'assit pour regarder l'écran de télévision au moment où les chevaux se dirigeaient vers les starting-gates.

— Royal Flush va entrer en dernier, annonça-t-il. Son voyage s'est bien passé, mais il est du genre à s'agiter... Il se peut que je doive retourner le voir.

— Pas avant la fin du repas, chéri. Il te reste encore presque deux heures et pourtant... Chéri ?

Il regardait dans le vague, puis se tourna vers elle.

— Il a de bonnes chances, aujourd'hui, Christina, et l'année prochaine, c'est le Derby. C'est mon rêve, qu'un de mes chevaux gagne cette course-là.

Alors qu'elle s'asseyait à côté de lui, il s'enferma

1. Soit « Dame Chic ». *(N.d.T.)*

dans un silence absolu. Il ressentait parfois l'envie de lui parler de son père, de son enfance, mais une part si importante de son passé était enterrée sous sa nouvelle personnalité que moins elle en savait, plus il se sentait en sécurité. Il existait toujours le risque qu'un élément refasse surface. Quelque chose ou quelqu'un de plus dangereux que l'inoffensif Harry Smedley.

Ils venaient de terminer le saumon lorsque Donald Fleming entra.

— Mickey est à la pesée, annonça-t-il, avant d'adresser un signe de la main à son épouse.

— J'ai gagné à la dernière course ! lui cria-t-elle.

Fleming lui envoya un baiser, puis se tourna vers Christina.

— Merci d'avoir invité ma femme. Ça fait des semaines qu'elle s'occupe de ce qu'elle va mettre. Pour être honnête, je n'aurais jamais cru qu'elle quitterait la maison.

Christina lui tapota le bras.

— Elle est splendide.

— Oui, grâce à vous, et à toutes ces robes que vous lui avez envoyées — on aurait dit une fillette devant ses cadeaux de Noël. Et n'allez pas me raconter qu'il ne s'agissait que de celles que vous ne portez plus, parce que certaines avaient encore leur étiquette.

Christina parut inquiète.

— Ça ne vous a pas gêné, j'espère ? Voyez-vous, je savais qu'elle ne serait pas assez en forme pour faire les boutiques.

— Gêné ? Bien sûr que non. Rien que de la voir ici rend cette journée encore plus extraordinaire.

La cerise sur le gâteau, ce serait la victoire de Royal Flush.

Fleming alla rejoindre sa femme, jusque-là assise en compagnie de Helen Lyons, avec qui elle discutait de sa récente mammectomie. Helen éprouvait une fascination pour les interventions chirurgicales.

Jersey consulta sa montre. Impatient de se rendre aux stalles, il se tourna vers Christina.

— Qu'est-ce que c'est, cette histoire avec sa femme ?

— Oh rien, je lui ai envoyé des robes pour qu'elle en choisisse une. Elle a été très malade.

— Je croyais que l'opération avait réussi, dit-il, jetant de nouveau un coup d'œil à sa montre.

— Oui, ça a fonctionné, mais elle a perdu toute confiance en elle. (Christina porta la main à sa broche en émeraude et diamants accrochée au revers de sa veste.) Peux-tu voir si le fermoir est bien enclenché ? demanda-t-elle à son mari, qui se pencha pour regarder. Je ne sais pas si tu voulais que je la porte. J'ai toujours peur de la perdre et, avec tout ce monde, je crains d'être bousculée. Alors, ça tient ?

— J'en ai l'impression. Ça va bien avec cette veste, en tout cas.

Christina s'esclaffa et blottit sa tête dans le creux de son cou.

— Voyons, chéri, une telle broche irait à merveille avec toutes les vestes du monde. Elle est magnifique.

Il eut un sourire d'enfant. Cette broche, qu'il lui avait offerte pour son dernier anniversaire, avait coûté particulièrement cher. Les boucles d'oreilles assorties, en sa possession depuis maintenant quelques semaines, se trouvaient dans sa poche. Il avait eu l'intention de les lui donner avant de partir pour l'hippodrome, pour finalement décider qu'en cas de victoire de Royal Flush, elles feraient de ce jour une occasion inoubliable pour elle aussi.

On allait bientôt donner le départ de la course suivante. Fleming fit signe à Jersey : le moment était venu de quitter la loge et d'aller faire seller Royal Flush. Jersey se tourna vers Christina et lui demanda d'emmener les filles jusqu'au rond de présentation où il les rejoindrait. Il se pencha vers elle.

— Rien que les filles et toi, chérie. Tu sais que je n'aime pas voir trop de monde dans les parages au moment de seller.

Elle hocha la tête, puis alla retrouver ses invités sur le balcon tandis que Jersey et Fleming prenaient congé. Christina annonça aux convives qu'ils ne s'absenteraient pas longtemps, et qu'elle reviendrait après la course. David étant fort désappointé de ne pas pouvoir accéder au rond, Christina dut lui expliquer qu'avoir trop de monde autour de Royal Flush rendait Edward très nerveux. S'il le désirait, il pouvait aller dans les gradins adjacents et observer la mise en selle de là-bas.

— La Reine sera avec son cheval ? demanda-t-il comme un enfant.

— Je crois que oui, un de ses poulains participe à la même course.

— Bordel, je peux pas louper ça. On fonce dans les tribunes dès la fin de la prochaine course. C'est où ? Enfin, par où est-ce qu'on y va ?

Christina lui indiqua le chemin, fit signe à ses filles, et finit par accepter que leurs camarades les accompagnent. Elles quittèrent toutes les cinq la loge pendant que les serveurs ouvraient d'autres bouteilles de champagne.

Christina et les filles passèrent sous le porche, puis longèrent le chemin menant au rond où l'on amènerait les chevaux à leurs propriétaires et à leurs entraîneurs. Là, les jockeys recevraient des instructions de dernière minute, monteraient en selle et gagneraient les starting-gates au trot. La foule se pressait le long de l'allée clôturée afin d'admirer la Reine qui, elle aussi, se dirigeait vers le rond.

Jersey arriva aux stalles au moment où les lads faisaient sortir les chevaux. Pas encore sellés, ceux-ci étaient drapés des couleurs de leur écurie, avec leur numéro attaché aux rênes. Le soleil brillait très fort et certains commençaient déjà à transpirer. Royal Flush, qui portait le numéro 7, faisait des siennes en agitant violemment la tête. Quelques autres avançaient de travers, et certains se cabraient. À mesure que Sa Majesté s'approchait, la foule devenait de plus en plus compacte. Son entraîneur l'accompagnait, ainsi que des gardes du corps discrets marchant à un peu moins de deux mètres devant et derrière elle. Même si ces derniers, équipés de talkies-walkies, surveillaient la cohue, il régnait une formidable atmosphère bon enfant. Ici, à Ascot, la Reine était détendue et savourait son passe-temps favori. Elle répondait aux acclamations tout en restant profondément absorbée par une conversation avec son entraîneur.

Loin derrière elle, Christina et ses enfants avançaient d'un pas tranquille, ses filles et leurs amies tout excitées par la vue de tant de célébrités. Elles repéraient avec émoi les vedettes vues au cinéma ou à la télévision, tout en jetant sans cesse de rapides coups d'œil au groupe de la Reine.

Dans une stalle, Fleming et Jersey sellaient un Royal Flush toujours agité. Jersey plongea une éponge dans un seau d'eau et, sans cesser de lui parler, la pressa dans sa bouche derrière le mors, mais l'animal restait de plus en plus difficile à contrôler. Finalement, une fois la selle en place, ils le menèrent dehors, mais il se cabra et lança des ruades, les oreilles à plat.

— Tu parles d'une bonne humeur, bougonna Fleming.

Jersey l'observa, inquiet.

— Il crève de chaud.

Le garçon d'écurie s'empara des rênes et Jersey lui tapota l'épaule.

— On se retrouve là-bas.

— Bien, monsieur. Il va se calmer. Il est impatient d'arriver sur cette fameuse piste, c'est tout.

Jersey ajusta sa cravate de soie grise, remit son haut-de-forme et se tourna vers Fleming.

— Allons-y.

Tous les deux se dirigèrent côte à côte vers le rond. Les spectateurs s'agglutinaient contre les barrières, et la pelouse du centre regorgeait de propriétaires et d'entraîneurs. Jersey aperçut le cheik qui attendait l'arrivée de son poulain, puis vit Christina et les filles en pleine discussion avec des amis. Il se dirigea vers elles et, sur le chemin, dut passer devant la Reine et son entraîneur. Jersey toucha son chapeau pour la saluer et fut surpris lorsqu'elle s'adressa à lui. Même s'il l'avait déjà croisée à plusieurs occasions, c'était la première fois.

— Jouez-vous aux cartes, monsieur de Jersey ? demanda la Reine en souriant.

— De temps en temps, madame.

Jersey se courba.

— Je me demandais pour quelle raison votre cheval porte ce nom.

Jersey rougit jusqu'à la racine des cheveux : le « royal flush », la quinte flush à l'as, est une combinaison de poker imbattable.

— Il reste à prouver qu'il le mérite, madame, répondit-il.

La Reine inclina la tête, et la conversation fut terminée.

Jersey remit son haut-de-forme en reprenant sa traversée de la pelouse, le cœur battant à tout rompre. Il n'en revenait pas que Sa Majesté connaisse son nom. Il dut s'arrêter un instant afin de reprendre son souffle.

— Ça va, Edward ? s'enquit Fleming.

— Oui, ça va très... Elle m'a reconnu, Donald !

Fleming s'esclaffa.

— Elle a l'œil. Bien sûr qu'elle te reconnaît. Ton écurie n'a rien à envier à la sienne, et je parie qu'elle sait tout à fait ce que notre cheval a dans le ventre. C'est le sien qu'on amène dans le rond en ce moment.

Jersey se retourna et vit un magnifique cheval bai aux couleurs royales. Plus grand que Royal Flush, il était cependant beaucoup plus calme. Royal Flush, à la robe alezan, secouait toujours la tête, une pellicule de sueur luisante lui couvrant le cou.

Mickey Rowland, sa cravache sous le bras, ajustait la jugulaire de son casque et cherchait son patron du regard. Lorsqu'il le repéra, il s'approcha de lui.

— C'est la canicule, non ? murmura-t-il avant d'adresser un signe de tête à Christina.

— Vous connaissez mes filles, et voici...

Il ne se rappelait pas les prénoms de leurs amies, et Christina dut intervenir. Jersey remarqua alors que Leonie s'apprêtait à prendre une photo.

— Pas maintenant, lâcha-t-il d'un ton brusque.

— Mais papa...

— Non ! Christina, retire-lui cet appareil, *vite* !

L'air apeuré, Leonie l'abaissa, mais Christina vint tout de même le lui ôter des mains, et expliqua :

— On dit que ça porte malheur, chérie. Tu pourras en prendre autant que tu voudras après la course, mais surtout pas avant.

Cet incident oublié, Jersey, Fleming et Mickey étaient de nouveau en pleine conversation.

— Je pense qu'il vaut mieux le laisser libre de ses mouvements, disait Fleming. Avec un terrain pareil, tout va aller très vite. Voyons ce dont il est capable, donnons-lui éventuellement un coup de cravache à mi-distance, en le gardant loin des cordes, au milieu de la piste. Le terrain a déjà été piétiné, alors s'il est trop difficile, décale-le.

Le visage de Mickey ne laissait transparaître aucune émotion. Royal Flush était prêt et attendait : Jersey et le jockey avancèrent vers lui.

Jersey se pencha pour s'adresser à Mickey en aparté :

— Vous le connaissez mieux que personne. Faites ce qu'il vous semble bon. Que l'on voie ce qu'il a dans le ventre.

— Entendu, monsieur. (Il sourit.) On se retrouve dans la tribune du vainqueur alors, c'est ça ?

Jersey s'esclaffa, puis fit la courte échelle à son jockey. Mickey ajusta ses gants, donna un petit coup de cravache sur sa toque, et fit promptement sortir Royal Flush du rond. Les chevaux allaient se livrer à une petite promenade tranquille jusqu'aux starting-gates pendant que les spectateurs regagnaient les tribunes pour assister à la course.

Jersey partit devant à grands pas, poings serrés, laissant Fleming guider Christina et les filles jusqu'à la tribune des propriétaires et des entraîneurs, d'où il préférait observer la course. Il ne vit pas David et Helen Lyons lui faire signe de derrière la barrière, mais eux l'avaient remarqué en compagnie de la Reine, et David en détenait la preuve photographique.

À leur arrivée aux tribunes, ils étouffaient de chaleur. Tout en gravissant les marches menant au premier rang, Christina s'éventa avec son programme. Elle savait préférable de ne pas adresser la parole à son mari, mais Fleming, lui, était plus détendu. Jersey suivait de ses jumelles Royal Flush qui se rendait sur la ligne de départ. Il les portait à ses yeux, les baissait, regardait l'écran géant, puis revenait à ses jumelles.

— Il va commencer à piétiner sur place d'ici

peu, chuchota Fleming à l'attention de Christina, et tous deux sourirent. Quand Jersey assistait à la course d'un de ses chevaux, il donnait toujours l'impression d'être debout sur des braises.

On entendit alors le commentateur, annonçant que tous les chevaux avaient gagné leur stalle, à l'exception de Royal Flush. Puis celui-ci y entra, et une seconde plus tard, ce fut le départ. Fleming s'était rapproché de Jersey.

— Bonne sortie, mais il est pris en sandwich, bougonna Jersey. Fais-le remonter, Mickey, voilà... Parfait, il est bien placé.

Christina plissa les yeux pour regarder l'écran et Natasha se pencha vers elle, demandant quelle place occupait Royal Flush.

— Je crois qu'il est quatrième, non, cinquième — juste au milieu. Tu vois l'étoile sur la toque de Mickey ?

Jersey poussa un jappement, et tout le monde se tourna pour le regarder : il sautillait sur place.

— Il perd du terrain ! Qu'est-ce qu'il fabrique, bon sang ? (Jersey hurlait, l'air rageur.) Allez, allez, Mickey ! *Talonne-le. Voilà ! C'est ça !* (Jersey donna un coup de coude si puissant à Fleming qu'il manqua le déséquilibrer.) Il remonte, il est en bonne position, vous le voyez ?

Mais le cheval de la Reine se détacha du peloton et devança les autres de presque une longueur.

— C'est fichu, dit doucement Jersey, qui abaissa ses jumelles.

Ils voyaient à présent les chevaux déferler sur la piste dans un bruit de tonnerre vers la ligne d'arrivée. Royal Flush occupait toujours la quatrième position, mais donnait l'impression de fatiguer. Pris en tenaille, il luttait pour conserver sa place, à égalité avec un cheval à côté de lui. Soudain, il se mit à gagner du terrain.

— Il remonte ! hurla Fleming.

Christina se retourna et vit son mari debout, comme figé, les bras ballants. On aurait pu croire qu'il ne regardait même pas la course, mais Christina se mit alors à crier à pleins poumons :

— Allez... ALLEZ. OUI, C'EST BIEN. ALLEZ !

Brusquement, Royal Flush sembla connaître un second souffle. Le cheval se mit à mener le train, et fonça vers l'avant, sans que son galop fléchisse tandis qu'il prenait la troisième place et poursuivait sa remontée implacable. Il passa le poteau d'arrivée avec deux longueurs d'avance sur le peloton. Mickey, debout sur ses étriers, se retourna pour regarder derrière lui et leva sa cravache en signe de victoire.

Fleming se tourna vers Jersey. Rendus momentanément muets par l'émotion, tous les deux se fixèrent du regard.

— Vous aviez raison, lâcha Fleming d'une voix étranglée, il a réussi.

Jersey clignait des yeux pour refouler ses larmes. Christina se jeta dans ses bras, ses filles l'étreignirent, et des félicitations fusèrent de tous les côtés. Mais, le cœur battant à tout rompre, il n'entendait rien. Tous se hâtèrent vers la tribune du vainqueur afin d'être présents lorsque les chevaux quitteraient la piste. Mickey arriva sous les acclamations, et Jersey et Fleming prirent les rênes du cheval en sueur. Le jockey descendit de Royal Flush avec souplesse et enlaça l'encolure du poulain. Puis il ôta la selle et s'apprêta à se rendre au pesage. Tout en desserrant sa jugulaire, il dit à Jersey :

— Il en a sous le capot. Je n'ai jamais rien ressenti de pareil. J'ai à peine eu à le toucher.

Jersey s'approcha et prit la tête du cheval dans ses mains.

— L'année prochaine c'est le Derby, fiston.

Fleming rit.

— Laissez-le respirer ! Il vient de remporter la Chesham. C'est déjà pas mal.

Pour Jersey, qui dut se forcer à rester calme, la remise des trophées se déroula comme un rêve un peu flou. Il avait envie de crier sa joie, de jeter son chapeau en l'air. Il savait désormais qu'il possédait un grand champion, le rêve de tout propriétaire et de tout entraîneur, le fruit de vingt ans de travail acharné. Quelques instants plus tard, Fleming fut interrogé par les journalistes sportifs ; Jersey, lui, se mit rapidement à l'écart : il exécrait les caméras et ne donnait quasiment jamais d'interview, que ce soit aux chaînes spécialisées ou à la presse hippique. Il laissait toujours cette tâche à Fleming.

Après avoir vu Royal Flush lavé et reconduit au haras, Jersey regagna sa loge, aux anges. Tout l'hippodrome ne parlait que de Royal Flush, et ses invités avaient tous misé sur lui. Il trouva David debout sur une chaise, en train d'agiter une pleine poignée de billets de cinquante livres en chantant : « On croule sous le pognon ! » On continua à fêter la victoire jusque tard dans l'après-midi, et David et Helen furent les derniers à partir. Helen, ayant forcé son mari à boire de nombreuses tasses de café noir, assura Christina que celui-ci était en état de conduire.

— Ne vous inquiétez pas ; de toute manière, sortir du parking va nous prendre une bonne heure, plaisanta David avant de saisir fermement la main de Jersey. Ç'a été une des plus belles journées de ma vie. Nourriture délicieuse, le meilleur champagne et... et... je vais faire encadrer cette photo de toi avec la Reine. Elle trônera sur mon bureau !

— Ç'a été une grande journée pour moi aussi, David, et je suis heureux que nous ayons pu la partager. Sans toi, je n'en aurais probablement pas eu les moyens !

La bonne humeur de David s'évapora, et il leva les yeux vers ceux de Jersey avec l'air de vouloir ajouter quelque chose, mais il se ravisa et se tourna assez brusquement vers son épouse.

— Allons-y, Helen, n'abusons pas de leur hospitalité, sinon nous ne serons pas invités l'année prochaine. (Puis, à voix basse, il s'adressa gravement à Jersey :) Tout va bien se passer.

Sur ce, il entraîna Helen hors de la loge avant que Jersey, interloqué, ait eu le temps de répondre.

Bien plus tard, Jersey s'assit, épuisé. Christina donnait des instructions aux filles, s'assurant que tout était prêt pour le départ.

— Tu vas pouvoir piloter ? demanda-t-elle.

Il ne répondit rien, la poussant à répéter sa question. Il tendit le bras et prit la main de sa femme, qu'il porta à ses lèvres.

— Je vais aller me promener un peu, alors ne t'inquiète pas, je vous retrouve à la maison. Merci pour tous tes efforts, aujourd'hui. Tu as eu raison d'inviter David et Helen. Je pense que ça les a beaucoup touchés.

Elle rit doucement.

— En revanche, je ne sais pas si c'était très judicieux de convier le pasteur. Donald a dû le raccompagner chez lui. Il tenait à peine debout.

Jersey se tourna vers ses filles, qui s'étaient installées sur le balcon en compagnie de leurs amies. Il leur souffla un baiser et se leva, puis s'adressa à son épouse :

— Sois prudente sur la route. Je ne rentrerai pas trop tard. J'ai laissé quelque chose pour toi sur la table, lui lança-t-il par-dessus son épaule.

Puis il s'en alla.

Jersey prit le chemin de la tribune du vainqueur en se remémorant les événements de l'après-midi. Le temps s'était rafraîchi, et des milliers de spectateurs se déversaient par les portes de l'hippodrome. Il se rendit devant le poteau d'arrivée et resta là un moment — quel bonheur d'avoir conduit Royal Flush à la place du vainqueur. Puis il poursuivit sa route vers la piste, et se dirigea enfin vers l'héliport. À présent, il ne restait plus que lui sur les lieux. Il prit son temps, humant l'odeur du gazon, qui lui rappela de nouveau son père, lequel avait ouvert son premier bureau de paris grâce à ses gains aux courses. Après avoir gagné en misant sur un outsider, il n'avait plus jamais rejoué.

— C'est un jeu d'imbécile mais, parfois, l'imbécile gagne. Et comme la chance tourne, je ne prends plus aucun risque, avait-il expliqué.

La chance de Ronnie l'avait abandonné

quelques mois après l'ouverture de son deuxième établissement, lorsqu'on lui avait diagnostiqué un cancer. Peu avant sa mort, il avait dit à son fils :

— Eddy, prends soin de ta mère, et tiens ces bureaux à ma place. Je sais que ce n'est pas ce dont tu rêvais, mais tu pourras en vivre confortablement, et j'ai un bon petit gars qui bosse pour moi. Tu le connais, c'est Tony Driscoll.

Fils naturel d'une femme que Ronnie employait pour s'occuper de l'entretien des boutiques, celui-ci n'était encore qu'un gamin lorsque Ronnie les avait pris, sa mère et lui, sous son aile, et il lui devait tout, même son premier costume. Jersey essaya en vain de se rappeler le prénom de Mme Driscoll. Ce dont il se souvenait bien, en revanche, c'était leurs pleurs à l'enterrement de son père. D'une certaine manière, Ronnie avait été un père adoptif pour Tony — il lui avait même légué quelques centaines de livres.

— J'espérais bien vous trouver.

Jersey fut surpris de revoir Smedley. À en juger par sa posture chancelante, il avait dû boire quelques bières de trop.

— Quelle victoire, pas vrai ? Nette et sans bavure ! Et moi qui croyais qu'il allait pas réussir ! J'ai frôlé la crise cardiaque — j'avais misé vos billets de cinquante sur lui !

— Ah, oui ?

Jersey s'éloigna, peu désireux de converser de nouveau avec lui.

— Tous les lads avaient parié sur lui, aussi, parce que je leur avais filé le tuyau.

Smedley buta contre la barrière, puis se baissa

pour passer dessous. Impossible de s'en débarrasser.

— Vous faites courir un de vos chevaux, demain ?

— Non.

— Ah, ben, vous voulez peut-être pas abuser de votre chance, pas vrai ? Vous remontez la piste ? Je vous accompagne. J'ai besoin de dessoûler. Je sors de la buvette du personnel.

Jersey ne répondit rien mais s'éloigna à grandes enjambées, laissant un Smedley vacillant et rougeaud qui le regardait d'un air vexé.

— Désolé si je vous ai importuné, lança-t-il d'une voix forte.

Jersey s'arrêta.

— Navré, je ne veux pas me montrer grossier. Je ne dois pas traîner — je n'aime pas voler la nuit.

— Ah, je comprends, dit Smedley, qui se mit à trottiner derrière lui.

À l'approche de l'aire d'atterrissage, Jersey entendit Smedley haleter.

— On ne me fera jamais grimper dans un de ces machins, déclara-t-il.

Puis il observa Jersey ouvrir la porte de l'habitacle et monter à bord. Il commençait à le trouver foncièrement désagréable.

— J'aimerais vous serrer la main, monsieur. (Smedley leva sa main carrée rugueuse.) Je vais raconter à mon petit-fils qu'on était à l'école ensemble. Vous avez des petits-enfants ?

Jersey regarda la figure de lutin levée vers lui.

— Deux filles, c'est tout.

— Ah, ben, on peut pas tous être vernis. Moi j'ai quatre gars, trois petits-fils et...

Le rotor se mit en marche et Jersey ferma la porte coulissante. Les pales se mirent à tourner, et il attendit que Smedley déguerpisse assez loin pour se trouver en sécurité. Pendant l'ascension, voyant l'homme rapetisser, Jersey fut gagné par un étrange mélange de sentiments. Bien qu'il ait passé la majeure partie de sa vie à échapper à son passé, et malgré sa fortune colossale, il restait toujours des Smedley pour lui prouver qu'il ne devait jamais baisser sa garde. Les risques étaient trop importants pour qu'il puisse laisser son passé le rattraper. Par divers procédés, il avait obtenu tout ce qu'il désirait dans la vie. Mais Smedley, lui, possédait quelque chose que Jersey jalousait : un fils. Le drôle de petit bonhomme en avait même quatre. Jersey retrouva sa bonne humeur. Il rit tout haut. Lui possédait Royal Flush, et cette journée venait de marquer le début de l'accomplissement d'un rêve : remporter le Derby. S'il réussissait, il embrasserait la piste, comme son père.

Le jour déclinait lorsque Jersey passa au-dessus de sa maison. À la vue de son vaste domaine, il ne put réprimer un sourire. Sa propriété comprenait une écurie, sise à seulement quarante kilomètres de Newmarket et de son célèbre hippodrome, et près de Tattersalls, non moins célèbre centre de vente aux enchères de pur-sang. Le haras se trouvait sur d'autres terres, à quinze kilomètres des écuries. Jersey possédait d'immenses parcelles consacrées à l'entraînement, avec des cours et des paddocks réservés aux poulinières. Le portail électronique s'ouvrait sur une allée carrossée longue de cinq kilomètres, au bout de laquelle se dressait sa demeure, qui donnait sur un lac. À hauteur de la maison, l'allée bifurquait vers les écuries. Les garages, à l'étage desquels vivait le chauffeur, se trouvaient en retrait de la bâtisse. Jersey possédait une Rolls-Royce Silver Cloud, une Mercedes décapotable, un tout-terrain Range Rover, deux Aston-Martin, trois motos et quatre voiturettes de golf, toutes du même bleu marine que celui de son écurie. Parmi ses automobiles, sa préférée restait la Mercedes — sur sa plaque d'immatriculation, on pouvait lire l'inscription « Champion ».

Dans la cour, à la vue de Jersey qui décrivait des cercles au-dessus du domaine, des garçons d'écurie levèrent la tête en se protégeant les yeux. Ils poussèrent des cris de joie et agitèrent leurs casquettes lorsqu'il survola la rangée impeccable de dépendances aménagées en résidences à leur intention. Au-delà de celles-ci se trouvait un ensemble de petites maisons destinées aux jockeys, ainsi qu'un complexe regroupant sauna, piscine et gymnase. On estimait le prix du domaine et la fortune de ses propriétaires à plus de cent millions de livres. Jersey employait des premiers garçons, des garçons de cour, des cavaliers d'entraînement, des assistants d'entraîneur, un entraîneur, des garçons de voyage, et engageait par contrat deux crack jockeys en plus de Mickey Rowland. Le domaine comportait trois grandes cours, et la maison de Donald Fleming se trouvait sur le côté nord de la plus ancienne. Les bureaux, bâtis dans la plus récente, étaient occupés par une assistante, une secrétaire, et deux managers.

Jersey descendit d'un bond de son hélicoptère et fut accueilli par les acclamations de son personnel.

— Champagne pour tout le monde ! cria-t-il.

Même si à cet instant Jersey semblait très affable et détendu, il n'était pas pour autant un patron facile. Il possédait naturellement des manières assez froides plutôt désarmantes mais, à force de le côtoyer, un seul de ses sourires débonnaires suffisait à dissiper la gêne qu'elles suscitaient, et ses employés lui retournaient au triple la confiance, l'admiration et le respect qu'il exigeait. Sa femme le savait réservé, presque timide. À l'écurie, il n'avait jamais élevé la voix contre personne. Le besoin ne s'en était jamais fait sentir. Grâce à une gestion adroite et au travail de secrétaires compétentes qui s'occupaient des affaires et supervisaient une équipe dévouée, il n'avait pratiquement pas à intervenir. En fait, Jersey détestait s'énerver, car il voyait dans la colère un signe de faiblesse. Doué d'une maîtrise solide de ses émotions, son charme suffisait à inciter son personnel à respecter son intimité tout en lui témoignant une loyauté fervente. Il n'existait pas un seul prénom des épouses, enfants et petits-enfants de ses employés qu'il ignorât, et à présent, entouré d'eux tous, au son des bouchons de champagne, il porta un toast à sa réussite et sentit une sensation de bonheur absolu le gagner. Il leva sa coupe.

— À Royal Flush, et rendez-vous l'année prochaine pour le Derby !

Des acclamations fusèrent de tous les côtés, intensifiées par l'arrivée du van du champion. On en faisait descendre Royal Flush, et tous se groupèrent autour de lui. Jersey versa du champagne dans sa paume et lui caressa la tête. Lorsque tout le monde eut félicité le cheval, Jersey le ramena dans son box et, tel un papa gâteau, s'assura que tout allait bien. Il attendit que les garçons de voyage lui apportent son fourrage, et fut heureux de voir l'animal se jeter dessus. Après une course, il était bon signe qu'un poulain ne soit pas dégoûté par la nourriture.

Le salon lambrissé de chêne, au parquet en pin ciré recouvert de tapis persans délicats, était confortable. Coussins et couvertures moelleuses couvraient le canapé, et un feu brûlait à grandes flammes dans la cheminée.

— Tu vas finir par l'user, dit Christina en posant un plateau de sandwiches et de thé.

Jersey rembobina tout de même la cassette de la course et enfonça le bouton lecture pour se délecter une fois de plus de la grande victoire de Royal Flush.

— Je vais le garder à l'abri des regards extérieurs pour tout le reste de la saison. Il ne suivra qu'un entraînement léger avant son repos hivernal.

Il dévora ses sandwiches.

— Merci pour mes boucles d'oreilles, elles sont magnifiques, murmura-t-elle, avant de relever ses cheveux pour lui montrer qu'elle les portait.

— Je t'offrirais le monde, si je le pouvais.

Il l'embrassa dans le cou, mais son regard se reporta sur l'écran de télévision, au moment où Royal Flush passait le poteau d'arrivée.

Christina lui prit la télécommande des mains et éteignit le poste.

— Et si on allait se coucher, que je te remercie comme il se doit ? lui suggéra-t-elle d'un air aguicheur, ce qui lui valut enfin toute l'attention de son mari.

Ils n'arrivèrent pas à la chambre. Devant la cheminée, tenant Christina blottie contre lui, vêtue en tout et pour tout de ses boucles d'oreilles, Jersey poussa un soupir.

— J'ai vraiment beaucoup de chance, murmura-t-il.

2

Au cours des mois qui suivirent la fin de la saison du plat, Royal Flush profita d'un repos bien mérité. Jersey, lui, tout comme son personnel, resta très occupé. Certains de ses chevaux étant engagés dans des courses internationales, il fallut se rendre plusieurs fois à Dubaï et à Hong Kong pendant l'hiver. À présent, au mois de décembre, Royal Flush entrait dans sa phase d'entraînement minimal. Depuis novembre, son programme quotidien restait limité, mais dès Noël passé, il augmenterait en vue de quelques courses de préparation. Si tout se déroulait comme prévu, il participerait au Thresher Trial de Sandown en avril, puis au Derby de Lingfield.

Jersey, au volant d'une voiturette de golf bourdonnante, pénétra dans la cour du haras. Il portait une casquette à carreaux, des jodhpurs et un col roulé en cachemire jaune sous sa veste en tweed Harris. Ses bottes d'équitation en cuir brun piquées à la main étaient parfaitement cirées. Comme à son habitude, il salua tout le monde, puis alla rendre sa première visite de la journée à Royal Flush. Le cheval, qui gardait son caractère ombrageux et un petit côté voyou, ne manquait jamais une occasion de ruer. Il avait également infligé quelques vilaines morsures à des garçons d'écurie. Jersey avait craint qu'en restant entier Royal Flush ne devienne trop difficile à maîtriser, et dangereux pour les autres chevaux — il en avait déjà attaqué deux dans la cour. Le faire castrer aurait écœuré Jersey, mais Royal Flush, devinant peut-être la nature de l'enjeu, avait fini par se calmer.

Au bout d'un moment, Jersey remonta dans sa voiturette et roula jusqu'à l'aile est afin d'examiner une nouvelle pouliche récemment achetée dans un haras irlandais. Au moment où il démarrait, son portable sonna. C'était sa femme, qui d'ordinaire ne le dérangeait jamais en pleine matinée.

— Pourquoi ce coup de fil ? demanda-t-il.

— C'est à cause de David. Helen a téléphoné. (Son accent suédois était toujours perceptible au téléphone.) Elle était complètement affolée. Je n'ai pas bien compris ce qu'elle m'a raconté, mais apparemment David est souffrant. Tu ferais bien de les rappeler.

Jersey retourna donc chez lui.

— Christina, cria-t-il en s'essuyant les pieds devant la porte de la cuisine. Helen t'a expliqué ce qui n'allait pas ?

— Non.

Jersey entra. Récemment, David et lui avaient envisagé de revendre certains placements : il lui fallait réduire les dépenses. La gestion des écuries coûtait une fortune, et l'épidémie de fièvre aphteuse avait valu à la ferme attenante des pertes conséquentes. Jersey ne s'inquiétait pas outre mesure, mais ayant investi la plus grande partie de son capital, il exploitait ses ressources financières au maximum.

Jersey saisit le combiné et appela David, mais la ligne étant occupée, il décida de prendre son petit déjeuner avant. Il trouva la table déjà dressée — Christina lui avait préparé un verre de jus de raisin, du café noir, deux tranches de pain de seigle fait maison, et un œuf légèrement brouillé. Jersey n'avait pas vu David depuis Ascot, préférant lui laisser la gestion de ses affaires.

Christina arriva les bras chargés de branches de houx et de sapin destinées à la décoration de l'entrée. L'arbre de Noël leur serait livré quelques jours plus tard, lorsque les filles seraient rentrées de l'internat.

— Alors, Helen t'a donné des explications ? demanda-t-elle en laissant tomber son fardeau.

— Ça sonnait occupé. Je rappellerai après avoir lu mon journal.

Christina étala de vieux journaux par terre et se mit à pulvériser de la peinture argentée sur les ramures.

— Elle pleurait. Ça doit être sérieux.

Il soupira.

— Très bien, je vais réessayer tout de suite. J'espère ne pas avoir à passer les voir. J'ai une journée extrêmement chargée.

Quelques instants plus tard, Jersey ordonna à son pilote d'hélicoptère de se tenir prêt à décoller, et réussit à obtenir l'autorisation de se poser sur le petit héliport situé à proximité de chez David, à Radcliff.

— Alors, qu'est-ce qui se passe ? demanda Christina.

— Je n'en sais trop rien. C'est la sœur de Helen que j'ai eue. Je reviens dès que possible, mais je t'appellerai quand même pour prévenir.

Il l'embrassa sur la joue et s'en alla avant qu'elle ait pu le questionner davantage.

On accédait à la maison de David Lyons par un grand portail contrôlé à distance. Celui-ci étant déjà ouvert, le taxi de Jersey le franchit directement. La demeure de stuc blanc, décorée de fausses colonnes georgiennes, possédait des fenêtres treillissées de plomb, des volets de style suisse et un toit d'ardoise verte. Jersey trouva la porte ouverte.

— Hé ho ! lança-t-il en traversant l'entrée en direction du salon, mer beige d'une tristesse absolue.

Le vide de la pièce avait quelque chose d'inquiétant.

— Helen ? appela-t-il, sans obtenir de réponse.

Agacé, il se dirigea vers la piscine d'intérieur, où il ne vit personne non plus. Juste au moment où il revint dans l'entrée, une femme de petite taille, au teint pâle, apparut.

— Bonjour, je suis Edward de Jersey. C'était ouvert. Apparemment, Helen n'est pas là ?

— Je suis sa sœur, Sylvia Hewitt. Nous nous sommes parlé au téléphone, tout à l'heure. Je ne vous attendais pas aussi tôt.

— Je suis venu en hélicoptère.

— Helen est en haut. Voulez-vous que j'aille la chercher ?

— J'aimerais que vous m'expliquiez ce qui se

passe. Vous ne m'avez quasiment rien dit, seulement que Helen devait me voir. David va bien ?

— Non... pas du tout.

Elle se mit à pleurer.

— Qu'est-il arrivé ? A-t-il eu un accident ?

Jersey commençait à s'inquiéter.

— Je vais chercher Helen. Allez l'attendre dans le salon, je vous prie.

Jersey s'assit sur un des canapés trop mous et attendit plus d'un quart d'heure. Les traits tirés, les yeux rouges, Helen descendit enfin.

— Helen.

Il se leva.

— Bonjour, Edward.

Elle ferma la porte.

— Que se passe-t-il, bon sang ? Est-ce que David a eu un accident ?

Elle sortit un mouchoir.

— Il est mort, annonça-t-elle, accablée, avant de fondre en larmes.

Jersey fut abasourdi.

— Je suis vraiment navré.

Elle avança jusqu'au sofa et s'installa sur le rebord en se mouchant.

— Je l'ai trouvé ce matin. Il a dû le faire pendant la nuit. Il portait son pyjama.

— Vous l'avez trouvé ?

Elle hocha la tête.

— Dans le garage.

Jersey dut se rasseoir. Helen poursuivit :

— Dans la voiture, avec le moteur en marche. C'était plein de gaz d'échappement. Selon le médecin, il avait pris des somnifères, aussi. Il m'a laissé une lettre sur la table de la cuisine, où il me demandait de vous appeler et de ne pas entrer dans le garage. Bien sûr, j'y suis allée quand même.

— C'est terrible.

— J'ai trouvé une seconde lettre dans la voiture, sur le tableau de bord, qui vous est adressée.

Helen plongea la main dans sa poche et en tira une enveloppe bleue, qu'elle lui tendit.

— La police a gardé la mienne, mais je ne leur ai pas donné celle-ci. Je l'avais oubliée.

Jersey s'en empara et la glissa dans sa veste.

— Je peux faire quelque chose pour vous, Helen ?

Elle secoua la tête, puis craqua une fois de plus, secouée par de violents sanglots.

Vingt minutes plus tard, le taxi reconduisit Jersey à l'héliport. David et Helen, qui n'avaient pas d'enfants, vivaient heureux depuis vingt ans. Quelle mouche avait donc pu le piquer ? La feuille qu'il trouva dans l'enveloppe ne l'éclaira guère :

« Cher Edward, je suis vraiment navré. Tout m'a échappé et j'ai été incapable de trouver une solution. Tu trouveras tous les documents dans le deuxième tiroir du bureau de mon cabinet. Amitiés, David. »

Jersey demanda à se poser à Londres, à l'héliport de Battersea, puis prit un autre taxi jusqu'au bureau de David, dans la City, où deux secrétaires éplorées et son fidèle assistant, Daniel Gatley, l'accueillirent. Gatley était livide, et ses mains tremblaient.

— C'est horrible, et juste avant Noël, en plus, chuchota-t-il.

Sur le bureau ovale de David se trouvaient une

rangée de téléphones, un ordinateur et, dans un cadre en argent, un grand cliché de Jersey en compagnie de la Reine.

— Il a pris cette photo à Ascot, le jour où mon cheval a gagné le Chesham Stakes, commenta-t-il d'un ton calme.

— David était extrêmement fier d'y avoir assisté. Pendant des semaines, il n'a parlé que de ça, expliqua Gatley.

Jersey remit la photographie en place.

— Il m'a parlé de documents se trouvant dans le deuxième tiroir.

Gatley sortit un trousseau de clés et l'ouvrit. Il en sortit un dossier peu épais et une petite boîte carrée. Le nom de Jersey figurait sur les deux.

— Voilà, c'est tout. La boîte contient des disquettes, et ça, ce sont des contrats dont vous possédez sûrement déjà les doubles.

Jersey ouvrit la chemise d'un coup sec.

— À quoi rime toute cette histoire, Daniel ? s'enquit-il.

— Je crois que David a perdu beaucoup d'argent — ces derniers mois, il a passé la plupart de ses soirées ici. Il ne m'a quasiment rien expliqué, mais je sais qu'il rencontrait de graves difficultés.

— D'ordre financier ? demanda Jersey d'un ton sec.

— Il y a deux jours, il a donné à tout le monde ici un mois de préavis de licenciement.

— Il s'est fourré dans une affaire de détournement de fonds, ou quoi ?

— Bon sang, jamais de la vie. Je ne connaissais personne de plus honnête que lui.

Jersey ouvrit la boîte, dans laquelle il trouva quatre disquettes sans étiquette.

— Qu'est-ce qu'il y a dessus ?

— Je l'ignore. Son bureau restait toujours fermé à clé.

— Mais vous en possédez une.

— Seulement depuis ce matin, et je n'avais pas ouvert le tiroir avant votre arrivée. J'ai passé mon temps à appeler ses clients et ses amis.

— Donc, vous n'avez aucune idée de ce qu'il y a là-dedans ?

— Non, mais je peux vous ouvrir les fichiers et les imprimer.

— Ça va, je pense pouvoir m'en tirer tout seul.

Dans une tentative de dédramatiser la situation, Jersey s'esclaffa, mais, en son for intérieur, il savait que quelque chose de très grave venait d'arriver. Il n'avait qu'une envie : s'en aller afin de découvrir de quoi il s'agissait.

Christina fut aussi abattue que son mari. David était quelqu'un de fiable, qui ne perdait jamais son sang-froid. Qu'il se suicide paraissait insensé.

— Il fréquentait une autre femme ? demanda-t-elle.

— Non, il adorait Helen, et j'ignore ce qui lui a pris, mais je dois examiner quelques disquettes qu'il m'a laissées. Elles renferment peut-être la réponse.

— À quelle heure veux-tu dîner ? Je prépare un jarret d'agneau, comme tu l'aimes.

— Quoi ?

Elle l'enlaça.

— Excuse-moi. C'est ridicule, pas vrai, de penser à ce que je cuisine pour le repas et...

— À 8 heures et demie, ça m'irait.

— Huit heures et demie alors, confirma Christina d'un air enthousiaste. Tu avais vu David depuis Ascot ?

— Notre dernier entretien remonte à quelques mois. Il voulait revendre des actions.

— Comment l'avais-tu trouvé, à ce moment-là ?

— Je ne sais pas. Il était...

Jersey fronça les sourcils.

— Quoi ?

— Je ne sais pas. Un peu brusque.

Sur ce, il quitta la pièce.

Une fois dans son bureau, Jersey se versa un whisky, y ajouta de l'eau gazeuse et des glaçons, puis s'installa devant son ordinateur. Il décida de commencer par les papiers et de s'attaquer aux disquettes plus tard. Il chaussa ses lunettes en demi-lune et examina minutieusement la première liasse de feuillets. Il était 18 h 35.

Deux heures plus tard, il feuilletait toujours les documents. Sa femme passa la tête par l'entrebâillement de la porte.

— Tu as bientôt fini, chéri ?

Il pivota dans son fauteuil en cuir.

— Bientôt, oui.

— Le repas est prêt, et j'ai allumé un feu.

— Parfait. J'éteins l'ordinateur et j'arrive.

— Alors, ces problèmes, tu as trouvé de quoi il s'agissait ?

— Je crois. Davis rencontrait des difficultés

financières assez importantes. Mais de là à se suicider...

— Il est trop tard pour intervenir, commenta-t-elle avec tristesse.

— Je suis à toi tout de suite.

Les ennuis de David s'avéraient en fait bien plus graves que Jersey ne l'avait avoué à sa femme et, apparemment, lui aussi allait bientôt en pâtir. Une start-up dans laquelle ils avaient tous les deux investi ayant fait faillite, toute l'épargne de Lyons s'était évaporée. David avait vaguement évoqué les « problèmes » de cette entreprise, sans jamais préciser leur importance. Comme toujours, il avait simplement ajouté : « Laisse-moi m'en charger » et, bêtement, Jersey l'avait écouté.

La suggestion d'investir dans cette start-up était survenue à point nommé. L'écurie et le haras traversaient une période de crise, et avec seulement un peu plus de deux millions répartis sur plusieurs comptes, Jersey avait pris un risque et confié à David le soin de s'occuper des investissements. En moins de six mois, la fortune de Jersey avait atteint, sur le papier, trente-deux millions. La valeur de ses actions ayant continué à grimper plus rapidement que nul n'aurait pu le prévoir, Jersey, désireux de gagner davantage, avait de nouveau hypothéqué le haras et placé quarante millions supplémentaires, en engageant la ferme comme nantissement. À présent, il risquait de tout perdre. Pas étonnant que David ait fixé son tuyau d'arrosage au pot d'échappement de sa Mercedes neuve pour le passer ensuite par la vitre. Jersey eut un petit rire sans joie. David adorait sa Mercedes, une voiture dernier cri équipée du système d'ouverture à reconnaissance vocale et d'un ordinateur de bord. Jersey se demanda si la voix électronique l'avait alerté, « Vous êtes en train de vous tuer. Veuillez éteindre le moteur », avant qu'il meure. Christina apporta un grand plateau d'agneau croustillant et le posa sur la table éclairée aux chandelles. L'odeur du romarin envahit la pièce. Jersey s'assit et sourit lorsqu'elle lui servit un verre de vin rouge californien. Il en prit une gorgée et le laissa rouler dans sa bouche avant d'avaler.

— Hmmm, il est délicieux.

— Surtout avec l'agneau, ajouta Christina, qui lui tendit son assiette.

Il se pencha en arrière pour étendre sa serviette immaculée sur ses genoux.

Christina se cala sur sa chaise et leva son verre.

— Je veux porter un toast, déclara-t-elle. À David.

Il leva son ballon à son tour.

— À David. Paix à son âme.

Le silence s'installa un moment lorsqu'ils commencèrent à manger.

— Tout va bien ? demanda-t-elle.

— C'est parfait, répondit-il.

La chaleur du feu de bois lui caressant le dos, il rompit un morceau de pain et le beurra.

— Je ne pensais pas au dîner. Parle-moi des problèmes de David.

— Il s'est lancé dans quelques investissements hasardeux. Je ne sais pas précisément dans quelle mesure ça va affecter les miens.

— Les tiens ? Je ne comprends pas — qu'est-ce que tu entends par là ? s'enquit Christina d'un ton inquiet.

— Oh, rien d'irrémédiable. Ne t'inquiète pas.

— Mais est-ce que ça va te causer des ennuis ? Helen était au courant ?

— Je ne pense pas.

— Il avait déjà des problèmes, quand il est venu à Ascot ? insista Christina.

— Je n'en sais rien. Je n'ai pas encore eu le temps d'examiner tous les documents.

Il ne laissait rien transparaître de son état d'esprit. Comme s'il réussissait à se dédoubler : une partie de lui savourait un repas en compagnie de son épouse, et l'autre bouillait de colère. Bien qu'il soit à ses yeux hors de question de tout perdre, il ne s'était jamais senti aussi impuissant de toute sa vie. Il avait tellement confiance en David.

Une fois le repas terminé, il resta assis, l'air préoccupé, pianotant sur une petite cuillère pendant que Christina débarrassait la table.

— Tu crois que je devrais l'appeler ? demanda-t-elle.

— Comme tu veux, répondit Jersey d'un ton détaché, avant de pousser brusquement la cuillère de côté.

— À ton avis, c'est une bonne idée ?

— Comment veux-tu que je le sache ?

— Je déteste quand tu te comportes de cette façon, se plaignit-elle en ôtant la nappe.

— Comment ça ? lâcha-t-il sèchement.

Elle lui lança un regard noir.

— Mais comme ça ! Tu me réponds de manière évasive, tu me parles d'un ton froid. Moi, j'essaie de découvrir ce qui s'est passé, c'est tout. David s'est suicidé, bon sang, et ensuite tu me dis qu'on a perdu de l'argent à cause de lui. Alors j'aimerais seulement savoir ce que...

— Chérie, je ne connais pas l'ampleur exacte de ce que David a fait ou non, la coupa Jersey, d'un ton plus doux. C'est difficile. Accorder toute sa confiance à quelqu'un pendant vingt-cinq ans, c'est très long. Je suis désolé si je me suis montré brusque, mais je dois vraiment retourner à mes documents pour tenter de tirer tout ça au clair.

De retour à son cabinet de travail, Jersey se résigna à voir la réalité en face. Mais quelqu'un devrait payer. Il lui vint à l'esprit que le suicide de David n'était que le commencement : il avait le terrible pressentiment que le risque pris avec David pouvait à présent lui coûter toute sa fortune. Il savait aussi ne pas être le seul perdant : il avait entraîné avec lui deux autres investisseurs, Wilcox et Driscoll, ses deux plus vieux amis, à qui la banqueroute du site Internet vaudrait également la ruine. En début d'année, alors que le site connaissait une croissance sensationnelle et que les actions de Jersey triplaient de valeur, il les avait contactés afin de leur conseiller d'investir. À présent, il craignait que leur confiance absolue en lui leur ait nui. Sachant pourtant qu'il devrait les appeler, il ne put se résoudre à le faire.

Une heure plus tard, Jersey ouvrit le tiroir de son bureau et en sortit les disquettes. Christina lui avait allumé un feu, et laissé une bouteille de porto accompagnée de fromage et de biscuits salés sur la table. Dans la pièce obscure et douillette, décorée de meubles en chêne massif et de rideaux en velours pourpre, Jersey tira une bouffée de cigare.

La colère lui comprimait la poitrine. Quelle mouche l'avait piqué d'investir une telle somme dans une start-up ? « Ne te mouille jamais dans quelque chose que tu ne comprends pas », lui serinait toujours son père. Et voilà qu'il avait fait exactement le contraire.

Jersey ferma les yeux. Harry Smedley, l'amusant individu au chapeau melon, avait évoqué la fierté qu'aurait ressentie le père de Jersey en le voyant ce jour-là, propriétaire d'écurie couronné de succès qui saluait la Reine et menait son champion dans la tribune du vainqueur. Il ressassa le précepte de son père — il n'avait pas seulement mis les pieds dans un domaine qu'il ne comprenait pas, mais, comme un imbécile, s'était jeté aveuglément dans un véritable cauchemar. Puis, poussé par l'avidité, il avait injecté davantage d'argent et, pire encore, encouragé les deux autres à l'imiter.

Seuls ses deux compagnons connaissaient l'origine de sa fortune. Tous les trois, ils avaient organisé et exécuté l'un des plus grands casses de l'histoire criminelle anglaise, sans jamais tomber dans les griffes de la police. Après leur dernier coup, ils avaient établi tout un ensemble de consignes, parmi lesquelles l'obligation de ne plus jamais se contacter. Mais quand David Lyons avait découvert cette véritable mine d'or, Jersey n'avait pu s'empêcher d'enfreindre les règles afin d'encourager ses anciens amis à en profiter. À présent, le filon était bel et bien épuisé, et il ne lui restait plus qu'à espérer qu'ils avaient agi plus sagement que lui.

Plusieurs jours plus tard, dans la cuisine, Christina mitonnait un repas de Noël du tonnerre.

— Je vais prendre l'air, annonça Jersey en enfilant son manteau.

Elle se tourna vers lui, les mains couvertes de farine.

— Tu veux de la compagnie ?

— Non, j'ai besoin de m'aérer la tête, c'est tout.

— C'est sûr ? Ça fait des jours que tu te terres dans ton bureau.

— C'est pour ça que j'ai envie de me promener un peu.

Lorsqu'il sortit, Christina soupira. Depuis le suicide de David, il se renfermait dans sa carapace. Chaque fois qu'elle tentait d'en apprendre plus, il lui répondait de ne pas s'inquiéter. Tant qu'il restait soucieux, néanmoins, elle ne pouvait laisser courir. Elle se lava les mains, ôta son tablier et passa un pardessus et des bottes. Elle traversa la cour pour se rendre chez Donald Fleming et frappa à la porte.

— Tiens ! Christina..., s'étonna-t-il.

— Je peux entrer ? (Il fit un pas de côté. Sa femme se trouvait dans la cuisine, occupée comme Christina à préparer le repas de Noël.) J'aimerais vous parler en privé, dit-elle, hésitante.

— Bien sûr, allons dans le salon.

Elle refusa un verre de sherry et n'ôta pas son manteau.

— Je ne sais pas si vous êtes au courant, mais David — vous l'avez rencontré à Ascot, avec Helen, son épouse...

Donald acquiesça d'un signe de tête et se servit une bière.

— Il s'est suicidé, il n'y a pas longtemps, poursuivit-elle. Je crois qu'il a commis de graves erreurs de placement, et comme c'était notre conseiller financier, il se peut que nous en fassions également les frais. Je crois que nous avons perdu de l'argent et... (elle hésita)... je suis désolée de vous demander ça, d'ailleurs si cela risque de vous compromettre, ne vous sentez surtout pas obligé de me répondre, mais je me fais du souci pour Edward. Savez-vous si nous nous trouvons dans une situation financière délicate ?

Fleming fronça les sourcils.

— Pas que je sache. Enfin, l'année a été difficile à cause de la fièvre aphteuse, mais tout le secteur d'activité en a souffert, et nous avons pris soin de réduire les dépenses. En cas de problème important, je serais le premier à l'apprendre.

Quelque peu soulagée, Christina s'attarda quelques minutes, puis rentra à la maison.

Dans la nuit froide, du givre se formait déjà, mais la neige annoncée à la météo ne tombait pas encore. Jersey marcha des kilomètres, les mains enfoncées dans les poches de son manteau, son souffle se transformant en vapeur. Noël engendrait toujours de grosses dépenses, et sans un apport de liquidités fraîches, Jersey courait au-devant de très graves ennuis.

Après s'être allumé un cigare, il s'adossa à la barrière blanche qui ceignait le paddock. La perspective de perdre son domaine lui étant insupportable, il se mit à envisager un retour à son ancienne vie. S'il ne trouvait pas rapidement de solution financière, il se verrait très vite forcé de commencer à revendre ses chevaux. Il lui fallait trouver un moyen de recouvrer ses pertes — rapidement.

Comment diable se sortir du pétrin ? Il jeta le cigare par terre et l'éteignit sous son talon. Il savait qu'il allait devoir contacter Driscoll et Wilcox, mais pas pour leur adresser ses vœux.

— Je vais aller voir un spécialiste, et peut-être essayer ce truc, le Viagra, déclara Tony Driscoll d'un air déprimé en éteignant sa lampe de chevet.

— Ne te fais pas de bile pour ça.

Liz lui soutenait qu'elle n'accordait pas d'importance à ses pannes.

— Évidemment que je m'en fais. C'est la cinquième fois ce mois-ci. Il y a *forcément* quelque chose qui cloche — je n'ai jamais eu de problème à la lever avant.

Liz poussa un soupir.

— En plus, j'ai pris du poids. (Tony frotta son torse velu puis laissa glisser sa main plus bas jusqu'aux bourrelets de son ventre.) Tu crois que c'est mon foie ?

— À mon avis, c'est plus probable que ce soit le voyage ou la chaleur.

— Ça ne m'a jamais gêné, avant. C'est la cinquième fois qu'on part en Floride, alors pourquoi d'un seul coup ça me perturberait ? Je vais moins picoler.

Liz se redressa dans le lit et battit son oreiller : il n'allait pas la laisser fermer l'œil. Elle alluma sa lampe de chevet d'un coup sec, se leva et s'enveloppa les épaules d'un peignoir en soie. À 47 ans, elle gardait mieux la ligne que son mari. Rien d'étonnant à cela, puisqu'elle n'avait rien d'autre à faire de la journée que de pratiquer la gym.

— Tu veux une tasse de thé, ou autre chose ?

— Un verre d'eau, bougonna-t-il.

D'un pas traînant, Liz alla jusqu'au réfrigérateur, et versa du Perrier dans un verre.

— Il va falloir que je commande des glaçons au service de chambre.

— Laisse tomber.

Tony se cala dans les oreillers. Les poils de son torse commençaient à grisonner, tout comme l'épaisse crinière hirsute sur son crâne. Au moins, la calvitie ne semblait pas le menacer.

Liz regagna son côté du lit.

— Je vais peut-être passer la journée au centre thalasso de l'hôtel, demain. (Elle bâilla.) Tu as quelque chose de prévu ?

— Je vais au golf, grommela-t-il.

— Tu veux que je te retrouve au club quand j'aurai fini ?

— Ouais, on se fera une balade en voiture, et ensuite on réservera une bonne table pour le dîner. Le restaurant de l'hôtel, ça te va ?

— Je ne sais pas. Je ne suis même pas allée voir de quoi il a l'air, j'ai seulement lu le dépliant. Après tout ce temps passé dans l'avion, une séance d'étirements et un massage ne seraient pas de refus. Je demanderai peut-être à voir un coiffeur et une manucure, aussi. On peut se retrouver à 5 heures, si tu veux.

— Je vais pas passer la journée au golf, bordel.

— Dans ce cas, tu n'as qu'à venir me prendre ici, d'accord ? Et ne sois pas désagréable. Je n'y peux rien si tu es impuissant.

— Je suis pas impuissant, putain ! ragea-t-il.

Le sourire forcé de Liz laissa place au rire, et il sut qu'elle le taquinait.

— Allez, dégage, la rabroua-t-il, sans toutefois pouvoir s'empêcher de sourire.

Elle le caressa et lui embrassa la poitrine.

— Je vais essayer de dormir maintenant, lui dit-il.

Avant qu'elle ait eu le temps de faire une deuxième tentative, il se retourna. La perspective de deux échecs dans la même soirée lui était insupportable.

Liz se leva, alla jusqu'à la commode et, d'un petit mouvement sec, rejeta en arrière ses longues mèches blondes.

Elle se contempla quelques instants, puis se pencha plus en avant pour s'examiner le visage.

— J'ai horreur de cette lumière, marmonna-t-elle, soulignant du doigt les rides aux commissures de ses lèvres.

Elles semblaient plus profondes que jamais, même si elle avait eu récemment recours au lifting. Elle pinça les lèvres : elles aussi avaient été « regonflées » au collagène.

— Tu ne reviens pas te coucher ? demanda Tony.

Liz inspectait les plis entre ses yeux. Normalement, elle ne devrait pas être capable de les froncer, ses sourcils devaient rester figés.

— J'ai l'impression que ces injections de Botox ne sont pas efficaces, Tony.

— De toute façon, je trouve ces opérations débiles, alors t'injecter du poison dans le visage, je t'en parle même pas. Faut être barge.

Liz poussa les lèvres en avant. Au moins, sa nouvelle bouche était très réussie. Seules les rides la tracassaient.

— Qu'est-ce que tu fais ? demanda-t-il.

— Un petit pissou. Ça ne te dérange pas ?

Elle ferma la porte et, dans l'intimité de sa salle de bains privée, se donna le plaisir que son mari n'avait su lui procurer.

Liz et Tony dormaient tous les deux profondément lorsque le téléphone sonna. Tony se redressa d'un bond.

— Putain, qu'est-ce que... Quelle heure il est ?

Liz gémit.

— C'est peut-être un des enfants.

— Si c'est le cas, ils vont m'entendre. Il n'est que 4 heures du matin.

Le téléphone continua de sonner pendant qu'il passait un peignoir.

— Alors, tu réponds, oui ou non ? s'impatienta Liz, inquiète à présent.

— D'accord, d'accord.

Il décrocha brusquement.

— Allô ?

— C'est le Colonel, annonça la voix douce à l'autre bout de la ligne.

Tony le mit en attente et posa le combiné. Il jeta un rapide coup d'œil à Liz et dit :

— C'est bon, c'est pour le boulot. Je vais dans le salon.

Il quitta la chambre.

— Le boulot ? répéta-t-elle d'un ton agacé.

Puis elle se laissa tomber en arrière, soulagée que ses enfants aillent bien. Ils lui manquaient, mais étant trop grands pour accompagner leurs parents en vacances, même en Floride, ils passaient les leurs chez des amis dans le sud de la

France. Elle se demanda si leurs cadeaux leur avaient plu. Sans doute trop empressés pour attendre le jour de Noël, ils avaient déjà dû les ouvrir. Michelle devait trouver sous le sapin un collier en or décoré de son prénom en lettres de diamant, un bracelet assorti et sa carte de crédit personnelle sur un compte approvisionné de cinq mille livres d'argent de poche — à 17 ans, tenant fort heureusement de sa mère, elle était d'une beauté éblouissante. Michael, lui, ressemblait comme deux gouttes d'eau à son père : râblé, il avait les yeux foncés et d'épais cheveux frisés. Son cadeau était une Lotus dont il recevrait les clés dans une boîte en or. Âgé de 19 ans, il suivait sa première année d'études de commerce à l'université de Liverpool. Liz doutait qu'une voiture de sport lui convienne : contrairement à sa sœur, il était d'un tempérament calme et studieux. Elle s'inquiétait beaucoup plus à son sujet qu'à celui de Michelle, jeune fille très sociable et presque aussi superficielle et dépensière que sa mère. Liz savait Michelle gâtée, surtout par son père, qu'elle rendait gaga. Un beau mariage avec un garçon bien sous tous rapports, voilà ce que tous les deux lui souhaitaient. Pour le moment, la vie sentimentale de Michelle n'était qu'un défilé incessant de petits amis, tous issus de familles fortunées. Liz, ayant la ferme intention que sa fille ne tombe pas enceinte, s'assurait qu'elle prenne bien toutes les précautions nécessaires. Elles partageaient ce petit secret mère-fille : Tony verrait d'un mauvais œil que sa princesse prenne la pilule. Elle bâilla et jeta un coup d'œil à son réveil. Alors que Tony était censé être en semi-retraite, le voyant rouge du téléphone brillait toujours.

— Tony ? Qu'est-ce qui se passe ? Tony ?

— J'arrive tout de suite, chérie.

Assis sur le somptueux canapé à six places, Driscoll avait le combiné collé à l'oreille. Sans quasiment prononcer un seul mot, il écoutait le ton doux et le débit saccadé de Jersey, qu'il avait immédiatement reconnus. Personne d'autre qu'eux n'employait le surnom de Colonel, dont Wilcox et lui l'avaient affublé. Driscoll, le cœur qui battait la chamade et la bouche sèche, transpirait à grosses gouttes. Il ne l'interrompit pas, se contentant de temps à autre d'émettre un léger grognement.

— On ne peut rien faire avant la fin des vacances de Noël, mais on se rencontrera à ton retour, annonça Jersey. Au lieu de rendez-vous habituel, le Ritz, mais je te rappellerai dès que j'aurai plus de détails. Tony ?

— On rentre à la mi-janvier.

— Parfait. Je contacterai James pour le prévenir aussi.

— Il est à Aspen.

— Je sais.

Driscoll attendit quelques secondes avant de reprendre la parole :

— Il n'y a pas d'erreur possible par hasard ? Tout ça, t'en es sûr ?

— Je le crains. David s'est suicidé, c'est une preuve suffisante. C'est du vilain. Il va me falloir du temps pour y voir plus clair. Je suis sincèrement navré, Tony. À mes yeux, tout est ma faute, et je vais essayer de trouver un moyen de récupérer notre argent.

— J'ai placé tous mes œufs dans ce panier, dit Driscoll en fermant les yeux.

— C'est notre cas à tous, je crois, mais comme je te l'ai dit, je me sens responsable.

— Enfin, bon, on est tous majeurs et vaccinés. À ce que je sache, tu ne m'as jamais forcé la main, mais j'aimerais bien savoir ce qui a merdé. C'est quand même une affaire de millions, bordel !

Ayant débuté en tant que coursier chez Ronnie Jersey, Tony Driscoll avait ensuite judicieusement utilisé son argent. Avec ses premiers gains au début de leurs activités criminelles, il s'était lancé dans le ramassage d'ordures, avait ouvert de grandes décharges et acheté tout un parc de camions. Au milieu des années 70, il avait épousé Liz, sa secrétaire, et au début des années 80, après la naissance de leurs enfants, ils avaient quitté Cobham pour s'installer dans une immense demeure imitation Tudor aux abords de Guildford. Par ses donations et sa participation à son comité de direction, Driscoll avait commencé à jouer un rôle important dans la branche locale du parti travailliste. Mais repenser à sa vie criminelle passée le galvanisa et fit jaillir l'adrénaline dans ses veines fatiguées. Il regagna la chambre à coucher.

Liz dormait à poings fermés. Elle se réveilla au contact de Tony qui lui caressait les seins — soudain, il lui grimpa dessus comme un possédé. Elle n'essaya pas de l'arrêter lorsqu'il la prit avec une fougue qui la fit crier de plaisir.

— Eh ben, il a dû être super, ton coup de fil, dit-elle en gloussant. En tout cas, je ne sais pas qui c'était, mais demande-lui de ne pas t'appeler plus d'une fois par semaine, parce que tous les soirs, ça serait trop pour moi. Tony ? On t'a annoncé une bonne nouvelle ?

Il ferma les yeux.

— Oui, et je suis claqué maintenant.

Il se retourna et plongea quasi instantanément dans un profond sommeil, la laissant éveillée, le sourire aux lèvres.

Liz ignorait tout de l'ancienne vie de Tony. Jamais aucun de ses associés n'avait donné l'impression de ne pas être intègre à cent pour cent. D'ailleurs, Tony faisait preuve d'une réelle fixation sur l'honnêteté : il s'était même emporté contre son comptable lorsque celui-ci avait suggéré un recours à des combines dans des paradis fiscaux.

Si quelqu'un avait insinué devant Liz que son époux avait participé à certains des casses les plus fameux jamais commis en Angleterre, elle lui aurait ri au nez. Pas son Tony. Lui qui devenait parano s'ils tardaient à payer le laitier. Elle l'aimait, lui témoignait une confiance absolue, et ne l'avait jamais trompé de tout leur mariage, même si récemment elle fantasmait à ce sujet, surtout depuis qu'elle avait engagé un professeur de gym à domicile. En bien des points, Tony traitait Liz comme Jersey traitait Christina : il la choyait et lui vouait de l'adoration, mais la laissait dans l'ignorance la plus totale concernant son passé. C'était une des règles imposées par le Colonel. Elle n'avait jamais entendu parler d'Edward de Jersey, tout comme Christina ne connaissait pas les noms de Tony Driscoll et James Wilcox. Les trois complices avaient établi les règles « de la liberté », leur tactique de survie. Moins on en savait sur eux, plus ils seraient en sécurité. Leurs secrets restaient donc profondément enfouis et protégés par toute une série de mensonges bien rodés. Jersey s'était montré sage en insistant pour que tous taisent complètement leur histoire.

À son réveil, Driscoll hésita à appeler Wilcox mais préféra ne pas le faire. Selon la première règle du Colonel, ils devaient éviter tout contact, sauf en cas d'absolue nécessité. Driscoll resta assis seul, se demandant combien Wilcox avait perdu. Il se sentait assommé, presque incapable d'analyser la situation. La main tremblante, il se servit un autre verre de whisky. Quelle que soit la proposition du Colonel pour les sortir du pétrin, il ne participerait pas à un nouveau casse. Mais il ne pouvait quitter des yeux la porte de la chambre, réfléchissant à la façon dont il pourrait expliquer ses problèmes à Liz. Il devrait se débarrasser de sa maîtresse afin de vendre l'appartement dans lequel elle vivait. Encore un secret qu'il cachait à Liz. Il commença à calculer combien il lui resterait et conclut qu'il serait forcé de mettre rapidement de l'immobilier en vente, y compris sa villa en Espagne. Ses pensées se portèrent de nouveau sur Wilcox. Il savait que ses pertes seraient encore plus lourdes. Son ami, véritable panier percé, devait de plus entretenir quatre ex-épouses, sans compter sa ribambelle d'enfants.

Les montagnes couvertes de neige, la lumière du soleil levant se déversant entre leurs sommets, offraient un spectacle magnifique. Aspen possédait un formidable domaine skiable et procurait une vie sociale fantastique, raisons pour lesquelles James Wilcox et sa compagne du moment, Rika, y avaient réservé leurs vacances de Noël deux ans d'affilée. Sans être aussi fortuné que Driscoll et Jersey, Wilcox avait tout de même réussi à transformer ses gains en activité lucrative, notamment grâce à quelques acquisitions judicieuses dans le commerce de l'automobile. À une époque, il possédait même des restaurants et des garages, mais il avait récemment choisi de mettre ses biens en gérance en faveur d'un plan de semi-retraite. Il projetait de faire ses valises et de partir vivre à l'étranger. Il n'était resté en Angleterre tout ce temps que pour élever ses six enfants. À présent, tous les adolescents les plus âgés vivaient en internat ou allaient entrer à l'université ; seuls les deux petits derniers, des jumeaux, allaient encore à l'école. S'installer à Genève, garder une petite maison en Angleterre et envoyer les garçons en pensionnat s'avérerait désormais plus simple.

À l'origine, Rika était leur nounou. À son arrivée chez lui, après avoir quitté son Ukraine natale, elle ne parlait pas un traître mot d'anglais. Belle blonde pulpeuse, elle avait pris ses quartiers dans la chambre principale au bout de six mois. Wilcox savait que même s'il le désirait, il serait ardu de mettre un terme à cette relation : Rika savait reconnaître un bon parti et, née pauvre, elle nourrissait la ferme intention de devenir Madame Wilcox numéro 5.

À 59 ans, Wilcox gardait la ligne grâce à des séances quotidiennes de musculation. En été, il courait environ quatre-vingts kilomètres par semaine, pratiquait le vélo et le tennis. Toujours séduisant, il n'avait pris que récemment un léger embonpoint inhérent à son âge et à son train de vie très confortable. Rika n'ayant que 28 ans, ils plaisantaient souvent du fait qu'il ne réussirait pas indéfiniment à rester à la hauteur. Il comprenait à peine ce qu'elle lui racontait tant son anglais restait affreux, mais ce compromis lui convenait : les conversations profondes ne l'intéressaient pas, et en plus d'être une bombe sexuelle, Rika s'occupait bien des enfants et se chargeait à merveille de l'entretien de ses différentes maisons. Et il trouvait toujours le temps de tirer un coup à droite à gauche. Il ne savait pas résister à une jolie fille.

En fait, Wilcox débordait d'énergie, et cinq heures de sommeil par nuit lui suffisaient. À cause des vitamines qu'il ingurgitait par poignées chaque matin, il crépitait presque. Il mangeait avec parcimonie, buvait peu, et ne fumait le cigare qu'occasionnellement. Son seul vice était la cocaïne : il en sniffait des montagnes, et en avait toujours besoin pour démarrer la journée.

Wilcox avait rencontré Jersey à l'académie militaire de Sandhurst, qu'ils avaient quittée à peu près au même moment. Wilcox, lui, s'était fait renvoyer pour avoir cogné un officier. Bien que devant sa fortune à Jersey, il l'avait cependant entretenue et fait fructifier seul. Ses précédents passages devant l'autel s'étant tous conclus par un désastre, il remerciait souvent le Seigneur que Jersey l'ait poussé à promettre de ne jamais parler de son passé à ses épouses. Sans cela, il le savait bien, elles l'auraient complètement essoré à coups de pensions alimentaires, et il croupirait certainement en prison depuis longtemps. Il savourait sa semi-retraite, prenait plaisir à acheter et revendre des voitures de luxe — son ancien passe-temps s'était transformé en activité lucrative. À l'instar de Jersey, qu'il considérait comme un héros, Wilcox travaillait lui aussi en toute légalité, mais, au fil des ans, incapable de résister aux femmes et aux véhicules haut de gamme, il avait dilapidé une bonne partie de son pécule. Néanmoins, malgré sa prodigalité, il possédait toujours une fortune considérable. Leur dernier casse l'avait mis à l'abri du besoin pour le restant de ses jours. Toutefois, lorsque Jersey lui avait fait part du placement dans cette entreprise Internet, il avait accepté de se joindre à eux. À l'époque, Wilcox avait pris le chemin du Ritz, plein d'appréhension concernant les motivations du Colonel. Il avait cependant vite découvert que Driscoll partageait ses craintes et qu'il refuserait de participer à d'autres activités criminelles. Pourquoi prendre de nouveaux risques, surtout à leur âge ? Mais lorsqu'il les avait rejoints, Jersey les avait vite rassurés. D'ailleurs, il s'était même moqué d'eux. Il ne comptait pas leur proposer un nouveau coup, loin de là.

— Le Colonel est à la retraite, avait expliqué Jersey. Il goûte un repos bien mérité. Je viens vous offrir l'occasion de doubler votre épargne, sans risque, en toute légalité.

Jersey leur avait exposé sa proposition en détail.

L'investissement concernait une start-up américaine. Il possédait des renseignements privilégiés comme quoi en moins de six mois, s'ils investissaient immédiatement, ils deviendraient milliardaires. Jersey avait déjà triplé sa mise initiale. Les deux autres l'imitèrent donc, et tous les trois devinrent les actionnaires majoritaires de leadingleisurewear.com[1]. La valeur de leurs actions creva le plafond. Le site Internet devint l'un des plus populaires du pays, et la presse encensa son immense succès. Wilcox avait même hypothéqué sa maison afin d'investir davantage. Comme Driscoll, il croyait sincèrement sa fortune parfaitement à l'abri. Il n'avait aucune raison d'imaginer le contraire. David Lyons avait continué à louer l'entreprise et à leur adresser des détails sur l'incroyable rendement et les bénéfices prévus. Aussi était-il aussi peu préparé que Driscoll au coup de téléphone de Jersey.

Il était affalé dans le sauna du chalet, couvert de sueur, quand Rika ouvrit la porte. Elle portait un peignoir en soie noire, ses longs cheveux blonds tombant en natte dans son dos, et à en juger par l'expression de son visage, elle semblait énervée. Elle tenait un écrin à la main, et la colère lui déformait le visage.

— Je trouvé ça dans la valise, lâcha-t-elle avec un fort accent russe.

— Quoi ?

Il s'entoura la taille d'une serviette de bain.

— Je est pas une idiote, Jimmy, cria-t-elle. Moi j'emmené à Aspen les cadeaux que tu me donné, ceux pour moi et ceux pour les enfants. Alors ça pour qui c'est ?

Elle lui agita la petite boîte sous le nez.

Il soupira et se leva, la dépassant d'une bonne tête, puis quitta la pièce.

1. Soit « le meilleur du vêtement de sport ». *(N.d.T.)*

— Tu me tournes pas ton dos. Je te déteste ! hurla-t-elle.

Il lui prit l'écrin des mains et l'ouvrit d'un coup sec.

— Tu l'as bien regardée, Rika ? Tu ne la reconnais pas ?

— Non, je reconnais pas.

— Eh bien, tu devrais. Rappelle-toi, à Noël dernier, ce dîner de charité auquel nous avons assisté. Sylvester Stallone était là. Nous partagions la table de Goldie Hawn.

— Et alors ? demanda-t-elle, les mains sur les hanches.

— Eh bien, cette bague est identique à celle que portait Goldie Hawn, qui à force de te voir la reluquer a fini par t'expliquer qu'elle venait de chez un joaillier d'ici. Alors j'en ai commandé une pour toi l'année dernière, mais elle n'a pas été prête à temps. Je l'ai payée, j'ai demandé à ce qu'ils me la mettent de côté. Hier, quand je suis parti skier, je suis allé la retirer. C'est trois diamants sur du platine et de l'or jaune. Tu ne la veux pas ? Très bien, je la balance !

À grands pas, il alla à la fenêtre, et elle lui courut après.

— Non, s'il te plaît !

— Ah, tu la veux maintenant, pas vrai ?

— Je m'excuse.

— Ouais, bon, t'as fichu la surprise en l'air. Ça commence à me taper sur les nerfs, tout ça, Rika.

Elle se mit à pleurer. Il l'embrassa, et elle glissa la bague à son doigt.

— Je peux terminer mon sauna maintenant ?

— Oui, je préparer le petit déjeuner. Je vraiment

désolée. C'est parce que je te aime très beaucoup, c'est tout.

Il rentra dans le sauna et ferma la porte. Tout n'était qu'un mensonge, bien sûr. Il avait acheté la bague pour Cameron, sa maîtresse en Angleterre, et prévoyait de la lui offrir à son retour. Il venait de verser de l'huile essentielle de pin sur les braises lorsque la porte s'ouvrit de nouveau.

— Un coup de téléphone pour toi.

— Qui ça ? demanda-t-il sèchement.

— Je sais pas. Tu veux que j'apporte ici ?

— Ouais.

Elle ferma la porte et revint un instant plus tard avec le portable de Wilcox, qu'elle lui passa avant de se retirer.

— Wilcox, j'écoute.

— Bonjour, Jimmy, lui dit-on d'un ton doux. C'est le Colonel.

— Ah.

Entendre la voix de Jersey le surprit, et son estomac fut pris d'un tressautement.

— Écoute, je vais aller droit au but. Je ne t'appelle pas pour te parler de la pluie et du beau temps, mais pour t'annoncer une mauvaise nouvelle, alors je ne vais pas prendre de pincettes.

Sans l'interrompre, Wilcox écouta Jersey lui expliquer dans les grandes lignes la banqueroute de la start-up.

— Mais je ne comprends pas. Lyons ne peut pas arranger ça ?

— Ça m'étonnerait, Jimmy. Il est mort. Il s'est foutu en l'air.

Rika, vêtue d'une combinaison de ski bleu

marine et d'un sweat-shirt blanc, avait préparé le petit déjeuner. Wilcox se montrait extrêmement exigeant concernant l'art de dresser une table, dans lequel sa compagne avait fini par exceller. Des serviettes de lin blanc fraîchement repassées étaient disposées à côté des assiettes et tasses à café en porcelaine délicate.

— Je retrouver les garçons sur les pistes. Tu nous rejoindre plus tard ?

— Non, pas ce matin. J'ai deux ou trois trucs à faire. On pourrait se donner rendez-vous à midi et emmener les garçons au gril.

— Mais cet endroit tu aimes pas, non ?

— Je sais, mais eux ils adorent. Ce soir, je vais réserver une bonne table pour nous deux, et peut-être qu'on ira danser. Ça te branche ?

Elle lui passa les bras autour du cou.

— Parfait.

— Il faut encore commander le sapin, acheter d'autres décorations, et trouver nos derniers achats, ce que tu détestes, je le sais.

Il lui tendit une liasse de billets.

— Toi inquiète pas pour ça. Je t'aime, dit-elle.

— Moi aussi, je t'aime.

Bien qu'il ne laissât rien transparaître des effets de la bombe qui venait de le frapper, pour une raison ou une autre, Rika comprit qu'un souci le préoccupait. Elle lui prit le menton dans les mains.

— Tu dirais à Rika si quelque chose pas bien t'arrive, oui ?

— Bien sûr. Allez, vas-y maintenant. À tout à l'heure.

Arrivée à la porte, elle marqua un temps d'arrêt et se retourna vers lui, l'air perplexe. Ses humeurs, sa dépendance à la cocaïne, son mauvais caractère et son côté tendre, rien chez lui n'avait de secret pour elle, mais, là, elle percevait soudain chez Wilcox une attitude inhabituelle. Elle le trouvait calme mais fatigué. Un poids semblait lui peser sur les épaules.

— Je m'occuper de toi très bien, dit-elle doucement.

Wilcox sourit.

— Ouais. Allez, va retrouver les gamins maintenant.

Cette fois, elle partit, et il soupira en fermant les yeux. Sa fortune entière — grosso modo quelques centaines de milliers de livres — s'était envolée. David Lyons s'était donné la mort — tout en cassant la coquille de son œuf d'un coup de cuillère, Wilcox regretta de ne pas lui avoir tordu le cou lui-même. Tout comme Driscoll, il n'éprouvait aucune rancune à l'égard de Jersey : il avait pris seul la décision de financer cette start-up. Et même après tout ce temps, il comptait toujours sur Jersey pour les sortir du pétrin. En son for intérieur, cependant, il avait peur. Il se demanda si Jersey devait ressusciter le Colonel.

3

Assis devant son ordinateur, Jersey y glissait disquette sur disquette et prenait des notes. Sur un journal ouvert en travers du bureau, un article traitant de la chute des valeurs de la nouvelle économie était entouré en rouge. Certains comparaient la situation actuelle au krach boursier de 1929, mais se savoir en bonne compagnie dans ses ennuis ne le consolait en rien. Voilà ce que les titres affichaient en caractères gras : « Ces nababs qui ont perdu un milliard du jour au lendemain » et « Des fortunes de stars envolées en fumée ». On expliquait que cinq investisseurs britanniques avaient perdu un milliard en moins d'un an, et cinq autres plus d'un demi-milliard. Seul point positif, son nom n'apparaissait nulle part.

Leadingleisurewear.com était l'un des premiers sites de vente de vêtements en ligne d'Europe, et on avait confirmé sa mise en liquidation. La société avait dépensé quasiment deux cent trente millions de livres depuis son lancement dix-huit mois plus tôt. Le personnel du siège social apprit l'effondrement de l'entreprise, qui allait entraîner dans sa chute l'ensemble de ses investisseurs. Son fondateur, Alex Moreno, reconnaissait que la société, ayant peut-être pâti d'être trop novatrice, avait échoué à maîtriser son budget.

Jersey nota et souligna le nom de l'homme sur son bloc et continua à parcourir les comptes rendus, établis à son attention par David, qui dressaient la liste des précédentes entreprises créées par Moreno. Loin d'en être à son coup d'essai, ce dernier avait, au cours des six années précédentes, lancé quatre start-up avec succès, mais reconnaissait « mener une vie de luxe » et « vivre au-dessus de ses moyens ». Ensuite, Jersey lut un article longuet dans lequel Moreno exprimait ses profonds regrets mais déclarait garder la certitude que l'entreprise s'était trouvée sur la bonne voie. Dans le but de devenir le plus grand détaillant de vêtements en ligne au monde, ses dirigeants avaient inconsidérément dépensé en bureaux à Londres, New York, Stockholm, en Allemagne et en Suède, ainsi qu'en publicité et en extras.

À la lecture de la description du train de vie scandaleux des jeunes cadres, Jersey faillit mordre dans son cigare : ils avaient acheté des tas de voitures, logé dans des hôtels de prestige, des maisons et des appartements luxueux. L'article décrivait les grands perdants de cette banqueroute comme « un aristocrate anglais et deux autres hommes d'affaires britanniques ». En tant qu'actionnaire majoritaire, c'est Jersey qui avait perdu le plus : presque cent millions de livres.

Lorsque Jersey, ayant terminé d'examiner toute la compilation de documents, éteignit son ordinateur, l'horloge affichait presque 5 heures du matin. Ses pertes s'avéraient bien plus dramatiques que prévu, et il paraissait plus que probable que Wilcox et Driscoll connaissent le même sort. Il ne lui restait plus que son compte des îles Cayman. Les trois millions qu'il y avait mis de côté représentaient désormais son seul pécule et, David mort, il lui faudrait accéder personnellement à son argent.

Il déverrouilla un tiroir, où il glissa son bloc-notes contenant les noms des fondateurs de leadingleisurewear, leur dernière adresse en date et des détails concernant leurs tentatives de vendre les ruines de la société. Moreno ayant déjà créé une nouvelle entreprise, on pouvait retrouver sa trace, Jersey en avait la ferme intention.

Pendant la nuit, il avait neigé abondamment, et le jour de Noël, le domaine de Jersey ressemblait à une campagne enneigée de carte postale. Christina avait décoré la maison de guirlandes avec des branchages de sapin et du houx argenté ; un sapin immense dans l'entrée, où le même ton argent dominait, montait jusqu'au plafond. Elle adorait Noël. Après des jours passés à cuisiner, elle avait préparé des paniers remplis de pudding, de gâteaux et de tartelettes aux raisins secs et aux épices, qu'elle comptait offrir aux membres du personnel et de la paroisse locale. Elle se délectait des odeurs qui flottaient dans toute la maison, et, surtout, se réjouissait de voir sa famille réunie. La veille, Natasha et Leonie étaient rentrées de Suisse, où elles avaient skié quelques jours en compagnie de camarades de classe dont les parents possédaient un chalet. Agées de 17 et 15 ans, les jeunes filles tenaient leur beauté de leur mère. Même si Jersey les gâtait, il restait un père strict et aimait qu'on respecte les règles de la maison. Leurs copines étaient toujours les bienvenues, à condition de prévenir. Il n'encourageait jamais personne à passer à l'improviste : il accordait trop de valeur à son intimité, ce que sa famille comprenait.

À présent, le traditionnel pot battait son plein, et tout le personnel de Jersey y assistait. Christina avait choisi des cadeaux pour chaque employé et sa famille, et tous recevraient aussi une petite prime de la part du patron. Personne ne serait oublié.

Devant la porte d'entrée, Jersey regardait dehors, la gorge nouée. Chargé de deux hottes pleines de présents que le personnel offrait à Jersey, Royal Flush traversait tranquillement l'étendue de neige. Revêtu d'une couverture de velours rouge, la crinière décorée d'une brindille de houx, son souffle se transformait en vapeur. Tous vinrent entourer Jersey et entonnèrent « C'est un bien joyeux drille ». Il s'approcha de son champion pour lui caresser les naseaux. Pas question de perdre tout cela, se dit-il. Depuis toujours, c'était ce qu'il rêvait de posséder.

Durant la fête qui suivit, Jersey s'éclipsa quelque temps sans que personne remarque son absence. Christina alla le chercher par hasard dans leur chambre et fut surprise de le trouver en train d'enfiler ses jodhpurs.

— Qu'est-ce que tu fais, chéri ?

— J'ai envie de monter un peu. Ce ne sera pas long.

— Mais c'est bientôt l'heure du déjeuner. Je croyais que tu voulais passer à table à 4 heures.

— Je serai revenu d'ici là. Je t'en prie, je suis désolé, mais j'ai besoin de prendre un peu l'air.

Il sella Royal Flush et le dirigea vers la piste aux abords de la ferme. Avançant au petit galop, il ne voyait sur la neige que des empreintes de renards et d'oiseaux. Tandis que ses poumons s'emplissaient d'air glacé, ses pensées se portèrent avec une plus grande lucidité sur ses problèmes. À son retour, il avait pris la décision de partir à la première heure le lendemain matin. Il s'arrangerait pour que son pilote obtienne la permission de se poser à l'héliport privé de Heathrow, d'où il prendrait un avion pour New York. Aux États-Unis, les vacances se terminaient le 26 et, ayant l'intention de rendre une petite visite surprise à Alex Moreno, il le trouverait sûrement à son travail.

Le repas atteignit son apogée avec le pudding, illuminé par des tiges à étincelles bleues et accueilli à grand renfort d'applaudissements. Christina portait son cadeau au poignet, un magnifique bracelet de diamants. Jersey, qui détestait le tape-à-l'œil, avait également offert à ses filles un bijou aussi raffiné que celui de leur mère. De son côté, il avait reçu des cigares, des chaussettes, et un splendide gilet brodé de la part des filles.

Après le café, qu'ils prirent dans le salon, ils jouèrent au Scrabble devant le feu de bois crépitant. À 19 heures, Natasha et Leonie partirent se préparer pour une fête. Le manteau de la cheminée croulait sous les cartes d'invitation, non seulement pour les filles, mais aussi pour Christina et Jersey, même si ce dernier les acceptait rarement. Christina se blottit contre Jersey, les bras passés mollement autour de ses genoux.

— Je dois partir à Londres demain, lui

annonça-t-il. Ça ne devrait pas me prendre plus de deux jours. Je suis désolé, c'est pour les affaires.

— Mais c'est Boxing Day[1] ! s'exclama Christina.

— Je sais bien, mais je dois vraiment y aller. Je te revaudrai ça.

Elle le regarda dans les yeux.

— C'est en rapport avec David, n'est-ce pas ?

— Non. Pourquoi cette question ?

— Je t'en prie, ne me prends pas pour une imbécile, soupira Christina. Depuis la mort de David, tu te comportes d'une drôle de façon... ce qui peut se comprendre, je suppose. S'il te plaît, dis-moi la vérité. C'est à cause de David ?

— Oui, avoua-t-il. Il a laissé quelques affaires en plan dont je dois m'occuper au plus vite. J'ai rendez-vous avec un banquier qui va m'aider à décanter tout ça.

— D'accord alors, mais ne pars pas plus d'une nuit ou deux — tu veux que je t'accompagne ?

— Non, reste avec les filles. Plus tôt je partirai, plus vite je pourrai rentrer, mais il se peut qu'il me faille trois ou quatre jours. Si jamais j'ai besoin de plus de temps, je t'appellerai.

Christina alla jeter une nouvelle bûche dans le feu, puis regarda brièvement le manteau de la cheminée : une carte de vœux envoyée par la Reine s'y trouvait en place d'honneur. À la vue des armoiries sur l'enveloppe, son mari avait été extrêmement fier. Elle savait qu'il convoitait une entrée dans la haute société, sans toutefois en comprendre les raisons. Mais, à vrai dire, elle ignorait presque tout de son passé — à leur rencontre, la mère de Jersey, son dernier parent, venait de mourir. Parfois,

1. Lendemain de Noël. *(N.d.T.)*

elle regrettait de ne pas en savoir davantage sur l'homme complexe qu'elle avait épousé.

— À quoi tu penses ? demanda-t-il avant de l'embrasser dans le cou.

— J'admirais la carte de vœux de la Reine.

Jersey rit, ce qui la fit sourire de contentement. Sa seule présence semblait suffire au bonheur de Christina.

— Pourquoi tu ne me parles jamais de ta famille ? s'enquit-elle soudain. Tu es toujours adorable avec mes parents pendant leurs séjours ici, mais depuis qu'on est mariés, je n'ai rien appris sur les tiens.

— Qu'est-ce qui te fait penser à ça ?

— Je ne sais pas. Enfin, en vérité, si. Parfois, tu es absent — je veux dire, tu pars dans tes pensées. Je sais que cette histoire avec David te tracasse mais, d'après toi, il n'y a rien de très grave. Et voilà que tu dois aller voir un banquier le lendemain de Noël. Alors je ne comprends pas. Si c'est vraiment grave, pourquoi tu ne me le dis pas, que je puisse t'épauler ?

Jersey dut prendre sur lui pour garder son calme.

— C'est le seul moment où ce banquier peut me recevoir. Mes parents sont décédés il y a très longtemps, et je me demande pourquoi tu t'intéresses subitement à eux. Tu sais tout ce qu'il faut savoir.

— Non, ce n'est pas vrai, persista Christina.

— Bien sûr que si, répliqua sèchement Jersey. Je crois que tu as bu trop de champagne.

— Mais pas du tout ! (Elle marqua un temps d'hésitation, puis essaya de détendre l'atmosphère.) Le pasteur, en revanche, il avait trop bu, lui.

Elle s'accouda contre la cheminée et observa son mari.

— À quoi ça ressemblait, chez toi, Edward ? demanda-t-elle d'un ton hésitant.

Il cligna rapidement des yeux, puis s'assit et posa la tête dans ses mains.

— Tout était toujours impeccable. Ma mère avait coutume de dire qu'on pouvait manger par terre. Nous installions toujours un sapin devant la fenêtre du salon, et des guirlandes de papier dans tout le vestibule. En général, on allumait un grand feu — enfin, il avait l'air immense, mais en fait le foyer était tout petit. La cheminée était décorée de carreaux rosés et d'un animal en cuivre de chaque côté.

Christina le regarda fixement.

— À t'entendre, ça avait l'air...

— Impeccable.

— Non, chaleureux.

— C'est vrai. Tout le monde adorait mes parents. (Il changea de sujet.) Bon, comme je pars demain, je pensais qu'on pourrait peut-être monter se coucher pas trop tard, dit-il en lui prenant les seins dans les mains.

Ils s'embrassèrent avec passion, puis il la prit dans ses bras et la porta vers l'escalier.

Jersey fixa un instant le plafond, puis le visage paisible de sa femme endormie à ses côtés. Il lui chassa une mèche de cheveux de la joue. Son précédent mariage lui semblait appartenir à une autre vie. Il avait rencontré Gail Raynor, sa première épouse, en boîte de nuit. Son père, agent immobilier fortuné possédant des succursales dans tout Londres, avait fait d'elle une « fille à papa » pourrie-gâtée de la pire espèce. Après une scolarité à Roedean, une des écoles privées les plus cotées d'Angleterre, elle terminait à l'époque ses études en Suisse. Âgée d'un peu plus de 20 ans, sa vie se résumait à une ronde incessante de fêtes et de soirées en boîte. Elle s'exprimait avec un nasillement agaçant et des manières hautaines pires que celles de ses amies débutantes. Gail avait un physique juvénile, des cheveux auburn très longs qui lui tombaient à la taille. Elle portait des minijupes qui dévoilaient ses longues jambes, mises en valeur par des bottes hautes Courrèges blanches. Ses doigts fins se terminaient par des ongles parfaitement ovales. Lorsqu'il l'avait vue dans la pénombre du Piccadilly Blue Elephant Club, dansant de manière provocatrice, elle lui avait fait l'impression d'un ange de la tentation. Toujours rempli de vedettes et de personnalités en vue, le Blue Elephant Club était l'endroit branché où il fallait se montrer. Jersey y accompagnait Wilcox. Même dans sa jeunesse, Jersey ne fréquentait pas les boîtes de nuit de façon régulière. Wilcox, alors habitué de tous les night-clubs du West End, l'avait convaincu de l'y accompagner. Ils n'avaient pas encore exécuté leur dernier casse, ni convenu de prendre des chemins séparés. Wilcox, chaud lapin insatiable, semblait toujours sortir avec une kyrielle de filles. D'ailleurs, c'est lui qui avait présenté Gail Raynor à Jersey.

— Tu n'arrives pas à dormir ? murmura Christina, l'interrompant dans ses pensées.

— Non, je rêvassais.

Elle se redressa dans le lit et s'appuya sur le coude.

— À quoi ?

— À ma vie avant toi.

— Tu veux parler de l'époque où tu vivais avec... Comment s'appelait-elle déjà ?

— Gail, répondit-il, peu désireux d'en discuter.

— Tu penses souvent à elle ?

— D'habitude, non. Ce doit être à cause de la mort de David. J'ai l'esprit tout chamboulé. Je gamberge beaucoup.

— À quoi ?

— Je me dis qu'il est étrange que je me sois engagé avec Gail. Honnêtement, je crois que la réussite de son père m'impressionnait plus qu'elle.

— Pourquoi ?

Regrettant d'avoir entamé cette discussion, il soupira :

— Peut-être parce que j'avais perdu le mien et que celui de Gail me poussait à aller de l'avant. Je ne savais pas vraiment quelle direction donner à ma vie, et lui, il m'a mis sur les rails.

— En t'accordant la main de sa fille, dit Christina en bâillant.

— En quelque sorte. Bref, j'ai commis une erreur en épousant Gail, mais pas en me liant d'amitié avec son père. C'était quelqu'un de formidable.

Elle se blottit contre lui.

— Tu détestes parler d'elle, n'est-ce pas ?

— Disons que détester est un terme un peu fort. En fait, je n'aime pas perdre mon temps à penser à elle. Elle n'en vaut pas la peine, et cette partie de ma vie est révolue. La haine n'a rien à voir là-dedans. C'est moi qui me suis trompé, et j'ai mis fin à ce mariage dès que possible.

Il ne précisa pas qu'il avait divorcé de Gail immédiatement après la mort de son père, lequel avait confié à Jersey le soin de reprendre la direction de ses affaires. C'était également lui qui lui avait conseillé d'abandonner le diminutif « Eddy », par trop familier, s'il désirait viser une clientèle haut de gamme. Ce fut donc à cette époque que Jersey avait décidé de ne plus se faire appeler qu'Edward, et d'embellir son patronyme d'une particule, devenant ainsi Edward de Jersey. Le père de Gail ne saurait jamais combien de noms son gendre, au terme de sa carrière criminelle, aurait employés.

— Qu'est-ce qu'elle est devenue ? demanda Christina.

— Je n'en sais rien. Quand la société est tombée en faillite, j'ai tout vendu et... (Il poussa un soupir. Il pénétrait en territoire dangereux, à présent, car c'était après le démantèlement de la société qu'il avait échafaudé son dernier casse.) Je ne l'ai jamais revue. (Il s'appuya sur le coude et sourit.) Et puis j'ai rencontré une femme qui m'a permis de rattraper toutes ces années pénibles. Cette femme, comment dire, n'était qu'un petit être fluet dont j'ai vu la photo dans un magazine et...

Christina gloussa — elle adorait toujours autant l'entendre raconter qu'il avait découpé sa photo pour remonter jusqu'à elle grâce à l'agence de mannequins, allant même jusqu'à se rendre en Suède dans l'espoir de la trouver alors qu'elle vivait déjà à Londres.

— Et cette jeune fille mince et fragile est devenue ma femme, la mère de mes filles et...

Il l'embrassa, mettant un terme à son récit afin d'éviter que Christina le relance sur son ex-épouse ou, plus grave, aborde l'époque de l'apogée de ses activités criminelles.

Gail ne soutenait pas la comparaison avec la seconde chère et tendre de Jersey, qui le comblait à tous points de vue. Ce qui tracassait profondément Jersey, c'était qu'au moment de leur première rencontre il possédait déjà une immense fortune et l'avait utilisée pour la courtiser avec obstination. Au début, il la croyait trop jeune pour lui.

— Tu as des regrets ? demanda-t-il en lui caressant la joue.

— Non, enfin, si, un seul, répondit-elle d'une voix douce.

— Lequel ? s'enquit-il en l'embrassant dans le cou.

— J'aurais aimé te donner un fils.

Doucement, il s'écarta et s'adossa aux oreillers. Au bout d'un moment, il l'attira vers lui.

— Moi je ne regrette absolument rien. Nous avons deux filles merveilleuses et... (il baissa la tête pour la regarder dans les yeux)... Royal Flush.

— Je sais. Mais ce n'est pas pareil.

Il la serra fort.

— Je ne veux rien changer.

La façon dont il s'exprima effraya légèrement Christina, mais il cala un oreiller sous sa tête et ferma les yeux.

— Bonne nuit, chérie, murmura-t-il.

— Bonne nuit, répondit-elle, recroquevillée à

côté de lui, toujours blottie dans le creux de son épaule.

— Joyeux Noël, chuchota-t-elle.

Jersey l'embrassa sur la tête.

— Joyeux Noël, mon amour.

Rien ne viendrait entacher leur vie idyllique, il allait s'en assurer.

En Floride, Noël se déroulait tout à fait différemment. Les Driscoll avaient commandé de la dinde aux marrons, mais le thermomètre affichant vingt-sept degrés, le plaisir ne fut pas le même. En ce 25 décembre, un Driscoll très bronzé, allongé au bord de la piscine, lisait le *Sunday Times,* un cigare se consumant dans le cendrier et une grande bouteille de Pimm's[1] posée sur la table en verre à côté de lui. Désormais, ses récentes crises d'impuissance étaient oubliées.

Bizarrement, dès qu'il pensait à ses millions disparus, il lui venait une érection. Normalement, il aurait pu s'attendre à l'inverse. Tout en pliant son journal, il se demanda pourquoi ce désastre financier lui valait une telle vigueur. Peut-être parce que cette catastrophe marquait la fin de la fatuité dans laquelle l'avait jeté sa semi-retraite. Après avoir laissé tomber son journal par terre, il se leva et plongea.

Il fit quelques longueurs, puis se reposa sur le côté du grand bain, entouré de jeunes femmes élégantes et d'hommes d'âge mûr bronzés. À cause des tarifs de l'hôtel, on n'y croisait que peu de familles et d'enfants, et seulement des clients extrêmement fortunés. On reniflait presque l'odeur de

1. Liqueur à base de gin. *(N.d.T.)*

l'argent. Les diamants des montres Rolex et Cartier, des colliers et des bracelets, scintillaient au soleil. Comme Driscoll, les hommes portaient montres et chevalières hors de prix. Il sortit de l'eau, retourna à son transat et reprit les pages Finance. De nombreux articles traitaient de la chute des valeurs de la nouvelle économie, mais savoir qu'il n'était pas seul à perdre des millions ne le consola pas le moins du monde.

À 6 heures, les Driscoll se trouvaient dans un box du restaurant principal pour le réveillon. Driscoll avait déjà commandé une bouteille de Krug — comme la plupart des autres clients, remarqua-t-il. À la fin du repas, il dut déboutonner son pantalon. Ayant pourtant bu plus que d'ordinaire, il se sentait frais comme un gardon.

— Tu aimes la couleur ? lui demanda Liz en lui montrant ses faux ongles nacrés.

— Oui, c'est très joli.

— Ça s'appelle brillance rose coquillage. C'est parfaitement assorti à la robe que j'ai achetée pour le jour de l'an. Je viens de tester les couleurs pour savoir laquelle porter. Tu te souviens que je t'ai parlé de cette robe ? Elle vient de la boutique Chanel de Knightsbridge.

Driscoll se souvint de la mousseline de soie flottante accompagnée d'une veste brodée et dotée de bretelles en ruban. À ses yeux, elle ressemblait à une chemise de nuit, mais il avait répondu à Liz qu'il la trouvait superbe — il adorait tout ce qui faisait plaisir à sa femme. Soudain, il se détourna, submergé par l'émotion.

— Tony, qu'est-ce qui ne va pas ? demanda-t-elle, inquiète.

Driscoll pleurait, et les larmes lui zébraient le visage. Comment lui avouer qu'il était ruiné, qu'il avait agi comme un imbécile de première et perdu toute son épargne ? Ce n'était pas quelques milliers ici ou là qui allaient permettre à cette petite coquette de garder le train de vie auquel elle s'était habituée.

— J'ai bu plus que de raison, bougonna-t-il.

Elle tendit le bras et lui prit la main.

— On n'a qu'à monter dans la chambre, commander une autre bouteille de champagne, nous plonger dans le jacuzzi et faire l'amour comme des bêtes. (Elle gloussa.) Ils ont la chaîne porno si on veut, j'ai vérifié dans le programme télé.

« Bon Dieu, pensa-t-il, comment est-ce que je vais réussir à tenir le coup jusqu'au jour de l'an ? » Il ne pensait qu'à une chose : rentrer à Londres, retrouver Jersey et écouter son plan. Y penser lui donna une nouvelle érection.

— D'accord, chérie.

Ils n'arrivèrent pas jusqu'au jacuzzi et n'eurent pas besoin de film X. Au grand bonheur de Liz, Driscoll n'ôta même pas son smoking tant le désir le brûlait. Ils s'envoyèrent en l'air contre le mur de la salle de bains, sur la moquette de la chambre, puis dans le lit jusqu'à ce qu'il tombe d'épuisement. Elle souhaita que leur vie sexuelle fût toujours aussi formidable. Driscoll ne s'était pas montré aussi passionné depuis bien longtemps.

Contrairement à Driscoll, Wilcox n'avait jamais

regardé à la dépense. À Aspen, il vivait ses journées sans retenue, chassant ses problèmes financiers de son esprit en sniffant des quantités excessives de cocaïne. Mais Rika s'inquiétait de sa hardiesse et de ses envies irrépressibles d'aller skier à n'importe quelle heure du jour et de la nuit. Question personnalité, Wilcox ressemblait plus à Jersey que Driscoll, mais, malgré une élégance innée supérieure, il manquait de prudence. Le risque lui plaisait. Rika l'interrogeait sans cesse et tentait de l'empêcher de sortir tard le soir, mais elle abdiquait toujours au premier signe de colère. Une grande fureur sommeillait en Wilcox, et elle ne voulait pas s'attirer les foudres de son compagnon. C'est pourquoi, lorsqu'il quitta le chalet le soir de Noël, elle ne fit rien pour l'en empêcher.

Wilcox savait que la perte de sa fortune le laissait en équilibre précaire au bord du gouffre. Lorsqu'il lâcha le remonte-pente à un niveau destiné aux skieurs expérimentés, il se mit en position, vérifia les attaches de ses skis, ajusta ses lunettes et se lança. En cinq minutes, il accomplit une descente quasi parfaite. Cependant, lorsqu'il atteignit les pistes inférieures, il sentit sa poitrine se comprimer. Il se mit à respirer avec difficulté et, une fois à l'arrêt, dut presque se plier en deux. Ces derniers temps, ses accès de douleur le frappaient de plus en plus fréquemment. En outre, il souffrait de crises d'étourdissement, et par deux fois au cours des vacances, il avait abondamment saigné du nez. Lorsqu'il retira ses lunettes et jeta ses gants de côté, il vit des gouttelettes de sang dégouliner sur la neige.

Il retira ses skis et les porta jusqu'à son tout-terrain. Une fois dans l'habitacle, il pencha la tête en arrière jusqu'à ce que le vertige s'estompe. Puis se regarda dans le rétroviseur. Il avait les narines encroûtées de sang séché. Il prit un mouchoir, s'essuya le nez, puis regagna le chalet. Toutes les lumières de la maison brillaient : les garçons étaient sûrement en train d'écouter de la musique, de jouer au tennis de table ou de regarder des vidéos, et Rika attendait probablement de lui reprocher son énième disparition. Il se dit qu'il était trop vieux pour brûler la chandelle par les deux bouts en abusant de la drogue — s'il attrapait un de ses enfants en train d'en consommer, il lui ferait passer un mauvais quart d'heure. Cependant, alors même qu'il se réprimandait, il sentait le début de la démangeaison, le besoin d'un rail. Il laissa tomber les skis par terre à côté de la voiture de Rika et monta l'escalier en hâte.

Il verrouilla la porte des toilettes, déplia son petit sachet, hacha trois lignes de cocaïne, roula un billet d'un dollar et sniffa. Il venait tout juste de frotter le résidu sur ses gencives lorsque la poignée de la porte tourna.

— James, ça va ?

Il ouvrit la porte et sourit.

— Super. J'ai été pris d'une envie pressante.

— Je m'inquiété quand je vu que tu avais jeté tes skis dedans le garage. Tu les as pas nettoyés.

— Ouais, ouais, je ferai ça plus tard.

— Non, maintenant, James. Tu engueuler les petits quand ils font pareil.

— Lâche-moi les baskets, Rika.

— T'en mets jamais.

Elle sortit en trombe, et Wilcox s'assit sur le

siège des WC. Avant d'aller essuyer ses skis, il allait s'en jeter une dernière. Il en sniffa même deux, puis attrapa le téléphone. Malgré les consignes, il ne put s'en empêcher. Un peu plus tard, il alla dans la chambre, remplit une valise et descendit voir Rika.

— Je dois m'absenter une journée. Je reviens demain.

Elle lui agrippa le bras.

— Où c'est que tu vas ?

Il la poussa sur le côté et sortit.

— J'ai des ennuis de boulot. Fiche-moi la paix !

— Tu ne me trouveras pas à ton retour, lui cria-t-elle.

Au volant de sa voiture, Wilcox dévala l'allée comme un aliéné, puis repartit en marche arrière, et entra dans le garage en frôlant le dérapage. Rika accourut et donna un coup de poing dans le pare-brise, mais à la vue de l'expression de Wilcox, sa colère laissa place à l'inquiétude.

— Je suis désolé, s'excusa-t-il. (Elle monta à côté de lui.) J'ai de gros ennuis.

Elle passa un bras autour de ses épaules, et il posa la tête contre elle.

— Je partirai peut-être demain.

Elle l'aida à descendre de la Jeep. Il lui expliqua seulement qu'ayant perdu de l'argent, il avait besoin d'en parler à quelqu'un. Le lendemain matin, elle le conduisit à l'aéroport.

Wilcox prit l'avion pour la Floride. Bien que conscient d'enfreindre les règles, il devait parler à quelqu'un, et ce quelqu'un ne pouvait être que Driscoll. Installé dans le box d'un bar, il se trouvait face à un immense aquarium où des poissons exotiques nageaient autour de fausses pierres. Après deux Coca Light, il se sentait plus calme que la veille, mais il avait froid — l'air conditionné lui donnait l'impression d'être encore sur les pistes.

Driscoll, portant casquette de golf, polo et short blancs, entra. Il balaya l'établissement du regard, puis vit Wilcox affalé sur sa table.

— Comment tu m'as trouvé ? demanda-t-il.

— J'ai appelé tous les hôtels de luxe du coin et demandé à te parler. Rien de plus simple. Au bout du dixième, on m'a répondu que tu étais là. (Wilcox posa un œil intrigué sur son ami.) Putain, Tony, t'as l'air d'un sacré trou du cul ! C'est à cause du short et... c'est quoi ces machins que t'as aux pieds ?

— Des sandales Gucci. Et toi t'as l'air d'avoir passé la nuit dehors. Et pour ton information, mon short, c'est un Lacoste.

— Toujours branché marques, pas vrai ?

— Ouais. C'est ma femme qui achète tout ça. Moi je m'en bats les couilles, mais si c'est pas des fringues de luxe, elle prend pas.

Wilcox but bruyamment une gorgée de son Coca, et Driscoll commanda un décaféiné à une serveuse en uniforme rose. Ils ne se parlèrent pas. Une fois servi, Driscoll ne sut toujours pas par quel bout commencer, aussi demanda-t-il doucement :

— T'as perdu combien ?

— Tout, jusqu'au dernier sou, répondit Wilcox d'un ton plat.

— Moi aussi. Enfin, il me reste quelques milliers çà et là, quelques propriétés, mais... il t'a appelé, hein ?

— Ouais. (Wilcox se redressa et se frotta les bras.) Ça caille, ici.

— Tu m'étonnes, dans la salle à manger de l'hôtel, on se croirait dans un frigo, je suis obligé de mettre un pull pour aller prendre le petit déjeuner.

Ils paraissaient incapables de discuter des raisons de leur rendez-vous.

— Qu'est-ce qu'on va faire ? demanda enfin Wilcox d'un air abattu.

— Je sais pas. Le Colonel a dit qu'il essayait d'arranger ça, mais qu'il ne fallait pas trop espérer. La société a complètement merdé. Mais bon, on va peut-être réussir à sauver quelques meubles.

— Ça m'étonnerait. Ce crétin de David Lyons ne s'est pas zigouillé pour des cacahuètes, et si tu as lu la presse financière, on n'est pas les seuls à se retrouver dans la dèche. À cause de ce fameux filon de la nouvelle économie, on est des milliers à s'être fait couillonner. (Wilcox fit pivoter son verre.) Il va nous convoquer au Ritz, pas vrai ?

Driscoll contemplait l'aquarium.

— Ouais, apparemment. Il a prévu le rendez-vous pour la mi-janvier.

— À ton avis, qu'est-ce qu'il fabrique pendant ce temps-là ?

— J'en sais rien, et toi ?

Un minuscule poisson nageait si vite qu'on aurait dit une étincelle.

— Je pense qu'il a dû repartir comme en 40. Il est sûrement en train de dénicher un coup. Il m'a dit qu'il allait essayer de retrouver cet enculé de Moreno, mais qu'est-ce qu'on fait s'il nous propose un boulot ? On est partants ?

— Tu vois, Jimmy, j'ai une dette envers lui,

éructa Driscoll. Son père, Ronnie, il a pris soin de ma mère. Sans lui, elle aurait sacrément galéré. Il nous a jamais lâchés. C'est lui qui m'a payé mon uniforme d'école. Ronnie, c'était comme un père, pour moi.

— Je sais, murmura Driscoll en fermant les yeux.

— Il prenait soin de beaucoup de monde, mais quand c'est parti en couille…

Wilcox s'adossa à la paroi du box et regarda les poissons à son tour.

— Ces bandits, Jimmy, c'était pas des marrants. Ils se pointaient à la boutique avec des masses, bordel, ils nous flanquaient une trouille bleue. Tu vois, je connaissais pas très bien Eddy. Je le croisais de temps en temps, mais comme il allait au lycée, on se fréquentait pas. Et quand il est entré à Sandhurst, je le voyais quasiment jamais. On avait du mal à les croire père et fils. Ronnie, il était pas très grand, et Eddie le dépassait toujours d'une bonne tête. Ma mère me disait qu'il tenait sa taille du côté de Florence. Une vraie géante, sa mère. Toujours en train de tricoter. Elle lui a payé des cours d'élocution pour qu'il se sente plus à sa place à Sandhurst. Mais quand je l'ai vu à l'enterrement de Ronnie, boitant sur une béquille après s'être flingué le genou, je me suis dit qu'il serait pas à la hauteur pour tenir tête aux gangsters qui viennent extorquer du fric et déglinguer la boutique. Je lui ai expliqué que, malgré tout mon respect pour son père, j'allais pas rester là à me faire défoncer la gueule. Et tu sais pas ce qu'il m'a dit ? « Ils m'ont proposé de racheter le commerce. » Alors moi je lui ai conseillé de vendre et de se casser, parce que, sinon, ces enfoirés de Kray et Richardson, déjà qu'ils se cognaient pour récupérer l'affaire, ils hésiteraient pas à s'en prendre à sa mère. Mais lui, il a voulu prévenir la police.

— Je sais.

Gagné par l'ennui, Wilcox scrutait le bar. Il avait entendu cette histoire des milliers de fois, même si cela remontait à de nombreuses années.

— Ils lui en offraient des clopinettes, ces enfoirés, poursuivit Driscoll, et pourtant, ces bureaux, c'étaient des vraies mines d'or. Les flics, ils lui ont été d'aucune aide. Alors je lui ai dit : « Eddy, les poulets se font sûrement arroser. » Je n'oublierai jamais sa tête. Quand ils sont revenus le bousculer, il s'est contenté de rester sans bouger comme une lavette. Ils lui ont jeté l'argent au visage et l'ont forcé à le ramasser.

— J'étais là, Tony.

— Tu vois, si on m'avait dit ce qu'il comptait faire par la suite, j'aurais rigolé, termina Driscoll.

Soudain, Wilcox se mit debout. Driscoll leva les yeux vers lui.

— Où tu vas ?

— Pisser un coup, et après j'aimerais bien qu'on s'en aille. On pourrait aller à mon hôtel manger un sandwich.

— D'accord. Bon, c'est pour moi.

Driscoll prit l'addition. Wilcox eut un petit rire.

— C'est généreux de ta part.

Ils sortirent sous le soleil éblouissant et prirent le chemin de l'hôtel de Wilcox. À l'évidence, ce n'était pas un cinq-étoiles, et Driscoll rechigna à entrer.

— Bon sang, Jimmy, pourquoi t'as réservé dans une taule pareille ?

— Question d'anonymat, répliqua sèchement Wilcox.

Ils pénétrèrent dans le hall miteux puis montèrent dans sa chambre. Wilcox ouvrit une mignonnette de vodka du minibar.

— Tout à l'heure, je repensais à l'époque où tu as emménagé avec Eddy, après Sandhurst. Je parie que ça n'a pas plu à sa mère.

Wilcox retourna s'affaler sur le lit.

— Tu sais quoi, Tony, tu me fais penser à un disque rayé. Je sais pas combien de fois je t'ai entendu déblatérer sur Ronnie et Florence Jersey. Tu n'as aucune dette envers Eddy. Si tu ne nous avais pas filé un coup de main, on n'aurait jamais réussi nos coups.

— Je sais.

Wilcox pouffa en se souvenant de la façon dont Jersey avait mis sur pied les cambriolages des anciens bureaux de paris de son père. Jersey préparant tout dans les moindres détails, comme pour une opération militaire, ils avaient frappé après chaque grande course. Masqués à l'aide de passe-montagne et armés de fusils à pompe, ils nettoyaient les recettes jusqu'au dernier penny. En conséquence de leurs casses, les deux grosses bandes rivales de l'East End s'étaient lancées dans une guerre au bout de laquelle les bureaux avaient fini réduits en cendres, brûlés au cocktail Molotov. Jersey avait reçu son surnom de Colonel à cette époque, à cause de sa façon d'aboyer ses ordres lorsqu'ils répétaient leurs razzias.

— En livres actuelles, combien tu crois qu'on a récolté ? demanda Driscoll.

Wilcox haussa les épaules.

— Peut-être un quart de million. C'était pas grand-chose.

— Pour moi, si. Quand il a partagé le butin en trois, j'arrivais pas à y croire. Je pensais bien toucher une part, mais pas autant. Tu vois, c'est aussi pour cette raison que je lui suis redevable. Grâce à ça, ma mère, paix à son âme, n'a jamais plus manqué de rien.

Driscoll appela le service de chambre et commanda deux hamburgers accompagnés de frites.

— Ça ne t'a jamais traversé l'esprit, Tony, que c'est lui qui nous est redevable ? demanda Wilcox d'un ton calme tandis que Driscoll raccrochait.

— Jamais de la vie. Même le butin du train, il l'a partagé en trois. Rien ne l'y obligeait.

— Et pourquoi ? Sans notre aide, il n'aurait jamais pu cambrioler les bureaux de paris de son père, et pour l'attaque du train, tout ce qu'il a dû faire, c'est de trouver un moyen d'arrêter la locomotive.

— Et moi j'étais le seul à posséder une voiture. Tu te souviens de cette Morris Minor ? Vous deux, vous alliez traîner vos guêtres dans toutes les gares pour étudier les horaires des départs. Vous deviez prendre un train pour en arrêter un autre !

— Ouais, et on a passé des heures sur ce pont de voie ferrée aussi. Et ce n'est pas Eddy qui a eu l'idée de trafiquer la signalisation, c'est moi, dit Wilcox en allumant une cigarette.

— Mais c'est lui qui a trouvé comment aiguiller le train postal sur une voie de garage.

Cet argument gêna Wilcox.

— Écoute, toi tu n'as eu qu'à dresser l'itinéraire, tu n'as jamais participé au coup et, à mes yeux, deux cent mille livres en espèces, c'est pas grand-chose. Et puis, tu m'es redevable tout autant qu'à lui. Moi aussi, j'ai accepté de diviser en trois.

— Ouais, eh ben merci beaucoup, mais tout ce que je dis, c'est que rien ne l'y poussait.

— Réfléchis une seconde. Les autres en ont pris pour trente ans, pas vrai ? Et quand les flics nous ont interrogés, on aurait pu le faire plonger avec eux. On a eu du bol qu'ils nous aient seulement pris pour de jeunes benêts.

— Pas si benêts que ça. On s'en est tirés à bon compte.

— Ouais, ouais, ouais. Et maintenant te voilà, Dieu sait combien d'années après, à geindre que tu lui dois tout. C'est exactement pour ça qu'il a toujours partagé en trois.

— Comment ça ?

— De façon à ce qu'on ait l'impression d'avoir une dette envers lui, répondit sèchement Wilcox.

— Alors toi aussi tu te sens redevable ? demanda Driscoll, surpris.

Exaspéré, Wilcox poussa un soupir.

— Pas du tout. Nous avons tous pris les mêmes risques. Ce n'était que justice de diviser en parts égales.

Driscoll ouvrit une mignonnette de gin et sortit le bac à glaçons d'un coup brusque.

— Le dernier casse, c'était quand même une autre histoire, pas vrai ? demanda-t-il en observant le visage de Wilcox.

— J'étais de la partie, lâcha-t-il sèchement.

— Ouais, mais le dernier coup, ça rigolait pas. Rien à voir avec courir les voies ferrées pour chronométrer les trains ou saccager ses propres bureaux de paris.

— Ça va, j'ai compris.

— Ouais, piquer un chargement de lingots d'or, Jimmy, c'est pas de la gnognotte. Si les flics nous avaient coincés, on en prenait pour trente piges. Sans Eddy, on s'en serait jamais tirés. Mais on a réussi, Jimmy. Et ce n'est ni toi ni moi qui avons élaboré le stratagème pour blanchir le pognon, mais lui.

— Vrai, et ça a bien failli foirer. Il savait même pas pour combien y avait exactement.

Driscoll se mit à rire.

— Trois tonnes d'or. Presque vingt-cinq millions de livres. Tu m'étonnes qu'on lui est redevables.

Wilcox se rallongea, les yeux au plafond. Il avait fallu expédier l'or à l'étranger le plus vite possible. L'hélicoptère et le yacht d'un ami de Jersey avaient rendu l'opération relativement aisée. Le vol s'était quasiment déroulé sans accroc, mais écouler tout cet or avait été un cauchemar. Jersey avait mis à contribution tous les complices possibles pour fondre, déplacer et échanger les barres. Certaines furent fondues dans un four privé au fond du jardin d'un joaillier. D'autres furent enterrées un peu partout dans Londres, transportées en Espagne dans des valises, et même déposées dans des consignes blindées. Jersey en avait expédié en Afrique pour les faire revenir plus tard en Angleterre, une fois leurs numéros effacés dans une fonderie qu'il avait achetée. Puis il avait tout vendu sur le marché officiel.

On frappa doucement à la porte, et Driscoll alla réceptionner les hamburgers. Il en tendit un à Wilcox et défit l'emballage de l'autre.

— Il s'est baladé muni de ses lingots et les a transformés en argent liquide, dit Driscoll en essayant d'ouvrir son sachet de ketchup.

— Je sais pas comment il s'est démerdé, commenta Wilcox.

— Moi oui. Enfin, en partie. Il a utilisé de fausses identités. Il m'a expliqué qu'il avait élaboré un système pour déposer d'énormes sommes dans des banques ordinaires, parfois quatre-vingts briques. Y a pas que nous qu'il a arrosés.

— Ces « soldats » qui se sont fait coincer, il a pris soin d'eux aussi. Ils n'ont jamais balancé personne.

— C'est parce qu'ils voulaient toucher leur part à leur sortie de taule.

Driscoll jura lorsqu'il éclaboussa son T-shirt de ketchup.

— Tu sais qu'en 1985 des inspecteurs de Scotland Yard ont mis la main sur onze barres d'or refondu ? Mais aucun des lingots restants n'a jamais été retrouvé.

Driscoll regarda longuement son hamburger.

— T'en as pas un saignant ? Le mien c'est de la semelle.

Wilcox lui passa le sien, intact, et ouvrit une troisième mignonnette.

Les deux comparses se firent silencieux. Wilcox but, Driscoll mâcha de grosses bouchées en fourrant avec application des frites dans sa bouche.

Après ce coup, sur ordre de Jersey, Wilcox et Driscoll s'étaient séparés et installés momentanément au Canada puis à Los Angeles. Ils avaient reçu pour instruction de ne pas entrer en contact l'un avec l'autre, et encore moins avec Jersey, qui avait couvert leurs arrières en leur fournissant de faux passeports. Ils ne touchèrent le pactole que quelques années après. Bien plus tard, Edward de Jersey avait réapparu comme propriétaire de haras et d'écurie, et Driscoll et Wilcox, grâce à leurs affaires prospères, vivaient alors dans le luxe en compagnie de leurs familles grandissantes.

— Qu'est-ce qui t'a poussé à venir ici, Jimmy ? s'enquit soudain Driscoll.

— J'envisage d'écrire mes mémoires, répondit Wilcox.

— Oh, pitié ! Si t'es là, c'est parce que t'as la trouille de ce qu'il va proposer, pas vrai ?

— Bah tu vois, comme t'arrêtes pas de déblatérer sur ta dette envers lui, j'imagine que tu exécuteras ses quatre volontés.

— Et toi tu te sens pas redevable, peut-être ?

— Mon cul ! C'est lui qui a eu l'idée d'investir dans cette start-up.

Wilcox ouvrit encore une mignonnette. Driscoll, lui, choisit une demi-bouteille de vin blanc. Il avait terminé son hamburger et picorait celui de Wilcox.

— OK, parlons franchement, dit-il en se calant dans son siège.

— Si je suis là, c'est seulement pour en discuter, répliqua sèchement Wilcox.

— Me fais pas ce plan-là, Jimmy. Si t'es venu, c'est parce que tu pisses dans ton froc.

— Écoute-moi bien, le grassouillet, j'ai peur de rien, je suis réaliste, c'est tout. Je veux pas tenter un casse. Cette fois-ci, ça pourrait bien foirer, et il

est pas question que je termine mes jours dans une taule à la con.

— Eh ben, pourquoi tu l'as pas dit plus tôt ? Je pense la même chose.

— Ah bon ?

— Bah ouais. J'ai une femme et deux gamins. Je peux m'en sortir, comme je te l'ai dit, mais il faudra que je vende tout. Liz va péter un câble, mais bon, je vais quand même pas me laisser crever la dalle.

— Mais t'arrêtes pas de me soûler avec cette histoire de dette. Et quand on se retrouvera tous les trois, qu'est-ce que tu vas dire ? On devrait déjà se mettre d'accord tous les deux.

— Je sais.

— Bon, marché conclu alors ? Quoi qu'il propose, on refuse tous les deux et on se laisse pas amadouer. Tu le connais. Alors que si on fait bloc contre lui... Tony ?

Driscoll but une grande gorgée de vin, puis une autre, pour finalement terminer la bouteille cul sec.

— C'est bon, j'ai entendu. Je suis d'accord. J'espère qu'ils servent de meilleurs trucs que ça, au Ritz, parce que, quand il va se mettre à nous parler de ce que je sais, il me faudra quelques verres pour pouvoir le regarder en face.

— Ouais, ce sera pas facile de lui tenir tête, mais si on se serre les coudes, tout se passera bien.

— C'est d'accord alors ?

— Ouais.

Le regard fuyant, ils se serrèrent la main. Ils avaient en quelque sorte l'impression de trahir Jersey.

Liz se limait les ongles, entourée de sacs pleins d'emplettes, quand son mari entra en titubant.

— Tu as vu l'heure ?

— Oui, trésor. J'ai traîné un peu sur le parcours de golf.

— Non, ce n'est pas vrai. Je les ai appelés et, de toute façon, tes chaussures de golf n'ont pas quitté le placard.

— Eh bien, j'ai menti. J'étais au Pink Flamingo Bar.

— Avec qui ?

— Brad Pitt. Et si tu me trouves bourré, tu devrais voir dans quel état il est, lui.

— Tony ! hurla-t-elle, cependant qu'il se dirigeait vers les WC en chancelant et fermait la porte derrière lui.

Peu importe l'accord passé avec Wilcox, Driscoll savait qu'il gardait une dette envers le Colonel. Refuser sa proposition allait s'avérer extrêmement difficile. Cela serait encore plus dur pour Wilcox, malgré ses propos. Il se souvint de la tête de ce dernier lorsque, il y a une éternité, Jersey leur avait fait promettre de ne plus jamais entrer en contact. Depuis leur départ de Sandhurst, ils ne s'étaient quasiment jamais quittés, et bien que ce fût pour leur sécurité, Wilcox n'avait jamais pris Jersey au sérieux. Sur le ton de la plaisanterie, il avait suggéré qu'ils pourraient peut-être, en souvenir du bon vieux temps, prendre un verre un de ces quatre.

— Non, Jimmy, avait rétorqué Jersey. Quand je m'en irai, ce sera terminé. Vous ne me connaissez pas, on ne se revoit jamais, c'est le seul moyen de nous protéger.

est pas question que je termine mes jours dans une taule à la con.

— Eh ben, pourquoi tu l'as pas dit plus tôt ? Je pense la même chose.

— Ah bon ?

— Bah ouais. J'ai une femme et deux gamins. Je peux m'en sortir, comme je te l'ai dit, mais il faudra que je vende tout. Liz va péter un câble, mais bon, je vais quand même pas me laisser crever la dalle.

— Mais t'arrêtes pas de me soûler avec cette histoire de dette. Et quand on se retrouvera tous les trois, qu'est-ce que tu vas dire ? On devrait déjà se mettre d'accord tous les deux.

— Je sais.

— Bon, marché conclu alors ? Quoi qu'il propose, on refuse tous les deux et on se laisse pas amadouer. Tu le connais. Alors que si on fait bloc contre lui... Tony ?

Driscoll but une grande gorgée de vin, puis une autre, pour finalement terminer la bouteille cul sec.

— C'est bon, j'ai entendu. Je suis d'accord. J'espère qu'ils servent de meilleurs trucs que ça, au Ritz, parce que, quand il va se mettre à nous parler de ce que je sais, il me faudra quelques verres pour pouvoir le regarder en face.

— Ouais, ce sera pas facile de lui tenir tête, mais si on se serre les coudes, tout se passera bien.

— C'est d'accord alors ?

— Ouais.

Le regard fuyant, ils se serrèrent la main. Ils avaient en quelque sorte l'impression de trahir Jersey.

Liz se limait les ongles, entourée de sacs pleins d'emplettes, quand son mari entra en titubant.

— Tu as vu l'heure ?

— Oui, trésor. J'ai traîné un peu sur le parcours de golf.

— Non, ce n'est pas vrai. Je les ai appelés et, de toute façon, tes chaussures de golf n'ont pas quitté le placard.

— Eh bien, j'ai menti. J'étais au Pink Flamingo Bar.

— Avec qui ?

— Brad Pitt. Et si tu me trouves bourré, tu devrais voir dans quel état il est, lui.

— Tony ! hurla-t-elle, cependant qu'il se dirigeait vers les WC en chancelant et fermait la porte derrière lui.

Peu importe l'accord passé avec Wilcox, Driscoll savait qu'il gardait une dette envers le Colonel. Refuser sa proposition allait s'avérer extrêmement difficile. Cela serait encore plus dur pour Wilcox, malgré ses propos. Il se souvint de la tête de ce dernier lorsque, il y a une éternité, Jersey leur avait fait promettre de ne plus jamais entrer en contact. Depuis leur départ de Sandhurst, ils ne s'étaient quasiment jamais quittés, et bien que ce fût pour leur sécurité, Wilcox n'avait jamais pris Jersey au sérieux. Sur le ton de la plaisanterie, il avait suggéré qu'ils pourraient peut-être, en souvenir du bon vieux temps, prendre un verre un de ces quatre.

— Non, Jimmy, avait rétorqué Jersey. Quand je m'en irai, ce sera terminé. Vous ne me connaissez pas, on ne se revoit jamais, c'est le seul moyen de nous protéger.

et en fit tomber quatre passeports, qui indiquaient chacun une identité différente. Il les aligna, puis en passa un, trop ancien pour lui être utile, à la déchiqueteuse. Les trois autres, qu'il se réjouissait d'avoir soigneusement gardés à jour, portaient les noms de Philip Simmons, Edward Cummings et Michael Shaughnessy. Il remit le dernier, un passeport irlandais, dans l'enveloppe et rangea les deux autres dans sa serviette. Il possédait des comptes bancaires aux trois noms. Aucun ne contenait de grosses sommes, seulement de quoi subvenir à ses besoins en cas d'urgence.

Jersey ouvrit la boîte à maquillage, sélectionna quelques articles, puis les plaça dans un plumier en bois. Il vérifia les postiches : ils sentaient la moisissure, mais restaient en bon état. La colle et le liquide d'entretien étaient utilisables, les mailles de la perruque propres. Il entreposa le tout dans sa valise. Bien qu'il ait toujours voyagé en toute confiance sous ses noms d'emprunt, il devrait désormais faire preuve d'une prudence accrue. Depuis les attentats du 11 septembre, la sécurité des aéroports, notamment à New York, s'avérait rigoureuse.

Le 26 décembre, Jersey réserva une chambre dans un petit hôtel près de l'aéroport de Heathrow sous le nom d'Edward Cummings, marchand d'art anglais. Le lendemain, il voyagea sous cette identité dans un avion de la compagnie Virgin, en classe économique. Il atterrit à JFK et prit une chambre au Carlisle, sans un trait commun avec Edward de Jersey. Le personnage de Cummings nécessitait une perruque foncée, bouclée, et légèrement grisonnante — Jersey grimaça en l'ôtant.

Il utilisa un fond de teint Pan Stick pour s'éclaircir le visage et les mains, puis changea sa montre — qu'il tenait de son père — contre une Rolex tape-à-l'œil. Il mit une épaisse chaîne en or à son cou, une grosse bague en diamant et un bracelet en or. Son costume, coûteux, était en soie brillante gris clair. Il se passa une cravate gris perle sous le col raide de sa chemise blanche. Tout en ajustant le mouchoir de soie bleu pâle dans sa poche de veston, il s'examina dans le miroir. Le costume, qu'il n'avait pas porté depuis quelque temps, était un peu juste, mais cette imperfection ajoutait au personnage qu'il désirait créer. Pour finir, il sortit l'autre perruque, de couleur rousse, accompagnée d'une moustache et de sourcils assortis. Le tout lui avait été fabriqué de nombreuses années auparavant par un costumier de théâtre. Puis il tailla ses vrais cheveux sur les côtés pour que le postiche se place parfaitement et qu'aucun renflement ne soit visible. Jouant à présent le rôle de Philip Simmons, il appela le Ritz Carlton pour convenir de son premier rendez-vous.

— Je souhaiterais parler à un certain M. Donny Baron, s'il vous plaît.

— Un instant, monsieur. Qui le demande ?

— Philip Simmons.

Il attendit un court instant avant que son appel soit transféré et que Baron réponde.

— Monsieur Simmons, votre voyage s'est bien passé ? demanda l'autre.

— Très bien, j'ai pris le vol de nuit au départ de Los Angeles. Pouvons-nous nous rencontrer ?

— Bien sûr. Passez donc prendre le petit déjeuner. Je crois détenir ce dont vous avez besoin.

— Parfait. Comment vous reconnaîtrai-je ?

— Je me trouverai au restaurant Jockey, dans le box du fond. Cherchez un petit chauve.

— J'y serai dans une quinzaine de minutes.

Jersey raccrocha et se regarda dans le miroir au-dessus de la petite table de téléphone. La partie venait de commencer.

Jersey sortit par l'entrée latérale de l'hôtel et héla un taxi. Peu de temps après, il entra dans le restaurant Jockey du Ritz Carlton et approcha le seul homme de petite taille au crâne dégarni présent dans la salle. La plupart des clients étaient jeunes et agités, vêtus d'étranges assortiments de vêtements de marque — l'établissement était un repaire connu de stars du rock et de leurs managers. Donny Baron travaillait comme garde du corps d'un groupe de popularité moyenne qui assurait généralement la première partie de formations plus connues. À l'approche de Jersey, il essaya de se lever, de s'essuyer la bouche et d'appeler le serveur en même temps, mais Jersey lui fit signe de rester assis.

— J'ai déjà pris mon petit déjeuner, mais continuez, je vous en prie.

L'ex-détective Baron s'était entretenu plusieurs fois avec Jersey au cours de la semaine précédente. « M. Simmons » avait vu l'annonce qu'il avait publiée dans le *New York Times* après son départ de la police de New York. Mais l'activité de privé ne lui fournissant pas de revenus réguliers, il avait récemment dégoté cet emploi, qu'il détestait.

Jersey sortit une enveloppe de sa poche de poitrine et la posa sur la table.

— Vous l'avez retrouvé ?

— Rien de plus facile. J'ai encore quelques copains dans la partie, vous voyez, des mecs avec qui j'étais en uniforme. De nos jours, avec les ordinateurs, pister quelqu'un est devenu un jeu d'enfant.

Jersey examina discrètement la salle, mais personne ne semblait s'intéresser à eux.

— Il est ici, à New York, annonça Baron en mâchant une bouchée d'omelette.

Jersey tapota de nouveau son enveloppe, impatient d'obtenir la contrepartie de ses cinq cents dollars. Baron plongea la main dans la poche de son veston bleu marine fripé et en sortit un bout de papier.

— Voici un numéro de téléphone, et une adresse à deux pas d'ici. C'est un immeuble de rapport en face du parc. Un vieux bâtiment charmant. Il habite au deuxième étage. Ça a bien dû coûter deux millions. Il a une autre baraque qu'il fait rénover, dans le comté des Hamptons, avec piscine neuve et bungalow. Ça ressemble à un chantier, mais il y va presque tous les week-ends pour surveiller l'avancée des travaux. Il loge dans un hôtel qui s'appelle le Maidstone Arms. (Baron tendit le morceau de papier à Jersey.) Le suivre jusque là-bas et revenir m'a coûté quelques frais supplémentaires. Vous trouverez mes factures d'essence, de téléphone et deux ou trois notes de restaurant. Et voilà une photo de votre homme. Moreno sait choisir ses fringues.

Il lui passa le cliché.

Jersey y jeta un coup d'œil rapide et glissa le papier dans son portefeuille. Il sourit.

— Je pense que cela couvrira tous vos extras, dit-il en poussant l'enveloppe vers Baron. Content que vous ayez été disponible.

— Ouais, c'est parce que le groupe a dû passer en studio ici avant de commencer une tournée de vingt dates.

Il lui adressa un sourire désabusé.

— Ce fut un plaisir, Donny. Merci.

Sur ce, Jersey se leva et s'en alla.

Il se rendit à pied à l'appartement de Moreno. À l'abri des ombres projetées par les arbres sur le bord de Central Park, il observa les allées et venues à l'entrée de l'immeuble. Posté devant, un portier en uniforme bondissait sur le bord du trottoir chaque fois qu'un résidant ou l'un de ses invités apparaissait. Il les saluait en portant la main à sa casquette, et leur ouvrait la porte d'entrée en verre. Jersey plissa les yeux lorsque Alex Moreno sortit. Plutôt petit — environ 1,65 mètre —, il portait une gabardine bleu marine qui lui tombait jusqu'aux chevilles. Une écharpe jaune pendait lâchement à son cou, et il sourit au portier, qui l'accompagna jusqu'à une berline Lexus noire étincelante et lui ouvrit la portière conducteur. Jersey consulta sa montre : 10 h 15. À 10 h 30, une longue limousine blanche arriva. Deux femmes et un petit enfant en sortirent, et le portier dut faire plusieurs allers-retours pour porter leurs colis et bagages à l'intérieur. Jersey agit rapidement : il traversa la route, pénétra dans le bâtiment sans être vu et prit l'escalier.

L'appartement de Moreno se trouvait au deuxième étage. Jersey appuya sur la sonnette et attendit, au cas où une femme de ménage ou quelqu'un d'autre serait présent, mais personne ne répondit.

Au bout du couloir se trouvait une grande fenêtre décorée de lourds rideaux qui donnait sur un rebord large d'une cinquantaine de centimètres. Jersey regarda la petite cour carrée en contrebas, remarqua que la corniche parcourait toute la longueur du bâtiment, et qu'une fenêtre de l'appartement de Moreno était ouverte. Il enjamba la cloison et, le dos collé au mur, se glissa jusque chez le jeune patron.

Il se retourna et examina la salle de séjour. Il s'agissait d'un espace très moderne, doté d'un haut plafond et décoré de façon minimaliste. Un parquet en pin revêtait le sol, et les meubles en cuir brun ressemblaient à ceux des galeries d'art ou des salles d'attente de dentiste. Des fauteuils inclinés en cuir et chrome étaient disposés autour d'une grande table basse en verre, agrémentée de son inévitable pile de livres d'art. Un téléviseur à écran géant, une chaîne hi-fi Bang & Olufsen et des casiers chromés contenant des centaines de CD complétaient le mobilier, et deux immenses peintures à l'huile représentant chacune un homme nu vu de face assuraient la décoration. La cheminée, autrefois de style ancien, avait été décapée au jet de sable et traitée pour ressembler à de la pierre rouge grossière, et l'on avait empilé de fausses bûches dans le foyer. Jersey mémorisa tout. Si la fortune de Moreno ne faisait aucun doute, ses goûts, en revanche, lui semblaient discutables. Il se rendit prudemment dans le couloir. D'autres tableaux et de grandes photographies, où figuraient toujours de beaux apollons, ornaient les murs. Jersey repéra une cuisine dernier cri étincelante, dotée d'un sol en marbre reproduisant les motifs d'un échiquier, d'une plaque de cuisson centrale, d'un grand évier semblable à celui d'un restaurant, et d'un réfrigérateur-congélateur. L'ensemble semblait n'avoir jamais servi.

Jersey passa dans le bureau. Une rangée d'ordinateurs bordait l'un des murs, et des écrans de télévision massifs étaient suspendus au plafond. Le cuir du fauteuil pivotant était râpé, les corbeilles à papier débordaient, tout comme le panier d'une grosse déchiqueteuse. Documents, feuilles volantes, carnets, cendriers pleins et tasses de café sales encombraient le bureau, lequel occupait toute la longueur de la pièce. Celle-ci semblait d'ailleurs la seule à servir.

Jersey se mit à fouiller les meubles de classement, puis examina brièvement les éléments du bureau. Il tenta d'ouvrir les fichiers informatiques, mais un mot de passe les protégeait. Il poursuivit ses recherches afin d'amasser le plus de renseignements possible sur Moreno. Il avait réglé l'alarme de sa montre à midi, espérant que le jeune chef d'entreprise ne reviendrait pas avant.

À 1 h 15, Jersey regagna sa suite. Après une douche, il s'installa devant le petit bureau et commença à étudier ses notes. Il estimait s'être forgé une impression assez juste de la vie privée d'Alex Moreno, mais devait encore se familiariser avec ses activités professionnelles. Grâce à ses relevés de comptes, il découvrit le coût exorbitant des travaux immobiliers dans les Hamptons, mais ne vit nulle part l'argent nécessaire pour les payer.

À 11 heures le lendemain matin, Edward Cummings régla sa note d'hôtel par téléphone. Dix minutes plus tard, il sortit discrètement sous l'identité de Philip Simmons, et à midi, prit un car de la compagnie Jitney. Installé au fond, il n'adressa la parole à personne et lut le *New York Times*. Il arriva à East Hampton deux heures et demie plus tard. Il loua une voiture dans une agence Pam's Auto et réserva dans un *bed and breakfast* nommé The Hunting Inn. De sa chambre, il contacta l'entrepreneur chargé des travaux de Moreno et prit rendez-vous avec lui sur le chantier à 17 heures. Il se présenta comme le notaire de Moreno et prétendit devoir vérifier la progression des rénovations. Il savait à présent que Moreno lui devait un impayé de cent cinquante-cinq mille dollars, et qu'il ne possédait pas la somme pour honorer la facture.

Jersey prit la route de la fameuse maison, située sur un lopin de terre en retrait de la nationale Montauk qui menait vers le district de Georgica, plus prisé. Il cherchait un chemin nommé Hedges Lane, qu'il trouva finalement après une bifurcation de Baiting Hollow Road.

La maison d'amis, devant laquelle Jersey passa en entrant dans la propriété, semblait presque terminée. Toit et fenêtres avaient été montés. Une file de camions stationnaient derrière la maison principale toujours en travaux. On avait entreposé d'énormes canalisations et conduits à air conditionné derrière la charpente et, à l'autre bout du terrain, une pelleteuse creusait la piscine. Sous le soleil d'hiver qui réchauffait à peine l'atmosphère, tous les ouvriers portaient un casque blanc. Il faisait un froid polaire, et de la glace recouvrait les flaques d'eau de pluie de la matinée.

Jersey se gara sans que personne prête grande attention à lui. Il savait que la piscine coûtait à elle seule cent mille dollars, et la maison d'amis deux millions. Le montant total de la propriété devait s'élever à sept ou huit millions de dollars. Jersey sentit la colère grandir en lui. Il pourrait dépouiller Moreno et récupérer une partie de ses pertes. À son retour à Londres, le domaine lui appartiendrait.

— Monsieur Simmons ?

Jersey se détourna et se trouva face à un homme âgé d'une trentaine d'années, musclé et plutôt trapu.

— Brett Donnelly. (Ils se serrèrent la main.) Voici mon équipe. L'architecte est passé un peu plus tôt. Vous vouliez le voir ? C'est dur de lui mettre la main dessus. Ils courent tous d'un contrat à l'autre. C'est une vraie ruée vers l'or immobilière en ce moment. Vous vivez dans le coin ? Vous connaissez la région ? (Donnelly lançait apparemment des salves de questions sans attendre de réponses. Sur le chemin de sa caravane, il indiqua à Jersey où poser les pieds dans plusieurs zones à risque où alternaient planches et nids-de-poule. Il régnait dans la cabine une chaleur étouffante. Donnelly retira sa doudoune et son casque, puis mit une cafetière sur l'un des brûleurs à gaz de sa cuisinière.

— Avec ou sans crème ? demanda-t-il en attrapant des tasses.

— Juste un peu de lait, si vous en avez, répondit Jersey.

Donnelly décrocha son téléphone de sa ceinture et s'assit dans le fauteuil de bureau, où il se balança d'avant en arrière.

— Alors, comment va M. Moreno ?

— Bien, dit Jersey d'un ton calme. C'est vraiment impressionnant ici, ajouta-t-il.

— Ouais, c'est un gros chantier. La commission de zonage de East Hampton Village nous a mené la vie dure. Avant de commencer, on a attendu trois mois à cause d'une dérogation concernant le côté ouest du terrain, deux semaines supplémentaires pour l'autorisation d'excaver la piscine, et encore huit autres pour la livraison du bois de charpente. Il y a énormément de propriétés en construction, alors ça provoque des retards.

Jersey but son café amer à petites gorgées. Il lui fallut attendre quinze minutes pour que le contremaître se taise enfin et se renverse dans son fauteuil en soufflant un nuage bleu de fumée de cigare au-dessus de sa tête.

— Quand allez-vous bétonner la piscine ? demanda Jersey.

— Très bientôt, on a presque fini de creuser. Il y avait déjà une piscine avant, alors ça n'a pas demandé beaucoup de travail. (Donnelly regarda Jersey d'un air intrigué.) Vous êtes canadien ?

Jersey sourit. N'ayant jamais considéré son accent d'emprunt comme canadien, il hocha tout de même la tête.

— En quoi puis-je vous aider ?

Jersey ouvrit son portefeuille et lui présenta une

carte de visite, imprimée peu de temps avant dans une papeterie.

— Comme vous le savez, je suis le notaire de M. Moreno.

— Je vois. Tout va bien, j'espère ?

— Je pense que nous devrions discuter de la situation financière de mon client.

— Vous savez que M. Moreno nous doit un acompte ? dit Donnelly en ouvrant un tiroir.

— Oui. C'est la raison de ma présence ici.

— Tant mieux. Moi, je suis qu'un petit entrepreneur, et je peux pas me permettre de garder tous mes gars sans recevoir les paiements à temps. J'ai quelques autres chantiers en cours, mais celui-ci est le plus important.

— M. Moreno est complètement fauché.

— Quoi ? s'exclama Donnelly, abasourdi.

— J'ai dit, M. Moreno est à sec. Je dois vous demander d'interrompre les rénovations jusqu'à ce que nous trouvions des fonds. Pour le moment, M. Moreno ne peut acquitter votre dernière facture.

— Quoi ? répéta Donnelly.

— Je ferai en sorte qu'elle vous soit réglée quoi qu'il arrive, mais vous devez cesser les travaux jusqu'à nouvel ordre. En fait, vous devriez convenir d'un rendez-vous avec mon client pour discuter de la marche à suivre. Il serait bon qu'il passe ici afin d'examiner la situation.

— Putain, j'ai embauché vingt-quatre gars pour ce contrat. Il faut que je les paie à la fin de la semaine. Comment je vais m'en sortir ? Vous êtes sûr que Moreno est *complètement fauché* ?

— Ce que je vous dis, c'est qu'il va lui être difficile de vous régler. Cependant, nous pourrons probablement vendre la propriété comme chantier en cours — ce qui impliquerait des pertes substantielles, bien sûr — mais, au bout du compte, vous serez payé. Un autre acheteur serait même susceptible de vous garder pour terminer les travaux.

— Putain de merde, c'est pas croyable !

— Je suis navré. C'est un terrain d'excellente qualité, en tout cas très bien situé, et tous les permis de construire ont déjà été délivrés. J'ai bon espoir que cette situation ne dure pas, mais vous devriez rencontrer M. Moreno au plus vite afin de tout régler à l'amiable.

Donnelly marqua un temps d'hésitation et pivota sur son siège.

— Il y a quelque chose qui m'échappe. Vous êtes soi-disant le notaire de M. Moreno, mais on n'a pas l'impression que vous travailliez dans son intérêt, plutôt que...

— ... que je me charge d'une situation délicate, oui. Je me présente comme son notaire, mais tout est bien plus compliqué. Je m'occupe de ses affaires à cause de ses dettes colossales, dont certaines me sont dues. C'est simplement un moyen pour moi de m'assurer que ce chantier soit achevé, de façon à toucher ce qu'on me doit.

Donnelly attrapa le téléphone et demanda :

— Vous voulez que je fasse venir Moreno ?

— Exact, et je vous suggère de ne pas évoquer ma présence. Ne lui donnons pas l'impression d'être ligués contre lui.

Donnelly enfonça puissamment les touches du cadran, s'adressa brièvement à Moreno — lequel lui donna rendez-vous sur le chantier le lendemain matin à 9 heures —, puis raccrocha. Il rapporta la conversation à Jersey.

Jersey lui serra la main et regagna sa voiture. Il regarda Donnelly ordonner à ses ouvriers de cesser le travail pour la journée.

Il dîna dans un bar à sushi de Sag Harbor. Il était presque 19 heures lorsqu'il revint à sa chambre, d'où il appela le Maidstone Arms, situé quasiment en face. Il avait appris par Baron que Moreno y logeait, mais souhaitait obtenir confirmation. On lui répondit que Moreno n'arriverait pas avant 10 heures passées. Il ne laissa pas de message.

Vers 11 heures, Jersey rappela et apprit que Moreno occupait sa chambre. Donnant le nom de M. Donnelly, il laissa cette fois-ci un message demandant que le rendez-vous ait lieu plus tôt, à 7 heures. Cela lui donnerait ainsi deux heures seul à seul avec Moreno.

Après une bonne nuit, Jersey se réveilla à 5 heures et quitta le *bed and breakfast* à 6 h 15. Il arriva à la propriété à la demie, et se servit d'un pied-de-biche pour forcer la baraque de chantier Portakabin de Donnelly, où il prépara du café. Il ne craignait pas l'arrivée d'ouvriers, maintenant que Donnelly savait Moreno sans le sou. À 7 heures précises, la Lexus arriva par l'allée, et un Alex Moreno pimpant en descendit. Se déplaçant avec précaution de peur de salir ses mocassins Gucci, ce dernier fut surpris de trouver Jersey.

— Je cherche M. Donnelly.

— Il n'est pas là. Asseyez-vous, Alex, il faut que nous discutions.

— Excusez-moi, je vous connais ?

— Non, mais moi je vous connais.

Moreno allait refuser, mais quelque chose dans l'attitude de Jersey, sa voix étrangement douce et son regard glacé, le fit hésiter. Il s'assit devant le bureau.

— Qu'est-ce que c'est que cette histoire ? demanda-t-il.

— Combien d'investisseurs avez-vous entraînés dans votre chute en déposant le bilan ? demanda Jersey.

— Ah, alors c'est en rapport avec leadingleisurewear. (Moreno haussa les épaules.) Je n'en sais rien. Quand on investit, il faut accepter les risques. Parfois on gagne et parfois on perd.

— Tout le monde n'est pas bon perdant, Alex, rétorqua calmement Jersey.

Moreno se pencha en avant.

— Si vous essayez de m'entourlouper, allez vous faire foutre ! Je ne vous connais pas, et ce que vous avez perdu, c'est pas mon problème.

Sans prévenir, Jersey l'empoigna par le col de son manteau en cachemire.

— Oh que si ! Et je ne m'en irai pas tant que vous ne l'aurez pas résolu.

— Je ne comprends pas, bégaya Moreno.

— Je travaille pour quelqu'un qui a investi des millions dans votre société et qui voit rouge. Il exige un dédommagement.

Moreno repoussa les mains de Jersey.

— Je suis hors de cause. Nous avons déposé le bilan et je ne peux plus rien pour vous.

— C'est faux. Mon ami veut cette maison, plus le titre de propriété de votre appartement de Central Park.

— *Quoi* ? s'écria Moreno.

— Vous m'avez très bien entendu. Bon, voici quelques autorisations qui permettront de céder vos droits concernant ces propriétés à mon ami. Vous n'avez qu'à signer ici.

— Foutez-vous tout ça au cul, lança Moreno d'un ton hargneux.

Jersey se leva et alla se poster devant la porte, bloquant ainsi toute issue.

— C'est vous qui l'aurez dans le cul, cher ami, si vous ne donnez pas votre accord. Signez les documents et vous sortirez d'ici indemne.

Moreno hésita, puis tira les papiers vers lui. Il les parcourut en diagonale.

— Putain, vous n'avez pas chômé.

Jersey s'écarta de la porte, saisit un stylo et le tendit à Moreno.

— Signez, et il n'y aura pas de bobo.

La main de Moreno tremblait.

— Je ne comprends rien à tout ça, dit-il, comme un enfant.

— Ce sont tout simplement des ordres de virement vers des comptes numérotés.

— Vous bossez pour le titulaire de ces comptes ?

— Exactement.

Moreno se mordit la lèvre, puis sourit.

— Pourquoi vous et moi on ferait pas affaire ? Je peux partager le gâteau avec vous. Une fois cette maison terminée, je vais en demander quinze millions. Sacré bénéfice ! Vous toucheriez une prime rondelette et vous laisseriez tomber... (il jeta un coup d'œil rapide au document) ... ce mec, là. Qui c'est d'ailleurs ?

— Mon client, répliqua Jersey.

— En ben, dites-lui d'aller se faire mettre, et vous serez riche. À vous de voir. Vous n'avez qu'à prétendre que vous ne m'avez jamais trouvé. Qui pourra vérifier ?

— Signez, ordonna Jersey.

— Vous devez toucher gros, hein ?

Du bout de son stylo, Moreno tapota le dessus du bureau sans se départir de son sourire forcé.

— Signez ces documents, répéta sèchement Jersey. Tout de suite.

Intimidé, Moreno laissa tomber son stylo.

— C'est de l'arnaque.

— Non, c'est un acquittement de dette.

— Mon cul ! J'ai pas un seul *cent* à payer. Je sais pas qui est ce mec. Les investisseurs étaient très nombreux, et le marché complètement nouveau. Tout le monde connaissait les risques, mais ça n'a empêché personne de balancer encore plus de fric dans la machine. Tout ce que ces types voulaient, c'était voir leur mise doubler — et même tripler. Il ont péché par avidité, et moi je n'y suis pour rien.

Jersey se jeta sur Moreno, l'attrapa violemment par les cheveux et lui plaqua la tête contre le bureau.

— Vous allez signer ! tonna-t-il.

— D'accord, d'accord. Pas la peine de s'énerver. (Jersey relâcha son étreinte et Moreno leva les mains en signe d'abdication.) Vous avez gagné, OK ? Vous aurez cette maison et l'appartement. C'est tout ce que j'ai, mon pote.

Jersey plaça les documents l'un après l'autre devant Moreno, qui s'exécuta en jetant de temps en temps un coup d'œil nerveux à Jersey.

— C'est bon ? J'ai tout signé. Vous voulez essayer mon costard pour voir si c'est la bonne taille ? demanda-t-il d'un air sarcastique.

Jersey examina calmement chaque signature, puis plia les documents et les rangea dans une enveloppe.

Voyant l'issue dégagée, Moreno se leva d'un bond et amorça le départ. Il ouvrit la porte en grand, se retourna et éclata de rire.

— Écoute-moi, sale enfoiré, si tu crois que ces torchons vont tenir la route au tribunal, tu te goures. Mon avocat va invalider tout ça en moins de deux, et je te ferai inculper pour kidnapping et extorsion.

Malgré sa bravade, Moreno fut si pressé de mettre les voiles que sa manche se prit dans la poignée de la porte. Il trébucha et dévala les marches en fer tête la première. Son crâne percuta le bord de la rambarde et il roula à terre. Pendant quelques secondes, son corps fut secoué de tressautements, puis gagné par une immobilité inquiétante. Jersey tenta de lui prendre le pouls, mais n'en décela pas. N'ayant pas du tout prévu un tel dénouement, il se mit à réfléchir à toute vitesse.

Il traîna Moreno dans la baraque, lui tâta de nouveau le cou, mais ne sentit pas le moindre frémissement. Il déboutonna sa chemise, retroussa ses manches et sortit. Puis il ramassa une pelle et sauta dans la piscine. Il travailla avec ardeur, creusant dans le fond du futur grand bain un trou assez grand pour accueillir le corps. Puis il retourna à la Portakabin, vida les poches de Moreno, où il trouva une liasse de billets fourrée dans une enveloppe destinée à Donnelly. Jersey compta rapidement l'argent et découvrit qu'il y avait de quoi couvrir la facture. Moreno avait finalement réussi à rassembler la somme. Jersey retira à Moreno sa montre et tout ce qui pourrait permettre de l'identifier, et le tira jusqu'au bassin. Puis il poussa le cadavre dans la tombe fraîchement excavée. Il était en train de la combler lorsque l'alarme de sa montre sonna. Le temps lui étant compté, il sauta dans la Lexus de Moreno, qu'il alla garer dans une allée isolée. De retour à la piscine, il en aplanit le sol à l'aide du rouleau-compresseur pour s'assurer que personne ne découvrirait le corps. Il venait de terminer de se nettoyer, vérifiant que la gaze de la perruque était toujours en place, quand Donnelly arriva dans l'allée, vers laquelle Jersey se dirigea, un sourire innocent aux lèvres.

— Je vous invite à prendre le petit déjeuner, annonça-t-il. Il y a du nouveau. Moreno ne viendra pas. Où voulez-vous aller ?

Ils s'assirent face à face au Marty's Diner. Donnelly prit des œufs sur le plat accompagnés d'une part de pancakes ; Jersey se contenta d'un café noir. Il lui tendit tout d'abord l'enveloppe.

— Ceci devrait couvrir les dettes de Moreno. Tout y est. Comptez donc. Comme vous allez le voir, il y a un petit supplément en compensation de tous vos soucis.

Le soulagement se peignit sur le visage de Donnelly.

— Dorénavant, poursuivit Jersey, c'est moi qui supervise les travaux et contrôle les paiements. J'ai apporté deux chèques antidatés en paiement des deux prochains mois, et je vous assure que mes comptes sont suffisamment approvisionnés. Vous devez achever les travaux, et je veux que les jardins soient aménagés. Vous connaissez une entreprise compétente ?

— Oui. J'ai déjà travaillé avec eux par le passé.

— Parfait. Je peux donc vous laisser les contacter ?

— Bien sûr.

— Si possible, nous voudrions que la propriété soit terminée au début de l'été.

— Nous devons finir en juin.

— Très bien. Si je ne peux pas me déplacer en personne, j'enverrai régulièrement quelqu'un sur le chantier, mais j'ai également engagé un avocat pour s'assurer du règlement des factures. Il travaille pour un cabinet nommé Edward & Maybury. Il traitera directement avec vous et assurera la liaison avec moi. Je demande à ce que les avocats reçoivent des photographies et des rapports permettant de suivre la progression des travaux, qu'ils me transmettront.

— Qu'est-il arrivé à Moreno ? Il a résolu ses problèmes ? demanda Donnelly, embarrassé.

— Il est parti en Afrique du Sud — gardez ça pour vous —, et il m'a confié la gestion de ses finances. Je me chargerai également de la vente de la propriété. Comme je vous l'ai expliqué hier, M. Moreno me doit une somme d'argent colossale, et de cette façon, ni lui ni moi n'endurerons de pertes fâcheuses.

— Il ne va pas vivre ici ?

— Comme il ne peut pas se le permettre, il a accepté de vendre, et je vais prendre rendez-vous avec un agent immobilier afin de procéder à une expertise de la propriété.

Donnelly termina son café d'un trait et tendit la main à Jersey.

— Vous m'ôtez une sacrée épine du pied. Je n'ai pas dormi de la nuit, tellement je m'inquiétais. Mes ouvriers vont reprendre le boulot dès aujourd'hui.

D'un geste, Jersey désigna la note et ouvrit son portefeuille.

— J'ai vu qu'ils avaient commencé les travaux de la piscine. Quand coulent-ils le ciment ?

— Eh bien, on s'apprêtait à le faire hier avant que vous nous demandiez d'arrêter, mais maintenant que ça repart, ils vont probablement terminer dans la journée.

— Parfait.

Jersey se leva, paya et s'en alla. Dans une agence immobilière d'East Hampton, il fit évaluer la valeur de la propriété. Les agents ne se ménagèrent pas pour le caresser dans le sens du poil : une demeure aussi bien située se vendrait très vite. Une fois achevée, ils pourraient — ils n'en doutaient pas — en demander jusqu'à quinze millions. Une telle somme, ajoutée au prix de revient de l'appartement de Moreno, signifiait qu'une petite partie des fortunes de Jersey, Wilcox et Driscoll avait été sauvée.

Jersey rendit sa voiture de location et appela un taxi pour le conduire à l'endroit où il avait laissé la Lexus, qu'il prit pour se rendre à Manhattan. Muni des clés de Moreno, il entra chez lui sans difficulté. Avec vélocité, il fourra la plus grande partie des vêtements de Moreno dans des valises, puis téléphona à trois agents immobiliers afin d'organiser la vente de l'appartement entièrement meublé. Puis il appela le portier, à qui il demanda de descendre les bagages dans la Lexus. À l'arrivée du premier agent, Jersey expliqua que s'il demandait un prix inférieur à ceux du marché, c'est qu'il désirait vendre rapidement. Dans l'après-midi, grâce aux lettres ayant force d'obligation et à la cessation de titre de propriété, toutes signées par Moreno, ils parvinrent à un accord. Avant de quitter les lieux, Jersey dévissa le panneau arrière de l'ordinateur et, à l'aide d'une perceuse trouvée dans le placard, fora plusieurs trous dans le disque dur. Ne pouvant accéder aux fichiers sans mot de passe, il préférait que ceux-ci restent inaccessibles à tous.

À 19 heures, Jersey gara la Lexus dans le parking longue durée de l'aéroport JFK. Il ne verrouilla pas les portières et laissa les valises en vue sur les banquettes, se demandant combien de temps s'écoulerait avant qu'on ne les vole. Au guichet Virgin Atlantic, Jersey prit son billet de retour en première classe au nom de Philip Simmons. Après un dîner rapide à la cafétéria, il embarqua et, une fois à bord, enfila le survêtement mis à disposition par la compagnie et dormit durant tout le vol. Il n'adressa la parole à personne, et on ne le réveilla que pour le petit déjeuner peu avant l'atterrissage. Une fois passées les douanes, il alla dans les toilettes pour hommes, ôta sa perruque et sa moustache, les rangea dans sa valise, se peigna, et ce fut Edward de Jersey qui sortit de l'aéroport.

Il arriva chez lui à temps pour les festivités du jour de l'an. Il savait qu'on ne s'inquiéterait pas de la disparition de Moreno avant un bon bout de temps, et nourrissait la certitude qu'on ne découvrirait jamais son corps. On retrouverait sa voiture, mais il s'avérerait difficile de soupçonner la moindre manipulation, et plus compliqué encore de retrouver des traces du passage de Jersey aux États-Unis. Une fois les comptes de Moreno examinés, on conclurait probablement qu'il s'était fait la malle.

Jersey calcula que, comparée aux pertes du trio, la somme récoltée par la vente des propriétés de Moreno ne représentait qu'une goutte d'eau dans l'océan. Cependant, sa part du prix de l'appartement suffirait à payer les frais du domaine pendant quelque temps. Depuis son départ pour New York, un peu moins d'une semaine s'était écoulé. Pendant ces quelques jours, il avait senti l'adrénaline couler dans ses veines. Se trouver du mauvais côté de la loi lui apportait un plaisir différent de celui des chevaux, cela lui donnait l'impression de marcher sur un fil. Devoir mettre son ingéniosité à l'épreuve lui plaisait, et il n'éprouvait aucun remords quant à Moreno. N'étant pour rien dans sa mort, il se félicitait de la détourner à son avantage. Le Colonel reprenait du service pour de bon.

5

Les fêtes du nouvel an terminées, Wilcox et Driscoll allaient bientôt rentrer en Angleterre, mais Jersey n'avait toujours pas échafaudé de plan. Il avait consacré le plus clair de son temps à se familiariser avec Internet, vaste univers auquel il ne connaissait quasiment rien.

Après quelques heures de connexion, il se rendit compte qu'à l'ère du tout-informatique, son expérience et ses méthodes criminelles s'avéraient obsolètes. De nos jours, pour réussir un casse fructueux, un ordinateur et un modem suffisaient, et ces nouvelles techniques reléguaient aux oubliettes entrées par effraction, armes à feu et folles courses-poursuites. Plus Jersey surfait, plus il se rendait compte que rien dans le monde virtuel n'était protégé des indiscrétions. Plus que les escroqueries informatiques, c'était la capacité des organisations criminelles à s'approprier des renseignements à l'échelle internationale qui intriguait Jersey. Les manifestations du 1er mai, qui avaient rassemblé des militants et leurs sympathisants dans le monde entier, avaient été organisées quasi exclusivement sur Internet. De nos jours, même la mafia se retrouvait en ligne pour tenir des séances de discussion. On commettait les crimes caché derrière un réseau de fausses informations et à partir d'un simple clavier. Un hacker de 18 ans avait réussi à pénétrer dans le système informatique de l'armée américaine, et un autre dans celui de la banque d'Angleterre. Jersey s'étonna de la vulnérabilité des institutions américaines. À la suite des récentes attaques terroristes, les gouvernements du monde entier avaient renforcé les dispositifs de sécurité des villes mais, sur Internet, les risques restaient entiers.

À l'aide de programmes permettant de découvrir les mots de passe, on piratait en permanence des renseignements confidentiels. Se faisant passer pour des utilisateurs légitimes, les hackers préféraient déguiser leurs ordinateurs plutôt que de s'encombrer d'un masque. Les escroqueries à la carte bancaire, qui marchaient très fort, coûtaient aux consommateurs des millions de dollars chaque année. Mais réussir dans le piratage informatique exigeait des connaissances de très haut niveau. Jersey était tellement concentré sur son écran qu'il n'entendit pas Christina entrer dans la pièce.

— C'est quoi ce truc sur tes poignets ? demanda-t-elle, en brandissant la chemise qu'il avait portée aux États-Unis. Il y en a même sur le col. Ça ressemble à du maquillage.

— Tu m'as pris la main dans le sac, répondit-il, déconcerté.

— Comment ça ?

D'un air penaud, il lui adressa un grand sourire.

— C'est du fond de teint.

— Quoi ? s'exclama-t-elle, interloquée.

— Ben, j'étais tellement pâle que j'ai voulu

essayer, mais ça m'a rendu orange alors je l'ai retiré.

— En tout cas, ta chemise est fichue.

— Jette-la à la poubelle alors.

Elle la lui lança.

— Espèce d'imbécile, va — attends un peu que je raconte aux filles que tu as voulu impressionner ton fameux banquier. Dis donc, ce serait pas plutôt une banquière, en fait !

— Non, mais il avait vingt ans de moins que moi.

Il s'esclaffa et tenta d'attraper Christina, qui l'esquiva et se dirigea vers la porte.

— En tout cas, tu finiras anémié si tu continues à te terrer ici. Qu'est-ce que tu fabriques, bon sang ?

— Je me familiarise avec les nouvelles technologies. Ça me permettra d'éliminer la paperasserie et de réduire les coûts.

— Ah bon ? Mais tu n'y connais rien, non ?

— J'apprends.

— Tu devrais engager Tom pour t'aider, il fait des études d'informatique.

— Tom qui ?

— Tom Knowles, le fils du pasteur. Il n'arrête pas de tourner autour de Natasha, mais elle s'intéresse plus aux chevaux.

— Je vais y réfléchir — mais si c'est le même genre que son père... Au fait, il a dessoûlé depuis Noël, lui ?

— À mon avis, sa messe de minuit, elle devait valoir le déplacement.

Jersey regarda son ordinateur.

— Bon d'accord, demande à son fils de passer. Le plus tôt sera le mieux.

— Je l'appelle tout de suite.

Elle s'en alla. Jersey tapota nerveusement son bureau. Par le passé, jamais il n'aurait commis une erreur aussi grossière que de laisser traîner sa chemise. Il aurait dû s'en débarrasser avant de rentrer.

Quelques minutes plus tard, Christina revint.

— Tom est partant. Je lui ai dit que tu le paierais à l'heure.

Les cours commencèrent. Tom Knowles suivait des études de formateur informatique dans une université de la région. Portant des lunettes à monture épaisse, il ressemblait à son père en plus chétif. Toujours ponctuel, il arrivait à 9 heures et repartait à 11, trois fois par semaine.

Un matin, alors qu'il ouvrait son portable, il dit à Jersey :

— Bon, la dernière fois, vous vouliez qu'on s'intéresse aux problèmes de confidentialité sur Internet. Le meilleur moyen de garder le secret sur vos données personnelles, c'est de ne pas les fournir. Donc, à votre place, je commencerais par créer une adresse e-mail sous un faux nom ou un pseudonyme, sur Hotmail ou Yahoo par exemple. Ils vont vous demander des renseignements sur vous, mais rien ne vous oblige à dire la vérité. Sautez toujours les champs optionnels. En revanche, si vous souhaitez commander des articles en ligne, il faudra leur fournir votre adresse. Si ça vous dérange, vous pouvez louer une boîte postale.

Jersey hocha la tête.

— On croit que surfer sur le Web est une activité anonyme, mais chaque site auquel vous vous connectez garde une trace de l'adresse IP de votre ordinateur. Ajoutez à cela les fichiers FSI de votre machine, et on vous identifie en moins de deux.

Jersey pinça les lèvres.

— Est-ce qu'il existe un moyen de ne pas se faire repérer quand on se connecte ? demanda-t-il en regardant le petit écran de Tom.

— On peut se cacher derrière l'adresse IP de quelqu'un d'autre, mais je ne sais pas grand-chose là-dessus. Il faudrait que vous vous adressiez à quelqu'un de plus calé.

— Et ces fichiers FSI ? On ne peut pas les effacer de son ordinateur, tout simplement ?

— Si, mais ce n'est pas aussi simple que d'enfoncer la touche « Suppr ». Beaucoup pensent qu'en envoyant des documents dans la corbeille, ils les effacent, mais c'est faux. Et même si on passe au stade suivant, c'est-à-dire vider la corbeille, les fichiers restent dans la base de données. Les détectives privés et les policiers pourraient encore utiliser des programmes comme EnCase ou FRED pour récupérer des pièces à conviction sur certains secteurs de votre disque dur.

— En fait, ce que tu m'expliques, c'est que si je possède des renseignements délicats, disons illégaux, et que je les supprime, ils restent quand même sur le disque, c'est ça ?

Tom hocha la tête.

— Exactement. C'est comme ça que la police a pu coffrer tous ces pédophiles. Les preuves de leurs activités illégales avaient été conservées dans leur système.

— Est-ce qu'il existe un moyen de retirer complètement un fichier de son ordinateur ?

— Il existe un logiciel du nom d'Evidence Eliminator, l'effaceur de preuves. Il vaut le programme qu'utilise le gouvernement pour débarrasser ses ordinateurs de documents gênants. Cela dit, comme je ne m'en suis jamais servi moi-même, je ne sais pas vraiment si c'est efficace.

— Intéressant, commenta Jersey. Et les courriers électroniques ?

— Eh bien, quand vous en envoyez un, il transite toujours par plusieurs serveurs. Résultat, quelqu'un peut l'intercepter et l'ouvrir. Ça fait un paquet de gens qui peuvent lire vos messages. En ce moment, à cause de la guerre en Afghanistan, la police scrute le Net à la recherche de communications de terroristes. C'est comme ça qu'on a arrêté de nombreuses personnes en Angleterre.

Jersey réfléchissait à toute vitesse pour trouver un moyen d'employer les nouvelles technologies à son avantage.

— J'ai lu un article sur les pirates informatiques, récemment. Comment ça fonctionne ?

— Qu'est-ce que vous voulez savoir ?

— Par exemple, si quelqu'un veut pénétrer dans le système d'une entreprise, comment est-ce possible ?

Tom haussa les épaules.

— Je sais vaguement ce que ça demande, mais je ne m'y suis jamais essayé, alors je ne pourrais pas vous répondre. Certains hackers ont réussi des coups assez marrants, en tout cas.

— Par exemple ? demanda Jersey, peu intéressé.

— Il y a quelques années, deux pirates ont trafiqué le standard téléphonique d'une station de radio pour qu'il ne laisse passer que leurs appels, pendant une émission où les auditeurs téléphonent pour remporter des prix. (Il rit.) Ils ont gagné deux voitures, des voyages un peu partout dans le monde et vingt mille livres ! Très drôle, non ?

Tom remarqua que l'attention de son élève se relâchait.

— Vous savez, M. de Jersey, le meilleur endroit pour obtenir ces renseignements, c'est encore le Web. Vous devriez commencer à aller dans des salles de *chat*, vous brancher avec des mecs qui savent de quoi ils parlent.

Tom consulta sa montre.

— Pourrais-tu me montrer une nouvelle fois comment se connecter aux salles de discussion ? Ensuite je te libère. On n'a qu'à prendre ton ordinateur.

Tom se mit à taper. Jersey apprenait vite : il voulait éviter tout risque, si infime fût-il, de permettre à quelqu'un de remonter jusqu'à son PC. Même si à ce stade ces mesures confinaient peut-être à la paranoïa, il lui semblait évident, d'après les explications de Tom, qu'on ne prenait jamais trop de précautions.

— Ça marche, lança le jeune homme. Vous souhaitez discuter d'un sujet en particulier ?

Jersey réfléchit.

— Tiens, pourquoi pas ces gamins qui ont piraté l'émission de radio ?

Tom tapa quelques secondes sur son clavier.

— Si on tombe sur quelqu'un qui ne possède pas le renseignement qu'on veut, il peut nous diriger vers une salle de *chat* plus spécialisée. En avant.

Tom lança une recherche sur le *hacking,* puis demanda à Jersey quel nom il souhaitait prendre.

— Euh... pourquoi pas Bill Haley ?

Tom ne réagit pas — il était probablement trop jeune pour se souvenir du vieux chanteur de rock n' roll. Il se contenta d'inscrire le pseudonyme. Puis ils scrutèrent l'écran. Quelques secondes plus tard, ils avaient reçu un message.

— Nom de Dieu, ça n'a pas traîné, commenta Jersey, fasciné.

— Certains mecs passent leur journée connectés.

Un court message s'afficha — son auteur expliquait qu'il ne connaissait rien au *hacking,* et qu'ayant perdu le mot de passe de son Toshiba, il demandait si quelqu'un pouvait lui transmettre le mot de passe universel pour démarrer cet ordinateur.

Tom tapota l'écran du bout de son crayon.

— Quittez cette salle. À mon avis, ce gusse essaie de déverrouiller une bécane volée.

— Bon sang, j'ai encore beaucoup à apprendre, dit Jersey, intrigué.

Au même moment, ils entendirent Natasha qui revenait de sa séance d'équitation et appelait Christina. Jersey lança un bref regard à Tom, qui semblait agité.

— Excusez-moi, je peux utiliser vos toilettes ?

Jersey acquiesça d'un signe de tête.

— Dis bonjour à Natasha en passant, le taquina-t-il.

Jersey n'avait pas pu s'empêcher de constater

que tous les jours, lorsque sa fille revenait de sa promenade à cheval, le garçon devait aller aux WC.

Tom quitta furtivement la pièce et manqua le message suivant.

Son expéditeur, qui se faisait appeler « Elvis », suggéra à Bill Haley d'assister à une conférence en ligne ouverte à tous, et lui donna la liste de nombreux cours magistraux ayant lieu à Londres.

Jersey demanda à « Elvis » lequel il estimait être le meilleur.

— J'ai entendu dire que celui de St Catherine's Church Hall, rue Lisson Grove, à Notting Hill, mardi à 20 h 15 est très bon, reçut-il en réponse.

— Merci, répondit Jersey.

Lorsque Tom revint, l'alarme de sa montre se mit à sonner, marquant la fin de la séance. Il observa Jersey lui fermer son portable, puis plongea la main dans son sac à dos.

— Je vous ai apporté ça. C'est le roman d'un mec qui s'appelle Douglas Coupland. C'est génial.

Il le passa à Jersey, qui en lut le titre : *Microserfs*.

Il reconduisit Tom, le remercia pour le livre puis, comme s'il venait d'y penser, expliqua à Tom qu'il devait se rendre à l'étranger pour affaires, et donc interrompre les leçons pendant quelques semaines. Tom parut déçu mais se ranima lorsque Jersey lui tendit une enveloppe contenant deux cent cinquante livres.

— Voilà pour ton aide. Je t'appellerai quand j'aurai besoin de toi.

Jersey n'avait pas l'intention de rappeler Tom : à présent, il en connaissait suffisamment pour passer à l'étape suivante. Dépasser le stade de ce que

Tom pouvait lui enseigner et se frotter à la protection de l'identité s'avérait impératif : s'il souhaitait organiser un casse en se servant d'Internet, il devrait apprendre à ne pas se faire repérer. Il devait soit trouver quelqu'un en mesure de l'aider, soit réussir par lui-même. Préférant ne pas faire appel à une tierce personne, il commencerait par assister au cours recommandé par « Elvis ».

Jersey passa le reste de la journée à naviguer de salle de *chat* en salle de *chat*. Il utilisa divers pseudonymes — sur Internet, il pouvait changer d'identité à loisir sans recourir à un déguisement. Caractéristiques physiques, âge et sexe devenaient inutiles dans ce monde factice.

Jersey fut ébahi par la facilité avec laquelle il pouvait contacter d'autres criminels sur le Web. Nombre d'entre eux vantaient même leurs exploits sur des sites personnels. Il consulta la liste des malfaiteurs criminels les plus recherchés par la Metropolitan Police, la police de Londres, et s'accorda un sourire satisfait en constatant sa réussite en tant que hors-la-loi : aucun de ses nombreux noms d'emprunt n'y figurait. Son esprit acéré et son intransigeance avaient assuré le succès de ses vols. Jersey les avait tous échafaudés dans les moindres détails. Bien qu'ayant naturellement pris la place du meneur, il n'avait jamais oublié sa dette envers Driscoll et Wilcox, qu'il trouvait plus importante encore maintenant que ses conseils leur avaient coûté leur fortune. Ils ne l'avaient jamais laissé tomber, et savoir avec certitude qu'il n'était pas seul dans cette panade le réconfortait. Quelle que soit sa décision, ils l'épauleraient.

En se plongeant dans ce nouvel océan de

connaissances, une idée germa dans son esprit. N'ayant pas encore élaboré de plan, il amassait des renseignements pour plus tard. Plus expérimenté, il commanda donc en ligne un ordinateur plus puissant, et demanda à ce qu'il soit livré et installé à son bureau. Alors qu'il remplissait le bon de commande, il remarqua avec intérêt le nombre de données personnelles qu'on lui demandait. Edward de Jersey était désormais une entité connue dans le cyberespace.

Voir son époux passer toute la journée aux écuries, puis s'enfermer dans son cabinet de travail après le dîner agaçait de plus en plus Christina. Son nouveau passe-temps l'inquiétait. Bien qu'elle se fût toujours montrée compréhensive concernant l'obsession de son mari pour les chevaux, elle trouvait cette nouvelle manie lassante. Elle estimait qu'il exagérait, et elle n'accepterait pas un tel comportement plus longtemps.

Le lendemain matin, en servant le petit déjeuner, elle lui demanda ce qui s'était passé à New York.

— Pourquoi cette question ? s'enquit Jersey, occupé à lire le roman de Tom.

— Depuis ton retour, tu es devant ton ordinateur matin, midi et soir. Tu ne me parles plus et tu ne prêtes plus attention aux filles.

Il ferma son bouquin et soupira :

— Je suis désolé.

— Ça ne suffit pas, et si tu continues, je ne vais pas inviter mes parents.

— Pardon ?

— Tu as oublié ? Ils viennent passer une

semaine ici. Mais si tu te bornes à vivre dans ton bureau, autant qu'ils séjournent à l'hôtel. Ils ne viennent qu'une fois par an, et ils veulent voir les filles avant qu'elles retournent en cours.

Voir Christina en colère à ce point contraria Jersey.

— Excuse-moi. Et si on allait se promener un peu ?

— Non, j'ai prévu de faire des gâteaux.

— Je suis vraiment navré. Il faut croire que je me suis laissé embarquer par mes nouveaux joujoux, et j'ai beaucoup travaillé, aussi. (Il l'enlaça.) Laisse-moi me rattraper.

Elle se libéra de son étreinte et s'écarta.

— Ils vont vouloir voir tous les trucs à touristes. Je sais que tu détestes ça, mais ils se font une joie de venir, et je veux que tout se passe à merveille.

— Je les emmènerai en voiture, en hélicoptère, et je les occuperai 24 heures sur 24, je te le promets.

— Inutile d'aller aussi loin.

— En tout cas, je vais leur organiser un séjour inoubliable. Je vais réserver des billets pour des spectacles, des visites guidées, le château de Windsor, il n'y a qu'à demander.

— Ils sont déjà allés au château de Windsor l'année dernière. Ils m'ont dit que cette fois-ci ils aimeraient voir la Tour de Londres, et éventuellement le zoo. On pourrait peut-être s'y rendre en péniche par le Regent's Canal ?

— Marché conclu. (Il l'enlaça de nouveau.) Quand arrivent-ils ?

— Dans une semaine.

— Ça me laisse le temps de tout organiser. Tu es sûre que tu n'as pas envie de te balader ?

— Si, je veux bien maintenant.

Toujours dans ses bras, elle se tourna et l'embrassa.

Plus tard dans l'après-midi, Jersey alla dans le haras, comme à son habitude, discuter avec chaque membre du personnel. Puis il s'appuya contre la porte du box de Royal Flush et regarda les garçons d'écurie doucher l'animal, en sueur après ses exercices, avant de l'envelopper d'une couverture épaisse.

Jersey laissa le cheval manger tranquillement, satisfait de le voir en bonne forme. Il passa de stalle en stalle, se renseignant auprès des entraîneurs et des lads sur la condition physique et les performances de tous les chevaux en activité, les progrès des poulinières, la croissance et le développement des foals et des yearlings. Puis il repartit vers la maison, s'arrêtant un instant pour admirer la rangée de têtes luisantes qui dépassaient des boxes impeccables. Bâtir un haras d'un tel calibre avait exigé vingt-cinq ans de sa vie, et l'argent de Moreno ne suffirait pas longtemps. Un apport financier massif s'avérait indispensable pour tout entretenir, et Jersey ne se sentait pas disposé à renvoyer un seul employé ni à vendre un seul cheval aux enchères. L'écurie représentait toute sa vie, vie qu'il avait tant désirée, créée à la sueur de son front, et que personne ne lui retirerait.

Quand il revint des écuries, Christina préparait le dîner. À son passage, elle lui attrapa le bras.

— Tu retournes travailler ?

— Oui, mais seulement pour réserver des places de spectacles et des tickets pour les attractions touristiques. Je viendrai manger quand tu m'appelleras.

Une fois dans son bureau, il alluma un cigare et se connecta à Internet. Il commença par chercher les spectacles du West End. Après avoir acheté plus de billets qu'il n'avait de soirées à combler, il réserva des places pour des visites en bus, et termina par le site de la Tour de Londres. Il ne prêtait pas vraiment attention à ce qu'il imprimait, mais des articles sur les joyaux spectaculaires exposés dans la Tour piquèrent son intérêt. La collection de pierres précieuses incluait la Seconde Étoile d'Afrique, une partie du diamant Cullinan, le Koh-i-noor, le saphir St-Edward et le rubis du Prince Noir. Il s'approcha de l'écran pour lire les descriptions des magnifiques perles portées par Elizabeth I, et celle du saphir Stuart datant de Charles II. Apprendre qu'au fil des époques on avait modifié les parures royales afin de les adapter à différentes intronisations le fascina. La reine Victoria ayant le doigt trop fin pour la bague de couronnement, on en avait réalisé une copie. Edward VII, souffrant, n'avait pas porté la couronne de St-Edward, estimée trop lourde pour lui. De même, on avait rabaissé les arcades de l'Imperial State Crown pour le sacre d'Elizabeth II, tant celle-ci était frêle comparée au poids de la couronne.

Jersey se plongea dans la documentation concernant les joyaux de la Couronne. Il imprima certains clichés. La couronne de St-Edward était splendide, et l'article expliquait que l'or provenait peut-être de celle du Confesseur. Elle était incrustée de 444 pierres semi-précieuses. L'époustouflante Imperial State Crown, elle, comportait plus de 3 000 pierres précieuses. Puis il contempla longuement le Koh-i-noor, qui ornait la couronne de platine de la Reine Mère. Enfin, il regarda le petit diadème fabriqué pour la reine Victoria, décoré de plus de 1 500 diamants. En réponse à la question d'un internaute, on indiquait que la dernière tentative de vol des joyaux de la Couronne avait été déjouée en 1671. Chaque année, des millions de touristes venaient admirer ces pierres précieuses exposées sous haute surveillance. Un joaillier spécialisé se chargeait de leur entretien et de leur nettoyage. La Reine les avait vues pour la dernière fois en 1994, lors de l'ouverture du nouvel espace d'exposition des joyaux.

Christina dut appeler Jersey plusieurs fois avant qu'il ne l'entende tant il était absorbé. Lorsqu'il descendit enfin, il sourit, l'embrassa et lui montra la documentation imprimée concernant les spectacles et les visites, en l'assurant qu'il serait disponible pour les accompagner.

— Oh, chéri, ce ne sera pas nécessaire. Quelques dîners avec eux suffiront. Je sais que tu détestes le théâtre.

— Écoute, je vais conclure un marché avec toi. Tu m'épargnes les spectacles, et je les emmène à la Tour de Londres voir les joyaux de la Couronne.

Jersey attendit que Christina soit endormie, retourna à son bureau et visita d'autres sites consacrés aux joyaux. Il apprit que la dernière tentative de vol avait été fomentée par le colonel Blood, qui, à deux doigts de s'enfuir avec son butin, s'était fait arrêter à la porte est de la Tour. Edward le Confesseur et ses successeurs avaient accumulé le plus gros des parures, mais Oliver Cromwell en avait fondu une très grande partie entre 1649 et 1660. Le trésor actuel datait du sacre de Charles II en 1661. Jersey resta connecté jusqu'à l'aube. Lorsqu'il retourna se coucher, il était fatigué mais ravi.

À son réveil, se sentant bien reposé, il prit une douche et enfila sa tenue d'équitation. Il monta à un rythme soutenu pendant une bonne heure, puis fit arrêter sa monture. Il avait choisi une de ses préférées, une grande jument grise de dix-huit paumes appelée Cute Queenie. Agée de 14 ans, elle ne participait plus aux courses, mais elle lui avait donné de bons étalons, et Jersey la gardait pour son usage personnel. Pendant leur pause, immobiles devant les collines dénudées, elle s'ébroua et secoua la tête.

— C'est bien, ma jolie, murmura-t-il d'un ton affectueux avant de la faire repartir au trot, puis au galop de chasse, pour enfin l'amener en douceur au grand galop.

Il avait l'impression d'enfoncer l'accélérateur d'une ancienne voiture de course d'excellente qualité. La grande grise filait comme le vent sur l'herbe humide, son souffle se transformant en vapeur. Jersey ne s'était pas senti aussi vivant depuis longtemps. L'exaltation provoquée par l'adrénaline, qui stimulait son corps tout entier, était indescriptible — se confronter au danger avait toujours été sa drogue favorite, et ses déboires avec Moreno lui en avaient donné un avant-goût. À présent, il se sentait en manque. Son prochain casse prenait forme dans son esprit, et il éprouvait la même jubilation que le jour où il avait reçu le tuyau concernant le chargement de lingots d'or à Heathrow. Cette fois-ci, il projetait de voler les joyaux de la Couronne. Mais entre en caresser l'idée et la mettre à exécution, le fossé était immense.

6

Tony Driscoll rentrait de vacances, bronzé et chargé de trois valises supplémentaires pleines des achats de sa femme. Épuisé par le décalage horaire, il téléphona tout de même immédiatement au bureau de David Lyons. Il passa deux heures en ligne puis, comme frappé de léthargie, resta à fixer les murs du regard.

— Tony, tu as défait tes affaires ? demanda Liz en entrant en trombe.

— Tu sais très bien que non, répondit-il sèchement.

— Bon, eh ben, tu ne peux pas rester ici à tirer au flanc. Il faut que tu donnes ton linge sale à laver à Mme Fuller. Je ne le ferai pas à ta place.

— J'arrive. J'ai quelques problèmes de boulot à régler.

— Ça ne peut pas attendre ? On vient d'arriver.

— Tu as raison.

Il se leva, mais se rassit dès qu'elle eut quitté la pièce. Tout au long des vacances, il avait tenté de rester optimiste, certain qu'une partie de son pécule pourrait être sauvée. À présent, l'assistant de David Lyons lui ayant appris sans ménagement qu'il avait perdu toute sa fortune et qu'il n'existait aucun espoir d'en récupérer le moindre penny, il avait envie de vomir.

James Wilcox avait lui aussi découvert l'étendue de ses pertes. À peine arrivé chez lui, à Henley, avec tous ses enfants et Rika, il découvrit son sous-sol inondé. Il fixa du regard sa pile de factures. Les innombrables chèques de pension alimentaire qu'il devait verser à ses ex-femmes s'accumulaient depuis des mois. Irritée par leur long voyage, Rika le tannait pour commander une livraison de provisions dans un magasin Tesco, mais il n'arrivait pas à garder la tête froide. Un jour il se trouvait à la tête d'une fortune de plusieurs millions, et le lendemain, plus rien. Il n'avait pas prévu la gravité de la situation, et avait presque oublié toutes ses hypothèques inconsidérées.

Rika lui posa violemment la liste de courses sous le nez. À la lecture de celle-ci, il fulmina :

— Ça va coûter une fortune, putain ! Il y a huit sortes de céréales différentes !

— C'est ce qu'ils manger toujours !

— À partir de maintenant, ils mangeront tous les mêmes.

Rika lui lança un regard noir et quitta la pièce en claquant la porte. Il regarda de nouveau la liste, puis la froissa. Qu'est-ce qu'un paquet de céréales allait changer, bordel ?

Il se trouvait au bord du gouffre. Il avait même engagé la valeur de sa maison pour injecter plus d'argent dans leadingleisurewear. Il souhaitait discuter de nouveau avec Driscoll et, surtout, parler à Jersey, mais celui-ci réprouverait leur rencontre en Floride. Il se mit à réfléchir à sa décision au cas où Jersey proposerait un autre casse. Se mettre d'accord pour refuser avec Driscoll s'était révélé facile mais, à présent, face à une telle situation — six enfants, quatre ex-femmes, une maîtresse ukrainienne et, pour seul crédit de secours, un garage plein de voitures anciennes — il fonçait droit vers la faillite. Si les choses empiraient, il lui serait fort difficile de repousser l'offre de Jersey.

Jersey annonça à sa femme qu'il s'absentait quelques jours pour affaires, et qu'il logerait à son club. Il se rendit à Londres en hélicoptère et, en milieu de matinée, dans un amphithéâtre de faculté, il assistait à un séminaire sur la programmation informatique. Il savait qu'il devrait échafauder ses plans autre part que chez lui. À la fin du cours, il s'approcha du jeune professeur pour lui demander une liste de manuels qui l'aideraient dans son apprentissage.

Un peu plus tard, chargé de deux sacs de courses pleins à craquer, Jersey se rendit au club St James et s'installa dans le salon pour se plonger dans ses livres. Au fur et à mesure qu'il avançait dans ces manuels très compliqués, il se rendit à l'évidence : il avait encore besoin d'un soutien. En hâte, il prit la route de l'église St Catherine afin d'assister au cours magistral suggéré par « Elvis ».

Dans la salle, petite et glaciale, la vue d'une grappe d'individus à l'allure de têtards, tous munis de tasses à café en plastique et de sandwichs emballés dans du papier d'alu, le laissa penser que la séance serait longue. Tous étaient équipés d'un minuscule ordinateur portable. Devant la porte, une jeune blonde grassouillette mastiquait une barre Mars et encaissait les cinq livres de droit d'entrée. Jersey la paya, et elle lui tendit une feuille imprimée où figurait le programme de la soirée — la séance serait dirigée par un certain Raymond Marsh.

— Vous êtes déjà venu ? lui demanda la blonde.

— Non.

— Quelqu'un vous a recommandé ce cours ?

— Oui.

— Il me faut un nom. Je dois remplir la liste des présents.

— Elvis, répondit Jersey, un peu honteux.

— Ah bon, très bien. Allez vous asseoir. Il ne va plus tarder — c'est parce que la baby-sitter est pas venue. Vous vous appelez comment ? demanda-t-elle, prête à noter.

— Philip Simmons.

Il se dirigea vers les rangées de chaises en plastique.

À 20 h 30, seize personnes attendaient, engoncées dans d'épais manteaux et penchées sur leurs portables. Jersey se demanda quand le cours allait commencer. En jetant un coup d'œil rapide au fond de la salle, il vit entrer un curieux individu, qui s'avéra être Raymond Marsh. À en juger par son apparence, il s'agissait sûrement de l'homme qui se cachait derrière le pseudonyme d'Elvis. Jersey conclut que la blonde était sa femme, et observa Marsh compter les billets de la boîte en carton avant de les fourrer dans sa poche.

Jersey essaya de ne pas regarder Marsh trop fixement, mais la tâche serait difficile. L'homme, au visage effilé, avait le menton proéminent et les joues creuses. Une épaisse couche de gel maintenait en place ses cheveux coiffés en banane. Il portait un perfecto élimé, un pantalon-cigarette moulant et des bottines pointues. Il alla jusqu'à la petite table vérifier que l'ordinateur et le rétroprojecteur fonctionnaient correctement.

— Bien. Tout est prêt. J'ai imprimé des feuilles qui devraient répondre à vos questions de la dernière fois. Je sais pas si tout vous a semblé clair, alors si vous avez des trucs à me demander, vous gênez pas.

Il s'exprimait avec un fort accent de Liverpool.

Au premier rang, un grand maigre leva la main.

— La semaine dernière, on a évoqué les techniques de *hacking* utilisées à des fins de protection du système plutôt qu'à des fins criminelles. Est-ce que des virus peuvent être employés pour nous protéger ?

Raymond s'humidifia la main d'un coup de langue et se la passa dans les cheveux.

— En fait, on parle de créer de bons virus qui, à l'avenir, comme les vaccins, augmenteraient le système immunitaire de la machine. Vous me suivez ? En théorie, c'est envisageable, mais ça n'a pas encore été réalisé.

Marsh se mit à faire les cent pas.

Une femme forte à l'aspect jovial posa une question sur la conférence Defcon qui se tiendrait bientôt aux États-Unis. Marsh, à l'aise comme un poisson dans l'eau, se lança dans une description enthousiaste de la convention clandestine de *hacking*. Jersey tentait de suivre. La plus grande partie de ce qui se racontait lui semblait très obscur. Il étudia Marsh de près : celui-ci possédait vraisemblablement un QI élevé, mais son vocabulaire et son élocution évoquaient une origine sociale modeste. Jersey se demanda s'il travaillait dans le domaine de l'informatique.

Il n'était pas tombé loin : Raymond Marsh était en fait technicien en télécommunications, mais consacrait son temps libre au *hacking* et à l'exploration d'Internet. Jersey était tellement absorbé par son analyse qu'il sursauta quand il entendit un autre membre de l'assistance poser une question sur la confidentialité et la création de fausses identités.

— C'est sûr, c'est débile de fournir de vrais renseignements, tu vois. Selon tes projets, tu peux concocter toutes sortes d'identités dans plein de pays différents et créer des personnalités plausibles pour chacune. Par exemple, une de mes identités virtuelles, c'est un écolier australien. Il en loupe pas une, celui-là ! Ce matin, j'ai pénétré dans le système informatique d'une école d'Adélaïde, et je lui ai créé des bulletins. Je lui ai donné 20 sur 20 dans toutes les matières. J'ai voyagé dans le monde entier sous des noms différents sans jamais quitter l'Angleterre. Je suis aussi grand-mère de cinq petits-enfants en Russie, adepte du SM en Irlande et pisciculteur en Alaska. Et personne pourra jamais me gauler parce que j'ai un modem satellite gracieusement offert par mon boulot, comme ça je peux me déconnecter en un clin d'œil. Quand on a cette passion, c'est bien de bosser dans une boîte des télécoms !

Tout le monde ricana, mais Jersey, lui, était comme hypnotisé. Tout s'avérait parfait pour ses projets, et il sut qu'il solliciterait l'aide de Raymond Marsh. Une seule question se posait : pouvait-il lui faire confiance ?

À la fin de la séance, Jersey partit discrètement, l'esprit bouillonnant. La pluie tombant à verse, il rentra au club en taxi. À son arrivée, il s'installa dans la salle de lecture afin de parcourir les documents distribués à la réunion, sur lesquels figuraient les adresses e-mail et personnelle de Marsh, ainsi que son numéro de téléphone. Le lendemain matin, Jersey l'appela, et une femme peu loquace lui répondit :

— Il est au boulot.

— C'est important. Y a-t-il un numéro où je peux le joindre ?

— Oui, mais ses patrons n'aiment pas qu'il reçoive des appels personnels. Si vous me donnez vos coordonnées, je lui dirai de vous appeler, sinon il rentre vers 6 heures.

— Je rappellerai, merci.

Il était presque 18 heures lorsque Jersey prit le métro pour se rendre chez Marsh, à Clapham. Il habitait une petite maison mitoyenne devant laquelle était garée une Cortina rose vif, décorée de deux gros dés en peluche suspendus au rétroviseur. Jersey remonta l'allée et sonna à la porte. Une femme lui ouvrit. Comme il l'avait deviné, la blonde de l'église était la femme de Raymond.

— Est-ce qu'il est rentré ?

— C'est vous qu'avez appelé tout à l'heure ? demanda-t-elle, jetant un coup d'œil derrière, dans une pièce où un bébé poussait des cris perçants.

— Oui. J'espère que je ne vous dérange pas.

— Si, un peu, il n'est pas encore là. (Soudain,

elle regarda derrière Jersey et agita la main.) Vous me faites mentir, le voilà.

Jersey se retourna et vit Marsh, vêtu d'une combinaison de travail sous un épais blouson en tweed, qui arrivait.

— Qui est-ce ? demanda-t-il avant d'embrasser sa femme.

— Je sais pas, il voulait te voir.

Jersey lui tendit une de ses cartes de visite « Computer Electronics Inc. » imprimées au nom de Philip Simmons.

— Qu'est-ce que vous me voulez ? demanda Marsh, tandis que sa femme courait s'occuper du bébé.

— Vous proposer un travail qui pourrait vous intéresser.

— J'ai déjà ce qu'il faut, mon vieux.

— J'ai besoin de renseignements et d'aide pour concrétiser un certain projet.

— C'est pas ce qui me manque. Des tuyaux, j'en ai plein le citron, mais il faut encore que ce soit ce que vous recherchez.

— Votre expérience me serait utile.

De toute évidence, Marsh n'allait pas l'inviter à l'intérieur : il sembla prendre ses quartiers sur le pas de la porte.

— Mon boulot, c'est technicien en télécommunications. Je me suis mis au piratage téléphonique au début des années 80, vous voyez, avant le boom de l'informatique, et je passais gratis des coups de fil longue distance un peu partout. C'est comme ça que j'ai découvert ma vocation, et de là je suis passé aux ordinateurs. J'ai bossé pour une boîte qui m'envoyait installer le réseau informatique d'entreprises locales, mais ça m'a cassé les burnes. Alors ma femme et moi, on a fait les valises, on s'est pointés à Londres et j'ai repris du service dans les téléphones — en toute légalité, bien sûr. Tout est informatisé maintenant, en tout cas. Je me réserve le *hacking* pour mon temps libre. (Il pencha la tête sur le côté.) C'est ce rayon-là qui vous branche ?

— Oui. Continuez.

Marsh ne semblait toujours pas vouloir entrer.

— Vous voulez qu'on s'installe dans la voiture ? demanda-t-il.

Jersey se réjouit à l'idée de ne plus être exposé à la vue des voisins, et ils montèrent dans la vieille Cortina. Marsh s'enfonça dans son siège et se mit à caresser le volant de cuir blanc. Plus il parlait de lui, plus il devenait arrogant. Jersey soupçonnait en lui une colère dont il ne sut déterminer l'origine.

— Alors, M. Simmons, qu'est-ce que vous recherchez ? demanda-t-il.

— Vous, répondit Jersey.

— Ah, OK. Je vous préviens, ça va pas être donné.

— Le contraire m'eût étonné.

Marsh regarda une nouvelle fois la carte.

— J'ai assisté à votre cours à St Catherine. J'aimerais que vous m'aidiez à élaborer une fausse identité et la rendre la plus plausible possible.

— Tout est possible, mon vieux.

Plus tard dans l'après-midi, sur les conseils de Marsh, Jersey retira cent trente mille livres sur ses comptes déjà quasiment à sec. Il loua une boîte postale sous le nom de Philip Simmons. Dorénavant, il effectuerait toutes ses transactions financières en ligne. Jersey attendit que la banque vérifie les renseignements personnels qu'il avait fournis, et lorsque tout fut en ordre, il loua un appartement à Kilburn via Internet. L'agence lui envoya les clés à sa boîte postale, et Jersey prit les mesures nécessaires pour pouvoir payer toutes les factures domestiques par le Net.

Deux jours plus tard, il revint à Londres, retira les clés et se rendit en bus — expérience qu'il n'avait pas tentée depuis des années — au nouveau domicile de Philip Simmons. L'appartement, situé au deuxième étage, était aussi minable que son prix le laissait présager. Décoré d'un mobilier orange à l'intérieur tapissé de mousse, il y flottait l'odeur bien particulière de la nourriture rance. Au moins, il trouva la salle de bains et la cuisine propres et en état de marche.

Les téléphones portables et le nouvel ordinateur qu'il avait commandés lui furent livrés dans la journée à une demi-heure d'intervalle. À présent, tout ce qui manquait à Jersey, c'était de pouvoir établir un lien avec son ordinateur au domaine qu'il serait possible de couper en un clin d'œil. Pour cela, il aurait besoin d'aide supplémentaire de la part de Raymond Marsh.

Lorsque Jersey rentra chez lui ce soir-là, Christina dormait déjà. Il se glissa dans le lit à côté d'elle et lui caressa le cou.

— Désolé d'arriver si tard. J'ai encore passé la journée à courir de rendez-vous en rendez-vous.

Tout ensommeillée, elle se tourna vers lui.

— Tu me raconteras demain matin.

— Je t'aime, lui susurra-t-il à l'oreille avant de sombrer immédiatement dans un sommeil sans rêves.

Le lendemain matin, au petit déjeuner, Jersey remarqua la date. Sa rencontre avec Wilcox et Driscoll au Ritz aurait lieu dans quatre jours mais, entre-temps, il devait s'occuper de ses beaux-parents. Il s'amusa de constater que les « Trois Mousquetaires » devaient se retrouver le jour même où il allait visiter la Tour de Londres. En attendant, il avait le temps de commencer à échafauder ses plans. Il espérait que Raymond Marsh ne deviendrait pas un fardeau.

Christina retirait les décorations de Noël et rangeait les cartes de vœux dans un carton. Elle découpa les noms des expéditeurs et mit le reste de côté pour les offrir à l'association caritative qui s'occupait d'une prison locale. Lorsque Jersey la rejoignit, elle lui montra le manteau de la cheminée.

— Je me suis dit que tu voudrais garder celle-là.

Jersey saisit la carte de la Reine et sourit.

— Tu me connais par cœur. Je vais la poser sur mon bureau. Tu crois que ça va impressionner tes parents ?

— Certainement, mais tu les impressionnes déjà. Je crois même que papa a peur de toi.

— En tout cas, il ne m'a jamais accepté. Il me trouve trop vieux pour toi — j'ai presque son âge.

— C'est faux et tu le sais.

— Enfin, j'espère que la visite de la Tour de

Londres et de Buckingham Palace leur plaira. Pas mal pour une journée de tourisme, non ?

— Tu n'es pas obligé de les accompagner, tu sais.

— Je vais m'amuser, j'en suis sûr. J'ai toujours vécu à Londres ou dans ses environs, et pourtant je n'ai jamais vu les joyaux de la Couronne. Et maintenant j'ai vraiment hâte.

7

Jersey tint sa parole et joua son rôle d'hôte parfait. À la Tour de Londres, ils allèrent voir les joyaux. Jersey était tellement impatient d'entendre les commentaires qu'il marchait sans cesse sur les talons du guide. Soudain, il s'arrêta net. Là, dans toute sa splendeur, se trouvait la couronne de platine de la Reine Mère et son époustouflant diamant, le Koh-i-noor. En avançant, il remarqua un compartiment vide dans lequel on avait disposé une petite plaque indiquant « En cours d'utilisation ». Jersey se demanda pour quelle occasion. Puis une idée surgit dans son esprit : les joyaux quittaient régulièrement la Tour, et il lui fallait trouver un moyen de savoir quand. Il s'empressa de poser la question au guide.

— La Reine est partie en visite en Norvège, où elle portera certains bijoux.

— Que se passe-t-il si tous les joyaux sont utilisés ?

— Eh bien, ce n'est jamais le cas, mais quelques casiers seront vides à l'occasion des fêtes du Jubilé de la Reine. Si la sélection exposée n'est pas assez bonne, nous proposerons des réductions.

— Quelle couronne portera-t-elle ?

Le guide s'impatientait.

— Il me semble que Sa Majesté portera l'une des plus petites. Celle-ci, dit-il en désignant la couronne ornée du Koh-i-noor, pèse une tonne. À elle seule, cette grosse pierre vaut plus d'une centaine de carats de diamants. Voulez-vous bien circuler à présent, monsieur ? Le groupe qui nous suit va bientôt arriver.

Alors que le guide s'écartait pour se poster plus près de la première vitrine, Jersey jeta un dernier coup d'œil au somptueux diadème.

James Wilcox arriva au Ritz de bonne heure. Il portait un costume neuf commandé à son tailleur avant la dégringolade de ses investissements. Au fil des années, il était devenu pointilleux concernant son habillement. Il demanda une vodka-Martini au bar et s'assit au comptoir. Comme d'habitude, Jersey avait réservé une suite au premier étage au nom de Simmons. Wilcox grignota les noix de cajou qu'on lui offrit et déballa un cigare. Alors qu'il cherchait son briquet, Driscoll le lui alluma.

— Comment tu vas, mon grand ? lança ce dernier, en se posant lourdement sur un tabouret à côté de lui.

— J'ai connu mieux. Pile quand on croit qu'on peut enfin se la couler douce jusqu'à la fin de ses jours, tout disparaît dans le siphon du lavabo. J'ai étudié la situation avec cet assistant, là, au bureau de David Lyons...

— Tu parles d'un bordel. Dans deux jours, il met la clé sous la porte. (Driscoll commanda une bouteille de chablis frais.) Ça, il nous a bien bernés, bougonna-t-il.

— Qu'est-ce que tu racontes ?

— Tu vois, on nous prévient de rien, et du jour au lendemain ce petit enfoiré nous fout le nez dans la merde.

Il but une petite gorgée de vin, et Wilcox s'esclaffa :

— Très drôle, t'as pas perdu le sens de l'humour.

— Ouais, ben en tout cas, tout ça m'a coûté bien trop d'années de ma vie, et c'est dur à avaler.

— Raconte-moi, dit Wilcox en jetant un coup d'œil alentour. (Il consulta la pendule accrochée derrière le comptoir et poursuivit :) Moi j'ai plus un rond. T'as réussi à sauver quelque chose, toi ?

— Il me reste quelques milliers çà et là, un peu d'immobilier, mais... enfin bon, le plus gros est parti dans ce leadingleisurewear à la con.

— On devrait la boucler, en ce qui concerne notre rencontre en Floride, ajouta Wilcox.

— Je suis d'accord. J'ai perdu le sommeil. Tous les soirs, je me mets à pioncer vers 10 heures sur le canapé, et puis je me réveille et je repense à tout ça. J'arrive pas à y croire. Je me rappelle Ronnie Jersey qui me mettait en garde : « Tony, tire une leçon de ces joueurs qui s'amènent ici tous les jours. Tu peux avoir du bol une fois, mais les dix coups d'après tu joueras des perdants, et ça vaut pas le coup de gâcher du pognon difficilement gagné. » Putain. Tous les deux, on a dû péter un câble. Je me suis évertué à investir tout ce que je possédais dans cette boîte de malheur.

— Ouais, mais quand on a vu la valeur de notre investissement tripler, ça nous a rendus avides, non ? On a agi comme des crétins, c'est tout.

Wilcox siffla son Martini cul sec, puis se mit à suçoter son olive.

— Je me souviens d'un jour, chez Ronnie, où on avait un gagnant à coup sûr. À l'époque, y avait pas la télé dans les bureaux de paris, et on écoutait les courses à la radio.

— Pitié, remets pas ça, se plaignit Wilcox. Je supporterai pas.

— Non, non, tout ce que je dis, c'est que...

— Tes anecdotes, je les connais déjà par cœur, et là je suis pas d'humeur.

— Oh ça va, hein, excuse-moi d'exister.

Ils restèrent silencieux un instant, puis Driscoll regarda le costume de Wilcox.

— D'où ça sort, cette doublure en satin brillant ?

— Ça me plaît.

— Ça fait un peu tapette, non ? C'est des belles sapes, pourtant. Dommage de tout flinguer en retournant les poignets.

— C'est comme ça que je les ai commandés ! répliqua sèchement Wilcox.

— Combien ça t'a coûté alors ? Vas-y, combien ?

— J'avais trente millions et quelque. Tu crois que j'allais chipoter sur le prix d'un costard ? Change de sujet, s'il te plaît.

Driscoll but un peu de son vin, puis le posa sur le dessous de verre et sortit un cigarillo de sa poche.

— Je t'en offre un ?

— Non. Tu veux boire autre chose ?

Driscoll hésita, puis hocha la tête pendant que Wilcox adressait un signe au barman.

— T'aurais vu cette course, l'autre...

— Tony, je t'ai dit, je veux pas entendre parler de Ronnie et des bureaux de paris, bordel.

— Je parle pas de cette époque. Je parle d'Ascot — le canasson du Colonel a cassé la baraque. J'aurais bien aimé placer un pari sur ce Royal Flush. Il s'appelle Royal Flush, le cheval.

— Tu sais, Tony, y a un truc que tu fais tout le temps. Et depuis toujours. Tu répètes toujours tes phrases une deuxième fois.

— Mais non. Non.

— Mais si, tu viens de le faire, d'ailleurs.

— C'est pas vrai. Non, c'est pas vrai.

— Tiens, tu viens de recommencer !

Driscoll regarda derrière Wilcox, puis se pencha vers lui.

— Il est là. Merde alors, il a l'air en forme. Tu le vois là-bas, en train de discuter avec le portier ?

Wilcox pivota sur son tabouret. Jersey dépassait tout le monde d'une bonne tête. Vêtu d'un chapeau en feutre et d'un costume en tweed marron, il ne passait pas inaperçu. C'était l'archétype même du propriétaire de chevaux de course, jusqu'à la chemise à carreaux et aux chaussures à bout perforé. Il se dirigea vers le restaurant et disparut.

— Qu'est-ce qu'il fabrique ? Il ne monte pas à la suite ?

— On dirait bien qu'il va déjeuner.

Ils regardèrent tous les deux au bout de la salle, où l'on voyait tout juste Jersey bavarder avec le maître d'hôtel. Puis il repartit vers le hall, comme pour quitter l'établissement. Mais au lieu de continuer vers la sortie, il tourna brusquement et prit le chemin de l'escalier.

— Ça y est, il monte, annonça Wilcox.

— Il a l'air d'en connaître, du monde, hein ?

— En tout cas, il a grimpé l'escalier au pas de course, alors, à mon avis, c'est le moment d'y aller. On se sépare comme d'habitude, OK ?

Un mobilier style Régence et d'épais rideaux dorés décoraient l'immense suite. Sur une table en acajou lustré, on avait disposé du saumon, du fromage et une grande salade de fruits à la crème. Lorsque Wilcox frappa doucement et entra, Jersey était en train d'ouvrir du champagne.

— Tony arrive par l'escalier, annonça-t-il en fermant la porte. Tu as l'air en pleine forme — toute cette équitation, ça doit conserver.

— Tu as l'air en forme aussi, dit Jersey. Désolé de tout ce qui nous arrive.

— Et moi donc.

Il y eut un silence, puis Jersey fit sauter le bouchon et plaça la bouteille dans un seau à glace. Il traversa la pièce et embrassa Wilcox.

— Content de te revoir, Jimmy.

— Ouais, ça fait un bail, hein ?

Jersey servit le champagne. Driscoll arriva.

— Bon Dieu, mes genoux — je vous raconte pas, je suis cassé de partout. Arrivé au premier étage, j'ai cru que j'allais me taper un arrêt cardiaque. (Il serra la main de Jersey.) Toujours aussi raffiné. Alors, les années ne m'ont pas trop démoli ?

Des trois compères, c'était Driscoll qui avait le plus mal vieilli.

Jersey lui passa une coupe de champagne, puis leva la sienne.

— J'aurais préféré qu'on se retrouve dans de meilleures circonstances.

Lorsqu'ils eurent trinqué, Jersey s'assit, et ils l'imitèrent. Dans une atmosphère détendue, ils bavardèrent de leurs familles, puis prirent une collation, savourant leurs retrouvailles. Driscoll félicita Jersey pour sa victoire à Ascot.

— La prochaine, c'est le Derby, s'enthousiasma Jersey. Il va réussir. C'est le meilleur poulain que j'aie jamais eu. (Il se tourna soudain vers Driscoll.) Tu as connu un certain Harry Smedley, toi ? À l'hippodrome, il est venu me parler, en prétendant qu'on allait à l'école ensemble, mais je ne me souviens absolument pas de lui.

Driscoll s'essuya la bouche.

— Harry Smedley. Ouais, je me rappelle. Il était au collège avec nous — enfin, avec moi, du moins. Je sais pas si tu le connaissais. Il devait être une classe en dessous de moi. Un petit gamin avec une grosse tête.

— Je ne m'en souviens toujours pas.

— Rien d'étonnant à ça. Par contre, tu devrais te souvenir de sa mère, Maureen. Putain, elle en tenait une couche, celle-là. Ton père, il a essayé de la raisonner. Quand elle touchait ses allocs chômage, elle les perdait dans l'après-midi. Ronnie a essayé de l'empêcher de jouer. Elle passait tous les jours au bureau de paris, dès l'ouverture, elle encourageait tout le monde à parier. Elle perdait pas le nord, en tout cas, la Maureen. C'était une dure à cuire. (Driscoll brandit sa fourchette.) Quand les autres gros bras ont rappliqué avec des masses, elle était au comptoir.

Wilcox soupira d'un air impatienté.

— Maureen est restée cachée sous une table tout le temps du grabuge. Dès qu'ils sont repartis, elle a bondi hors de sa cachette. Pendant la baston, le haut-parleur avait continué à diffuser le commentaire de la course.

— Bon Dieu, Tony, t'es sûr qu'il y a un intérêt à ton histoire ? s'enquit Wilcox d'un ton provocateur.

— Ouais. Elle lance à Ronnie qu'il va devoir lui payer ses gains, parce qu'elle avait eu l'intention de parier une livre sur le gagnant, un outsider à vingt contre un du nom de Danny Daly, et là Ronnie lui répond...

Wilcox se leva.

— Les toilettes, c'est où ?

Jersey désigna une porte près de l'entrée de la suite.

— Là, sinon tu en trouveras d'autres en passant par la chambre. Comme tu préfères.

Wilcox alla dans la chambre et s'enferma.

— Vas-y, Tony, qu'est-ce que mon père a répondu ?

— Il lui a dit : « Maureen Smedley, tu n'as misé sur aucun cheval aujourd'hui, mais rien que pour ton cran, je vais te payer. » Et il l'a fait. C'était un sacré bonhomme, ton paternel.

Wilcox sortit des toilettes.

— Il a terminé, ou il est seulement en train de reprendre sa respiration ?

Driscoll lui fit un doigt d'honneur.

Wilcox se resservit du champagne et alla se rasseoir pendant que Jersey leur proposait du fromage. Ils continuèrent d'évoquer le bon vieux temps jusqu'à ce que le silence s'installe et que Driscoll pousse son assiette de côté.

— En tout cas, la chance a fini par nous abandonner. Cette chute des valeurs Internet m'a mis sur la paille.

Lorsque Jersey commença à débarrasser les couverts, les autres surent que le moment était venu de discuter sérieusement.

— Je vais vous expliquer comment nous avons perdu notre argent. (Jersey se pinça l'arête du nez.) Vous devez savoir que cette crise affecte énormément de monde. Ça peut paraître incroyable, mais beaucoup s'en sortent encore plus mal que nous.

— À cause de leadingleisurewear ? demanda Driscoll.

— Non, de nombreuses sociétés se sont cassé la figure. La nôtre n'est qu'une parmi d'autres.

— Quelles chances a-t-on de récupérer notre mise ? s'enquit Driscoll. J'ai appelé ce type, là, au bureau de David Lyons, et il m'a dit que si on réussissait à contacter l'autre gugusse, Alex Moreno, il pourrait peut-être quelque chose.

— Il n'y a pas l'ombre d'un espoir, répondit Jersey. Leadingleisurewear a été mise en liquidation, et Alex Moreno a disparu.

Driscoll ferma les yeux, puis frappa la table du plat de la main.

— J'aimerais bien l'attraper par la peau du cou et l'étrangler, ce têtard. Il s'est dégoté un nouveau boulot ?

— Il a tenté de monter une nouvelle boîte.

— Quelle raclure, lâcha soudainement Wilcox.

Jersey ouvrit pourtant une autre bouteille de champagne.

— Enfin bon, j'ai fait ce que j'ai pu.

— Tu es allé le voir là-bas ? demanda Wilcox,

surpris. (Jersey demeura silencieux, et Wilcox reprit la parole :) Ce n'est pas que je pleurniche, Colonel, mais j'arrive à peine à garder la tête hors de l'eau en ce moment. Je vais devoir vendre mes maisons, mes voitures... J'ai six gosses, quatre ex-femmes...

— Je sais.

Jersey alluma un cigare.

— J'aimerais que ce petit péteux me dédommage d'une manière ou d'une autre...

Wilcox commençait à s'emballer.

Jersey souffla un rond de fumée.

— Je me suis occupé de Moreno. Il possède une belle propriété à East Hampton. On devrait au moins en récolter douze millions, peut-être plus avec un peu de chance, et il possède aussi un appartement de deux millions. Comme d'habitude, je partagerai en trois, mais on ne pourra pas y toucher sans être sûrs d'être hors d'atteinte. Je vous le répète, on sortira tous les trois de cette mouise avec une compensation, mais pas tout de suite, peut-être d'ici six à huit mois. En tout cas, Moreno ne fait plus partie du tableau, à présent. (Jersey les fixa chacun longuement d'un regard froid.) Il est disqualifié. Je me suis chargé de lui. Vous m'avez compris ?

Wilcox et Driscoll se turent. Ils savaient que Moreno était mort, et qu'ils ne devaient pas demander de détails. Un silence lugubre s'installa. Wilcox se rendit de nouveau à la salle de bains.

À son retour, Jersey l'imita et alla se donner un coup de peigne. Il regarda l'heure. Il devrait bientôt prendre congé afin de retrouver ses beaux-parents à la sortie de leur expédition chez Harrods.

Le magasin ne se trouvait qu'à deux pas, mais il lui fallait passer encore au moins une heure avec ses deux acolytes.

Lorsqu'il sortit de la salle d'eau, il déclara :

— J'ai réfléchi à un projet.

Driscoll se pencha en avant et l'interrompit :

— Écoute, Eddy, je ne veux entendre parler d'aucun plan. Je suis trop vieux. J'ai des responsabilités. Je ne peux pas me remettre dans la peau du Tony de l'époque. J'ai failli ne pas me pointer cet après-midi parce que je me doutais que tu nous aurais prévu un boulot — mais en ce qui me concerne, ce ne sera rien d'illégal. Je ne peux pas, désolé.

— Ce n'est pas grave. (Jersey posa la main sur la sienne, puis tourna la tête vers Wilcox, qui fixait la table du regard.) Et toi, Jimmy ?

— Eh ben, je suis content qu'il se soit lancé le premier, Edward, parce que, de mon côté, c'est pareil. Il faut croire que j'ai moins de cran qu'avant. Je n'ai plus les tripes pour ça, et si comme tu l'as dit on peut déjà compter sur quelques millions, ça... ça me suffit.

— Tu as raison. J'oublie mon âge, parfois, et, de toute façon, c'était insensé... Bon, tout est payé, alors partons chacun de notre côté, et peut-être qu'on se recroisera quand on sera grabataires.

Jersey commença à compter. Il prévoyait qu'arrivé à dix Wilcox demanderait des détails, mais il se trompa : ce fut Driscoll.

— Bon allez, quoi, ne nous laisse pas mijoter comme ça. C'est pas parce qu'on n'est pas de la partie qu'on n'est pas curieux. C'est quoi, ton idée ?

Jersey se tourna face à eux.

— Non, vous avez raison. Ne tentons rien, ce sera mieux ainsi.

Wilcox fut incapable de croiser son regard.

— Tu nous en veux pas, hein ? demanda Driscoll.

— Mais non, Tony. Jamais de la vie. Vous deux, vous êtes uniques, ils ont cassé le moule après vous avoir fabriqués.

— Allez, arrête un peu, dit Driscoll. Si on n'est pas de la partie, tu vas quand même tenter le coup tout seul ?

— Possible, je ne sais pas encore. Bon, il faut que j'aille chercher mes beaux-parents.

— Pourquoi tu nous mets pas dans la confidence ? insista Driscoll, têtu. Tu sais bien que tu peux nous faire confiance. Quoi que tu nous dises, ça ne s'apprendra pas.

Jersey mit son chapeau.

— Pas cette fois.

— Allez, tu ne peux quand même pas me baratiner, moi Tony, protesta Driscoll d'un air rigolard.

— Il y a un début à tout, Tony, rétorqua Jersey.

S'étant jusque-là contenté de fixer la table du regard, Wilcox finit par lever les yeux vers Driscoll. Tous les deux voulaient savoir quel coup ils venaient de refuser.

— Laisse-nous une chance de décider si on marche ou pas, Colonel, c'est réglo, non ?

Driscoll regarda Wilcox.

Un long silence s'écoula, puis Jersey revint à la table. Il retira son chapeau.

— Vous m'aurez forcé la main.

Les deux acolytes attendirent et Jersey sembla savourer ce moment. Il se pencha vers eux.

— Je compte voler les joyaux de la Couronne.

— Pas ceux de la Tour de Londres, quand même ? demanda Driscoll, perplexe.

— Si si, précisément.

— Putain, les joyaux de la Couronne, carrément ! s'exclama Wilcox, hilare.

— Il nous fait marcher, commenta Driscoll, un grand sourire aux lèvres.

Jersey fit tournoyer son chapeau sur son doigt.

— Ça va exiger des mois de préparation, et je vais avoir besoin d'une équipe importante. Je n'ai pas encore tous les détails, ni choisi le personnel qu'il me faut.

— Tu vas cambrioler la Tour de Londres ? demanda Wilcox.

Jersey mit son chapeau, tira sur le bord pour le placer à son goût, puis alla jusqu'à la porte.

— J'avoue être déçu que ça ne vous intéresse pas, sachant ce qu'on a déjà accompli ensemble. Prenez bien soin de vous. À une prochaine.

— Edward ! (Wilcox se précipita vers la porte.) Ne fais pas ça. Je t'ai été reconnaissant plus qu'à mon tour, mais ça... Tu ne peux pas t'attendre à ce qu'on prenne cette histoire au sérieux ! Tu n'envisages pas réellement un coup pareil ?

Driscoll les rejoignit.

— Comme James vient de le dire, je te dois tout, et je n'oublierai jamais ce que toi ou ton paternel avez fait pour moi, mais il est hors de question que je culpabilise de refuser ce casse-là. Allez, avoue maintenant. C'est une grosse blague, pas vrai ?

— Je ne plaisante pas, persista Jersey. Quand je toucherai l'argent des propriétés de Moreno, vous recevrez votre part. Ceci étant, ne misez pas tout sur cette somme. On peut nous mettre pas mal de bâtons dans les roues avant que le fric soit disponible.

Il leur lança un long regard dénué d'expression. Ils s'écartèrent de la porte.

— Je dois y aller — j'emmène mes beaux-parents dîner au San Lorenzo. Ils doivent m'attendre devant Harrods.

Il ferma discrètement la porte et foula la moquette épaisse du couloir. Il dépassa l'ascenseur et prit l'escalier. Il ne se sentait pas trahi, seulement idiot d'avoir cru pouvoir reformer l'équipe. Grossière erreur. Trop d'années avaient passé.

Toujours dans la chambre d'hôtel, Wilcox se prépara une ligne sur la table. Il en proposa une à Driscoll.

— Non, merci. Après j'ai le nez qui coule.

Wilcox sniffa, s'essuya les narines, puis tapota la table avec son billet de banque roulé.

— Enfin, c'était quand même sympa de le revoir.

— Tu te sens aussi minable que moi ?

— Ouais.

— Mais bon, on s'était mis d'accord, non ? Je veux dire, pas question de rempiler. Pas à notre âge.

— Ouais.

— Il parlait sérieusement, tu crois ?

— Les joyaux de la Couronne — c'est de la folie, non ?

Ils se regardèrent.

— À ton avis, quand il a dit s'être chargé de Moreno, qu'est-ce qu'il entendait par là ?

— Je préfère pas en discuter.

— T'as raison. Moins on en sait, mieux ce sera.

L'estomac de Driscoll se noua.

— Tout ce qu'il va toucher, il va le diviser en trois, comme d'habitude, alors peut-être qu'on s'en sortira pas si mal que ça. Son domaine, là, il doit valoir des millions. Alors peut-être qu'il a besoin d'argent, mais qu'il s'est mieux débrouillé que nous. C'est lui, le cerveau, pas vrai ? Moi je suis sûr qu'il lui reste plus de fric qu'à nous deux réunis.

Wilcox hocha la tête, même si un doute subsistait dans son esprit.

— Ouais, impossible qu'il soit autant dans la dèche que moi. Si ça se trouve, il a pas mis tous ses œufs dans le même panier.

— Nous, il nous reste qu'à accuser le coup.

Jersey prit le chemin de Walton Street. En pleine période de soldes, l'entrée était bondée. Son chauffeur l'attendait au volant de sa Rolls-Royce, et une fois installé, Jersey ferma les yeux et rabattit son chapeau sur ses yeux. Trente minutes plus tard, Christina et ses parents sortirent du magasin, et tous partirent vers la place Beauchamp, où une table les attendait au San Lorenzo. S'efforçant de ne pas penser à Driscoll et Wilcox, Jersey joua son rôle d'hôte agréable, et discuta poliment de leur visite de la tour. À la librairie du monument, il avait acheté une cassette vidéo et tous les ouvrages disponibles, dont des plans et de nombreuses photos de grandes dimensions représentant les couronnes.

Wilcox quitta le Ritz déprimé. Il doutait de

revoir Jersey un jour. Énervé de ne trouver aucun taxi, il alla jusqu'à Bond Street. Lorsqu'il passa devant Asprey & Garrard's, il s'arrêta devant la vitrine. Il se sentait épuisé. L'effet de la cocaïne commençait à s'estomper et, dans son costume mouillé par la pluie, il avait froid. Après ses innombrables chutes à ski, ses genoux lui semblaient douloureux en permanence. Il se demanda si Jersey souffrait toujours de sa blessure à la rotule. Un torrent de souvenirs lui revint à l'esprit. Au départ, l'idée de cambrioler les bureaux de paris pour reprendre ce qui lui revenait de droit ne venait pas de Jersey, mais de Wilcox : il voulait entrer armé et employer les mêmes méthodes que les gangsters, ce que Jersey avait refusé. Quelques semaines plus tard, Jersey l'avait contacté : il avait échafaudé un plan. Wilcox regarda fixement la vitrine. Quand il se représenta leur équipe de jeunes loups, de voleurs audacieux, les diamants qui y étaient exposés devinrent flous. En ces temps exaltants, ils s'étaient serré les coudes. Mais même Jersey ne pouvait voler les joyaux de la Couronne. À moins que...

Driscoll alla à pied jusqu'à Piccadilly Circus récupérer sa Jaguar neuve stationnée dans un parking de Brewer Street. À peine sorti, il ragea de tomber dans un embouteillage à Soho, puis fut gagné par un agacement croissant au fur et à mesure qu'il avançait au pas vers Haymarket. Puis, en prenant Pall Mall, le spectacle magnifique de Buckingham Palace lui apparut. Il pensa à Jersey et à sa proposition démente. En passant devant le Palais, il se souvint du cinglé qui, après s'être introduit par effraction, avait atteint la chambre de la Reine. Malgré la multitude de gardes en service, les alarmes et les systèmes de sécurité, il avait réussi à s'infiltrer à l'intérieur et à venir s'asseoir sur le lit de la monarque ! Voilà qui prouvait que tout est possible.

Chargée d'achats, Liz attendait devant le dépôt de bus de la gare Victoria, trempée jusqu'aux os. Elle se précipita sur la route dès qu'elle aperçut la voiture. Driscoll rangea ses sacs dans le coffre.

— Pourquoi tu es en retard à ce point ? Je t'avais dit 7 h 15. Ça fait trois quarts d'heure que je poireaute ici. Qu'est-ce que t'as fabriqué ? Tu as acheté tes clubs de golf, au moins ? Je suis allée chez Harvey Nicks et...

Il n'écoutait jamais les monologues de Liz, qui n'attendait ni réponses à ses questions ni son avis sur ses emplettes, lesquelles semblaient inclure une garde-robe entière. Il se sentit fatigué, vieux et las.

— Je te trouve bien silencieux. Et ton estomac, ça va ?

— Ça va.

— Tu prends toujours tes comprimés anti-acides ?

— Ouais.

À l'approche d'un autre embouteillage, à hauteur du pont de Vauxhall, il soupira.

— Par le pont de Chelsea, ç'aurait été mieux, ou alors par le pont de Wandsworth.

— La ferme, Liz.

— Je sais pas ce que t'as, en ce moment, Tony. Tu passes ton temps à ronchonner. Avec tes humeurs, tu nous as gâché la moitié des vacances.

Tony ne répondit pas. Comment allait-il lui annoncer que quarante-cinq millions de livres s'étaient envolées dans le cyberespace ?

De retour chez lui, Jersey se sentait épuisé, mais il conserva sa bonne humeur tout le reste de la soirée, et même le lendemain matin lors de la promenade matinale en compagnie de ses beaux-parents. Néanmoins, son esprit vagabondait. Il souhaitait se débarrasser d'eux et de Christina quelque temps de façon à pouvoir se concentrer sur l'élaboration de son casse. Résolu à mener son projet à bien même sans Driscoll et Wilcox, il lui fallait du temps sans personne dans les parages. Le refus de ses acolytes ne l'avait en rien découragé : bien au contraire, sa détermination n'en était que renforcée.

8

Le mercredi suivant, l'hélicoptère de Jersey se posa à l'héliport jouxtant l'aéroport de Heathrow. Le pilote reçut l'ordre de faire le plein et de retourner au domaine dans l'heure. La surprise du voyage en Orient-Express avait ravi Christina et ses parents. Autrefois, sans tous ces engagements conjugaux, organiser des coups s'était avéré plus facile. Il lui fallait de l'espace et une grande liberté de mouvement pour travailler à son projet, et former une nouvelle équipe plus familière du monde moderne.

Jersey prit le bus jusqu'à Kilburn. Il arriva à son appartement peu avant midi. Il consacra un certain temps à transformer cette horreur orangée en foyer d'apparence habitée, en disposant journaux et magazines sur la table basse, des livres sur les étagères, et des vêtements dans la penderie.

Raymond Marsh, ponctuel, arriva à 2 h 30. Il parla peu en installant l'ordinateur flambant neuf. Il avait apporté divers antivirus et autres logiciels qui d'après lui protégeraient les fichiers de Jersey, ainsi qu'une antenne parabolique. Celle-ci, expliqua-t-il, permettrait à Jersey de se connecter par satellite. Le gros avantage d'une telle installation, en termes de piratage informatique, résidait dans le fait qu'elle rendait beaucoup plus difficile de remonter jusqu'à son propriétaire, et que l'on pouvait couper la connexion en quelques secondes à peine. Lorsqu'il eut terminé, il accepta une tasse de café et s'assit sur le canapé.

— C'est très dangereux ces trucs, vous savez, dit-il, en tapotant les coussins avant de boire bruyamment une gorgée. Ils sont même interdits à la vente, de nos jours, parce que ça flambe plus vite qu'une allumette. Ma bourgeoise veut aucun truc inflammable à la maison.

— Tant qu'on peut s'y asseoir, répondit Jersey, s'apprêtant à payer Marsh.

Il sortit quelques billets d'une épaisse liasse, puis en posa le reste sur l'accotoir de son fauteuil. Marsh les fourra dans un portefeuille, qu'il rangea dans sa combinaison. Il jeta un coup d'œil à l'argent restant.

— Vous avez besoin d'autre chose ?

Jersey acquiesça d'un signe de tête.

— De quoi ?

— Montrez-moi comment tout ça fonctionne.

Il sourit, et Raymond, déjà debout, consulta sa montre.

— J'ai pas beaucoup de temps.

— Et si on s'organisait quelques cours particuliers, le soir, ou quand cela vous conviendra ? J'ai besoin de me familiariser avec les salles de *chat* et les moyens de dégoter des renseignements sur le Net.

Marsh pencha la tête sur le côté.

— Je prends cher. Ça vous coûtera cent livres de l'heure. (Il alla s'asseoir devant l'ordinateur.) Bon, lançons la bête, qu'on s'amuse un peu. (Ses doigts frappèrent les touches à toute allure.) N'oubliez pas que si vous voulez vous intégrer dans cette communauté, vous devez gagner le respect de ses membres. Alors familiarisez-vous avec le jargon. Tout reste bon-enfant. Les *hackers* ne travaillent pas pour l'argent ; ce qu'ils veulent, c'est de l'info. Aux yeux d'un *hacker*, d'un pirate ou d'un *cracker*, bien ou malintentionné, le système de valeurs est différent de celui du consommateur moyen. Si vous voulez être reconnu comme bon citoyen, vous devez donner du vôtre, c'est-à-dire partager données et infos gratuitement. En ce qui nous concerne, si je suis payé, je ne vous poserai aucune question sur ce que vous mijotez.

Marsh rit.

Jersey détestait se trouver ainsi à sa merci.

— Dégotez-moi des renseignements sur quelqu'un qui a travaillé au Palais. Un membre de la sécurité.

Marsh ne montra aucune surprise. Il fit signe à Jersey de s'asseoir à côté de lui. Ensemble, ils trouvèrent des comptes rendus de journaux, et se connectèrent à divers sites jusqu'à ce que Marsh ait imprimé huit feuillets d'articles parfois vieux de huit mois. Précisément une heure plus tard, il consulta sa montre et annonça qu'il devait partir. Il tendit la main pour réclamer sa paie, et ils fixèrent la date de la prochaine séance.

Marsh parti, Jersey retourna à son ordinateur et lut les documents. Le cas d'un homme se démarquait des autres. Condamné à perpétuité pour le meurtre de sa femme, un certain Gregory Jones purgeait sa peine à la maison d'arrêt de Franklyn. Ancien agent de sûreté du Palais, il avait surpris sa femme au lit avec un autre membre du personnel de la Reine. Jersey savait primordial d'obtenir des renseignements sur le système de sécurité du Palais et les mesures en vigueur lors des apparitions publiques de la famille royale, le nombre de gardes du corps en service et celui des dames d'honneur de Sa Majesté. Gregory Jones serait peut-être en mesure de les lui fournir.

Il commença par se connecter sur des sites consacrés à la famille royale. À force de digressions, il tomba sur un article concernant la Reine et son amour des chevaux. On y voyait des photographies d'elle dans le box du vainqueur à Epsom, lorsque son poulain, Enharmonic, avait remporté le Diamond Stakes. Vêtu aux couleurs de l'écurie de la Reine, le jockey Frankie Dettori se tenait à côté d'elle. Jersey fit ensuite défiler les clichés des joyaux de la Couronne et s'arrêta quand le diadème de la Reine Mère apparut à l'écran. Celui-ci était le seul fait de platine, et là, incrusté sur le devant, brillait le splendide Koh-i-noor. Jersey se sentit comme aimanté. Il toucha l'écran et soupira. Pour l'instant, le diamant restait absolument inaccessible.

Pendant le séjour de Christina à l'étranger, Jersey prévit d'inventer une raison plausible afin de justifier ses séjours réguliers à Londres à son retour. Raymond Marsh, qui lui rendit visite fréquemment, le guida et l'encouragea à expérimenter. Plus Jersey en apprenait sur cet individu singulier, plus il l'admirait. Marsh avoua ouvertement ne pas être uniquement un « cracker » d'élite, mais également un pirate téléphonique, de par sa capacité à pénétrer illégalement les systèmes de télécommunications. Il adorait en percer les défenses et s'y connecter. Jersey nourrissait la certitude que, plus tard, il pourrait tirer profit de cette grande expérience. Afin de donner l'impression que son appartement était occupé en permanence, Jersey programmait des interrupteurs automatiques, puis regagnait son domaine et y poursuivait ses activités.

Il commença lentement à élaborer un plan. Devant obtenir de faux documents pour rendre visite à l'ancien agent de sécurité, il chercha le cabinet juridique chargé de la défense de Jones et imprima une imitation de leur papier à en-tête, puis écrivit à la prison en demandant un badge de visiteur pour l'avocat chargé du pourvoi en cassation.

Il dut ensuite rechercher un autre ex-employé des services du Palais, quelqu'un capable de lui fournir des renseignements internes sur le protocole, et laissa une annonce sur plusieurs forums : « Romancier britannique souhaite contacter toute personne travaillant (ou ayant récemment travaillé) au service de la Reine, pour renseignements confidentiels. » Le nombre de réponses qu'il obtint le surprit. Jersey savait qu'une grande partie proviendrait d'imbéciles qui lui raconteraient des sornettes, mais au bout d'un moment, il devint facile de les trier et de dresser une liste de ceux qu'il contacterait. Ce travail s'avéra tout de même long et laborieux, et la pression commençait à se faire sentir.

Jersey avait passé quasiment toute la matinée à

s'occuper de l'écurie, ayant dû s'entretenir avec ses entraîneurs à propos des prochaines courses, des douze juments prêtes à mettre bas, et de divers problèmes vétérinaires. Un poulain d'une valeur approchant les trois quarts de million de dollars n'était pas en assez bonne santé pour participer à une course, et la gourme sévissait dans une aile du haras qui contenait dix-huit chevaux, dont la plupart avaient été contaminés. À cette époque de l'année, les factures de vétérinaire atteignaient toujours des sommes élevées, mais cet hiver elles battaient tous les records. De plus, les mesures prises pour contrer l'épidémie de fièvre aphteuse retardaient toujours les déplacements. Bonne nouvelle, cependant : sa plus grande fierté, Royal Flush, se portait bien et s'entraînait pour la saison du plat, qui, Jersey l'espérait, lui offrirait une place sur la ligne de départ au Derby.

De retour à son bureau, Jersey venait à peine de s'asseoir quand il reçut un coup de téléphone de Helen, la veuve de David Lyons. Souhaitant lui parler d'un problème personnel qu'elle préférait taire pour le moment, elle demanda à le voir dans l'après-midi. Jersey accepta.

Helen l'attendait sur le pas de la porte. Il la trouva en piteux état : complètement livide, les traits tirés, même pas maquillée. Elle qui d'ordinaire s'habillait toujours de façon impeccable portait ce jour-là un vieux pardessus marron miteux et un chapeau de fourrure grossièrement enfoncé sur la tête.

— Merci de vous être déplacé, Edward. Je

n'avais personne d'autre vers qui me tourner, dit-elle, les yeux gonflés de larmes.

Elle lui proposa un café, et ils s'assirent à la table de la cuisine. Le regard vague, elle se mit à jouer avec une petite cuillère.

— Je ne sais par où commencer. Je ne savais pas à qui d'autre demander. (Elle marqua une pause.) C'est en rapport avec la mort de David. (Elle se moucha.) Il m'a tout légué, et je croyais que nous avions une belle somme de côté, mais...

Elle s'interrompit.

— Je vous écoute, Helen, l'encouragea-t-il d'un ton calme.

— David a emprunté sur la valeur de la maison. Il a liquidé presque tous nos biens, et je ne sais pas dans quel pétrin il s'est fourré, mais nos comptes d'épargne... (Elle respira profondément.) Au cours des quelques mois qui ont précédé sa mort, David a retiré jusqu'à notre dernier penny. D'après ma sœur, qui a tout contrôlé pour moi, il a pris presque deux millions de livres, qui se sont envolés. (Jersey resta silencieux.) Surtout, n'allez pas croire que je vous demande de l'argent. Il me reste quelques milliers sur mon compte personnel. Je m'en sortirai. (Elle roula son mouchoir trempé en boule.) Je n'ai vraiment aucune idée de ce qu'il fabriquait. Son assistant est complètement abattu, et ils vont fermer l'agence. Ma sœur a pris une semaine de congé pour m'aider à découvrir ce qui s'est passé. Elle ne comprend pas plus que moi à quoi il jouait — enfin, du moins jusqu'à il y a quelques jours.

Jersey commençait à se sentir nerveux mais ne laissa rien paraître.

— Ma sœur est comptable, elle aussi. En fait,

David et moi, c'est grâce à elle que nous nous sommes rencontrés. Elle s'est lancée dans l'étude des comptes professionnels de David, et il est apparu qu'il a investi dans une start-up basée à New York, leadingleisurewear, ou quelque chose comme ça. Bref, un grand nombre de ses clients et lui ont investi dans cette entreprise.

Elle jeta un coup d'œil à Jersey, vraisemblablement au courant que lui aussi l'avait financée. Même s'il n'en montrait rien, Jersey rageait contre l'indiscrétion de David.

— Ma sœur a été abasourdie par les sommes que David et vous avez investies, tout comme les deux autres, un certain Wilcox et un certain Driscoll, je crois.

L'esprit de Jersey s'emballa. C'était probablement la seule fois de toute leur carrière qu'un facteur commun liait leurs noms.

— Ah bon ? (Il sourit.) Je croyais être le seul joueur malchanceux.

— Je suis absolument navrée, dit-elle en lui tapotant la main. Si je vous ai demandé de passer, c'est parce que ma sœur...

— La comptable ?

— Oui. Sylvia. Elle travaille pour une société de placement internationale. Cette entreprise avait investi dans une start-up similaire à la vôtre, et perdu une somme considérable elle aussi. Alors elle a procédé à quelques recherches pour moi.

— À propos de quoi, exactement ?

— De la société dans laquelle David et vous avez investi. Elle a découvert qu'un jeune homme du nom d'Alex Moreno l'avait fondée. Apparemment, lui et un autre membre de leadingleisurewear ont essayé de lancer une autre affaire. Sylvia n'en revenait pas de leur culot, eux qui avaient déjà fait perdre tant d'argent.

— Et ?

— Et j'ai dit à Sylvia que si je vous racontais tout ça, vous voudriez tenter quelque chose. Vous avez quand même perdu des millions ! Je sais, je ne suis pas censée être au courant des transactions de David, mais je n'ai pas pu faire autrement. Sylvia pense que s'il existe un moyen de récupérer une partie de l'argent, nous devrions tous contacter cet Alex Moreno et découvrir ce qui se passe.

Jersey se pencha vers elle.

— Mon nouveau conseiller financier m'a expliqué qu'il n'y avait aucun recours possible, et qu'il ne me restait qu'à accepter mon erreur.

— Mais vous ne pouvez pas baisser les bras !

— Je crains bien que si, Helen. Je ne sais pas ce qu'il en est des autres investisseurs. Nous avons tous été victimes d'un effondrement global des valeurs de la nouvelle économie. Nous sommes des milliers à avoir perdu de l'argent, pas seulement une poignée. De nombreuses start-up ont mis la clé sous la porte.

— Vous pourriez retrouver Moreno...

— J'aimerais vous répondre que oui, mais je me suis déjà résigné à mon sort, et comme je vous l'ai déjà expliqué, on m'a prévenu que je n'avais aucune chance, ou très peu, de récupérer le moindre penny.

— Vous allez passer l'éponge alors ? demanda-t-elle, horrifiée.

— En effet, à moins que mon conseiller ne me suggère une autre solution.

— Sylvia a contacté un détective privé à New York pour retrouver la trace de Moreno.

Jersey se renversa dans sa chaise et sentit son ventre se nouer.

— Ça a porté ses fruits ?

— Non. C'est pourquoi Sylvia pense qu'il s'est probablement enfui avec le pactole. Elle a trouvé une lettre de l'auditeur engagé par leadingleisurewear peu avant la dégringolade, qui remettait en question les chiffres de l'audit annuel. Et voilà que Moreno semble s'être envolé.

— Ah bon ? Et personne ne sait où il est passé ?

Elle secoua la tête.

— Non, mais Sylvia a découvert qu'il avait vendu son appartement à New York. D'après un portier de son immeuble, c'est un Allemand qui l'aurait racheté, mais Moreno possède également une maison dans les Hamptons.

En son for intérieur, Jersey bouillait, mais il prit la main de Helen. Elle lui rendit son étreinte et se remit à pleurer.

— Je me sens vraiment coupable de ce qui s'est passé, dit-elle. Vous croyez que je devrais essayer de contacter toutes les personnes concernées par cette affaire ?

Il lui lâcha la main.

— J'ignore quel conseil vous donner, Helen. Tout comme moi, les autres investisseurs n'ont jamais reconnu publiquement leurs pertes. Ces informations sont d'une très grande confidentialité.

— Bien sûr, j'en suis consciente, Edward, mais vous ne pensez tout de même pas que les découvertes de ma sœur pourraient les intéresser ?

— Je ne peux pas répondre à leur place, dit-il calmement.

— Mais vous, vous ne voulez pas savoir ce qu'il est advenu d'Alex Moreno ?

Il choisit ses mots avec une grande précaution.

— Pour être franc, je n'ai jamais envisagé d'engager un détective privé dans un autre pays. Je suis persuadé que si David avait cru pouvoir sauver une partie de notre argent, il n'aurait pas choisi une issue aussi dramatique.

— Vous voudrez bien examiner des documents que j'ai retrouvés ?

— Bien sûr, mais je doute pouvoir vous être d'une aide quelconque. Je souhaite que la presse n'apprenne pas mon implication dans cette société. Si les découvertes du détective étaient rendues publiques, les effets pourraient être désastreux.

— Je pensais que vous pourriez m'aider.

— J'ai bien peur que non, Helen. Et j'ai du mal à comprendre la façon dont vous avez eu accès aux dossiers me concernant.

— Ils se trouvaient dans le coffre de son cabinet de travail, à l'étage.

— Ceux des autres investisseurs aussi ?

— Oui.

— Dans ce cas, j'aimerais récupérer les miens, et je vous conseille de rendre les autres à leurs propriétaires.

— J'en ferai part à ma sœur, dit-elle en rougissant.

Un grand désordre régnait dans le cabinet de travail de David Lyons. Cartons et classeurs s'empilaient contre le mur, et des montagnes de documents s'entassaient sur toutes les surfaces disponibles. Helen désigna la paperasse d'un signe de la main.

— On m'a envoyé ça de son bureau. (Elle alla jusqu'à la cheminée et alluma le feu de charbon factice qui fonctionnait au gaz.) Il fait froid, là-dedans. Je n'ai toujours pas mis le chauffage. (Elle regarda l'amoncellement de dossiers.) David conservait tout ça dans son ordinateur, mais il en tirait des exemplaires papier pour les consulter. Je crois qu'il avait commencé à en détruire une grande partie, mais ceux-ci sont anciens. Ce sont les plus récents que j'aie pu retrouver. (L'air perplexe, elle parcourut la pièce des yeux en essayant de se rappeler où elle avait rangé les détails des comptes de Jersey.) Ah oui, je crois que j'ai laissé vos dossiers dans la cuisine.

Laissant Jersey seul, elle partit en hâte. Quelques instants plus tard, elle revint munie d'un grand carton. Elle le lui tendit et fit de la place sur le bureau.

Jersey passa presque une heure dans la pièce. Helen traînailla un moment dans les environs, puis elle dut aller répondre à la porte. Des déménageurs venaient emporter meubles et objets de décoration qu'elle désirait vendre. Toute paniquée de devoir les guider dans la maison, elle fit de fréquentes apparitions dans le cabinet de travail pour s'excuser auprès de Jersey. Finalement, il la retrouva dans le vestibule.

— Helen, j'emporte tous mes papiers personnels et les détails des transactions concernant mes affaires.

— Oui, d'accord, d'accord, bien sûr.

Jersey appela un taxi et alla attendre son arrivée dans le cabinet de travail. Il procéda à une dernière vérification de la pièce. En fouillant les tiroirs du bureau, il trouva un autre trousseau de clés de la maison, qu'il fourra dans sa poche. Il lui faudrait prévenir Wilcox et Driscoll des dernières avancées, et leur demander de refuser toute proposition de collaboration aux recherches visant à retrouver Moreno.

Dès son arrivée chez lui, Jersey entreprit de feuilleter une pile de documents à son nom, ainsi qu'une épaisse liasse de relevés de comptes. Le sang se mit à lui cogner dans les tempes. David avait vidé tous les comptes de Jersey pour satisfaire les demandes de Moreno. Dans une dernière tentative de relancer leadingleisurewear, il s'était enfoncé dans la faillite. Si Jersey n'avait perdu que sa mise initiale, il lui resterait suffisamment pour subvenir aux besoins de son haras, mais la situation s'avérait bien pire : son domaine était sérieusement menacé, et il fonçait droit vers la ruine.

Bien qu'il lui réservât un accueil chaleureux, Christina sut qu'un souci tracassait son mari. Profondément distrait, il lui adressa à peine deux mots avant de se retirer dans sa pièce de travail. Une fois ses valises défaites, elle descendit le voir, mais comme à son habitude, il nia toute inquiétude.

— Pitié, chéri, ne me rembarre pas comme une gamine, protesta-t-elle, en colère. Je sais qu'il s'est passé quelque chose. Arrête de tout me cacher. De quoi s'agit-il ?

Il poussa un soupir et se servit un autre verre de vin. Maintenant que Helen et sa fouineuse de sœur connaissaient les détails de ses affaires privées, il ne pouvait plus laisser Christina dans l'ignorance.

— David Lyons a perdu plusieurs de mes millions. Il a fait de mauvais investissements, essayé de rattraper son erreur en injectant encore plus d'argent. La situation lui a échappé, ce qui lui a coûté tous ses placements et ceux de quelques autres.

— Oh, mon Dieu, c'est terrible. Tu vas pouvoir arranger ça ?

— Non, tout s'est envolé.

— C'est pour ça que Helen voulait te voir ?

— Oui. Elle et son écervelée de sœur ont engagé un détective privé pour tenter de récupérer une partie de ses pertes.

— Qu'est-ce qu'il va pouvoir faire, ce détective ?

Il haussa les épaules.

— À mon avis, rien du tout. L'argent a disparu. La start-up a déposé le bilan.

— Et l'enquêteur, qu'est-ce qu'il recherche ?

— Un petit champion de l'Internet.

— S'ils le retrouvent, ils vont l'arrêter ?

— Même s'ils réussissaient, ils ne pourraient pas prouver qu'il y a eu détournement de fonds. Il a gardé l'argent de la revente des logiciels de la société, mais comme c'est lui qui les a conçus, il en a le droit. De toute façon, ce placement était pourri, et David a agi comme un imbécile. Je ne peux m'en prendre qu'à moi... et à lui, bien sûr.

— Et ce banquier que tu es allé rencontrer ? Il peut t'aider ?

— Je l'espérais, mais il est impuissant, lui aussi.

— On va quand même s'en sortir ?

— Oui, ça ira. Savoir que Helen fouine dans mes affaires ne me plaît pas, c'est tout.

— Il faut reconnaître qu'elle a ses raisons. David s'est suicidé, quand même.

Jersey se leva et laissa tomber son stylo sur la table.

— Là aussi il a été bien inspiré. Il m'a évité de m'en charger à sa place.

Christina eut l'air choquée.

— Est-ce que c'est vraiment grave, Edward ? Dis-moi tout.

— Non, rien que je ne puisse arranger.

Il s'efforça de lui adresser un sourire rassurant et chaleureux.

— Oh, Dieu soit loué, dit-elle, en le serrant fort dans ses bras. Je sais combien tu tiens au domaine.

— Nous n'allons pas le perdre. Il se peut que je doive assister à quelques réunions dans la City, mais rien qui me poussera à m'absenter trop longtemps. (Il l'embrassa et alla jusqu'à la porte.) Je dois juste vérifier quelque chose au haras, et j'aurai terminé.

— Promis ? Je viens de rentrer, et tu m'as manqué.

— Promis. Ce ne sera pas long.

Au haras, il se glissa dans le bureau et ferma la porte. Il utilisa son portable secret pour mettre Driscoll et Wilcox au courant de l'intervention de Helen. Puis il rangea le téléphone dans un tiroir fermé à clé et regagna la maison. Lorsqu'il entra dans la chambre, il trouva Christina blottie sur leur lit devant la télévision, hilare.

— Qu'est-ce que tu regardes ?

— Une pub, dit-elle, en montrant l'écran du doigt. C'est pour de la gelée royale, et l'actrice ressemble à la Reine comme deux gouttes d'eau, c'est incroyable. Quand j'ai vu ça, au début, je me suis dit, non, c'est pas possible, elle n'aurait sûrement pas accepté de jouer là-dedans, mais c'est... Regarde, c'est elle tout craché !

Jersey fixa l'écran. Un sosie de la Reine était assis sur un trône, affublé d'une fausse couronne en diamants, et tenait un pot de gelée royale à la main. Elle imitait la voix de Sa Majesté à la perfection.

Jersey dénoua sa cravate en riant. Une nouvelle pièce du puzzle venait de s'encastrer. C'était la première bonne nouvelle de la journée, et il se détendit.

Le lendemain matin, Jersey se leva plus tôt que son personnel d'écurie et alla monter seul. Il accomplit sa tournée du haras à 7 heures puis revint prendre son petit déjeuner à la maison. Il suggéra à Christina d'inviter Helen Lyons à déjeuner pour lui montrer que les événements n'avaient pas jeté de froid entre eux. Il déclara se sentir coupable de la brusquerie dont il avait fait preuve envers elle la veille, ainsi que de ne pas avoir assisté aux funérailles de David, même s'il se trouvait à New York en compagnie de Moreno à ce moment-là. L'idée n'emballa pas énormément Christina, mais elle enlaça son mari.

— D'accord, je l'appellerai, mais je ne saurai pas quoi lui raconter, vu le coup que David nous a fait.

— Merci, trésor. Tu peux l'appeler tout de suite ?

— Il est encore trop tôt, tu ne crois pas ?

— Non, non, c'est bon.

Pendant que Christina téléphonait à Helen et l'invitait le lendemain midi, il termina son petit déjeuner.

Lorsque le chauffeur emmena Christina chercher Helen à la gare, Jersey, aux commandes de son hélicoptère, se rendit au petit aérodrome situé près de chez David Lyons. Il espérait trouver la demeure déserte. Bien qu'il présumât que Helen vivait désormais seule, il appela deux fois avant son arrivée pour s'assurer que personne ne répondait. Il entra grâce aux clés trouvées dans le bureau, puis traversa la maison jusqu'au cabinet de travail, où il alluma le foyer. Il donna un coup de pied dans une pile de documents pour les en rapprocher, rassembla le plus de dossiers possible concernant Wilcox et Driscoll, puis quitta les lieux.

Ayant reçu un appel urgent, Jersey alla directement aux écuries après s'être posé. Une de ses employées l'attendait près de la clôture au volant d'une voiturette de golf, et ils prirent le chemin de l'aile est.

— Qu'est-ce qui s'est passé, bon sang ?

— On l'ignore. Il a juste trébuché sur le chemin de la piste de galop et, à son retour, on a remarqué qu'il boitait. C'est pas mal enflé mais, d'après nous, l'os n'est pas touché.

Au centre de la cour, l'entraîneur et deux garçons d'écurie traînaient autour de Royal Flush. Lorsqu'on le fit un peu marcher, son épaule s'affaissa, dévoilant un boitement prononcé. Jersey était agenouillé à côté du vétérinaire quand Christina et Helen arrivèrent.

— On ne t'attendait plus, dit Christina.

Lorsque son mari leva les yeux vers elle, elle se tut.

— Apparemment, il n'a rien de cassé, mais c'est très enflé. Je suis désolé, Helen, mais comme vous pouvez le constater, c'est de première urgence.

— Tu nous rejoins pour le repas ? demanda Christina.

— Oui, oui. Commencez sans moi, chérie. Ce ne sera pas trop long, j'espère.

Au grand dam de Christina, Jersey ne vint pas déjeuner tant la blessure de Royal Flush l'inquiétait. Après un repas plutôt pénible rythmé par les sanglots de Helen, Christina raccompagna cette dernière en lui promettant de garder le contact. À son retour, Helen trouva les pompiers en train de lutter pour maîtriser l'incendie qui ravageait sa maison. Le cabinet de travail et une partie de l'escalier avaient été détruits. Les papiers de Lyons avaient alimenté le feu, et des documents calcinés virevoltaient dans l'air glacial. Déjà abattue par le suicide de son mari, Helen fut frappée d'une telle crise d'hystérie que le médecin dut lui administrer un sédatif.

— Qui était-ce ? demanda Jersey à Christina lorsqu'elle raccrocha.

— Tu ne vas pas le croire, lança Christina, abasourdie. C'était Helen. Elle ne m'a pas parlé longtemps — elle m'a simplement remerciée pour le repas, et puis elle a fondu en larmes et m'a raconté qu'en arrivant chez elle elle avait trouvé sa maison en flammes. Tous les papiers de David ont brûlé, apparemment. C'est embêtant, pour toi ?

— Euh... je ne pense pas. Je dois avoir des doubles.

— Elle m'a demandé si je connaissais quelqu'un du nom de Driscoll et Wilcox.

— Et alors ?

— Elle voulait simplement savoir si je les connaissais, parce que ce sont les autres investisseurs.

— Elle m'a posé la même question. Mais je n'ai jamais entendu parler d'eux. J'aimerais bien qu'elle oublie tout ça.

Sylvia aida Helen à monter en voiture.

— Je peux t'héberger jusqu'à ce que tout soit réglé. L'agent immobilier ne se fait pas de souci — tu pourras réparer la maison ou même la vendre en l'état.

— Je n'y remettrai jamais les pieds, Sylvia.

— Ce ne sera pas nécessaire. Je demanderai à ce qu'on place tes vêtements et tout ce que tu veux au garde-meuble.

Elles sortirent de l'allée en marche arrière et prirent la route de Londres. Deux heures plus tard, elles arrivèrent chez Sylvia, qui vivait à St John's Wood dans un quatre-pièces donnant sur Regent's Park. De huit ans la cadette de Helen, elle ne s'était jamais mariée. L'appartement était spacieux et meublé avec goût. Sylvia s'activa à droite à gauche — elle prépara un lit puis un plateau-repas constitué de thé, d'œufs brouillés et de saumon fumé.

Abattue, Helen se glissa sous les draps et se cala

sur ses oreillers. Un mal de tête lui martelait les tempes.

— Mange un peu, Helen. Tu es si maigre que tu vas finir par t'envoler à la première bourrasque, dit Sylvia, qui fumait une cigarette en déambulant d'un pas nerveux dans la pièce.

Elle accrocha les vêtements de Helen dans la penderie vide.

— C'est bizarre que l'incendie soit parti du bureau de David, fit-elle remarquer.

— À mon avis, j'avais dû laisser la fenêtre ouverte, et le vent aura soufflé des papiers sur le feu de la cheminée.

Sylvia écrasa sa cigarette dans un cendrier.

— Et si quelqu'un voulait garder le secret sur certains renseignements ?

— Comment ça ?

Sylvia croisa les bras.

— Cet Alex Moreno, là, il m'a l'air bien douteux. Le détective que j'ai engagé, Matheson, n'arrive pas à retrouver sa trace. On verse tout cet argent dans leadingleisurewear, et lui il disparaît. Matheson trouve cette affaire louche.

Helen poussa un soupir.

— Je n'en sais vraiment rien. Je suis crevée.

Sylvia se leva et débarrassa le plateau. Helen y avait à peine touché.

— Ça ira mieux quand tu réussiras à te remettre les idées en place. Je ne vais pas laisser tomber. Tu as perdu énormément d'argent.

— Je sais, mais je ne suis pas la seule, tu le sais. Edward de Jersey a perdu des millions lui aussi, mais quand je lui en ai parlé, tenter d'y remédier ne semblait pas l'intéresser. Il n'a pas voulu entendre parler de ton détective privé.

— Peut-être qu'il peut se permettre de perdre quelques millions.

Helen se redressa dans son lit.

— Sylvia, il s'agit de bien plus que quelques millions, et tout ça c'est principalement à cause de David. Quand il a su que la valeur des actions allait chuter, il aurait pu leur conseiller de se retirer de l'affaire. Au lieu de ça, il les a encouragés à injecter plus d'argent et... (elle eut un temps d'hésitation) ... Edward et lui étaient amis depuis une bonne vingtaine d'années, et ils avaient une confiance aveugle l'un en l'autre. En tout cas, je crois que David a effectué des transactions illégales. J'ai trouvé une partie de sa correspondance avec ce Moreno, ainsi que des documents concernant un compte privé. À mon avis, David a détourné une partie de cet argent en même temps qu'il incitait Edward à investir davantage et...

— Tu me l'as déjà expliqué, Helen. Et si Moreno voulait éviter que ces documents traînent partout. Et s'il avait mis le feu ? Moi je pense qu'on devrait contacter tous ceux qui ont perdu leur fortune, et leur demander leur avis. Tu vois, Jersey est peut-être suffisamment riche pour que ses millions ne lui manquent pas, mais il se peut que ce ne soit pas le cas des autres.

— Je n'en sais rien.

— Bon, tâche de dormir maintenant. Ne pense plus à tout ça — laisse-moi m'en occuper. Daniel, qui travaillait pour David, va passer.

Sylvia quitta la pièce et appela Victor Matheson.

Elle lui raconta l'incendie et lui fit part de ses soupçons.

— Vous avez peut-être raison, mademoiselle. Je n'ai toujours trouvé aucune trace d'Alex Moreno mais, peu après son arrivée, il a quitté son hôtel tôt dans la matinée, au volant de sa Lexus, que j'essaie de repérer aussi. D'après l'entrepreneur chargé des travaux de sa villa, le notaire de Moreno est un certain Philip Simmons. Vous en avez entendu parler ?

— Je ne crois pas.

— C'est un Canadien. Il est grand — il dépasse facilement le mètre quatre-vingts —, roux et moustachu.

— Non, je ne vois pas. Ma sœur a rencontré Edward de Jersey, un investisseur qui a perdu des millions. Les renseignements le concernant figurent dans le dossier que je vous ai envoyé. Retrouver Moreno n'avait pas l'air de l'intéresser.

— Il doit être sacrément friqué, s'il n'en a rien à battre de mettre la main sur cet enfoiré et de découvrir où tout ce pognon a disparu.

— Poursuivez vos recherches pour l'instant. Je vous rappelle bientôt. Demain, je vais essayer de joindre les autres investisseurs. Même si M. de Jersey souhaite en rester là, ce ne sera pas forcément leur cas. Je suis résolue à récupérer l'épargne de mon beau-frère, qui appartient à ma pauvre sœur maintenant.

Elle raccrocha.

La sonnette de l'entrée retentit presque immédiatement, et elle se pressa d'aller ouvrir à Daniel Gatley, l'assistant de David.

— J'ai trouvé tous les renseignements que vous m'avez demandés.

Il posa sa mallette.

— Daniel, Helen ignore que j'ai moi aussi perdu de l'argent dans cette affaire. Ce n'est peut-être rien comparé aux autres investisseurs, mais il s'agit de toutes mes économies — deux cent cinquante mille livres.

— Oui, je sais. Je suis navré.

— Pas autant que moi, et à mon avis, cet incendie n'a rien d'accidentel. Je trouve bizarre qu'il ait pris dans le cabinet de travail de David et que ses documents l'aient alimenté. D'après Helen, elle a peut-être laissé une fenêtre ouverte et le feu allumé, mais à mes yeux ça ne colle pas.

Daniel trépigna.

— J'ai apporté tout ce que j'ai pu trouver concernant les principaux actionnaires mais, normalement, ces documents n'auraient pas dû quitter le bureau. Ils sont confidentiels.

— Oh, je vous en prie, Daniel, il n'y a *plus* de bureau maintenant, et si quelqu'un me pose des questions, je répondrai que David les a laissés ici.

Daniel posa les documents sur la table.

— Helen est au courant ? demanda-t-il.

Elle pinça les lèvres et secoua la tête.

— Bien sûr que non. Personne ne l'est, à part vous. (Il y eut un long silence, puis elle se prit le visage dans les mains.) J'ai dû m'occuper de Helen alors que je n'avais qu'une envie, me recroqueviller dans un coin et pleurer. C'est horrible, ce qu'il me manque. (Elle palpa sa poche à la recherche d'un mouchoir.) Elle n'a pas la moindre idée de ma relation avec David. J'ignore comment elle réagirait si elle le découvrait. Mais c'est dur.

— Je sais qu'il tenait énormément à vous, dit Daniel, maladroit.

— Oui, moi aussi. Mais il a également perdu toute mon épargne, et je compte bien tenter de la récupérer. Vous pensez que Moreno puisse être impliqué dans l'incendie ? C'est quand même une drôle de coïncidence, non ?

— En tout cas, j'ai avec moi les dossiers des autres actionnaires, sauf celui d'Edward de Jersey. Après la mort de David, il est venu au bureau et les a emportés. David lui avait tout enregistré sur disquette.

Sylvia alla ouvrir un tiroir.

— Moi aussi, j'ai des disquettes de David, alors je sais exactement combien Jersey a perdu.

D'un signe de tête, Daniel désigna les dossiers.

— Vous trouverez là-dedans les renseignements personnels concernant les petits investisseurs et les deux principaux.

D'un geste brusque, elle saisit la feuille du dessus.

— Driscoll et Wilcox. Je vais me concentrer sur eux.

Daniel se leva et s'apprêta à partir. Il sortit une enveloppe à bulles de sa mallette et la lui tendit.

— Ce sont quelques affaires personnelles que j'ai prises sur le bureau de David en pensant que Helen ou vous aimeriez les garder.

— Merci d'être passé. J'espère que vous ne dévoilerez pas mon petit secret. Si Helen l'apprenait, ça ne ferait que l'affliger davantage.

Il hocha la tête, alla jusqu'à la porte, puis se retourna.

— À mon avis, vous ne devriez pas signaler vos doutes sur cet incendie. Après la mort de David, la police va probablement s'y intéresser et, si les enquêteurs trouvent le moindre indice prouvant qu'il ne s'agit pas d'un accident, l'assurance ne vous paiera pas. Comme vous l'avez dit, Helen en a déjà assez bavé.

9

Sylvia Hewitt contacta tout d'abord James Wilcox. Son numéro personnel, normalement sur liste rouge, figurait dans le dossier de David.

— Je suis la belle-sœur de David Lyons, lui expliqua-t-elle. Helen, ma sœur, m'a demandé de l'aider à mettre au clair les problèmes financiers de David en rapport avec leadingleisurewear. Je crois savoir que vous êtes l'un des principaux actionnaires, et que vous avez perdu énormément d'argent.

— C'est juste, répondit Wilcox. Mon conseiller financier se penche en ce moment même sur cet incident.

— J'ai engagé un détective privé pour retrouver Alex Moreno.

— Écoutez, mes conseillers s'occupent de mes intérêts, et je me refuse à compliquer les problèmes en m'impliquant avec d'autres. On m'a également expliqué que mes chances de récupérer une partie de mes fonds étaient quasi nulles. Je vous remercie de m'avoir contacté, mais je vous serais reconnaissant d'en rester là en ce qui me concerne.

— Mais vous avez perdu une fortune !

— Cela ne regarde que moi.

Wilcox semblait agacé.

— Connaissez-vous Edward de Jersey ?

— Non.

— M. de Jersey est le plus gros actionnaire, et il va perdre tout ce qu'il a inv...

Sylvia ne put poursuivre plus loin : Wilcox avait raccroché. Qu'il refuse d'en savoir davantage l'étonna.

Loin d'être découragée, elle appela Anthony Driscoll et se présenta. Sans se montrer aussi brusque que Wilcox, il lui fit clairement comprendre que ses propres conseillers se penchaient de près sur la faillite de l'entreprise.

— N'hésitez pas à me rappeler si vous obtenez des renseignements que vous estimez susceptibles de m'intéresser, lui dit Driscoll.

— Je contacte tous les actionnaires, insista Sylvia. Savez-vous qu'un certain M. Edward de Jersey a perdu presque cent millions de livres ?

Driscoll fut momentanément interloqué.

— Non, absolument pas. Écoutez, êtes-vous en train de me demander de participer aux frais de l'enquête ?

— Uniquement si vous le souhaitez. Personnellement, je continuerai à le payer jusqu'à ce que j'obtienne des résultats.

— J'admire votre ténacité, mademoiselle, et je ne veux en aucun cas vous décourager, mais le fait que vous ayez appelé un numéro sur liste rouge et obtenu des renseignements très personnels me gêne beaucoup.

— Je vous ai expliqué qui je suis, répliqua Sylvia, d'un ton assez agressif.

— Peut-être, mais cela ne vous autorise toujours pas, ni vous ni aucun proche de M. Lyons, à accéder aux registres concernant mes transactions privées. Je tiens à ce que personne ne soit au courant de mes pertes.

— Je m'excuse, dit-elle, embarrassée. Si je me démène autant, c'est pour ma sœur.

— Honnêtement, mademoiselle, ça ne m'intéresse pas. Je ne connaissais pas l'épouse de David Lyons, et bien que son suicide soit un événement fort tragique, il a pris des décisions désastreuses. Je me tiens pour seul responsable de ces mauvais investissements. Néanmoins, je les ai faits sur les conseils de M. Lyons. Qu'ils se soient soldés par des pertes catastrophiques ne regarde que moi, et je vous serais reconnaissant de ne plus m'appeler, ni de citer mon nom dans quelque enquête privée que ce soit.

Craignant qu'il lui raccroche au nez à son tour, Sylvia reprit vite la parole :

— Puis-je simplement vous demander si vous connaissez un autre des actionnaires ? Un certain James Wilcox.

— Non, je ne l'ai jamais rencontré, ni lui ni les autres.

— Et Alex Moreno ?

— Non, et je n'en vois pas l'intérêt. Je vous souhaite de réussir dans votre entreprise, mais je n'ai vraiment pas le temps de discuter plus longtemps. Au revoir.

Il raccrocha brusquement.

Sylvia ne trouva pas leur réaction suspecte : les gros investisseurs n'aimaient pas que leurs pertes d'argent soient connues de tous. Cependant, elle rageait de voir ces trois hommes riches se résigner devant une telle catastrophe. En comparaison, elle avait perdu des clopinettes, mais elle n'avait pas l'intention de laisser jeter cette affaire aux oubliettes.

Inconsciemment, Sylvia avait semé la zizanie chez Wilcox et Driscoll. Après avoir répondu au téléphone, la femme du dernier surveilla l'attitude de son mari quelque temps après qu'il eut raccroché.

— Bon, qui c'est, cette Sylvia ? s'enquit-elle finalement, lorsqu'elle vit qu'il ne semblait pas prêt à expliquer l'appel.

— C'est la belle-sœur d'un ancien conseiller financier.

— Et pourquoi elle t'appelle ?

— Il s'est flingué, répondit-il, énervé.

— Qui ça ?

— David Lyons, mon conseiller.

— Je le connais ?

— Non, mais il s'occupait d'un de mes investissements.

— Ah, je comprends, dit-elle en versant les ingrédients d'un jus multivitaminé dans le mixeur.

— Vraiment ? demanda-t-il sèchement, alors que le robot vrombissait.

— Oui, seul ce qui touche à l'argent agit autant sur ton humeur. C'étaient des mauvaises nouvelles ?

— Ouais, mais rien que je ne puisse arranger.

— Personne n'en doute, chéri, mais comment se fait-il qu'elle t'appelle à la maison ? Tu ne reçois jamais d'appels professionnels, ici. Il s'agissait d'une urgence ?

— Non.

— Alors ça concernait ce mec qui s'est foutu en l'air ?

— Voilà, répondit-il sèchement.

— Pourquoi il a fait ça ?

Il hésita, puis décida que le moment était aussi propice qu'un autre. Il posa les mains sur le plan de travail en marbre et se lança :

— Je viens de perdre du fric dans un investissement que je croyais sûr à cent pour cent.

— Oh, mince, dit-elle en sirotant sa mixture.

— Bah ouais, soupira-t-il.

— Beaucoup ? (Incapable de la regarder dans les yeux, Tony se contenta de hausser les épaules. Elle fut soudain gagnée par l'inquiétude.) Tony, réponds-moi. Combien tu as perdu ?

— Je préfère ne pas en parler.

— Pourquoi ?

— Parce que ça me fait chier de perdre du pognon, d'accord ?

— Ne me parle pas comme ça. Je savais bien que quelque chose clochait. Je l'ai senti. Et je sais aussi que ça a commencé en Floride. Je me trompe ? Tu l'as appris là-bas, pas vrai ? (Il hocha la tête.) Pourquoi tu ne m'en as pas parlé, Tony ? Moi je me suis fait du mouron, je me suis demandé si ça venait de moi, ou si tu ne te plaisais pas là-bas, en vacances avec les enfants. Quand tu te comportes comme ça, voilà ce qui me traverse l'esprit. Je me suis inquiétée pendant tout le séjour. Regarde-moi. Tu comprends ?

— Ouais, ouais.

Il quitta la pièce, Liz sur ses talons.

— Tony, explique-moi. Qu'est-ce qui se passe ?

Tu as de graves ennuis financiers ? Il faut que je le sache, surtout en ce moment.

— Comment ça, surtout en ce moment ?

— Je comptais t'en parler ce soir.

— Me parler de quoi ?

— C'est Michelle. Elle veut épouser le petit Hamilton. Tu vois celui qui joue au polo avec le Prince Charles ? C'est lui.

— Quoi ?

— Ça fait des mois qu'elle est amoureuse de lui. Il est blond, et il a de beaux yeux bleus. Il est venu à la maison un paquet de fois. Ils se sont rencontrés l'été dernier, pendant le match de polo de Dunhill, à Windsor, et c'est avec lui qu'elle a passé Noël en France.

— Elle n'a que 17 ans ! s'écria-t-il.

— Et alors ? Je n'en avais que 18 quand on s'est mariés.

— Je sais, mais là c'est différent. C'est ma fille.

— Sa famille et lui viennent dîner jeudi.

— Jeudi ? Il faudra peut-être que j'aille en ville essayer d'arranger tout ça.

— Tout ça quoi ?

— Je t'ai dit. J'ai fait un investissement à la con, et faut que je rattrape le coup.

Soumis à une certaine pression, il perdait toujours la maîtrise de la syntaxe, et même son vieil accent lui revenait.

— Combien tu as perdu alors ? demanda-t-elle, anxieuse.

Le mariage allait coûter une fortune. Comptant compenser leurs origines modestes par une débauche de moyens, elle avait prévu des noces somptueuses.

— Pas suffisamment pour que tu t'inquiètes.

— J'espère que non. Tu sais que c'est aux parents de la mariée de payer le mariage. Il est adorable, tu sais, et tous les membres de sa famille sont titrés. Il va me falloir trois mois pour tout organiser, et ils veulent se marier le plus vite possible. Où est-ce que la réception va avoir lieu ? Et sa robe ? J'envisageais d'engager Stella McCartney pour la concevoir, tu vois, pour organiser un mariage de conte de fées comme moi je n'en ai pas eu.

— Mon cœur, si ma petite fille veut se marier dans un palais, j'en réserverai un, tu le sais. Elle aura les noces de ses rêves, je te le promets. Mais pourquoi se précipiter ? Elle n'est pas en cloque, au moins ?

— Bien sûr que non, bon sang ! Tony, je me fais du souci maintenant.

— Pas la peine. Est-ce que je t'ai déjà laissé tomber ?

Il l'embrassa.

— Jamais. Je t'aime, Tony, dit-elle, avant de retourner à la cuisine terminer sa boisson énergisante.

D'un pas lourd, Tony monta dans leur chambre et s'effondra sur le lit.

— Putain de merde, bougonna-t-il.

Un mariage, bordel, il ne manquait plus que ça. Cette perspective n'arrangea en rien ses brûlures d'estomac — il goba deux comprimés antiacides et les croqua comme des pastilles à la menthe. Puis il repensa au coup de téléphone de Sylvia Hewitt, qui l'inquiétait. Aucun rapport n'avait jamais été établi entre eux trois, et cette nouveauté lui déplaisait profondément. Mais c'était la situation financière de Jersey qui l'inquiétait le plus. Depuis qu'il le connaissait, il ne se souvenait pas d'avoir un jour éprouvé de la peine pour lui. Bien que Driscoll ait perdu le plus gros de sa fortune, il pouvait toujours débloquer environ un quart de million de livres, mais si Sylvia disait vrai, il ne restait plus rien à Jersey. Probablement mieux que quiconque, Driscoll savait ce que le haras représentait pour Jersey. Il se souvint des paroles du vieux Ronnie : « Autrefois, avec d'autres, je possédais un cheval. J'ai pleuré quand il a gagné une petite course à Plumpton. Après, ça m'a coûté les yeux de la tête rien que pour l'entretien, mais je ne pouvais pas me résoudre à l'envoyer à l'abattoir. Je le considérais comme un animal de compagnie. Je l'adorais, cette bête, Tony », lui avait-il dit. Il se souvint de Ronnie qui s'emballait et fantasmait sur une écurie de course qui lui appartiendrait. « C'est un attrape-nigaud pour les gros richards, en tout cas. On ne gagne jamais. On ne fait que débourser. Il faut avoir plus de blé que de cervelle », ronchonnait-il.

Son fils Edward, lui, avait accompli ce rêve, et Driscoll trouvait triste que le vieillard soit mort sans avoir jamais vu son fils réussir. Il savait qu'il aurait été impressionné de voir Edward parler à la Reine. D'ailleurs, Driscoll l'avait été. Sous bien des aspects, il ressemblait plus à Ronnie que son véritable fils. Driscoll avait sans aucun doute aimé Ronnie autant que Jersey, et peut-être davantage.

Même si ses aigreurs d'estomac s'apaisèrent, Driscoll ne se sentit pas mieux. Il déambula lentement dans tout l'étage, des chambres de ses enfants jusqu'à la salle de gym où sa femme s'entraînait avec un jeune costaud affublé d'un short en Lycra moulant. En bas du large escalier, il s'arrêta dans le vestibule majestueux, contempla les dessertes anciennes et les tableaux de Dieu sait quel peintre accrochés aux murs lambrissés de chêne. Le salon, spacieux, était la réplique d'une photo du magazine *Homes & Garden* qui avait plu à sa femme. Assis au grand piano dont personne ne jouait jamais, il souleva le couvercle du clavier, dévoilant les touches d'ivoire en parfait état. Il parcourut du regard les grandes photos disposées dans des cadres en argent — sa famille et leurs différents chiens, le cheval de sa fille et la volière de son fils. Une fois de plus, il se fit la réflexion qu'il devait tout ce luxe au Colonel. Officiellement, il avait dépensé son argent avec sagesse, procédé à de bons placements et monté sa propre affaire mais, en réalité, sans Jersey, il serait resté un moins que rien.

Il aimait sa femme et ses enfants. Il était fier de sa réussite, même si elle découlait des gains de vols à main armée. Il estimait également être quelqu'un de bien. Il en voulait pour preuve ses dons généreux et réguliers à des associations caritatives. De plus, il ne s'était jamais laissé aller à la violence. Bien que l'ayant côtoyée de près, il n'avait jamais dégainé son pistolet ni tué personne. Songeur, il tapota du bout des doigts le couvercle lisse du piano. S'il avait refusé de suivre Jersey tant d'années auparavant, que posséderait-il aujourd'hui ? Il regarda le cliché de sa fille, à présent fiancée à un aristo. Les noces de Michelle devraient passer au second plan, après ses efforts pour se sortir de la panade. Il lui faudrait vendre la villa, l'appartement de Chelsea Wharf, ainsi que tous ses objets de luxe, tout cela au moment même où il allait devoir payer une somme astronomique au Trésor public. Pour l'instant, il ne possédait pas de quoi tout régler. Il se demanda si Jersey prévoyait vraiment un autre casse, même si cette histoire de joyaux de la Couronne était une plaisanterie. Bien qu'ignorant les projets de Jersey, il savait que ce dernier préparerait tout jusque dans les moindres détails. Du plat de la main, il referma violemment le couvercle du piano, puis ragea à voix haute contre Lyons. Se sachant à deux doigts de la retraite, il aurait dû refuser d'investir. Il se reprocha sa bêtise, et ses aigreurs reprirent de plus belle.

Dans son garage à huit emplacements, vêtu d'un bleu de travail taché d'huile, Wilcox était penché au-dessus de sa Ferrari Testarossa. À l'intérieur de la vieille voiture, son jeune mécanicien enfonçait l'accélérateur. Wilcox passait des heures à bichonner ses jouets adorés. Grâce à la piste de course construite sur son terrain, il pouvait rouler à toute vitesse pendant des tours et des tours, tester et régler les moteurs rien que pour son plaisir. Parfois, il avait l'impression de n'être totalement heureux que dans ces moments-là. Une ribambelle d'ex-femmes, de maîtresses, d'enfants et d'animaux venaient assombrir sa vie familiale. Depuis toujours, il cherchait la compagne idéale mais, en réalité, il l'avait déjà trouvée, et elle reposait sur quatre roues. Aucune femme n'avait jamais suscité en lui une telle fascination ou une telle tendresse.

Ce jour-là, en revanche, il ne réussissait pas à se concentrer. Le coup de fil de Sylvia Hewitt l'avait rendu nerveux. Ce souvenir le harcelait comme un chien galeux affamé. Qu'elle en sache autant sur lui, Driscoll et Jersey ne lui plaisait guère, et il savait d'instinct qu'elle pourrait se révéler une source d'ennuis. De plus, il digérait mal que Jersey ne leur ait pas fait part de son projet de liquider Moreno. Après tout, cela les concernait de très près. Eux aussi avaient le droit de demander eux-mêmes réparation à l'Américain. En tout cas, tout cela ne ressemblait pas à Jersey, qui n'avait jamais cautionné la violence. Il n'aurait pas dû prendre seul cette décision, qui d'ailleurs ne s'avérait pas forcément la meilleure.

Wilcox s'assit sur le pare-chocs d'une Rolls-Royce Silver Cloud pour nettoyer le cambouis sur ses mains pendant que son mécanicien faisait un tour de piste. Après une matinée passée à étudier sa situation financière, celle-ci s'avérait pire que dans ses prévisions. Ayant liquidé des actifs afin d'investir davantage, il se retrouvait complètement ruiné alors que ses dépenses atteignaient des sommes substantielles. En plus de ses enfants et de ses frais domestiques, il devait rembourser çà et là des dettes importantes. Son dealer, par exemple, de plus en plus impatient, réclamait son dû. Wilcox avait peine à croire que son ardoise atteigne une telle somme — deux cent mille livres, pour être exact. Constater l'importance de sa consommation l'effraya. Bien qu'ayant projeté de la diminuer, la pression qui pesait sur ses épaules depuis quelque temps avait exacerbé ses besoins.

Il craignait que Jersey ne le découvre et le considère comme un danger pour leur sécurité.

Wilcox jeta le chiffon huileux dans la poubelle. Il avait envisagé de détruire tout le garage et son hangar afin de toucher l'assurance, mais il ne parvenait pas à s'y résoudre. Les primes, voilà qui représentait une autre source de dépenses importante. L'époque où il dirigeait vingt garages était révolue depuis longtemps. Par la suite, de façon inconsidérée, il avait continué à acheter des véhicules sans presque jamais en revendre d'autres. Il s'était lancé dans ce commerce à 40 ans, une fois plein aux as grâce au butin du vol des lingots. Mais à présent, les affaires le lassaient, et il n'aspirait qu'à profiter pleinement de la vie. Il rejetait véritablement l'idée d'être forcé à reprendre une activité criminelle. Que le Colonel soit sérieux ou non concernant les joyaux de la Couronne, Wilcox savait qu'il mijotait un coup. Il savait aussi qu'il se sentirait obligé d'y participer. Cette perspective l'effrayait et l'excitait à la fois, ce qui le poussait à sniffer plus de cocaïne. Voilà ce qui l'inquiétait le plus. Il se sentait en manque dès le réveil et se camait à longueur de journée, même s'il refusait de s'avouer qu'il était accro. Ce qui avait commencé comme une échappatoire avait fini par diriger sa vie et éroder la vivacité d'esprit qui le caractérisait autrefois.

— Il faut que j'arrête, bougonna-t-il.

Mais le seul fait d'y penser lui donna envie de prendre quelques lignes.

Il en prépara quatre au fond du garage. Il se demanda ce que pensait Driscoll de la situation, et après avoir tout sniffé, il l'appela.

— C'est moi.

— Ouais, j'ai reconnu ta voix. T'as eu des nouvelles du Colonel ?

— Seulement pour m'avertir du coup de fil de cette bonne femme.

— Bon, eh ben, c'est pour ça que je t'appelle.

— T'aurais dû attendre, on est censés ne pas se contacter.

— Ouais, bah, j'avais envie, d'accord ? Et on fait plus rien d'illégal, bordel, non ? Plus maintenant. Par contre, cette greluche m'inquiète vraiment, Tony.

— Elle a téléphoné chez moi.

— Ouais, chez moi aussi.

— Ça m'a pas plu, admit Driscoll. Pourquoi tu m'appelles ? On n'est pas censés se connaître, tu te souviens ? On a tous les deux un passé qu'on n'aimerait pas voir nous rattraper, bordel de merde. T'es défoncé, ou quoi ?

Driscoll sentait une tension inhabituelle chez Wilcox.

— Mais non, putain. Je m'inquiète pour nous. C'est mal, ça ? C'est quoi ton problème ?

Driscoll coupa court à la dispute naissante.

— Il a tout perdu. Elle te l'a dit ? À mon avis, son haras va finir à la poubelle.

Wilcox poussa un long soupir.

— Ouais, elle m'a expliqué qu'il a perdu jusqu'à sa dernière chemise. Tu sais ce que ça signifie, pas vrai ?

— Ouais, il est encore plus fauché que ce qu'on croyait.

Il y eut une pause, puis Wilcox reprit la parole d'une voix légèrement étouffée.

— Non, Tony, ça veut dire qu'il pourra me demander ce qu'il veut, j'accepterai.

Il y eut un long silence.

— Moi aussi, je pense, ajouta finalement Driscoll, résigné.

Wilcox ferma son portable d'un geste sec, se retourna, et tomba sur son mécanicien, qui se trouvait suffisamment près de lui pour avoir entendu chaque mot de la conversation.

— Qu'est-ce que tu veux ? demanda sèchement Wilcox.

— Désolé, James. La voiture est tombée en panne dans le S, elle crachait de la fumée et de l'huile. Vous voulez aller voir ?

— Ne t'avise plus d'arriver derrière moi en douce, le réprimanda Wilcox.

— Désolé, mais j'ai frappé, pourtant.

Wilcox scruta le visage inquiet du jeune homme. Il se détendit et sourit.

— C'est pas grave, Dan, pas de souci. Allons jeter un coup d'œil à la voiture.

Rika, qui avait besoin de Wilcox pour aller chercher les jumeaux à l'école, le cherchait. Elle alla dans le garage et, n'y trouvant personne, poussa jusqu'à l'arrière-salle de James, où elle trouva le miroir. Elle lécha le bout de son doigt, reconnut le goût de la cocaïne et secoua la tête. Qu'il en consomme lui semblait déjà fâcheux en soi, mais laisser son matériel à la vue et à la portée des enfants représentait une faute qu'elle ne tolérerait pas. Rika le trouva sur la piste en compagnie de son mécanicien, penché au-dessus du moteur fumant de la Ferrari. Ne perdant pas de temps en politesses, elle fonça droit vers Wilcox et l'écarta de la voiture.

— Il faut que nous parlons.

— Pas maintenant, je suis occupé.

— Tout de suite, James, je plaisanter pas. Tu dois aller chercher les petits à la école. Je t'ai dit ce matin, maintenant tu es en retard.

— Et toi, tu peux pas y aller ?

— J'ai rendez-vous au dentiste. Je te déjà expliqué.

— OK, c'est bon, j'y vais.

— Pas question.

— Quoi ?

Les poings sur les hanches, elle lui lança un regard noir.

— Ton petite glace, dans le garage, c'est pour te admirer dedans ?

Elle jeta le miroir aux pieds de Wilcox.

— C'est moi qui va aller, mais ce soir il faut qu'on discute, parce que j'accepter pas que ça traîne près de les enfants. Tu devrais avoir honte, un homme d'un âge comme toi. À quoi tu joues ? Et mouche-toi, t'as le nez qui coule. Tu me dégoûtes.

Wilcox lui saisit fermement le poignet et l'emmena bras derrière le dos sur le bord de la piste.

— Ne me parle plus jamais comme ça, c'est compris ? Surtout devant quelqu'un. Dan par exemple.

— Pourquoi ? Parce qu'il perdrait l'estime pour toi ? Te fais pas des illusions, James. Tout le monde il est au courant de ta drogue : faudrait être aveugle pour pas voir ! Si tu essaies de te tuer, je rester pas là à te regarder ! Je vous quitte, toi et tes gamins.

Rika, qui n'était même pas la mère des enfants de Wilcox, repartit en trombe, et Wilcox s'essuya le nez du bout de sa manche. S'il avait connu la honte auparavant, il la ressentait à présent deux fois plus fort, et il fut incapable de croiser le regard de son mécanicien, qui essayait de faire comme si rien ne s'était passé. Wilcox revint vers lui et lui tapota l'épaule.

— Je peux te laisser terminer tout seul ?

— Bien sûr, monsieur, répondit-il, gêné.

Wilcox regagna la maison. Il entra par la cuisine, qu'encombraient patins à roulettes, bottes Wellington, cannes à pêche et skateboards. Il passa devant la patère chargée de vêtements d'enfants de différentes tailles et longueurs : manteaux, imperméables, bombes d'équitation. Wilcox ôta ses chaussures boueuses d'un coup de pied et retira son pardessus, qu'il ajouta à une pile d'habits rangée dans un coin. Lorsqu'il passa devant la grande table en pin dressée pour le goûter, le téléphone sonna. Quatre de ses six enfants devaient rentrer, sûrement accompagnés de petits camarades. Sa maison était toujours pleine de gamins. Complètement déchaînés, ils saccageaient les pièces, même si un étage entier leur était réservé, doté d'une salle de jeux pleine de jouets en tous genres.

Il monta à grandes enjambées dans la salle de bains pour sniffer deux autres rails, puis s'étendit sur le dessus-de-lit molletonné. En son for intérieur, il connaissait la cause de son angoisse : Jersey ayant perdu autant d'argent, ses projets pour le récupérer ne pourraient être qu'illégaux. Il savait qu'il finirait par y participer. Malgré le discours qu'il avait tenu à Driscoll en Floride, sa loyauté envers Jersey était trop profondément ancrée. Comment pourrait-il refuser ?

Dans le bureau de Fleming, Jersey et ce dernier discutaient des courses imminentes. Le sol étant gelé, les conditions seraient difficiles. Certains chevaux adoraient ce genre de terrain, mais d'autres, comme le précieux Royal Flush, le détestaient. Cependant, les courses importantes susceptibles de rapporter gros ne devaient pas commencer avant le redoux.

Le vétérinaire examinait de nouveau Royal Flush. Son enflure s'était résorbée, mais le cheval boitait toujours. Ils l'avaient mené dans le manège pour permettre au véto de l'observer. Même au pas, sa patte le gênait.

— Qu'est-ce qu'il a ?

L'anxiété mettait Jersey hors de lui.

— Je lui ai fait une radio, j'ai vérifié et revérifié, mais je ne trouve rien qui l'empêche de s'appuyer sur cette patte. C'est peut-être psychosomatique — il évite d'utiliser cette patte parce que ça lui rappelle la douleur.

— Qu'est-ce qu'on doit faire alors ?

— L'encourager jusqu'à ce qu'il oublie. La prochaine fois qu'il court bien, montrez-lui beaucoup d'affection. Et il cessera bientôt de boiter.

Jersey alla caresser la tête de Royal Flush.

— Alors, vieux ringard. On a besoin d'un peu d'amour ?

Le cheval appuya les naseaux contre le thorax

de Jersey. Il cherchait des pastilles à la menthe et Jersey lui en donna une. Il adorait Royal Flush et rêvait toujours du jour où il le verrait passer la ligne d'arrivée du Derby en vainqueur.

Lorsque Jersey revint dans le bureau de Fleming, son humeur s'était assombrie. Le vétérinaire, confus, lui avait demandé de lui régler sa facture trimestrielle : son chèque habituel avait été refusé. Jersey fut outré que sa banque ne l'ait pas préalablement contacté.

Quand Jersey joignit son banquier, l'homme lui proposa un rendez-vous. Jersey fut horrifié d'apprendre à quel point son compte se trouvait dans le rouge. Bien sûr, il ne s'agissait que d'un parmi de nombreux autres, et il n'aurait qu'à puiser dans sa réserve principale, mais cet incident démontrait à quelle vitesse l'argent s'envolait.

À l'arrivée de Fleming, Jersey donna un ordre inattendu :

— Vendez l'aile est. Appelez Tattersalls et inscrivez nos chevaux au prochain catalogue. Vous devriez également contacter certains agents de pur-sang pour organiser des ventes privées. J'ai fait un mauvais investissement, mais je devrais vite récupérer mes pertes, dit-il en feignant l'assurance.

Il disposait toujours d'un compte offshore aux îles Cayman, et il calcula qu'il pourrait encore entretenir le haras pendant six à huit mois, mais il devrait tout de même se préparer à voir l'argent manquer. Plongé dans ses pensées, il n'entendit pas Fleming parler.

— Quoi ?

— Quand vous dites de vendre l'aile est, répéta Fleming, vous n'envisagez quand même pas de vous débarrasser aussi de Cute Queenie, n'est-ce pas ?

— Si, vendez-la. Tâchez de trouver ce qu'il y a de mieux pour elle.

Désireux de cogner dans quelque chose, il serra les poings.

— Est-ce que je peux vous être d'une aide quelconque ? demanda Fleming d'un ton hésitant. J'ai quelques milliers de côté, et si ce n'est qu'un problème passager...

Jersey passa un bras autour de l'épaule de l'entraîneur.

— Ça ne va pas durer, mais je préfère jouer la prudence. Je ne veux pas m'enfoncer dans de vraies difficultés. Nous devons seulement diminuer les dépenses jusqu'à ce que je puisse débloquer les intérêts d'autres placements.

— Comme vous voudrez. Vous êtes sûr de vouloir vous débarrasser de Cute Queenie ?

— Oui.

Ces derniers temps, Christina n'avait quasiment pas vu son mari. Il passait de plus en plus de temps à Londres. Elle fut donc ravie lorsqu'il lui proposa de passer une semaine avec lui à Monaco. Ce qu'elle ignorait, c'est que, pour Jersey, trois buts motivaient ce voyage. D'abord, être absent quand Fleming vendrait l'aile est. Assister au départ de ses chevaux l'écœurerait. Ensuite, cacher à Christina ce qui se passait au haras, car il ne voulait pas l'inquiéter. Enfin, assister à une réunion hippique, vérifier l'état de ses comptes dans ce paradis fiscal, et établir le contact avec un acolyte important : Paul Dulay, alias Philip Christian, Gérard Laroque,

Jay Marriot, et Fredrik Marceau. Dulay n'avait pas vu Philip Simmons depuis vingt ans, après le Vol des lingots d'or. Jersey, sous le nom de Philip Simmons, avait eu recours à ses services lorsque, quinze ans plus tôt, Dulay était devenu citoyen français grâce à un faux acte de naissance et un faux passeport. Dulay avait suivi une formation au London Guildhall avant de devenir apprenti chez Cartier. Il avait travaillé chez eux jusqu'à ce que survienne un malheureux incident concernant la broche d'un client couronné. Apparemment, on avait remplacé les diamants par de la moissanite. Dulay avait clamé haut et fort qu'il n'y avait jamais eu de diamants sur le bijou, mais il avait tout de même perdu son emploi, bien que par la suite aucune action en justice ne fût intentée contre lui. Il avait réussi à tourner ce scandale à son avantage : jouant de la réputation acquise au cours de cette affaire, il était devenu joaillier indépendant au service des plus grands créateurs parisiens. Cependant, bien qu'ils lui aient passé des commandes et l'aient bien payé, ils avaient fini, imités par les plus petites boutiques, par plagier ses modèles. Ce fut environ à cette époque qu'il avait rencontré Philip Simmons. De même que Driscoll et Wilcox, Dulay avait joué un rôle capital dans le vol des lingots et, comme les trois autres, la chance lui avait souri. Jamais le moindre bruit n'avait couru concernant son implication dans ce casse, aussi devait-il lui aussi sa liberté à Simmons. Cependant, il ne s'attendait guère à voir ce dernier renouer le contact. Et il n'était surtout pas prêt à participer à un autre vol des plus risqués.

Jersey et Christina se rendirent à Monaco en jet privé. Une suite réservée à l'Hôtel de Paris les attendait à leur arrivée. Jersey y étant un habitué, champagne et caviar, fruits frais et de grands vases de fleurs magnifiques les accueillirent.

Christina adorait Monaco, mais ne s'y était rendue qu'à l'occasion d'un Grand Prix, aussi y passait-elle son premier vrai séjour. Ils avaient espéré y trouver de la douceur, mais le temps était presque aussi froid et pluvieux qu'à Londres. Christina voulait tout d'abord défaire ses valises. Comme ils devaient aller au casino dans la soirée, il lui fallait faire repasser sa robe. Ayant également pris rendez-vous avec une manucure, un coiffeur et un masseur, son emploi du temps de l'après-midi était complet. Elle avait envie de se faire chouchouter et, loin de s'en plaindre, Jersey l'encouragea à en profiter.

Il lui annonça qu'il comptait aller se promener, et se dirigea droit vers les commerces chic situés à une centaine de mètres à peine de l'hôtel. Muni d'un parapluie, il incarnait le parfait Anglais fortuné. Il s'arrêta devant la petite bijouterie élégante de Paul Dulay, sise à un angle de l'arcade. Dans la vitrine principale, le joaillier avait exposé un diadème de diamants et son collier assorti. Sur le côté, un plus petit présentoir s'enorgueillissait de bagues et de boucles d'oreilles en émeraude.

Une petite caméra filmait l'entrée de la boutique, positionnée de façon à permettre au vendeur d'observer chaque client à son arrivée. Jersey pressa une fois le petit bouton de sonnette et la porte s'ouvrit en bourdonnant. Les employées lui demandèrent si elles pouvaient l'aider.

— Paul Dulay est-il là ?

— *Oui, monsieur**. Puis-je demander qui souhaite le voir ?

— Philip Simmons.

L'assistante se retira par une porte lambrissée d'acajou. Dulay ne le connaissait que sous le nom de Simmons. Jersey flâna dans l'espace d'accueil. Sur quelques présentoirs sous verre, on avait exposé des bijoux encore plus luxueux que ceux de la vitrine. Un fauteuil revêtu de velours jouxtait une table Louis-XIV sur laquelle était posé un livre d'or de cuir noir, un téléphone blanc et un lecteur de carte bleue. Jersey prit note des caméras de sécurité qui pivotaient pour le garder dans le cadre.

Dans l'arrière-salle, Dulay sélectionnait des diamants étalés sur du velours noir. Il utilisait une loupe de joaillier et une longue pince délicate.

— *Monsieur*[1], quelqu'un demande à vous voir.

Il leva les yeux, agacé d'être interrompu.

— Un certain M. Philip Simmons.

Dulay ôta sa loupe, et son souffle se bloqua dans sa poitrine.

— Faites-le...

Il réussit à peine à s'exprimer. Tout son corps se mit à transpirer. Lorsque sa voix lui revint, il dit à sa secrétaire d'amener M. Simmons dans la salle d'exposition privée.

Il lui fallut un moment pour retrouver son calme.

Il rangea les pierres qu'il examinait, puis grinça

1. En français dans le texte.

des dents et quitta la pièce. Il se sentait tellement tendu qu'il ne pouvait s'empêcher de trembler. En approchant de la petite porte intérieure, il regarda par la glace sans tain et vit qu'il s'agissait bien de Simmons. Son cœur se mit à battre encore plus vite. Il respira à fond et entra.

10

Malgré un petit 1,70 mètre, Paul Dulay avait pourtant une carrure et un visage massifs. Jersey le trouva considérablement vieilli. Ils s'étaient rencontrés en Afrique du Sud alors que Dulay achetait des pierres pour un grand bijoutier de luxe français et négociait leur prix chez De Beers. Tous deux logeaient alors dans le même hôtel de Pretoria. Jersey comptait trouver un collaborateur pouvant écouler le stock de lingots qu'il envisageait de voler. À l'époque, grâce à un faux passeport, il se faisait déjà passer pour Philip Simmons. Une méprise concernant leurs numéros de chambre avait créé entre eux une brève complicité, et Jersey avait tiré bénéfice de la confusion.

Un soir, Dulay se trouvait au bar de l'hôtel, complètement ivre — il venait de perdre son poste. Il refusait de dévoiler les raisons de son licenciement mais fulminait contre les enfoirés qui l'avaient « cafté » — ils allaient lui voler ses modèles, déclarait-il sans décolérer. Il déblatéra sur les prouesses qu'il accomplissait avec l'or, puis finit par sombrer dans le silence et fixer le fond de son verre d'un air morose. Puis il ajouta qu'avec une mauvaise réputation, il aurait le plus grand mal à retrouver du travail dans une entreprise légitime.

Quelques jours plus tard, Jersey lui avait évoqué la possibilité de lui fournir un stock d'or qui le rendrait riche. Entre-temps, le Colonel avait appris les raisons du renvoi de Dulay. Celui-ci avait soutenu que la plupart des gens ne sauraient différencier un diamant authentique d'un zircon puis, dans la foulée, clamé son innocence.

Cette première rencontre en Afrique du Sud avait été le fruit du plus pur hasard. Tous les deux avaient fait fortune, et convenu de ne plus jamais entrer en contact. Jusqu'à ce jour. Sur la figure de Dulay s'affichait clairement la grande méfiance, voire la peur, que suscitait en lui le retour de Philip Simmons.

Il ferma la porte et passa ses doigts boudinés dans ses cheveux clairsemés, qui atteignaient les épaules de sa chemise noire col Mao. Il portait un pantalon noir bien coupé, des chaussures noires et des chaussettes blanches.

— Tiens, Philip, ça fait un bail.

Jersey lui serra la main et sourit.

— Au moins quinze ans.

— Plus que ça. Assieds-toi, je t'en prie. Je t'offre le champagne ?

— Non, merci. Quelqu'un peut entendre notre conversation, ici ?

— Non. Ça ne te dérange pas si je bois un petit quelque chose ?

Dulay se pencha et ouvrit un réfrigérateur caché derrière son bureau. Il en sortit une demi-bouteille de champagne, puis la remit à sa place et se rabattit sur de la vodka. La main tremblante, il se servit. Le verre cliqueta contre la bouteille. Le Français avala cul sec et se resservit immédiatement.

— Au... au bon vieux temps, dit-il d'une voix faiblarde. Qu'est-ce qui t'amène ?

— Un boulot éventuel.

— Je travaille en toute légalité à présent. En ce qui me concerne, ça ne vaudrait pas la peine de tenter un nouveau coup. Mon affaire marche bien, je mène la belle vie, et je ne veux pas tout perdre.

Jersey changea de position.

— Tu es marié ?

— Tu veux dire remarié ? Oui, et j'ai trois enfants. Nous vivons aux abords de la ville, dans un vieux corps de ferme splendide. Il nous a fallu des années pour le rénover. Et toi ?

— Non, mais j'ai toujours beaucoup de compagnes.

— En tout cas, notre première rencontre remonte à un sacré bout de temps. (Dulay inclina la tête.) À part tes petites magouilles, tu travaillais dans l'immobilier à l'époque.

— Tu as bonne mémoire.

— Disons que je ne suis pas près de t'oublier, pas vrai ? (Dulay dévissa une nouvelle fois le bouchon de la bouteille de vodka. La nervosité le rendait faible et lui nouait l'estomac.) Épargne un vieux collègue de confiance, je t'en prie, ne m'entraîne pas dans un nouveau coup, l'implora-t-il.

— Je n'ai jamais forcé personne à me suivre. Tu devrais le savoir.

Dulay ouvrit une boîte à cigares en cuir et la tendit à Jersey, qui refusa et observa les mains de Dulay trembler alors qu'il choisissait un long panatella, en coupait l'extrémité et l'allumait. La brume de fumée bleutée forma une auréole autour de sa tête.

— Tu as déjà vu le Koh-i-noor ? demanda Jersey.

— Oui.

— Qu'est-ce que tu sais de ce diamant ?

— C'est le plus gros du monde.

Des mains, Jersey indiqua la taille du joyau.

— À son arrivée en Angleterre, il pesait 186,1 carats et devait être transporté dans une espèce de brassard. On l'a retaillé à l'époque du Prince Albert. Je parle de l'Albert de la Reine Victoria, pas celui de Monaco ! (Il rit doucement, puis reprit :) À la suite de cela, il ne pesait plus que 105,6 carats.

— Je l'ignorais, dit Dulay d'un ton calme.

— Tu as déjà vu l'Imperial State Crown ? poursuivit Jersey. Elle compte plus de trois mille pierres précieuses. Des saphirs et des rubis à côté desquels ta salle d'exposition paraîtrait ridicule. De nos jours, il faut débourser une vraie fortune rien que pour les voir, presque douze sacs. J'y suis allé pas mal de fois, ces dernières semaines.

— Tu as du temps à tuer alors ? demanda Dulay, un léger sourire aux lèvres.

— En quelque sorte.

Il y eut une courte pause. Jersey dévisagea fixement Dulay, puis se pencha en avant.

— C'est faisable, j'en suis sûr. C'est une opération de grande envergure, mais je sais que c'est possible.

— Tu es cinglé ! s'écria Dulay.

— Il faut croire. Mais toi, tu ne participerais pas durant la phase risquée, tu n'interviendrais qu'après coup.

— Je ne comprends pas.

— Mais si. Et le simple fait de t'imaginer en possession de ces pierres doit t'exciter, j'en suis sûr.

— Tu rigoles, ça me fout une trouille de tous les diables. Non, je ne plaisante pas ! Piquer les joyaux de la Couronne, c'est complètement barge, et je ne me mouillerai pas dans cette histoire. Peu importe que je me charge d'une fonction soi-disant sans risque, il m'a déjà fallu des années à tout calculer prudemment, à négocier et à vivre sur le fil pour fondre tes lingots et les écouler.

— Et tu t'en es sorti comme un chef. Tu as conçu certains modèles spectaculaires, tous en or dix-huit carats — bracelets, colliers, boucles d'oreilles, bagues.

Dulay hocha la tête, de la sueur coulant le long de ses sourcils.

— Bien sûr, ensuite il y a eu les articles plus volumineux : les enjoliveurs et autres accessoires pour automobile. En tout cas, tu ne t'es jamais fait prendre. Mais tu es expert en pierres précieuses, aussi, et la taille reste ta spécialité.

Avant de rencontrer Philip Simmons, Dulay avait passé de nombreux mois en Afrique du Sud à suivre la formation des vieux maîtres de la maison De Beers.

D'un grand geste, Jersey désigna la boutique.

— Je vois que tu t'en sors très bien, Paul. À mon avis, grâce à cette abondance d'or et à ton savoir-faire en matière de diamants, tu as créé certaines des plus belles collections d'Europe et, à présent, tu possèdes cette petite bijouterie de luxe à deux pas du Ritz. L'emplacement est prestigieux. Tout va bien pour toi. Toutes mes félicitations.

— Merci. Mais j'ai dû bosser très dur, Philip. Mon nom...

— Je connais ton nom, Paul. Depuis quinze ans, il est synonyme de classe et de beauté. Ton travail a été encensé par *Vogue* et *Elle*. Tout le gratin porte tes bijoux. J'ai suivi ta carrière avec intérêt, cher ami.

— J'ai ouvert une boutique à Paris, rue de la Paix.

— Ah, oui, près de Chanel, Yves Saint Laurent, Christian Dior et Cartier. Là encore, c'est très bien situé. Elle marche bien ?

— Ça démarre lentement, comme tous les nouveaux commerces.

Jersey tira sur le pli de son pantalon.

— En tout cas, ce qui est sûr, Paul, c'est que ces lingots sont à la base de toute ta réussite.

— Je travaille dans la légalité maintenant, Philip. Depuis le vol, je n'ai jamais dévié du droit chemin, et je tiens à continuer ainsi.

— Mais cela n'a pas toujours été le cas, non ? Tu as blanchi des tonnes d'or pour mon compte.

— C'est vrai, et ça m'a vieilli de dix ans d'un coup. Si je participais à ce vol de joyaux, j'y laisserais ma peau.

Jersey se concentra.

— Ça t'a peut-être fait prendre dix ans, mais tu as l'air en forme, et tu vis très confortablement. Ça a de la classe, ici.

— Ouais, mais je n'ai pas besoin de plus. Je compte prendre ma retraite dans quelques années, et j'ai des responsabilités.

— Très bien, je ne peux pas t'en vouloir. (Jersey se leva brusquement et offrit sa main à Dulay.) Si le Colonel n'avait pas pris soin de toi, tu ne posséderais rien. Je t'ai protégé. Tu n'as jamais eu besoin de vivre dans la crainte parce que ta participation au vol ne s'est jamais ébruitée. C'est ce que le Colonel t'avait promis. Il a tenu son engagement.

— Je le sais, Philip, et je t'en ai toujours été reconnaissant. Je ferais tout pour toi tant que ce que tu me demandes reste dans le domaine du raisonnable, mais là, c'est...

— Pour l'instant, ce n'est qu'un projet, le coupa Jersey. Comme il me manque encore trop de renseignements, rien n'est fixé mais, comme par le passé, j'aime être préparé au maximum, et tu figurais au sommet de ma liste. Ne va surtout pas t'imaginer que tu étais le seul à écouler les lingots, ou que tu sois le seul artisan à qui je fasse confiance pour s'occuper de pierres de cette taille et de cette valeur, mais au nom de notre bonne entente, je suis venu te trouver en premier, histoire de t'offrir la chance de participer.

— Merci. Tu peux garder toute confiance en moi, cela va sans dire.

— Ç'a toujours été le cas.

— Parfait. Sans rancune alors ?

— Sans rancune.

Dulay transpirait toujours.

— Tu veux que je tâte le terrain auprès d'autres ?

Jersey secoua la tête.

— Non, ne fais rien.

Dulay alla actionner le verrou de sécurité de la porte latérale, qui s'ouvrit en bourdonnant.

— Tu as un atelier ici ?

— Oui, derrière. Tu veux visiter ?

— Volontiers.

Une fois la pression retombée, Dulay, très enthousiaste, fit passer Jersey dans un couloir étroit menant à une grande arrière-salle. À l'intérieur, deux chambres fortes en acier contenaient tous les joyaux de la bijouterie, et sur une longue table sur tréteaux, on avait disposé les outils servant à la taille. Au fond de la pièce, un petit fourneau servait à fondre l'or, l'argent et le platine. Un lapidaire en blouse blanche taillait un magnifique diamant rose destiné à un collier.

— Voici ma plus grande fierté. C'est une pièce que m'a commandée le prince Rainier. (Dulay avança jusqu'au plan de travail.) C'est un diadème qui appartient à leur famille depuis des générations, mais la bande a été tordue et les pierres se déchaussent, alors nous remettons en place ou remplaçons celles qui manquent. Ce n'est pas aussi facile qu'il y paraît. (Il brandit la couronne.) C'est une pièce splendide, qui demande un travail très complexe. Le filigrane qui sépare les pierres est tellement ancien et fin qu'il est très fragile. Rester fidèle au motif tout en le rendant plus robuste est très compliqué. Je fabrique des tiges de platine que j'enveloppe d'une couche d'or de dix-huit carats de façon à les consolider. L'éclat du diamant est époustouflant.

Jersey se pencha au-dessus de la table et examina le diadème.

— Qu'on puisse exécuter un travail aussi minutieux avec d'aussi grosses mains m'étonnera toujours.

Dulay lui donna un petit coup de coude d'une façon excessivement familière.

— Tu sais ce qu'on dit des hommes aux grandes mains ?

— Ah, oui. (Jersey rit.) Mais il n'y a pas si longtemps, tu tremblais comme une feuille. Sculpter ces pierres minuscules exige sûrement une main stable.

Dulay rougit.

— Te revoir m'a rendu nerveux, je l'avoue.

— Mais c'est fini maintenant. (Jersey consulta sa montre.) Il faut que j'y aille. Tu peux me joindre à ce numéro, si par hasard tu changeais d'avis.

— Merci. Tu devrais passer dîner un de ces soirs, histoire de rencontrer ma famille.

— Une autre fois, peut-être.

Sur les moniteurs des caméras de surveillance, Dulay regarda Simmons quitter l'établissement. Il le vit marquer une pause et jeter un coup d'œil à la vitrine. La façon dont il leva brusquement les yeux, droit vers l'objectif, le mit mal à l'aise.

— Qui était-ce ? demanda l'assistante.

— Un client, c'est tout. Il voulait un cadeau d'anniversaire pour sa femme.

— Qu'est-ce qu'il a acheté ?

— Rien.

— Il va revenir ?

— Non.

Il espérait de tout son cœur ne jamais revoir Philip Simmons.

Le directeur de la banque posa un épais dossier devant Jersey et décapuchonna son stylo à plume.

— Un virement est récemment arrivé d'une banque américaine, d'un montant d'un million et demi de dollars, lui annonça l'homme. La transaction a eu lieu il y a deux jours.

Il passa les documents à Jersey, qui les étudia. L'argent provenait de l'appartement de Moreno.

— Je vais avoir besoin d'effectuer un retrait d'espèces substantiel.

— Aucun problème. Nous pouvons transférer la somme dans l'heure.

Jersey leva les yeux.

— Parfait. Maintenant, pourriez-vous me donner les détails de mon placement discrétionnaire ?

Le directeur avança jusqu'aux pages concernées, et Jersey fut abasourdi de constater que le solde de son compte offshore des Caïman ne s'élevait plus qu'à quelques centaines de livres. Il feuilleta le document pour remonter dans la chronologie des opérations, et la vérité lui sauta aux yeux. David Lyons avait abusé de son titre de mandataire pour retirer jusqu'au dernier penny. Il ne restait plus à Jersey que l'argent d'Alex Moreno.

— Tout me paraît en ordre, dit-il, sans laisser paraître aucune émotion, avant de se lever et de serrer la main du directeur. Merci beaucoup.

Jersey leva la tête pour sentir le jet d'eau glaciale de la douche lui marteler le visage. Il s'en voulait de s'être trompé à ce point sur le compte de Lyons, et de ne pas avoir gardé davantage le contrôle de ses finances. Sa fortune tout entière s'était envolée. Il ne lui restait plus de quoi entretenir son domaine. Pire encore, il n'y pouvait rien. Mais il refusait de s'attarder sur ces événements désastreux. Il préféra se concentrer sur sa rencontre avec Dulay. Il avait pensé qu'un homme nourrissant une telle passion pour sa profession serait incapable de résister à la convoitise du Koh-i-noor, mais Dulay s'était dégonflé.

Tout comme Wilcox et Driscoll.

Jersey se sécha, puis s'étendit sur son lit. Il ferma les yeux. Il adorait Christina et ses filles, sa vie et son champion, Royal Flush.

Il rouvrit les yeux et contempla le plafond.

— Tout ou rien, chuchota-t-il, et sut que cette devise était ce qui le différenciait des autres.

Il prendrait le risque, avec ou sans eux.

Dulay gara sa Jeep devant sa villa et entra d'un pas pressé. Ses enfants jouaient dans le vaste jardin de derrière. Vêtue d'un jean et d'un sweat-shirt, sa femme Ulrika jardinait. Sur l'immense terrain, des rangées d'oliviers formaient des avenues longées d'épaisses bordures de lavande. De grands conifères pointus, dépassant largement les vieux murs de pierre, se dressaient vers le ciel telles des sentinelles élancées. Les grandes parcelles de vigne étaient en jachère pour l'hiver. Dulay s'arrêta un moment afin de savourer tout ce calme.

— Tiens, tu rentres tôt, dit Ulrika, ouvrant grand les bras pour l'étreindre.

À 40 ans, elle était toujours mince, et restait naturellement belle sans le moindre maquillage. Dans son dos, ses cheveux noirs soyeux tombaient en une natte épaisse.

— J'ai vraiment passé la journée à paresser. Avec les enfants, on n'a pas bougé d'ici de tout l'après-midi. Et quand il s'est mis à pleuvoir, on a regardé la télé. On va à cette grande soirée, ce soir, lui rappela-t-elle. (Dépassant son mari de quinze centimètres, elle passa les bras autour de ses épaules robustes.) Tu veux que je te prépare un sandwich ?

— Non, il faut que je prenne une douche. Je mangerai plus tard. On est obligés d'y aller ?

— Et comment ! Beaucoup de tes clients seront là, ce sera bon pour les affaires.

Elle lui ébouriffa les cheveux.

— Arrête.

— Tu es de mauvaise humeur.

Mais Dulay se dirigeait déjà vers la maison, enjambant les attaches d'acier de la bâche qui recouvrait la piscine. Il ne pouvait chasser de ses pensées la visite de Philip Simmons. Le passé nous rattrape toujours, peu importe le nombre d'années écoulées, se dit-il.

Christina et Jersey dînèrent au restaurant de l'hôtel puis décidèrent d'aller miser quelques jetons au casino. La chance ne leur ayant pas vraiment souri, ils rentrèrent. Le lendemain matin, ils allèrent faire les boutiques mais, ne se sentant pas très emballé, Jersey regagna seul leur chambre. Lorsqu'ils se retrouvèrent à l'heure du déjeuner, Christina était chargée de plusieurs cartons et de deux housses à vêtements.

— Tu t'es bien amusée ? demanda-t-il en souriant.

— Nous sommes invités à une grande soirée de charité ce soir, lui annonça-t-elle. Du coup, j'ai décidé de m'acheter une nouvelle tenue. J'ai rencontré une copine que je n'avais pas revue depuis des années, du temps où j'étais mannequin — elle vit ici avec son mari et sa petite famille.

— Je pensais qu'on irait à Longchamp, protesta-t-il. Je comptais rencontrer un éleveur qu'on m'a recommandé, afin de voir son installation.

— On pourra y aller une autre fois. Ulrika est charmante, et elle occupe une place de choix dans la haute société d'ici. Toute la famille princière de Monaco va participer au bal et, à mon avis, on va passer un bon moment.

— Dans ce cas, je vais reporter notre visite au haras. Nous sommes ici pour quelques jours encore.

Malgré cette possibilité, il se sentait frustré : il lui fallait préparer sa prochaine action, et il n'avait de toute façon pas de temps à perdre en soirées de charité futiles.

— Tu vois, ça fait une éternité qu'on ne s'est pas vues, et puis j'aimerais bien rencontrer son mari. Ils ont trois enfants. Elle m'a dit que, comme je n'avais emporté quasiment aucun bijou, elle pourrait m'en prêter, et ce n'est pas le choix qui manquera, vu que son mari c'est Paul Dulay.

Le serveur vint les interrompre pour prendre leur commande, et Jersey passa en pilote automatique. Tout de même, quelle coïncidence !

— Si je comprends bien, ça va être une soirée collet monté ? finit-il par demander.

— Oui, chéri, mais Ulrika est très impatiente de te connaître. Nous n'avons pas eu beaucoup le temps de discuter. Ils vivent dans un vieux corps de ferme aménagé, et ils ont un yacht immense ancré dans le port. On pourrait peut-être passer les voir cet été ?

L'esprit de Jersey tourbillonnait : cette situation

pouvait s'avérer dangereuse. Paul Dulay ne le connaissait que sous l'identité de Philip Simmons.

De retour dans leur suite, Christina s'empressa d'appeler Ulrika afin de convenir d'un rendez-vous. Jersey la vit quasiment régresser à l'état d'adolescente pendant qu'elle discutait de sa tenue et fixait l'heure à laquelle elle devait se rendre à la bijouterie. Puis elle déballa ses emplettes et montra à Jersey sa nouvelle robe moulante en soie vert émeraude, puis une autre, taillée dans de la mousseline bleu glacier et dotée d'un corsage serré et de jupons.

— Ce que j'ai chaud, dit Jersey d'un ton calme. On étouffe ici. Je crois que je vais prendre une douche.

À son retour, il s'étendit sur le lit.

— J'ai mal au crâne, murmura-t-il.

Christina alla à son chevet.

— Il ne faut jamais manger des huîtres hors saison. Je n'arrête pas de te le répéter. Approche un peu.

Elle posa la main sur son front. Il était brûlant — Jersey s'était douché sous de l'eau presque bouillante.

— J'ai l'impression que tu as de la fièvre.

Il se leva et courut aux toilettes.

— Je vais être malade.

Il resta un instant dans la salle de bains, imita des bruits de vomissements, tira la chasse d'eau, puis revint et s'affala sur le lit.

— Tu as raison, ça doit être les huîtres.

Il gémit comme s'il se trouvait à l'article de la mort.

Christina voulut appeler le médecin de l'hôtel, mais il refusa d'en entendre parler et insista pour qu'elle le laisse dormir, de façon à se requinquer pour la soirée. À contrecœur, elle accepta d'aller retrouver Ulrika comme convenu.

Lorsqu'elle fut partie, il repoussa les draps et se mit à faire les cent pas en ruminant son problème. Il semblait avoir perdu la main. Une fois encore, il pâtissait de son manque d'entraînement. Il s'assit devant le secrétaire, choisit un stylo et commença à gribouiller sur le bloc-notes. Autrefois, rien de tout cela ne serait jamais arrivé car il n'aurait jamais contacté Paul Dulay sans être sûr que celui-ci mordrait à l'hameçon. Il n'aurait jamais dû mentionner le Koh-i-noor. Lorsque le casse ferait les gros titres, Dulay connaîtrait l'identité du voleur. Le Colonel perdait la main, et il devait très vite y remédier.

11

À midi, Sylvia Hewitt reçut un appel de Victor Matheson à son bureau. On avait retrouvé une voiture immatriculée au nom d'Alex Moreno dans le parking longue durée de l'aéroport JFK. Un informateur de Matheson — un ami policier — l'avait rencardé. En revanche, le nom de Moreno n'apparaissait sur aucune liste de passagers d'un avion décollant ou atterrissant aux environs de l'heure à laquelle il avait garé son véhicule. On avait découvert la Lexus ouverte et complètement vide, dépouillée de son autoradio, les fils pendillant à l'air libre.

Matheson avait également interrogé le personnel du Maidstone Arms, et trouvé une autre piste. Moreno avait bien séjourné à l'hôtel. Il était sorti après le dîner, pour ne revenir que très tard dans la soirée. Il était alors monté directement dans sa chambre, et avait quitté les lieux très tôt le lendemain matin après avoir réglé sa note. Il avait reçu un appel à son arrivée et passé un coup de téléphone à son tour. Grâce au numéro, Matheson avait réussi à remonter jusqu'à un club homo des environs, un coin nommé le « Swamp », le Marais. Malheureusement, ayant depuis été revendu, l'établissement était fermé pour rénovation.

— Vous avez retrouvé quelqu'un qui aurait vu Moreno ce soir-là ? demanda Sylvia.

— Pas encore, mais je peux y retourner et chercher qui tenait la boîte à l'époque. Je pourrais peut-être trouver quelqu'un avec qui Moreno a pu discuter.

Matheson avait également rencontré Brett Donnelly, un entrepreneur chargé de la construction de la propriété de Moreno. À l'arrivée de Matheson sur les lieux, Donnelly travaillait toujours sur le chantier, lequel avait considérablement avancé depuis la visite de Jersey. Donnelly s'était tout d'abord montré évasif, peu désireux de répondre à des questions concernant ses contrats, mais après que Matheson lui eut expliqué qu'il enquêtait sur une affaire d'arnaque, Donnelly avait davantage collaboré — il avait parlé librement de Moreno, et raconté au détective la visite d'un certain Philip Simmons.

— D'après ce que j'ai compris, expliqua Matheson, Moreno devait de l'argent à ce Simmons, et d'une manière ou d'une autre, ce dernier a conclu un accord avec lui. En tout cas, il semblerait que ce soit Simmons qui dirige les opérations désormais. Il a dit à Donnelly qu'une fois tout terminé, la propriété sera vendue.

— Vous savez où joindre ce Simmons ?

— Donnelly n'a qu'un numéro de boîte postale, c'est tout. Quand il facturera Simmons, il en saura peut-être plus.

— Je l'espère. En attendant, je vais éplucher la liste des investisseurs pour voir s'il y figure. En tout cas, je ne me souviens pas de son nom. Il est anglais ?

— Je n'ai pas demandé.

— Peu importe.

Toutefois, Sylvia regrettait de n'obtenir aucun élément concret à se mettre sous la dent.

Matheson se racla la gorge.

— Si je veux poursuivre mes recherches, je vais avoir besoin d'un acompte supplémentaire.

— Je me demande si la question n'est pas déjà réglée, déclara Sylvia d'un ton rêveur.

— Eh bien, cette voiture abandonnée à l'aéroport, je trouve ça suspect. Je ne suis toujours pas allé voir l'appartement de Moreno. Qui sait ce que je pourrais y découvrir ?

— Vous croyez qu'il a pu se faire la malle avec mon fric, tout bêtement ?

— Possible. Ou alors un des autres investisseurs lui a mis la main dessus le premier. Vous allez vérifier si l'un d'eux s'appelle Simmons ? demanda Matheson.

— Bien sûr — mais même si c'est le cas, il a peut-être utilisé un faux nom.

Sylvia commençait à prendre goût au boulot de détective.

— Exact. Tous les autres actionnaires sont anglais ?

— Les plus gros, oui. Les autres viennent d'un peu partout dans le monde, mais ils n'ont pas perdu autant.

— Bon, je vais voir ce que je peux dégoter. Si Simmons remet les pieds aux États-Unis, je pourrai peut-être remonter jusqu'à lui. J'ai de nombreux contacts à l'aéroport.

Sylvia préférait discuter des dernières avancées

de l'enquête avec Jersey et, éventuellement, Wilcox et Driscoll, avant de poursuivre ses recherches.

— N'entreprenez rien pour l'instant. Attendez que je vous rappelle.

— Comme vous voudrez — mais ce qui est sûr, c'est que quelqu'un vient d'acquérir une propriété d'une grande valeur, peut-être en dédommagement.

— Combien vaut cette propriété ?

— À mon avis, facilement quinze millions.

Sylvia réfléchit un instant.

— Très bien. Continuez à rechercher ce Simmons. Je m'entretiens de vos découvertes avec les autres gros actionnaires, et je vous rappelle.

— C'est vous le chef. Je vous fais parvenir mes factures, et je continue le boulot.

— On garde le contact.

Sylvia raccrocha et composa le numéro de Jersey. La gouvernante lui annonça que M. et Mme de Jersey se trouvaient à Monte-Carlo. Sylvia appela donc James Wilcox, qui refusa de lui parler. Elle raccrocha une troisième fois, frustrée, puis réussit à joindre Tony Driscoll, qui se montra tout d'abord froid, puis parut intéressé par ses découvertes.

— Donc, d'après ce détective privé, quelqu'un a touché un paquet en dédommagement, c'est ça ?

— Moreno a signé la vente de la propriété, sous la direction d'un notaire du nom de Philip Simmons. Vous le connaissez ?

— Non.

— Tout ce que j'ai en ma possession le concernant, c'est un numéro de boîte postale à New York, et pour l'instant, Moreno semble s'être volatilisé.

— Je vois.

— Pour être honnête, monsieur Driscoll, je me demandais si l'on ne pourrait pas, tous les quatre, payer les frais de Matheson. Voyez-vous, si M. Simmons récupère la valeur de la propriété de Moreno, nous devrions de droit en bénéficier aussi.

— Laissez-moi le temps d'y réfléchir, dit Driscoll, qui lui promit de la rappeler.

Quelques minutes plus tard, Driscoll conversait avec Wilcox.

— Quoi qu'il ait fait, je ne veux pas le savoir. Moins on en sait, mieux ce sera. Mais il s'est montré imprudent. En ce qui le concerne, l'enjeu est plus important, et il ne s'y prend pas comme il faut, commenta sèchement Wilcox.

— Il n'a jamais employé la violence par le passé.

— Et j'espère qu'il a bien couvert ses arrières, parce que ça va être du gâteau de découvrir qui il est vraiment.

— Ouais. Et tes finances, comment ça va ? demanda Driscoll.

— C'est le gros merdier, mais je m'implique pas dans une histoire de meurtre.

— Pareil pour moi. En tout cas, il faut qu'on fasse gaffe. Tu le connais. S'il apprend qu'on a parlé dans son dos...

— Mais on ne le connaît plus si bien que ça, Tony, le coupa Wilcox. Pas mal d'eau a coulé sous les ponts. Parfois, je me demande si on l'a jamais vraiment connu.

Les propos de Wilcox dérangèrent Driscoll.

— On ne devrait pas parler de lui comme ça.

Après un silence, ils raccrochèrent, aussi mal à l'aise qu'avant leur conversation.

Jersey venait de se recoucher lorsque Christina reparut. À l'évidence, elle revenait de nouveau de courses, et un groom peinait à porter tous ses achats.

— Ça va mieux, chéri ? murmura-t-elle en s'asseyant au bord du lit.

— Pas tellement. Tu t'es bien amusée avec ta copine ?

— Je suis allée à la bijouterie de son mari. Moi, je me suis contentée de regarder, mais Ulrika choisissait un collier de diamants et des boucles d'oreilles assorties pour ce soir. La parure doit valoir au moins un demi-million de livres, mais moi j'aurais peur de porter des bijoux d'une telle valeur. Elle m'a répondu qu'elle aimait faire de la publicité à son mari ! Elle m'a montré un de ses diadèmes russes, je n'en croyais pas mes yeux. Le grand-père de son propriétaire l'a sorti de Russie en cousant les diamants dans le revers de son manteau.

Jersey se cala dans ses oreillers. Pas étonnant que travailler pour lui n'intéressait pas Dulay — le bijoutier fricotait avec les aristos européens.

Christina bâilla.

— Tu ne viens pas ce soir alors ?

— Je n'en suis pas encore sûr. J'ai encore de la température, j'ai l'impression.

Elle lui toucha le front.

— Non, c'est bon. De toute façon, tu ne peux pas te décommander. Comme je ne trouvais pas ton vieux smoking assez élégant, je t'en ai acheté un neuf, chaussures, chemise et cravate comprises. Tu n'as plus aucune excuse, mon cœur. (Elle lui lança un sourire irrésistible.) En plus, j'ai envie que tu frimes un peu. Je suis impatiente de voir sa tête quand tu te présenteras. Je n'ai pas encore parlé ni du domaine ni du haras.

Il soupira, feignant de toujours se sentir patraque. Peut-être devrait-il tout bonnement cambrioler la bijouterie de Dulay et ne pas se fatiguer avec les joyaux de la Couronne.

Jersey se contempla dans le psyché. Le smoking blanc lui allait à merveille. Christina portait une robe rose pâle décorée de perles et prolongée d'une légère traîne.

— J'ai rapporté les autres robes, et je les ai remplacées par celle-ci. Dis donc, pour quelqu'un qui agonisait presque il y a deux heures, tu vas drôlement bien.

Elle lui sourit dans le miroir. Ils formaient un joli couple.

Jersey se sentait plus léger car Ulrika avait appelé pour prévenir que son mari, souffrant, s'était alité. Elle viendrait donc accompagnée de Julian, un ami proche de la famille, qui possédait un restaurant et des parts de leur yacht. Elle leur avait proposé de se promener jusqu'au port pour leur montrer le *Hortensia Princess*.

— Que leur as-tu dit de moi ? demanda Jersey.

— J'ai à peine réussi à en placer une. Elle parle sans discontinuer, surtout à propos de son yacht. Je n'ai même pas eu l'occasion de lui dire ton nom.

— Elle sait que j'ai presque l'âge de ton père ?

— Tout ce que j'ai dit, c'est que tu es riche, beau, et que je t'aime. (Elle l'embrassa et croisa les bras autour de son cou.) Parce que tu es ce qui m'est arrivé de mieux.

— Merci.

— On doit se retrouver au bar autour d'une coupe de champagne avant que la voiture ne nous emmène au Palais, lui annonça Christina.

— Je me sens vieux à côté de toi, chuchota-t-il.

— Et moi, c'est pour toi que je reste jeune, répliqua-t-elle avant de l'embrasser de nouveau.

Du petit doigt, elle ôta les traces de rouge à lèvres qu'elle lui avait laissées sur le bord de la bouche, puis elle le prit par la main et l'entraîna vers la porte.

Ayant réussi à chasser de son esprit toute pensée touchant à sa situation financière, Jersey se réjouissait de sortir.

Ulrika arriva accompagnée d'un compagnon séduisant au teint hâlé. Jersey embrassa l'ancien mannequin et serra la main de Julian. Ulrika portait une robe noire à paillettes coupée en biais qui dévoilait son corps magnifique. Un manteau long en zibeline jeté par-dessus son bras, elle tenait à la main un minuscule sac à main lamé or. Au bar de l'hôtel, Jersey commanda une bouteille de champagne pendant que les deux femmes bavardaient des défilés de mode auxquels elles avaient participé ensemble. Jersey appela le serveur et se choisit un havane. Cependant qu'il tirait une bouffée de son cigare, il observa Julian et se demanda pourquoi ce dernier semblait tendu à ce point. De la main, il désigna les diamants d'Ulrika.

— Très beau, commenta-t-il.

Ulrika s'interrompit pour reprendre sa respiration. Elle porta la main à son collier, puis rejeta ses cheveux en arrière afin d'exhiber ses gros pendants d'oreilles.

— Ils sont splendides, non ? Et regardez ça...

Elle tendit son poignet tout fin décoré du bracelet assorti, constitué de deux anneaux incrustés de diamants reliés par des émeraudes, entremêlés en forme de guirlande de pâquerettes.

— Oh, ce qu'il est magnifique ! s'exclama Christina.

Jersey jeta un bref regard à sa femme, qui ne portait que son alliance et une fine chaîne en or dotée d'un diamant de cinq carats en forme de poire. Bijou très simple qui lui avait tout de même coûté cinquante-cinq mille livres. Le diamant, une pierre jaune, avait été acheté aux enchères chez Sotheby. Il s'agissait du premier cadeau qu'il lui avait offert après leur rencontre.

Lorsqu'ils eurent terminé leur champagne, la voiture vint les chercher.

— J'espère que vous avez apporté beaucoup d'argent, murmura Christina à Jersey. C'est un bal de charité que donne tous les ans la princesse Caroline. Tout le monde se sent toujours obligé d'acheter des tickets de loterie et de dépenser des fortunes pour tout et n'importe quoi pendant la vente aux enchères qui suit le dîner. Tous les bénéfices sont reversés à une association caritative d'aide à l'enfance. Par le passé, certains invités signaient des chèques en bois ! Alors, depuis, tout se règle en liquide.

Le bal se tenait à la Salle des Étoiles, espace immense dont le toit coulissant s'ouvre en été. On y jouissait d'une vue imprenable sur la baie, et de grandes vedettes de la chanson telles que Whitney Houston ou Barry White venaient souvent s'y produire. Ce soir-là, cependant, un océan de tables blanches et de serveurs recouvraient les lieux. Tout le gratin clinquant de la noblaillerie européenne avait accouru et, à la table d'honneur, trônait le Prince Albert, entouré d'une flopée de mannequins et de jeunes gens dissolus. Partout où l'on posait l'œil, on rencontrait robes de soirée splendides, joyaux étincelants et femmes au jacassement haut perché qui se saluaient dans diverses langues : français, allemand ou italien.

Parmi les quatre autres invités présents à leur table, Jersey aperçut, à sa grande surprise, un célèbre financier anglais qui possédait vingt-cinq chevaux de course entraînés en France. Jersey l'avait rencontré en coup de vent lors d'une séance d'enchères. Michael Maloney, seulement âgé de 38 ans, était un petit génie de la Bourse qui fuyait la fiscalité de son pays. Sa compagne, une blonde sexy qui avait abusé du champagne, ne cessait de tomber de sa chaise. Également assis à la table se trouvaient un prince italien et sa quatrième épouse, une riche héritière américaine. Un lifting lui permettait de sembler aussi jeune que Christina, mais Jersey estima son âge plus proche du sien. Elle avait récemment eu recours à des implants dans les joues et le menton et, comme elle en informa toute la tablée d'un ton enjoué, à une injection de collagène dans les lèvres ainsi qu'à un traitement facial intégral au laser. De façon très amusante, elle décrivit en long, en large et en travers toute l'épopée de ces interventions, y compris la pléthore de chirurgiens consultés, et clama qu'elle se fichait complètement que tout le monde soit au courant. Son mari, en revanche, parut on ne peut plus gêné quand elle donnait tout haut le nom de son chirurgien à Ulrika et passait d'un geste outrancier une de ses cartes à Christina.

— Si vous voulez une courbe de lèvres à tomber, il faut aller voir cette femme à Paris. C'est la meilleure, et de loin !

Jersey tenta d'entamer la discussion avec Maloney, entreprise qui s'avéra ardue tant la blonde chancelante exigeait de ce dernier une attention exclusive. Julian ne décrocha quasiment pas un mot du repas et passa son temps à consulter sa montre. Jersey se pencha vers lui pour lui demander s'il attendait quelqu'un.

— Non, non, c'est juste que ce genre de sauteries, ça m'emmerde. Toujours les mêmes gens. Toujours la même cuisine. Je ne suis pas un gros buveur et la fumée, ça m'irrite les yeux.

Deux heures plus tard, ce fut l'heure de la tombola, de la distribution des prix et de la vente aux enchères. Jersey annonça qu'il s'absentait et embrassa sa femme.

— Je vais prendre un peu l'air, chuchota-t-il à Christina. Je me sens toujours un peu patraque.

Il alla sur le balcon et se fraya un chemin à travers les palmiers et les décorations florales jusqu'à un fauteuil à coussins épais qui donnait sur la mer. Il s'y assit, alluma un cigare, et contempla la fumée bleutée s'élever dans la nuit.

Une voix le fit sursauter.

— Vous permettez que je me joigne à vous ?

C'était Norma, l'Américaine, munie d'un verre de scotch et de ses cigarettes.

— Je vous en prie, répondit-il, espérant qu'elle n'allait pas remettre ça avec ses liftings.

— J'ai horreur de ces bals de charité. On attend de nous qu'on claque des milliers, mais moi je laisse ça à mon mari. Il est homo, vous le saviez ?

— Ah, bon ? fit Jersey, amusé.

— Je ne me suis mariée avec lui que pour son titre, et lui m'a épousée pour mon fric. Ça me plaît, d'être princesse. Ici, ça court les rues, mais aux États-Unis je peux vous dire que je suis toujours assise à la meilleure table !

Elle éclata d'un rire guttural et se percha à côté de lui. À la lumière douce des bougies, elle était plutôt belle, ses joues regonflées lui donnant un air de Marlene Dietrich.

— Votre femme est délicieuse, dit-elle.

Elle but une petite gorgée de scotch.

— Je partage votre avis.

— C'est une jolie pierre, qu'elle porte, commenta-t-elle, en se penchant en avant pour qu'il lui allume sa cigarette. Elle ne risque pas de venir de chez ce minable de Paul Dulay. Sa femme a un beau morceau de moissanite accroché au cou.

Il s'esclaffa :

— Vous vous trompez, si vous voulez mon avis.

— Je possède une des plus belles collections de pierres précieuses des États-Unis, mon chou. J'ai racheté une bonne partie de la parure de la duchesse de Windsor.

— Vous travaillez dans la joaillerie ? s'enquit-il.

— Je me contente d'en acheter. Je n'investis dans rien d'autre. Papa était un juif russe qui s'est servi des quelques roubles qu'il avait en poche à son arrivée en Amérique pour ouvrir une quincaillerie. Quand la Bourse s'est effondrée, il a fait fortune parce que lui n'avait que des espèces. Une sacrée leçon à retenir, pas vrai ? Malgré sa richesse, il redoutait toujours de tout perdre, alors il a placé son argent dans des valeurs sûres de ce type-là.

Elle leva sa main fine et mouchetée de taches de rousseur, dont les ongles étaient vernis de rouge. Le solitaire qu'elle portait au doigt, d'une taille loin d'être exceptionnelle, était cependant monté sur une base presque plate cerclée de diamants roses. Jersey se pencha pour l'admirer, mais elle secoua la main d'un air dédaigneux.

— Pas la bague, mon chou, ça. (De dessous le col de sa robe, elle tira une fine chaîne de platine. Un diamant unique d'une beauté époustouflante y était accroché en pendentif.) Liz Taylor en possède un exactement identique. Alors, votre verdict ?

— Je suis complètement ébahi, répondit-il d'une voix douce. Ce n'est pas risqué de le porter ?

— Pas du tout, j'ai de quoi me protéger. (Elle se détourna et montra du doigt un homme trapu au torse puissant, vêtu d'un costume mal taillé.) Il ne s'éloigne jamais de moi. Il bondirait sur vous si vous tentiez de me l'arracher. (Elle déboutonna son haut pour laisser la pierre tomber entre ses seins siliconés, puis s'esclaffa.) Je les ai fait rehausser pour qu'ils puissent en supporter le poids. (Elle sirota son scotch.) C'est pour ça que je sais repérer un faux au premier coup d'œil. Le diamant d'Ulrika, c'est de la moissanite. Il a beau briller comme un vrai de vrai, soumis au test de la double réfraction, il n'a aucune chance.

— Qu'est-ce que c'est ? demanda Jersey.

— Vous voyez, mon chou, la prochaine fois que vous observerez un diamant, inclinez-le. Cherchez la lumière qui s'y réfléchit, et si c'est un vrai, elle ne formera qu'un rayon unique. En revanche, s'il s'agit d'un faux ou de moissanite, vous verrez deux rayons. C'est un truc que fait instinctivement tout joaillier. Dans les toilettes pour dames, Ulrika me raconte que son collier vaut une fortune, et voilà qu'elle me le tend ! (Elle éclata de rire.) Ce collier, c'est du vent ! Son bracelet est plutôt pas mal, mais les émeraudes, ça n'a jamais été mon truc. (Norma termina son verre d'un trait et se leva.) Elle cavale dans toute la salle à essayer de refourguer les œuvres de son mari. Elle a décroché ce collier plus vite que son ombre dès que je lui ai témoigné un semblant d'intérêt, mais je ne l'achèterai pas.

Son garde du corps se dirigea vers elle d'une démarche oscillante.

— Ça m'a fait plaisir de discuter avec vous, Edgar, dit-elle avant de s'éloigner d'un pas tranquille, son gorille la suivant comme un petit chien.

Jersey ne s'offusqua pas qu'elle ait confondu son prénom. Ses propos tourbillonnaient dans sa tête, et il fronça les sourcils. Se pouvait-il que Dulay s'amuse encore à remplacer les diamants par des faux ?

Jersey surprit Christina en insistant pour rester danser, même s'il ne passa que peu de temps sur la piste en sa compagnie. Il lui préféra Norma comme partenaire, dont il écouta les paroles avec grand intérêt. D'un esprit subtil et ravie d'amuser cet homme séduisant, elle s'approcha de lui. Lorsqu'elle commença à parler de Paul Dulay, il l'écouta avec une attention redoublée.

— Dulay, c'est le chouchou de la bonne société de Monte-Carlo, mais en ce qui me concerne je ne m'y fierais pas. Ma sœur, paix à son âme, vivait à Paris, où il tient une autre boutique. Il a essayé de lui vendre une bague décorée d'un diamant et d'une perle noire qui n'était jamais sortie d'aucune huître. Mais il faut reconnaître qu'il crée de jolis modèles. Sa femme est vraiment très belle. L'entretenir lui revient très cher, mais pas autant que ce bar de luxe flottant qu'elle l'a convaincu d'acheter. Croyez-moi, ça lui coûte les yeux de la tête !

Norma ne semblait pas avoir besoin de reprendre sa respiration, aussi Jersey n'essaya pas d'interrompre le flot continu de ses paroles.

— Ça collait bien, j'ai eu l'impression, entre cette vieille bique et toi, lui fit remarquer Christina en se démaquillant.

— Je l'ai trouvée d'une vulgarité délicieuse.

— De quoi vous avez bien pu parler, bon sang ?

— De chevaux, répondit-il, désinvolte.

— Ce qui est sûr, c'est qu'elle a une tête de jument, répliqua Christina, irritée.

Jersey s'aspergea le visage.

— J'ai dû me coltiner Ulrika pendant des heures. Je ne l'ai jamais connue si bien que ça, et j'avais oublié à quel point elle se regarde le nombril. Son invité n'a quasiment pas ouvert la bouche de la soirée. Et toi tu t'es mis à danser comme jamais auparavant avec ce dinosaure peinturluré.

— Elle n'est pas si vieille que ça, chérie. Nous avons probablement le même âge.

— Elle a 72 ans ! s'exclama Christina.

Jersey s'esclaffa.

— Je peux savoir pourquoi tu ris ? lâcha-t-elle sèchement.

— Parce que si je ne te connaissais pas aussi bien, je pourrais te croire jalouse d'une femme de cet âge-là !

— Non, mon cher, je ne suis pas jalouse. Seulement, j'ai horreur de me retrouver en plan comme une idiote.

— C'est toi qui as tenu à y aller, pas moi.

— Je sais. Je suis peut-être tout simplement énervée de t'avoir vu t'amuser à ce point alors que moi je m'ennuyais. Je n'ai rien gagné alors que j'ai dépensé une fortune pour les tickets de loterie. En revanche, j'ai remarqué qu'Ulrika et Julian n'ont pas ouvert leur porte-monnaie de la soirée. Je ne la comprends vraiment pas. À l'évidence, ce n'est pas l'argent qui leur manque. Et même si nous en avons aussi, je n'aime pas qu'on se serve de moi.

— Ce ne sont que quelques tickets de loterie.

— Non, ce n'est pas tout. Quand nous sommes allées faire les boutiques, Ulrika m'a dit qu'elle avait égaré sa carte de crédit, et je me suis retrouvée à payer toutes ses emplettes avec la mienne.

— Merde, pas le manteau en zibeline, quand même ?

— Non, ça c'est à une de ses amies, mais elle a acheté sa robe, ses chaussures et deux ou trois autres trucs, et quand je lui ai demandé si elle avait retrouvé sa carte, elle a évité le sujet. Pourtant je lui ai dit qu'on partait demain matin.

— Ils ont des problèmes d'argent, tu crois ?

— Ça m'en a tout l'air.

Il la prit par l'épaule et l'attira contre lui.

— Je peux passer à la bijouterie demain matin tout arranger. Ça te va ?

— Je suis désolée. Ça m'a fait plaisir de la revoir, mais elle m'a sucré un beau paquet. J'ai horreur de me sentir bernée. (Il eut un petit rire, et elle blottit sa tête dans le creux de son cou.) Et puis entre toi qui tailles le bout de gras avec une mémé rafistolée, et son prince de mari qui passe la soirée à me mettre la main sur la cuisse, pas étonnant que je finisse mal lunée.

Elle lui fit du pied, et il se détourna pour se trouver face à elle.

— Je suis complètement épuisé. Le dernier tango m'a achevé.

Elle gloussa, et Jersey sentit le corps chaud de Christina glisser le long du sien, puis le contact de ses lèvres sur ses cuisses. Pendant qu'il s'appliquait à faire l'amour, moissanite et magouilles de Paul Dulay abandonnèrent ses pensées.

Au téléphone, le ton montait entre Dulay et Ulrika. Rentrée tard après le bal, elle dormait toujours au départ de son mari pour le travail. Elle l'avait appelé afin de lui parler de ses dettes envers Christina, dont il avait compté s'acquitter avec plaisir jusqu'à ce qu'elle lui annonce la somme.

— Tu te fous de moi ! Comment tu as pu dépenser autant alors qu'on vient de se mettre d'accord pour réduire notre train de vie ?

— Parce que je voulais l'impressionner. Ils s'en vont ce matin, alors je devrais aller...

— Laisse tomber. Tu m'as dit qu'ils sont pleins aux as.

— Mais ce sont des clients potentiels. Je vais

devoir aller à la banque retirer du liquide. Je le prends sur quel compte ?

Dulay se pinça l'arête du nez.

— Sur le compte d'emprunt hypothécaire. Je réglerai tout ça plus tard. Mais il faut que ça cesse, ma puce. Ulrika ? Allô ?

Elle avait déjà raccroché et, au moment même où il reposa violemment le combiné, la sonnette de la porte retentit. Dulay appuya sur le bouton d'ouverture sans regarder de qui il s'agissait.

— Des soucis ? s'enquit Jersey.

Dulay leva les yeux et blêmit. Fuyant le regard de Jersey, il se mit à sélectionner les modèles destinés à sa vitrine.

— Mes employées n'arrivent pas avant 10 h 30. Tu voulais voir quelque chose ?

— Arrête de jouer au con, dit calmement Jersey.

Alors que Dulay allait déverrouiller la vitrine, les lèvres du bijoutier se raidirent.

— Je ne reviendrai pas sur ma décision.

Il alluma l'éclairage des deux présentoirs, puis ferma la vitrine à clé et revint vers Jersey. D'un geste sec, celui-ci enclencha l'interrupteur qui bloquait l'entrée de la bijouterie.

— Qu'est-ce que tu fabriques ? bégaya Dulay.

— Je m'assure qu'on ne viendra pas nous déranger.

D'un pas tranquille, Jersey contourna le comptoir, gagna la porte de la petite salle d'exposition où Dulay l'avait reçu la veille, et entra. Dulay le suivit.

— Écoute, si tu as peur que je lâche le morceau, sache que tu peux avoir une confiance absolue en moi. Réfléchis, je serais pas assez cinglé pour te balancer — pas après tout ce que tu as fait pour moi.

Dulay semblait nerveux, tout à coup.

Jersey s'assit et passa du coq à l'âne :

— J'aimerais bien offrir un bracelet à mon amie. Quelque chose qui sorte de l'ordinaire. Elle aime les émeraudes.

Dulay commença à se détendre.

— J'ai un modèle splendide. Très cher, mais doté de pierres de qualité supérieure, des diamants assortis, et de magnifiques maillons en émeraude. C'est moi qui l'ai conçu. Ou alors, je peux te proposer une chaînette de rubis ornée de saphirs et de diamants.

— Montre-moi le premier.

Dulay quitta la pièce et revint rapidement muni d'une grande boîte plate en cuir. Il la posa sur le bureau.

Jersey l'ouvrit, puis il examina le bracelet, qu'il sortit de son écrin. Dulay lui passa une loupe de joaillier et alluma un spot puissant. Jersey étudia le bijou et hocha la tête.

— Très beau.

Il jeta un coup d'œil au collier et aux boucles d'oreilles qui se trouvaient aussi dans la boîte.

— Et le collier ?

— Je ne le vends pas. Il appartient à un couple italien, et les boucles d'oreilles aussi. Ils m'ont confié la parure pour une estimation. Seul le bracelet est à vendre.

— Ce sont des faux, n'est-ce pas ? Contrairement au bracelet, dit Jersey.

— Tu te trompes !

Jersey s'assit.

— Hier soir, j'ai rencontré quelqu'un qui a découvert tes petites magouilles. Je sais que tu remplaces des pierres par des fausses, et ma seule intention, c'est de te conseiller d'être prudent.

Dulay se frotta le crâne.

— À en juger par les apparences, rien ne te pousse à te livrer à ce genre de connerie. D'où te vient cette avidité ? Et là, c'est aussi pour moi que je m'inquiète. Tu vois, si la police te pique à ce petit jeu, elle peut creuser ton passé.

Dulay ouvrit un paquet de Gauloises.

— Je ne l'ai fait que deux ou trois fois. Certaines de ces garces pleines aux as ne savent même pas ce qu'elles portent. Mais tu as raison, c'est stupide de prendre ce genre de risque.

— Tu dois en retirer de sacrés bénéfices, commenta Jersey. Enfin, avoue-le, tu le fais plus qu'une fois de temps en temps, pas vrai ? C'est comme ça que tu mènes ton affaire ? Tu estimes la pièce et tu remplaces une pierre ou deux ? Grâce à ta notoriété, il est peu probable que le propriétaire procède à une seconde estimation, et il n'y voit que du feu ? C'est ça ?

— Écoute-moi bien, je dirige un commerce légal. Comme je te l'ai expliqué, je ne change qu'une pierre par-ci par-là.

— Tu as dû acquérir une très bonne réputation pour devenir aussi populaire. Voilà ce sur quoi tu comptes, hein ? La confiance ?

Dulay garda le silence tandis que Jersey poursuivait :

— Je ne me mêlerai pas de tes affaires, mais je serais en mesure de te causer de sacrés problèmes.

— C'est réciproque, répliqua Dulay avec colère.

Il avait trouvé le courage d'affronter celui qu'il ne connaissait toujours que sous le nom de Philip Simmons. Jersey soupira.

— Comment ? demanda-t-il calmement.

— Tu le sais parfaitement, alors arrête ton numéro. Je ne te laisserai pas me pousser à participer à ce coup. C'est de la folie, alors je refuse d'être embringué là-dedans, et tes intimidations n'y changeront rien, parce que même si tu possèdes des renseignements sur moi, j'en connais autant sur ton compte. L'affaire des lingots n'en est qu'une petite partie.

Jersey se renversa dans le fauteuil pivotant.

— Tu me menaces ?

— Pas plus que toi.

— Ne joue pas à ce petit jeu avec moi. Tu perdrais la partie. Je m'en assurerais.

— Essaie, pour voir, lança Dulay qui fulminait.

— Je n'en ai pas l'intention, mais il faut que tu redresses la barre, Paul. Je n'essaie de te forcer à rien. Mon seul but, c'est de m'assurer à cent pour cent que tu resteras muet comme une carpe. Tu dois mettre fin à ta petite combine de faux joyaux, parce qu'en ce qui te concerne je ne peux prendre aucun risque.

— À cause de mes difficultés financières, je ne peux pas me permettre de baver sur tes activités criminelles.

— Ah, alors tout ça c'est à cause de problèmes d'argent, pas de ton avidité ?

— Je suis un peu juste en ce moment, et il y a un certain client que je ne veux pas perdre, un diamantaire japonais milliardaire. C'est un gros poisson qui me rapporte trop d'argent pour que je ne lui fournisse pas les pierres.

— Il ne pose pas de questions, hein ?

— Exactement. (Dulay aspira une bouffée de sa cigarette.) Cependant, ne te méprends pas, ta proposition ne m'intéresse toujours pas. Je rencontre juste quelques petites difficultés, c'est tout. Ça s'appelle le divorce, et ma nouvelle femme, dont je suis fou amoureux, dépense le blé comme s'il tombait du ciel. En plus, elle m'a convaincu d'acheter ce bateau en partenariat avec ce con de Français, là, Julian. Ce yacht est aussi grand que Versailles, et j'ai dû claquer jusqu'à mon dernier franc pour le rénover. Et maintenant, comme on doit toujours du fric à l'armateur, on ne peut pas le vendre, et personne ne veut l'affréter. (Il poussa un soupir, puis haussa les épaules et se leva.) Ça va peut-être s'arranger cet été. Je l'espère vraiment, bordel de Dieu.

Il faisait les cent pas.

— Assieds-toi, Paul.

Le visage empourpré par la colère, Dulay se rappela qu'il refuserait de se laisser amadouer. Silencieux, il regarda Jersey jouer avec un stylo Cartier posé sur le bureau. Puis ce dernier fit tournoyer le bracelet autour de son index et le glissa dans la poche de sa veste.

— Je te prends ça pour me dédommager de toute l'inquiétude que tu me causes, annonça-t-il. Sans rancune, hein ? Et ne t'inquiète pas, je ne divulguerai pas ton petit secret. Tu as raison, nous sommes liés de bien des façons. Que ça te plaise ou non, nous sommes enchaînés l'un à l'autre pour la vie.

Dulay ne protesta pas.

— Pourquoi est-ce que tu veux tenter ce casse ? C'est cuit d'avance.

— Parce que moi aussi je manque cruellement d'argent, et après des années passées à travailler en toute légalité, je ne suis pas prêt à accepter la faillite. Il va sans dire que je ne prendrai aucun risque inconsidéré. Et comme je n'ai pas l'intention de me faire coincer, je prendrai toutes les précautions pour assurer la sécurité de mes complices.

Dulay entrecroisa les doigts.

— Tu as toujours tout préparé avec minutie. Tu embauches la même équipe ?

— Oui. Tout le monde recevra une paie conséquente. Le Colonel s'est toujours montré régulier.

— Je sais tout ça, fit Dulay, rougissant. Je ne pensais pas tout ce que je t'ai dit. Tu sais bien que je ne te balancerai jamais, ni toi, ni Driscoll...

Dulay se tut.

Jersey se pencha vers lui, si près que Dulay tressaillit.

— Tu ferais bien d'oublier ce nom, Paul. En revanche, tu peux m'en fournir un. Celui de ton acheteur japonais. Donne-moi plus de détails sur lui.

— Hors de question.

— S'il achète tout ce que tu lui proposes, il pourrait être intéressé par ce que j'aurai éventuellement à lui offrir.

— Je ne veux pas risquer de me le mettre à dos. Je ne lui pose pas trop de questions, et lui de son côté ne se montre pas regardant sur l'origine de la marchandise. Si je me mets à faire circuler son nom, ça ne va pas lui plaire, et je n'ai pas envie de finir les mains coupées au fond de la Seine.

Jersey leva un sourcil.

— Je suis sérieux. Il ne vient à Paris que deux fois par an.

— Et à Londres ?

— Je n'en sais rien. (Dulay ferma les yeux, et sa voix faiblit pour ne plus être qu'un murmure rauque.) Ne me fais pas ce coup-là. Je t'en prie, ne m'entraîne pas dans cette histoire. (De la sueur perlait à la naissance de son front dégarni. Puis il se passa la langue sur les lèvres.) Bon, je ne te promets rien, mais la prochaine fois que je le verrai...

— Ça ne me suffit pas. Il me faut son nom et un numéro où le joindre.

Dulay soupira. Il ouvrit le tiroir de son bureau et y prit une boîte en cuir de crocodile liserée d'or. Il en sortit une carte et la tendit à Jersey.

— C'est un magnat de l'informatique. Sa société vaut des milliards.

— Il t'a acheté des créations en or issues des lingots ? demanda Jersey d'un ton doux.

Dulay rougit, puis acquiesça d'un signe de tête.

— Voilà son numéro de boîte postale et son adresse e-mail. Je ne possède pas le numéro de sa ligne directe.

Jersey examina brièvement la carte. Il la glissa dans son portefeuille, en sortit une des siennes, et se leva.

— Parfait. À présent je peux t'accorder ma confiance. Et crois-moi, tu n'as sûrement pas à t'inquiéter de M. Kitamo. Tu traites avec lui depuis suffisamment longtemps. C'est lui qui t'a approché, ou l'inverse ?

— Il est venu à la bijouterie en tant que simple client mais, au fil des années, la confiance s'est établie entre nous, et il m'a demandé s'il pouvait me passer quelques commandes plus particulières.

— Légales ?

— Pas toujours. Une fois, il a eu besoin que je lui déguise des pierres précieuses.

— Comment ça « déguiser » ?

— Mêler des émeraudes et des diamants à quelques perles en verre sur une monture bon marché. À la suite de ça, il a commencé à m'acheter les pièces en or.

— Je vois.

— J'espère bien, Philip. Ce type, c'est mon gagne-pain et je refuse de compromettre ma relation avec lui.

— Pas avec ce bateau sur les épaules, c'est sûr. (Jersey sourit.) Si tu as besoin de moi, tu peux me joindre à ce numéro de portable et à cette adresse e-mail.

Il posa sa carte sur le bureau.

— Tu crois vraiment que c'est faisable ?

— Je ne serais pas là, sinon. Et je ne contacterai personne en qui je n'ai pas confiance. Ça m'a fait plaisir de te revoir. Sans rancune ?

— Sans rancune.

Jersey lui serra la main.

Dulay le regarda s'éloigner de sa boutique avec dans la poche un bracelet de valeur, mais il n'eut aucune intention de l'arrêter. Après tout, il avait une dette envers lui. Le casse des lingots l'avait mis sur les rails. Dulay saisit la petite carte blanche sur laquelle on lisait « Philip Simmons, Notaire. » Il ne la déchira pas, mais se contenta de la regarder fixement puis d'aller dans son arrière-boutique. Il ouvrit le petit réfrigérateur, en sortit une bouteille de vodka, se servit la moitié d'un verre, qu'il but cul sec comme s'il s'agissait d'eau. Il posa son verre sur la carte de Simmons.

— Le Koh-i-noor, murmura-t-il.

Voilà un diamant sur lequel il aimerait bien mettre la main.

Christina adora le bracelet, et annonça à Jersey qu'Ulrika l'avait appelée à l'hôtel puis remboursée. Dans l'hélicoptère, en revenant de l'aéroport, Jersey se montra peu loquace. Lorsque son téléphone sonna, il se tourna vers Christina. Celle-ci ne lui prêtant pas attention, il consulta son écran et vit, à son grand amusement, que Paul Dulay tentait de le joindre. Son pilote lui jeta un bref regard — utiliser un portable en vol était toujours risqué.

— Je l'éteins dans deux minutes, le rassura Jersey.

— Pas de problème, monsieur. C'est surtout au moment de l'atterrissage et du décollage qu'il faut éviter.

Jersey répondit et écouta Dulay. Ils convinrent d'un rendez-vous à Londres la semaine suivante. Jersey sourit. Dulay avait mordu à l'hameçon plus vite qu'il ne l'aurait cru.

12

Le lendemain matin, Jersey quitta le domaine pour Londres. Une fois dans son appartement, il se mit à travailler sur ses dossiers. Il avait déjà établi des listes contenant noms et renseignements sur les antécédents des individus qu'il souhaitait rencontrer. Lorsqu'il ouvrit sa boîte aux lettres électronique, il s'étonna du nombre de messages accumulés. Il les imprima tous et passa au crible les réponses à ses annonces. Un des e-mails retint particulièrement son attention, et il le mit de côté. Un certain lord Westbrook prétendait connaître parfaitement la famille royale et le fonctionnement de leurs lieux de résidence. Par le passé, il avait d'abord servi en tant que page, puis comme écuyer à la Cour. Il ajoutait avoir été récemment « invité de la Reine » pendant sept ans. Cette dernière remarque accrut l'intérêt de Jersey.

Jersey avait également sorti sur papier une série de questions, adressées à un hacker célèbre pour ses méfaits, accompagnées de leurs réponses. Le pirate lui expliquait que toutes les entreprises devaient bien plus s'inquiéter des membres de leur personnel que d'un individu extérieur. Un employé, bénéficiant d'un accès facile, est bien plus susceptible d'infiltrer le réseau de l'entreprise. Neuf fois sur dix, les brèches dans le système de sécurité d'une société sont percées de l'intérieur, et rarement repérées. Jersey se fit un café. Il lui fallait trouver quelqu'un d'implanté dans la place. Il savait d'avance que le dispositif de sécurité du Palais serait difficile à déjouer, mais il avait besoin d'accéder à l'emploi du temps de Sa Majesté et, plus important encore, à celui de sa garde rapprochée.

Le café avait un goût rance — Jersey avait oublié d'acheter du lait frais. Il le jeta et se concentra sur le message qui l'intéressait le plus. De 1984 à 1986, lord Henry Westbrook avait servi auprès de la Reine. Peu après la fin de son contrat, on l'avait condamné à sept ans de prison pour « escroquerie à l'assurance », terme plutôt élégant pour désigner ses méfaits : incendier la maison de ses ancêtres et demander à être dédommagé pour des œuvres d'art de grande valeur déjà revendues. Huit ans après, toujours complètement fauché, il vivait dans un petit studio de Pimlico appartenant à un proche très âgé, et cherchait constamment un moyen de gagner sa vie. Jersey estima que cet homme allait s'avérer le candidat parfait pour ses projets.

Malgré ses dettes et son passé peu recommandable, les milieux mondains recherchaient toujours la compagnie de lord Westbrook, et pas seulement pour son titre. À 54 ans, il restait un cavalier séduisant et plein de charme, un homme fin à l'esprit mordant. Depuis sa sortie de prison, il assurait l'ambiance de tous les dîners auxquels on le conviait. Bien sûr, son titre lui facilitait la tâche : il ne manquait jamais de femmes désirant être vues à son bras, même si en contrepartie elles devaient prendre en charge ses dettes croissantes. Loin d'être idiot, lord Westbrook savait que sa future promise devrait être fortunée. Séducteur invétéré, l'adoration qu'il vouait aux jolies filles était réciproque, mais mettre le grappin sur une demoiselle qui accepterait de l'épouser s'avérait difficile. Dans la bonne société, on avait mis en garde et tenu bien à l'écart toutes les jeunes femmes susceptibles de l'intéresser. Aussi veuves et divorcées âgées de la quarantaine étaient ce qu'il pouvait espérer de mieux.

Jersey se souvint d'avoir aperçu Westbrook lors de diverses œuvres de charité, mais ils ne s'étaient jamais rencontrés. Il appela d'abord plusieurs clubs privés, puis essaya des restaurants et le Jockey Club. En dernier recours, il en vint à téléphoner à l'ancien domaine de Westbrook, tout en sachant que Son Excellence n'y vivait plus. On lui passa finalement un responsable. Jersey prétendit qu'il ne pouvait se rendre à un déjeuner prévu avec Westbrook, et qu'il avait perdu son numéro. On le lui donna, ainsi que son adresse.

À force de persévérance, il réussit à le joindre. Jersey avait délibérément choisi de le contacter par téléphone plutôt que par e-mail. Il préférait toujours parler aux gens, surtout pour un sujet d'une telle importance.

Westbrook répondit d'un ton brusque. Sa voix traînante avait un timbre rocailleux propre aux gros fumeurs.

— Philip Simmons à l'appareil, annonça Jersey. Je suis romancier, et vous avez répondu à l'annonce que j'ai passée sur Internet...

Il n'eut pas l'occasion de terminer sa phrase.

— Ah, oui. Comment connaissez-vous mon numéro ?

— J'ai demandé à droite à gauche. Rien de très compliqué.

— Fort bien. Bon, en quoi puis-je vous aider ? Dans votre annonce, vous parliez de recherches.

— En effet, je me demandais si nous pouvions nous rencontrer pour en discuter. J'ai un délai à respecter, alors j'aimerais vous voir le plus vite possible.

— Aucun problème. Quel endroit suggérez-vous ?

Une cigarette pendue aux lèvres, Westbrook entra d'un pas tranquille dans le bar de l'hôtel Brown. Redoutant de tomber sur une de ses connaissances, Jersey avait choisi ce lieu de rendez-vous car il était sombre et situé dans le quartier de Kensington, où il mettait rarement les pieds.

— Lord Westbrook ? demanda doucement Jersey tandis que l'homme examinait d'un coup d'œil rapide l'établissement quasi désert.

— Oui, répondit-il d'un ton brusque.

— Philip Simmons. Asseyez-vous, je vous prie. Que prendrez-vous ?

— Vodka-Martini.

Il s'empara d'un tabouret, s'assit à côté de Jersey, fit tomber d'une pichenette de la cendre dans un cendrier en verre taillé, puis écrasa sa cigarette avant d'en allumer immédiatement une autre. Son paquet de Silk Cut était presque vide.

— Une vodka-Martini, un paquet de Silk Cut et un Bloody Mary, demanda Jersey.

Le barman hocha la tête et posa deux petites coupelles de cacahuètes devant eux sur le comptoir. N'ayant pas l'intention de rester là où l'on pourrait surprendre leur conversation, Jersey fit signe à Westbrook de le suivre jusqu'à une petite table sise dans le coin le plus sombre de la salle.

— Que de mystère..., commenta Westbrook, un sourire en coin aux lèvres. (Le serveur leur apporta leurs verres et d'autres coupelles.) À la vôtre ! (Westbrook but une petite gorgée de son cocktail.) Avec ces histoires d'Internet, on ne sait jamais si c'est du chiqué ou pas. Je ne suis pas grand adepte de la chose. C'est un copain à moi qui m'a conseillé d'y prospecter pour chercher du travail. J'ai dû aller dans un de ces cybercafés, là. Quelle horreur, ces endroits. (Westbrook parcourut le bar de ses yeux foncés.) Ça fait des années que je n'ai pas mis les pieds ici. C'est un endroit singulier.

— C'est pour cette raison que je l'ai choisi.

— Peut-être pourriez-vous m'éclairer sur votre projet. D'après ce que j'ai compris, il s'agit d'un roman ? Rassurez-moi, ce n'est pas un énième livre sur la princesse Diana ?

— Non, pas du tout, mais le jeu en vaudra la chandelle.

— Je veux bien, mais si vous comptez sur mon nom pour vous ouvrir les portes de la bonne société, j'ai bien peur que vous ne soyez déçu. Cela a fonctionné à ma sortie de prison mais, aujourd'hui, je ne suscite plus grand intérêt. Enfin, mes histoires vous ennuient sûrement, n'est-ce pas ?

— Pas du tout.

— Bref, comme je vous le disais, ma période de gloire est révolue.

Jersey sourit. Son Excellence se montrait très modeste, et il trouvait amusant de l'entendre se décrier à ce point. Après deux autres vodkas-Martinis, la langue de Westbrook se délia. Il déblatéra sur son séjour derrière les barreaux et ses codétenus. Au bout d'un moment, son flot de paroles se tarit, et il dit :

— Bon, assez bavassé, voulez-vous ? Qu'est-ce que vous mijotez ? J'ai le pressentiment que c'est pas réglo, qu'il y a une entourloupe quelque part.

Jersey ressentit de la sympathie pour Westbrook.

— On peut dire ça.

— Qu'est-ce que vous voulez ?

— Vous.

Westbrook parut perplexe.

— C'est vous qui m'intéressez, en particulier vos expériences passées.

— En taule ?

— Non, avant.

— Tiens donc. Pourquoi ?

— Pour mon bouquin.

— Ah ! « Un aristo arrêté pour arnaque à l'assurance finit derrière les barreaux », ce genre d'histoire ?

— Non, votre passé auprès de la famille royale. Et plus précisément, votre connaissance du Palais et des habitudes de la Reine. Du protocole. Par exemple, je voudrais en savoir plus sur les dames d'honneur de Sa Majesté : où elles se tiennent, comment elles s'habillent, comment elles s'adressent à Elle. Je voudrais aussi connaître le nombre exact d'agents de sécurité qui accompagnent le cortège royal, ce qu'ils portent, leur nombre par véhicule, etc.

Westbrook fronça les sourcils et plongea le regard au fond de son verre vide.

— Je serais rémunéré, bien sûr ?

— Évidemment.

— De quel montant parlons-nous ?

— Ça dépend. Je dois pouvoir vous faire confiance. Plus vous me fournirez de détails, plus la prime sera élevée. Je suis prêt à payer le prix fort pour ces renseignements. Puis-je vous offrir un autre verre ?

— Je ne préfère pas. Un café, plutôt.

Jersey tapota Westbrook sur le bras.

— Bien. Travailler avec un ivrogne me déplairait vraiment. Veuillez m'excuser.

Il quitta la table, commanda du café et des sandwiches, puis passa au vestiaire pour hommes. Il voulait donner à Son Excellence le temps de réfléchir, de saliver devant l'argent qu'il lui agitait sous le nez, de nourrir l'envie de devenir membre de l'équipe.

Ils mangèrent leurs sandwiches rapidement, mais lorsque Jersey commanda une autre cafetière, l'attitude de Westbrook changea L'effet de l'alcool s'était estompé. Il se renversa dans son siège, alluma sa sixième cigarette et tira une grande bouffée.

— Bon, j'aimerais que nous mettions cartes sur table. Tout d'abord, qui êtes-vous, bordel ? Vous vous pointez comme le personnage d'un film de James Bond. Je n'arrive pas à vous cerner et, d'habitude, c'est un domaine dans lequel je suis plutôt bon. Cette histoire de roman, j'ai l'impression que c'est du pipeau.

Jersey toussa, hésita, puis se lança :

— Très bien, je m'appelle Philip Simmons, et je suis un monsieur Tout-le-monde. J'ai vécu la plus grande partie de la dernière décennie aux États-Unis, je me suis constitué un beau petit pécule, et je m'apprêtais à partir en retraite quand je l'ai perdu à cause d'une start-up qui devait largement me mettre à l'abri du besoin pour le restant de mes jours. Maintenant je suis ruiné.

— Je connais ça, commenta Westbrook, visiblement énervé.

— J'ai besoin de renflouer mes caisses très rapidement.

— Je comprends bien mais, étant donné ce que vous venez de m'expliquer, comment allez-vous me payer pour ce que vous voulez savoir ?

— Disons qu'il y a faillite et faillite. J'ai toujours quelques milliers disponibles çà et là.

— D'accord, mais ces renseignements, là, ce n'est pas du tout pour un futur best-seller, n'est-ce pas ? J'aimerais que vous vous montriez un peu plus clair, monsieur Simmons, et que vous cessiez de me faire perdre mon temps.

— Il s'agit d'un coup qui peut rapporter gros.

— C'est-à-dire ?

— Suffisamment.

— Combien serai-je payé alors ?

— Si vous me fournissez les renseignements, votre part s'élèvera à cinq ou six millions.

Un long silence s'installa. Son Excellence alluma une autre cigarette.

— J'en déduis que votre affaire n'a rien de légal.

Laissez-moi réfléchir. Vous voulez obtenir des informations concernant la famille royale et leur résidence. Que comptez-vous faire ? Pénétrer par effraction dans Kensington Palace ? Si ce sont là vos projets, laissez tomber. Bordel, d'autres ont essayé un nombre incalculable de fois, et tous se sont fait pincer.

— Il ne s'agit pas de ça.

— C'est bien dommage. Je connais les lieux comme ma poche.

Jersey lui lança un regard d'aigle.

— Vous allez me le dire, oui ou non ?

— Pas encore.

— Si vous voulez voler les joyaux de la Couronne, mon vieux, vous n'avez pas l'ombre d'une chance. C'est une perte de temps. Un seul bonhomme a réussi à entrer, en mille six cent et quelque. Il a échoué — mais il avait un tel bagout qu'il n'est pas passé sur le billot.

— Je sais.

— Ah, alors comme ça il s'agit peut-être des joyaux de la Couronne ou de quelque chose dans le genre. (Il y eut une deuxième longue pause.) Il est vrai qu'on les sort de temps en temps, à l'occasion de l'ouverture de la session parlementaire, des couronnements. Le Jubilé d'Or de Sa Majesté, c'est cette année. Il va falloir procéder à un essayage — les têtes des monarques ont un peu enflé depuis Edward le Confesseur...

Ils quittèrent l'hôtel ensemble et prirent un taxi pour couvrir le peu de distance qui les séparait de chez Westbrook, où ils poursuivirent leur conversation.

À la vue de l'état pitoyable de l'appartement, Jersey fut quasi certain que Westbrook accepterait de l'aider. Le studio du quartier de Pimlico était miteux. Les tapis persans, autrefois de bonne qualité, étaient usés jusqu'à la fibre, et une couverture Paisley défraîchie recouvrait le lit une place. Aux murs, on avait accroché quelques tableaux élégants, mais même eux étaient endommagés. Dans la petite cuisine crasseuse, Westbrook ouvrit un placard dont les portes tombaient de leurs gonds pour chercher un pot de café instantané.

— Je ne viens ici que pour dormir. Ça ne m'appartient même pas — c'est à un vieux cousin éloigné. Tiens ! De la vodka frappée, ça vous tente ?

Ils burent dans des verres ébréchés pendant que Westbrook lui montrait ses biens les plus précieux, probablement tout ce qui lui restait : une rangée de photos de ses enfants, exposées dans des cadres en argent. Il avait un fils et deux filles jumelles. Sur les photos, on voyait également une blonde à l'air austère.

— C'est mon ex-femme, expliqua-t-il d'un ton amer. C'est elle qui a obtenu la garde des enfants. Ils vivent tous en Afrique du Sud maintenant. Il ne m'est pas interdit d'aller les voir, mais le prix du billet d'avion m'en empêche. Cette garce ne me donnerait même pas un mouchoir si elle me voyait avec la goutte au nez ! Enfin, elle ne roule pas sur l'or non plus.

Il s'assit jambes croisées sur le canapé, et sirota sa vodka. Jersey, en revanche, ne toucha pas à la sienne.

— Voilà, vous connaissez ma situation, termina

Son Excellence. (Il alluma une cigarette.) Il y a un problème supplémentaire.

Il soupira. Jersey resta silencieux.

— J'ai un cancer.

— Je suis navré, dit Jersey, sincère.

— Moi aussi, parfois. Je regarde ces photos et je me rappelle tous les jours heureux mais, pour tout héritage, mon père m'a légué des droits de succession d'un montant monstrueux. Je n'ai pas réussi à les éponger. Mais je vouais une véritable adoration à ce manoir. C'est le patrimoine de la famille, et il revient de droit à mon fils. Avant de mourir, j'aimerais le racheter et le transmettre à William.

Il se leva, prit un des cadres argentés et le tendit à Jersey.

— Mes ancêtres y vivaient depuis 1780. À présent, tout appartient à un groupe de commerciaux en costume gris. C'est malheureux. Du haut de leurs portraits suspendus aux murs de l'escalier majestueux, mes aïeux observent ces imbéciles saccager la demeure. Je ne peux même pas la visiter. (Il remit la photo en place et posa les mains sur la cheminée en marbre.) Voilà, vous connaissez tout de moi.

Jersey garda le silence.

— Si je vous ai raconté tout cela, c'est pour une seule raison, qui est de vous faire comprendre que ce petit... « arrangement », dirons-nous, tombe à point nommé, et que je serai de la partie à la seule condition que je ramasse suffisamment de grisbi. Dans le cas contraire, je ne peux pas prendre le risque. Ce sera tout ou rien, surtout que je vais bientôt casser ma pipe.

Jersey but sa vodka cul sec et posa son verre.

— Vous aviez vu juste, dit-il doucement.

— Pardon ?

— Par votre faute, j'ai frôlé la crise cardiaque, mais vous avez découvert ce que j'ai en tête.

— Bon sang, vous ne voulez pas voler les joyaux de la Couronne, quand même ?

Jersey rit.

— Si.

— Vous êtes cinglé.

— Pas vraiment. Que savez-vous de cet essayage de couronnes, à l'occasion du Jubilé ?

Lord Westbrook se servit un autre verre de vodka et en but une pleine gorgée.

— Vous l'envisagez vraiment alors ?

— Tout à fait.

— Je vois. Ma part me permettrait sûrement de racheter ma vieille baraque. On sera combien dans le coup ?

Jersey marqua un temps d'hésitation, puis se lança :

— À mon avis, huit, vous compris. Il se peut que j'aie besoin de quelques hommes de main supplémentaires. Tout le monde ne sera pas rémunéré de la même façon. Tout dépendra du rôle de chacun dans le casse.

— Je comprends.

— Vraiment ? demanda Jersey, sérieux.

— J'ai passé sept ans en taule, alors il m'apparaît parfaitement clair que c'est une idée de demeuré. Pourquoi choisir de me faire confiance ?

— Parce que vous me plaisez.

— Foutaises. Quoi d'autre ?

D'un geste circulaire, Jersey désigna la pièce sordide.

— Vous n'avez pas envie de finir vos jours dans ce taudis, je me trompe ?

Westbrook termina son verre d'un trait. La bouteille était vide.

— D'après moi, vous êtes un homme amer. Vous avez perdu votre amour-propre, vos enfants et votre maison. Vos années de prison vous ont laissé tout le temps de revoir vos espérances concernant l'avenir, et de méditer sur votre passé. Voilà pourquoi je tiens à vous payer, dès cette semaine, afin que vous travailliez pour moi. À ce stade de la préparation, je ne peux vous affirmer que ce projet se concrétisera. En tout cas, ce ne sera pas le cas tant que je ne serai pas complètement sûr de pouvoir passer à l'action en nous faisant encourir le moins de risques possible.

— Quel sera le prix à payer ?

— Aucun. Si j'estime que c'est impossible et que j'annule tout, alors nous tirerons un trait dessus. En revanche, si je juge le projet réalisable, nous ne le paierons cher que si l'un d'entre nous lâche le morceau, ce qui aurait pour conséquence d'anéantir toute chance de survie. (Tel un colonel, Jersey se leva bien droit, dominant le petit studio de sa carrure massive.) C'est pourquoi j'exige de vous une loyauté sans faille.

Westbrook sourit.

— Vous exigez ?

— Oui. Nous ne pouvons accepter un maillon faible dans nos rangs, et s'il en apparaissait un, il faudrait l'éliminer.

— Comment le sauriez-vous ?

— Je finirais par l'apprendre, et je m'assurerais personnellement qu'on se charge de lui. Si vous intégrez l'équipage, vous devez respecter les règles. (Jersey ramassa la bouteille de vodka et la jeta dans la cheminée. Elle se brisa en morceaux sur la grille vide.) Pas de gnôle, pas de drogue, et ça... (Il s'approcha de Westbrook, lui saisit la mâchoire d'une main et lui passa les doigts sur la bouche de l'autre.) Une seule fuite et on plonge tous. (Il relâcha son étreinte et saisit l'une des photos des enfants de Westbrook.) Tous les membres de la partie sont motivés. Ils ont une famille, des enfants. Alors si une grande gueule leur cause du tort, ils exigeront réparation. Vous comprenez ?

Il posa le cliché avec précaution.

— Oui, et ces menaces me vexent.

— Je l'espère, Harry. C'est bien ainsi que vos amis vous appellent ?

— Et nous sommes amis désormais, n'est-ce pas ? demanda Westbrook.

— Pas encore. Mais je serai votre ami plus que toute autre de vos connaissances. Pour assurer le succès de notre projet, il faudra vous confier à moi corps et âme, et la confiance constitue la base de l'amitié.

Westbrook observa Jersey ramasser son pardessus en cachemire.

— Si vous renoncez à mettre le plan à exécution, vous me paierez quand même ?

— Bien sûr, à la semaine, le temps qu'il faudra pour accomplir votre part du casse.

— Combien ?

— Mille livres par semaine, et une part du butin quand les joyaux auront été revendus.

Westbrook sortit une autre cigarette.

Cette fois-ci, ce fut Jersey qui la lui alluma. Leurs regards se croisèrent.

— Vous devriez empocher assez pour laisser à votre fils l'héritage qui lui revient.

Westbrook fixa les yeux bleus et froids de Jersey. Il ne détourna pas le regard, ce qui impressionna ce dernier.

— Merci, dit Westbrook. Je vous accorde ma confiance, Dieu seul sait pourquoi — j'ai une bonne intuition. J'ignore combien de temps il me reste sur cette terre — ce matin je m'en fichais complètement, mais plus maintenant. Je veux vivre assez longtemps pour exécuter ce coup, et si je dois y laisser ma peau, ça n'a pas d'importance. Mais si nous réussissons, vous m'aurez permis de laisser à mon fils plus qu'un titre creux. Ça me plairait énormément.

De retour à son appartement, Jersey se précipita sur son ordinateur. Il se connecta et commença ses recherches. Le « Programme du Jubilé » s'afficha, et il le parcourut afin de trouver les détails du calendrier royal. Les festivités commenceraient début mai, et se poursuivraient tout au long des mois de juin et juillet. Il était désormais sûr que la couronne et les joyaux choisis pour les cérémonies devraient quitter la Tour peu de temps avant l'événement. Puis il faudrait les garder dans un coffre-fort — mais où ? Peut-être chez le joaillier officiel de la Reine. Un plan commençait à prendre forme dans sa tête. Il éteignit son ordinateur et se renversa dans son fauteuil, le sourire aux lèvres. Au même instant, son portable sonna.

— Eddy, c'est moi, annonça Driscoll. Jimmy est avec moi. On voudrait te revoir, le plus tôt possible.

— Bien sûr, répondit Jersey d'un ton posé. Demain. Mais pas au Ritz, en revanche. Je connais un pub près de la porte Robin Hood, dans le parc de Richmond. Soyez-y à midi.

Il raccrocha. Il eut enfin la certitude qu'il réussirait à mettre son projet à exécution. Petit à petit, son équipe se constituait.

13

Le grand pub choisi par Jersey pour le rendez-vous se trouvait en fait à Kingston — suffisamment loin de chez eux pour que personne ne les reconnaisse, et assez fréquenté pour qu'on ne les remarque pas. Une grande salle à manger familiale jouxtait la partie bar de l'établissement. On y servait une cuisine maison peu coûteuse, et il y régnait une ambiance amicale. Le chien de Driscoll accompagnait le trio.

Ils commandèrent de la bière et des sandwiches, puis s'installèrent dans un box. Ils échangèrent quelques plaisanteries lorsqu'on vint les servir, puis attaquèrent le vif du sujet.

— C'est à cause de cette emmerdeuse de Sylvia Hewitt, annonça Wilcox.

— Elle nous a appelés tous les deux, ajouta Driscoll, qui fixa avec dégoût son sandwich.

Souffrant de maux d'estomac depuis des jours, il avait peur de manger.

Jersey but une gorgée de sa pinte.

— Qu'est-ce qu'elle vous a raconté de beau ? demanda-t-il.

Elle ne l'avait pas encore contacté.

— Pour commencer, ça ne me plaît pas qu'elle

connaisse mon numéro personnel, commença Driscoll.

— Pareil pour moi, confirma Wilcox. Elle met Rika à cran. Dans sa tête, je la trompe avec toutes les bonnes femmes qui appellent à la maison. (D'un geste, il désigna le plat intact de Jersey.) Tu ne manges pas ?

— Non. (Il poussa son assiette devant lui.) Vous n'avez qu'à changer de numéro.

— Impossible, on est en pleine préparation du mariage de ma fille, et ma femme péterait un boulon. Et le fait qu'elle possède nos coordonnées, c'est le cadet de nos soucis. Elle est aux trousses de Philip Simmons, annonça Driscoll.

Jersey fut désarçonné.

— Quoi ?

— Ouais, elle cherche à lui mettre le grappin dessus.

Jersey posa sa pinte sur son sous-bock.

— Merde.

Wilcox prit la parole à son tour :

— Tu dois faire très attention à ce qu'elle n'assemble pas les pièces du puzzle. Qu'est-ce qui se passera si elle découvre que tu t'es rendu à New York ? Dans tous les aéroports, les dispositifs de sécurité sont plus serrés que mes fesses. Tu crois qu'elle peut remonter jusqu'à toi ?

— En tout cas, c'est un vrai petit Sherlock Holmes, cette bonne femme. Mais bon, je pense que je ne crains rien. Philip Simmons n'est que l'exécuteur de la vente de la maison. Quand elle verra qu'elle ne peut pas lui mettre la main dessus, elle explorera d'autres pistes pour tenter de retrouver Moreno. Là-bas, tout ce qu'on sait de Simmons, c'est qu'il est notaire, canadien, et roux.

Jersey tentait de dédramatiser, mais il savait que la découverte de Hewitt allait lui mettre un gros bâton dans les roues.

— Écoute, lança Wilcox, Tony et moi, on possède toujours quelques comptes de secours. Je ne veux pas te vexer, mais cette Hewitt nous a également appris le montant de tes pertes, et on sait combien tu dois allonger pour entretenir tes chevaux. Tu devrais encaisser les gains de la baraque des Hamptons et garder ce pognon jusqu'à ce que tu aies mis un plan sur pied.

— Tu nous paieras plus tard, ajouta Driscoll.

— J'ai déjà mis quelque chose sur pied.

Le silence s'installa. Wilcox ne leva pas les yeux de son dessous de verre et Driscoll se rongea un ongle.

— Alors comme ça tu as un casse en tête ? demanda Driscoll au bout d'un moment.

Wilcox s'essuya la bouche.

— Tant que ce n'est pas cette histoire de joyaux de la Couronne. Avoue, c'étaient des conneries ?

— Pas du tout. Ça ne l'est toujours pas.

— Putain de merde, il est sérieux ! s'exclama Driscoll, abasourdi.

— Ouais, et je sais que ça peut marcher. En revanche, ça va exiger beaucoup de temps et de préparatifs, parce que nous n'aurons pas le droit à l'erreur.

— Tiens, *nous* n'aurons pas le droit à l'erreur, hein ? Attends, dans ce cas...

— Écoute-moi un peu. Les objets que l'on va voler ne se trouveront pas dans la Tour. Nous, ce qu'on va piquer, ce sont les joyaux que la Reine portera le jour du Jubilé. Ils vont les transférer ailleurs pour les préparer, et c'est là qu'on ira les chercher.

— Où ça ? demanda Driscoll.

— Je n'en suis pas encore sûr, probablement chez un des joailliers de Hatton Garden, mais je le découvrirai bientôt. Je suis en train de constituer l'équipe. J'ai réussi à enrôler un ancien écuyer de la Reine qui connaît le protocole. Nous avons besoin d'une femme qui jouera le rôle de la Reine, de véhicules, d'une dame d'honneur, et de deux hommes de mains supplémentaires.

Driscoll et Wilcox restèrent bouche bée.

Jersey poursuivit :

— Comme il faudra aussi qu'on réussisse à accéder au calendrier du Palais afin de comprendre le fonctionnement du dispositif de sécurité, je vais chercher à embaucher un pirate informatique.

Voûtés au-dessus de la table, tous trois sombrèrent dans le silence. À leurs pieds, le chien de Driscoll bâilla et changea de position.

Wilcox reprit la parole le premier :

— Bon, considérons que tu arrives à tout mettre en place et qu'on réussisse notre coup. À ton avis, il y a combien à la clé ?

— À lui seul, le Koh-i-noor devrait nous rapporter des millions. Il faudra y ajouter des diamants, des rubis, des perles...

— Putain, marmonna Wilcox.

— Rien ne doit être laissé au hasard, et en attendant, tout ceci n'est qu'un chantier en cours.

Driscoll termina sa bière d'un trait.

— Quel est mon rôle là-dedans ? demanda-t-il

en jetant un coup d'œil à Wilcox, qui fronçait les sourcils, tête baissée.

— Il me faut le nom et les coordonnées de l'actrice qui joue dans la pub pour la gelée royale.

— Quoi ?

Wilcox croyait avoir mal compris.

— C'est dans mes cordes, dit Driscoll. Ce sera réglé en quelques coups de fil.

— Et toi, il faut que tu me dégotes les voitures, dit Jersey à Wilcox. Nous avons besoin de déguiser deux Daimler. Imite les insignes et les blasons de la famille royale. Mais agis avec grande précaution. Personne ne doit établir le moindre lien entre les voitures et nous. (Jersey finit sa bière.) Vous voulez boire autre chose ? demanda-t-il d'un air détaché, comme s'ils ne discutaient de rien de plus sérieux qu'un tournoi de golf.

Driscoll demanda de l'eau pétillante : ses douleurs d'estomac empiraient.

Wilcox se leva en lançant :

— C'est moi qui régale cette fois-ci, toi tu as déjà payé la première tournée.

Puis il se dirigea vers le comptoir.

— Ça va ? demanda Jersey à Driscoll.

— À ton avis ? J'ai les nerfs en charpie, à cause de toi. J'ai du mal à tout encaisser. Je suis pas venu ici pour discuter de ce casse à la con, Eddy. Je t'ai déjà expliqué que je marche pas, et lui non plus.

Du menton, il désigna le comptoir.

Jersey fit mine de n'avoir rien entendu.

— Regarde la télé. Quand tu auras vu la pub, tu comprendras pourquoi je veux engager l'actrice.

— OK, très bien, je vais mater ça. De toute

façon, je suis bon à rien d'autre, avec mes indigestions.

Wilcox revint muni de leurs consommations.

Driscoll se pencha plus près de Jersey.

— On dispose de combien de temps pour tout préparer ?

— Jusqu'à mai. D'après mon contact, ils procèdent toujours aux essayages des couronnes quatre ou cinq semaines avant l'événement, et les festivités du Jubilé se dérouleront le 4 juin, expliqua Jersey en s'allumant un cigare. Je connaîtrai bientôt les dates exactes mais, d'après moi, ça devrait tomber début mai. Dorénavant, ne me contactez plus que sur mon portable — aucun appel chez moi, compris ?

— Deux secondes ! s'exclama Wilcox. Je suis juste allé commander une tournée, et voilà que tu parles comme si l'affaire est réglée. Heureusement que j'en ai pas profité pour aller pisser, sinon j'aurais carrément tout loupé.

Jersey lui adressa un petit sourire.

— On met au point les préparatifs, rien de plus. On a largement le temps de se décider. Pour l'instant, j'ai seulement besoin que vous m'aidiez à tout échafauder. C'est tout.

Wilcox se tut une seconde, regarda Jersey, puis leva son verre.

— Au mois de mai alors, lança-t-il.

Jersey leur lança à tous les deux un regard rapide.

— Bon, marché conclu alors. Je peux compter sur vous pour m'aider à tout préparer ?

Ils acquiescèrent d'un signe de tête et Jersey leva son verre à son tour.

Wilcox avait laissé Jersey et Driscoll, qui traversèrent le parc pour récupérer le break Toyota de la femme de Driscoll. Ce dernier l'ouvrit, et le chien sauta à l'intérieur. Jersey, voyant que son vieil ami hésitait à refermer la portière, sentit que quelque chose chagrinait son comparse.

— Eh bien, pour commencer, tu n'es plus aussi infaillible qu'avant. Et ça ne me dit rien qui vaille, parce qu'à mon avis cette Sylvia Hewitt peut nous causer des ennuis. (Driscoll regarda fixement Jersey.) Et je me fais du souci au sujet de Jimmy aussi. Je trouve qu'il abuse de la coke. Ça ne me plaît pas de baver sur son compte, mais je lui ai déjà dit en face.

Jersey passa le bras autour de l'épaule de Driscoll.

— Je ne vous ai jamais fait courir de risque inutile, et ce n'est pas maintenant que je vais commencer. Si je juge que ce coup est irréalisable ou que l'un d'entre vous n'est pas qualifié pour le boulot, je serai le premier à mettre le holà. En attendant, contente-toi de suivre les instructions.

L'air peu convaincu, Driscoll hocha la tête.

— Je tenais également à te remercier, poursuivit Jersey. Ça me touche énormément que vous m'ayez tous les deux proposé votre aide.

Driscoll soupira :

— On te doit bien ça.

— Je vais discuter avec James. Il ne saura pas que tu m'as parlé de lui. À moi aussi, ça me saute aux yeux, quand il se came.

Jersey observa la voiture s'éloigner, le chien regardant par le pare-brise arrière. Il soupçonnait

Wilcox de prendre de la cocaïne, même s'il ne l'avait jamais vu lui-même. Il lui faudrait le surveiller de près. Néanmoins, Jersey ne se faisait pas trop de souci à son sujet. Bien qu'ayant toujours été du genre surexcité, Wilcox savait se montrer très efficace. Et cette fois, il le prouva plus tôt que Jersey ne l'avait espéré : plus tard dans l'après-midi, il l'appela pour lui annoncer qu'il avait peut-être trouvé les voitures. Ayant repéré une annonce parue dans le magazine *Motor News*, il allait se renseigner plus en détail.

Le lendemain matin, Wilcox longea les anciennes écuries reconverties en locaux privés situées à quelques encablures du centre-ville de Leicester, et s'arrêta devant un garage double. Sur la porte, une plaque indiquant « Société Hudson — Noces et Funérailles » s'écaillait et pendillait à un clou rouillé. Il avait laissé sa Ferrari à bonne distance, dans une grande station-service sise un peu plus loin, et demandé au patron de lui vérifier les niveaux et de faire le plein en le prévenant qu'il repasserait très vite.

Les locaux paraissaient fermés, et Wilcox, énervé, s'écarta d'un pas. Puis il cogna vraiment fort et, à son grand soulagement, entendit des bruits de pas à l'intérieur. La porte s'ouvrit en grinçant, et un homme filiforme, de petite taille et portant des lunettes à double foyer, jeta un coup d'œil par l'entrebâillement. Vêtu d'un bleu de travail crasseux, il avait des cheveux gris foncé coupés en brosse pleine d'épis. Âgé de 70 ans, Ken Hudson souffrait de glaucomes. Il fit signe à Wilcox de le suivre dans le garage lugubre.

Plus spacieux qu'il n'en donnait l'impression vu de l'extérieur, il contenait quatre véhicules disposés en carré. Hudson alluma une lumière jaunâtre, puis se lança dans un monologue sur son affaire de location de voitures de mariage et d'enterrement, laquelle avait périclité. Il vendait tout, y compris les outils, le pistolet à peinture et l'équipement de nettoyage, et bien sûr les quatre véhicules. Wilcox alla traînailler dans la petite arrière-salle, où il trouva une bouilloire et un petit réchaud à gaz.

Les yeux plissés, Hudson le dévisagea de derrière ses culs-de-bouteille.

— Vous voulez jeter un coup d'œil aux bagnoles ?

Wilcox sourit et haussa les épaules.

— Tu vois, papy, je pourrais refourguer les corbillards, mais c'est pas ça qui m'intéresse. Je veux transformer tout ça en atelier de carrosserie, pour filer un coup de jeune aux caisses, un truc dans le genre. Combien vous en demandez ? Je vous paie comptant, alors jouez pas au couillon.

Wilcox souleva une bâche et découvrit une Daimler.

— Dix mille, annonça Hudson.

— Je vous en donne huit, cash.

Hudson réfléchit.

— D'accord, mais c'est un sacré bon prix.

Le marché conclu, Hudson apporta un tas de documents négligés, céda officiellement l'ensemble de son affaire à « Tom Hall », et lui donna un reçu témoignant du paiement en liquide. Après un quart d'heure supplémentaire passé à échanger des banalités, le vieillard lui remit les clés et s'en alla.

Une fois seul, Wilcox ôta les bâches de toutes les Daimler. Elles correspondaient exactement à ce que demandait Jersey. Deux d'entre elles étaient des corbillards, et les deux autres avaient servi pour des mariages, mais pas depuis un petit bout de temps. Moisissures et toiles d'araignée envahissaient les sièges. Wilcox inspecta les moteurs. Il en démonterait deux pour les pièces, et une bonne quantité d'huile de coude serait nécessaire pour que les carrosseries brillent de nouveau.

Avant de reprendre la route pour Londres, il acheta un livre sur la famille royale et, à l'aide d'une loupe, examina les voitures. Il lui faudrait reproduire la mascotte qui ornait la voiture de la Reine, et trouver la même couleur de sièges. Ce travail exigerait du temps, mais rien ne pressait. L'année venait à peine de commencer. D'une certaine manière, il se réjouissait de cette activité qui l'aiderait à oublier ses difficultés financières. De plus, comme l'avait dit le Colonel, si le coup ne fonctionnait pas et qu'il préférait se rétracter, il le pouvait. Comme par le passé, il ne faisait qu'exécuter les ordres.

Plus tard dans la journée, Jersey se rendit devant l'immeuble de Sylvia Hewitt. Il lui téléphona d'un petit café situé sur l'avenue. Helen décrocha, et lui annonça que Sylvia était sortie mais qu'elle devait rentrer d'un instant à l'autre.

— Je me demandais si je pouvais la rencontrer.

— Oh, certainement. Vous voulez qu'elle vous rappelle chez vous ?

— Non, je suis à Londres. En fait, je ne me

trouve pas très loin du quartier. Est-ce que je peux passer en fin d'après-midi ?

— Bien sûr, répondit Helen d'un ton trop enthousiaste.

— Parfait. À tout à l'heure alors.

Il ferma son portable d'un coup sec et but son cappuccino en se demandant sous quel angle aborder le sujet avec Sylvia. Il voulait apprendre le nom du détective privé et, surtout, savoir si ce dernier avait découvert des éléments permettant de remonter jusqu'à lui.

Ce fut Helen qui lui ouvrit. Il la trouva plus mal en point que jamais, encore plus maigre qu'auparavant.

— Je ne vous attendais pas aussi tôt, mais Sylvia est sur le chemin. Je l'ai appelée à son bureau, elle partait tout juste. (Elle lui fit signe de la suivre dans le salon.) Vous voulez un thé ?

— Volontiers. J'ai eu une journée chargée.

Helen joignit les mains.

— Je m'absente une minute alors. Il y a une très bonne pâtisserie, où l'on vend des gâteaux délicieux, à moins que...

— Je ne voudrais pas abuser, mais c'est vrai que j'ai un faible pour les éclairs au chocolat.

Helen coinça une mèche de cheveux derrière son oreille.

— Je reviens dans deux minutes. Vous voulez que je vous allume la télévision ?

— Non, merci. Je vais me contenter de me détendre dans le fauteuil.

Dès qu'il entendit la porte se refermer, Jersey se leva. Il inspecta la pièce, puis jeta un coup d'œil rapide au reste de l'appartement, passant devant la cuisine et la salle de bains impeccables, pour finalement entrer dans la chambre de Sylvia. Il agit vite, avec précaution, en commençant par la penderie, avant de s'attaquer à la commode. Pour terminer, il fouilla la table de chevet, et dans un des tiroirs, il trouva une photo d'elle en compagnie de David Lyons, plusieurs lettres et des documents personnels, comme son acte de naissance et son permis de conduire. De la chambre, il se dépêcha de passer dans une petite pièce adjacente qui lui servait de bureau, et y découvrit le courrier envoyé par Matheson, où celui-ci consignait soigneusement ses dépenses et indiquait les dernières avancées de son enquête. Puis il entendit quelqu'un rentrer, et se fit surprendre près de la porte de la chambre. Il sourit d'un air gêné.

— Excusez-moi, où se trouvent les toilettes ?

En entrant dans la cuisine, Helen lui indiqua une porte située de l'autre côté du couloir.

Il entra et s'enferma. Puis il ouvrit une des lettres et la lut. Il s'agissait d'une lettre d'amour de David Lyons adressée à Sylvia.

Christina venait de faire bouillir de l'eau lorsque Donald Fleming frappa doucement à la porte de derrière et passa la tête à l'intérieur.

— Tiens, bonjour, dit Christina. Je viens de préparer du thé. Vous voulez vous joindre à moi ?

— Non, je vous remercie. Je voulais seulement savoir si vous pouviez appeler M. de Jersey. Le véto a dû repasser examiner Royal Flush. Il faut que je lui parle.

— Je vais essayer de le joindre. Il est à Londres

pour affaires, mais il doit rentrer bientôt. C'est grave ?

Fleming eut l'air morose.

— Je ne pense pas, mais ce matin, à son retour de l'entraînement, le bruit qu'il faisait ne m'a pas plu. Si vous réussissez à contacter le patron, je suis à l'écurie.

Christina appela Jersey sur son portable, lequel était éteint. Elle laissa un message et alla au salon apporter un plateau de thé à ses filles, qui rentraient tout juste de l'internat pour le week-end.

— Royal Flush a quelques petits soucis, leur annonça Christina en posant le plateau. J'ai essayé de joindre papa, mais son portable est éteint.

— Qu'est-ce qu'il a ? demanda Leonie.

Ses cheveux blonds lui tombant presque à la taille, c'était le portrait craché de sa mère.

— Il n'allait pas très bien à son retour de l'entraînement.

Christina servit le thé.

— Ils savent ce qui ne va pas, exactement ? demanda Natasha.

Totalement différente de sa sœur, elle avait les yeux bleus et une épaisse tignasse brune indisciplinée. Bien qu'arrivée depuis une heure à peine, elle avait déjà enfilé sa tenue d'équitation.

— Non, seulement qu'il semblait un peu fatigué après son entraînement. Tu veux une tartelette ?

Mais Natasha quittait déjà la pièce.

— Nat, où est-ce que tu vas ? lui demanda Christina.

— Aux écuries.

Elle revint deux minutes plus tard.

— Papa a vendu toute l'aile est ! Tous les chevaux sont partis à la vente aux enchères — même Cute Queenie !

Christina se mordit la lèvre. La nouvelle l'avait tout autant bouleversée. C'est Fleming qui la lui avait annoncée. Que son mari accepte de se séparer de Cute Queenie l'avait également étonnée.

— Il n'avait pas le choix, ma chérie — il rencontre quelques problèmes dans ses affaires, mais je ne pense pas qu'il y ait de quoi s'inquiéter.

— Comment est-ce qu'il a pu la vendre, maman ? J'ai toujours connu Cute Queenie. Je croyais qu'il l'adorait.

— Bien sûr qu'il l'adorait, mais les nourrir tous coûte très cher et, comment dire, elle commençait à ne plus être toute jeune.

Natasha pinça les lèvres et repartit en courant.

Fleming se retourna en entendant Natasha arriver aux écuries à grands pas. Lui, le vétérinaire et deux garçons d'écurie étaient groupés devant la porte du box de Royal Flush.

— Papa ne répond pas à son portable, annonça Natasha en se joignant à eux. Qu'est-ce qu'il a ?

Le vétérinaire lui expliqua qu'il ne s'agissait peut-être que de flegme. Ils recevraient les résultats d'analyse demain dans la matinée.

— Pourvu que vous ayez raison, dit Natasha en ouvrant la porte de la stalle.

Elle dut s'écarter vivement pour éviter Royal Flush qui lui fonça dessus.

— À votre place, je resterais à l'écart quelque temps, mademoiselle, lui conseilla l'un des lads. Il est vraiment pas de bonne humeur.

— Il ne m'a pas l'air malade.

— Oui, tant qu'il ne court pas. Ensuite, il a la poitrine qui crépite comme de la vieille tuyauterie. (Le vétérinaire et Fleming étaient déjà repartis, et le lad poursuivit :) Je l'avais déjà remarqué une ou deux fois avant qu'il se blesse à la patte, et puis ça s'est arrangé. Il a couru comme un beau diable à la course d'Epsom, en fin d'année. Vous l'avez vue ?

— Non, j'étais en cours, mais j'ai lu les résultats dans *Racing News*. Normalement, je ne devrais pas y avoir accès, mais on a un gardien qui me demande des tuyaux — je n'en ai jamais à lui donner, mais il sait qui est mon père. (Natasha resta encore un petit moment à regarder Royal Flush.) S'il tombe malade maintenant, est-ce qu'il sera prêt pour le Derby ?

— Je pense que oui, mais on n'a pas encore entamé le calendrier d'entraînement.

N'ayant rien à ajouter, elle quitta Royal Flush et alla flâner vers les boxes impeccablement entretenus, histoire de passer voir les autres chevaux primés, dont les têtes dépassaient au-dessus des portillons. Puis elle tourna brièvement le regard vers la rangée de boxes vides de l'aile est. Elle revint voir le garçon d'écurie.

— Quand est-ce qu'on a vendu les chevaux de l'aile est ?

— Il y a quelques semaines.

— La jument de papa aussi ?

Il hocha la tête et rougit.

— À ce que j'ai compris, c'est pour réduire les dépenses.

— Mais il l'adorait. Vous savez qui l'a rachetée ?

— Non, mademoiselle, mais il est déconseillé de trop s'attacher à eux.

— Allez dire ça à mon père. Il prend Royal Flush pour un dieu.

— Ah, disons que lui, c'est un peu différent.

Cute Queenie étant une ancienne jument de course, aucune école d'équitation ne pouvait l'utiliser, aussi avaient-ils échoué à lui trouver un acheteur. Elle avait donc connu le triste sort de centaines de bêtes magnifiques — l'équarrissage. Jersey n'avait pas demandé ce qu'il était advenu d'elle. Il l'avait chassée de ses pensées. Comme le lad l'avait conseillé à Natasha, mieux valait ne pas leur porter un trop grand attachement. Cependant, elle ne se trompait pas en affirmant que son père adorait Royal Flush. Cela sautait aux yeux. Voilà pourquoi tous s'étonnèrent de son absence aux écuries ces derniers jours. La rumeur courait qu'il rencontrait de graves problèmes financiers.

Lorsque Sylvia arriva enfin, il était presque 17 h 30, et Jersey se leva pour lui serrer la main.

Helen parut aussi soulagée que lui de la voir.

— Si vous voulez bien m'excuser, je vais aller m'allonger un peu. Je ne dors quasiment pas ces temps-ci.

— Je te réveille pour le dîner, lui dit Sylvia.

Cette dernière retira son manteau et fit signe à Jersey de s'asseoir.

— J'imagine qu'elle vous a raconté sa dépression en large et en travers. Moi, il faut que j'écoute sa litanie jour et nuit, et ça commence à me peser. (Elle jeta son manteau sur le dos d'une chaise et s'assit juste en face de lui.) Dès que tout sera arrangé, je pense qu'elle aura de quoi s'acheter un petit chez-elle. Toute cette histoire traîne beaucoup trop, en tout cas. Nous avons vendu la maison, du moins ce qu'il en restait après l'incendie, mais ce pauvre David avait vraiment touché le fond. La maison était bien à leurs deux noms, mais même ça, il l'avait hypothéqué. Helen se contentait de signer tous les papiers qu'il lui présentait. (Elle but une gorgée de thé.) Au début, la police et l'expert ont eu des doutes sur la façon dont le feu a pris, mais ils n'ont rien trouvé d'anormal, et l'assurance a dû payer. Au moins, Helen n'aura pas tout perdu dans cette catastrophe.

— Vous ne pouvez pas en dire autant, lâcha-t-il d'un ton posé.

— Pardon ?

— J'ai cru comprendre que vous aussi aviez investi dans cette start-up.

— Comment le savez-vous ? s'étonna Sylvia.

— Vous n'êtes pas la seule à accéder à certains renseignements, mademoiselle.

— Helen ne sait toujours pas que je fais partie des actionnaires malheureux. Je préfère que cela reste ainsi, du moins pour l'instant. Cette histoire nous a déjà suffisamment causé de tort. (Elle but une autre gorgée.) J'ai contacté deux des autres gros investisseurs, et je dois avouer que leur réticence à discuter avec moi m'a étonnée. En tout cas, même si je n'ai pas perdu autant qu'eux ou vous, je n'ai pas l'intention de baisser les bras.

Jersey haussa les épaules. Il bouillait de colère.

— Donc, bien que je vous aie demandé de garder les documents concernant mes finances confidentiels, il semblerait que vous vous en soyez servie.

— Eh bien, David passait souvent à la maison

terminer son travail. Il a laissé quelques dossiers, et je les ai parcourus, reconnut-elle.

— Il passait terminer son travail ? répéta Jersey, feignant la surprise.

— Le trajet pour rentrer chez lui était tellement long qu'il venait souvent attendre ici la fin de l'heure de pointe.

— Je vous conseille de faire attention où vous mettez les pieds. Si vous connaissez les détails de mes transactions confidentielles...

— Pas toutes, le coupa-t-elle.

— Peu importe. Vous le savez déjà, que l'on se penche sur mes documents financiers personnels sans ma permission me déplaît profondément. C'est absolument contraire aux règles, voire illégal.

— J'en suis consciente. Mais vu les circonstances, son suicide...

— Peu importe, mademoiselle. Si vous persistez à fouiller dans mes papiers, je me verrai dans l'obligation de consulter un avocat qui...

— Je ne les ai montrés à personne. En fait, je pensais que vous vous réjouiriez d'apprendre que je progresse dans ma tentative de retrouver le responsable.

— Si je suis venu, c'est pour vous demander de cesser ces recherches.

— Mais pourquoi ? Vous avez perdu une fortune immense, monsieur de Jersey. Vous ne voulez pas la récupérer ?

— Vous n'allez pas m'apprendre combien j'ai perdu...

— Mais j'ai du nouveau. Le détective privé que j'ai engagé a découvert qu'un certain Philip Simmons a pris en charge les affaires d'Alex Moreno, et je suis résolue à lui mettre la main dessus. À mon avis, ils ont conclu une sorte de marché qui permettrait à Moreno de bénéficier de la vente de sa maison sans crainte que ses créditeurs en saisissent les fruits.

Jersey serra la mâchoire.

— Je vous apporte les papiers.

Sylvia quitta la pièce d'un pas pressé et revint munie d'une chemise pleine à craquer. Elle s'assit et sélectionna quelques documents, qu'elle tendit à Jersey d'un air enjoué.

— Voilà qui devrait vous intriguer. Ce même Simmons a repris à sa charge la rénovation de la maison de East Hampton, et aurait apparemment l'intention de la revendre dès la fin des travaux. C'est également lui qui a vendu l'appartement de Moreno. J'ai examiné tous les dossiers en détail, et je n'ai trouvé personne de ce nom dans les archives de David. J'ai interrogé Daniel Gatley, son assistant, et lui non plus ne se souvient pas de l'avoir rencontré, malgré leurs échanges avec Moreno et ses collègues. Alors qui est-ce ? Est-ce un associé de Moreno ? En tout cas, ce Simmons doit au moins savoir comment le contacter. Ou alors nous nous trouvons face à une affaire plus sinistre.

— Sinistre ? répéta Jersey.

— Moreno a disparu comme par enchantement. Peut-être que Simmons se présente sous une fausse identité. Je suis sûr de tenir une piste, parce que Matheson m'a confirmé grâce à l'un de ses contacts aux services d'Immigration que personne de ce nom n'est jamais arrivé aux États-Unis par le Canada. En fait, ils n'ont absolument aucune trace de son entrée sur le territoire américain.

Jersey remercia le ciel d'avoir utilisé son passeport rempli au nom de Cummings pour passer les douanes.

— Ce Simmons, c'est un des investisseurs ? demanda-t-il.

— Non. Il se peut qu'il soit canadien, mais à mon avis il vit aux États-Unis, sinon pourquoi Alex Moreno aurait-il engagé un notaire travaillant au Canada ? Ça n'a aucun sens. Je détiens une liste des autres actionnaires, si vous voulez la consulter. Aucun n'a subi de pertes aussi substantielles que vous, ou messieurs Driscoll et Wilcox.

À chaque fois qu'elle mentionnait leurs trois noms ensemble, il se crispait intérieurement.

— J'ai déjà dépensé des fortunes pour le travail de ce détective, alors s'arrêter là serait idiot, poursuivit-elle. C'est pourquoi je lui ai demandé de continuer. Je pense que ce serait une bonne idée de regrouper nos forces, de partager le coût des services de M. Matheson. Je suis convaincue que nous obtiendrons des résultats.

— D'après vous, combien valent la maison et l'appartement de Moreno ?

— Vous voulez savoir combien a récolté Simmons, c'est ça ?

— Ne m'avez-vous pas dit qu'il ne s'agissait que d'un simple notaire engagé par Moreno ?

— Si, mais même si lui ne profitait pas de la vente, il saurait à qui les bénéfices reviendraient, n'est-ce pas ?

— Et si vous retrouvez cette personne, vous croyez qu'elle vous rendra l'argent sans broncher ?

— Eh bien, si c'est Simmons, Moreno ou qui que ce soit, il sera obligé de partager avec nous. S'il résiste, nous demanderons l'intervention de la police et du tribunal.

Pendant qu'elle se mettait à rassembler ses papiers, Jersey resta silencieux un instant. Puis il demanda :

— Ces deux autres actionnaires majoritaires, ils vous ont autorisée à agir en leur nom ?

— Non, comme je vous l'ai expliqué tout à l'heure, ils se montrent plutôt fuyants. Tous les autres investisseurs que j'ai contactés ont hâte d'obtenir des résultats. J'ai également découvert que David a commencé à communiquer avec Moreno six mois avant la faillite. Il lui envoyait quotidiennement des e-mails pour se renseigner sur la situation. Vous voulez les voir ? (Elle lui passa les messages imprimés.) Comme vous pouvez le constater, il y a encore cinq mois, au lieu de faire part à David des difficultés de la société, Moreno l'encourageait à apporter davantage de fonds. Et David l'a écouté. Vous-même avez hypothéqué votre propriété, tout comme M. Wilcox.

Jersey se fit complètement immobile.

— Il me semble très suspect que vous ayez accès à des renseignements aussi confidentiels, lança-t-il d'un ton froid mais posé.

— Comment ça ? demanda Sylvia, mal à l'aise.

— Je ne suis pas certain que nous devrions en discuter ici, répondit Jersey, en lançant un bref regard vers la chambre de Helen.

— C'est en rapport avec Helen ?

— Tout à fait. Vous comprenez, David était un ami de longue date en qui j'avais grande confiance. Il se confiait souvent à moi.

— Ah bon ?

Ce fut au tour de Sylvia de se crisper.

— Je vous avais prévenue du caractère totalement confidentiel de mes affaires avec votre beau-frère. Apprendre qu'il avait détourné des sommes astronomiques de mon argent m'a atterré, et mes conseillers juridiques m'ont pris de court en m'informant d'une autre de leurs découvertes, curieuse et fort inquiétante.

La perplexité se peignit sur le visage de Sylvia.

— Il est possible que David ait reçu l'aide d'un complice pour accomplir son escroquerie. Une personne très proche qui aurait eu accès à ses dossiers, aux documents concernant ses clients.

Nerveuse, Sylvia se cala dans son fauteuil.

— Je ne vous suis pas.

— Alors je vais devoir m'expliquer plus clairement. Mes avocats et moi croyons que vous avez aidé David à détourner mon argent en procédant à des investissements que je n'avais pas autorisés, et nous envisageons d'intenter une action en justice contre vous.

Sous le choc, Sylvia resta muette.

— David a également puisé dans des valeurs boursières m'appartenant, et nous sommes persuadés qu'il n'a pas agi seul.

Sylvia se hérissa.

— C'est absolument ridicule.

— Vraiment ? Eh bien, dans ce cas, je devrais peut-être vous apprendre que nous sommes au courant de votre liaison avec David. Nous possédons des photos de vous en train de...

— Vous mentez !

— Je crains bien que non. Je sais que vous étiez sa maîtresse.

Sylvia se leva, livide.

— Je suis persuadé que cette malheureuse Helen ignore tout de cette liaison. Vous avez peut-être engagé un détective privé, mademoiselle, mais vous n'êtes pas la seule. Je peux vous certifier que la nature de vos relations avec David suffirait à vous faire condamner pour conspiration.

— Mais non ! Je jure devant Dieu que c'est faux.

— Vous en êtes sûre ? Il se peut que vous prétendiez payer un détective privé, alors que votre but réel est d'extorquer davantage d'argent aux actionnaires.

— Vous faites erreur.

Jersey se leva à son tour et la fixa d'un regard noir.

— Je vous préviens, mademoiselle. Vous allez me rendre mes documents et tout ce que vous possédez me concernant, ou je me verrai dans l'obligation de vous assigner en justice.

Des larmes coulèrent le long des joues de Sylvia.

— J'avoue que David et moi étions amants et que je pouvais accéder à ses dossiers, mais je n'ai rien fait d'illégal. Jamais.

— J'aimerais vous croire, mais mes avocats ne partagent pas votre avis. Si je suis venu aujourd'hui, c'est pour vous mettre en garde. Helen m'est chère et je ne souhaite pas l'accabler davantage.

— Je vous en supplie, ne lui dites rien, elle ne s'en remettrait pas.

Jersey se passa la main dans les cheveux.

— Dans ce cas vous feriez bien de congédier votre Américain. Ma situation financière ne vous regarde pas. Les personnes que j'ai engagées effectuent déjà les recherches nécessaires. S'ils m'apportent la preuve indiscutable que vous n'étiez impliquée en rien...

— Mais je n'ai rien fait ! (Elle se mit à sangloter.) Je l'aimais, mais tout ce que je dirai ne servira à rien. Je comprends bien que tout cela puisse paraître douteux, mais j'ignorais tout de ces détournements et de leur gravité. Je suis persuadée qu'il n'y avait rien d'intentionnel dans ses actes. Il vous tenait en très haute estime.

— Mademoiselle Hewitt, vos histoires larmoyantes ne m'intéressent pas, répliqua-t-il d'un ton cassant, s'approchant cette fois très près d'elle. Je n'hésiterai pas à faire en sorte que votre sœur apprenne la vérité, et je n'éprouverai aucun scrupule à vous traîner devant les tribunaux si c'est là le seul moyen de vous empêcher de vous mêler de ma vie privée. Est-ce clair ?

Quinze minutes plus tard, Jersey avait quitté l'appartement, muni des disquettes et documents. Devant Jersey, celle-ci avait appelé Matheson afin de lui retirer l'enquête. Elle avait également signé un accord de confidentialité dans lequel elle promettait de ne rien divulguer concernant les affaires privées de Jersey. En pleurs, elle l'avait écouté lui promettre de lui rembourser l'intégralité de son placement d'ici quelque temps si elle tenait parole. Une dernière fois, il lui déconseilla vivement d'appeler de nouveau Wilcox ou Driscoll, ou de dévoiler le montant de ses pertes à d'autres investisseurs.

Jersey arriva chez lui à 11 heures passées. Il alla directement à son cabinet de travail, et lorsque

Natasha entra dans la pièce, il venait de classer les papiers pris à Sylvia.

— Papa, on a passé la journée à essayer de te joindre.

Il sursauta et se retourna brusquement.

— Qu'est-ce qui se passe ?

— C'est Royal Flush. Le vétérinaire lui a fait des prélèvements dans la gorge. Il respirait bruyamment après son entraînement.

Jersey l'embrassa.

— Merci d'être venue me prévenir. Je vais passer le voir.

Ayant enfilé un pardessus en vitesse, il se rendit aux écuries. Il alla dans le bureau du manager et, le cœur serré, lut le compte rendu du vétérinaire. Les examens ne révélaient rien de plus grave qu'un mauvais rhume, mais son état de santé s'avérait tout de même préoccupant. Le simple fait que le cheval connaisse une baisse de forme l'inquiétait. Tout d'abord la blessure à la jambe, à présent une infection des voies respiratoires. De tels problèmes laissaient présager des soucis à venir. Dès que le temps s'adoucirait, le cheval entamerait son entraînement pour le Derby, mais heureusement, ils disposaient encore d'une bonne marge avant juin. Jersey remit les documents à leur place. Il avait noté qu'une de ses meilleures pouliches serait bientôt en chaleur. Nourrissant de grands projets pour elle, il désirait s'entretenir avec son manager, mais ses allers-retours permanents à Kilburn l'avaient épuisé. Pour la première fois, il se demanda s'il réussirait à mener toutes ses affaires de front.

Profondément plongé dans ses pensées, il sursauta lorsqu'il trouva Natasha derrière lui. Elle portait un manteau par-dessus sa chemise de nuit, et des bottes en caoutchouc.

— Alors papa, il va bien ?

Il tendit le bras et la tira près de lui.

— Il est en bonne santé.

Puis il se leva et lui ébouriffa les cheveux. Il pouffa lorsqu'elle vint blottir sa figure au creux de son torse.

— Toujours la petite fille à son papa, hein ? Tu devrais être au lit, à l'heure qu'il est, non ?

— Je m'inquiétais pour Royal Flush.

— Moi aussi, mais d'après le vétérinaire, il n'a qu'un rhume de poitrine, et il lui reste tout le temps de récupérer avant le début de la saison.

Il éteignit la lumière, et ils sortirent du bureau par l'arrière-salle. C'était l'endroit où l'on rangeait les couleurs de son écurie. Une fois les néons allumés, il resta à humer ces odeurs qu'il adorait, et à caresser les drapeaux suspendus au mur à côté de toutes les plaques et les photos de ses anciens champions. Les souvenirs d'un nombre incalculable de courses et une immense partie de sa vie se trouvaient entreposés dans cette remise. À côté de ses bottes et de sa tenue d'équitation était accrochée la bride de Royal Flush. Sur la table, on avait disposé la panoplie d'étrilles et de brosses qu'utilisaient avec grand soin les garçons d'écurie pour entretenir son poil magnifique.

— J'adore cet endroit, dit-il d'une voix douce.

Natasha glissa le bras dans celui de son père cependant qu'il touchait la bride. Elle avait envie de lui demander pourquoi il avait vendu Cute Queenie, mais elle se refusait à gâcher ce moment.

— Il aurait été vraiment très fier, ton grand-père, tu sais ? C'est vraiment dommage que tu ne les aies pas connus, lui et ma mère. Elle t'aurait plu. D'ailleurs, tu lui ressembles beaucoup : grande, solide, et portée sur le tricot. Tu tricotes toujours, non ?

— Si moi je tricote ? demanda-t-elle. Euh... non.

— En tout cas, ta grand-mère passait son temps à faire cliqueter les aiguilles. Pour moi, pour mon père, ou même les autres enfants de la rue. Clic clic. Nous n'avons eu la télévision que très tard, et quand on en a acheté une, elle ne l'a jamais regardée. Quand j'étais petit, elle me lisait des histoires. Elle savait tricoter en lisant. Clic clic. Elle avait une voix douce et agréable. Elle m'a lu tous les classiques. À mon avis, il y a certains passages qu'elle connaissait par cœur. Je lui dois beaucoup.

Natasha, qui n'entendait quasiment jamais parler de ses grands-parents, savoura cet instant et contempla son père qui regardait dans le vague. En revanche, lui ne se rendait pas compte de l'adoration qu'elle lui portait.

— Et si on allait souhaiter bonne nuit à mon fiston ? proposa-t-il.

Une fois dans la cour, il ouvrit la porte du box. Royal Flush se cabra puis regarda Jersey d'un air mauvais.

— Qu'est-ce qui t'arrive, mon grand ? demanda-t-il d'un ton calme en s'approchant de lui.

Le magnifique cheval s'ébroua et laissa Jersey lui caresser le cou. À en juger par sa robe brillante et sa présence imposante, il était difficile d'imaginer l'étalon malade.

Jersey posa sa tête contre le cou massif de l'animal et ferma les yeux. Il tenait là le joyau de sa couronne. Jamais auparavant il n'avait investi autant d'espoir dans un cheval.

— Ne me laisse pas tomber, chuchota-t-il.

Il ressentait une telle tendresse pour Royal Flush qu'il éprouva le plus grand mal à s'en détacher. En fermant le portillon, il le regarda une dernière fois.

— Qu'est-ce qui se passe, papa ?

Il avait presque oublié Natasha.

— Tu vois, fillette, c'est la première fois que je parle de mes rêves aussi franchement. Certains soirs, je m'endors et je le vois remporter le Derby. Je visualise chaque moment pour de bon, et une fierté extraordinaire m'envahit. Je vois mon fiston qui prend la ligne de départ, et je sais qu'il va gagner pour moi. Et puis quand il passe le poteau d'arrivée, je pousse des cris de joie en jetant mon chapeau en l'air... Mais à ce moment-là, je me réveille et je me rends compte que tout n'était qu'un rêve.

Elle glissa la main dans celle de son père, puis ils revinrent à la maison en silence.

Dans l'hypothèse de l'échec du casse, il avait conclu qu'il lui fallait prévoir une sorte d'assurance afin d'éviter de perdre non seulement Royal Flush mais aussi tout son domaine. S'il trouvait un acheteur pour l'écurie, quel qu'il soit, celui-ci exigerait Royal Flush. Par le passé, Jersey avait toujours conçu un plan de rechange au cas où il se ferait prendre. Le temps était venu de mettre en place un filet de sécurité.

14

Les problèmes de Royal Flush perdurant, on décida qu'il valait mieux lui racler la gorge. Toute inflammation due au mucus pouvait entraîner des conséquences fâcheuses. Le lendemain matin, Jersey donna le feu vert pour procéder à l'intervention et, le cœur gros, il regarda les lads emmener le cheval. Il n'était pas encore 7 heures du matin et les filles dormaient toujours, aussi appela-t-il son professeur de sport personnel et gagna sa salle de musculation pour s'adonner à un très long entraînement. Il se donna à fond, d'abord sur le tapis de course, puis au rameur, avant de passer aux haltères. Après s'être douché et changé, il se sentit lucide et en appétit. Christina lui prépara des œufs brouillés au bacon. Il tartina ses tranches de pain grillé d'une épaisse couche de beurre.

— Tu vas te boucher les artères, murmura-t-elle.

— Tu parles, je sors de la salle de musculation. (Il se leva, s'étira, et lui prit la main.) Je dois me rendre à Londres pour affaires. Si je dois y passer la nuit, je t'appelle.

— Dans ce cas, va dire au revoir aux filles. Elles doivent repartir à l'école aujourd'hui.

— D'accord.

Au moment même où il terminait sa tasse de café, Natasha et Leonie entrèrent. Alors qu'il leur souhaitait bon voyage après les avoir serrées dans ses bras et embrassées, le téléphone sonna. Tout son corps se raidit. C'était peut-être le vétérinaire. Du menton, il fit signe à Christina de décrocher — elle s'exécuta, puis lui tendit le combiné.

— Chéri, c'est le véto.

Fébrile, Jersey saisit le téléphone. Puis il se fendit d'un immense sourire.

— Sans blague ? Vous en êtes sûr ?

Ses prières avaient été entendues.

— Nous sommes certains du diagnostic, le rassura le vétérinaire. Finalement, nous n'estimons pas l'intervention nécessaire. Il ne s'agissait que d'un petit rhume. Il a la poitrine dégagée, et même s'il a la gorge un peu irritée, il tient une forme du tonnerre comparé aux dernières fois. C'est sûrement les antibiotiques.

— Vous le ramenez à la maison ?

— Oui. Donnez-lui un jour ou deux, et il pourra reprendre l'entraînement.

Jersey n'attendait rien de plus. Il se précipita vers Christina et la souleva de terre.

— Mon fiston rentre à la maison. Ils n'ont pas besoin de l'opérer !

Il l'embrassa sur les lèvres et sortit en trombe par la porte de derrière sans même se retourner. Il pouvait désormais se concentrer sur la préparation du casse sans se ronger les sangs pour son « fiston ». Tout rentrait dans l'ordre. Il savait qu'il devait avancer. Février approchait déjà.

À peine passé la porte de son appartement, Jersey consulta ses e-mails. Il avait un message d'« Elvis », qui demandait quand Jersey souhaitait prendre son prochain cours. Dans sa boîte aux lettres, il trouva ce qu'il attendait avec impatience : un courrier de Gregory Jones, en réponse à sa fausse lettre d'avocat. La feuille de papier bleu était tamponnée « Maison d'arrêt de Franklyn ».

L'écriture de Gregory Jones était ronde et inclinée en arrière, mais Jersey trouva le mot bien construit et rédigé dans un langage correct. Le détenu n'y racontait pas grand-chose à part qu'on allait bientôt lui délivrer une autorisation de visite, et que la perspective d'engager une procédure en appel l'enthousiasmait. Jersey lui répondit pour confirmer qu'il viendrait le voir, en signant Philip Simmons.

Plus tard dans la journée, il reçut un coup de téléphone de Dulay. Ce dernier devait se rendre à Londres pour affaires, et ils convinrent d'un rendez-vous. Aucune allusion au casse ne fut prononcée, mais tous les deux connaissaient la raison de la rencontre. La machine commençait à prendre de la vitesse. L'équipe était en train de se constituer.

Jersey, sous le nom de Philip Simmons, avocat au barreau, épingla son badge visiteur à sa veste. On fouilla son attaché-case, qui ne contenait que des documents provenant du cabinet juridique Hunting et Letheby. On le mena jusqu'à une cabine proche de la salle des visites principale. Les caméras de sécurité suivirent le moindre de ses mouvements.

Il resta seul quelques minutes avant que la porte

s'ouvre et que Gregory Jones, vêtu d'une salopette à rayures jaunes, entre. Postés de chaque côté de l'entrée de la pièce, les deux gardiens qui l'accompagnaient attendirent qu'il s'assoie en face de Jersey, puis s'en allèrent.

Dès le verrou enclenché, Jones, individu au visage maussade, large d'épaules et de carrure athlétique, sortit son paquet de tabac et son papier à cigarettes. Une de ses joues grêlées portait deux cicatrices récentes, semblables à deux rails très fins, là où un rasoir l'avait coupé. Il s'agissait là d'une blessure typique de détenu, probablement infligée par deux lames fixées dans une brosse à ongles, dont les entailles très rapprochées étaient difficiles à suturer. Personne ne prit la parole pendant que Jones se roulait une cigarette fine, sortait une boîte d'allumettes de sa poche et la posait sur la table. Finalement, ce fut lui qui rompit le silence :

— Alors, vous n'avez pas eu de problème pour entrer ?

— Aucun. Merci d'avoir accepté de me rencontrer.

— Vous m'intriguiez. (Il avait les dents tachées, et dans sa voix rocailleuse perçait une pointe d'accent de l'Ouest.) Aucun recours en appel n'est envisageable pour moi, alors je sais que ce ne sont pas mes avocats qui vous envoient.

— Ces visites sont-elles enregistrées ? se renseigna Jersey.

— Ils n'ont pas le droit, ce serait une violation du droit à la confidentialité, mon vieux. (Jones se cala dans sa chaise et croisa les mains sur la table.) Par contre, normalement, ils sont censés surveiller les coups de fil qu'on reçoit de temps à autre, mais ils ne se fatiguent pas. Ce serait trop de boulot. Vous imaginez le nombre d'heures de blabla qu'ils devraient se taper ?

Jersey hocha la tête, puis consulta ses documents.

— Vos deux filles vivent chez un de vos proches, aux États-Unis.

— En Californie. L'une d'elles m'a écrit pendant quelque temps, et puis elle a arrêté. Je ne reçois jamais aucune visite. La vôtre me permet de casser un peu le train-train quotidien. Pourquoi évoquez-vous mes filles ?

— Vous avez sûrement envie de les revoir.

— Quand je sortirai, si jamais je sors un jour, elles seront mères de famille. (Il se détourna et poussa un soupir.) J'aimerais bien les voir. Ça serait pour moi comme une lumière au bout du tunnel.

— Quel est l'état de vos finances ?

— Les frais d'avocat m'ont mis à sec. Ma femme claquait le moindre sou qui lui tombait sous la main. J'ai découvert qu'elle dépensait ce fric pour me tromper avec un autre, mon meilleur pote. (Il respira profondément. Jersey perçut l'amertume refoulée de Jones.) Bon, passons aux choses sérieuses, monsieur Simmons. Vous avez obtenu l'autorisation de visite. Vous m'avez en face de vous. Qu'est-ce que vous voulez ?

— Des renseignements.

— C'est bien ce que je pensais. Qui êtes-vous ?

Jersey jeta un coup d'œil à sa montre.

— J'ai un marché à vous proposer.

Jones fixa le plafond du regard.

— Allez-y, je suis tout ouïe.

Jersey sortit un dossier et le parcourut.

— J'ai besoin de certains renseignements, et il est impératif que ceux-ci soient exacts.

Jersey lui passa une liste de questions imprimée.

Jones prit tout son temps pour lire la feuille. D'une pichenette, il fit tomber sa cendre, sans cependant lever les yeux. Finalement, il la repoussa vers Jersey.

— Combien vous me proposez ?

— Cinquante mille. Sur le compte, au nom et dans le pays de votre choix.

— Je veux bien, mais moi je suis coincé ici et vous, vous êtes dehors, alors comment savoir si vous respecterez votre engagement ?

Jersey se pencha vers lui.

— Rien ne vous le permet, mais je vais vous donner ma parole. Et si vous vous fiiez au vieux proverbe « Chose promise, chose due » ?

— De toute façon, je n'ai pas grand-chose à perdre.

Jersey commença à ranger sa mallette.

— Ça vous intéresse ?

— Peut-être.

— Vous détenez les renseignements ?

— Vous savez bien que oui. C'était mon travail. Mais il faut que je puisse vous faire confiance. Vous pourriez très bien essayer de me piéger.

— Qu'aurais-je à y gagner ? Vous l'avez dit vous-même, vous êtes déjà en prison.

— Je veux en savoir plus.

— Impossible. Moins vous en saurez, mieux ce

sera — mais je ne veux aucun mal à la famille royale.

Jersey referma son attaché-case et Jones se roula une deuxième cigarette.

— Vous voulez que je vous appelle pour vous fournir vos renseignements ?

— Non, c'est trop risqué, même s'ils sont trop las pour écouter les conversations téléphoniques. À mon sens, la meilleure solution, c'est que je repasse vous voir. En attendant, vous pouvez toujours me joindre afin de me donner les coordonnées bancaires du compte sur lequel vous souhaitez recevoir l'argent... enfin, si vous êtes bien intéressé.

Jones alluma sa cigarette.

— Un peu, mon neveu — et je vais vous faire cadeau d'un petit tuyau. J'en sais bien plus que ce qu'il y a sur cette feuille. Le système de sécurité du Palais est complètement archaïque.

Une cloche retentit pour annoncer la fin du temps de visite. Jersey lança un regard ferme à Jones.

— Je n'ai aucune intention d'y pénétrer par effraction. Comme je vous l'ai expliqué, je ne cherche en aucun cas à faire du mal à la famille royale, ni à les mettre en danger.

Jones inclina la tête. Il parla d'une voix à peine plus forte qu'un chuchotement :

— Donc, vous n'appartenez pas à ces enfoirés de l'IRA ? Parce que c'est une limite que je ne franchirai pas, mon pote, alors annoncez vite la couleur.

— Je vous assure que je n'ai absolument rien à voir avec eux. (Jersey se pencha plus près de Jones, la voix à peine audible.) Je peux vous offrir votre lumière au bout du tunnel, mais pas satisfaire votre curiosité. Tout ce dont j'ai besoin, ce sont des réponses aux questions de ma liste, compris ?

Jones acquiesça d'un signe de tête. Leurs regards se verrouillèrent un instant l'un dans l'autre avant qu'on ouvre la porte.

Jones se leva.

— Monsieur Simmons, c'est entendu alors.

Jersey sourit et saisit la main tendue du détenu. Jones avait une poigne ferme.

— Je ne vous appelle que pour convenir des modalités du paiement, c'est bien ça ? demanda doucement Jones.

— Absolument, mais n'évoquez jamais mes requêtes. J'attends de vos nouvelles, et nous conviendrons ensuite d'une nouvelle visite.

On emmena Jones, et Jersey attendit qu'un gardien le raccompagne aux portes de la prison. Lors de sa prochaine venue, le détenu Jones, matricule 445A, lui fournirait sûrement toutes les réponses attendues. Jersey avait confiance dans le fait qu'il ferait le nécessaire.

Aussi étonnant que cela puisse paraître, Raymond Marsh lui sembla encore plus étrange que lors de leur dernière rencontre. Ses cheveux scintillaient comme si on y avait vaporisé des cristaux de sucre.

— Je devrai partir tôt. On sort, avec ma bourgeoise. Je connais un pub où joue un Elvis du tonnerre. Il est chinois, mais à ce qu'on m'a dit, il a une voix d'enfer.

Il s'installa sur un siège à côté de l'ordinateur de Jersey et pivota vers lui.

— Vous avez laissé pas mal de messages dans les salles de *chat*. Vous vous améliorez vachement, mais ça m'a vexé que vous essayiez d'embaucher d'autres *hackers*. C'est moi le meilleur.

Jersey sourit.

— Prouvez-le. Voyons si vous réussissez à obtenir les renseignements dont j'ai besoin.

— Ouais, et c'est pour quoi faire, cette-fois ci ? (Voyant que Jersey ne lui répondait pas, Marsh lui lança un regard oblique.) J'ai lu vos messages. Un roman, c'est ça ? De quoi vous avez besoin ?

— J'ai besoin de connaître le calendrier des déplacements de la Reine. Vous trouvez peut-être ça étrange, mais j'écris une histoire sur le Jubilé, et je souhaiterais garder une longueur d'avance sur mes rivaux. Vous en serez capable ?

— De quoi, exactement ?

— D'accéder à l'ordinateur du Palais et de consulter l'emploi du temps de la Reine, en particulier à propos d'un essayage des joyaux de la Couronne. Je sais que c'est plus ou moins prévu en mai, mais je cherche l'heure et la date exactes. Normalement, ça devrait être répertorié.

Marsh se mordilla la lèvre.

— C'est un peu chaud, ça, mon vieux.

— J'en suis bien conscient, c'est pourquoi je vous paierai bien.

Marsh hocha la tête.

— Mille livres ?

— Cinq cents, comptant.

— OK, je vais essayer. Ça risque de ne pas être facile. Si ça se trouve, vous pourriez trouver le programme dans le *Times*. Ils dressent la liste de ses allées et venues à côté du carnet mondain.

— D'accord, mais le temps que cela soit rendu public, il sera trop tard pour ce que j'ai en tête.

— Ah ouais ? Si j'ai bien compris, vous écrivez un livre. (Marsh le regarda en biais.) Moi je vous crois. Mais il y en a des milliers qui resteraient sceptiques.

Jersey alla à la cuisine et alluma la bouilloire. Il entendait le cliquetis du clavier pendant que Marsh explorait le cyberespace, s'approchant petit à petit de son but. Au bout d'environ une demi-heure, il éclata de rire :

— J'y suis ! Putain, j'ai réussi !

Jersey s'appuya contre la table.

— C'est votre jour de chance, mon vieux, lui dit Marsh.

Jersey regarda par-dessus l'épaule de ce dernier pendant qu'il imprimait certaines des listes qui apparaissaient à l'écran. Marsh tendit les feuilles à Jersey d'un air fier.

— L'emploi du temps de Sa Majesté.

Jersey parcourut en diagonale la liste des engagements de la famille royale. Il passa directement à la période de mai et juin : 1er juin, la Princesse passe les troupes en revue lors du Défilé du Siècle ; 3 juin, le Duc du Kent inaugure l'exposition Montgomery ; 4 juin, le Duc d'Édimbourg, Maître de la Corporation de la Maison de la Trinité, assiste au tournoi de golf de charité de l'association Outward Bound ; 5 juin, la Reine préside une investiture au Palais de Buckingham. L'essayage des joyaux n'était mentionné nulle part, pas même les festivités du Jubilé. Frustré, Jersey soupira :

— Tout ça ne me servira à rien. C'est ce qu'on

trouve sur le site Internet de la famille royale. J'aurais pu obtenir ces renseignements tout seul.

Marsh lui agita deux autres feuilles sous le nez.

— Pas ceux-là, par contre. Donnez-moi deux cents livres de plus, et c'est à vous.

— Cent. Et j'exige de les voir d'abord.

Marsh lui jeta les feuillets.

Jersey les examina. Ces informations n'avaient rien de commun avec celles fournies sur le site accessible au public : ce qui les en différenciait, c'étaient les corrections, les questions et les points d'interrogation. La mention « A confirmer » figurait en marge de nombreux rendez-vous. Son cœur s'emballa. Sous ses yeux, à la semaine du 2 mai, apparaissait le mot « Essayage ». À côté, on lisait le nom des joailliers, D'Ancona, et l'heure, 10 h 30. Jersey s'éclaircit la gorge et plia les pages.

— Vous avez trouvé votre bonheur ? s'enquit Marsh. C'est tout ce que j'ai dégoté.

— Pas tout à fait, mentit Jersey. J'espérais découvrir à quel moment elle allait poser pour un portrait, mais ça pourra toujours me servir.

Il alla dans la chambre, ouvrit son portefeuille, en retira six cents livres, et revint à la cuisine. Il tendit les billets à Marsh.

— Merci bien ! Je vais les mettre de côté pour des vacances que j'ai promises à ma femme. Ça fait huit ans qu'elle n'a pas vu sa sœur, qui vit en Nouvelle-Zélande avec sa famille.

Dès que Marsh s'en fut allé, Jersey poussa un soupir de soulagement, en partie parce que le hacker était parti, et surtout parce qu'il connaissait non seulement le moment exact de l'essayage, mais aussi l'endroit prévu. Il relut la sortie d'imprimante et s'esclaffa. Il venait de repérer un autre renseignement de première importance à la page du mois de février : dans quelques jours, un représentant de la joaillerie D'Ancona venait d'Anvers et se rendait au Palais. D'Ancona était joaillier officiel de la Reine, aussi les modifications de la Couronne devaient-elles être en cours. Pourrait-il découvrir l'emplacement du « lieu sûr » où l'on entreposait les joyaux en prenant l'agent de chez D'Ancona en filature depuis l'aéroport ? Il aurait de nouveau besoin des services de Marsh : grâce à lui, il serait en mesure d'obtenir la liste des passagers du vol 915 reliant Anvers à Heathrow.

Les Daimler démontées, Wilcox examinait leurs moteurs avant de les emporter à Londres à bord d'une de ses remorques, car il préférait qu'on ne les voie pas circuler dans Londres. Il avait passé des heures dans le garage froid et humide à les repeindre et à les réparer. Comme prévu, astiquer la carrosserie à la peau de chamois jusqu'à lui redonner la brillance exigée par les critères royaux lui prit du temps, mais poser les nouveaux tapis et remplacer les sièges en cuir lui en demanderaient davantage. La mascotte royale, une médaille en argent représentant saint George à cheval, dominant victorieusement un dragon terrassé, serait fixée sur le devant du capot.

Jersey, arrivé à l'improviste, le trouva en plein labeur, une polisseuse électrique à la main.

— Les voisins ne se plaignent pas ? demanda-t-il.

— D'un côté, ce sont des locaux vides, et de l'autre, ce n'est que l'entrepôt d'un antiquaire.

Comme j'arrive tôt et que je repars tard, je ne croise personne.

— Parfait. Ça avance ?

— Les moteurs sont réglés à la perfection, mais la carrosserie, c'est une autre paire de manches.

Jersey inspecta les véhicules.

— Tout ce petit monde aime voyager dans le luxe, pas vrai ?

— Il faut croire, mais ces modèles ne sont plus commercialisés. On a eu de la chance d'en trouver. Tu veux entendre le moteur ?

Il l'alluma, et ils l'écoutèrent ronronner.

— Tu es tout seul ?

— À ton avis ?

— Je vérifiais, c'est tout. On peut se faire du thé, ici ?

— Ouais, derrière, dit Wilcox, qui s'essuya les mains à l'aide d'un chiffon.

Une fois installés autour d'une tasse dans l'arrière-salle crasseuse, Jersey informa Wilcox des progrès de ses projets. Fumant cigarette sur cigarette, Wilcox parla peu.

— Nous avons également une date butoir : le 2 mai. Les voitures seront prêtes ?

— J'y compte bien. Je vais les transférer à Londres afin de m'occuper des habitacles, mais il me faut un endroit où les entreposer.

— Je vais trouver ça. Gregory Jones est en train de rassembler les renseignements dont nous avons besoin. Je pourrai me charger des recherches concernant les dispositifs de sécurité du Palais dès qu'il m'aura transmis ses réponses. Et avec un peu de chance, le représentant de chez D'Ancona nous mènera droit à l'endroit où sont gardés les joyaux.

— Espérons. Qu'est-ce que tu as prévu pour les écouler ? s'enquit Wilcox.

Jersey se contenta de boire son thé à petites gorgées, et Wilcox dut répéter sa question.

— Tu sais, Jimmy, tu ne m'as toujours pas assuré de vive voix que tu ne te dégonflerais pas — Tony non plus, d'ailleurs. Je te trouve culotté de me demander ce que je prévois pour me débarrasser des joyaux.

— Pitié, arrête ça.

— Arrêter quoi, Jimmy ?

— De jouer au con. Tu sais très bien que si j'étais pas partant, je me casserais pas le cul à ce point.

— En tout cas, tu ne me l'as pas dit franchement.

— Eh ben voilà, je te le dis, d'accord ? Et à mon avis, Tony aussi, mais je ne peux pas parler pour lui.

Jersey continua à siroter son thé.

— Tu m'as entendu ?

— Bien sûr.

— Alors pourquoi tu ne réponds rien ?

Jersey le regarda droit dans les yeux.

— Arrête la coke, James. Sans rire. Tu ne peux pas travailler en te défonçant comme ça. Ce n'est pas bon pour toi et ça me soucie.

— Je suis clean, Eddy, se défendit Wilcox. J'en prends plus.

— Dans ce cas, continue comme ça, parce que j'ai besoin de toi.

Wilcox jeta un regard à Jersey, puis se fendit d'un sourire.

— Si t'avais laissé tomber, lui confia Jersey, je sais pas comment je m'en serais sorti, Jimmy.

Ils se serrèrent la main, et pour la première fois depuis l'arrivée de Jersey, Wilcox se détendit. Il l'interrogea de nouveau sur le sort des joyaux.

— Il va falloir marcher sur des œufs, mais je crois avoir trouvé un acheteur, un Japonais.

— Et Dulay ?

Jersey hocha la tête.

— Ce contact me vient de lui. En ce qui le concerne, rien n'est confirmé. Il s'est montré un peu indécis.

— Et alors, nous aussi, Eddy. Ça fait un bail qu'on n'a pas mis la main à la pâte, nous tous, et il a toujours été trouillard, c'est pas nouveau.

— J'ai rendez-vous avec lui à Londres dans trois jours mais, à mon avis, il est de la partie. Je préfère que Tony et toi ne le rencontriez pas. Moins il nous verra, mieux ce sera.

— Ça me va. De toute façon, je ne l'ai jamais vu, ce type-là. Tony oui, par contre. D'après lui, il ressemble à cet acteur français, là, Gérard machin. Tu es allé le voir à Monaco, c'est ça ?

— Ouais, sous le nom de Simmons. Il ne connaît toujours pas ma véritable identité, et ne l'apprendra jamais. Mais s'il nous fournit un acheteur, il aura droit à une belle part.

— C'est toi le patron. (Wilcox écrasa sa cigarette.) Tu as découvert où les joyaux sont entreposés ?

Jersey lui lança un bref regard.

— Je te l'ai déjà dit, le type de chez D'Ancona va arriver par avion. Il nous mènera droit à eux.

Ils se trouvent sûrement dans un lieu de haute sécurité où on les prépare pour l'essayage.

Il se leva et s'apprêta à partir.

Wilcox le raccompagna jusqu'à la sortie, et Jersey lui tapota l'épaule.

— Ça avance, te bile pas. C'est juste qu'il reste plein de détails à régler.

Sur ce, il s'en alla.

Wilcox verrouilla la porte derrière lui. Tout tremblant, il avait les paumes moites et froides. Il regagna l'annexe, termina sa tasse de thé, puis sortit sa tabatière argentée et se livra à son rituel habituel. Il se remit au travail, toujours tremblotant mais plus lucide. Avoir menti à Jersey concernant sa consommation de drogue ne l'inquiéta pas. Il avait la certitude que Jersey ne se rendrait compte de rien.

Jersey appela Christina pour la prévenir qu'il se rendait quelques jours à Dublin, puis s'entretint avec Fleming à propos de Royal Flush. L'entraîneur l'informa que le cheval avait pu reprendre l'exercice sans aucune difficulté. Dans la matinée, ils l'avaient fait trotter avec d'autres chevaux, et il les avait dépassés sans effort au moment du galop. Fleming lui demanda ensuite quel étalon accoupler avec la pouliche en chaleur, mais Jersey lui répondit qu'il allait y réfléchir. D'un grand calme, il avait remarqué que le Derby tombait un mois jour pour jour après le casse. Une fois l'entreprise achevée, il aurait plus que largement de quoi entretenir le domaine pour le restant de ses jours.

Quelques jours plus tard, il reçut un coup de téléphone de Jones, et convint avec lui d'une deuxième visite. L'argent ayant été déposé sur le compte de Jones, celui-ci était désormais prêt à lui procurer ses renseignements. En fait, Jersey n'en espérait pas autant. Jones connaissait le nombre et le modèle des véhicules dans lesquels voyageraient les membres de la famille royale, le nombre de motos d'escorte et de voitures mises à disposition par la police de Londres, et celui des gardes du corps.

— Évidemment, pour Sa Majesté, c'est la totale. Le nombre de gorilles et d'agents de sécurité est attribué en fonction de la place de chacun dans la hiérarchie. Scotland Yard consacre un service entier à la protection de la famille royale, alors préparez-vous à prendre des notes.

Jersey écrivit à toute vitesse. Jones connaissait les numéros de poste de tous les officiers de Scotland Yard. Il était également au courant des procédures mises en place par la police et les services de sécurité avant même que les membres de la famille royale montent dans leurs voitures.

— On examine chaque véhicule à la recherche d'une bombe ou d'un sabotage, et l'itinéraire prévu aussi. C'est-à-dire que la moindre parcelle — chaque porche, chaque endroit susceptible d'abriter un tireur embusqué — est passée au peigne fin. Idem pour tout ce qui peut représenter un danger. On vérifie tout avant leur départ. Ça va, vous suivez ? demanda-t-il.

— Poursuivez.

Le stylo de Jersey filait sur sa feuille.

Jones se cala dans sa chaise.

— Bon. Le service de Scotland Yard destiné exclusivement à la protection de la famille royale s'appelle le Royalty and Diplomatic Protection

Department. Ces mecs surveillent en permanence tous les lieux à haut risque et les bâtiments officiels sensibles. Tous sont motards et conducteurs d'élite. On les recrute parmi les policiers qui ont quelques années d'expérience sur le terrain. J'ai fait partie de cette brigade pendant cinq ans, alors je connais bien le sujet. Rien de ce qui touche à la protection de la famille royale n'a de secret pour moi.

Il s'alluma une cigarette roulée, aspira la fumée et la garda un peu au fond de ses poumons avant de la souffler par le nez. Il apprit à Jersey que tous les matins, Scotland Yard transmettait au chef de la Sécurité du Palais un nom de code spécial permettant à la police de le prévenir en cas de menace de l'IRA. Dans une telle situation, les visites de la famille prévues ce jour-là seraient suspendues jusqu'à ce que Scotland Yard redonne le feu vert.

— Vous pourriez me répéter ça ? demanda Jersey.

— Seuls le chef de la Sécurité et les hauts gradés de Scotland Yard connaissent ces noms de code. En plus de l'IRA, bien sûr.

— Une minute. C'est l'IRA qui fournit le nom de code ?

— Ouais, ils le définissent chaque matin. Les gens de l'IRA fournissent à Scotland Yard le nom de code qu'ils utiliseront ce jour-là s'ils souhaitent les avertir d'une attaque terroriste.

La cloche retentit, annonçant la fin du temps de visite. Jersey commença à classer ses papiers et à les ranger dans sa mallette. Les renseignements obtenus par Jones s'avéraient inestimables. Le détenu avait également rempli tout le questionnaire de Jersey. Lorsque Jersey glissa les derniers documents dans son attaché-case, Jones repoussa sa chaise mais resta assis. La porte s'ouvrit et deux gardiens entrèrent.

— Merci, monsieur. Votre visite m'a fait plaisir. Bonne chance alors.

Jersey referma sa mallette et serra la main à Jones. Les surveillants s'écartèrent pour le laisser passer, puis il quitta la prison.

Riche de ces renseignements, Jersey mit au point la prochaine étape majeure de son plan. Il aurait encore besoin des services de Marsh, mais la question de son implication commençait à l'inquiéter. Il ne pouvait se passer du hacker, mais il se demanda si celui-ci possédait des capacités suffisantes pour accomplir la tâche qu'il comptait lui confier. Jusqu'ici, Marsh n'avait touché qu'au piratage amateur. Jersey savait qu'il devrait à présent lui révéler la totalité de ses projets s'il voulait obtenir des résultats.

15

Comme d'habitude, Marsh empestait le gel coiffant. À cause de ses bottines pointues, il trébucha dans le petit escalier. Jersey et lui allèrent directement s'installer devant l'ordinateur.

— Je n'ai pas beaucoup de temps. Je donne une autre de mes conférences ce soir. Histoire d'empocher un peu de blé, vous comprenez ?

— Et si je vous proposais un boulot susceptible de vous rapporter des millions ? demanda doucement Jersey.

— Je serais prêt à vous tailler une pipe, pour des millions, lança Marsh en éclatant d'un rire aigu.

— Inutile d'en arriver là. (Jersey sourit, puis poursuivit :) Ce que j'ai à vous offrir serait illégal et dangereux. Pas forcément physiquement, mais tout de même très risqué.

Marsh croisa ses jambes filiformes.

— Allez-y, je vous écoute.

— Tout d'abord, je veux savoir si vous seriez prêt à participer à un projet qui vous vaudrait une longue incarcération si — j'insiste sur le *si* — vous étiez pris ?

— Avec mon boulot, je connais déjà cette impression ! plaisanta Marsh, sans s'esclaffer cette fois. (Au lieu de cela, il avait les yeux brillants, le regard calme et droit.) Je me disais bien que vous mijotiez quelque chose. Cette histoire de roman, c'est du bidon, pas vrai ?

— Il s'agit d'un vol.

— Ah. Grand banditisme, hein ?

— Si vous voulez, oui.

Marsh désigna la fenêtre et l'antenne parabolique.

— Et il y a un rapport avec ça ?

— Oui.

— Alors je suis déjà dans le coup, n'est-ce pas ?

— Non, si vous le décidez, vous vous retirez tout de suite, et on ne s'est jamais vus. (Jersey se renversa dans son siège.) Vous n'auriez pas à être présent lors de la phase finale. Vous ne rencontrerez même pas ceux pour qui ce sera le cas.

— Sauf vous, commenta Marsh d'une voix tranquille.

— Exact.

Marsh se leva et glissa les mains dans les poches étroites de son pantalon en cuir moulant.

— Alors ? demanda-t-il.

— Alors quoi ?

— Qu'est-ce que vous attendez de moi ?

— Que vous mettiez à profit votre poste de technicien en télécommunications et votre connaissance de l'informatique afin d'obtenir des renseignements sur les communications entre le Royalty and Diplomatic Protection Department de Scotland Yard et Buckingham Palace. Il vous faudra aussi localiser la ligne par laquelle l'IRA adresse ses menaces à la police. Je sais qu'ils emploient un code secret, que vous devrez également découvrir.

Je cherche celui qui prévient Scotland Yard d'un éventuel attentat, et qui par conséquent interrompra tout déplacement de la famille royale.

Marsh réfléchit un instant.

— Ce sera pas de la tarte. Le Service de protection possède forcément plus d'une ligne. Il faudra que je les examine toutes. C'est risqué, mais personne n'est mieux placé que moi pour s'en charger.

— Je sais.

— Mais vous n'êtes pas de l'IRA, pas vrai ?

— Exact.

— Alors pourquoi ces renseignements ?

— Parce que je veux voler les joyaux de la Couronne.

La réaction de Marsh le désarçonna. Le hacker s'effondra en une petite masse compacte et se tordit de rire. Finalement, il s'étendit sur le dos, les bras en croix.

— Sans déconner, les joyaux de la Couronne ? Putain, ça me troue le cul !

— Vous recevrez mille livres par semaine jusqu'au casse, et ensuite vous devrez attendre qu'on touche le pactole.

— Quel genre de pactole ?

— On ne connaît pas le montant exact, mais ça va se chiffrer en millions. En tout cas, il faudra se montrer patient. Cela pourra prendre des semaines, voire des mois. Au final, c'est une question de confiance.

— C'est prévu pour quel jour ?

— Le 2 mai. Ce qui vous laisse tout le temps d'éplucher les appels.

Marsh se releva d'un bond et tendit la main à Jersey.

— Ça marche, mon vieux. Je peux commencer dès demain.

— Parfait. Mais j'ai encore besoin de vous ce soir. Je dois vous confier un petit boulot. Après-demain, un avion en provenance d'Anvers va atterrir à Heathrow. Il me faut la liste des passagers. C'est dans vos cordes ?

— Et le pape, il est catho ? Donnez-moi le numéro du vol, le jour et l'heure d'arrivée et je vous dégote ça.

Une fois Marsh parti, Jersey détenait la liste voulue. En revanche, ce qu'il ignorait, c'était le nom du représentant de D'Ancona. Marsh avait suggéré d'appeler la joaillerie et de le demander, mais Jersey avait déjà conclu que Dulay, qui devait atterrir peu avant dans le même aéroport et avait autrefois travaillé pour cette entreprise, serait peut-être en mesure d'identifier leur homme. De plus, le jour de son arrivée, le représentant transporterait sûrement des joyaux dans une mallette attachée à son poignet par une chaînette. Un garde du corps l'accompagnerait probablement, ce qui faciliterait son identification.

Même si Jersey réussissait à localiser la maison sécurisée, il ignorait quel genre de système de sécurité il y trouverait, tout en sachant que celui-ci serait forcément dernier cri. Il lui fallait en savoir davantage sur les procédés de surveillance modernes, et en particulier ceux utilisés par D'Ancona. Il alla sur la Toile explorer des sites traitant spécifiquement de ce sujet. Finalement, il trouva la page Web d'une société du nom d'Interlace Security, qui se flattait de compter D'Ancona parmi ses clients. Jersey nota leur nom, puis vit qu'Interlace aurait un stand au Salon de la Sécurité, qui se tenait le lendemain à Birmingham.

Tôt dans la matinée, Jersey prit donc la route au volant d'une voiture de location. Lui qui était habitué aux véhicules de luxe, il se retrouvait dans une petite berline bon marché. Le siège lui donnait mal au dos, les vitesses sautaient constamment, et il doutait de la fiabilité des freins.

À son arrivée, il trouva le vaste hall bondé, et s'étonna de voir autant d'articles exposés. Alarmes électroniques pour voitures, maisons et locaux professionnels prédominaient largement. Certains stands proposaient des systèmes de surveillance de pointe. Les agences de sécurité étaient également représentées, et quelques-unes organisaient des démonstrations d'arts martiaux et d'autodéfense. Dans la section qui l'intéressait le plus, les sociétés exposaient de grands coffres-forts et des dispositifs d'alarme. Il jeta un coup d'œil à trois stands avant de repérer celui d'Interlace. Lorsqu'il foula l'épaisse moquette rouge pour aller prendre leur brochure, un vendeur l'approcha.

— Puis-je vous aider, monsieur ?

— Peut-être. Tout cela est très impressionnant.

— Merci. Nous sommes l'une des premières entreprises d'articles de sécurité en Angleterre — et même dans le monde. Nous proposons un éventail complet de services pour professionnels, et offrons des solutions concrètes et applicables pour parer à tous les risques. Notre travail, c'est de vous soulager de tout souci.

— Vous êtes spécialisé dans les grosses entreprises ?

— Non, absolument pas. Vous avez une idée précise de ce que vous voulez ?

— Je vais bientôt ouvrir une bijouterie. Près de celle de Theo Fennell, à Londres, dans le quartier de Fulham précisément. C'est un bâtiment de trois étages, dans le centre, bien situé. J'avais une boutique près de Harrods, et nous nous sommes fait cambrioler deux fois en seulement quelques mois.

Sachant que le jeune homme n'avait probablement jamais visité les endroits dont il lui parlait, Jersey débita son mensonge. Le commercial lui présenta tout un tas de brochures, pour lui montrer que la société comptait des clients prestigieux tels que British Aerospace, le Service national de Renseignement criminel, Oracle, le siège des postes et télécommunications britanniques, la société Railtrack, et bien sûr...

— Ça alors, c'est vous qui êtes chargé de la sécurité de D'Ancona ! Qu'est-ce qu'ils ont, comme système ?

— Nous proposons une structure quasi inviolable équipée de rayons infrarouges actifs et d'un système électronique de verrouillage des portes. Leviers et boutons d'alarme sont placés à des endroits stratégiques partout dans les locaux, et reliés à un central de réception, lequel est en contact direct avec la police. Nous collaborons étroitement avec tous nos clients en permanence, pour leur assurer une efficacité à cent pour cent. Les grilles de la chambre forte s'actionnent automatiquement dès qu'un rayon infrarouge est coupé ou un signal d'alarme actionné.

— C'est cher ?

— Oui. Pour D'Ancona, nous avons fait livrer de

l'acier allemand spécialement renforcé, résistant aux flammes et aux bombes, matériau que nous a ensuite demandé la société Asprey et Garrard's.

Jersey laissa le jeune homme déblatérer ses boniments, remarquant son costume bon marché et ses chaussures défraîchies. Le jeune homme s'exprimait avec un accent d'école privée.

— C'est vous qui superviseriez l'installation ? demanda-t-il.

— Non, monsieur. Moi je suis commercial.

— Je vois. Ça fait longtemps que vous travaillez ici ?

— Six mois, monsieur. En revanche, mon père est l'un de leurs meilleurs experts. Il est chez Interlace depuis dix-huit ans.

Jersey saisit la carte que le jeune homme lui tendait. Il y jeta un rapide coup d'œil et lut : « Malcolm Gridley, Commercial. »

— Merci, monsieur Gridley. Je saurai qui contacter quand j'aurai pris ma décision.

Jersey repartit chargé de brochures et muni du numéro de portable de Gridley. Il possédait aussi les adresses de la firme à Londres et Birmingham, et celle de leur usine.

Par deux fois, Gridley lui avait demandé son nom, mais Jersey avait toujours esquivé ses questions. Son manque d'expérience sautait aux yeux, et lorsque Jersey se retourna, un vendeur plus âgé était en train de le cuisiner.

Jersey passa encore quelques heures à patienter dans le salon, jusqu'à ce qu'il voie son jeune commercial prendre le chemin d'un stand où l'on vendait des hamburgers, un peu à l'écart de l'exposition. Il attendit que Gridley commande un cheeseburger et des frites, puis s'y rendit à son tour pour demander un café. Juste au moment où Jersey allait se joindre à lui, Gridley se dirigea vers une buvette située à l'autre bout du hall. Il ignorait qu'on le suivait, et Jersey l'observa payer une pinte et s'installer au comptoir. Au bout d'un moment, il alla vers lui.

— Tiens, on se retrouve. C'est votre pause déjeuner ?

— Oui, répondit Gridley, surpris.

— Je vous offre un autre verre ?

— Non, je vous remercie. Je dois y retourner. Euh... vous ne m'avez pas dit votre nom, tout à l'heure. Vous comprenez, c'est la politique de la société et...

— Je suis venu vous demander si vous pourriez m'organiser une démonstration privée du système de D'Ancona. J'ai examiné toute votre documentation, et vos systèmes sont largement supérieurs aux autres. (Jersey plongea la main dans sa poche et en sortit son portefeuille.) Je ne crois pas vous avoir donné ma carte.

— Merci, mais je crains qu'il soit impossible de vous fournir plus de détails sur l'installation de D'Ancona, car personne n'a le droit de visiter les locaux de nos clients après la signature du contrat et la mise en place des systèmes. D'ailleurs, D'Ancona a engagé une autre entreprise pour installer l'équipement.

Jersey fit signe au barman. Alors qu'il s'apprêtait à sortir une carte au nom de Philip Simmons et à commander un verre de vin, Gridley jura dans sa barbe.

— Oh non, fait chier !

Jersey vit un homme corpulent vêtu d'un costume à rayures bleu marine approcher d'eux à grands pas. Celui-ci s'assit à côté de Gridley. Instinctivement, Jersey s'en alla. L'homme tança Gridley en brandissant l'index puis en montrant sa pinte à moitié vide. Au bout d'un moment, Gridley se leva, le visage comprimé par la colère.

— C'était qu'un petit verre, putain ! lança-t-il avant de s'éloigner.

— Un de trop, Malcolm. Je t'avais prévenu... Malcolm ?

Mais Gridley était parti et le petit gros se lança à sa poursuite.

Jersey décida de laisser tomber, mais il avait noté Gridley dans la liste des personnes susceptibles de lui être utiles.

Driscoll attendit au restaurant italien pendant une demi-heure. Après avoir mangé son petit pain, il hésitait à prendre celui prévu pour son voisin lorsque Jersey arriva. Ils commandèrent du minestrone et des cannelloni, accompagnés d'une bouteille de la cave du patron.

— Alors, où en est-on ? demanda Jersey.

— J'ai dressé une liste d'agences de sosies, et je les ai toutes appelées jusqu'à trouver la bonne. Ils m'ont expliqué que son emploi du temps est déjà plein, alors je les ai baratinés comme quoi je voulais lui proposer une apparition en chair et en os. Bref, j'ai obtenu toutes ses coordonées. Elle habite à Esher.

— Elle a de la famille ?

— Son mari, un retraité. Jouer le rôle de la Reine lui rapporte une fortune.

— Des enfants ?

— Non. En tout cas, ça fout les jetons. C'est le portrait craché de la Reine.

— Parfait. Tu es allé voir chez elle ?

— Pas encore.

On leur servit leur premier plat, qu'ils mangèrent en silence.

— Je suis allé discuter un peu avec Jimmy, dit Jersey.

— Ah ouais ? Il va bien ?

— Il tient la forme. J'ai évoqué son petit problème, mais il m'a assuré qu'il n'y touchait plus. Les voitures ont l'air en très bon état. En revanche, il faut qu'on trouve rapidement un local à Londres pour lui permettre de s'occuper des derniers détails.

Driscoll hocha la tête.

— Il n'a rien dit d'autre ?

— Comme quoi ?

— Je t'en prie, Eddy, arrête de jouer au con. Il marche ou pas ?

— Il marche.

— OK. C'est marrant, je m'y attendais.

— Et toi ? Je veux dire, tu ne m'as jamais répondu clairement. T'es de la partie ?

Driscoll se passa la langue sur les lèvres.

— Il faut que je le sache, Tony. Tu accomplis tout ce travail de recherche pour moi, et je t'en suis reconnaissant, mais est-ce que tu vas arrêter ?

— À ton avis ?

— Je veux une réponse claire et nette. T'es avec nous ou pas ?

— Évidemment. Je marche. Que Dieu me protège.

— Je n'aurais pas pu tenter le coup sans toi. Alors on se retrouve tous les trois, pas vrai ?

— Un beau trio de cinglés. Alors, c'est toujours prévu pour le 2 mai ?

— Oui. C'est pas du gâteau, mais j'essaie de découvrir l'endroit où sont gardés les joyaux. Dulay arrive bientôt, et un représentant de D'Ancona aussi. Ensuite, à nous de jouer.

— Je pige pas.

— Il faut qu'on suive ce mec jusqu'à leur coffre. Ensuite il faudra que je trouve une solution pour déjouer leur système de sécurité. C'est très sophistiqué, et ils l'ont installé eux-mêmes.

— Comment tu le sais si tu n'y es jamais allé ?

— Fais-moi confiance. Je me suis rencardé auprès de la boîte qui leur a fourni l'équipement. Apparemment, il s'agirait d'une immense chambre forte protégée par des lasers et des boutons d'alarme, un truc dingue.

De la soupe coula sur le menton de Driscoll.

— Mais ils en ouvriront les portes pour la Reine, le rassura Jersey.

Au fromage, une fois terminée la bouteille de vin, Driscoll était moins inquiet mais toujours nerveux.

— Tu vas tenir Wilcox à l'œil, hein ? demanda-t-il.

— Ouais. Mais il m'a affirmé qu'il est clean.

— Possible, mais il y a pas si longtemps, il s'enfilait des montagnes de poudre. Il faut le surveiller. C'est plus le même, tu sais.

— Nous non plus, Tony. Mais bon, on fera gaffe. Nous sommes tous beaucoup plus vieux maintenant. C'est pourquoi je prends mon temps. On n'a pas le droit à l'erreur, et si c'est trop risqué, on annule tout, point final.

Driscoll changea de sujet.

— Et l'autre bonne femme, là, Hewitt ?

— Le problème est réglé. Il faudra peut-être lui filer quelques milliers, mais pas avant d'avoir terminé le boulot.

Driscoll s'essuya la bouche. Parfois, Jersey lui flanquait la frousse. Il ne divulguait ses projets qu'au compte-gouttes. Procéder de manière complètement différente de celle d'autrefois le mettait très mal à l'aise.

— J'ai besoin de connaître l'état des préparatifs, Eddy, dit-il en pliant sa serviette.

— Je te tiendrai au courant dès qu'on sera passé au stade suivant. (Jersey eut l'air agacé.) Il faut que tu me fasses confiance, Tony, comme on se fiait tous les uns aux autres autrefois. Allez, donne-moi les photos de notre petite dame et son adresse. Je vais envoyer Wilcox voir ça de plus près.

Driscoll lui passa une enveloppe en papier kraft et fit signe au serveur de lui apporter l'addition.

Jersey repoussa sa chaise.

— Bon, je t'appelle. Tu sais à quel numéro me joindre en cas de besoin. Dans trois semaines, je serai peut-être prêt à vous donner les premiers détails du plan. En attendant, voilà tes instructions.

À son tour, il lui tendit une enveloppe. Driscoll la glissa dans sa poche intérieure.

Puis comme s'ils n'avaient parlé de rien de bien sérieux, Jersey demanda :

— Le mariage, c'est pour quand ?

— Dans deux semaines, répondit Driscoll au moment où le serveur lui donnait l'addition.

— Profites-en bien.

Sur ce, Jersey fit volte-face et s'en alla.

Driscoll regarda la note. Couverts pour deux, trois plats et une bouteille de rouge maison lui coûtaient quarante livres. Sa femme avait engagé un traiteur qui en demandait cinquante-cinq par tête, vin non compris.

Jersey savait qu'il lui fallait ajouter un membre à l'équipe. Lors de l'essayage, la Reine serait sûrement accompagnée d'une dame d'honneur. Il soupira. N'ayant jamais eu recours à l'aide d'une femme par le passé, il ne connaissait personne à qui se fier. Cette femme devrait se trouver au cœur de l'action, et peut-être même porter une arme.

Le lendemain, il aurait une journée chargée. Il devait retrouver Dulay, et il espérait qu'ils seraient capables d'identifier le représentant de D'Ancona et de le suivre jusqu'à la maison sécurisée. De leur capacité à le repérer dépendaient beaucoup de choses.

16

Dulay arriva vêtu d'un manteau de cachemire bleu marine et d'un costume Armani, portant pour tout bagage une sacoche et une mallette. Jersey l'attendait derrière la barrière des arrivées du terminal 4. Il leur restait une heure à tuer avant l'atterrissage du vol en provenance d'Anvers. Dulay accepta d'identifier le représentant, mais prévint Jersey qu'il ne l'accompagnerait pas pendant la filature. Ayant réservé une chambre au Grosvenor House Hotel, dans Park Lane, il y donna rendez-vous à Jersey plus tard dans la journée. Il fut convenu que Jersey attendrait dans sa voiture et que Dulay l'appellerait sur son portable dès leur cible repérée.

Lorsque le vol qui les intéressait atterrit, Dulay téléphona à Jersey, qui sortit du parking et se plaça devant la porte des arrivées. Dulay le contacta une deuxième fois. Les passagers passaient les douanes et arrivaient dans le hall principal, mais trois avions étaient arrivés en même temps. Les allées des départs débordaient de voyageurs et de chariots, et il n'avait pas repéré le représentant. Puis Dulay dit :

— Je le tiens. C'est sûrement lui. Il porte un attaché-case en cuir brun à la main, une gabardine au bras et, oui, un grand blond lui colle au train. C'est son garde du corps. Je vois la chaîne accrochée à la mallette du mec — il l'a menottée à son poignet.

— Décris-le-moi, ordonna sèchement Jersey.

Dulay s'exécuta en parlant à toute allure.

— Il marche vite, il se dirige vers la sortie centrale. Crâne dégarni, lunettes sans monture, costume bleu marine, chemise blanche et cravate, un peu moins d'un mètre quatre-vingts, mince, téléphone portable à la main. Le voilà, il sort !

Jersey approcha des portes mais ne vit pas son homme. Soudain, un Range Rover noir le dépassa, conduit par un chauffeur en uniforme, et Jersey identifia l'employé de chez D'Ancona. Son garde du corps et lui émergèrent de l'aéroport en même temps. Le chauffeur sortit du véhicule en vitesse et ouvrit les portières arrière et passager. Les deux hommes montèrent à bord en hâte. Ni l'un ni l'autre ne transportait de bagages, et ils repartirent immédiatement. Jersey les prit en filature.

À la sortie de Heathrow, les bouchons lui permirent de garder le Range Rover dans son champ de vision. Arrivés sur l'A4, la circulation restait dense, les forçant à rouler au pas. Par deux fois cependant, lorsqu'à l'approche de Londres elle devint plus fluide, Jersey manqua les perdre, mais des travaux sur la chaussée le sauvèrent et lui permirent de surveiller leur progression quatre voitures plus loin. Il se trouvait toujours à bonne distance derrière eux lorsqu'ils prirent Cromwell Road en direction de Knightsbridge, avant d'être de nouveau ralentis par des embouteillages. Soudain, ils tournèrent et se dirigèrent vers Earls

Court. Puis ils passèrent Fulham Road et King's Road. Apparemment, ils roulaient vers Battersea Bridge mais, au lieu de quitter la voie principale, le Range Rover continua vers le quai de Victoria Embankment. Puis le 4 × 4 gagna le pont de Blackfriars, d'où il s'engagea sur Newgate Street et dépassa la cathédrale St Paul. Jersey les soupçonnait d'emprunter un itinéraire détourné. Au moment où ils passaient Montague Place, le Range Rover ralentit et prit un virage sec à gauche. À présent, il devenait impossible pour Jersey de les suivre sans se faire repérer, aussi continua-t-il tout droit avant de tourner à la rue suivante. Il s'engagea sur Smithfield, mais ne vit aucun signe du Range Rover. Il avait perdu leurs traces ! Agacé, il fit le tour du rond-point de West Smithfield et prit une petite rue menant à Bartholomew Close, qui débouchait sur King Horn Street, où il ralentit. Il trouva le Range Rover stationné à l'angle de Newbury Street. Il arriva juste au moment où les deux envoyés de D'Ancona entraient dans un bâtiment. Quelques instants plus tard, le 4 × 4 repartit.

Jersey tourna dans une rue perpendiculaire, se gara, puis regagna Newbury Street à pied. La maison sécurisée se trouvait à l'angle. Une route étroite la longeait. Sur le trottoir, on avait aligné des poubelles. Peint en noir, le bâtiment ne payait pas de mine et ne laissait rien deviner de sa fonction. On ne trouvait ni plaque, ni sonnette, ni boîte aux lettres, et la double porte d'entrée était blindée. Jetant un coup d'œil vers le haut, Jersey vit que, malgré leur air banal, les fenêtres ne l'étaient pas. Leurs battants étaient renforcés par des volets de protection, et les vitres opacifiées. Ne pouvant risquer de passer plus de temps dans les environs, Jersey passa son chemin.

Un peu moins d'une centaine de mètres plus loin, la rue bifurquait à droite et débouchait dans Aldersgate Street. Il continua encore un peu, puis s'arrêta un instant devant un grand entrepôt d'un étage à toit plat, qui était à louer. Idéal pour leurs projets, se dit-il. Il n'en revenait pas d'avoir une telle chance. Lorsqu'il revint à sa voiture, il avait convenu d'un rendez-vous avec l'agence immobilière pour visiter les locaux le lendemain matin. Puis il prit la route du West End afin de retrouver Dulay.

Dulay occupait une chambre agréable qui, située au troisième étage, donnait sur Hyde Park. Jersey s'assit en face de lui à la petite table près de la fenêtre.

— Le pigeon a gagné son nid. C'est une maison du quartier de Barbican, dans une ruelle secondaire, pas très loin du marché de Smithfield, juste à l'angle d'une rue. Y entrer sera un jeu d'enfant. Le problème, c'est de savoir sur quoi on va tomber une fois à l'intérieur, expliqua Jersey, en dessinant la maison sécurisée sur une feuille arrachée à son carnet.

Il la passa à Dulay, qui regarda brièvement le plan et y posa un doigt courtaud.

— D'Ancona aura transformé l'immeuble en véritable château fort. Il va y avoir des caméras à l'extérieur. Comment tu envisages d'entrer sans être repéré, surtout si c'est situé à un croisement ?

Jersey lui répéta qu'y entrer ne poserait aucun problème. Ce qu'il voulait connaître, c'était le dispositif de sécurité interne.

— À ton avis, il faut s'attendre à quoi ? demanda-t-il.

— En général, il y a deux portes blindées en guise de protection externe, puis une autre porte qui mène au vestibule. J'ai déjà visité quelques-uns de leurs locaux, et tout est toujours protégé par des vitres pare-balles épaisses de plusieurs centimètres. Ils auront aussi installé un système téléphonique sophistiqué qui relie les coffres et les salles d'exposition, et même les salles d'essayage. Il se peut qu'il y ait aussi une autre série de portes avant d'atteindre le cœur du sanctuaire. Il y a des boutons d'alarme disséminés un peu partout, comme des Smarties. Ça m'étonnerait qu'ils aient une chambre forte, mais je peux me tromper. Je n'en ai encore jamais vu.

Jersey déchira son dessin et se cala dans son siège.

— Si je comprends bien, tu marches avec nous.

Dulay acquiesça d'un signe de tête.

— Ouais.

— Très bien. Et ton acheteur japonais, c'en est où ?

— Je l'ai contacté. Je lui ai dit que j'allais peut-être mettre la main sur l'un des diamants les plus célèbres et les plus gros du monde, rien de plus. Je lui ai expliqué que j'en demanderai autour d'un million par carat.

Jersey sourit. Le Koh-i-noor totalisant 105,6 carats, la somme annoncée s'avérait alléchante.

— Il m'a répondu qu'il serait preneur pour une pierre de cet ordre de prix. Toutes les autres pierres qu'on pourrait lui proposer l'intéressent aussi. Je pourrai faire tailler le Koh-i-noor par mon lapidaire, mais à mon avis, si nous le vendons à mon Japonais, nous n'aurons pas besoin d'y toucher. Il le voudra intact. Ce qui intéresse les acheteurs de sa trempe, c'est la taille et l'histoire de la pierre.

— Ton lapidaire, il est fiable ? Il se peut qu'on ne touche pas au Koh-i-noor, mais on aura d'autres pierreries de grande taille et d'une valeur immense, et notre acheteur ne va pas nous prendre l'ensemble, non ?

— Non. Mais tu n'as pas à t'inquiéter. J'ai en lui une confiance aveugle. Ça fait vingt ans qu'on collabore. Cela dit, s'il l'on veut écouler le butin rapidement, il va devoir bosser jour et nuit pour déguiser les pierres et les insérer dans de nouvelles créations de façon à ce qu'on ne puisse pas les reconnaître. Il faudra lui offrir une somme rondelette.

— De quel ordre ?

— Peut-être un quart de million, et si on devait vraiment tailler le Koh-i-noor, c'est l'homme de la situation. Si l'acheteur le demande, cela exigera des semaines, et il faudra lui payer un supplément. À partir de sa forme ovale, on peut le tailler en poire en l'amincissant par-derrière, ce qui permet de le maquiller sans lui faire perdre de sa valeur. J'ai dressé une liste de négociants de joyaux du monde entier à qui on pourrait refourguer les autres pierres. J'ai des contacts à New York, à Anvers et en Inde.

Jersey écouta Dulay discourir. De temps à autre, le Français passait le doigt derrière le col de sa chemise. Jersey sentait qu'il dirigeait la conversation vers le sujet de sa rémunération.

— Les employés de chez D'Ancona, ils sont du genre très honnêtes ou pas ? s'enquit Jersey.

Dulay haussa les épaules.

— Parce qu'à mon avis, il nous faudrait débaucher quelqu'un de chez eux, et je me demandais si ce serait possible.

— En tout cas, quand je bossais pour eux, c'est sûr. (Dulay rit.) D'après moi, les grands pontes sont incorruptibles — chez D'Ancona, on n'obtient un poste important qu'en étant au-dessus de tout soupçon. Mais il reste toujours les subalternes. Si tu allonges le fric, tu trouveras toujours un mec prêt à t'aider ; le tout, c'est de bien le choisir. Si tu te plantes, le type risque de ne pas tenir sa langue.

— Tu crois que certains employés de la maison sécurisée peuvent être tentés de frauder ?

Dulay eut l'air sceptique.

— Vu la valeur de la marchandise qui leur passe entre les mains, ils ne pourraient même pas trafiquer un mouchoir. Ils sont fournisseurs officiels de la Reine, alors, à mon avis, le représentant que tu as suivi, là, avec sa mallette accrochée à son poignet, il trimballait des pierres de derrière les fagots.

— Bon. (Jersey soupira. N'ayant pas obtenu la réponse désirée, il changea de sujet.) Et ton bateau, ça va ?

— Ce gouffre à fric ! s'exclama Dulay, énervé. Si je suis ici, c'est en partie à cause de lui. Ça me coûte une fortune. Je me mords les doigts d'avoir accepté de l'acheter.

— Si j'en avais besoin, tu serais partant ?

— Si tu m'en donnes un bon prix.

— Pas pour partir en croisière, pour prendre la fuite.

Dulay respira un grand coup.

— Ouh là ! Ça m'implique bien plus que ce que je prévoyais, ça.

— Non, pas s'il est affrété, disons, par une société. On pourrait engager les membres de ton équipage. Ils sont fiables ?

— Bien sûr, mais tout dépend de ce qu'on leur demandera — et ça va coûter cher.

— Ils ne sauront pas ce qu'ils font. Il n'y a que nous deux qui serons au courant.

Les doigts repliés, Dulay tapota la table.

— Et cette société, quand est-ce qu'elle affréterait le yacht ?

— Il me le faudra pour la première semaine de mai.

Dulay se leva et alla jusqu'au minibar. Tout à coup, il n'avait plus l'air aussi sûr de lui.

— Alors ça se passera en mai, hein ?

— J'ignore les dates exactes, et je ne sais pas encore comment j'emploierai le bateau, mais assure-toi qu'il soit prêt.

Dulay jeta une pleine poignée de glaçons dans sa vodka, puis revint à la table.

— Je veux être grassement payé, Philip. Si je m'implique à ce point, je veux toucher un gros paquet. Je t'ai déjà fourni l'acheteur, et maintenant tu veux que j'apprête le yacht. Comment je serai rémunéré ?

— Tu toucheras une part du butin. Pas une rémunération, une part. On ne peut pas réaliser ce projet sans toi. Ça te va ?

Dulay but avec avidité.

— C'est parfait, mais j'ai besoin d'une avance pour commencer à équiper la bijouterie en conséquence. Il me faut des fourneaux supplémentaires, notamment pour fondre l'or. Tout ça va coûter cher.

Jersey lui accorda une avance de dix mille livres.

— Il me faudra une garantie de la part de l'acheteur. Pour l'instant, je n'ai que ta parole. Ne le prends pas mal, je te fais vraiment confiance.

— C'est gentil de ta part, vu comme je t'ai déjà aidé.

— Du calme. Mais c'est normal, non ? Il faut que notre acheteur s'implique lui aussi. S'il veut le Koh-i-noor, il doit nous régler un acompte pour nous prouver sa bonne foi.

— On peut lui faire confiance. Il est à la tête d'une fortune de plusieurs milliards, et je me porte garant pour lui, bon sang.

— Ça ne me suffit pas. Nous demandons un million par carat, et si nous n'obtenons pas un million d'avance en liquide, nous le vendrons peut-être à quelqu'un d'autre.

Dulay termina son verre avant de répliquer :

— Il ne sera pas d'accord.

— S'il le veut, il est suffisamment riche pour le réserver.

Dulay tirait sur les cheveux de son crâne dégarni.

— D'accord, je lui en parlerai, mais ne déconne pas avec lui. Comme je te l'ai déjà expliqué, j'ai pas envie de finir découpé en rondelles.

Jersey étendit ses jambes.

— Va lui parler, ou si tu n'as pas envie, je m'en chargerai.

Dulay hésita, puis :

— D'accord, on verra bien sa réaction.

— Il est toujours de passage à Paris ?

— Oui. Je prends l'avion cet après-midi.

Dès que Dulay fut dans sa voiture, Jersey appela Wilcox. Il voulait s'assurer de la fiabilité de Dulay et, surtout, de son acheteur : c'est pourquoi il voulait que Wilcox le file depuis Londres jusqu'à Paris.

— À Paris ?

— Cet après-midi. Tu n'as jamais rencontré Dulay, n'est-ce pas ?

— Tony l'a déjà vu une fois, mais moi jamais. J'ai combien de temps devant moi ?

— Fonce à l'aéroport et attends là-bas.

Wilcox poussa un soupir.

— Je rentre tout juste de Leicester, Eddy.

— Eh ben, vas-y en touriste. Emmène ta copine.

Jersey visita l'entrepôt, signa un bail d'un an et paya six mois de loyer d'avance. Moyennant finance, il obtint aussi les plans du bâtiment de D'Ancona par le biais de l'agence. Personne ne possédant, pour des raisons de sécurité, l'intégralité du dessin de l'installation, Jersey n'apprit que la taille de l'immeuble, les dimensions de la partie arrière et de la petite cour. Sur les schémas, il dénombra trois étages et un sous-sol. Rien ne lui permettait de découvrir la nature des travaux exécutés à l'intérieur. Il remarqua que, quatre ans plus tôt, les propriétaires avaient demandé une autorisation de transformation, acceptée par la municipalité, afin d'installer un système de protection tenu secret. La société D'Ancona avait certainement protégé ses arrières : toute tentative d'en apprendre plus sur les détails de ce dispositif serait considérée comme un problème de sécurité éventuel. Jersey savait qu'il lui fallait trouver un autre moyen d'obtenir un plan complet de l'intérieur du bâtiment.

Sur le chemin du retour, tandis qu'il pénétrait dans l'East End en passant par Aldgate, il appela Driscoll et lui expliqua qu'il voulait qu'on surveille la maison sécurisée. Il avait découvert l'emplacement idéal où se poster : le toit de l'entrepôt, complètement plat, permettrait à Driscoll d'observer l'immeuble en toute discrétion.

— J'ai déjà un max de boulot en ce moment, répondit Driscoll, l'air fatigué.

— Et moi alors ? rétorqua sèchement Jersey.

— Et Jimmy, il peut pas s'en occuper ?

— Il piste déjà Dulay, qui doit rencontrer notre acheteur. Je veux m'assurer qu'il est réglo.

— L'acheteur ou Dulay ?

— Les deux.

— Donc, il faut que j'aille traîner mes guêtres à l'entrepôt maintenant ? Ma femme va piquer une crise.

Jersey était impatient de passer à l'étape suivante. Il expliqua à Driscoll où trouver les clés, puis raccrocha.

À son retour chez lui, Jersey fut pris de court par la réaction de Christina. Elle avait commencé à s'inquiéter quand les éleveurs irlandais, qu'elle avait appelés, lui avaient expliqué n'attendre aucune visite de son mari. Le voyant revenir, son inquiétude laissa place à la colère : elle trouvait irresponsable de sa part de s'en aller sans laisser aucun numéro. À chacune de ses tentatives de le joindre, elle avait trouvé son téléphone portable éteint. Elle lui annonça que sa mère était malade, et qu'elle devait partir en Suède.

— Tu n'aurais pas dû m'attendre, chérie, dit-il.

— Et toi, tu aurais dû donner de tes nouvelles.

— Je n'y ai pas pensé.

— Non, justement, et j'aimerais bien savoir pourquoi tu m'as menti en prétendant que tu allais à Dublin.

— Je ne t'ai pas menti.

— Oh si. Freddy m'a dit qu'ils ne t'attendaient pas.

— Ce n'est pas lui que je suis allé voir.

— Je ne comprends pas.

— Je n'achète pas tous mes chevaux à Freddy. Parfois, je tiens à garder le secret sur mes intentions d'achat. Mais je m'excuse. Ça ne se reproduira plus.

Elle poussa un soupir.

— Je me rends compte que tu as toujours de bonnes raisons pour disparaître, mais moi je me rongeais les sangs au sujet de ma mère. Tu n'as pas été correct. (Christina hésita à lui faire part de ses soupçons, mais elle ne put s'empêcher de les formuler brusquement :) Est-ce que tu fréquentes quelqu'un d'autre ?

Jersey fut sincèrement blessé qu'elle puisse s'imaginer une chose pareille.

— Bien sûr que non ! Aucune femme ne pourrait jamais...

— Pourquoi est-ce qu'il manque autant de vêtements dans ta penderie alors ? Tu en emportes à chaque voyage, et je ne les vois jamais revenir. Si j'ai vérifié, c'est parce que je me demandais s'il fallait envoyer quelque chose au pressing. J'ai compté deux costumes et plusieurs chemises en moins.

Elle croisa les bras.

Bien qu'il ait laissé ses vêtements à son appartement de Kilburn, Jersey trouva rapidement une explication.

— Je les ai donnés à deux entraîneurs. Va leur demander si tu veux confirmation, mais je ne te reconnais vraiment pas, Christina. Je ne t'ai jamais donné aucune raison de me soupçonner ainsi.

Elle fondit en larmes. Il la serra fort dans ses bras.

— Écoute, si tu veux mon avis, tu devrais préparer tes valises et prendre le premier avion pour aller voir ta famille. Aucune femme au monde ne peut rivaliser avec toi.

Il l'aida à préparer ses bagages, et demanda à son pilote de l'emmener à l'aéroport. S'inquiéter à ce point ne ressemblait pas à Christina, mais il savait qu'il devrait désormais prendre davantage de précautions : il allait être forcé de s'absenter de plus en plus souvent. On était déjà début février, et s'ils voulaient passer à l'action le 2 mai, il leur fallait travailler vite. Ils ignoraient toujours totalement comment déjouer le système d'alarme de la maison sécurisée. Y pénétrer serait aisé, mais en ressortir sans encombre allait être une autre histoire.

Quatre heures de l'après-midi venaient de sonner lorsque Wilcox appela de Paris. Ayant pris le même avion que Dulay, Rika et Wilcox avaient suivi le bijoutier jusqu'au Ritz.

— Il a fallu que je prenne une chambre, Eddy, pour une nuit, c'est tout. Ça m'a permis de ne plus avoir Rika dans les pattes. Dulay n'a rien réservé, lui. Il a foncé tout droit à la réception. Ils lui ont prêté leur téléphone, il a parlé un peu, et puis il est allé au bar de l'hôtel. Au bout de dix minutes, à peu près, y a une grosse masse qui s'est pointée. Il ressemble à Odd-Job, le méchant dans le film de James Bond, là. Il a discuté un peu avec Dulay, et ensuite ils sont allés dans le hall.

Wilcox expliqua comment il avait suivi Dulay à l'extérieur, où celui-ci s'était entretenu avec un autre individu, probablement leur acheteur, dans une Mercedes à l'arrêt.

— Il est grand, pour un Jap, commenta Wilcox. Il doit mesurer au moins 1,75 mètre. Odd-Job traînaillait dans les parages, alors c'est sûrement le garde du corps.

Tout en écoutant Wilcox lui dresser son rapport, Jersey marchait vers l'écurie. Il s'arrêta.

— Jimmy, tu as obtenu son adresse ? C'est qui ce mec, putain ?

— Ouais, je l'ai eue par le portier. C'est un client régulier. Il vient cinq ou six fois par an. C'est un magnat de l'informatique. Le capital de sa boîte se monte à plusieurs milliards, et le siège se trouve à Tokyo. Il s'appelle M. Kitamo...

— D'accord. C'est tout ce que je voulais savoir, pour l'instant. Pourquoi tu ne...

— C'est là-dedans qu'on aurait dû investir, dans les logiciels informatiques.

— Ouais, bah on s'est plantés, pas vrai ? Je te rappellerai quand...

— Il a sûrement un site Internet...

— Allez, raccroche et passe une bonne soirée, Jimmy.

— Toi, t'es branché ordinateurs en ce moment. T'as qu'à chercher les logiciels Kitamo triple K et...

— Jimmy, va tringler ta gonzesse maintenant ! lâcha sèchement Jersey en mettant fin à la communication.

Jersey passa le reste de la journée auprès de l'équipe de son écurie. Ses finances étaient si justes que les dépenses dues à la préparation du casse se faisaient durement ressentir. Même s'il savait que l'argent des propriétés de Moreno viendrait renflouer les caisses, il ne pouvait toujours pas en disposer. Il ordonna qu'on vende deux chevaux supplémentaires. Cette décision lui fut douloureuse, et elle laissa perplexes ses entraîneurs et managers. Bien qu'ils se soient gardés d'émettre le moindre commentaire, ils ne l'avaient jamais vu aussi inquiet. Plus tard, alors qu'il examinait ses comptes, il vit qu'il ne pourrait maintenir l'écurie à flot plus de quatre mois — en incluant dans ses calculs la vente de huit autres chevaux de course et de deux poulinières. S'ils ne réussissaient pas leur coup, il lui faudrait tout vendre avant même que Royal Flush ait pu tenter sa chance au Derby.

Dans l'après-midi, Fleming emmena Royal Flush galoper pour que Jersey puisse l'observer — l'étalon avait retrouvé une forme stupéfiante. Néanmoins, ce soir-là, Jersey souffrit d'insomnie. Totalement épuisé, toutes sortes de plans tourbillonnaient dans sa tête. Il se leva, alla à son cabinet de travail et but un verre de brandy. Finalement, il décida d'aller se promener.

La nuit était froide, le ciel dégagé, et son souffle

formait de la vapeur. Fleming le tira brusquement de sa sombre rêverie.

— Vous ne trouvez pas le sommeil.

Jersey se détourna. Il trouva son entraîneur emmitouflé dans son manteau. Jersey secoua la tête.

— Moi non plus, avoua Fleming.

Ils marchèrent en silence quelque temps, puis vinrent s'appuyer à la clôture qui ceignait le paddock de pâturage.

— Vous avez des soucis, n'est-ce pas ?

Jersey hocha la tête.

— Difficile de ne pas s'en rendre compte, avec la crème de vos chevaux qui part à la vente. Ça m'écœure de voir ça.

— Moi aussi, mais je suis au fond du gouffre. Parfois, j'ai l'impression que je ne réussirai pas à remonter la pente. (Il marqua une pause.) J'ai un ami, en Irlande, Michael Shaughnessy, qui est éleveur — pas très gros, mais c'est un brave type.

— Je ne crois pas le connaître.

— Il se montre très discret.

Jersey se demanda comment Fleming allait réagir à sa suggestion. D'après lui, un bakchich aiderait à le persuader. En général, cela permettait de vaincre bien des réticences.

Lorsqu'il expliqua tranquillement à l'entraîneur ce qu'il avait en tête, Fleming fut tellement abasourdi qu'il en devint presque muet.

— Ça nous rapporterait un beau paquet — une somme colossale, même. C'est la meilleure pouliche que j'aie jamais eue.

— Putain ! Et lui c'est le meilleur aussi. Vous connaissez les conséquences possibles, monsieur.

Faire couvrir une jument de façon illégale, c'est un risque énorme.

— On le séparera d'elle tout de suite après, et puis on intensifiera son entraînement.

— Je ne sais pas. Ça pourrait être catastrophique.

Jersey donna un coup de pied dans la terre.

— Vous avez raison. Laissez tomber.

Mais Fleming posa la main sur le bras de Jersey.

— Il faudra qu'on soit trois. Mon fils viendra nous aider, mais tout doit rester secret. Nous le ferons de nuit, quand l'écurie est silencieuse. Si jamais ça s'apprenait...

Jersey prit Fleming par l'épaule.

— Eh bien, espérons que cela portera ses fruits, et je vous garantis que Shaughnessy se montrera fort intéressé.

Une heure du matin allait bientôt sonner. Tous les deux se promenèrent une demi-heure de plus, puis se serrèrent la main. Fleming toucherait dix mille livres en espèces, mais si la jument ne mettait pas bas, le contrat ne tenait pas. Ils emmèneraient la pouliche à Dublin par bateau, la livreraient à Shaughnessy pour qu'il recueille et élève le foal, expliqua Jersey. Personne ne serait au courant. Ils se serrèrent la main une seconde fois. Tous deux savaient que leur tentative risquait de gâcher toutes les chances de Royal Flush. Déprimés, ils retournèrent se coucher.

Driscoll et Wilcox se relayaient pour surveiller la maison sécurisée. Wilcox se plaignait de cette activité pénible et énervante, mais Driscoll, lui, s'en fichait : il trouvait là un moyen de penser à autre chose qu'au coût du mariage qui n'en finissait plus de s'élever.

Dès qu'il laissait son tour de garde, Wilcox cherchait d'autres locaux où parquer les véhicules. Ils ne gareraient pas les voitures dans l'entrepôt d'Aldersgate avant la veille du casse. Il finit par trouver une grange désaffectée dans la campagne du Surrey, où il transporta les Daimler. Ce serait également à cet endroit que l'équipe se rassemblerait pour mettre la touche finale à la préparation de la mission.

Wilcox avait aussi découvert plusieurs costumiers où il pourrait louer d'authentiques uniformes de motards de la police. Lorsqu'il en aurait besoin, il se ferait passer pour un employé de studio de cinéma. Il avait également acheté deux motos, qu'il était en train de repeindre pour les rendre identiques à celles de la police de Londres. Driscoll fut chargé d'acquérir deux fusils à pompe et plusieurs petites armes de poing. Possédant lui-même un véritable arsenal, il décida de déguiser certains de ses propres pistolets en effaçant leur numéro de série, de façon à ce qu'ils ne permettent pas de remonter jusqu'à lui.

Les dépenses dues au mariage de la fille de Driscoll grimpaient en flèche, et si Christina se plaignait de l'absence de Jersey, Liz Driscoll était hors d'elle.

— Où est-ce que tu es toujours barré, à la fin ? Je ne sais jamais où tu es, et je n'arrive pas à te joindre sur ton portable. Pourquoi tu ne le laisses pas allumé, bon sang ?

— Je suis très occupé en ce moment.

— TOI, tu es très occupé ? Essaie donc de te charger des invitations pour trois cents personnes, de la location de la tente, de l'orchestre, des traiteurs, de la pièce montée et des robes des demoiselles d'honneur, sans parler de la robe de ta fille. C'est moi qui me tape l'organisation toute seule.

— C'est toi qui veux en mettre plein la vue à tout le monde avec ce mariage, pas moi !

— C'est ta fille, putain. T'as pas envie de marquer le coup ?

— Bien sûr que si, mais d'où tu sors ces trois cents personnes, d'un seul coup ? La dernière fois, la liste des invités se montait à cent cinquante.

— Je te signale que le marié invite sa famille, lui aussi ! hurla-t-elle avant de fondre en larmes. C'est trop de travail pour moi et, en plus, elle n'arrive pas à choisir sa robe. Va lui parler.

— J'y connais rien en chiffons, et c'est pas la peine de beugler.

— Bon, eh ben, va voir les dessins. Elle est incapable de se décider.

— C'est toi qui devrais l'aider. Comment tu veux que je choisisse sa tenue ? J'ai quelques affaires à régler pour pouvoir payer tout ça.

— Je te croyais à la retraite, dit-elle en reniflant.

— C'était vrai jusqu'à ce mariage à la con. Combien il va falloir casquer maintenant ?

Elle lui jeta un paquet de carnets et de papiers.

— T'as qu'à compter.

Il soupira, puis s'assit à table, muni des factures. Au bout d'un moment, il leva les yeux, bouche bée.

— Mille cinq cents livres pour les robes des demoiselles d'honneur ? UNE BRIQUE ET DEMIE ?

Il estima le coût des noces à trois cent mille livres, peut-être plus. Il n'en croyait pas ses yeux. La liste des frais n'en finissait plus.

— Putain, t'es obligée de commander le meilleur champagne ?

— Tu ne crois pas que je vais dépenser tout ce fric pour tout foutre en l'air en servant du picrate ! répliqua-t-elle d'un ton cassant, en reprenant ses factures et ses reçus. Qu'est-ce qui te prend de jouer les radins ? Tu m'as dit que l'argent ne posait aucun problème.

— Je joue pas les radins, je te fais simplement remarquer qu'il s'agit du mariage de ma fille. Et ma fille, c'est pas Madonna, bordel. Pourquoi est-ce qu'il lui faut toutes ces demoiselles et tous ces garçons d'honneur ?

— Parce que c'est ce qu'elle veut, voilà pourquoi, et tu vas les lui offrir, que ça te plaise ou non.

Il poussa un soupir. Ces complications tombaient vraiment mal. Il se leva et quitta la pièce.

— Où est-ce que tu vas maintenant ?

Au lieu de lui répondre, il gagna le couloir et se dirigea vers l'escalier.

— Tony, où tu vas ?

— Je vais prendre une douche, tu n'y vois pas d'inconvénient ?

Elle le suivit dans l'escalier.

— Tu vas discuter avec elle alors ?

— Oui, répondit-il d'un ton irrité avant de monter les marches d'un pas lourd.

Vêtue d'un peignoir en tissu éponge blanc, Michelle était étendue sur son lit, la face recouverte d'un masque. Très fluette, elle avait un visage de poupée et semblait bien trop innocente et détachée de tout ce qui touche aux mondanités pour se marier.

— Salut. Ta mère m'a dit que tu n'arrives pas à te décider pour ta tenue de mariée.

— Robe de mariée, le corrigea-t-elle, les lèvres pincées afin d'éviter de craqueler son soin du visage.

— Bon, eh bien, jetons un œil aux idées que tu as eues.

— Moi je n'ai eu aucune idée, papa. C'est la styliste qui s'en occupe. Les dessins sont sur ma commode.

Il s'assit sur le tabouret à collerette de soie et ouvrit une chemise recouverte de velours. Sur le devant, on lisait le nom de la styliste, inscrit en lettres d'or.

— C'est joliment présenté, marmonna-t-il.

Il feuilleta les croquis représentant de longues robes effilées : modèles à mousseline, modèles avec traîne, modèles sans traîne. Il avança rapidement jusqu'à la dernière page à la recherche d'une liste des prix. Il n'en trouva pas.

— Laquelle tu préfères ?

— Je n'en sais rien. J'ai quelques kilos à perdre.

— T'es déjà une vraie crevette.

Il prit le catalogue et vint s'asseoir sur le lit à côté d'elle.

Michelle continua à bougonner :

— Au début, je voulais engager Stella McCartney, mais je n'ai pas aimé la robe de Madonna.

— Ça va me coûter combien, cette robe ?

— Demande à maman, c'est elle qui s'en est occupée. Moi je suis complètement paumée, elle me pose trop de questions.

— Pourquoi il y a autant de demoiselles d'honneur ?

— Demande à maman.

— Ça, fais-moi confiance, mais c'est ton mariage, quand même.

— On dirait pas !

Michelle se redressa et s'appuya contre le torse de Driscoll.

— Ça commence vraiment à me soûler, je te jure. Je sais que ça part d'une bonne intention de sa part, mais des fois je regrette de ne pas me contenter d'un petit mariage civil.

— Ah bon ? Avec ce que je vais casquer, c'est moi qui regrette, oui ! Mais tu ne peux plus renoncer maintenant, ça lui ferait trop de peine. Tu devrais te décider, qu'on en finisse, hein ? Prends celle avec la longue traîne. Elle a l'air chouette.

— Celle qui a un bustier décoré de petites perles ? demanda-t-elle en s'approchant de lui pour tourner les pages.

— Ouais, celle-là.

Elle soupira et lui prit le catalogue des mains.

— Et celle-ci, style grec ? Elle te plaît ?

— Écoute, tout ce que tu veux, ça me va. Je te trouverais ravissante même si tu portais un torchon à vaisselle.

Elle rit et l'embrassa, ce qui fit craqueler son masque.

Il pouffa.

— J'espère que ton jules te verra pas avec cette horreur sur la figure, parce qu'il s'enfuirait à toutes jambes. Choisis le modèle avec les perles, c'est celle que je préfère.

— OK. Ouais, je vais la prendre.

Il la laissa là, assise en tailleur, occupée à regarder des échantillons de soie et les modèles de voiles assortis.

Dévêtu et impatient de se détendre dans son sauna, Driscoll s'apprêtait à verser de l'huile essentielle de pin sur les pierres lorsque sa femme revint.

— Eh ben, merci. Tu venais de me demander de réduire les dépenses, et voilà que tu lui conseilles de choisir la robe à petites perles. Moi qui ai tout tenté pour l'en dissuader — elle coûte vingt-cinq mille livres.

— Pardon ?

— Ouais, vingt-cinq mille. Et puis elle doit prendre un diadème et le voile, ce qui va aussi coûter une fortune. Je ne comprends plus rien, Tony, je te jure.

— Écoute, achète tout ce que tu veux, ma biche, prends un diadème en diamants et trente demoiselles d'honneur si ça te chante, mais arrête de me tanner, j'ai mal au crâne.

— Tu dois faire prendre tes mesures pour ton costume. Tu ne peux pas mettre le vieux. Quand est-ce que tu peux aller chez le tailleur ?

Il ouvrit la porte du sauna, et la chaleur lui sauta au visage.

— La semaine prochaine, ça te va ? J'irai la semaine prochaine.

— C'est pas un peu juste ?

— La semaine prochaine, je te dis. Ils prendront mes mesures, et je porterai même un tutu si ça t'amuse, mais lâche-moi un peu, d'accord ? J'en ai marre.

Il claqua la porte. Il pouvait encore assumer les dépenses du mariage, mais ces noces allaient achever de vider ses réserves. Sa femme ignorait la gravité de la situation.

Vêtue du déshabillé en soie que Wilcox lui avait offert à Paris, étendue sur le lit, Rika prenait une pose lascive. Tout comme Jersey et Driscoll, Wilcox n'avait cessé de s'absenter, mais contrairement à Christina ou à Liz, Rika s'en était donné à cœur joie dans les boutiques parisiennes.

— Viens te coucher, dit-elle en ouvrant les bras.

Il s'affala sur le ventre en soupirant et ferma les yeux. Elle se mit à l'embrasser et à essayer de le déshabiller. Wilcox commençait à ressentir les conséquences de ses allers-retours en voiture à Leicester. S'étant enrhumé à force de travailler dans le garage glacial, il se sentait patraque. Complètement épuisé, il n'avait absolument pas la tête au sexe.

— Laisse tomber, Rika, j'ai la grippe ou un truc dans le genre.

— Je me fiche ce que tu as, je t'aime.

— Moi aussi, chérie, mais...

— Je vais te masser.

— Non, laisse-moi dormir un peu. J'ai bossé comme un bagnard, et je suis claqué.

— Bossé ? Pourquoi ? Normalement tu es dans la retraite, alors c'est quoi ton travail qui t'enlève le envie de faire l'amour ?

Il poussa un soupir, prit un mouchoir dans la boîte posée sur la table de nuit, et se moucha.

— C'est pas rhume que tu as... si ton nez il coule, c'est à cause de la cocaïne.

Il lui lança un regard noir, et elle entreprit de lui déboutonner sa chemise.

— Je t'en prie, Rika. J'ai pas l'esprit à ça.

— Quand alors ? Depuis des semaines t'as pas envie. On est partis passer un week-end amoureux à Paris, et puis après tu me repousses.

— Putain ! Je me sens pas bien. J'ai mal à la tête.

Il se leva en titubant, mais elle le repoussa sur le lit et le chevaucha.

— Tu désires plus Rika.

— Si, je te jure. Mais pas maintenant, c'est tout.

Il respira profondément et l'attrapa par les bras.

— Écoute-moi. En ce moment, les affaires ne marchent pas bien, d'accord ? J'ai perdu presque toute mon épargne à cause de très mauvais placements à la Bourse. Je suis dans la dèche, Rika, presque ruiné.

— Quoi ?

— Eh ouais, ça te la coupe, hein, mais c'est la vérité. Je vais être obligé de vendre les garages qui me restent, et les voitures aussi. Voilà à quoi j'ai passé mon temps, à essayer de sauver le maximum de fric pour toi et les mômes.

— Pourquoi tu m'as pas dit ? demanda-t-elle en se blottissant dans ses bras comme un bébé.

— Je ne voulais pas t'inquiéter.

Rika se sentit déçue. Cette fois, elle savait qu'il ne mentait pas. Il était au bord des larmes.

— Tu aurais dû en parler à moi, Jimmy, m'expliquer plus.

— Oui, mais je voulais pas t'inquiéter, je te dis, avec les enfants qui vont à l'école et tout ça. Ce que j'espère, c'est qu'on pourra rester ici, mais je vais être obligé de vendre les autres maisons. Il va me falloir du temps pour connaître exactement l'étendue des dégâts, mais ça ne se présente pas bien.

Le tenant toujours dans ses bras, elle soupira.

— Mais tu avais des millions, pourtant ? Des millions et des millions.

— Non, j'avais pas mal de pognon, mais t'inquiète pas, je pense que je pourrai m'en sortir. Je vais devoir passer du temps au garage, c'est tout.

Il éternua, et elle lui donna un mouchoir.

— Mon pauvre chéri. Tu veux que Rika elle te prépare la soupe ?

— Ouais, et on n'a pas des médicaments, par hasard ? Je voudrais pas que ça me prenne les bronches. Tu sais que je suis fragile.

Elle tira la couette et battit les oreillers.

— C'est pas grave, poussin, va te coucher, et Rika monte un plateau pour le pauvre petit malade. Allez, allonge-toi maintenant, c'est bien.

Il se laissa tomber sur les oreillers en reniflant. Il se sentait complètement HS. Après lui avoir retiré sa chemise, elle l'aida à enfiler le haut de son pyjama comme s'il avait 10 ans. Elle lui défit même son pantalon, puis le borda, lui posa un baiser sur le front et le cajola. Lorsqu'elle remonta la couette sur lui, sa poitrine généreuse se balança sous ses yeux dans son déshabillé affriolant, mais cela n'excita même pas Wilcox. Tout ce qu'il voulait, c'était qu'on le laisse tranquille.

Quelques instants plus tard, il entendit Rika qui chantait et se déplaçait à l'étage d'en dessous. Il se recroquevilla en chien de fusil, et attendit sa soupe en réfléchissant au pétrin dans lequel il se trouvait.

Très bientôt, il faudrait qu'ils se retrouvent afin de discuter du braquage, et cette perspective le rendait nerveux. Il regrettait d'avoir accepté d'y participer, regrettait d'avoir écouté Jersey et de s'être impliqué une nouvelle fois à ses côtés, mais il était trop tard pour revenir sur sa décision.

Comme tous les matins depuis le début de la semaine, Raymond Marsh arriva au central téléphonique de Scotland Yard à 8 h 45. Ayant fait en sorte d'être chargé de la maintenance des lignes du standard, il allait passer les deux semaines suivantes sur place, à contrôler les installations principales, et reviendrait ensuite régulièrement pour des vérifications plus pointues. Le central de Scotland Yard traitait exclusivement les lignes du poste de police. On avait fourni à Marsh un mot de passe, un code secret et un badge électronique lui permettant d'accéder à tous les secteurs du bâtiment.

Au sous-sol, on trouvait les batteries et le matériel ; à l'étage médian, toute la logistique informatique ; et au dernier étage, toute la partie administrative. Marsh avait réussi à accéder à l'ordinateur central, et rapidement localisé les vingt-quatre lignes consacrées aux appels entrants et sortants échangés avec le Service de Protection de la famille royale et des diplomates. Dans la journée, il fixerait un mouchard sur ces lignes : tous les coups de téléphone transitant par elles seraient répertoriés, accompagnés des numéros des correspondants.

Une fois le dispositif installé, Marsh commença à surveiller et à archiver les appels. S'il se faisait prendre, il finirait au chômage, ou pire. Au début de sa deuxième semaine au central, il avait découvert qui s'occupait des liaisons avec le Palais et confirmait la mise en place des mesures de sécurité.

Quand Jersey reçut un e-mail de Marsh, il eut une montée d'adrénaline. Une nouvelle étape venait d'être franchie, et l'heure était venue de convenir d'une deuxième rencontre avec lord Westbrook. Son Excellence décrocha le combiné et poussa un grand soupir de soulagement.

— Dieu soit loué ! Je commençais à croire que vous vous étiez dégonflé.

— Pourtant, vous avez reçu l'argent, n'est-ce pas ?

— Oui. Merci.

— Il faut que nous nous voyions. Vous connaissez Shepperton ?

— Oui.

— Allez à Church Square. Vous trouverez un banc en face d'un petit embarcadère, au bord du fleuve. Je vous y retrouverai, et puis nous irons déjeuner au pub.

— Très bien. Quand ?

— Demain. À midi.

Lorsque Jersey appela Wilcox, ce dernier était alité et souffrait d'un gros rhume.

— J'ai un boulot pour toi.

— Je suis malade.

Jersey poursuivit comme s'il ne l'avait pas entendu :

— Je veux que tu ailles jeter un œil à une adresse à Esher, mais n'entre pas en contact avec les propriétaires, contente-toi de surveiller les allées et venues. Étudie les accès, et assure-toi que seuls la femme et son mari vivent là. Quand tu auras fini, tiens-moi au courant.

— Tu veux que je m'en occupe ce soir, si je comprends bien ?

— Oui.

Il lui dicta l'adresse.

— J'ai une crève d'enfer. Je suis au pieu.

— Tu n'as qu'à bien te couvrir, rétorqua sèchement Jersey.

Driscoll et Wilcox l'inquiétaient, mais il n'ajouta rien et raccrocha. Puis il parcourut sa liste minutieuse des préparatifs à effectuer, en cochant chaque tâche accomplie. Il leur manquait toujours une dame d'honneur.

Gelé, Wilcox observait le 23, maison proprette au jardin agrémenté d'une grande mare. Devant le garage qui jouxtait la demeure, une Toyota rouge impeccable était garée sur l'allée à dalles roses et blanches. Tout d'abord, Wilcox passa devant sur le trottoir d'en face, en feignant de chercher une adresse en particulier. Alors qu'il traversait la rue pour revenir sur ses pas, la porte du 23 s'ouvrit. Des clés de voiture à la main, un chauve enroula une écharpe autour de son cou et ajusta son manteau beige d'un coup d'épaules. Puis une femme de petite taille, vêtue d'un manteau bleu et d'un bonnet, sortit à son tour.

— Eric, tu as fermé derrière ? cria-t-elle.

— Oui, c'est bon.

Elle se dirigea vers la portière passager, que son mari lui tenait ouverte.

— Je ne veux pas qu'on s'éternise là-bas, dit-elle.

Lorsqu'elle monta dans la voiture, les réverbères lui éclairèrent distinctement le visage. Bien qu'époustouflé, Wilcox ne s'arrêta pas.

Eric mit le contact, puis ils le dépassèrent. Il vit la femme parler en regardant droit devant elle. Il avait du mal à y croire : c'était la réplique exacte de la Reine.

Ses occupants partis, Wilcox fut en mesure de regarder la maison de plus près. Il remonta l'allée et sonna à la porte d'entrée en jetant un coup d'œil à l'intérieur comme s'il s'attendait à trouver quelqu'un. Il alla même jusqu'à appeler le nom d'Eric. Puis il contourna la demeure et recommença, en examinant l'allée, la cuisine et les fenêtres. Ne voyant personne, il regagna sa voiture et appela Jersey.

Seul chez lui, celui-ci fumait le cigare quand son téléphone vibra. Il répondit, et reconnut Wilcox à sa voix enrouée.

— L'accès est facile aussi bien d'un côté que de l'autre, et j'ai bien tout observé quand les proprios sont partis. Ils ne sont que deux à y vivre. Derrière, une grande haie bloque le vis-à-vis. Devant, les voisins peuvent voir la porte.

— Mmm, très bien. Tu y es toujours ?

— Je suis sur le chemin du retour.

— Tu l'as vue alors ?

Wilcox éternua.

— J'en reviens pas. C'est son portrait craché, on fait pas la différence.

— C'est normal, elle gagne sa vie en tant que sosie de la Reine.

— On va l'enlever alors ? demanda Wilcox.

— Non. D'abord, on lui propose un boulot.

— Je ne comprends pas.

Wilcox renifla.

— C'est notre sésame, Jimmy, c'est tout ce que tu dois savoir, pour l'instant.

À son retour chez lui, bien qu'épuisé, Jersey appela Christina avant d'aller se coucher. Elle lui annonça qu'elle devrait rester en Suède quelque temps auprès de sa mère, car les médecins ayant diagnostiqué une forme avancée de cancer, elle devait subir une chimiothérapie. Jersey proposa de la rejoindre, mais elle refusa. Bien qu'il ne se réjouît aucunement de la maladie de sa belle-mère, l'absence de sa femme le laisserait libre de se concentrer sur le vol.

17

À Shepperton, lord Westbrook attendait déjà dans le parc de Church Square. Jersey fut stupéfié par le changement de son apparence physique : la fatigue lui donnait le teint gris. Assis sur le banc métallique, emmitouflé dans son manteau, il fumait une cigarette qui pendait à ses lèvres bleuâtres.

— Ça ne va pas ? s'enquit Jersey, avant de s'asseoir à côté de lui.

— J'ai commencé un nouveau traitement. Et puis j'ai brûlé la chandelle par les deux bouts, dernièrement, plaisanta Westbrook, que ses yeux trahirent.

L'épuisement lui conférait un regard las.

— Je vous ai apporté une liste de requêtes, annonça Jersey d'un ton sec.

Westbrook passa la main sous le banc pour attraper sa mallette.

— J'ai essayé de trouver les réponses précises à vos premières questions.

— Bon, si on allait au George ? Leur salle à manger est confortable. On prendra un café.

— Ce n'est pas de refus, je suis gelé. (En se levant, Westbrook fit tomber sa serviette. Jersey la lui ramassa.) Merci.

Ils entrèrent dans le pub.

— Je commande du café, à manger ? demanda Westbrook tandis que Jersey choisissait une table au bord d'une fenêtre, à l'écart du comptoir.

— Juste un café pour moi.

Après avoir étalé les notes de Westbrook sur la table, Jersey se mit à les étudier pendant que le vieillard demandait du café, des cigarettes et des sandwiches au poulet. Lorsqu'il se rendit aux toilettes, Jersey l'observa du coin de l'œil. À son retour, le pourtour des yeux rougi, il s'assit lourdement.

— Je vous écoute, dit-il simplement, le visage luisant de sueur.

Au moment où on leur apportait leur commande, il alluma une cigarette et fut saisi d'une quinte de toux. Jersey servit du café et passa une tasse à Westbrook, qui attrapa un sandwich et se mit à le dévorer, sa cigarette toujours à la main.

— Bon, au travail, lança Jersey.

— Quand vous voulez.

Westbrook posa les jambes sur le siège capitonné côté fenêtre. Il continua à manger avec une gloutonnerie inquiétante. Puis il but son café à grandes gorgées et, bien que la précédente fût encore en train de se consumer dans le cendrier, il alluma une nouvelle cigarette.

— Notre marché tient toujours, n'est-ce pas ? demanda-t-il.

— Oui, bien sûr.

— J'ai pas mal gambergé, vous savez. Je suis malade, et je ne voudrais surtout pas casser ma pipe et ne pas toucher ce qui m'est dû si vous réussissez le casse. Je me suis demandé si vous ne pourriez pas rédiger un contrat pour moi, au nom de mon fils. Parce que si j'ai bien compris, il est question d'un gros pactole.

— C'est exact, mais comme vous l'avez fort justement mentionné, tout dépend de notre réussite. Si nous échouons, personne ne touchera le moindre penny, alors il m'est impossible de vous garantir quoi que ce soit. Je peux seulement vous régler la somme convenue pendant la période de préparation. En cas de succès, vous toucherez votre part.

— Mmm... vous me demandez une confiance aveugle en quelque sorte ?

— Pas vraiment. Comme nous sommes tous dépendants les uns des autres pour protéger notre anonymat, nous n'avons pas intérêt à vous rouler.

— Ça, d'accord. Mais si je clamse, qui va s'assurer que ma part revienne à mon fils ?

Jersey le regarda droit dans les yeux.

— Moi.

Westbrook ôta ses pieds du siège.

— D'accord.

Jersey tira ses pages de questions vers lui et dévissa le capuchon de son stylo Cartier en or.

— Qui accompagnerait la Reine lors d'une visite de ce genre ?

— Un écuyer. Il assiste Sa Majesté lors de ses obligations officielles et dans sa vie privée. C'est un membre d'une petite équipe triée sur le volet chargée de dresser et de faire respecter l'emploi du temps quotidien.

— Jouer le rôle d'écuyer, c'est dans vos cordes ?

— Oui, absolument, je réunis toutes les conditions requises. Une ascendance aristocratique et toutes ces conneries. On nous détache de l'armée au bout de trois ans. Lorsqu'on travaille en service rapproché, pendant les déplacements de la Reine, on porte un uniforme. Le mien est toujours dans mon placard, alors pas de souci de ce côté-là. Mais bien souvent ce n'est même pas nécessaire. Il suffit que Sa Majesté déclare « Pas de décorations aujourd'hui », ou quelque chose dans le genre, et dans ce cas un costume élégant suffit. Je vous ai raconté que j'étais affecté au Royal Mews, l'écurie de Buckingham ? C'est moi qui coordonnais les déplacements de la Reine. Vous voyez, s'il s'agit d'un événement officiel, on sort les calèches et tout le tintouin, mais pour un truc comme un essayage, la Reine voyagera simplement dans une Daimler, suivie d'une deuxième voiture.

— Et ce serait forcément une Daimler. Vous en êtes sûr ?

— Oui, absolument.

— La mascotte..., commença Jersey.

Westbrook frappa la table du plat de la main.

— C'est primordial. Le véhicule de la Reine doit absolument être décoré de son Saint-George argenté et de son dragon.

— Il me semble qu'un de mes comparses s'est déjà chargé de le reproduire. À part l'écuyer, qui l'accompagne ?

— Une dame d'honneur, qui s'occupe du sac à main et des fleurs, et sert de secrétaire à temps partiel, en répondant aux lettres, etc.

— En ce qui concerne son âge, c'est à peu près le même que la Reine ?

— En général, oui. Elle doit être bien habillée, agréable, et n'avoir aucun signe particulier voyant.

Il faut qu'elle soit du genre à se fondre dans le décor.

Ils continuèrent à détailler la composition du groupe d'accompagnateurs, la discussion s'avérant fastidieuse tant Westbrook s'égarait dans des digressions inutiles, mais Jersey avait besoin qu'il joue le rôle d'écuyer. Malade ou pas, il faisait partie intégrante de l'équipe.

Peu après son rendez-vous, Jersey appela Christina pour prendre des nouvelles de sa mère, qui ne furent pas bonnes. Elle réagissait mal au traitement.

— C'est sans espoir. Je vais suggérer à mon père de demander l'arrêt des soins. Elle souffre énormément, et comme les médecins ne sont pas du tout optimistes, je trouve préférable de lui épargner au moins ça.

— Ma pauvre, ça doit être vraiment très dur. Tu me manques, et j'aimerais pouvoir t'épauler.

Il raccrocha, déprimé, et ses pensées s'orientèrent vers lord Westbrook. À quel point était-il malade, au juste ? Ce matin, Jersey lui avait trouvé très mauvaise mine. Son état de santé l'inquiétait : pour des raisons de crédibilité, l'écuyer devait paraître en forme. Jersey prit la route de la capitale, se gara devant une cabine publique et appela Raymond Marsh. Ce fut sa femme qui lui répondit et, au bout d'un moment, Marsh prit la communication.

— Qui c'est ? Monsieur Simmons, c'est ça ? Pas trop tôt. Il faut qu'on se voie ?

— Oui. Ce soir, vous êtes libre ?

— Ouais, et j'ai du nouveau pour vous ! Vous pouvez passer chez moi ?

Marsh ouvrit la porte, et Jersey le suivit dans un couloir à la moquette si épaisse qu'il eut l'impression de patauger dans de la terre glaise. Marsh portait un pantalon cigarette moulant et des creepers en daim d'un rose du plus mauvais goût. Au col de sa chemise, assortie aux souliers, une fine lanière faisait office de cravate. Photos et affiches d'Elvis Presley recouvraient les murs.

— C'est mon idole, commenta Marsh. Venez à l'étage.

Il le précéda dans l'escalier décoré des posters de tous les films du King. Au bout du couloir, Marsh ouvrit une porte, s'écarta, et fit signe à Jersey d'entrer. La pièce abritait des rangées d'ordinateurs, des tas de fils électriques, des cendriers débordants de mégots et des cartons de pizzas.

— Asseyez-vous, dit Marsh. C'est mon bureau. Comme vous pouvez le constater, ce n'est que du matériel dernier cri, il y en a pour des millions.

— Comment ça s'est passé, au central ?

Marsh se baissa et sortit un sac en toile bon marché, qu'il laissa tomber sur son bureau.

— Bien. Je vous ai imprimé des documents à emporter, en plus d'enregistrements sur bande. Les types de l'IRA appellent tous les matins à une heure précise. Ils disposent de dix lignes, qu'ils utilisent selon un procédé particulier. Ils appellent la première le premier jour, puis la deuxième le lendemain et ainsi de suite, puis quand ils arrivent à la dixième, ils recommencent en sens inverse. Je crois avoir calculé sur quel poste ça tombera le jour du casse, à la condition qu'ils ne modifient pas leur façon de procéder — de toute manière, on dispose de tout le temps nécessaire pour s'en apercevoir.

— Beau travail. Et la liaison entre Scotland Yard et la maison sécurisée ? Quelles conversations ont déjà eu lieu ? Qui a téléphoné à qui ?

— En fait, ils ne se sont pas encore contactés pour discuter des mesures de sécurité appliquées le jour de l'essayage, car nous en sommes encore loin. Mais je surveille.

Jersey fut impressionné. À chacune de leurs rencontres, Marsh ajoutait un atout dans son jeu, mais il refusait de lâcher le sac en toile. Il fixa Jersey dans les yeux d'un air très déterminé.

— J'ai l'impression que je joue un des tout premiers rôles dans cette histoire, et si je prends autant de risques, ce n'est pas par goût du piratage informatique. Il faut qu'on discute de la taille de ma part.

— D'accord. La pièce principale du trésor nous rapportera près de soixante millions, auxquels viendra s'ajouter le montant de la revente des autres joyaux, mentit Jersey, qui savait que le butin se monterait à une somme largement supérieure.

Marsh exigea alors qu'on le récompense d'au moins dix millions, en plus de son millier de livres hebdomadaire. Jersey accepta, Marsh poussa le sac vers lui et expliqua :

— Quand la date de l'essayage approchera, le Commandant du RDPD contactera D'Ancona pour discuter des mesures de sécurité. Je peux repérer la ligne reliée à la maison sécurisée, alors, le moment venu, je la piraterai afin de répondre au coup de téléphone destiné à les avertir que la Reine ne viendra pas.

Les deux comparses continuèrent à élaborer leur plan. Dès que Marsh aurait découvert le mot de passe pour le 2 mai, il le communiquerait à Jersey. Ce dernier se ferait alors passer pour un informateur de l'IRA, appellerait la police, leur fournirait le code et leur transmettrait une menace d'attentat qui passerait pour authentique. Scotland Yard contacterait ensuite Buckingham, et tous les déplacements de la famille royale seraient suspendus. Comme Marsh venait de le lui expliquer, il attendrait que le Commandant joigne la maison sécurisée pour annuler la visite de la Reine. Il s'immiscerait alors dans le système de communications et répondrait lui-même à l'appel. Le chef de la sécurité continuerait ainsi à attendre l'arrivée de la Reine, ignorant l'arrivée d'une tout autre délégation.

— Donc, j'arriverai au central avant 6 heures du matin, et j'y resterai jusqu'à environ 10 h 30 pendant que vous passerez à l'action. Je surveillerai les lignes pour m'assurer que personne ne remarque quoi que ce soit. (Il inspira profondément.) Surtout, ne vous attardez pas dans la maison sécurisée, parce qu'il ne leur faudra pas longtemps pour découvrir le pot aux roses. Les services de sécurité du Palais vont sans cesse vérifier que tout se déroule sans problème. (Jersey savait que la présence de Marsh dans le central téléphonique représentait un risque.) Vous disposerez d'un quart d'heure pour tout emballer et vous tirer.

— Nous agirons le plus vite possible. Si tout se passe bien, on ne fera qu'entrer et sortir. Vous croyez que vous pourriez obtenir un plan de la configuration de la maison sécurisée ?

— Attendez, vous préparez votre coup sans savoir ce que vous allez trouver à l'intérieur ? Vous êtes complètement cinglé ! Il faut absolument que vous sachiez à quoi vous attendre.

— Ce n'est pas nécessaire. Nous allons entrer par la porte d'entrée, et je suis persuadé qu'il n'y aura aucun accroc. Tout ce que nous devons connaître, c'est l'emplacement de la chambre forte.

Marsh pointa Jersey du doigt.

— Ça, c'est du boulot d'amateur, mon pote, fulmina-t-il.

Les lèvres de Jersey se raidirent.

— Pas forcément, protesta-t-il.

Mais la remarque de Marsh avait fait mouche.

— Tout ce que j'espère, c'est que les autres gusses sont pas des branquignols. C'est pas possible d'envisager de s'introduire dans une baraque pareille sans savoir sur quoi on va tomber. Vous pouvez pas débaucher un mec qui bosse chez eux ? (Marsh s'interrompit un instant, puis reprit la parole.) Bon, peut-être que je pourrai dégoter la configuration de leur système de sécurité. Si les plans sont gardés sur un disque dur, je pourrai y accéder. Tout endroit équipé d'un ordinateur ou d'un téléphone est à la merci d'un mec de ma compétence.

— Combien de temps vous faut-il ?

Marsh lui adressa un sourire carnassier.

— La question, c'est plutôt de savoir combien vous êtes prêt à me payer ?

Malgré une bonne nuit de sommeil, Jersey,

occupé à réfléchir à son plan, ne se sentait pas mieux. À cran après son entretien avec Marsh, il digérait mal qu'on l'ait traité d'amateur. De plus, les sommes supplémentaires qu'il devait régler au hacker n'arrangeaient pas ses problèmes financiers. Restait à espérer que Marsh se montrerait à la hauteur. Jersey devait encore trouver une femme adéquate pour le rôle de dame d'honneur, persuader le sosie de se joindre à eux, et embaucher deux motards. Peut-être allait-il devoir recourir de nouveau à Internet. Il poussa un soupir. Passer son temps à échafauder son plan et regarder son argent s'envoler de plus en plus vite l'épuisait.

Jersey rentra au domaine en train. Il lui fallait décompresser : il avait l'esprit en bouillie et le corps endolori. Seul chez lui, flâner dans les pièces vides l'apaisa. Un peu plus tard, il monta en compagnie des jockeys, passa un peu de temps avec Fleming, et alla inspecter Royal Flush.

Il travaillait à son bureau lorsque Christina l'appela. Sa mère était morte dans l'après-midi. En pleurs, elle s'efforçait de garder son calme mais craquait sans cesse. Sa mère n'avait que 62 ans, et son pauvre père était effondré. Jersey se montra doux et compréhensif. Lorsqu'il eut raccroché, il contacta Driscoll pour lui annoncer que la préparation de leur coup serait suspendue quelque temps. Driscoll fut soulagé d'apprendre que les funérailles auraient lieu le même week-end que le mariage de sa fille. Wilcox, quant à lui, était à présent malade pour de bon, cloué au lit par la grippe. À l'instar de Driscoll, il ne fut pas mécontent d'entendre que Jersey s'absentait un peu. Cet interlude leur permettrait à tous de souffler. Ayant remarqué qu'aucun d'eux n'avait mentionné le casse, Jersey se demanda si le doute les tracassait encore.

À la vérité, après sa rencontre avec Marsh, il avait perdu confiance dans leur capacité à réussir leur coup. À présent, il ne voyait plus que les lacunes de leur préparation, et trouvait que les membres de son équipe formaient une drôle de bande : Wilcox le cocaïnomane, Driscoll le combinard, lord Westbrook le cancéreux, Gregory Jones l'homme au visage grêlé, Raymond Marsh le narcissique, et Paul Dulay le soucieux. Il calcula le montant des dépenses déjà consacrées au casse et fut pris de nausées.

Le lendemain, Jersey prit l'avion pour la Suède. Il passa toute une partie du vol les yeux fermés, occupé à réfléchir à tous ces éléments désormais tellement familiers qu'il avait l'impression de tourner les pages d'un livre qu'il connaissait par cœur. Il fut tiré de sa rêverie par une hôtesse venue lui proposer rafraîchissements et journaux. Il demanda un café et choisit le *Times*, *L'Express* et le *Daily Mail*. Dans le second, un article piqua son attention. Deux vieilles filles assez âgées avaient escroqué l'organisme chargé des jeux de courses de plusieurs milliers de livres. Sur une photo, on les voyait qui adressaient un sourire radieux à l'objectif, une coupe et une rosette de vainqueur à la main. À la vue de cette image, un souvenir remonta à la surface de sa mémoire. Essayant de calculer quel âge aurait cette sacrée Pamela Kenworthy-Wright aujourd'hui, Jersey fronça les sourcils. Il l'avait connue dans les années 70 par l'intermédiaire d'un ami commun. À l'époque, Pamela était comédienne, formée à l'Académie royale d'Art dramatique. Issue d'un milieu assez aisé, elle avait épousé un courtier fortuné, avant d'en divorcer un peu plus tard, celui-ci l'ayant trompée avec un de leurs domestiques. Par la suite, elle avait tenté de poursuivre sa carrière d'actrice et obtenu quelques rôles dans des séries télévisées, mais à la fin des années 80, on l'avait arrêtée pour vol à l'étalage chez Harrods. En fait, elle avait purgé une peine de quelques mois à la prison de Holloway pour arnaque à la carte de crédit. Jersey sourit. À condition de la retrouver, il se pouvait que Pamela soit la candidate idéale pour ses projets.

Ce furent de petites funérailles intimes, auxquelles seuls assistèrent le père de Christina, ses enfants et petits-enfants. La cérémonie fut courte, le déjeuner plutôt lourd, mais tout fut bien organisé. Bien que très pâle, Christina réussit à se contenir et ne versa que quelques larmes au moment de la mise en bière. La présence de son mari la toucha profondément. Jersey se montra aux petits soins avec elle, et son beau-père lui fut reconnaissant de son soutien. Lorsque Jersey suggéra que Christina reste encore quelque temps afin de s'occuper des biens de sa mère et d'aider son père à s'installer dans une maison plus modeste, cela fut interprété comme une attention des plus gentilles. Jersey ne laissa rien paraître de son désir de tenir Christina à l'écart le plus longtemps possible. Histoire de paraître encore plus sincère, il proposa de rester lui aussi, mais comme il l'espérait, Christina refusa son offre, consciente qu'il devait rentrer s'occuper de ses affaires. Qu'il n'ait jamais eu l'intention de passer une journée de plus en Suède et qu'il eût prévu de feindre un appel urgent le forçant à regagner l'Angleterre si elle avait accepté prouvait bien sa capacité à se détacher totalement de ses sentiments. Il aimait Christina, mais ses projets passaient en priorité. Le temps filait à toute vitesse. On était déjà en mars, et son équipe restait incomplète. Pire encore, il ne possédait toujours pas les plans de la maison sécurisée.

À minuit passé, sa fille partie en voyage de noces, Driscoll était assis près d'un radiateur d'extérieur installé spécialement pour l'occasion près de la petite mare de son jardin. L'eau regorgeait de serpentins, de confettis et de mégots de cigarettes, mais il s'en fichait complètement. Son cœur s'emballait — il avait bu plus que de raison, mais ne se sentait pas ivre —, et son estomac le brûlait.

— Vous vous appelez Tony, c'est ça ?

Driscoll leva les yeux vers la silhouette massive vêtue d'un uniforme vert d'agent de sécurité.

— On se connaît ?

— D'une certaine manière, oui. Ça remonte à vingt ans, peut-être même plus. Je m'appelle Brian Hall.

Driscoll ne le remit pas.

— J'ai travaillé pour vous, à l'époque où vous dirigiez une entreprise de ramassage des ordures. Vous m'avez rendu un grand service. J'étais en liberté surveillée, j'avais besoin d'un boulot, et j'allais de nouveau me mettre dans le pétrin quand vous m'avez offert ce travail malgré mon casier judiciaire.

— Ah oui, je m'en souviens. Alors, comment ça va ? demanda Driscoll sans vraiment s'en soucier.

— Je prends des petits boulots à droite à gauche. Je bosse pour cette boîte depuis quelques années, mais je suis que remplaçant. Ils font appel à moi qu'en extra, pour des fêtes de ce genre.

D'un geste, il indiqua les restes du mariage autour d'eux.

— Vous êtes resté dans le droit chemin ? s'enquit Driscoll.

Hall secoua la tête en riant doucement.

— Non, malheureusement. Pendant un temps, j'ai essayé, mais avec une femme et trois gosses, il faut bien faire le nécessaire pour eux, vous comprenez ? Je me suis encore fait choper deux ou trois fois. En fait, ça fait que dix mois que je suis sorti.

Driscoll s'attendait à ce qu'il le tape de quelques billets. Il porta même la main à son portefeuille, mais Hall l'arrêta.

— Non, non, je suis pas venu vous taxer. Je voulais vous remercier, c'est tout.

— Un verre, ça vous dit ?

— Pas pendant le service.

— Personne ne le saura. En plus, c'est moi qui vous ai engagé.

Ils repartirent vers le bar de la grande tente. Driscoll trouva une bouteille de brandy à moitié pleine, prit deux verres et se dirigea vers l'angle du patio.

— Un brandy, ça vous va ?

— Ouais.

Driscoll répartit équitablement le reste de la bouteille, puis proposa des cigares qu'ils se mirent à fumer dans l'obscurité, la sono crachant encore de la musique à plein régime.

— Vous n'embauchez pas, en ce moment, j'imagine ? demanda Hall.

— Eh non. Je suis en semi-retraite, expliqua Driscoll qui désigna la maison et le jardin. Mais n'allez pas croire que tout est acquis. Je suis ruiné. J'ai investi là où il ne fallait pas, et toute ma fortune est partie en fumée.

— La tuile, commenta Hall. En tout cas, si vous avez besoin de gros bras, j'ai un petit boulot d'appoint — vous me suivez ? Si les types qui vous ont entubé ont besoin d'être secoués un peu, mon pote Kenny Short et moi on prend les contrats. On donne pas dans le zigouillage, mais en tout cas on sait se montrer persuasifs.

Driscoll resta silencieux.

— J'espère que ça vous dérange pas que je vous propose ça. C'était juste au cas où.

Une idée vint se faufiler dans l'esprit de Driscoll. Il y réfléchit un instant avant de dire :

— En fait, il se peut justement que j'aie un boulot bien payé pour vous. Votre Kenny, là, il est fiable, c'est sûr ?

— À fond !

— Donnez-moi un numéro où vous joindre, et je vous contacterai peut-être. Il faut d'abord que j'en discute avec un copain à moi, d'accord ?

Dès son retour en Angleterre, Jersey employa son temps à retrouver la trace de Pamela Kenworthy-Wright. Ayant rapidement découvert que son numéro ne figurait plus dans le Bottin mondain, il consulta l'annuaire, où il trouva trois personnes répertoriées sous ce même nom de famille et les mêmes initiales. Il composa le premier numéro de la liste. Un homme d'un ton très militaire répondit :

— Peter Kenworthy-Wright, j'écoute.

Jersey raccrocha.

Au deuxième appel, le téléphone sonna deux fois.

— Allô ?

— Mademoiselle Pamela Kenworthy-Wright ?

— C'est bien malheureux, mais oui. À qui ai-je l'honneur ?

— Le gouvernement mène actuellement dans votre ville une enquête concernant les personnes inscrites au chômage.

— Ah, la vache, ça va pas d'appeler comme ça chez les gens ?

— Possédez-vous un ordinateur ?

— Oui, j'en ai un. Et puis je vote conservateur, je fume et je suis divorcée. Alors lâchez-moi maintenant.

— Vous étiez actrice, c'est bien ça ?

— Je le suis toujours.

— Merci beaucoup.

Certain d'avoir retrouvé la bonne Pamela, il raccrocha avant qu'elle ait eu le temps d'ajouter quoi que ce soit, mais appela cependant le troisième abonné, au cas où. Cette fois, il tomba sur une vieille femme qui lui expliqua que Mlle Petal Kenworthy-Wright sortait son chien.

Jersey considérait son appartement de Kilburn comme un taudis, mais comparé à celui de Pamela, c'était un véritable palace. Elle habitait un studio situé dans un ancien fort réaménagé de Plymouth. Pour accéder aux logements, il fallait traverser un pont-levis menant à la cour principale, pleine de baraquements condamnés. Chats et chiens errants traînaillaient furtivement autour de sacs-poubelles nauséabonds déposés au pied des bâtiments. Lavabos, cuvettes de toilettes et réfrigérateurs cassés jonchaient les corridors humides et froids. L'escalier et le couloir du deuxième étage, qui menaient au studio numéro 20, empestaient l'urine. Sur la porte, on avait suspendu un écriteau « Ne pas déranger avant 11 h du matin ». Jersey sourit et cogna.

— Qui c'est ? demanda une voix autoritaire et auguste.

— Philip Simmons.

Jersey entendit le verrou coulisser, et l'on entrouvrit la porte.

— Vous travaillez pour le bureau d'aide sociale ?

— Non.

— Qu'est-ce que vous voulez alors ?

— Vous parler. Nous nous sommes déjà rencontrés, il y a très longtemps.

Il lui adressa un sourire plaisant.

— Ah bon ? Votre tête ne me rappelle rien, et je suis très occupée pour l'instant.

— Je vous en prie, mademoiselle, je tiens à vous faire une proposition qui pourrait se révéler très lucrative.

— Vous avez une pièce d'identité ?

Il lui montra son faux permis de conduire.

— Bon, entrez. Je vais chercher mes lunettes.

Jersey sur ses talons, elle disparut à l'intérieur.

Le mobilier était en meilleur état qu'il ne s'y attendait — il trouva le tapis de bonne qualité et les fauteuils en cuir confortables. Pamela possédait également un ordinateur, un grand téléviseur, et un poêle à gaz qui rendait le studio très douillet. Quelques peintures à l'huile de grand format représentant une femme au visage sévère et des nobles portant une perruque poudrée dominaient les murs. Placé trop près du feu pour que cela reste sans danger, un canapé-lit recouvert d'une couette orange occupait le reste de la pièce.

Maigrelette, Pamela portait un peignoir en velours et des chaussons en peau de lapin. Elle fouilla dans un sac en tissu, en sortit ses lunettes, les maintint sur son nez, examina brièvement le permis de conduire et le lui rendit.

— Que voulez-vous ?

— Je peux m'asseoir ?

Elle haussa les épaules. De nombreuses rides zébraient son visage, et de petites rigoles de rouge à lèvres striaient le pourtour de sa bouche. Seuls ses yeux, d'un bleu clair magnifique, gardaient toujours un certain pétillement. Les ombres foncées d'un vieux mascara les mettaient en valeur. Ses cheveux, qu'elle avait probablement teints elle-même, présentaient plusieurs nuances d'acajou foncé mêlé de gris.

— Vous désirez un café ?

— Volontiers.

— C'est de l'excellent colombien. Je vous conseille de le prendre noir.

Bien qu'ébréchée, la tasse était propre. Pamela s'assit sur le fauteuil en face de lui.

— Vous avez sûrement une bonne raison d'être

venu, mais en toute franchise, je ne vois vraiment pas ce qui chez moi pourrait intéresser quelqu'un d'aussi élégant que vous. Jolies chaussures.

— Vous vous y connaissez, en informatique ?

— Oui. J'ai suivi une formation, en prison, expliqua-t-elle, sans aucune gêne. Je me débrouille vraiment bien. En ce moment, j'écris mon autobiographie. Je serais ravie que ce soit la raison de votre visite. J'ai bien envoyé le premier chapitre à toute la profession, mais je n'ai pas reçu le moindre écho.

Elle alluma une cigarette.

— Ce n'est pas pour votre livre que je suis venu.

— Dommage, c'est dans cet espoir-là que je vous ai laissé entrer. Enfin, nous avons tous nos petits fantasmes, n'est-ce pas ? On rêve tous de connaître la gloire du jour au lendemain. Ce n'est pas deux petits rôles dans *Chapeau-melon et bottes de cuir* qui allaient m'ouvrir les portes de Hollywood mais, à l'époque, j'y croyais. J'ai joué au côté de Honor Blackman. Charmante, cette femme. Elle, au moins, elle a gardé ses revenus et son physique — à mon avis, elle n'a pas fait l'erreur d'épouser une ordure. Moi, c'est ce qui m'a perdue.

Elle alla chercher un cendrier.

— Je vous ai rencontrée par l'intermédiaire de Victor Markham, ça remonte aux années 70, expliqua Jersey.

— Ah bon ? Ça fait des années qu'il est mort. Évidemment, suite à mes déboires, j'ai quasiment perdu de vue toute la vieille bande. Vous jouez au bridge ?

— Non.

— Vous avez mentionné quelque chose de...

lucratif — c'est bien le mot que vous avez employé ? Je suis à court de civilités, monsieur. Je brûle de savoir ce qui vous amène ici.

— Je comptais vous proposer quelque chose.

Elle éclata d'un rire rocailleux de fumeuse qui laissa apparaître ses dents tachées par le café.

— Eh bien, je vous écoute, mon cher. Vous avez frappé à la bonne porte. Je suis prête à accepter tout ce qui serait susceptible de me rapporter un peu de pognon. (Un sourire malicieux aux lèvres, elle lui lança un regard.) Ce n'est pas légal, je parie.

— Non, en effet.

— Rien de ce qui touchait à Victor Markham n'a jamais été net. (Pendant qu'il buvait son café, elle alluma une deuxième cigarette.) Alors, de quoi s'agit-il ?

— J'ai besoin de vous pour jouer un rôle.

— Et moi, qu'est-ce que j'y gagnerai ?

— Plus qu'avec n'importe quel contrat d'édition. Il faudra que vous demeuriez à Londres. J'ai un endroit où vous loger — ce n'est pas très confortable, mais vous n'aurez pas à y rester longtemps.

— Mmm. Je me boirais bien un gin, finalement. Je vous en offre un ?

Jersey se sentait mieux. À son retour à Londres, il loua un petit studio à Maida Vale et fit en sorte qu'on lui envoie les clés à Kilburn. Lorsque son téléphone portable sonna, il décrocha. C'était Driscoll.

— Comment tu t'en sors ? demanda Jersey.

— Pas trop mal. Je crois bien avoir trouvé tes motards, annonça Driscoll, la bouche pâteuse.

— Tu n'as pas l'air dans ton assiette, fit remarquer Jersey avec précaution.

— J'ai la gueule de bois mais, à mon avis, ces mecs, c'est pile ce qu'il nous faut. Tu veux en juger par toi-même ?

— Oui.

— J'organise une rencontre alors. Demain matin, ça te va ?

— Très bien, à quelle heure ?

— Je te rappelle pour te le préciser.

À peine Jersey eut-il éteint son portable que celui-ci sonna de nouveau. Cette fois, il s'agissait de Wilcox.

— Comment ça va, l'ami ?

— Bien. Et toi, tu as l'air en bien meilleure forme.

— C'est vrai. Rester alité quelques jours m'a requinqué. Je me disais qu'on devrait se retrouver à la grange pour que je te montre où j'en suis.

— D'accord. Demain ?

— Disons 7 heures, histoire de finir très tôt. Parce que Henley, ça fait une trotte.

— 7 heures, c'est noté. À demain.

Les deux coups de téléphone avaient remonté le moral de Jersey. Comme au bon vieux temps, Driscoll et Wilcox prenaient les devants. Il s'en réjouissait. Cela signifiait qu'ils commençaient vraiment à former une équipe.

Peu après 7 heures le lendemain, Jersey retrouva Wilcox. Après s'être garé au bord d'une épaisse haie, il continua à pied vers la vaste grange dotée d'une immense double porte. Wilcox l'ouvrit puis sortit.

— Je t'ai vu arriver. On se les gèle, là-dedans, mais au moins on ne craint rien.

Jersey le suivit à l'intérieur et ferma derrière lui. Au centre, il vit les véhicules recouverts de grands draps blancs. À côté, elles aussi cachées, se trouvaient deux motos. Un peu plus loin, sur une table à tréteaux, Wilcox avait disposé tout ce dont ils auraient besoin le jour J : les armes, la mascotte pour la voiture de la Reine, etc.

— Tout ça m'a l'air parfait. Et la ferme la plus proche, elle se trouve à combien ? Trois kilomètres au nord ? s'enquit Jersey.

— Les deux maisons en haut de l'allée carrossée sont inhabitées, alors on peut circuler sans souci. On ne croisera jamais personne.

Wilcox découvrit une Daimler, qui luisait.

— J'ai presque terminé l'habitacle. Y a un mec qui se charge des sièges pour moi. Il ignore complètement à quoi ils vont servir, et je vais les chercher dans deux semaines. La couleur est quasiment la même. Bordeaux foncé, c'est ça ?

Jersey contourna le véhicule.

— Apparemment, Tony a trouvé deux motards. Je le vois dans la matinée.

Ils se rendirent dans une petite pièce en retrait, séparée de l'espace principal par un paravent. Wilcox y avait installé quelques chaises, une bouilloire et de grandes tasses à café.

— Il va nous falloir des radiateurs ici, commenta Jersey.

— Je vais en récupérer un gros, comme ceux qu'on utilise sur les plateaux de tournage.

Wilcox renifla. Il avait la goutte au nez. Jersey se demanda si son comparse ne devait pas son regain d'énergie à une prise de substance interdite plutôt qu'à sa guérison.

— Tu veux un résumé de la surveillance ? demanda Wilcox.

— Je t'écoute.

— On s'est relayés, et voici la liste de visiteurs et employés réguliers. Deux femmes, une d'environ 25 ans, et l'autre plus proche de la cinquantaine. Trois hommes, la trentaine bien sonnée, et deux aux cheveux blancs. Quatre gardiens. Deux qui arrivent tôt le matin, deux le soir. Quatre autres types se sont pointés, mais on ne les a pas vus régulièrement.

Wilcox étala les photos de tous ces individus. Quand bien même prendrait-il encore de la coke, Jersey ne trouva rien à redire à son travail. D'ailleurs, c'était plutôt lui qui traînait. Il se sentit mal à l'aise quand Wilcox insista pour obtenir des détails sur l'intérieur de la maison sécurisée.

— On discutera de tout ça dès notre première grande réunion. J'ai encore besoin de quelques jours. Bon boulot, James.

— T'es pas encore au point, si je comprends bien ?

— Presque, mais ça prend plus de temps que prévu. Bref, ça ne saurait tarder.

— J'espère bien, vieux brigand. Le temps passe vite. (Ils se donnèrent une accolade chaleureuse.) Bon, c'est quoi, la suite, pour moi ? demanda Wilcox.

— Contente-toi de préparer les véhicules.

— Ça se présente bien, pas vrai ?

Jersey hésita une fraction de seconde avant de répondre :

— Ouais, James, ça se présente bien.

Un peu plus tard, Jersey retrouva Driscoll et les motards potentiels, Brian Hall et Kenny Short. Jersey suggéra une promenade en bus de tourisme, où tous les quatre s'installèrent sur la plate-forme découverte, seuls. Tout en contemplant les monuments londoniens, Jersey — sous l'identité de Simmons — questionna Hall, puis Short. Après les avoir quittés, il tapota le bras de Driscoll et dit d'une voix douce :

— Bravo. Ils m'ont l'air fiables.

Driscoll hocha la tête.

— À mon avis, il n'y aura pas d'anicroche. La rémunération leur convient, et je leur fais confiance. Il faut bien, parce que Hall sait où j'habite.

— OK.

Par le passé, Tony Driscoll aurait déménagé. Heureusement, Jersey n'aurait jamais à le faire. Tout nouvel arrivant au sein de l'équipe ignorait tout de sa véritable identité.

Lorsque Jersey appela pour prévenir qu'il comptait organiser une réunion la semaine suivante, Westbrook traversait une crise de migraines qui l'affaiblissait au point de l'empêcher de porter une cigarette à ses lèvres. La douleur atteignait une telle violence qu'il vomissait jusqu'à finir étendu sur le carrelage froid de la salle de bains, pleurant comme un bébé. Le coup de téléphone de Jersey chassa la douleur et lui éclaircit de nouveau les idées. Il ignorait s'il devait la disparition des migraines à la terreur ou au fait de trouver autre chose pour lui occuper l'esprit. Il ne ressentait aucune crainte : de quoi pouvait-il avoir peur ? Quoi qu'il arrive, il était en train de mourir.

Pamela Kenworthy-Wright accepta de venir s'installer à Londres. Elle ne posa aucune question et demanda simplement où elle trouverait les clés de l'appartement où elle allait loger.

Alors que Jersey commençait à croire qu'il progressait, Raymond Marsh l'appela et lui annonça une nouvelle terrible.

— Ça sort tout chaud des lignes de Buckingham. Elle a clamsé.

Jersey respira profondément.

— De quoi parlez-vous ?

— Hier soir, on l'a emmenée en urgence à l'hôpital, et elle est morte tôt ce matin. Ça va faire la une de toutes les infos de ce soir, alors tous les drapeaux seront en berne.

Jersey serra les mâchoires.

— Elle est morte ?

— Ouais. On va avoir droit à l'enterrement et aux cérémonies en grande pompe.

— Ça alors, ce n'est pas croyable. Vous en êtes sûr ?

— Certain. Ma grand-mère répétait toujours qu'on aurait dû l'autoriser à épouser ce fameux Peter Townsend. Lord Snowdon ne l'a pas gâtée.

— Une seconde, vous parlez de la Princesse Margaret ?

— Bah ouais. Qu'est-ce que vous croyiez ? Bref, ça signifie que Sa Majesté risque de pas respecter son emploi du temps, vous comprenez ?

Le rythme cardiaque de Jersey ralentit d'un cran. L'espace d'un instant, il avait cru la Reine morte.

— Dans combien de temps saurez-vous si cet événement affectera la date de l'essayage ?

— Pour l'instant, tout ce que je peux faire, c'est vous tenir au courant. Je me suis dit que ça vous intéresserait, c'est tout.

— Vous avez eu raison, merci.

Jersey raccrocha le combiné et resta assis en silence, abasourdi. Cet incident risquait de leur mettre un gros bâton dans les roues.

Cependant, quelques jours plus tard, après que les médias avaient quasiment filmé le cercueil de la princesse jusque sous terre, Raymond rappela. Il dit devoir parler à Jersey de toute urgence.

— C'est en rapport avec les funérailles ?

— Non. *A priori,* tout sera bientôt terminé. L'emploi du temps du mois de mai n'a pas été modifié. Ce mois-ci, c'est chargé, par contre. Je suis pas sûr de vouloir être incinéré quand ce sera mon tour, mais...

— Pourquoi appelez-vous alors ? demanda Jersey en coupant la parole à Marsh.

Raymond refusant cependant de le lui expliquer au téléphone, ils convinrent de se retrouver dans un café à deux pas de l'entrée de Buckingham Palace. C'était la matinée de congé de Marsh, et une longue file de touristes attendaient la relève de la Garde, leurs parapluies dressés pour se protéger du crachin glacial, leurs manteaux gonflés par le vent cinglant.

— Vous êtes dans la mouise, lui annonça Marsh. J'ai procédé à quelques recherches, au boulot, parce que je me suis dit que le système d'alarme de chez d'Ancona risquait de passer par leurs lignes de téléphone.

— Et qu'est-ce que vous avez découvert ?

— Ils ont des boutons d'alarme — cinquante-deux en tout —, tous reliés individuellement au système téléphonique et connectés à un centre de réception qui contacte directement la police. Je les soupçonne d'avoir configuré leur dispositif de manière à ce qu'il s'enclenche si on coupe une de leurs lignes.

La nouvelle démoralisa Jersey. Marsh reprit :

— Ils sont sûrement éparpillés dans tout le bâtiment. J'ai essayé le Web pour en savoir plus, mais je n'ai rien trouvé que nous ne sachions déjà et, de toute façon, ils ne donneront aucun détail concernant leur système de protection sur Internet. En tout cas, logiquement, ils ont dû en placer sur les murs et sous la moquette pour qu'on ne s'aperçoive de rien avant qu'il ne soit trop tard. Il suffit d'en piétiner un pour déclencher tous les autres.

— Donc, vous n'avez rien sur l'agencement de leur système ?

Marsh secoua la tête.

— Ils ne gardent leurs plans sur aucun des réseaux informatiques dans lesquels j'ai pénétré. Sûrement pour se protéger des hackers. En revanche, j'ai découvert un dernier élément. Tous les matins à 9 heures précises, j'ai détecté une activité sur ces lignes. À mon avis, c'est quand ils vérifient l'état de marche de leurs alarmes, alors si l'on veut désactiver les lignes téléphoniques reliées aux boutons d'alarme, il faudra s'y prendre après cette vérification. Mais je n'ai pas que des mauvaises nouvelles.

— Je vous écoute.

À l'aide d'une serviette en papier, Marsh s'essuya la bouche.

— Je suis retourné espionner l'emploi du temps de la famille royale. La date de l'essayage est confirmée. Ce sera le 2 mai, à 10 h 30.

Jersey le fixa du regard. Si la date de l'essayage était validée, alors cela valait également pour celle du casse.

— Vous voyez ? Il n'y a pas que du mauvais. La délégation prévue pour l'essayage est composée de Sa Majesté, d'une dame d'honneur — lady Camilla Harvey —, l'écuyer, un officier de police, deux motards, les chauffeurs et quelques agents de sécurité.

Jersey lança à Marsh un sourire réservé et lui tapota le bras. Puis il se leva et quitta le café. Marsh empocha le billet de cinq que Jersey avait laissé en pourboire, et le remplaça par deux pièces d'une livre.

Deux petits pas en avant, et un grand en arrière. Ne pas posséder les plans détaillés du système de sécurité de la maison sécurisée s'avérait décevant, voire catastrophique. Jersey connaissait le nombre de personnes y travaillant, leurs heures d'arrivée et de départ. Il savait combien de téléphones équipaient les lieux, mais ignorait à quel étage se trouvait la chambre forte principale et, plus grave encore, où étaient disposés les boutons et les dispositifs d'alarme. Il ouvrit son parapluie et se dirigea vers la gare Victoria, où il prit un bus pour Kilburn. Il s'assit à l'étage sur un des sièges du devant puis, plongé dans ses pensées, regarda la pluie tomber à flots. Il calcula qu'à part quelques lacunes évidentes, avec plus de six semaines devant eux, le casse s'annonçait plutôt bien. Il contempla la circulation bloquée le long de Hyde Park. Au moment même où le bus s'arrêtait devant le parking souterrain de Park Lane, il remarqua la succursale de la société de sécurité Eye Spy installée dans une boutique d'angle en face de l'ancien club Playboy. Cependant, ce ne fut pas l'agence qui piqua son intérêt, mais la silhouette du jeune homme qui en sortait. Il reconnut le jeune commercial du salon de Birmingham. Alors que le bus démarrait brusquement, Jersey se mit à l'observer remonter Park Lane en direction de l'hôtel Dorchester.

Lorsque le bus s'immobilisa de nouveau, Jersey en descendit d'un bond et gagna le trottoir sans encombre, à quelques mètres seulement de l'hôtel Grosvenor House. Il ouvrit son parapluie et se dirigea d'un pas vif vers le Dorchester.

— Oh, pardon, s'exclama-t-il quand il heurta le jeune homme du bord de son parapluie.

— Ce n'est rien.

Il allait reprendre sa marche lorsque Jersey l'apostropha :

— Eh, une minute, on se connaît, non ?

— Je ne crois pas.

— Mais si, je n'oublie jamais un visage. Vous travailliez au stand d'Interlace Security au salon de Birmingham.

— Exact.

Vu son air perplexe, il ne se souvenait pas de Jersey.

— Philip Simmons, se présenta celui-ci.

— Ah, oui, c'est vrai.

À l'évidence, il ne le remettait toujours pas.

— Vous travaillez à Londres maintenant ?

— Euh... pas encore.

Apparemment pressé de continuer sa route, il était vraisemblablement agacé de voir Jersey le coller.

— Vous participez encore à une exposition ? Je n'ai toujours contacté aucune société pour ma nouvelle bijouterie.

— Je ne suis venu que pour la journée, je rentre par le train de 4 heures.

— Je compte aller casser la croûte au salon de thé du Grosvenor House. Vous avez le temps de vous joindre à moi ? Peut-être pourrions-nous y poursuivre notre discussion ?

Le jeune homme hésita et jeta un coup d'œil à sa montre.

— Non, je vous remercie. Il vaut mieux que j'aille à la gare.

— Mais non, voyons. Vous avez tout le temps. Accompagnez-moi, je vous en prie. Comme je vous l'ai dit, j'aimerais vraiment continuer cette conversation.

Gridley dévisagea Jersey.

— Vous me draguez, ou quoi, là ? Si c'est le cas, vous faites fausse route. Excusez-moi.

— Ça alors ! C'est la première fois qu'on m'accuse d'une chose pareille. (Jersey s'esclaffa.) N'ayez aucune crainte, je souhaite seulement vous parler de ma boutique, et je suis sûr que vous avez tout le temps de prendre votre train. Je vous offre un verre de vin ou une tasse de café, comme vous préférez.

— Merci, dit Gridley. Navré si je vous parais grossier, mais... Oh, et puis pourquoi pas, après tout ?

Installés à une table près de la fenêtre, Jersey commanda une bouteille de merlot. Le jeune homme paraissait mal à l'aise dans cet environnement très chic. Tous deux avaient ôté leur gabardine mouillée, et Jersey avait confié son parapluie à l'employé du vestiaire. Gridley portait le même costume bon marché qu'à leur dernière rencontre.

— Monsieur Simmons, commença-t-il, je dois vous prévenir que je ne vais plus travailler très longtemps pour Interlace. Mon père a pris sa retraite il y a quelque temps. Après son départ, ils m'ont donné un préavis d'un mois. À mon avis, s'ils m'ont gardé jusque-là, c'est uniquement parce que mon père bossait chez eux, alors je suis venu ici chercher du travail.

— Vous avez trouvé ?

— Pas encore. À la fin de la semaine, quand mon préavis sera terminé, je reviendrai prospecter plus sérieusement.

— En tout cas, je vous souhaite de réussir. Nous n'avons jamais terminé notre conversation de la buvette. Un type nous avait interrompus, et j'ai eu l'impression qu'il vous passait un sacré savon.

Gridley but une gorgée de vin.

— Je ne m'en souviens pas. Ça arrivait tous les jours, les savons. (Lorsqu'il termina son ballon cul sec, Jersey le resservit.) Merci. L'alcool, c'est en partie l'origine de mes problèmes, expliqua-t-il en tapotant son verre du bout du doigt. Il m'est arrivé quelquefois d'arriver au boulot un peu chlasse, mais...

Il ne termina pas sa phrase et plongea les yeux au fond de son verre. Jersey sentit l'adrénaline circuler dans ses veines. Il savait qu'il devait saisir cette occasion avec une grande précaution. Tout d'abord, il voulait mettre Gridley en confiance. Puis il agiterait la carotte que le jeune homme serait incapable de refuser. Il suggéra de commander à déjeuner — c'est lui qui régalait —, et Gridley accepta.

Ils passèrent le repas à discuter de l'avancée des travaux de sa bijouterie fictive. À la fin, Gridley avait quasiment bu le vin à lui tout seul, et Jersey commanda une deuxième bouteille. Puis il se lança :

— Vous êtes au courant qu'il y a encore eu un cambriolage à Bond Street et que l'entrepôt de Gucci a également été visité ?

— Oui. Ils auraient dû se fournir chez Interlace. Ça ne leur serait jamais arrivé. Même si à cause d'eux je me retrouve au chômage, je pense que c'est vraiment les meilleurs. On ne récolte pas des contrats aussi prestigieux quand on ne propose pas le fin du fin.

— Exactement, c'est pourquoi je me réjouissais tant de tomber sur vous, ce matin.

— D'accord, mais vu que la semaine prochaine je serai officiellement en recherche d'emploi, si vous choisissez de nous acheter un de nos systèmes, moi je ne toucherai pas ma prime.

Jersey se servit un verre.

— C'est sûr, ce n'est pas juste. C'est vous qui

m'avez convaincu de choisir Interlace. J'insisterai pour qu'ils vous la versent. Ça vous va ?

— Eh bien, je vous en suis reconnaissant, évidemment, mais comme je ne travaillerai plus chez eux, ça m'étonnerait que ce soit possible.

— Alors dans ce cas, je vous la paierai de la main à la main. Qu'est-ce que vous en dites ?

S'ensuivit une discussion sur les façons possibles pour Jersey de régler Gridley directement. Puis il passa à l'offensive.

— Si vous pouviez me laisser étudier le fonctionnement du système de sécurité de D'Ancona, je pourrais vous offrir largement plus que votre prime. Il me semble que cette société n'a jamais subi aucun cambriolage. Je sais que, récemment, ils ont perdu un diamant, mais il ne s'agit que d'une seule pierre.

— Qui valait quand même deux millions.

Gridley consulta sa montre.

— D'accord, mais personne n'a jamais réussi à pénétrer leurs coffres-forts, et ce serait pour moi un avantage majeur de comprendre comment ils ont réussi cet exploit. Alors comme c'est votre employeur, ou plutôt votre ancien employeur, qui en a établi les plans...

— Impossible, répondit Malcolm.

— Pas s'ils ne sont pas au courant. Vous n'avez qu'à me fournir une photocopie. Ce serait faisable, ça ?

— Je ne pourrai pas, je vous assure. En plus, ils le découvriraient sûrement.

— Tout ce que je demande, c'est la certitude que ma bijouterie bénéficiera de la meilleure protection possible, et c'est à Interlace que je ferai appel.

Je suis prêt à vous payer cinq mille livres pour vous récompenser. Je ferai également en sorte que vous touchiez votre prime. À mon avis, ils ne pourront pas vous en vouloir.

Gridley, qui n'avait toujours pas mordu à l'hameçon, s'était mis à vérifier son billet de train. Il avait sifflé presque toute la deuxième bouteille.

— Il se pourrait même que je vous aide à obtenir une promotion. Est-ce que vous envisagez de continuer à travailler pour...

— Monsieur Simmons, je vais me montrer honnête envers vous. Mon boulot chez Interlace, ça m'emmerde à mourir. Si j'y bossais, c'est seulement à cause de mon père, et j'ignore complètement ce que je vais faire ensuite. Je cherche un peu à droite à gauche, mais... Je viens à peine de casser avec ma copine. Elle est partie vivre à Sidney, et ça m'a vraiment fichu un coup. De plus, quand je vous ai dit tout à l'heure que je me prenais parfois quelques bitures, c'était vraiment un euphémisme. Deux ou trois fois, je me suis pointé complètement bourré, alors je peux pas leur en vouloir de me foutre à la porte. Si ça se trouve, j'étais un peu raide quand vous êtes passé à l'expo.

L'air morose, il plongea la main dans sa poche de chemise pour y prendre un paquet de cigarettes.

— On a le droit de fumer ici ?

— Allez-y, à moins que vous ne préfériez un cigare.

— Je vais m'en tenir à mes clopes.

Jersey demanda un brandy, et Gridley fit tomber la cendre de sa cigarette d'une pichenette nerveuse.

— J'ai passé une série d'entretiens. Mon paternel a quasiment perdu tout espoir pour moi, mais j'arrive pas à trouver un truc qui m'intéresse, et puis avec Francesca qui s'en va...

— Pourquoi vous ne la suivez pas en Australie ? C'est peut-être l'endroit qu'il vous faut.

— J'avais à peine de quoi me payer le billet pour Londres, mais je vais y réfléchir.

— Cette prime que je vous propose tomberait à pic, si je comprends bien, non ? Et si vous passiez à ma bijouterie ? J'ai vraiment besoin de conseils. On peut y être en une demi-heure.

Jersey savait qu'il ne risquait rien en invitant le jeune homme à passer à sa boutique imaginaire. Il était déjà 3 h 05.

— Je crains que ce ne soit impossible. Je dois me rendre à la gare.

Jersey n'était pas sûr que son poisson ait mordu, mais celui-ci s'était calmé, ce qu'il interpréta comme un signe encourageant. Une fois l'addition réglée, ils récupérèrent imperméables et parapluie. En silence, Malcolm regarda Jersey laisser un pourboire généreux à l'employé du vestiaire. Ils reprirent Park Lane ensemble. L'inquiétude gagnait Jersey : peut-être avait-il surestimé son pouvoir de persuasion. Il se demanda s'il aurait dû proposer davantage d'argent, mais cela aurait rendu Gridley méfiant.

— Le temps de mon préavis, ils me cantonnent à un travail de bureau, dit soudain Gridley. Je ne suis plus commercial. Ils ne me confient que des tâches sans importance. (Il hésita.) Ce qui signifie que j'ai accès aux dossiers, mais même si j'aimerais vraiment vous aider et que cette prime tomberait à point nommé, je ne crois pas...

Il rougissait.

— Vraiment ? Moi je pense que ça vous facilite d'autant plus la tâche.

Il le tenait. Soulagé, Jersey ouvrit son parapluie, suffisamment grand pour les protéger tous les deux.

— En tout cas, je ne voudrais pas que vous vous attiriez des ennuis. Votre aide me permettrait de brûler les étapes, mais si cela s'avère trop risqué, je comprendrais que vous estimiez ne pas pouvoir le faire.

Gridley parut rassuré.

— Je vous remercie. Ça me plairait de vous rendre service, mais c'est impossible et, de plus, je crains que vous ne fassiez fausse route.

— Je vous demande pardon ?

Jersey fut interloqué par ce revirement.

— Ça m'étonnerait qu'une société de sécurité d'un tel renom conserve des plans aisément accessibles des locaux de leurs clients. Tout est informatisé, et il est quasiment impossible d'accéder aux dossiers sans autorisation. Quand on veut ouvrir un fichier, il faut connaître le mot de passe, et la date et l'heure sont consignées. Alors si j'essayais de vous sortir ces renseignements, je me ferais prendre la main dans le sac. À mon avis, c'est ce qui explique qu'Interlace soit une entreprise aussi performante et que D'Ancona ait fait appel à nos services. (Jersey luttait pour contenir sa colère.) En tout cas, merci pour le restaurant. J'ai été ravi de vous revoir. Bon, je ferais mieux de sauter dans un taxi, sinon je vais rater mon train.

Jersey décocha un sourire forcé.

— Bonne chance. Laissez-moi vous donner un

petit conseil, dit-il en grinçant des dents. On ne vit qu'une fois. Si l'on ne se mouille pas pour obtenir ce que l'on veut, on n'a plus qu'à tout regarder nous glisser entre les mains.

Sur ce, il fit volte-face et s'éloigna, le visage crispé par la fureur. Vraisemblablement, il avait mal évalué le jeune homme. Tout compte fait, il aurait aimé lui carrer son parapluie au fond de la gorge.

La première réunion générale aurait lieu à la grange à 14 h 30 le lundi suivant. Jersey devait impérativement se montrer confiant à cent pour cent de façon à ce que tous suivent ses instructions à la lettre. Cela allait pourtant s'avérer difficile : tout dépendait tellement de sa réussite à se procurer les fameux plans. Une fois encore, il contacta Marsh. Pour l'instant, celui-ci avait uniquement essayé d'accéder aux archives de D'Ancona, mais pénétrer dans les fichiers d'Interlace pouvait se révéler intéressant. Marsh lui promit « d'aller y jeter un coup d'œil », mais l'avertit du risque d'alerter la société qu'on fouinait dans leurs ordinateurs.

— Il me faut ces plans, insista Jersey, obstiné.

— Écoutez, l'ami, ce n'est pas vous qui vous tapez les trucs risqués. Il faut que je fasse vachement gaffe. Comme je vous l'ai déjà dit, je vais tenter le coup, mais ces boîtes dressent toujours tout un tas de pièges, et j'ai pas envie qu'ils remontent jusqu'à ma turne.

— Vous le ferez, c'est sûr ?

— Ce soir, je vais voir si je peux me glisser dans leur système, mais c'est quand même leur boulot de m'en empêcher — il s'agit d'une entreprise de sécurité, et pas la plus mauvaise, loin de là. Tout ce que je dis, c'est que c'est un sacré risque.

— Prenez-le, lâcha sèchement Jersey avant de respirer profondément. C'est primordial.

— Je sais, l'ami. Sans ces plans, c'est comme si vous vous aventuriez sur un champ de mines. Je vous le répète, je vais faire de mon mieux.

Très nerveux, Jersey passa la nuit à attendre des nouvelles de Marsh, et lorsqu'il ouvrit l'e-mail de ce dernier le lendemain matin, ce fut pour apprendre une mauvaise nouvelle.

« Problèmes, disait le message. Ai effectué tentative comme promis. Ai obtenu mot de passe, pénétré dans système, puis soudain tout a merdé. Me suis tiré vite fait, mais la boîte a dû être alertée. Désolé ! Elvis. »

Jersey regarda fixement l'écran sans savoir quoi décider. Comme Marsh l'avait si bien résumé, entrer dans la maison sécurisée de D'Ancona sans plan des locaux revenait à traverser un champ de mines.

18

Malgré l'imminence de la réunion, Jersey devait encore régler le problème majeur de la préparation du casse. Cinq jours s'étaient écoulés depuis son entretien avec Marsh, et il ne possédait toujours qu'un plan basique du bâtiment datant d'avant l'installation du système de sécurité avec ses cinquante boutons d'alarme. Mais un matin il reçut une petite enveloppe à bulles portant un tampon de Birmingham. Il ne reconnut pas l'écriture. Lorsqu'il l'ouvrit, il resta pantois à la vue du contenu : un CD-ROM et un mot imprimé de la part de Malcolm Gridley.

> Cher Monsieur Simmons,
>
> Suite à une récente alerte de sécurité électronique, nous avons dû analyser tous nos fichiers informatiques, la direction ayant tout d'abord craint qu'un virus contamine toutes nos données. Étant alors de service dans les bureaux, une des tâches que l'on m'a attribuée consistait à aider nos informaticiens à vérifier que nos données n'avaient pas été endommagées. C'est de cette façon que j'ai pu accéder aux documents ci-joints. Je pars en Australie rejoindre ma petite amie, mais si vous décidez de vous fournir chez Interlace et éventuellement de

convenir d'un moyen de me payer la prime dont nous avons discuté, vous pourrez me joindre à l'adresse suivante : Appartement 4B, West Street, North Sidney, NSW 2060. Si néanmoins vous vous ravisiez, vous pourriez peut-être détruire le CD. Merci encore pour le restaurant.

Cordialement,

Malcolm Gridley

Jersey n'en revenait pas. Il resta un moment à fixer le CD des yeux et à relire la lettre. Devant son ordinateur, il fut sidéré lorsqu'il découvrit le contenu du disque. Puis il s'esclaffa. Tout ce qu'il voulait, jusque dans les moindres détails, y figurait — et seulement pour le prix d'un seul petit repas.

Le CD d'Interlace contenait un plan interactif détaillé des locaux de la maison sécurisée. On y trouvait les recommandations d'Interlace concernant la disposition des boutons d'alarme, la liste des caméras, grilles et faisceaux lasers requis pour chaque porte, et le prix du matériel. Jersey trouva une des fonctions proposées remarquablement utile : la visite virtuelle complète de la maison, qui lui permit de visualiser le chemin à suivre pour accéder au sous-sol, qui abritait la grande chambre forte. En cas de problème, un central de réception d'appels alertait quasi immédiatement la police, qui envoyait alors une équipe d'intervention rapide dont le temps d'arrivée s'élevait à deux minutes selon D'Ancona. Dès l'alerte donnée, le système bloquait toutes les issues.

Jersey se doutait bien que D'Ancona aurait apporté des modifications à ce dispositif, mais cela ne l'empêchait pas de se sentir enfin d'attaque pour leur première réunion.

Vêtu d'un costume à rayures, de chaussures marron à bout rond perforé et d'une chemise bleue, Jersey s'était installé au fond de la grange du Surrey. À l'aide de paravents, Wilcox avait divisé l'espace en plusieurs zones, et quatre convecteurs au gaz soufflaient de la chaleur à plein régime. Il avait installé quatre chaises pliantes, une table de pique-nique et un fauteuil de relaxation récupéré dans une benne à ordures. Dans la cuisine improvisée, un réchaud de camping permettait de préparer thé et café.

Les membres de l'équipe avaient reçu pour instruction de laisser leur voiture dans la cour derrière la grange, cachée à la vue par une haie touffue. Dès que Jersey entendit le premier véhicule arriver, il se posta devant la grande porte, muni d'une boîte de gants chirurgicaux afin d'en distribuer une paire à chacun. Un grand tableau à dessin se trouvait à sa disposition, et il avait apporté son ordinateur portable.

Driscoll arriva le premier et, sans un mot, enfila les gants en les faisant claquer sur sa peau. Pamela et lord Westbrook le suivirent de près. Les motards, eux, ne seraient pas conviés aux premiers rendez-vous. Au moment où Jersey verrouillait la porte derrière eux, Pamela se plaignit de devoir porter des gants en latex.

— Tant que nous sommes ici, ne les quittez pas, lui ordonna Jersey. Je vais laisser cette boîte près de la porte de derrière.

— Qu'est-ce qui se passe, on est venus pour le nettoyage de printemps, ou quoi ? ironisa Pamela.

Jersey lui montra qu'il en portait aussi.

— Vous savez comment ils ont identifié Ronnie Biggs ? Grâce à la coupelle de lait qu'il a donnée à son chat. Une seule empreinte de son pouce leur a suffi. Quand on quittera cette grange pour la deuxième base, il faudra qu'on n'ait laissé aucune trace. Compris ?

Toute l'équipe acquiesça d'un signe de tête, et Pamela alla préparer thé et café avant de prendre place dans la rangée de chaises en plastique installées devant le tableau.

Plongés dans un silence gêné, tous évitaient de croiser le regard des autres. Jersey s'appuya contre la table.

— Désormais, vous ne m'appellerez plus que Colonel, et en ce qui vous concerne, vous n'emploierez que vos prénoms. Pour commencer, voici Pamela.

Elle leva son gobelet.

— Voici James, Tony et Henry.

À mesure qu'il les présentait, il les saluait d'un hochement de tête.

— Moins nous en savons les uns sur les autres, mieux ce sera. Je place en vous tous une confiance absolue.

Devant une assistance silencieuse, il saisit un gros feutre noir, se dirigea vers le tableau et inscrivit en face des prénoms le rôle attribué à chacun : le Colonel, premier garde du corps ; Henry, écuyer ; James, chauffeur ; Sa Majesté la Reine, absente ; Pamela, dame d'honneur ; Tony, secrétaire particulier ; deux motards, absents.

Tout le monde l'écouta donner la date à laquelle ils changeraient de QG avant la dernière ligne droite. Il leur expliqua en détail leur fonction, la méthode complexe par laquelle Marsh et lui immobiliseraient la délégation royale, et comment l'équipe usurperait leur identité. À la fin de son exposé, tous se sentaient prêts pour une deuxième tournée de boissons chaudes. Tout le monde paraissait tendu : le Colonel leur ayant présenté sa stratégie pendant plus d'une heure, la quantité d'informations à enregistrer se révélait impressionnante.

Après une courte pause, Jersey passa à la dernière phase du plan.

— Bon, tout ceci est bien joli, mais le plus important pour nous tous, c'est de nous en tirer sans encombre. Quatre hélicoptères vont nous servir de leurre. Différentes sociétés du Sud-Est recevront un appel leur demandant d'aller chercher un client ou un colis à divers endroits de Londres. Quand, à leur arrivée, les pilotes ne trouveront pas leur passager, ils feront demi-tour au moment exact de notre fuite. Après le braquage, la police sera sur le pied de guerre et surveillera le trafic aérien, alors nous aurons besoin de plus de diversions possibles. Nous nous séparerons et nous disperserons. Tout d'abord, nos motards prendront deux bateaux rapides au port de plaisance de Tower Bridge et remonteront le fleuve. Tous les deux iront jusqu'au pont de Putney, laisseront les embarcations dans le hangar à bateaux, et rentreront chez eux en métro.

— Tout cela me paraît très... enfin, ce n'est pas ce à quoi je m'attendais, intervint Westbrook.

— Vous vous attendiez à des bolides et des conducteurs d'élite ?

Westbrook haussa les épaules.

— À vrai dire, cette histoire de bateaux ne me plaît pas trop. Vous vous souvenez de ce vol de diamant qui s'est terminé en collision nautique devant le Dôme ? Eh bien les braqueurs comptaient s'enfuir par la Tamise.

Énervé, Jersey se pinça l'arête du nez. La police, souligna-t-il, poursuivait déjà les malfaiteurs, et de toute façon, eux n'allaient pas s'échapper par le fleuve.

— L'anonymat est le meilleur des déguisements. Vous n'aurez qu'à vous fondre dans le flot des banlieusards.

Jersey pointa Pamela et Westbrook du doigt.

— La gare de City Thameslink est à cinq minutes de marche de la maison sécurisée. Tous les deux, vous sauterez dans un taxi pour vous y rendre. Près du Barbican, il en passe sans arrêt. De là, vous irez à Brighton. Un train en part peu après 11 heures, et si tout se déroule comme prévu, vous l'attraperez sans mal. Le suivant part un quart d'heure après. Une fois à Brighton, vous vous séparerez. Pamela repartira à Plymouth en train. Henry, lui, rentrera à son studio de Pimlico.

Jersey savait que, de par sa notoriété, seul Westbrook risquait d'être reconnu mais, d'après lui, il restait à celui-ci tellement peu à vivre qu'il considérait ce risque mineur.

Jersey désigna ensuite Driscoll et Wilcox.

— Tony, James et moi allons décider de la meilleure façon de mener les joyaux jusqu'à mon hélicoptère pour ensuite les déposer en lieu sûr. (Il fit défiler les feuilles de tableau jusqu'à la première.) Des questions ?

Personne ne prit la parole. Jersey se tourna alors vers un agrandissement du plan de la maison sécurisée, fourni par l'agence qui leur louait l'entrepôt. D'un geste, il indiqua celui-ci.

— Bon, le 2 mai, nous partirons de ce point, et nous contournerons le pâté de maisons. Vous connaissez maintenant le b.a.-ba, alors j'aimerais que nous commencions à passer aux détails et à attribuer les rôles personnels.

De la tête, Jersey désigna Westbrook et lui fit signe de s'approcher.

— Henry va vous détailler la composition de la délégation royale, et vous expliquer comment vous comporter, le protocole à suivre, et cætera.

Westbrook ouvrit une bouteille d'eau et se mit à boire goulûment. Son visage blême luisait de sueur.

— La dame d'honneur doit respecter le décorum en permanence. Elle se tient toujours à la gauche de la Reine, deux ou trois pas derrière, mais suffisamment près pour que Sa Majesté puisse lui passer son sac à main ou un bouquet de fleurs sans effort. En voiture, elle doit être assise bien en retrait et surtout ne jamais cacher Sa Majesté. En public, elle ne parle que si on lui adresse la parole.

Pamela posa quelques questions sur sa robe, les manières à adopter, et demanda si elle aussi devait porter un sac à main. Jersey leva la main.

— Comme nous avons tous énormément de travail, je suggère que Henry renseigne Pamela en privé de façon à ce que nous puissions poursuivre.

Pamela et Westbrook se retirèrent dans la partie principale de la grange. Jersey sortit un cigare et l'alluma.

— Alors, votre avis ?

Wilcox lança un bref regard à Driscoll, puis à Jersey.

— Et le système de protection ? (Wilcox montra du doigt le plan de base de l'édifice.) Ça ne nous éclaire absolument pas sur ce qu'on va trouver à l'intérieur.

D'un geste, Jersey balaya son inquiétude.

— Nous savons que la maison sera truffée d'instruments de protection haut de gamme. D'après moi, on sera quand même en mesure de déjouer leur système.

— Ouais, je veux bien, mais penser et savoir, ça n'a rien à voir. Dieu seul sait ce qui peut merder.

Lorsque Westbrook en eut terminé avec Pamela, il donna à Driscoll les instructions concernant son rôle de secrétaire : à quel endroit se tenir et comment se comporter à chaque étape de l'opération.

Puis Wilcox s'installa dans la voiture pour camper le rôle du chauffeur. Son uniforme gris était légèrement trop large, mais puisqu'il resterait assis au volant, personne ne le remarquerait. Westbrook lui conseilla de toujours regarder droit devant lui, de ne jamais se retourner vers les passagers, et de ne jamais ôter sa casquette.

Jersey, toujours posté en première ligne depuis leurs débuts, jouerait le rôle de garde du corps. L'essayage n'étant pas un événement officiel, Westbrook convint que Jersey suffirait, bien qu'en général la Reine fût accompagnée de plusieurs d'entre eux. Les deux motards se feraient passer pour des agents de la Force Spéciale. Jersey devant être le premier à quitter la maison sécurisée, il était impératif qu'il se déplace vite.

La réunion se poursuivit encore quatre heures, au bout desquelles la fatigue se lut sur tous les visages, sauf sur celui de Jersey, qui restait plein d'entrain.

Westbrook avait l'air tellement gris que son teint se confondait presque avec la couleur de l'uniforme de Wilcox. Il se bourra d'antalgiques pendant toute la séance. Finalement, Jersey annonça un horaire pour la prochaine rencontre. À cette date, ils devraient avoir acquis tout le matériel manquant et effectué les dernières recherches. Le Colonel distribua du liquide à Westbrook et à Pamela pour leurs achats. Il accepta que Westbrook aide Pamela à choisir les vêtements les plus appropriés pour elle et leur Reine, y compris le bon modèle de sac à main.

Après le départ des autres, Wilcox et Driscoll restèrent à la grange avec Jersey, et une analyse minutieuse de la réunion commença. Wilcox interrogea Jersey sur l'exactitude de leurs renseignements concernant le système de sécurité.

— Écoute, bordel, on possède les plans originaux de la maison sécurisée.

— C'est pas suffisant, Edward. Ce que je veux savoir, c'est *comment* on va s'y prendre. On risque sacrément gros, dans cette affaire.

Jersey alluma un autre cigare.

— On va passer par la grande porte, James. On en a déjà discuté.

— Ouais, d'accord, mais cet autre membre de

l'équipe qu'on connaît pas, là ? Ce mec qui va nous refiler le mot de passe de l'IRA et intercepter l'appel. On dépend de lui, mais on ne l'a même pas rencontré. Comment est-ce qu'on peut être sûrs de lui à ce point-là et savoir qu'il va pas nous lâcher le jour J.

— Marsh est un expert, pas seulement en informatique, mais aussi en télécommunications. Jusqu'à maintenant, il a accompli un travail remarquable et, sans lui, je n'aurais jamais su comment immobiliser la délégation royale en toute sûreté. Il prend en charge toute la partie technique de l'opération, et c'est à sa demande qu'il ne s'implique pas dans la partie physique du casse. Je respecte son choix, parce qu'il n'est pas nécessaire qu'il y participe.

Sa réponse ne satisfit qu'en partie Wilcox et Driscoll.

— Écoute, Eddy, dit Wilcox, c'est juste qu'on s'est déjà énormément impliqués, et que ça fait bizarre de ne pas connaître tous les détails du plan. Je sais pas ce qu'en pense Tony, mais on confie énormément de responsabilités à Marsh, et à Dulay aussi. Moi je trouve qu'on aurait dû les convier ici pour les jauger en face. C'est vrai, quoi, combien on les paie, ces mecs ?

— Je comprends bien, mais essaie d'envisager la situation de mon point de vue, dit Jersey. Pour l'instant, c'est moi qui allonge le fric. Je ne vous ai rien demandé. Si tu veux savoir combien je débourse, alors sortez vos chéquiers, qu'on divise les frais en trois, et vous pourrez prendre les choses en main. (Jersey saisit son feutre indélébile et se mit à écrire au tableau.) Pour l'instant, je rémunère Westbrook, Pamela et Marsh à plein temps, et j'ai accordé une prime à Gregory Jones et une au type de la boîte de sécurité. (Il dressa la liste de tous ses paiements, y compris la somme qu'il avait l'intention de remettre à Malcolm Gridley. Il énuméra ensuite les frais des hélicoptères, et l'argent à mettre de côté pour réserver les hors-bords.) Tu additionnes tout ça, Tony ? Je veux que tous les deux, vous commenciez à faire le compte, parce que, pour l'instant, c'est moi qui raque. Et puis il faut ajouter les costumes, les loyers de la grange et de l'entrepôt. Tu m'étonnes que vous n'êtes pas au courant de tout, à commencer par ce que ça me coûte d'organiser ce braquage, putain ! Jusqu'à maintenant, vous avez déboursé quelques milliers à vous deux. Et vous m'avez entendu me plaindre ? *Jamais !* Je ne demande pas à toucher une plus grosse part sous prétexte que, comme vous pouvez le voir, ça fait des mois que je travaille à l'organisation de ce coup, matin, midi et soir. Alors, me remerciez pas, surtout. Allez-y, restez plantés là, à geindre comme deux mauviettes. Vous me faites gerber.

La violence de cet accès de colère, ainsi que le montant de la somme déjà investie dans le casse, laissèrent Driscoll et Wilcox pantois. Une telle contribution entaillerait sérieusement les maigres restes de leurs fortunes respectives.

— Un commentaire, Tony ? demanda Jersey en commençant à ranger le tableau.

Il déchira les grandes feuilles sur lesquelles figurait la liste des paiements, puis plia les plans de la maison sécurisée. Il les rangea dans sa mallette et jeta tout le reste à la poubelle.

— En quelque sorte.

Driscoll paraissait très nerveux.

— Je t'écoute, lâcha Jersey d'un ton brusque, avant de craquer une allumette et d'enflammer le papier.

— Toute cette histoire, ça me botte de moins en moins.

Jersey s'assit, fit tomber la cendre de son cigare d'une pichenette et planta son regard dans celui de Driscoll.

— Vas-y, accouche.

— Tu vois, Eddy, nous ça fait un bail qu'on se connaît, mais c'est la première fois qu'on bosse avec une équipe aussi importante. Ce Westbrook, là, il s'est bourré de médocs toute la journée, putain. À 4 heures, il était complètement à côté de ses pompes, et on n'en est qu'à la première réunion. Alors je me demande bien dans quel état il sera le jour J. Et comme aucun de nous n'a rencontré Marsh, comment tu veux qu'on lui fasse confiance ? Comment on peut savoir s'il va assurer ?

Jersey se tourna vers Wilcox.

— Et toi ?

Gêné, Wilcox traîna les pieds par terre.

— Eh ben, Tony a raison. Cette Pamela aussi, c'est une excentrique. À la voir, on a l'impression qu'elle passe une audition pour le National Theatre. Si on participe aux dépenses, il va falloir qu'on la paie mille livres par semaine comme les autres, bien plus que ce qu'elle a jamais gagné de toute sa vie, à mon avis.

— C'est justifié. Elle sera avec nous au cœur de la bataille, rétorqua sèchement Jersey.

— Ça c'est ce que tu dis, mais comment être sûr qu'elle ne va pas se dégonfler ?

— C'est une vraie dure, et de plus, elle connaît les conséquences en cas d'échec. Sa rémunération n'est pas exagérée.

— D'accord, mais encore une fois, nous on n'a que ta parole, et toi tout ce que t'as, c'est ta confiance en eux. Et puis tu nous racontes qu'on aura deux hors-bords et que t'as prévu quatre hélicos comme leurres. Tous ces suppléments, ils sont déjà pris en compte dans la préparation, ou est-ce que tu dresses seulement une liste de tes projets sans t'en être encore occupé ? Où est-ce qu'on va trouver ces bateaux ? Et puis il faut qu'on prévoie un lieu d'amarrage. Tout ça c'est trop flou.

Jersey arracha le bout de son cigare d'un coup de dents et le recracha.

Wilcox prit la suite :

— Il faut qu'on ait des flingues, mais déjà que je vois mal ton Westbrook trimbaler un pistolet à eau, alors un vrai calibre, je t'en parle même pas. C'est la première fois qu'on compte sur autant d'amateurs pour monter un coup. (Il inspira profondément.) Si tout se casse la gueule, ma situation sera encore pire qu'au début. Tu dis que c'est toi qui as allongé tout le fric, et c'est vrai, je m'en rends bien compte. Mais moi j'ai payé les caisses, et Tony les armes. Moi je peux pas débourser un penny de plus.

Driscoll reprit la parole :

— Ce mariage m'a foutu sur la paille. C'est vrai que les fois précédentes, la chance nous a aidés, tout le monde le sait, mais ce coup-ci, ça va vraiment trop loin. On n'a même pas discuté d'un moyen de passer les pierres en France. Comment on va s'y prendre, bordel ?

Au moment où Wilcox prit la suite de Driscoll, Jersey souffla un rond de fumée.

— Et ce Dulay, là. D'après toi il est fiable, mais il a fallu que tu le tannes pour qu'il accepte de participer, et ça, c'est toujours risqué. Sortir tout le butin du pays, c'est impossible. Ça sera tellement le branle-bas de combat que tous les aéroports et tous les ports grouilleront de poulets. Je sais bien que t'as prévu des diversions, et je m'excuse d'avoir l'air aussi pessimiste, mais j'y crois pas, c'est tout.

— Dulay possède un gros yacht. Je comptais m'en servir, à moins que tu préfères qu'on prenne le tien, dit Jersey à Wilcox.

Il fut interloqué d'entendre Wilcox crier :

— Mais je peux pas utiliser le mien, putain ! J'ai dû le vendre il y a des mois. Tu piges de quoi je veux parler ? On est sacrément mal barrés sur ce coup-là ; il faudra bien que tu l'admettes.

Jersey luttait pour garder son calme.

— Ça ne merdera que si vous paniquez. Dulay doit emporter les joyaux depuis la côte sud. Tout est réglé.

Wilcox inclina la tête de côté.

— Tout est réglé ! J'aimerais bien que le compte de cette saloperie de Sylvia Hewitt soit réglé aussi. Parce que, pour qu'elle la ferme, il va encore falloir casquer. Alors si t'as tout prévu, j'aimerais bien que tu nous expliques tout, histoire de répondre à nos inquiétudes.

Comme un écolier, Driscoll leva la main.

— Autre chose, Eddy. Je vois que tu as énormément dépensé, et je sais que je n'ai pas participé de beaucoup, mais tu ne nous as jamais parlé de la somme que tu comptes toucher à la revente des diamants. Tu peux nous donner une idée ?

Wilcox intervint :

— Une minute ! En ce qui concerne cet acheteur japonais, on dépend de Dulay. Lui, il dit que c'est une affaire qui marche, mais on n'a que sa parole. S'il n'accomplit pas la vente, on va se retrouver avec sur les bras un matos carrément impossible à refourguer. Personne ne voudra y toucher, peu importe sa valeur. Tout ce qui nous restera, c'est que dalle. Et y a autre...

Driscoll leva de nouveau la main :

— Cet acheteur, tu l'as rencontré ?

— Non, répondit Jersey, le visage empourpré de colère.

Il se rendait compte qu'ils avançaient des arguments valables : il ne se montrait pas aussi professionnel que par le passé, et dépendait énormément de Dulay et de Marsh.

— Putain, c'est trop le bordel. Ça ne fonctionne pas, Edward, c'est tout, reconnais-le.

Wilcox quitta son vieux fauteuil râpé.

— Si, ça fonctionne, et nous allons réussir. J'ai confiance en Dulay. S'il affirme que ce Japonais est dans le coup, c'est que c'est vrai, et puis tu as pu t'en assurer, à Paris.

— Je n'appelle pas ça s'en assurer, rétorqua Wilcox d'un ton cassant. (Extrêmement nerveux, il faisait les cent pas.) Moi j'ai seulement pisté Dulay jusqu'au Ritz, où je l'ai vu retrouver le type. Ce qu'ils se sont raconté et quel degré de confiance on peut leur accorder, c'est une autre histoire.

— Rien que pour le Koh-i-noor, il accepte de

payer un très bon prix, annonça Jersey en ouvrant sa mallette.

— Combien ? demanda Driscoll.

— Un million par carat. Ce diamant en totalise plus d'une centaine, expliqua Jersey, les lèvres serrées.

Il sortit son calepin.

Driscoll n'en crut pas ses oreilles.

— Le Koh-i-noor ne sera qu'un début, et vendre les autres pierres ne posera aucun problème.

— Mais c'est qui, ce mec ? s'enquit Driscoll.

— Une connaissance de Dulay, répondit Jersey, sur la défensive.

Wilcox lança un bref regard à Driscoll, puis poursuivit :

— Mais comment se fier à Dulay ? Qu'est-ce qui nous dit qu'il ne va pas disparaître dans la nature ? Et voilà que tu nous expliques que cet acheteur est *déjà* au courant pour le diamant. Bordel de merde ! On est complètement à sa merci. Et si ce Japonais crache le morceau, putain ?

Driscoll s'y mit à son tour.

— Il a raison, Eddy. Tiens, maintenant que j'y pense, tout ça m'inquiète vachement. Au pire, je peux toujours revendre mes baraques et me remettre à bosser à plein temps. Au moins il me resterait toujours quelque chose. Je commence à être trop vieux pour prendre ce genre de risques. Je suis vraiment désolé de t'engueuler comme ça, mais...

— Tu veux jeter l'éponge ? demanda Jersey d'un ton froid.

— Vu comme ça se présente, oui, parce qu'à mon avis on va se planter. Tout est trop basé sur notre confiance les uns envers les autres, et avec tout ce monde impliqué, on peut se faire baiser de tous les côtés. Pas vrai, Jimmy ?

Wilcox hocha la tête.

— Moi je ne vous ai jamais laissé tomber.

Jersey avait l'air amer.

Wilcox lâcha un soupir d'agacement.

— On le sait bien. Mais le plan n'est pas encore au point, et toute cette branlette, aujourd'hui, ça suffit pas. On n'a pas tant de temps que ça pour tout fignoler.

Jersey fit tomber la cendre de son cigare.

— Très bien. Tirez-vous alors. Je ne vous obligerai à rien. Ce n'est pas maintenant que je vais commencer. Ça ne signifie pas que je ne suis pas déçu. Bien sûr que je le suis, parce que j'ai déjà déboursé un sacré paquet. Vous ne voulez pas participer et m'aider à m'en sortir, parfait. En tout cas, j'ai toujours fait en sorte que mes coéquipiers touchent une part généreuse, et je n'ai pas l'intention que ça change. Cette part, c'est ce qui nous permet de nous fier aux membres de l'équipe. C'est cet élément du marché qui nous lie les uns aux autres. Autrefois, ça a porté ses fruits pour nous, et ça fonctionnera cette fois-ci.

— Allons, Eddy, on le sait, dit Driscoll. Surtout, ne va pas croire que je ne te suis pas reconnaissant pour nos anciens coups, mais ça remonte à très loin. On était beaucoup plus jeunes à l'époque, plus prêts à prendre des risques.

Wilcox acquiesça d'un signe de tête.

— Ouais, j'ai six gosses, moi.

— Et une manie qui coûte cher, lâcha sèchement Jersey.

— Je suis clean, se défendit Wilcox.

— Soi-disant.

Jersey savait qu'il devait les ramener habilement dans son giron et que, pire encore, il ne pourrait jamais réussir l'opération sans eux. Il pointa Driscoll du doigt.

— Tu crois que je ne pourrai pas trouver mieux que Wilcox et toi, pour ce casse ? Si je vous ai mis dans le coup, c'est pour me déculpabiliser des mauvais investissements que je vous ai conseillés. Je n'ai pas l'intention de perdre ce que j'ai passé le plus clair de ma vie à bâtir. Et je ne compte pas non plus perdre ma femme et mes filles en passant le restant de mes jours en taule. Je vais tout mettre en œuvre pour que ce coup soit le moins risqué possible. J'ai pris vos remarques en compte, mais est-ce qu'autrefois vous connaissiez tous les détails du plan et tous les membres de l'équipe ? Non, jamais ! Vous vous fiiez à mon bon sens. Si vous n'avez plus confiance en moi, alors barrez-vous.

Driscoll leva la main.

— Allez, c'est bon, pas la peine de s'énerver. Tu l'as dit toi-même, Eddy. Si ça sentait le roussi, tu laisserais tomber et on oublierait tout.

— Qu'est-ce que tu en penses, James ? demanda Jersey.

— Je ne me came plus ! Je me suis cassé le cul à préparer les bagnoles et les motos. À mon avis, le plan ne respecte pas tes critères habituels, c'est tout. Peut-être que si on discutait un peu plus à fond des détails et qu'on savait plus précisément ce que tu as prévu, on se sentirait mieux.

— Oh, c'est bon, on a tous bien mis la main à la pâte.

— Ouais, nous trois, mais l'as de l'informatique récolte une brique par semaine, plus une grosse part !

Wilcox enrageait toujours.

Jersey se leva, intimidant de par son allure militaire.

— Vous devenez cupides tous les deux. Raymond Marsh ne nous trahira pas. Il est déjà bien trop impliqué. Il a réussi à pirater l'emploi du temps secret de la famille royale, intercepté les appels de Scotland Yard, et il s'est assuré que rien ne permettrait de relier ses activités aux miennes une fois tout terminé.

Wilcox inspira bruyamment.

— Tu t'exposes beaucoup trop, pas vrai ? Tu as beau te cacher derrière l'identité de Philip Simmons, ça n'empêchera pas qu'après le casse tous les flics du pays te traqueront.

— C'est plus qu'une simple couverture, intervint Jersey. Grâce à l'Internet, Philip Simmons est presque un être en chair et en os. Dès la fin de l'opération, il disparaîtra comme par enchantement, et toutes les pistes et tous les indices s'envoleront avec lui. Rien ne permettra de remonter jusqu'à moi, parce que c'est Philip Simmons qui aura tout organisé.

Wilcox et Driscoll ne comprirent pas ce qu'il racontait, mais sa confiance en sa fausse identité les rassura. Après tout, Jersey représentait un lien direct jusqu'à eux.

Le Colonel reprit.

— Marsh vaut chaque penny qu'il touche, parce que, sans lui, on serait incapables de monter ce coup. C'est un petit génie.

Wilcox et Driscoll se turent. Puis, laissant de côté son air orgueilleux, Jersey poussa un profond soupir.

— En tout cas, je ne m'assure pas que de ma seule protection. J'ai à cœur la sécurité de toute l'équipe. Comme à mon habitude, je me suis penché sur la façon dont chacun allait s'enfuir. Tout ça exige beaucoup de temps. S'il y a des lacunes dans la préparation, alors il faudra plancher de nouveau sur le problème, que je m'y colle tout seul ou avec vous. Alors posez-moi les questions qui vous tracassent. (Il s'empara de son feutre noir et s'avança jusqu'au tableau.) Dressez la liste de tous les points faibles. Qu'on les traite un à un.

Driscoll se fourra la tête dans les mains. Wilcox s'affala dans son fauteuil.

— Pour le moment, j'ai la cervelle en compote.

Jersey les dévisagea l'un après l'autre. Il rangea son marqueur.

— Allez vous reposer alors, mais demain, je veux connaître votre décision.

Il saisit sa mallette, en sortit le CD-ROM et ouvrit son ordinateur portable.

— Jetez un œil là-dessus. Quand vous aurez terminé, fermez-le et récupérez le CD. Ne le quittez jamais des yeux. Personne d'autre que nous trois ne doit le voir. (Il ferma sa mallette d'un coup sec, puis alla chercher son manteau.) Bonne soirée.

Quelques secondes plus tard, ils entendirent claquer la petite porte latérale.

Ils restèrent silencieux un long moment. Finalement, Wilcox se leva.

— C'est toi qui lui as parlé de mes problèmes de drogue ?

— Jamais de la vie !

— T'as compris quelque chose à ses histoires de pseudo ?

— Nan, mais lui oui, apparemment, et c'est tout ce qui compte.

Wilcox alla jusqu'au portable. Driscoll le suivit et inséra le CD dans le lecteur.

— Putain ! s'exclama-t-il. Vise un peu ça, Jimmy.

Il lui montra le plan interactif de la maison sécurisée qui venait de s'afficher.

Ils s'installèrent près du petit écran et lancèrent la visite virtuelle des locaux. Celle-ci terminée, Driscoll enfonça le bouton d'éjection.

— Ça alors, tu te rends compte de ce qu'on vient de voir ?

Sans prononcer un mot, ils échangèrent un regard et surent qu'ils réintégraient l'équipe.

— En avant ! Tout ou rien ! s'exclama Wilcox.

— Ouais, mettons le paquet. Si on se plante, au moins on sera célèbres. Ça va être le plus gros casse de l'histoire, pas vrai ?

Driscoll avait décidé de se concentrer sur le côté positif.

Wilcox s'esclaffa :

— J'ai juste un petit truc à te demander. Ce vol, là, ça te pose aucun problème moral, non ? Il s'agit quand même des joyaux de la Couronne, et les chourer, c'est plutôt...

— Manquer de patriotisme ? (Driscoll éclata de rire.) On s'en tape le coquillard ! La famille royale en a profité assez longtemps comme ça.

Il donna une tape sur l'épaule de Wilcox, puis ils rassemblèrent leurs affaires et s'en allèrent.

Dans l'obscurité du côté principal de la grange, Jersey sortit en silence de derrière les paravents. Ni Wilcox ni Driscoll ne l'avaient vu ou entendu revenir écouter leur conversation. Il s'assit dans le fauteuil et rappela à sa mémoire chaque seconde de la réunion afin d'établir la liste de tous les reproches énoncés. Tous étaient valables — il leur restait encore beaucoup de chemin à parcourir. Marsh était-il fiable ? Tant de paramètres dépendaient de lui. Il soupira. Conclusion, il ne pouvait accorder une confiance totale à aucun membre de l'équipe, mais il s'agissait là d'un risque inhérent à ce type de jeu. Il lui fallait se renseigner personnellement et plus précisément sur l'acheteur japonais, ainsi que contacter Sylvia Hewitt pour s'assurer qu'elle tenait bien sa parole. Lui avoir promis de la dédommager l'énervait, mais c'était là le meilleur moyen d'obtenir son silence.

David Lyons occupait toujours les pensées de Sylvia, et sa sœur vivait toujours chez elle. Helen s'était quelque peu remise de la perte de son mari mais, en contrepartie, elle passait son temps à parler de David. Certains soirs, Sylvia rechignait à rentrer chez elle et souhaitait que Helen déménage bientôt, mais elle devait respecter son deuil et son besoin de compagnie.

Le jour où Jersey avait rassemblé le noyau de l'équipe, Sylvia arrivait tout juste du bureau, plus tard que d'habitude cependant, puisqu'elle avait dîné avec un client.

— Je suis dans le salon, lui parvint la voix stridente de Helen.

Elle paraissait en colère.

S'attendant à ce que sa sœur lui demande forcément les raisons de son retard, Sylvia fut agacée d'avance.

— Je suis à toi dans une minute, lui répondit-elle avant d'ôter son manteau.

Elle n'eut pas le temps de l'accrocher à un cintre que Helen déboula en trombe, un paquet de photos à la main.

— Je n'ai pas fouillé dans tes affaires. Je cherchais juste une aiguille. Je sais qu'avant tu gardais un petit nécessaire à couture dans le tiroir de ta table de nuit. J'attends des explications.

Helen lui jeta les clichés au visage. Sur l'un d'eux, on la voyait qui embrassait David.

— Oh, c'était à un pot, au travail, répondit Sylvia, hésitante.

— Ça m'étonnerait. Comment tu m'expliques la plage et les palmiers, dans ce cas ? Qu'est-ce qu'il y avait, entre mon mari et toi ?

— Il est mort, Helen. Ça n'a plus d'importance.

— Pour moi, si. Je veux la vérité. Regarde-moi, Sylvia. Dis-moi ce qui se passait.

— Oh, merde, ça saute aux yeux, non ?

— Non, je ne trouve pas. Je veux que tu m'expliques.

Sylvia poussa un soupir.

— Je n'ai jamais voulu te faire de mal.

— Dis-moi ce qui se passait entre mon mari et toi ! hurla Helen d'une voix suraiguë.

— Nous étions amants, avoua enfin Sylvia.

Puis tout sortit d'un coup : depuis combien de temps ils se fréquentaient, le nombre de fois où ils avaient couché ensemble. Se sentant minable de déblatérer ainsi, elle ressentait tellement de peine pour Helen qu'elle fondit en larmes.

— Tu me dégoûtes, Sylvia. Toi, ma sœur !

Helen alla s'enfermer dans sa chambre.

Le lendemain matin, Sylvia essaya de parler à Helen, mais celle-ci resta cloîtrée. En rentrant le soir, elle trouva deux valises dans l'entrée et le manteau de Helen posé par-dessus. Les traits tirés, sa sœur attendait, livide.

— Je m'en vais. J'ignore si je voudrai te revoir un jour. Je te faisais confiance, et toi tu m'as poignardée dans le dos en me volant la seule chose dont j'aie jamais été fière. Mon mariage n'est plus qu'une sinistre mascarade, et tu devrais mourir de honte de m'avoir accueillie sous ton toit. Je me suis réjouie de te trouver à mes côtés lors de l'enterrement, mais voilà, je découvre que tu me mens depuis le début.

— Tu voulais vraiment que je t'avoue tout ? Tu crois que l'apprendre après sa mort, ça aurait changé quelque chose ? Je suis sûre que tu ne t'es jamais doutée de rien. Tiens, je lui ai même confié mon épargne, et il a tout perdu ! Voilà ce qu'il en est de ton mari, le David gentil et honnête à qui l'on pouvait soi-disant faire confiance. Il a merdé !

— Je ne te crois pas.

— C'est pourtant la vérité. J'ai perdu plus de deux cent mille livres, tout ce que j'avais mis de côté. Encore quelque chose que je t'avais caché pour te ménager. Ce qui s'est passé entre David et moi, c'est du passé et...

Helen refusa d'en entendre davantage. Elle ramassa son manteau et ses valises, puis alla jusqu'à la porte. Là, elle se retourna vers sa sœur et lui décocha une réplique assassine :

— Voilà qui explique pourquoi il est sorti avec toi. Il se servait de toi pour ton argent.

Sur ce, Helen claqua la porte.

L'insulte, qui lui rappela l'accusation proférée par Jersey, rendit Sylvia furieuse. Comment Jersey osait-il l'accuser d'avoir participé aux arnaques de David ? Minée par un sentiment d'impuissance et de solitude, elle déambula dans tout l'appartement en donnant des coups de pied dans les meubles. Des morceaux de photos jonchaient le sol de sa chambre. Elle les ramassa, puis les laissa tomber entre ses doigts comme des confettis, et se mit à pleurer. Elle avait vraiment aimé David, et voilà qu'elle perdait son amant, son argent, sa sœur, tout. Elle se demanda si Jersey s'en sortait, s'il avait réussi à garder sa propriété. Il n'avait pas donné de nouvelles depuis des semaines.

Le téléphone sonna et elle décrocha.

— Allô ?

— Sylvia Hewitt ?

— Elle-même.

— Victor Matheson à l'appareil... Vous vous souvenez ?

— Bien sûr.

Son appel l'intrigua : elle lui avait retiré l'affaire.

— Une coïncidence étrange vient de se produire. Je me suis dit qu'il serait intéressant que nous nous voyions pour en discuter.

Sylvia écouta Matheson lui expliquer sa rencontre avec un autre privé, engagé par Philip Simmons pour retrouver la trace d'Alex Moreno.

— Il va falloir que je pose des jours, lui répondit-elle, mais ce ne sera pas un problème. Je prends l'avion dès que possible et je vous retrouve à New York.

— Parfait.

Il raccrocha.

Elle ne pensa même pas à la promesse faite à Jersey de ne pas poursuivre ses recherches. En fait, elle était même décidée à prouver l'innocence de Lyons. Elle appela son patron et lui expliqua qu'ayant des affaires familiales urgentes à régler, elle devait prendre une semaine de congé.

Jersey fixa des journées « répétition » pendant lesquelles l'équipe se réunirait à la grange. On avait franchi une nouvelle étape dans la préparation du casse. Driscoll avait engagé « la Reine » pour le matin du braquage. On devait passer la chercher à 8 heures du matin pour un tournage de publicité devant durer la journée. Apparemment davantage intéressé par le cachet qu'allait toucher sa cliente — largement supérieur aux tarifs habituels —, l'agent ne demanda même pas le nom de la société de production.

Loin de représenter un risque, Westbrook s'avéra d'une aide précieuse. Malgré sa maladie et son état qui empirait de jour en jour, il restait d'humeur joyeuse, forçant l'admiration de l'équipe par sa détermination. Pamela, qui se montrait d'un professionnalisme à toute épreuve, se révéla une source intarissable d'anecdotes amusantes au moment des pauses café. Les biscuits et gâteaux qu'elle apportait à chaque séance enchantaient le reste de l'équipe, qui les dévorait jusqu'au dernier à chaque fois. Participer à cette aventure la ravissait. Elle qui avait toujours apprécié la compagnie masculine, cela faisait longtemps qu'elle ne s'était pas trouvée entourée d'autant d'hommes. Elle adorait Westbrook, et tous les deux échangeaient sans cesse des souvenirs de leurs années de prison en fumant des paquets de cigarettes entiers, quintes de toux et éclats de rire venant régulièrement ponctuer leurs conversations.

Passant son temps à vérifier les détails de sa stratégie, Jersey participait rarement aux plaisanteries. Il était à présent prévu que le yacht de Dulay jette l'ancre à dix kilomètres de la côte sud, au large de Brighton. On avait réservé les hélicoptères, et décidé de faux points de rendez-vous. Jersey s'était organisé pour qu'un de ses chevaux coure à l'hippodrome de Brighton le jour du braquage. Sur le sol de la grange, d'après les renseignements fournis par le CD-ROM, il avait représenté par des croix bleues les emplacements des boutons d'alarme de la maison sécurisée. Chaque membre de l'équipe devait en apprendre la disposition exacte.

— Juste une petite question, mon chou, dit un jour Pamela, une cigarette pendue aux lèvres. On sait où se trouvent ces bidules, d'ailleurs il nous faudra des yeux derrière la tête, mais qu'est-ce qui se passe si un des employés envoie balader les consignes de sécurité et en actionne un ? Est-ce qu'on sortira assez vite pour être partis avant l'arrivée de la police ?

— Pardon ?

— Vous voyez, mon chou, est-ce qu'on sait de combien de temps on dispose si quelqu'un presse délibérément ou par inadvertance un de ces boutons ? Tout le monde sera très nerveux, et... (Elle bondit d'une croix à l'autre.) ... il y en a partout.

Jersey lui lança un regard dédaigneux.

— J'espère bien que nous aurons trouvé un moyen de les désactiver d'ici là. En attendant, il faut quand même retenir leurs emplacements exacts.

— D'accord, mais est-ce qu'on connaît le temps qu'il faut à la maison poulaga pour débarquer ?

— Ecoutez, Pamela, et si vous alliez mettre la bouilloire en route ?

Jersey avança jusqu'à Wilcox. Il parla à voix basse :

— Si on en touche un seul, on aura de graves ennuis. Des portes blindées tomberont comme des couperets.

Wilcox se détourna.

— Donc il nous faut un moyen de neutraliser ces saloperies.

— Je m'y colle.

Un rendez-vous fut fixé avec les motards à 14 heures, et Jersey exigea que seul Driscoll, qui les connaissait, soit présent. Ce fut Brian Hall qui arriva le premier. Il gara sa moto conformément aux instructions, dans la cour derrière la grange. Cinq minutes plus tard, Kenny Short apparut au volant d'une vieille Mini.

Les ayant observés approcher, Jersey fut prêt à les accueillir. Il ouvrit la porte presque immédiatement et leur tendit des gants chirurgicaux. Les deux complices le suivirent vers la table, et il leur fit signe de s'asseoir. Driscoll était installé sur un côté. Jersey expliqua aux motards ce qu'il attendait d'eux, et la stratégie prévue pour la fuite. Ils l'écoutèrent attentivement, posant de temps à autre des questions pertinentes auxquelles Jersey sut toujours répondre. Conscients des risques encourus mais rassurés par l'attitude autoritaire du Colonel, ils essayèrent leur uniforme et les motos. S'ils avaient le moindre doute, ils ne le formulèrent pas. Ils savaient qu'ils venaient d'intégrer une équipe bien rodée.

Jersey se donna beaucoup de mal pour s'assurer qu'ils aient bien compris leur importance. Tous dépendaient énormément les uns des autres, leur dit-il. Chaque membre de l'équipe jouait un rôle crucial, et l'erreur d'un seul pouvait entraîner la chute de tous. Une fois les deux hommes partis, Jersey se tourna vers Driscoll.

— Qu'est-ce que tu en penses ?

— Ils vont assurer. Le seul qu'il faut surveiller, c'est Son Excellence. Il est mort de trouille et bourré de médocs.

— Je sais. S'il représente un trop grand danger, il faudra se séparer de lui.

Driscoll se passa la langue sur les lèvres et changea de sujet :

— Et ces boutons d'alarme alors, tu vas les désactiver ?

— J'y travaille.

— Tu veux jeter un coup d'œil aux flingues ?

Tous ayant été soumis à une énorme pression depuis très longtemps, Jersey proposa qu'ils s'accordent quelques jours de repos. Christina devait rentrer de Suède, lui était sur les rotules, et tous avaient besoin de recharger les batteries. Ensuite, ils pourraient se remettre au travail et réexaminer les plans à la recherche du moindre point faible leur ayant échappé.

De retour au domaine, Jersey ne s'accorda pas de répit malgré son grand besoin de détente. Les affaires de l'écurie exigeaient qu'il les supervise, car même si son personnel travaillait diligemment en son absence, certains problèmes ne pouvaient être réglés que par le grand patron. Toute une pile de paperasses l'attendait, et la pression financière qui pesait sur lui atteignait son paroxysme. Il se demanda si la maison de Moreno était enfin bonne à la vente. À minuit passé, il travaillait toujours dans son cabinet de travail lorsque Fleming frappa doucement à la porte et entra.

— Un brandy ? proposa Jersey.

Fleming secoua la tête.

— Vous me devez la somme dont nous étions convenus, dit-il d'une voix faible en évitant le regard de son patron.

Un long silence s'écoula. Jersey dévissa le bouchon de la bouteille, puis ouvrit un tiroir d'où il sortit un verre.

— Mon fils et un garçon d'écurie qui travaille pour vous depuis longtemps m'ont prêté main-forte. Tous les deux sont dignes de confiance. Mon fils ne lâchera jamais le morceau, et si le lad s'est douté de quoi que ce soit, il n'en a rien laissé savoir. Je l'ai arrosé de deux cents livres.

Jersey but son brandy cul sec.

— Comment s'en est tiré mon champion ?

— Très bien. Il ne reste plus qu'à attendre maintenant. Je l'ai installé dans le box du bout. On va intensifier son entraînement et voir sa réaction, mais on a pris un risque énorme.

— Je sais.

Jersey réussissait à peine à parler.

Fleming ayant changé d'avis concernant le brandy, tous les deux burent en silence. Honteux de leur subterfuge, ils redoutaient d'avoir parasité la concentration de Royal Flush et saboté ses chances de remporter la course la plus prestigieuse à laquelle il participerait jamais. Finalement, Fleming se leva et boutonna son manteau. D'un signe de tête, il indiqua le calendrier des courses accroché au mur du bureau.

— Quand il courra à Lingfield, on verra bien quel effet ça aura eu sur lui.

Deux jours plus tard, au retour de Christina, il la serra dans ses bras.

— Ce que tu m'as manqué, dit-elle en l'enlaçant.

— Toi aussi, tu m'as manqué, ma chérie. Donne-moi tes valises, que je les monte.

— Non, elles peuvent attendre, mais pas moi. Viens, allons dans la chambre, dit-elle d'un air coquin.

Il sourit.

— Je te suis.

— Ça s'est bien passé ici ?

— Pas trop mal. J'ai encore dû vendre quelques chevaux, mais Royal Flush tient une forme du tonnerre. Il ne s'est pas passé grand-chose en ton absence.

— Ce que je suis contente de te retrouver. J'adore vraiment notre maison, dit Christina.

S'il réussissait le casse, ils continueraient à vivre

au domaine. S'il échouait, il passerait le restant de ses jours en prison.

Tout en la suivant dans l'escalier, Jersey garda le silence. Tant de choses dépendaient de sa capacité à mener ses projets à terme.

19

À son arrivée à l'aéroport JFK, Sylvia avait choisi de prendre directement un taxi pour l'hôtel Intercontinental, sis près de Central Park et à deux pas de l'immeuble de Moreno. Disposant de temps à tuer avant son rendez-vous, elle avait décidé de se livrer elle-même à quelques recherches. Puisqu'elle avait retiré l'affaire à Matheson avant que celui-ci ait eu le temps d'examiner l'appartement, peut-être découvrirait-elle des éléments susceptibles de les aider. Ayant mal dormi pendant le vol, elle prévoyait de faire la sieste jusqu'à midi, mais lorsque la femme de chambre la réveilla à 15 heures, elle dormait toujours à poings fermés. Après s'être douchée, elle quitta finalement l'hôtel à 16 heures.

Le portier de l'immeuble se montra peu amical jusqu'à ce que Sylvia lui glisse un billet de vingt dollars dans la main. Il lui expliqua alors qu'il se souvenait bien de Moreno, un jeune homme charmant mais très réservé.

— Vous a-t-il prévenu de son départ ?

— Non. Il a disparu d'un seul coup.

— Mais vous l'avez vu s'en aller ?

— Non plus. Probable qu'il soit parti quand j'étais pas de service. Tout ce que je sais, c'est que l'appartement a changé de proprio. Vous devriez demander à l'agence immobilière. Ce sont eux qui s'occupent des titres de propriété. Le mec qu'y habite maintenant, c'est un Allemand, mais je le vois pas souvent non plus.

— Il est chez lui en ce moment ?

— Non. Il part tôt et rentre tard. Parfois, je le croise pas pendant des jours, mais il fait appel à une société de limousines. (Il lui tendit une carte.) Ils sont bons. Je connais un des chauffeurs. M. Goldberg est un de leurs habitués, comme je vous l'ai dit.

— Je vous remercie beaucoup de votre aide, mais j'aimerais vraiment parler à M. Moreno. Je n'ai pas de chance, apparemment.

— J'en ai bien peur.

— Merci.

— Bonne soirée.

Il tendit la main pour toucher un autre billet de vingt ; mais elle remonta son col et s'en alla. À peine vingt mètres plus loin, elle vit une limousine se garer devant l'immeuble. Un homme très élégant descendit par la portière arrière. Il portait des verres teintés et transportait une fine mallette. Le voyant se diriger vers l'entrée, elle se précipita vers lui.

— Monsieur Goldberg ! Excusez-moi. (Il se retourna et la dévisagea.) Je me demandais s'il serait possible que vous m'accordiez quelques minutes.

— On se connaît ?

— J'essaie de retrouver la trace de M. Moreno. C'est le précédent propriétaire de votre appartement.

— Navré, mais je ne peux vous être d'aucune aide. Je ne le connaissais pas. Je ne l'ai jamais rencontré. Excusez-moi.

— Je vous en prie — j'aimerais simplement vous poser quelques questions, insista-t-elle.

— Je vous répète que je ne connaissais pas ce M. Moreno. Si vous voulez obtenir des renseignements sur lui, je vous suggère de vous adresser à l'agence immobilière. Pardon.

Impuissante, elle regarda la porte se refermer derrière lui et le portier reprendre son poste.

— Si vous voulez, leur succursale se trouve dans le pâté d'immeubles après celui-ci, un peu plus haut sur la 86e Rue. Dugdale et Martin. C'est M. Dugdale le patron.

Lui ayant tendu un deuxième billet, Sylvia se dirigea vers les immeubles de style gothique qu'il lui avait indiqués.

Dugdale et Martin possédaient une petite agence au rez-de-chaussée du somptueux bâtiment. D'après le portier, elle risquait d'arriver un peu tard : leur bureau fermait à 16 h 30. Pendant qu'elle attendait après avoir frappé à la porte, il resta à traînailler à côté d'elle. Au moment où elle allait partir, on ouvrit.

— Bonsoir, je me présente : Sylvia Hewitt. Je me demandais si je pouvais parler à quelqu'un au sujet de l'appartement de M. Moreno.

— Il n'est plus propriétaire chez nous, lui répondit un homme grisonnant d'allure sévère.

— Oui, je sais, mais je pourrais peut-être vous expliquer pourquoi je m'adresse à vous. Je suis venue exprès d'Angleterre.

— Entrez. (Déjà vêtu de son pardessus, il ouvrit plus grand la porte.) Je m'en vais, Jacob. Je peux te laisser t'en occuper ? demanda-t-il à un autre avant de sortir.

Tandis que l'homme à la fenêtre se détournait vers elle, Sylvia sortit une de ses cartes de visite.

— Sylvia Hewitt. Expert-comptable. J'enquête sur un certain M. Moreno, qui habitait...

— Entrez, asseyez-vous. Jacob Martin. Alors comme ça, vous êtes la comptable de M. Moreno ?

— Non. Il possédait quelques placements à Londres, mais la dernière fois que j'ai réussi à le contacter, c'était avant Noël.

— Il a disparu dans la nature, et nous n'avons aucune adresse où faire suivre son courrier.

— Mais pourtant vous avez forcément dû vous charger des formalités à son départ. Il y a un nouveau propriétaire, un Allemand très élégant.

— Oui, il a racheté.

— Chez vous ?

— Oui, c'est nous qui gérons cet appartement. Cependant, la transaction s'est effectuée par l'intermédiaire d'un notaire travaillant pour M. Moreno. Comme tous les documents étaient valables, nous n'avions aucune raison de nous opposer à l'échange.

— Donc, M. Moreno n'a jamais discuté de son départ avec vous ?

— Non. Il est parti sans prévenir, mais il n'y a là rien d'extraordinaire. La seule chose inhabituelle, c'est... (Il hésita. Sylvia attendit.) Il a laissé énormément d'effets personnels, que nous avons retirés des lieux avant que le nouveau proprio n'emménage. Apparemment, il s'en est allé très précipitamment.

— Vous souvenez-vous de ce qu'il a laissé ?

— Des vêtements, des trucs de ce genre. Nous les avons laissés des semaines au garde-meuble. Le nouveau propriétaire a repris les meubles et l'équipement.

— Il a tout racheté ?

— Pas tout à fait. Tout ce qui était livres et vidéos, il n'a pas pris.

— Qui les a récupérés ?

Martin haussa les épaules d'un air gêné. En vérité, M. Goldberg leur avait laissé une montagne d'objets sur les bras : tableaux, miroirs, décorations, etc. Mais au bout d'une période assez courte, Martin et Dugdale avaient quelque peu tapé dans l'entrepôt. En fait, ils avaient vidé les lieux de tous les biens ayant un minimum de valeur. Sylvia s'en doutait, mais là n'était pas la raison de sa visite.

— Connaissez-vous le nom du notaire chargé des transactions ? demanda-t-elle.

Martin alla jusqu'à une étagère, feuilleta une rangée de dossiers et en retira un.

— M. Philip Simmons. Nous avons un numéro de téléphone et... (il tourna une page) ... seulement une boîte postale, ce qui est inhabituel, ainsi qu'un autre numéro correspondant à une adresse dans la région des Hamptons.

— Pouvez-vous me le donner ? J'aimerais vraiment lui parler.

Martin sortit une de ses cartes, y recopia la série de chiffres, et la passa à Sylvia. Puis, toujours occupé à lire le dossier, il repartit vers l'étagère. Les sourcils froncés, il s'arrêta un instant pour tourner les pages.

— Je doute que vous ayez la chance de le joindre. Apparemment, nous avons essayé de le contacter lorsque nous nous sommes rendu compte que divers frais d'entretien restaient impayés et que nous avons voulu remettre l'ardoise à zéro. Il ne s'agissait pas d'une grosse somme, mais nous n'avons reçu aucune réponse à nos lettres.

— Et ce notaire, vous l'avez rencontré ?

— Non, jamais. C'est M. Dugdale, mon patron, qui s'est occupé de tout. Vous l'avez vu qui partait... Ah si, excusez-moi, je l'ai bien rencontré, mais une seule fois, quand il est venu transmettre le titre de propriété à M. Goldberg. Il est allé dans le bureau de M. Dugdale.

— Vous pourriez me le décrire ?

— Voyons... Bien habillé, élégant, et très grand. Un géant, bien plus grand que moi, et je mesure déjà presque 1,80 mètre. Il était roux et moustachu.

Sylvia se leva et lui serra la main.

— Merci de m'avoir consacré autant de temps. C'est vraiment très gentil.

Après avoir raccompagné Sylvia à la porte, Martin retourna à son classeur et feuilleta tous les documents rassemblés depuis le départ de Moreno. La police de l'État de New York leur avait rendu visite après avoir retrouvé la voiture du jeune homme d'affaires à l'aéroport. D'après les enquêteurs, il aurait quitté le pays à la suite de gros soucis financiers. La porte de l'agence s'ouvrit et Dugdale entra.

— J'ai oublié des papiers importants. Tout va bien ?

— Je crois que oui. Cette femme essaie de retrouver Moreno.

— Eh bien, elle va en baver. Nous, on n'a pas réussi.

— J'ai vu ça. Et son notaire, il est un peu louche. Tu savais qu'à part une boîte postale on n'a nulle part où le joindre ?

— La transaction était parfaitement en règle.

— D'accord, mais c'était qui, ce type ? Il travaillait pour Moreno ?

— Il faut croire. On lui a offert un bon prix, et M. Goldberg a payé en espèces.

— Ah bon ?

Martin siffla.

Dugdale alla dans son bureau, Martin sur les talons.

— Comment il était ?

— Assez sympathique. Pressé de quitter New York. Probablement chargé de transmettre l'argent à Moreno. Apparemment, il était canadien.

Dugdale mit une enveloppe dans sa mallette et sortit de la pièce.

Martin le suivit à la trace.

— Le portier de l'immeuble reçoit toujours du courrier adressé à Moreno.

Dugdale soupira, agacé.

— Ecoute, Jacob, j'ai suffisamment à faire pour ne pas en plus m'inquiéter de savoir où se trouve l'un de nos anciens clients. Cela ne nous concerne plus. D'ailleurs, on devrait jeter son dossier à la poubelle et nous débarrasser de tout ce qui reste encore au garde-meuble. Point final. Au revoir.

Contrarié, Martin ferma l'agence à clé et éteignit les lumières. Dugdale avait organisé la transaction en espèces entre Goldberg et ce fameux Simmons, et Martin se doutait que son patron avait touché une prime juteuse. Il se demanda combien. Le montant devait être substantiel, et lui n'avait pas obtenu sa part habituelle.

Sylvia revint à l'hôtel et tenta de joindre Simmons. Comme elle s'y attendait, le numéro n'était plus attribué. Un peu plus tard, elle appela Matheson, qui accepta de la retrouver au bar de l'hôtel à 21 heures. Elle voulut savoir comment le reconnaître.

— Je suis petit, sans signe particulier. Je porterai une grande écharpe noire et rouge, des lunettes, et j'ai le crâne dégarni.

— Moi je suis brune, et je porte un tailleur en tweed avec un chemisier blanc et des perles, dit-elle d'un ton guindé.

Sylvia entra dans le bar modérément fréquenté, et balaya l'établissement du regard jusqu'à repérer le détective. Puis elle le rejoignit en se faufilant parmi les tables basses.

— Enchantée.

— Mademoiselle Hewitt, heureux de pouvoir mettre un visage sur votre voix. Vous désirez boire quelque chose ?

— Un verre de vin blanc, s'il vous plaît.

Pendant qu'elle s'asseyait sur l'un des petits fauteuils en face de lui, il fit signe au serveur. Celui-ci vint à eux, et Matheson commanda une bière et un chablis.

— Ce que c'est bruyant, dans ce pays, fit remarquer Sylvia. Il y a même de la musique dans les ascenseurs.

— On s'y habitue. (Il approcha son siège de celui de Sylvia.) Ça vous dérange si je mets tout de suite quelque chose au clair ? Je ne voudrais pas vous paraître avide, vous comprenez, mais c'est mon gagne-pain, et je vais vous facturer ce rendez-vous au tarif habituel. Ça vous va ?

Elle hocha la tête.

— Parfait.

Lorsque le serveur leur apporta une coupelle de cacahuètes et leurs boissons, il se renversa dans son fauteuil. Elle leva son verre et but une gorgée de son vin bien frais.

— Bon, me voilà, monsieur Matheson. Vous m'avez dit avoir du nouveau, et j'ai parcouru beaucoup de chemin pour venir entendre vos découvertes de vive voix, comme vous l'avez suggéré.

— Comme je vous l'ai expliqué au téléphone, j'ai rencontré un vieil ami. Je préfère vous rassurer tout de suite, je n'ai pas transgressé mon devoir de confidentialité en discutant avec lui. C'est venu par hasard dans la conversation. Je n'ai jamais prononcé votre nom.

— Qui est cet ami ?

— Un ex-flic, comme moi, que je connais depuis belle lurette. On a à peu près le même âge, il travaille essentiellement dans la sécurité maintenant. Il a accompagné un groupe de rock en tournée, dernièrement. En fait, c'est leur garde du corps attitré maintenant.

— Comment s'appelle-t-il ?

— Donny Baron. Une crème, ce mec. Et il se met à me raconter qu'il en a ras le bol de bourlinguer dans tout le pays. Moi je lui demande s'il bosse sur une affaire, et il me répond qu'il a dégoté un boulot intéressant quelques mois plus tôt. Il avait passé une annonce dans le *New York Times*, et un type l'a contacté pour lui demander de fouiner un peu et de chercher un mec coupable d'une escroquerie dans le milieu de l'Internet. Alors moi je lui dis que c'est marrant comme coïncidence, et je lui demande si le type s'appelle pas Moreno. Là-dessus, il me regarde en rigolant et il me répond que oui, et qu'il a même surveillé son appartement.

— C'était quand, ça ?

— Peu après Noël. Je l'ai donc interrogé sur son client, et il m'a expliqué qu'il s'agissait d'un Canadien qui est arrivé de Los Angeles par le vol de nuit. Le type lui a filé une somme rondelette, et Donny n'en a plus jamais entendu parler.

— Est-ce qu'il vous a donné son nom ?

— Ça le chagrinait un peu, mais finalement, il m'a dit qu'il s'appelait Philip Simmons. Le même que le nôtre. Donny l'a rencontré.

— Alors, comme ça, il s'agit d'un des investisseurs ?

— Possible. En tout cas, il me paraît évident que ce n'est pas seulement le conseiller financier de Moreno. Parce que, dans ce cas, pourquoi a-t-il eu besoin des services de Donny ? Normalement, il aurait dû savoir où le trouver, pas vrai ?

Sylvia but une autre gorgée de son vin, puis posa soigneusement son verre sur la table.

— Il s'est également fait passer pour son notaire.

— Ah bon ? En tout cas, Donny a trouvé que ce Simmons avait un drôle d'accent, plus anglais qu'autre chose, alors c'est pour ça que je vous ai contactée. L'entrepreneur chargé de la maison des Hamptons, lui, l'a pris pour un Canadien. Ce qui est sûr, c'est qu'il se passe quelque chose de louche.

Sylvia poussa un soupir.

— J'avais placé une certaine somme dans l'entreprise de Moreno. Quelqu'un qui a perdu considérablement plus que moi m'a ordonné de ne pas me mêler de cette affaire. En fait, je connais trois personnes qui ont perdu des millions, et tous m'ont répondu qu'ils s'en occupaient. Ils ont également refusé de m'aider à payer vos honoraires. Je pensais qu'une fois au courant de vos recherches, ils tiendraient beaucoup à ce que vous les poursuiviez, mais ça n'a pas été le cas.

— Peut-être que Simmons les arrose. Qui sait ce qui se trame ? En tout cas, j'ai pensé que vous voudriez savoir s'il reprenait ses activités. (Il joua avec sa chope vide.) À mon avis, vous devriez aller voir aux Hamptons et jeter un œil à la maison.

— C'est loin d'ici ?

— En train, il faut compter environ deux heures. En voiture, c'est à peu près pareil mais, à cette époque de l'année, il n'y aura pas beaucoup de circulation. Je peux vous y accompagner, si vous voulez.

Matheson tenait à tout prix à reprendre du service, mais Sylvia refusait de débourser plus que nécessaire.

— J'irai demain, seule.

Matheson s'attendait pourtant à ce qu'elle accepte son offre, car l'argent lui manquait cruellement.

— Je ne voudrais pas vous effrayer, mais ce Philip Simmons m'a tout l'air du genre de type avec qui vous devriez vous montrer très prudente. Si, comme vous le croyez, cette propriété vaut plusieurs millions, il se peut qu'il ait...

Il respira profondément.

— Quoi ?

— Tué pour l'obtenir.

Cette mise en garde ne la traumatisa pas. Tout au contraire, elle resta d'un calme absolu. Elle se pencha vers le privé et s'adressa à lui à voix basse d'un air de conspirateur :

— J'y ai déjà pensé, et c'est d'autant plus probable s'il a perdu toute son épargne. C'est un mobile très crédible. (Le vin lui tournait la tête.) Moi-même, j'étranglerais bien ce Moreno.

— D'accord, mais avoir envie de le faire et passer à l'acte, ça n'a rien à voir. Cet individu, qui que ce soit, m'a tout l'air d'un vrai pro. Il a trop bien couvert ses arrières pour ne pas l'être.

Elle lui adressa un sourire radieux et lui agrippa l'épaule.

— Oui, mais quoi qu'il en soit, il a commis des erreurs. Nous pouvons le signaler à la police, et ils le rechercheront. Ou alors, nous pouvons le retrouver nous-mêmes, faire pression sur lui, et là je suis sûre qu'il nous paiera. À présent, c'est tout ce qui m'intéresse. Je veux récupérer mon argent.

— Vous avez perdu beaucoup, hein ?

— Oui, à cause de Moreno toute mon épargne s'est envolée, et j'ai la ferme intention d'en retrouver au moins une partie. Et après tout ce que je viens d'entendre, je pense que c'est possible. (Elle hésita.) Je n'ai pas réussi à savoir si Philip Simmons fait partie des actionnaires. Son nom ne figure sur aucun des documents en ma possession, mais il se peut qu'il ait investi par l'intermédiaire d'un tiers. J'aimerais vous poser une dernière question : Au cours de votre enquête, avez-vous rencontré le nom de David Lyons ?

— Je ne le crois pas. C'est un des investisseurs ? Lui aussi a perdu de l'argent ?

— Pas seulement. Il s'est suicidé. Je tenais beaucoup à lui.

— Il n'a pas supporté, hein ?

— Non, en effet. Ses erreurs lui ont coûté ses placements, et ceux de nombreux autres aussi.

— Je vois.

Des larmes perlaient dans ses yeux.

— C'était mon beau-frère.

— Ah, je suis navré. Quel malheur.

— Certains insinuent qu'il était peut-être impliqué dans une escroquerie montée avec Moreno, mais je sais que c'est faux. (Elle prit un mouchoir.) Désolée.

Elle saisit son sac à main, en sortit une liasse de billets, et lui paya ce qu'elle lui devait.

— J'ai une dernière facture concernant des frais divers à vous remettre, mais j'ai oublié de l'apporter.

— Postez-la-moi à Londres.

— Bonne chance, mademoiselle. J'espère que vous allez le trouver.

— J'y compte bien, répondit-elle doucement avant de quitter le bar.

De retour à sa chambre, malgré son épuisement, Sylvia s'assit à son bureau et calcula combien les services de Matheson lui avaient coûté au total. Au moins, elle avait progressé. Il apparaissait de plus en plus évident que Simmons, que ce soit pour le compte de Moreno ou d'un actionnaire, récoltait énormément d'argent, et elle éprouvait le sentiment qu'au moins une partie lui revenait. Se pouvait-il que Simmons ait assassiné Moreno pour toucher les fonds investis dans ses propriétés ? Simmons cachait forcément son jeu. Il avait demandé à Donny Baron de surveiller l'appartement de Moreno : pourquoi un conseiller financier aurait-il besoin des services d'un privé pour tenir son client à l'œil ? Complètement absurde.

Sylvia soupira et rassembla ses papiers. En les rangeant dans sa mallette, elle tomba sur un cliché d'elle et Lyons lors d'un repas de Noël. Elle le sortit.

— C'est toi qui m'as mise dans ce pétrin, lança-t-elle au visage souriant de David.

Il s'agissait d'une photo de groupe, mais, Helen ayant déchiré toutes les autres, il ne lui restait que celle-ci. En la regardant, un détail lui accrocha l'œil. Un homme dépassait tous les autres d'une bonne tête : Edward de Jersey. Les paroles des agents immobiliers et de Matheson resurgirent soudain à la surface de sa mémoire. « Un géant... plus anglais qu'autre chose... ». Si quelqu'un avait énormément perdu à cause de la faillite de leadingleisurewear, se dit Sylvia, c'était bien Jersey. Se pouvait-il que Philip Simmons et lui ne fassent qu'un ? Plus elle y réfléchit, plus elle en fut convaincue. Elle buvait du petit-lait. Il lui fallait réfléchir soigneusement à la façon dont elle allait s'occuper de M. de Jersey le caïd. Deux solutions s'offraient à elle : soit le dénoncer, soit lui soutirer une somme rondelette, bien supérieure à celle qu'elle avait perdue. Mais tout d'abord, elle devait obtenir des preuves.

Tôt le lendemain matin, Sylvia rendit sa clé et prit le car pour East Hampton, où elle réserva une chambre à l'élégant Maidstone Arms. C'était là que Moreno venait séjourner, et elle comprit pourquoi : il s'agissait d'un hôtel charmant et raffiné, où de grands feux de cheminée brûlaient dans les parties communes décorées avec goût.

Lorsqu'elle eut défait ses valises, elle se rendit à l'accueil et demanda à parler au responsable. Bien que celui-ci se montrât cordial, il ne lui fut pas d'une grande aide. Moreno était bien descendu de nombreuses fois dans cet établissement, lui expliqua-t-il, mais il ignorait totalement où le trouver. Tout en prenant le café dans une salle oblongue donnant sur la rue, Sylvia repéra l'emplacement de la maison de Moreno sur le plan de la ville fourni par l'hôtel. Un peu plus tard, elle appela un taxi, à qui elle demanda de la conduire dans Georgica. À son grand désespoir, elle avait perdu le bout de papier où figurait l'adresse exacte que Matheson lui avait donnée le soir précédent. Elle se souvenait seulement qu'il s'agissait d'un vaste terrain en construction, situé non loin des étangs. Le chauffeur fut très causant, mais Sylvia cessa de l'écouter lorsqu'ils passèrent devant un grand domaine en travaux et clôturé.

— Est-ce qu'on peut y entrer ? demanda-t-elle.

En marche arrière, le taxi repassa devant l'allée sans portail, qui, n'ayant toujours pas été pavée, était boueuse et creusée d'empreintes de véhicules de chantier. Cahotant et éclaboussant tout autour de lui, le taxi la remonta jusqu'à ce qu'elle s'élargisse. Presque aussi vaste que le Maidstone Arms, la demeure était dotée d'une galerie, de pignons et de colonnes entourant ce qui deviendrait une immense véranda orientée plein sud. Située en hauteur au sommet d'une colline, elle donnait sur un étang bordé de saules. Recouverte d'une bâche vert foncé destinée à la protéger des débris qui jonchaient le site, une piscine de dimensions olympiques, jouxtée de son bungalow tout neuf agrémenté d'un patio de pierre blanc, complétait le tableau. Puis elle vit la grande cabine en préfabriqué sur laquelle était inscrit le nom du constructeur.

— Je n'en ai pas pour longtemps.

Elle descendit de voiture.

— Excusez-moi, je souhaiterais parler au responsable, cria-t-elle en approchant de la Portakabin.

Un casque de protection à la main, un homme râblé apparut dans le chambranle, occupant tout l'espace.

— Qui c'est que vous voulez voir ?

— Le responsable des travaux, répondit-elle d'un ton doux.

— Je peux vous demander pourquoi ? Il est occupé.

— Je suis une amie du propriétaire, et comme je passais dans le coin, je me suis dit qu'on pourrait peut-être me faire visiter. Je suis venue d'Angleterre, ajouta-t-elle.

L'homme disparut, puis revint et lui fit signe d'entrer.

— Je suis le contremaître, dit un homme au visage rougeaud assis derrière un bureau.

— Sylvia Hewitt. Je me demandais si je pouvais parler au responsable des travaux.

Dans le local exigu, Sylvia attendit que les ouvriers débarrassent leurs plans et sortent. Le contremaître annonça qu'il allait essayer de trouver M. Donnelly. Dix minutes plus tard, ce dernier entra.

— Vous vouliez me voir ?

— Vous me rendriez un grand service en répondant à quelques questions.

— À quel sujet ?

Sylvia prit une grande bouffée d'air.

— Il me semble que cette propriété appartient à un certain M. Moreno, et j'aimerais beaucoup lui parler.

— Eh bien, je ne peux rien pour vous. Il ne passe plus ici. Nous ne traitons plus avec lui que par l'intermédiaire de son comptable.

— Ah bon. Voilà, je vais être honnête avec vous. M. Moreno me doit une très grosse somme d'argent. On m'a dit que je pourrais peut-être le trouver ici. J'essaie par tous les moyens de le contacter.

— Hein hein, fit-il lentement en l'examinant des pieds à la tête.

— J'ai même engagé un détective privé. Il est venu vous interroger, je crois.

— Ouais, mais je lui ai expliqué la même chose

qu'à vous. J'ignore où il se trouve. Moi aussi il a failli me mettre dans une panade noire. Il ne pouvait plus me payer, mais finalement son comptable a tout arrangé.

— Philip Simmons ?

— C'est ça. C'est lui qui tire les ficelles. Je reçois des ordres de ses architectes et de ses décorateurs. Ils passent régulièrement vérifier que tout est bien conforme.

— Avez-vous un numéro où joindre M. Simmons ?

Le numéro qu'il lui donna était celui d'un cabinet de notaires d'East Hampton. Lorsqu'elle demanda à visiter la propriété, il lui répondit que c'était impossible.

— Avez-vous déjà rencontré quelqu'un du nom de David Lyons ?

— Qui ça ?

— David Lyons était associé en affaires avec Alex Moreno, et je me demandais si vous l'aviez déjà vu ici. Petit, brun, crâne dégarni.

— Je ne crois pas.

— Si je vous montre une photo, cela vous aidera peut-être. Ça ne vous dérange pas ? Ce sera rapide.

Elle sortit le cliché et le passa à Donnelly. Du doigt, elle désigna Lyons.

— C'est lui.

Après avoir regardé fixement la photo et secoué la tête, il s'apprêta à la lui rendre, mais Sylvia l'arrêta.

— Et à côté de lui, est-ce que c'est Philip Simmons ? Tout à droite.

Elle montra Jersey.

Donnelly réfléchit.

— Ça lui ressemble un peu. Je sais pas. C'est possible.

— Mais vous n'en êtes pas sûr ? Je vous en prie, regardez bien. Est-ce Philip Simmons ?

Son cœur battait la chamade.

Donnelly examina la photo, puis la lui rendit.

— Je vous le répète, c'est possible, mais il n'y a rien de sûr. M. Simmons avait une moustache et les cheveux roux.

— En tout cas, vous êtes d'accord pour dire qu'il lui ressemble ?

— Oui, un peu. À quoi ça rime, ces questions ? Qu'est-ce qui vous amène ici ?

Irritée, elle se leva.

— J'essaie de retrouver M. Simmons.

— Dans ce cas, vous devriez vous adresser à ses notaires. Je vous ai donné leur numéro.

À l'évidence, il avait hâte de la voir s'en aller.

Sylvia quitta la cabine en préfabriqué, puis décida de prendre cette affaire à bras-le-corps, déterminée à visiter la propriété. En cas de question, elle se présenterait comme une énième touriste anglaise. À pas comptés, elle passa les planches de bois, puis gagna le chemin qui menait à la maison. Arrivée à hauteur du bungalow, elle jeta un coup d'œil à l'intérieur. On avait déjà carrelé le sol, et on y accrochait des lustres richement décorés. Un jeune homme vêtu d'un bleu de travail taché de peinture passa devant elle.

— Salut, dit-il d'un air amical.

— Ça va être très beau ici.

Il lui adressa un large sourire.

— Et comment ! Ce marbre, là, on l'a fait venir

d'Italie par bateau, et une seule de ces lampes vaut plus qu'un an de mon salaire.

— Elle est immense, cette piscine.

— Ouais, c'est un des premiers trucs qu'on a terminé ici. Elle fait plus de trois mètres de profondeur à une des extrémités. C'est de ce côté-là qu'y aura le plongeoir, et de l'autre, il y aura un court de tennis.

Sylvia le remercia et prit le chemin de la maison d'amis, qu'elle examina succinctement. Cette dépendance semblait prévue pour accueillir la famille royale. Puis elle retourna à son taxi.

Elle déjeuna au restaurant de l'hôtel, où elle fut servie par un jeune homme assez séduisant aux yeux foncés et bridés. Il lui suggéra une spécialité de l'établissement, les œufs Bénédicte, servis avec du jambon fumé maison. Elle les trouva délicieux et, lorsqu'elle eut terminé, il lui demanda si elle avait aimé.

— Délicieux, merci.

Elle choisit de tenter sa chance.

— Je me demandais si vous pourriez m'aider. J'essaie de retrouver quelqu'un qui venait régulièrement à cet hôtel, un ami à moi. Je suis prête à tout pour le contacter. Il s'appelle Alex Moreno. (Elle le regarda droit dans les yeux.) Vous l'avez déjà rencontré ?

— Oui, répondit-il doucement.

Sylvia rougit. Avait-elle tiré le bon numéro ?

— Formidable ! Puisque vous êtes occupé, nous pourrions peut-être discuter un peu plus tard ?

— Sauf s'il y a un coup de feu, je termine mon service à 14 h 30.

Il fit un pas en arrière.

— Je suis dans la chambre numéro...

Il secoua la tête.

— Les membres du personnel ne sont pas autorisés à entrer dans les chambres des clients, invités ou pas. C'est le règlement. Vous me trouverez dans le parking de l'hôtel à 14 h 30.

— Comment vous appelez-vous ? demanda-t-elle.

— Ricky.

Tout en s'éloignant, il se retourna brièvement et lui adressa un sourire éclatant.

À la cafétéria, Sylvia commanda un cappuccino, déçue que Donnelly ne lui ait pas confirmé que Simmons et Jersey ne faisaient qu'un. Elle se demanda si elle n'agissait pas comme une idiote. À 14 h 15, de sa fenêtre, elle vit Ricky sortir de l'hôtel et retrouver un blond dans la rue. Le serveur et son ami discutèrent un instant, puis disparurent. À 14 h 30 précises, elle se rendit sur le parking, qu'elle trouva presque vide. Seules sept voitures y étaient stationnées. Une Jeep à capote en toile se dirigea vers elle. Le blond qu'elle avait vu parler à Ricky conduisait, et le serveur occupait la petite banquette arrière.

— Salut, vous montez ? On peut aller à la plage, dit le conducteur.

Bronzé, les dents blanches, les yeux d'un bleu absolu, il portait un T-shirt à manches courtes d'un blanc immaculé.

Sylvia se hissa sur le siège passager.

— Je m'appelle Brian, se présenta le blond. Et vous ?

— Sylvia, répondit-elle en se demandant si elle ne commettait pas une erreur. Où va-t-on ? s'enquit-elle, nerveuse.

— À la plage, c'est tout. Vous voulez parler, c'est ça ?

Pendant tout le trajet, Brian jacassa comme un guide, alors que Ricky ne décrocha pas un mot.

Une fois arrivés, Brian aida Sylvia à descendre et lui proposa d'aller marcher un peu. Sylvia regarda Ricky, lequel resta dans la voiture.

— Vous ne venez pas ? demanda-t-elle.

— Lui il vous renseignera mieux que moi.

D'un signe de tête, il désigna Brian, qui enfilait un blouson en cuir.

Sylvia régla son pas sur le sien. Le vent glacé lui mordant la peau, elle enfonça les mains dans les poches de son manteau.

— Bon, si je vous rencarde, y a du fric à la clé ? demanda-t-il sans la regarder, les yeux fixés devant lui.

— Disons que je n'avais pas prévu de payer pour obtenir des renseignements, mais je peux vous donner dans les deux cents dollars. J'ignore encore si ce que vous savez me sera utile.

— Peut-être, peut-être pas.

Il rentra le cou dans les épaules pour se protéger du vent.

— Vous avez rencontré Moreno ?

Il hocha la tête, et ils continuèrent à avancer en silence. Au bout d'un moment, elle lui dit qu'elle avait besoin de savoir ce qu'il avait à lui raconter avant de lui donner son argent.

Il s'immobilisa.

— Cinq cents dollars, ça marche ?

Sylvia poussa un soupir. Elle était complètement frigorifiée à présent.

— D'accord, mais il faudra que ça en vaille la peine.

— En liquide ?

— Oui, répondit-elle d'un ton sec.

Ils reprirent leur marche, puis il bifurqua en direction des dunes de sable. Elle le suivit, et lorsqu'ils les atteignirent, il s'accroupit et sauta dans un renfoncement du sol.

— On sera à l'abri du vent, ici, expliqua-t-il avant de s'asseoir.

Sylvia le rejoignit.

— Alors, qu'est-ce que vous savez sur Alex Moreno ?

Brian tendit la main. Elle ouvrit son sac à main et compta cinq cents dollars. Il les fourra dans sa poche.

— Il s'habillait très classe, toujours en marques de luxe, même pour ses chaussettes. Il ne portait jamais rien d'autre que des petits pulls en cachemire pur. (Elle n'avait pas déboursé tout ce pognon pour qu'on lui déballe un inventaire vestimentaire, mais elle se tut.) Je l'ai pas mal croisé cet été, quand il venait chercher un terrain. Il finissait tout le temps la soirée dans une boîte, le Swamp, très tard, toujours seul. Parfois, il avait largement trop bu. De temps en temps, il aimait bien se fumer un petit bédo, et il demandait toujours si quelqu'un avait de la beu. Si je calcule bien, il a dû venir ici à quatre ou cinq reprises en quelques mois, et puis un soir, ça devait être la sixième fois que je le voyais, il m'a dit qu'il voulait faire la fête et m'a invité à boire un verre. Moi j'ai accepté. On travaillait tous les deux ici, Ricky et moi. C'est comme ça qu'on s'est rencontrés. Bref, Moreno se trouvait au comptoir, et il s'en était sifflé quelques-uns. Il m'a dit qu'il voulait se mettre minable et, après la fermeture, il attendait au volant de sa Lexus flambant neuve. On est allés à son hôtel. Il était bourré, et il m'a expliqué qu'il avait conclu une superaffaire, qu'il avait acheté un terrain et obtenu tous les permis de construire nécessaires. Il bossait là-dessus depuis des mois.

— C'était quand, ça ?

— Oh, vers juillet, peut-être mi-août. Quand je l'ai revu la fois d'après, c'est Ricky qui m'a prévenu qu'il était dans le coin. Alex logeait au Maidstone, et il m'a passé un coup de fil. Il voulait me voir, alors je l'ai rejoint au Blue Parrot, un bar de Main Street. On a pris quelques verres, et puis on est retournés à son hôtel. Une fois sur son lit, il s'est mis à chialer. Il m'a expliqué qu'il s'était fourré dans des emmerdes pas possibles. Il a pas arrêté de jacter, de pleurer comme un môme, de se plaindre que tout se cassait la gueule. Et puis il s'est endormi. Moi j'ai pris mon fric et je suis parti. J'aurais pu me servir bien plus largement, mais je me suis dit que c'était sûrement le genre de mec à qui vaut mieux pas chercher des noises.

— Quand l'avez-vous vu pour la dernière fois ?

— Ça doit être juste après Noël, et ce coup-ci, il est arrivé vraiment à la bourre, l'air complètement crevé. On s'est encore retrouvés au bar. Il avait une barbe de trois jours, mais il portait quand même son sempiternel pull en cachemire.

— C'était en décembre alors ?

— Ouais, il venait régler quelques affaires

concernant sa maison. Apparemment, il avait du mal à payer ses factures. Moi j'ai cru qu'il essayait encore de m'entourlouper, de pas me payer, quoi, mais là-dessus il m'annonce qu'il en pince pour moi et qu'il veut m'inviter à New York. Il buvait comme un trou, et il m'a dit qu'il dormait au Maidstone comme d'habitude, mais qu'il devait se rendre à un rendez-vous très tôt le lendemain et quitter l'hôtel avant le petit déjeuner. Il m'a dit qu'il m'emmènerait chez lui à New York et que je devais prendre un taxi pour le retrouver à 8 heures à sa propriété. Moi j'habite loin d'ici, à Montauk, vous voyez où c'est ? Bref, ce coup-ci il était vraiment à cran, il se calmait pas. Il baragouinait sans cesse sur tous ses problèmes, comme quoi un mec arrêtait pas de le tanner pour du fric.

— Il vous a donné son nom ?

— Non, il a seulement parlé d'un entrepreneur.

— Donnelly ?

— Je m'en souviens pas. Il me promettait plein de trucs, et vous savez, ici, en hiver, c'est dur de se faire du blé. C'est en été que je gagne ma croûte.

— Vous vous prostituez ?

Le visage de Brian se durcit.

— Moreno m'offrait un voyage, chère madame. Je me fais payer pour ce que je veux, ça ne regarde que moi.

— Excusez-moi. Continuez, je vous en prie. Donc vous avez accepté de l'accompagner à New York, et quoi d'autre ?

— De le rejoindre à la fin de son rendez-vous.

— Vous a-t-il dit qui il rencontrait ?

— Non, mais ça devait se passer à sa propriété. C'est un immense terrain à Georgica Ponds. On devait partir de là-bas et rentrer à New York ensemble. (Brian bâilla et s'ébouriffa les cheveux.) Alors moi, à 7 heures, j'étais paré. Ce mec arrêtait pas de me rebattre les oreilles avec son appart juste en face de Central Park. Il m'a plus ou moins raconté que ses problèmes s'arrangeaient, que même si sa boîte se cassait la gueule, il espérait conclure un marché juteux qui le remettrait à flot et que, si je voulais, on pouvait partir aux Bermudes. (Il fixait l'océan du regard.) Alors un de mes potes m'a déposé à la station-service au coin de la rue. Je n'avais plus qu'à marcher jusqu'à Georgica Road et continuer jusqu'à la maison de Moreno.

— Vous l'avez retrouvé ?

Brian secoua la tête.

— Non. Il y avait des engins un peu partout, de grosses pelleteuses, alors je me suis dit que ça devait être le bon endroit. Comme il faisait toujours très sombre, il y avait des lampadaires allumés, mais je n'ai vu ni Alex ni sa voiture, alors je me suis promené dans les environs, et quelques rues plus loin, j'ai trouvé sa Lexus, ce qui m'a semblé bizarre. Je suis resté à côté dix-quinze minutes, et puis j'ai commencé à rebrousser chemin. J'ai entendu des machines, alors j'ai pensé que les ouvriers s'étaient mis au boulot. J'ai pris l'allée qui mène à sa maison, et là le bruit était vraiment assourdissant. D'un seul coup ça s'est arrêté, moi j'ai continué à avancer, et j'ai vu que la source du vacarme, c'était un rouleau-compresseur qui aplatissait le fond de la piscine.

— Donc les travaux avaient bien commencé ?

— Je sais pas. Le mec qui travaillait était tout

seul. Je n'ai vu personne d'autre. J'ai pensé que je m'étais peut-être trompé d'endroit. Comme la voiture d'Alex était garée loin du chantier.

— Vous êtes entré ?

— Non. Je suis resté à observer quelque temps, et puis je suis retourné à la Lexus.

— Vous pouvez me décrire l'homme que vous avez vu aux commandes de la machine ?

— Euh... pas vraiment, je l'ai vu que d'assez loin, mais en tout cas, ce n'était pas Moreno. Trop grand.

Sylvia se passa la langue sur les lèvres. Elle ouvrit son sac et y chercha sa photo.

— Ensuite, qu'avez-vous fait ?

— Je suis resté dans le coin une dizaine de minutes, et comme j'avais le numéro de portable de Moreno, je suis retourné à la station-service. Ils ont une cabine, là-bas, alors je me suis dit que je ferais mieux de l'appeler pour voir ce qui se passait.

— Vous avez réussi à le joindre ? demanda-t-elle d'un ton impatient.

— J'ai essayé, mais ça a sonné dans le vide, et puis sa messagerie s'est enclenchée. Comme je savais pas trop quoi faire et que j'avais faim, je me suis tapé un petit déjeuner. J'envisageais de laisser tomber, mais j'ai décidé d'aller jeter un dernier coup d'œil à sa voiture. Au moment où j'allais traverser la route, j'ai vu la Lexus tourner à gauche en direction de la nationale. Il fallait qu'il passe juste devant moi. J'ai fait de grands signes et j'ai braillé, mais il m'est passé sous le nez.

— C'est Moreno qui conduisait ?

— Non, c'était le type de la piscine. Je n'ai

jamais eu la possibilité de le voir clairement. Tout ce que j'ai vu, c'est des épaules larges — il était de profil et complètement penché sur le volant.

— Et ensuite ?

— Sur ce, je retourne au chantier. J'ai pensé que ce mec allait peut-être chercher du café pour Moreno. J'avais encore pas mal de chemin, et je me trimbalais un gros sac. Tous les ouvriers se mettaient au travail. Ils bétonnaient le fond de la piscine afin de poser le revêtement.

— Vous avez vu Moreno ?

— J'ai demandé si quelqu'un savait où il se trouvait, mais personne ne l'avait croisé. Finalement, j'ai abandonné et je suis rentré chez moi.

— Il vous a rappelé, par la suite ?

— Non. J'ai essayé quelquefois son portable, mais ça n'a pas répondu. (Il haussa les épaules.) C'est tout.

Sylvia était complètement gelée, mais elle ne comptait pas en rester là, surtout après avoir déboursé cinq cents dollars. Elle sortit la photo de David avec elle au repas de Noël. Sa main tremblait, en partie à cause du froid et en partie parce qu'elle savait qu'elle allait peut-être obtenir la confirmation de ses soupçons.

— S'agit-il de l'homme du chantier ?

Brian examina le cliché avec attention. Pendant le court silence qui s'installa, Sylvia retint son souffle.

— Oui, je crois. J'en suis pas sûr, par contre. Maintenant que j'y pense, le mec que j'ai vu était roux, et lui il est blond, non ?

Du doigt, il tapota l'image de Jersey.

Elle se crispa.

— S'agit-il de l'homme du chantier, oui ou non ?

Brian prit une profonde inspiration.

— J'en suis quasiment sûr. Mais je vous le répète, il faisait sombre et quand il m'est passé devant en voiture, il était de profil — mais c'est peut-être lui.

— Peut-être, ça ne me suffit pas. S'il vous plaît, concentrez-vous. C'est d'une importance capitale.

Brian soupira.

— Ça remonte à un bout de temps maintenant. Ça fait quatre mois. (Il scruta intensément le cliché.) Oui, c'est bien lui.

Sylvia rangea la photo dans son sac à main et sourit. Le froid rendait ses lèvres presque bleues. Pas étonnant que Jersey ait refusé son aide pour retrouver la trace de Philip Simmons. À présent, elle était sûre que les menaces de Jersey à son encontre avaient eu pour but de la mettre hors course, mais elle allait lui montrer de quel bois elle se chauffait ! Edward de Jersey, alias Philip Simmons, allait la payer grassement pour sa toute dernière découverte.

20

Raymond Marsh se faufila dans les allées encombrées du marché en direction d'une petite sandwicherie à l'angle de Portobello Road. Il s'arrêta un moment pour regarder les étals où l'on vendait de vieux 78 tours et des objets de collection consacrés au rock. Auprès des vendeurs, il avait la réputation d'un client de valeur. Ce jour-là, cependant, il ne repéra rien qui fût digne d'intérêt. Il savait que la plupart des photos dédicacées de son idole étaient des fausses. Il connaissait si bien la signature d'Elvis qu'il aurait pu la reproduire les yeux fermés.

Un brouillard de vapeur envahissait l'établissement minable, et les petites tables à revêtement plastique accueillaient principalement des camelots en train de prendre leur sandwich au bacon matinal accompagné d'une grande tasse de thé corsé. Assis tout au fond, un jeune gringalet avait les cheveux de la même couleur jaunâtre que sa peau.

Au comptoir, Marsh acheta du thé et un beignet à la confiture, puis traversa l'établissement et alla s'asseoir en face du jeune homme nerveux qui fumait cigarette sur cigarette.

— T'as la camelote ?

— Ouais, dans ma poche. Mais ça va pas être donné, et je veux du liquide.

Marsh balaya le café sordide d'un regard détaché. L'objet que le jeune devait lui fournir était un tout petit appareil électronique capable d'extraire les données secrètes d'une carte de crédit en quelques secondes, et qui était déjà devenu le cauchemar de la police. Ces instruments à la pointe de la technique étant principalement utilisés par les serveurs pour « chaparder » les informations contenues sur les cartes Gold et Platinum de leurs clients, on les appelait des « chapardeurs ». Un seul passage de la bande magnétique devant la petite boîte suffisait. Marsh mourait d'impatience de le tenir entre les mains. Le jeune lui proposa une cigarette. Il hocha la tête, prit le paquet de Silk Cut, et l'ouvrit d'un air décontracté, les poignets de son manteau dissimulant ses gestes.

— Je parie que c'est fabriqué en Allemagne, chuchota-t-il.

Le jeune se pencha vers lui.

— D'après le pote qui se l'est procuré pour moi, ça peut garder en mémoire environ une centaine de cartes. C'est hallucinant, Ray.

— Je veux bien te croire, mais pourquoi tu veux le vendre, dans ce cas ?

— Parce qu'une fois les cartes scannées, il faut transférer les données dans un ordinateur. Mais Windows, ça suffit pas, il faut un logiciel spécial. Moi je m'y connais pas trop en informatique. Et mon pote non plus. Il l'a chourré à un serveur, un Rital. Ce sont eux qui les font passer en Angleterre. Un de ses complices s'est pris six mois pour ça.

— Tu te brosses jamais les dents ? demanda Marsh. Tu pues de la gueule.

Le jeune se renversa dans son siège.

— Je suis à la rue, bordel, ça t'étonne ? Bon, si ça t'intéresse pas, je connais un autre mec qui le veut. J'ai pas envie de m'éterniser ici. Je connais la valeur de cet appareil.

— Combien ? demanda Marsh en fermant le paquet de cigarettes.

— Mille cinq cents livres, et c'est donné.

— Va te faire foutre. Dans un an, ils équiperont toutes les cartes bancaires de puces pour contrer ce truc. Je t'en donne cinq cents. À prendre ou à laisser.

— C'est mille cinq cents ou rien.

— Bon, merci de m'en avoir parlé.

Marsh fit mine de se lever.

— D'accord, va pour cinq cents, mais c'est une super-affaire.

Marsh mit le chapardeur dans sa poche et plongea la main à l'intérieur de son manteau. Il en sortit une enveloppe, une des trois qu'il avait rangées dans sa poche.

— Si tu veux recompter, va aux toilettes. Tout y est, en beaux billets de cinquante bien craquants.

Le garçon se dépêcha de les empocher en balayant la salle d'un regard furtif.

— Je te fais confiance.

Marsh se leva, laissant son beignet intact, et termina son thé.

— Tchao. Et ne claque pas tout en came. Tu ferais bien de te reprendre en main.

Il boutonna son manteau et s'en alla, aux anges, pendant que le jeune blond engouffrait le beignet.

Après sa grande peur due à la mort de la Princesse Margaret et le spectre d'un changement d'emploi du temps pour les festivités du Jubilé, Jersey eut droit à une nouvelle frayeur lorsque, seulement deux mois plus tard, alors qu'il regardait la chaîne hippique à la télévision, l'émission fut interrompue pour annoncer à la nation que la Reine Mère s'était éteinte paisiblement dans son sommeil à Sandringham.

Passionnée de courses depuis toujours, Sa Majesté possédait elle-même de nombreux chevaux, et sa mort affecta Jersey plus qu'il ne l'aurait imaginé. À l'écurie, tous ses employés portaient un brassard noir, et les jockeys les gardaient même durant les courses, mais ce fut Fleming qui craqua et se mit à pleurer.

Le décès de la Reine Mère marquait la fin d'une époque et, malgré toute la tristesse de Jersey, son souci majeur demeurait le risque d'une modification des projets de la famille royale. Il contacta Marsh pour lui demander de consulter l'agenda officiel dès que possible.

— J'attendais que vous m'appeliez, répondit Raymond. Je viens de me taper une grande flippe, là. Ma femme m'a appris que la Reine Elizabeth a clamsé. Moi je croyais qu'elle parlait de vous savez qui, et je sais quelles auraient été les conséquences. Comme on dit, jamais deux sans trois. Vu que sa fille a aussi passé l'arme à gauche, qui sera le prochain sur la liste, à votre avis ?

— À partir de quand pourrez-vous consulter l'agenda ? le coupa Jersey, impatient.

— Eh bien, j'ai lu qu'il y aurait une exposition

du corps à l'abbaye de Westminster pendant trois jours. En tout cas, ils n'ont pas l'air de traîner, alors, à mon avis, elle sera mise en bière dans moins d'une semaine. Ça ne vaudra pas la peine de surveiller quoi que ce soit avant la fin des funérailles nationales.

— D'accord. Dès que vous en saurez plus, appelez-moi.

— Ça marche. Quoi qu'il en soit, c'est triste. C'était une vieille dame du tonnerre. La mamie du pays. Enfin, elle n'était plus toute jeune. Ma grand-mère est morte à 72 ans mais, bon, il valait mieux. Elle avait complètement perdu la boule et...

Si Jersey ne l'avait pas interrompu, Raymond aurait continué à pérorer. Jersey devait raccrocher afin de pouvoir contacter le reste de l'équipe et de les prévenir qu'ils devaient continuer comme prévu jusqu'à nouvel ordre. Quoi qu'il en soit, la famille royale étant en deuil, il savait qu'il devait compter avec la possibilité d'un changement de la date du casse. Alors qu'il attendait que Marsh le rappelle, il fut, comme le pays tout entier, abreuvé par les presses écrite et télévisée de biographies de la Reine Mère.

Cinq jours plus tard, néanmoins, Raymond Marsh le contacta pour l'informer que l'agenda restait inchangé. Le casse tenait toujours. La famille royale n'avait annulé que des rendez-vous trop rapprochés de la mort et des funérailles de la Reine Mère. Jersey poussa un soupir de soulagement. L'attente terminée, il reprit sa préparation de plus belle, surtout après que Marsh lui eut raconté avoir pu admirer le diamant de toutes leurs tentations.

— Où l'avez-vous vu ? s'enquit Jersey, inquiet.

— Sur le cercueil de la vieille dame, pendant la procession funèbre.

Marsh commença à décrire la couronne somptueuse et la façon dont les rais de lumière en émanaient, comme si le soleil s'y trouvait emprisonné. Nerveux, il demanda également si Jersey connaissait les dires concernant le diamant.

— Vous voulez parler de sa valeur ? lâcha sèchement Jersey, agacé.

— Non, la malédiction, chef. Vous savez : « Celui qui détient ce diamant possédera... »

— « ...le monde », avait terminé Jersey, mettant rapidement fin à l'appel.

Jersey ne souhaitait pas s'étendre sur le sujet, surtout avec Marsh mais, après avoir raccroché, il s'était rappelé la prophétie entière tirée d'un texte hindou : « Celui qui détient ce diamant possédera le monde, mais par le malheur il sera frappé. Seul Dieu ou une femme peut le porter en toute impunité. »

La malédiction ne concernait pas Jersey. Il n'avait aucune intention de porter ou de garder le Koh-i-noor en sa possession. Il comptait simplement le revendre.

Le lendemain, au cours du déjeuner, Christina annonça à son mari qu'elle envisageait de donner un dîner.

— Qui veux-tu inviter ? lui demanda Jersey en dépliant sa serviette.

— Je ne sais pas. Peut-être des jockeys et des entraîneurs, je voudrais que ce soit une soirée agréable. (Elle servit la soupe d'épinards.) Qu'est-ce que tu en penses ?

— C'est une bonne idée. Ça fait longtemps qu'on n'a pas rassemblé le personnel autour d'une table.

Il rompit son pain et le trempa dans sa soupe.

— J'organise tout alors ?

— Bien sûr.

Il leva sur elle un regard étonné lorsqu'il reçut le petit pain de Christina à la tête.

— Qu'est-ce qui te prend ?

Elle lui lança un regard noir.

— Tu me prends pour une aveugle, une débile, quoi ? J'exige que tu cesses de me traiter comme une enfant et que tu m'avoues la vérité. L'écurie ressemble à une morgue. Toute l'aile est est vide et il manque la moitié du personnel. Nous avons de graves difficultés d'argent, c'est ça ?

— Bravo, tu as marqué dix points.

— Ne prends pas ce ton sarcastique avec moi.

— J'ignorais que j'employais un ton particulier.

— Bon Dieu, je ne supporte pas quand tu te comportes comme ça. J'ai l'impression de vivre avec un parfait inconnu. Si nous avons des problèmes, nous devrions en discuter en adultes.

— Et qu'est-ce que tu pourrais y changer, ma chérie ? Ta mère t'a laissé une fortune en héritage ?

Elle se leva et le débarrassa de son assiette creuse, qu'elle vida dans l'évier. Elle revint avec un grand saladier et le posa violemment sur la table.

— Sers-toi.

— Merci.

Elle repartit et reparut munie d'un poulet rôti. Elle le posa avec la même rudesse, y planta un couteau à découper, puis se rassit.

— Te mettre en rogne ne servira à rien, Christina. Donne-moi ton assiette.

Celle-ci lui passa au-dessus de la tête en sifflant avant d'aller se briser contre le mur.

— J'attends toujours que tu m'expliques ce qui se passe. Ou tu préfères peut-être que j'aille à l'écurie me renseigner auprès de Donald Fleming ?

Pendant qu'il découpait le blanc de la volaille, elle se servit un verre de vin. Finalement, il prit la parole :

— Tout est à cause des mes investissements malheureux. La situation est plus grave que prévu. Bien plus.

— Tu le sais depuis quand ?

— Un petit bout de temps. Je ne voulais pas t'ennuyer avec ça, c'est tout. Sachant ta mère malade, j'ai estimé que tu avais suffisamment de soucis comme ça.

— C'est très grave alors ?

— J'ai dû revendre une bonne partie des chevaux, et il va sûrement falloir que je recommence. C'est maintenant ou jamais. Je ne devrais pas m'absenter longtemps. Deux, trois jours maximum.

— Où est-ce que tu pars ? demanda-t-elle sèchement.

— Je vais participer à des ventes aux enchères, probablement à Dublin.

— Je viens avec toi.

— Si tu veux.

— Ce que je veux, Edward, c'est que tu sois honnête envers moi. Si tu dis que nous traversons une crise financière importante, pourquoi acheter plus de chevaux ?

— Je vais plutôt y chercher des acheteurs pour ceux dont je vais me séparer. Ça répond à ta question ?

— Pourquoi est-ce que tu te comportes comme ça ?

Il repoussa son assiette et soupira.

— Parce que ça me peine énormément.

— Et ça explique que tu me fasses du mal aussi ?

— Ce n'est pas voulu. Mais j'ai mille problèmes à résoudre, et...

— Si tu m'en parlais, peut-être que ça se passerait mieux.

Lorsqu'il croisa son regard, elle fut bouleversée. Des larmes brillaient dans les yeux de son mari.

— Oh, Edward, dit elle d'une voix douce.

— Christina... (Lorsqu'il détourna la tête, elle se leva pour le prendre dans ses bras.) Je suis désolé.

— Chéri, quoi qu'il se passe, que ce soit grave ou pas, si nous nous en occupons ensemble, tout ira bien. Affronter nos soucis ensemble, voilà ce qui est important.

Il la tira vers le bas pour qu'elle s'assoie sur son genou.

— Voilà ce qui arrive quand on épouse un homme assez vieux pour être son père. Au lieu de prendre soin de toi et des filles, me voilà en train de pleurnicher parce que tout s'écroule autour de moi.

Christina l'étreignit plus fort.

— Bon, reprenons du début. Je sais que tout a commencé avec le suicide de David Lyons. Je veux que tu me racontes tout.

Il poussa un soupir.

— C'est David qui m'a mis dans cette panade. Il m'a entubé sur toute la ligne. Il a tapé dans tous mes comptes et m'a prouvé à quel point j'ai été stupide de lui témoigner autant de confiance. Il avait le champ complètement libre... Allons discuter de tout ça dans un endroit plus confortable. J'ai envie d'un brandy.

Jersey et sa femme allèrent dans le séjour. Un grand feu brûlait dans la cheminée, et elle tira les rideaux pendant qu'il se servait un verre. Réfléchissant à la part de ce qu'il allait lui raconter et lui cacher, il alluma un cigare et s'assit au milieu du canapé. Puis il tapota le coussin à côté de lui, et elle vint se pelotonner contre lui, plus comme une de ses filles que sa femme. Elle semblait encore dans sa prime jeunesse, et lui se voyait comme un vieillard.

— Ah, j'ai oublié de te dire : tu dois me promettre d'être disponible le 2 mai.

— Pardon ?

— Il y a une fête du lycée. Ils jouent *La Mégère apprivoisée*, et c'est Natasha qui tient le premier rôle. Il faut qu'on y soit vers 18 heures.

Il inspira profondément.

— Je ne manquerais ça pour rien au monde.

— Bon, maintenant que tu as ton brandy, ton cigare, et que je suis à côté de toi, commence par le suicide de David Lyons.

Il cracha un rond de fumée puis ferma les yeux.

— Je n'en reviens pas que tu m'aies jeté un petit pain à la tête.

— Ne change pas de sujet.

— Suivi d'une assiette à soupe. (Il commença à rire mais s'arrêta lorsqu'il vit le visage de Christina.) Tu n'imagines pas comme je t'aime, dit-il doucement.

— Je t'en prie, Edward, n'essaie pas de m'entourlouper. Est-ce que c'est très grave ?

Ce fut le début des mensonges.

— Eh bien, à mes yeux, perdre un cheval est une vraie torture, alors me séparer d'une aile entière, ç'a été un drame. Mais cette vente m'a rapporté suffisamment pour compenser une grosse partie de mes pertes. Le domaine vaut des millions — le terrain seul vaut une fortune, et je peux en vendre une partie si jamais j'ai besoin d'un apport de liquidités.

Il continua sur sa lancée, à enjoliver ses mensonges, regrettant que ce ne soit pas la vérité.

L'après-midi suivant, Jersey se rendit dans l'écurie en compagnie de Fleming afin d'examiner ses chevaux, et particulièrement Royal Flush, que l'on sellait pour commencer une séance d'entraînement. Jersey lui caressa le cou.

— Alors, comment ça va, mon champion ?

— C'est votre petit chouchou, hein ? (Mickey Rowland, le crack-jockey de Jersey, venait de les rejoindre. Il attachait la jugulaire de son casque.) Ces derniers jours, il nous a pas mal cassé les pieds. Si un vent en provenance du haras lui parvient aux narines, on va en baver. Deux ou trois juments sont en chaleur, et vous connaissez les poulains — ils n'ont que ça en tête.

Jersey hocha la tête. On plaçait rarement une écurie de chevaux de course à proximité d'un haras — un poulain pouvait sentir une jument de très loin. Raison pour laquelle on ne mène pas les étalons à la monte avant qu'ils aient remporté suffisamment de courses pour amortir les frais de saillie. Une fois qu'ils ont monté une jument, ils ne pensent qu'à recommencer.

Mickey saisit les rênes et ne put s'empêcher d'embrasser le museau soyeux du cheval.

— Je l'adore. Il est vraiment unique.

Jersey l'aida à monter en selle.

— C'est vrai, il est exceptionnel, Mickey, et c'est lui qui va gagner le Derby.

— C'est le rêve de tout propriétaire, commenta Mickey en glissant les pieds dans les étriers. Et c'est aussi le mien, patron. Je donnerais tout pour le monter au Derby.

— C'est prévu, Mickey, mais d'abord, il faut que vous le meniez à la victoire à Lingfield, d'accord ?

— Merci, monsieur. Je ferai de mon mieux.

Jersey observa le jockey emmener son Royal Flush chéri et lui parler lorsque l'animal s'ébroua, pressé de partir au galop.

— Tony. *Tony !*

Le cœur battant à tout rompre, Driscoll s'assit dans son lit.

— Quoi ? hurla-t-il en retour.

Liz entra dans la chambre munie d'une facture.

— Tu n'as pas payé le fleuriste, et la direction nous prévient que si on ne les règle pas, ils porteront plainte.

Il se laissa retomber mollement sur les oreillers.

— Putain, c'est tout ? J'ai cru que la maison flambait.

— En tout cas, c'est toi que j'aimerais bien mettre sur le bûcher, le rabroua-t-elle. Les traiteurs se plaignent aussi — et ne te planque pas sous la couette, parce que j'ai pas fini. J'ai eu Michelle au téléphone, ce matin. Elle m'a dit qu'un agent immobilier n'a pas arrêté de se balader dans la villa pour la faire visiter à des clients. Ils sont quand même en lune de miel, bordel !

Driscoll ferma les yeux. Elle s'assit sur le rebord du lit et lui enfonça le doigt dans la poitrine.

— Tu ferais mieux de me cracher le morceau, Tony. Qu'est-ce qui se passe, bon sang ?

Driscoll eut un renvoi, et Liz lui jeta ses comprimés contre les aigreurs d'estomac.

— J'attends. Tu ne m'as pas tout raconté concernant ces mauvais investissements ?

— J'ai tout perdu.

— C'est-à-dire ?

— Un max. On est dans la panade, mais je vais arranger ça. En revanche, en attendant...

— En attendant, il faut que tu paies ces factures. C'était le mariage de ta fille, et tu sais comme ça jase, dans le coin.

— J'en ai rien à foutre.

— Eh ben moi si, figure-toi ! (Elle marqua une pause.) Tu as besoin de vendre la villa pour payer les frais des noces ?

— Ouais. Après la vente, je rembourserai le fleuriste.

— Mais ça risque de prendre une éternité — et toutes les affaires que j'ai là-bas, qu'est-ce qu'elles deviennent, dans l'histoire ?

— Je vends meublé.

— Quoi ? Je me suis cassé le cul à décorer cette baraque ! Tony, je te jure, j'ai vraiment envie de t'en coller une.

— Ouais ben, t'as qu'à aller te défouler avec ton prof de gym. Je supporte plus de t'entendre brailler.

— Je braille pas. Mais, à mon avis, il va falloir qu'on discute sérieusement de tout ça. Tout ce que je demande, c'est de connaître la gravité de nos ennuis. Et ici, on ne va pas devoir vendre, j'espère ?

— Pas encore.

— *Pas encore !* J'ai déjà une garden-party de prévue pour cet été. On ne peut *pas* vendre, c'est impossible. Je t'en supplie, ne me dis pas qu'on est dans le besoin à ce point-là !

Il se redressa dans le lit et se gratta la tête.

— Laisse-moi tranquille, tu veux ? J'ai mal au crâne.

— Ça fait des mois que tu me répètes ça, lâcha-t-elle avant de s'en aller en trombe.

Lorsque Liz entra, Kevin s'échauffait. Elle allait se joindre à lui quand elle fondit en larmes.

— J'en ai marre de lui, dit-elle en sanglotant. Il a décidé de vendre la villa sans même me consulter. (Kevin lui tendit un mouchoir.) Il s'est fourré dans de très graves ennuis. Je n'en reviens pas qu'il ne m'en ait même pas parlé, ajouta-t-elle.

Kevin resta planté à côté d'elle.

— Peut-être qu'il ne voulait pas t'inquiéter.

— M'inquiéter ? Il n'a même pas de quoi payer le mariage de sa fille. Alors les soucis, c'est pas ce qui manque.

— Je suis désolé. Tu veux qu'on remette l'entraînement à plus tard ?

— Non, au contraire. Je veux éliminer tout ça de mon organisme. Surtout, ne me ménage pas ce matin. Chasse mon mari de malheur de mon esprit.

— Je connais plusieurs façons d'y parvenir, dit Kevin en la prenant dans ses bras.

Tandis qu'ils s'embrassaient langoureusement, il essaya de lui ôter son justaucorps rouge.

— Non, Kevin, pas maintenant. Il est à la maison.

— Et alors ? C'est déjà arrivé. Ça ne t'a jamais posé problème.

— Eh bien aujourd'hui si. Je ne suis pas d'humeur, c'est tout. Je m'excuse.

— C'est pas grave, mais tu sais quoi ? Tu devrais réfléchir à la façon dont tu me traites, comme si je n'étais qu'un étalon que tu embauches.

— Tu sais que c'est faux !

— Ah bon ? Tu me paies pour t'entraîner. Tu vas peut-être bientôt me demander combien je facture pour tirer un coup ?

— Allez, arrête. Tu sais bien que je tiens à toi !

— Si tu le dis.

— C'est la vérité ! Mais j'ai trop à penser en ce moment.

— Tu m'as déjà donné cette excuse lors du mariage de ta fille, et on ne s'est pas vus. Maintenant, c'est autre chose. Non je ne marche pas, Liz. Ça dure depuis presque un an.

— Kevin, je t'en prie, ne me fais pas ce couplà.

— Si tu as gardé la tête sur les épaules, c'est parce que tu m'avais pour le sexe. Ton vieux mari n'arrive pas à la lever, alors c'est tout ce que je suis ? Je le remplace au pieu parce qu'il est impuissant ? Tu m'as expliqué que vous n'aviez plus de rapports. Qu'est-ce qui se passe, Liz ? Je tiens à toi, tu le sais.

— Tu te trompes. Moi aussi j'éprouve des sentiments pour toi. Mais impuissant ou pas, c'est quand même mon mari. Ça fait six mois qu'il est insupportable. Je te l'ai expliqué. Il n'est jamais à la maison. J'ignore ce qu'il fabrique. Il ne m'adresse quasiment pas la parole.

Kevin banda ses muscles et se contempla dans le miroir. Elle vint à côté de lui et toucha son bras, posa la tête contre son dos et regarda leurs reflets. Kevin avait un corps sculpté à la perfection. Son front commençait tout juste à se dégarnir, mais il restait séduisant, et surtout, il faisait attention à elle. Si elle changeait de coupe de cheveux, il le remarquait. Quand elle sortait de manucure, il le remarquait aussi. C'était même lui qui lui avait recommandé un spécialiste de la chirurgie plastique, et lorsqu'elle s'était fait gonfler les lèvres, il l'avait remarqué. Tony, lui, croyait qu'elle avait attrapé un bouton de fièvre parce que sa bouche semblait enflée ! Ces derniers temps, Tony paraissait de mauvaise humeur en permanence, toujours à roter, à se plaindre de ses brûlures d'estomac et à se mettre à ronfler tous les soirs sans quasiment lui souhaiter bonne nuit. Alors qu'elle pensait à son mari, Kevin la fit doucement pivoter face à lui, puis se mit à l'embrasser dans le cou et à lui caresser les seins. Il la souleva de terre et l'allongea sur le banc de musculation avant de lui retirer son justaucorps et de lui suçoter les mamelons. Tony, lui, s'il essayait de la porter, se casserait le dos ! Leur étreinte se fit plus passionnée.

— Pas ici, Kevin. Emmène-moi au sauna, dit-elle dans un soupir avant de le serrer fort.

Le couple prenait tellement de plaisir qu'aucun d'entre eux n'entendit Driscoll appeler Liz, ni pousser la porte du sauna. Même s'il ne l'ouvrit qu'une fraction de seconde, il en vit suffisamment : sa femme nue, les jambes par-dessus les épaules de Kevin, le visage empourpré par l'orgasme. Il referma la porte en silence. Il se retira, enleva le short avec lequel il comptait s'entraîner, et quitta la maison un quart d'heure plus tard. Une fois sa colère initiale disparue, elle fut remplacée par une paix intérieure apaisante. Dans quelques jours, il allait risquer sa peau et, sous bien des aspects, il avait compté le faire pour elle. À présent, peu lui importait de la revoir un jour. Quelle qu'en soit l'issue, il exécuterait ce dernier coup pour lui seul et personne d'autre.

Driscoll prit sa voiture jusqu'à Chelsea et se gara dans le parking souterrain de Chelsea Harbour. Il monta ensuite dans l'immeuble et se rendit au numéro 204. Bien que l'appartement fût déjà en vente, il n'avait pas encore eu le temps d'en parler à Nikki, sa maîtresse de longue date. Lorsqu'elle ouvrit la porte, Nikki enlaça son petit corps rondouillard.

— Tu m'as manqué. Ça fait des semaines que tu n'as pas donné de nouvelles.

— Je sais, ma chérie, mais je traverse une période noire.

Elle lui prépara un café comme il les aimait — avec du lait brûlant —, puis lui chauffa des biscuits au gingembre, qu'il prenait très chauds aussi. Driscoll, malgré sa colère contre sa femme et son prof de gym, n'avait jamais considéré commettre une faute en fréquentant une maîtresse. Au bon vieux temps, quand il était plein aux as, Liz courait les boutiques jusqu'à plus soif pendant que lui baisait jusqu'à tomber. Il n'avait jamais vu de mal à ça.

— Nikki, j'ai des problèmes d'argent. Il va falloir que je vende cet appartement. Je m'excuse, mais je n'ai pas le choix. Cela dit, si tu vas vivre chez ta mère quelque temps, peut-être que... je ne peux pas t'expliquer pourquoi ni comment, mais il se peut que je sois dégagé de toute contrainte, alors toi et moi on pourrait partir vivre à l'étranger.

— Retourner chez ma mère ?

Son visage blafard s'assombrit, et elle se mit à pleurer.

Nikki avait 29 ans. Plusieurs années auparavant, ils s'étaient rencontrés au rayon parfumerie de Harrods. Liz n'aurait pas assez de toute une vie pour épuiser tous les parfums et cosmétiques qu'il lui avait alors offerts en quelques mois. Depuis, Tony et Nikki se fréquentaient par intermittence. Il se doutait qu'elle sortait avec d'autres hommes, mais il n'avait jamais vu aucun signe prouvant leur existence, et elle ne parlait jamais d'une autre personne qui partagerait sa vie. Lorsqu'il venait lui rendre visite, elle se consacrait totalement à lui. Chaque mois, il lui versait de l'argent sur un compte mais, à présent, il devait la prévenir que ce ne serait plus possible non plus.

Driscoll réussit à faire l'amour à Nikki. Sa performance fut loin d'être grandiose mais, comme d'habitude, elle se comporta comme s'il était le meilleur coup de la planète. Ils déjeunèrent ensemble au champagne, puis, après quelques dernières larmes, elle l'accompagna à la porte en lui promettant de quitter les lieux avant la fin du mois. Après un long baiser, il s'en alla.

Dès la porte refermée, elle marmonna un juron et courut jusqu'au téléphone. Elle appela tout d'abord son frère et lui dit de venir illico presto avec une camionnette. Elle ne comptait pas laisser le moindre meuble. Puis elle contacta son petit ami et lui demanda si elle pouvait s'installer chez lui. Aux yeux de Nikki, Driscoll n'avait jamais été qu'une « vache à lait ». Tout ce qui la mettait en rogne, c'était de ne pas avoir l'appartement à son nom ! Appeler la femme de Driscoll et tout lui raconter la démangeait, mais elle n'en prit pas la peine. De plus, elle préférait ne pas avertir ce crétin qu'elle allait déménager à la cloche de bois.

Driscoll retrouva Wilcox à la concession de bateaux d'occasion de Kingston pour procéder à quelques « courses » nécessaires au casse. Wilcox examinait un hors-bord deux places. L'embarcation, qui avait connu de meilleurs jours, dégagea une odeur de moisissure lorsqu'il souleva la bâche qui recouvrait la remorque.

— Il a été plutôt malmené, et on l'a repeint à la va-vite. Combien ils en demandent ? s'enquit Wilcox en regardant le carton « À vendre » coincé sur le pare-brise. À mon avis, pour ce prix-là, on ne trouvera pas mieux, commenta-t-il.

Driscoll, l'esprit toujours absorbé par Nikki, était complètement ailleurs.

— Tu vois, je veux rien prévoir, dit Driscoll à Wilcox. Mais si on réussit notre coup, je vais offrir la belle vie à Nikki, je vais l'emmener à l'étranger avec moi.

— Quoi, tu vas quitter ta femme ? demanda Wilcox qui, toujours davantage intéressé par le bateau, inspectait les commandes.

— Ouais, elle passe ses journées à râler. Tout à l'heure, je l'ai surprise à poil dans le sauna avec son prof de sport, les genoux par-dessus les oreilles !

— T'es avec depuis combien de temps ?

— Qui ça, ma bourgeoise ?

— Non, ta copine, dit Wilcox en se baissant pour évaluer la quantité de rouille. Ça fait des années que ça a pas vu un hangar, ça, et l'eau je t'en parle même pas.

— Depuis quatre-cinq ans. C'est une rouquine très mignonne. Grande, avec de longues jambes adorables. Tu comprends, elle est toujours disponible pour moi, je me sens bien avec elle, et au pieu, elle est sensas. Elle travaillait chez Harrods, avant.

— Tu l'entretiens alors ?

— Ouais, elle s'est arrangé un joli petit nid. De très bon goût. J'aimais bien aller la voir quand je pouvais. J'avais besoin d'elle, tu vois ce je veux dire ?

— Ouais, il est pas tout jeune, ce rafiot. Quand on en aura terminé, il sera bon pour la casse.

— Ça marche. Et toi, t'as des petites pépées à droite à gauche ? T'en as toujours eu.

— Nan. Avant oui, mais je les ai jetées. Pour

l'instant, Rika et moi, on vit une histoire sympa, et j'ai pas envie qu'elle pète un boulon juste au moment où j'ai besoin de décompresser.

— Ouais, je comprends. Moi aussi, je préfère éviter le grabuge. Le seul truc qui me chagrine, c'est de devoir vendre l'appartement. Nikki et moi, on se remettra ensemble. En attendant, elle va retourner chez sa mère.

Pas vraiment intéressé, Wilcox hocha la tête. Il plongea la main dans sa poche et en sortit quelques billets pour négocier avec le vendeur. Vêtu d'un bleu de travail taché, le vieux mécano au nez bulbeux était resté discrètement à l'écart à travailler sur un autre bateau. Wilcox lui fit signe de venir et, ensemble, ils firent descendre le hors-bord de sa remorque et le laissèrent glisser sur les quelques mètres de cale menant jusqu'à l'eau. Une fois à bord, Wilcox fut surpris d'entendre le moteur démarrer rapidement et de le trouver sain. Le vieillard tenant l'amarre, il remit pied à terre.

— Cinq cents, annonça Wilcox en comptant ses billets de cinquante livres.

— Nan, pas question. C'est mille que j'en veux, insista le vieux en enroulant la corde à un pieu avant d'essuyer ses mains crasseuses sur un chiffon tout aussi sale.

— Six cents, c'est ma dernière offre, l'ami, dit Wilcox en comptant toujours.

— Nan, je veux bien descendre à neuf cent cinquante, et je me rends pas service.

— Six cents, à prendre ou à laisser, répéta Wilcox.

Cette fois, il tenait une belle liasse bien nette à la main.

— Impossible. Je vous fais déjà un bon prix. Il est rapide, ce bateau. C'est moi qui l'ai bricolé. Les sièges sont beaux aussi.

— Enfin, les sièges, ça se pilote pas, non ? Et puis vu la quantité de rouille, j'aurai de la chance s'il flotte.

— Bon, je baisse à sept cent cinquante, mais pas moins, c'est mon dernier prix.

— Dans ce cas, je vous remercie. Désolé de ne pas pouvoir faire affaire avec vous.

Le portefeuille ouvert, Wilcox s'apprêta à ranger ses billets quand une main sale vint les lui reprendre d'un coup sec.

— Va pour six cents, espèce de salopard. Allez, prenez-le.

Wilcox monta à bord, suivi par Driscoll, qui manqua perdre l'équilibre et tomber à l'eau. Puis, une fois le hors-bord en marche, ils partirent sur le fleuve en direction de Richmond.

— On a un endroit où l'amarrer ? hurla Driscoll, les cheveux en pagaille.

— Ouais, le Colonel s'en est chargé. Et puis il faut qu'on vérifie l'état d'un autre bateau. Il est déjà au hangar.

Dans un froid polaire, ils passèrent à toute allure devant Bucklands Wharf, puis continuèrent vers Chiswick. À hauteur de Teddington Lock, le hors-bord se mit à tousser et à crachoter, puis il s'arrêta complètement. Après que Wilcox eut réussi à le relancer, ils firent demi-tour et repartirent vers Putney.

— Quel tas de boue, pesta Wilcox alors qu'ils passaient devant le club d'aviron de Putney et se dirigeaient en broutant vers un hangar situé à quatre cents mètres.

— On en aura besoin pour quelques heures et, en plus, ce n'est même pas nous qui allons nous en servir, tempéra Driscoll en se frottant les mains.

— D'accord, mais s'il tombe en rade, ils l'auront dans l'os.

Ils passèrent sous un saule pleureur. Wilcox manœuvra le bateau afin d'entrer dans le hangar, puis coupa le moteur. L'abri se trouvait au bout du jardin d'une maison à louer, dont les propriétaires avaient cédé l'embarcadère et leur hors-bord pour six mois à un certain M. Philip Simmons suite à une annonce passée sur Internet. Une bâche recouvrait l'autre bateau, amarré à l'intérieur. Driscoll mit pied à terre et gravit quelques marches cassées jusqu'au petit chemin qui traversait le jardin.

— Je te retrouve tout à l'heure, annonça-t-il. Je vais nous chercher à manger. Je meurs de faim.

Le local exigeait d'être rénové. Wilcox trouva des interstices entre les planches et des trous dans la toiture. Herbes et débris divers encombraient les eaux troubles. Il ferma les portes en douceur et enfila une combinaison pour commencer à bricoler le vieux rafiot.

À son retour, Driscoll rapporta deux hamburgers, deux briques de soupe et du café.

— T'en as mis, un temps. Bon, l'autre aussi est complètement rouillé, bougonna Wilcox, qui gratta la coque et regarda sous le gouvernail.

— Je t'ai pris un cheese.

Driscoll le lui tendit, puis s'assit sur une vieille caisse orange.

— Ce moteur a été enfoncé dans la vase, mais

je suis en train de le régler, et il ronronne déjà mieux.

Wilcox ouvrit la boîte de son sandwich et regarda Driscoll affalé sur sa caisse.

— Ça va, Tony ?

Driscoll secoua la tête.

— Qu'est-ce qu'il y a ? Tu as appris une mauvaise nouvelle ?

— Même pas cinq heures ; non, six. Ça fait seulement six heures, putain. J'en reviens pas. Elle a même embarqué l'abattant des WC. La cuisine ressemble à un champ de bataille, il y a des câbles qui pendent de partout. Je comptais le vendre meublé, bordel !

— Qu'est-ce que tu racontes ? demanda Wilcox en enfournant son cheeseburger à pleine bouche.

— C'est Nikki. Je suis retourné à l'appartement. Elle a dû faire venir un camion de déménagement avant que j'aie eu le temps de refermer la porte. Elle a vidé tout l'appart, cette salope !

Wilcox ne put s'empêcher de sourire, ce qui rendit Driscoll furieux.

— Je vois pas ce qu'il y a de si drôle.

— Oh, ben, tu m'as tanné des heures avec ta jolie petite rouquine, et voilà que maintenant c'est une salope. Peut-être qu'elle a tout emporté chez sa mère ?

— Quoi ? Une camionnette pleine ?

Ayant repris son sérieux, Wilcox s'approcha de Driscoll et lui tapota l'épaule.

— Bon débarras, et il vaut mieux que tu t'en sois aperçu maintenant. Si tu la voyais encore au moment de toucher ta part après notre petit boulot, elle t'aurait entubé encore plus profond, pas vrai ? C'est mieux comme ça.

Driscoll poussa un soupir. Il se sentait lessivé, idiot et complètement humilié. Trouver sa femme avec son prof de sport l'avait déjà suffisamment abattu, et voilà que Nikki le trahissait à son tour.

— Je vais te dire, ma prochaine bonne femme, faudra qu'elle soit vraiment exceptionnelle.

— Il y a quelqu'un ?

La voix grave et théâtrale de Pamela flotta jusqu'à eux, et leur complice apparut à la porte. Vêtue d'un manteau couleur flocons d'avoine, de souliers fauves sans talons et d'un chemisier en soie blanche, elle leur parut bien plus élégante que d'ordinaire.

— Qu'est-ce que vous faites là ? demanda Driscoll.

— Je vous apporte les autorisations d'amarrage de la part du grand chef.

Elle leur lança une grande enveloppe kraft.

— Vous avez l'air changée, commenta Wilcox en buvant sa soupe.

— J'ai acheté ma garde-robe pour notre première. Je campe une dame d'honneur parfaite.

— À part la clope qui vous pend au bec, plaisanta Wilcox.

Elle rit et se détourna pour s'en aller.

— À tout à l'heure alors. Bonne journée sur le fleuve, messieurs !

Driscoll consulta sa montre.

— Il va bientôt falloir partir à la grange. Tu en as pour longtemps ?

— Le temps qu'il faudra pour réparer le moteur et dresser la liste du matériel dont je vais avoir besoin. Tu n'as qu'à partir sans moi. Je te rejoins là-bas.

Quand Driscoll entra, toujours gelé, il souffla dans ses mains.

— Est-ce que quelqu'un va se décider à allumer ces radiateurs, bon sang ?

— Eh bien, que de bonne humeur, commenta Pamela en débouchant une bouteille d'eau afin de remplir la bouilloire.

— Ouais, ben, j'ai eu une sale journée.

— On va boire une tasse de thé, et peut-être que ça ira mieux. (Elle ouvrit la boîte de sachets et balaya la salle du regard.) Vous avez eu des nouvelles de Son Excellence ? Normalement, il devait arriver avant moi.

Elle alluma une cigarette.

Juste à ce moment-là, la porte s'ouvrit et Westbrook entra. Il leur adressa un sourire faiblard, commença à déboutonner son manteau, puis s'effondra.

Driscoll vint se planter au-dessus de lui.

— Putain, il est bourré ?

— Mais non, il est malade. Aidez-le à se relever. Il a des migraines terribles qui lui font perdre connaissance.

Ils portèrent Westbrook jusqu'à une chaise. Tout tremblant, il s'assit et se prit la tête dans les mains.

— Je suis navré. Je ne suis vraiment pas dans mon assiette aujourd'hui. Ça ira mieux dans un petit moment.

Driscoll se détourna. Tout cela était complètement ridicule. Drôle de choix pour le casse !

Aux petits soins pour Westbrook, Pamela lui

apporta de l'eau, fouilla ses poches à la recherche de ses médicaments, et resta lui tenir son verre. Puis elle l'épaula jusqu'au fond de la grange, où il s'allongea sur de la toile de jute.

— Voulez-vous m'épouser ? demanda-t-il.

La douleur lui tenaillait la voix.

Pamela lui caressa le front, qui luisait de sueur.

— J'aurais accepté sans hésiter, mon cher, mais je suis bien trop vieille pour toutes ces émotions maintenant. Ce qui me conviendrait le mieux à présent, c'est de prendre ma retraite aux Bahamas. Vous pourriez toujours vous installer chez moi.

— Ça me plairait, répondit-il d'une voix à peine audible.

Pamela le veilla jusqu'à ce qu'il glisse dans le sommeil. Il ne bougea pas d'un pouce lorsque Wilcox entra et ferma violemment la porte. Les cheveux en bataille, frigorifié, il fonça droit vers un radiateur pour y frictionner ses mains engourdies.

Driscoll lui passa une paire de gants en latex et désigna Westbrook d'un hochement de tête.

— Il s'est évanoui, et il s'est étalé de tout son long.

— Il va bien, quand même ?

— Il dort, répondit Pamela en posant la bouilloire sur la gazinière.

— Bravo, formidable, pesta Wilcox. Quel boulet, ce type !

— Ne me parlez pas sur ce ton, Jimmy, je ne vous le permets pas, se fâcha Pamela. Tony passe la journée à avaler des tonnes de comprimés pour l'estomac, et vous-même n'êtes pas un enfant de chœur ; alors, c'est un peu l'hôpital qui se fout de la charité, pas vrai ?

Wilcox enragea.

— Je touche plus à la came, moi. Et *vous,* vous pouvez parler. Vous vous êtes torchée au gin avant d'arriver, non ?

— Ça suffit ! le rabroua Driscoll. Fermez-la ! Si on a des problèmes, on les soumet au Colonel. Toutes vos chamailleries, c'est une perte de temps et d'énergie.

Immobile derrière la porte à les écouter, Jersey choisit le moment de son entrée. Finalement, il s'avança et se montra à eux.

— Des problèmes ?

Wilcox pointa du doigt l'endroit où dormait lord Westbrook.

— Il est tombé dans les pommes en arrivant. Il tenait pas debout.

Jersey alla au fond de la grange, s'accroupit et observa l'homme endormi. Westbrook ouvrit les yeux.

— Je ne vais pas vous laisser tomber. Je prendrai mes médicaments juste avant de partir, je n'attendrai pas comme aujourd'hui. Je voulais savoir combien de temps je peux tenir entre deux maudites crises, c'est tout.

— Comment se manifestent-elles ? demanda Jersey.

— Ça commence par une migraine épouvantable, et puis j'ai la tête qui tourne et je me sens nauséeux. En tout cas, mes pilules font passer la douleur, je vous assure.

Jersey lui tapota l'épaule.

— Très bien, vieux bandit, je vous crois. Reposez-vous donc un peu, et quand vous vous sentirez d'attaque, venez nous rejoindre.

— Merci.

Jersey commença par donner des explications à Driscoll et Wilcox concernant le sosie de la Reine.

— On l'emmène droit à l'entrepôt d'Aldersgate. Tâchez de la calmer le plus possible, essayez même de lui faire croire que c'est l'endroit où l'on va tourner la pub. On ne lui explique pas nos plans tant qu'elle n'est pas à l'intérieur. Il faut qu'elle se tienne prête plus tôt que l'horaire initialement prévu, peut-être à 6 heures, 7 maxi, de façon à ce qu'on puisse lui donner les instructions. Pendant ce temps-là, il faudra choper son mari au plus vite. Pas besoin d'employer la manière forte.

Pamela prit la parole :

— Si la Reine se met à nous causer des ennuis, qu'est-ce que je fais ?

— Si on menace son mari, ça n'arrivera pas.

Driscoll ricana.

— S'il s'agissait de moi et que vous déteniez ma femme, je vous dirais de la garder !

Plus tard dans la soirée, lorsqu'il ne resta plus que Wilcox et Driscoll, Jersey leur demanda leur avis sur un sujet auquel il avait longuement réfléchi — il croyait avoir trouvé la solution au problème des boutons d'alarme. Il étala les plans imprimés à partir du CD.

— La source de courant des alarmes se trouve ici, dans l'ancienne cave à charbon. (Il indiqua un point du schéma.) Cette glissière, qui donne sur la rue, a été cimentée, alors le seul moyen d'y accéder, c'est par l'intérieur.

Tout en parlant, Jersey en entoura l'emplacement.

— Comment est-ce qu'on va entrer là-dedans ? s'enquit Driscoll.

Jersey ouvrit son étui à cigares et en proposa à ses complices, qui les refusèrent.

— Examinez plus attentivement les renseignements du CD. L'entrepôt où nous nous trouverons n'est situé qu'à une centaine de mètres de la maison sécurisée, mais son sous-sol s'étend au-delà de ses murs. Regardez l'endroit où s'arrête la cave — presque à côté de la leur. Toutes ces maisons s'approvisionnaient en charbon dans la même réserve. Si nous élargissons le cadre de la petite trappe dans le sous-sol de l'entrepôt, nous aurons accès à la salle située au bas du conduit. De l'autre côté, il y aura une trappe similaire menant à la cave de la maison sécurisée. C'est la seule solution. Marsh m'a dit qu'ils testent les alarmes tous les jours à 9 heures. Passé ce moment, on déconnectera toutes leurs lignes téléphoniques. Comme on évacuera les lieux à 10 h 25, on ne disposera que d'un laps de temps très court mais, au moins, il sera inutile de nous inquiéter si quelqu'un actionne un signal d'alarme. Qu'est-ce que vous en pensez ?

— C'est peut-être le seul moyen, répondit Wilcox.

Encouragé, Jersey leur expliqua dans les grandes lignes combien de temps cela prendrait et quel équipement l'opération nécessiterait, et les deux compères reconnurent que le projet était réalisable. Pour découper le ciment en silence, ils emploieraient un faisceau laser à haute puissance, mais il leur faudrait agir petit à petit, aussi devraient-ils désormais y consacrer toutes leurs nuits. Tout ce qui lui restait à trouver, c'était un moyen de désactiver les alarmes sans les déclencher. Pour cela, Jersey aurait une fois de plus besoin de Marsh.

Ils passèrent à l'organisation de leur fuite — ils n'avaient pas encore prévu dans le détail la façon dont eux s'enfuiraient. Après s'être débarrassés des véhicules, il leur faudrait s'éloigner le plus vite possible.

En fin de soirée, il leur semblait avoir échafaudé un plan solide, mais ils ne connaîtraient son efficacité que le jour J.

Dans la cuisine, Christina classait de vieilles photographies et lettres de sa mère lorsque le téléphone sonna.

— Je souhaiterais parler à Edward de Jersey, s'il vous plaît, dit une voix à l'autre bout du fil.

— Il est absent. Je peux prendre un message ?

— Où est-il ?

— Qui est-ce ?

— Sylvia Hewitt. Et vous, qui êtes-vous ?

— Christina de Jersey. Vous voulez que je lui transmette un message ?

— Quand doit-il rentrer ? Il faut que je le voie.

— D'ici quelques jours. Est-ce qu'il a votre numéro ?

— Oui, merci. Désolée de vous avoir dérangée, madame.

Christina raccrocha. Sans savoir pourquoi, ce coup de téléphone l'avait agacée. Elle n'avait jamais rencontré Sylvia, mais savait qu'il s'agissait de la sœur de Helen Lyons. L'autre s'était montrée très brusque, à la limite de la grossièreté. Christina gribouilla le message sur un Post-it jaune qu'elle colla sur le téléphone.

Lorsque le téléphone sonna, Liz Driscoll rentrait tout juste de sa manucure. Elle décrocha.

— Allô ?

— Pourrais-je parler à M. Driscoll, s'il vous plaît ?

— Il n'est pas là. Qui le demande ?

— Sylvia Hewitt. Savez-vous quand il sera de retour ?

— Il est parti pour affaires.

— Quand doit-il rentrer ?

— Dans la soirée. Vous voulez lui laisser un message ?

— Prévenez-le simplement que j'ai appelé. Il a mon numéro, je pense. Navrée de vous avoir dérangée.

Liz raccrocha. C'était la deuxième fois qu'elle répondait à un coup de téléphone de cette femme, et si Tony recommençait à faire des siennes, il faudrait vraiment qu'ils s'expliquent sérieusement.

Son nouvel équipement ravissait Marsh. Il avait dépensé des sommes énormes dans tous les magasins d'informatique de Londres. Le « chapardeur » valait largement ses cinq cents livres. Marsh avait donné carte blanche à sa femme pour aller faire les boutiques de Harrods munie des fausses cartes de crédit fabriquées à sa demande par un de ses copains, aussi s'en était-elle allée en lui laissant leur enfant à garder.

Jersey se rendit chez Marsh par les transports en commun. À son arrivée, il était presque 17 h 30. Ils discutèrent des conversations téléphoniques entre Scotland Yard et la maison sécurisée. Marsh gardait la certitude que le 2 mai ils n'auraient aucun mal à obtenir le mot de passe de l'IRA. Il passa ses enregistrements des nombreux membres de l'organisation nationaliste téléphonant pour transmettre le code secret quotidien. En général, il s'agissait d'un mot étrange, parfois d'un lieu ou d'un objet. Les cassettes rassurèrent Jersey quant aux compétences de Marsh, qui les lui fit écouter une nouvelle fois afin que Jersey puisse travailler l'accent irlandais. Marsh lui confirma également que la famille royale n'avait apporté aucune modification à son agenda, et que la date de l'essayage restait la même. Le matin du 2 mai, le cortège royal devait quitter Buckingham Palace à 10 heures.

Jersey balaya la pièce du regard.

— J'ai l'impression que vous claquez tout l'argent que je vous donne. Vous devriez peut-être vous calmer un peu. Il ne faudrait pas que vous attiriez l'attention sur vous. Il va de soi que ce n'est pas avec votre salaire que vous pouvez vous offrir tout ce matériel.

— Je fais super gaffe, vous inquiétez pas. (Marsh pivota sur son siège et dévisagea Jersey.) Allez, qu'est-ce que vous voulez ? Vous n'aviez pas vraiment de raison de me rendre visite aujourd'hui. Qu'est-ce que vous avez à me demander ?

Jersey porta la main à sa poche et en sortit une épaisse enveloppe.

— J'ai besoin de votre aide. Jetez un œil à ça.

C'est le plan virtuel de chez D'Ancona, on y voit les emplacements des alarmes et des boutons qui les actionnent.

Marsh se fendit d'un immense sourire.

— Vous êtes un sacré numéro, vous, je vous assure. (Il s'empara du CD et l'inséra dans son ordinateur.) La vache ! Comment vous avez eu ça ? s'exclama-t-il.

— Grâce à vous, indirectement. Comme votre tentative de pénétrer dans le système d'Interlace a semé la panique chez eux, ils ont contrôlé tous leurs fichiers, et moi j'ai mes contacts.

— Vous avez dû raquer.

Jersey sourit.

— Pas tant que ça. (Il tapota l'écran.) Voici ce qui me tracasse. Je sais comment accéder à cette zone, là, dit-il en pointant du doigt la cave à charbon, et je sais que cet endroit nous donne accès aux systèmes d'alarme. Ce que j'ignore, en revanche, c'est comment désactiver les lignes.

Tout en regardant l'écran, Marsh pinça les lèvres. Il fit défiler l'image vers le bas, puis la fit remonter.

— Eh bien, il n'y a rien de plus simple que de débrancher les lignes de leur panneau — il suffit de les arracher.

— Je sens qu'il y a un « mais ».

— Exact, et pas des moindres. À l'instant même où vous débrancherez une seule des prises, toutes les autres s'enclencheront et alerteront le centre. Vous aurez tous les flics de Londres aux basques en un éclair.

— Qu'est-ce que vous suggérez ?

Nerveux, Raymond tira sur ses poignets de chemise.

— Aucune idée. Il va falloir trouver un moyen d'arracher tous les fils en même temps. Une fraction de seconde de décalage, et adieu les joyaux de la Couronne !

Réfléchissant à la difficulté de la tâche, tous les deux restèrent silencieux un instant. Marsh cliqua et fit de nouveau apparaître l'intérieur de la maison sécurisée. Le silence fut brisé par sa fille, qui se mit à pleurer. Lorsqu'il eut quitté la pièce, Jersey l'entendit gazouiller et lui parler pour la calmer. Puis, l'enfant dans les bras, Marsh revint en trombe.

— Ça y est ! Je crois savoir comment on peut s'y prendre, mais d'abord il faut que je lui change sa couche.

Rika venait de coucher les jumeaux et s'était mise à feuilleter le supplément télé du *Times* lorsque le téléphone sonna. Elle espéra que ce serait Jimmy. Il s'était absenté toute la journée.

— Est-ce que M. Wilcox est là ?

— Non, il a pas encore rentré.

— Je m'appelle Sylvia Hewitt. Pourriez-vous lui demander de me rappeler ? Il a mon numéro. Dites-lui que c'est urgent, s'il vous plaît.

— Qui ça ?

— Sylvia Hewitt. Il doit rentrer ce soir ?

— Oui, je lui dis vous avez appelé. Sylvia comment ?

— Hewitt. Transmettez-lui le message, s'il vous plaît.

Rika prit un stylo et un bloc-notes. Elle commença à écrire, puis froissa la feuille et la jeta à la poubelle. Elle était persuadée que cette femme cherchait à lui voler James. Cette dernière lui avait parlé très sèchement, comme si elle la prenait pour la bonne de la maison.

Jersey quitta la maison de Marsh le sourire jusqu'aux oreilles. Un taxi le dépassa en ralentissant. Dans l'habitacle éclairé, Jersey vit la très blonde Mme Marsh payer le chauffeur. Elle portait tout un tas de boîtes et de sacs, tous marqués du logo Harrods. Il l'observa jusqu'à ce qu'elle rentre chez elle, puis, lorsque le taxi eut fait demi-tour, il s'avança sur la chaussée et lui fit signe.

Lorsqu'il demanda à être conduit à la gare de Wimbledon, le chauffeur se fendit d'un sourire radieux.

— Ça c'est un coup de veine. J'arrive tout juste de Knightsbridge. Je pensais pas reprendre une course en revenant.

Il enclencha le compteur.

— Votre dernière cliente, elle avait dévalisé le magasin, commenta Jersey.

— Je sais pas où ils trouvent tout ce fric. Il a fallu deux portiers de chez Harrods pour charger la voiture. Elle m'a expliqué que son mari il avait gagné le gros lot aux courses. J'aimerais bien qu'il me refile un ou deux tuyaux.

Calé dans la banquette, Jersey écouta le chauffeur se lancer dans un monologue sur son manque de chance à l'hippodrome.

— Vous aimez les courses ? demanda-t-il finalement.

— Non, pas du tout, répondit Jersey.

— Vous avez raison. C'est un jeu de cons, dit le chauffeur en tournant la tête pour regarder brièvement Jersey.

Celui-ci était assis dans l'ombre, le visage quasiment plongé dans l'obscurité.

— Les paris c'est pas votre truc, hein ?

— Non.

— Vous ne prenez pas de risques, pas vrai ?

Il ferma les yeux.

— Non, j'ai horreur des risques.

21

Bien qu'il y répugnât, Jersey dut se résoudre à se séparer d'autres membres de son personnel et à revendre six chevaux de plus. Suite à cela, les rumeurs s'emballèrent au domaine. Inquiets pour l'avenir de l'écurie et de leur emploi, les employés ne virent rien de suspect à ce que Jersey passe de plus en plus de temps à l'extérieur alors que la saison des courses commençait tout juste. Fleming leur avait expliqué que leur patron rencontrait des difficultés financières. Néanmoins, il portait toujours autant d'attention à Royal Flush : il plaçait dans ce superbe cheval d'immenses espoirs de victoire. Par chance, le niveau de l'animal à l'entraînement était monté en flèche, contrairement à son comportement à l'écurie, puisqu'il lançait des ruades à ses entraîneurs. S'il le décidait, il pouvait filer comme l'éclair, mais il mettait souvent un certain temps à entrer dans la course, ne mettant toute la gomme qu'à mi-parcours, moment où Mickey disait sentir le cheval changer de comportement. Alors qu'un instant plus tôt Royal Flush se montrait mollasson, il devenait tout à coup presque incontrôlable. Aucun cheval de l'écurie ne pouvait alors suivre la cadence. Ainsi, à mesure que Jersey voyait approcher à grands pas le jour le plus périlleux de sa vie, Royal Flush était fin prêt pour la première course de la saison, Lingfield. Afin de se qualifier pour le Derby, il fallait qu'il s'y classe.

Jersey reçut un coup de téléphone de Pamela. L'état de santé de Westbrook ayant empiré, elle lui suggéra de venir rendre visite à Son Excellence : le jour J, il serait trop tard pour y remédier. Après l'avoir remerciée, Jersey raccrocha. Il jura. Alors qu'il croyait maîtriser la situation, un nouveau caillou venait se coincer dans sa chaussure. Christina lui avait parlé d'un coup de téléphone de Sylvia Hewitt et, au cours d'une matinée à la grange, Wilcox et Driscoll lui avaient tous les deux dit qu'elle les avait appelés aussi.

— Il a fallu que j'aille chercher le message au fond de la corbeille à papier. Rika est persuadée que je la trompe avec cette bonne femme, leur raconta Wilcox.

— Laissez-moi m'en charger, ordonna Jersey. J'irai voir ce qu'elle veut.

— Son fric, peut-être, suggéra Wilcox à Driscoll.

Alors qu'on arrivait déjà à la mi-avril, Raymond Marsh n'avait pas chômé. Sa femme non plus. Les achats du hacker se révélaient divers et variés : deux douzaines de chemises en soie sur mesure, costumes, chaussures, matériel informatique, téléviseurs et meubles. Il s'apprêtait à quitter l'Angleterre. Après le casse, il s'enfuirait en Amérique latine. Ses fraudes à la carte bancaire atteignaient des proportions démesurées, mais il avait grand besoin d'espèces pour assurer ses frais de départ et se mettre à l'abri de tout besoin financier. Il avait également mis sa maison en vente. Si la police découvrait une seule de ses fausses cartes de crédit, on l'arrêterait pour vol.

Jersey n'ayant toujours pas contacté Sylvia Hewitt, Christina reçut un nouveau coup de téléphone de cette dernière.

— Sylvia Hewitt à l'appareil. Madame de Jersey, je vous prierai de bien vouloir demander à votre mari de me rappeler. Lorsque j'ai dit que c'était urgent, je ne plaisantais pas.

Christina trouva son comportement fort critiquable.

— C'est à quel sujet, mademoiselle ?

— Alex Moreno. Prévenez-le que je possède des renseignements intéressants concernant un certain Philip Simmons.

Comme les fois précédentes, Sylvia raccrocha brusquement, laissant Christina encore plus contrariée. Elle ne comprenait pas la grossièreté de cette femme.

À Monaco, Dulay se tenait prêt. L'équipage de son yacht au complet, le bateau était paré pour rallier Brighton en quatre jours. Le moteur une fois révisé, il ne lui restait plus qu'à attendre. Ses ateliers étaient prêts eux aussi, et les semaines précédant l'essayage des joyaux de la Couronne lui paraissaient interminables. Il n'avait plus qu'à attendre le feu vert.

Assis à la terrasse d'un café du port de Monte-Carlo, il buvait son expresso quand Jersey arriva.

— Vous êtes en retard, dit Dulay. Ça fait plus d'une heure que je vous attends.

— Désolé. J'examinais votre bateau.

— Il est paré. Vous voulez faire un tour à bord ?

— Je n'ai pas le temps. Vous avez organisé le rendez-vous ?

— Ouais. Il ne sera à Paris que deux jours.

— Au Ritz ?

— Oui, et ça ne lui a pas plu que je lui demande de vous rencontrer. Vous savez combien l'honneur est important pour ces mecs-là. Il faut toujours se montrer extrêmement poli avec lui. Il est assez spécial. Et puis il a toujours ce type qui passe son temps à vous renifler.

— Odd-Job ?

— Pardon ?

— Non, rien. C'est un garde du corps ?

— Ouais. Il a un chauffeur-gorille aussi. Je lui ai dit qu'on le retrouverait au Louvre cet après-midi. L'art l'intéresse également. Vous saviez que, selon la loi de leur pays, si un Japonais acquiert un tableau et le garde deux ans, l'œuvre lui appartient, même s'il s'agit d'un bien volé ?

— Non, je l'ignorais. Je veux le rencontrer seul, Paul.

— Quoi ?

— Vous m'avez très bien entendu. Moins on nous verra ensemble, mieux ce sera.

— C'est moi qui ai convenu du rendez-vous, bon sang de bois !

— Je le sais bien. Mais il n'empêche que je tiens à le rencontrer seul.

Ensuite, Jersey rappela à Dulay d'ancrer le bateau à bonne distance de la côte le jour du braquage. Jersey lui donna également pour instruction de tester la caisse étanche qu'il lui avait demandé d'acquérir. Après quelques minutes de discussion supplémentaires, Jersey s'en alla.

Un taxi l'emmena à l'aéroport, où il loua un bimoteur pour gagner Paris. Là, un autre taxi le conduisit au Louvre, où il arriva peu après 14 h 30. M. Kitamo ne devait pas arriver avant une demi-heure.

Lorsque Helen Lyons arriva en taxi, Christina l'attendait devant la porte. Un peu plus tôt, Helen, bouleversée, l'avait appelée pour lui demander si elle pouvait passer. Après avoir payé la course, elle se tourna vers Christina.

— Je suis vraiment désolée de vous importuner.

— Vous ne me dérangez pas, Helen. Entrez. J'ai préparé du café.

Helen gravit le perron d'un pas maladroit, puis fondit en larmes.

Christina la prit dans ses bras.

— Qu'est-ce qui ne va pas, Helen ?

Helen s'essuya les yeux et se moucha.

— Je suis complètement déprimée. J'habite à Hove chez une amie, mais elle a la grippe. Depuis que j'ai appris la vérité, je n'arrive pas à sortir la tête de l'eau.

— Depuis que vous avez appris quoi ?

Les larmes reprirent de plus belle. Christina lui passa une tasse de café.

— J'ai besoin de vos conseils, Christina.

— Votre sœur a appelé ici à quelques reprises. Elle demandait à parler à Edward.

— Je la déteste, celle-là ! explosa Helen, les

traits crispés. Elle m'a hébergée quelque temps, vous savez. C'est comme ça que j'ai tout découvert.

Christina but un peu de son café et attendit. Finalement, Helen se lança dans une tirade haineuse :

— J'ai découvert qu'elle et David étaient amants. Depuis huit ans. Elle me l'a avoué.

— Je suis navrée, dit Christina avec douceur.

J'ai trouvé tout un tas de photos d'eux — ils sont même partis à l'étranger ensemble. David a dû m'en raconter des mensonges !

Christina ne sut quoi répondre.

— La semaine dernière, je comptais aller la voir, mais le portier m'a appris qu'elle était en voyage aux États-Unis, et ça m'a soulagée. Je crois que je ne pourrais pas lui parler en face.

— Quoi qu'il en soit, elle a dû rentrer, parce que, comme je vous l'ai expliqué, elle a appelé de nombreuses fois à la maison, et je ne crois pas qu'il s'agissait d'appels longue distance.

— En tout cas, si elle veut connaître mon adresse, ne la lui transmettez pas, je vous prie. J'ai décidé de ne jamais plus lui adresser la parole.

Christina espéra que Helen n'allait pas demander à loger chez eux. Cela s'avérerait fort peu pratique, surtout au regard de leurs problèmes.

— C'est bizarre, non ? reprit Helen. On vit avec quelqu'un, on l'aime et on lui fait confiance, et puis d'un seul coup tout tourne au vinaigre. En apprenant la liaison de David et Sylvia, j'ai frôlé la dépression nerveuse. D'abord le suicide, ensuite l'incendie, et maintenant... Je la déteste du plus profond de mon âme, répéta Helen en saisissant un sac plastique posé à côté d'elle. Si je tenais à passer vous voir, c'était pour vous remettre ceci. David le gardait sur son bureau. Je pensais que votre mari et vous l'aimeriez peut-être.

Elle déballa la photo d'Edward de Jersey s'adressant à la Reine le jour d'Ascot.

— Merci, Helen. C'est très gentil de votre part de penser à nous, et je suis vraiment navrée que vous souffriez tant.

Helen se leva.

— Eh bien, j'espère qu'elle aura ce qu'elle mérite. Comme on dit, qui sème le vent récolte la tempête, et j'espère qu'elle... qu'elle se rendra compte du mal qu'elle m'a fait. (Elle boutonna son manteau.) Elle m'a volé le peu de joie qui me restait. Maintenant, je déteste David presque autant que je la déteste. Je ne me suis jamais doutée de rien, Christina. Voilà ce qui me blesse le plus ; je ne connaissais pas l'homme avec qui j'étais mariée depuis tant de temps. Et pire encore, je le vénérais.

M. Kitamo ne regarda quasiment pas Jersey en face. Il garda une cadence lente, marquant une pause devant divers tableaux, s'arrêtant parfois pour lire une plaque avant de s'avancer d'un pas afin d'examiner la peinture de plus près. Apparemment seulement intéressé par les œuvres exposées dans le musée, il poussa un léger soupir lorsqu'ils se postèrent devant la *Joconde*. Le garde du corps restait discrètement en retrait.

Au bout d'un moment, Kitamo rompit le silence :

— Posséder un tableau d'une telle splendeur est très tentant, mais de nombreuses rumeurs courent comme quoi son sourire énigmatique chuchote le mot « Faux ». Je ferai expertiser la marchandise par un spécialiste de mon choix. Même si j'ai confiance en notre ami commun, je n'accepterai les termes du contrat que si j'obtiens confirmation de sa part de l'authenticité des joyaux. Nous sommes convenus du prix, et j'ai cru comprendre que vous désiriez obtenir un gage de mon sérieux. (Kitamo posa ses yeux noirs vides d'expression sur Jersey.) Un million de dollars américains.

— C'est exact.

— D'accord. Notre ami recevra cette somme dès qu'on m'aura prévenu que la pierre se trouve en sa possession. Je serai peut-être disposé à discuter d'un prix pour certaines pièces de moindre valeur.

Kitamo mit fin à la conversation aussi vite qu'il l'avait entamée.

— Ravi de vous avoir rencontré, monsieur Simmons.

Comme pour conclure le rendez-vous, il lui adressa un petit salut et se tourna de nouveau vers la *Mona Lisa*.

Jersey, qui n'avait pas l'intention de se voir congédier ainsi, resta à sa place. Kitamo hésita, puis claqua des doigts à l'intention de son garde du corps. Kitamo s'éloigna et le gorille se posta devant Jersey, puis lui passa discrètement une enveloppe blanche. Puis il partit rejoindre Kitamo. Jersey traversa la salle pour aller s'asseoir sur un des bancs couverts de cuir et, tout en l'ouvrant, glissa l'enveloppe dans un dépliant du musée. Elle contenait la garantie que Kitamo bénéficiait bien d'un crédit de plus de deux cent cinquante millions et demi de dollars. Le relevé provenait de la banque Eurofin. Il y figurait un numéro de téléphone au cas où Jersey désirait obtenir confirmation.

Jersey resta assis encore quelques instants. Lorsqu'il se leva et regarda vers le bout de la galerie, Kitamo l'observait et lui adressa de nouveau un petit salut. Jersey inclina la tête en arrière et s'en alla. M. Kitamo, comme l'avait promis Paul Dulay, était un acheteur sûr disposant des moyens nécessaires pour acquérir une bonne partie des joyaux qu'ils projetaient de voler. Le braquage devant se dérouler dans moins d'une semaine, Jersey fut soulagé de le savoir.

En Angleterre, personne n'occupait encore l'entrepôt, mais Wilcox et Driscoll chronométrèrent plusieurs fois le temps de trajet qui le séparait de la maison sécurisée. Le jour où ils déplaceraient les véhicules et le matériel n'était pas encore fixé, même si Jersey projetait d'agir de nuit, une voiture à la fois, de façon à ne pas éveiller les soupçons. Après des mois de préparation, il ne restait que cinq jours avant le casse.

Christina regardait la télévision lorsqu'elle reçut un troisième coup de téléphone de la part de Sylvia Hewitt. Une fois encore, celle-ci demanda à parler à Jersey, et parut agacée d'entendre qu'il était absent.

— Où puis-je le joindre ?

— En général, il passe la nuit à son club, le St James, mais je sais qu'il est très occupé en ce moment, alors si vous voulez lui laisser un message...

— Je lui en ai déjà laissé un. Je vais appeler son

club. Désolée de vous importuner, mais s'il revient, pourrez-vous lui transmettre mes coordonnées ?

Sylvia dicta ses numéros de portable, de bureau et de domicile.

— Comment va Helen ? ne put s'empêcher de demander Christina, curieuse d'entendre la réaction de Sylvia.

— Elle ne se remet toujours pas de la mort de David. Bon, vous transmettrez ces numéros à votre mari ?

— Oui.

— Merci, dit Sylvia avant de raccrocher.

Christina venait de se réinstaller pour continuer à regarder son émission lorsque Sylvia rappela.

— Il n'est pas là-bas, et ils m'ont répondu qu'ils ne l'attendaient pas ce soir. Avez-vous son numéro de portable ?

— J'ai bien peur de ne pas le connaître. Navrée.

Il y eut un silence. Christina trouvait l'impatience de sa correspondante presque palpable.

Lorsque Sylvia demanda de nouveau à Christina de faire en sorte que Jersey la rappelle d'urgence, elle parut très en colère.

— Qu'il sache bien qu'il devrait vraiment me contacter.

— Je le lui dirai.

Christina alla dans le cabinet de travail de son mari y chercher son numéro de portable. Elle ne s'en souvenait jamais. Apprendre qu'il ne serait pas au club ce soir l'avait rendue inquiète. Elle trouva ce qu'elle cherchait et appela Jersey, mais tomba sur la boîte vocale. Agacée, elle appela le club. Quelques instants plus tard, elle l'eut au bout du fil.

— Christina ? Quelque chose ne va pas ?

— Non, chéri. C'est juste que la belle-sœur de David Lyons a appelé. D'après elle, c'est très urgent. Ça fait déjà trois fois. Elle est vraiment très insistante. Je lui ai dit que tu dormais au club, et je crois bien qu'elle a essayé de te joindre là-bas.

— Ça alors, quelle harpie...

— À la réception, on lui a répondu que tu n'étais pas là.

Il rit.

— C'est bien pour ça que je vais chez eux. Le service est efficace !

— En tout cas, je suis contente de te parler. Elle voulait ton numéro de portable, mais je ne le lui ai pas donné.

— Merci. C'est une vraie teigne, celle-là. Elle t'a expliqué ce qui est urgent à ce point ?

— Pas vraiment. Elle m'a parlé d'un certain Moreno et d'un autre homme, mais je ne me souviens pas du nom. Elle m'a laissé tout un tas de numéros où la joindre. Tu les veux ?

— Non, je ne tiens pas à lui parler.

— Tout va bien, chéri ?

— Oui. La journée a été chargée, c'est tout. J'ai enchaîné rendez-vous sur rendez-vous. Je ne récolte pas l'argent aussi vite que je l'espérais.

— Je peux t'aider ?

— Pas vraiment. Ce soir je dîne avec un banquier américain, alors demain les choses se seront peut-être arrangées. Je te rappelle pour te tenir au courant. Et puis, après tout, je vais peut-être noter les numéros de cette bonne femme. Je vais l'appeler pour m'en débarrasser.

Jersey posa le combiné, crispé par la colère. Il

remercia le réceptionniste et réserva une chambre pour la nuit. L'homme lui remit ses clés et le prévint qu'une certaine Mlle Hewitt cherchait à le joindre.

— Merci, John. Si elle rappelle, dites-lui que je suis en rendez-vous et que je ne peux pas être dérangé, s'il vous plaît.

— Bien, monsieur. Bonne soirée.

— Bonne soirée, John.

Jersey prit une douche et enfila une chemise propre. Il s'allongea sur le lit et ferma les yeux, soulagé d'avoir décidé au dernier moment de passer à son club. Par une coïncidence absolue, il était arrivé au moment même où Christina appelait. Il se demanda ce que cette sorcière de Hewitt lui voulait. Néanmoins, comme il était déjà presque 20 heures, il décida de se rendre chez Westbrook et de ne s'occuper de Sylvia Hewitt que plus tard.

Après avoir laissé une annonce sur la boîte vocale de sa chambre demandant de ne pas le déranger, Jersey quitta le club sans se faire remarquer par le réceptionniste. Dans Jermyn Street, il héla un taxi et se rendit chez Westbrook.

Dans l'escalier, Jersey le trouva accoudé à la rampe.

— Bonjour. Quand j'ai eu votre message disant que vous souhaitiez me parler, je ne pensais pas vous voir en chair et en os. Je croyais que vous rappelleriez.

— Comme nous approchons vraiment du jour J, je préfère que l'on revoie les derniers petits détails de vive voix.

Ils se serrèrent la main.

— Entrez.

Westbrook le précéda d'un pas tranquille. Jersey ne montra pas à quel point son aspect l'horrifiait. Le visage décharné, d'une pâleur jaunâtre et maladive, il était vêtu de façon complètement débraillée.

— Je vous offre un verre ?

— Non, merci. (Jersey grimaça lorsque la puanteur d'alcool et d'urine lui parvint aux narines.) Ça pue la litière pour chat, ici.

— Je sais, c'est atroce, n'est-ce pas ? Il y a deux matous ici. Dieu sait où ils sont. Je ne les vois pas beaucoup. La plupart du temps, ils se terrent sous le lit. Mais c'est grâce à eux que je vis ici. J'ai accepté de les nourrir et de vider leurs bacs à merde. (Westbrook s'affala sur le lit défait.) Je ne suis pas sorti de la journée.

Jersey s'assit sur le bord d'un fauteuil à oreilles autrefois élégant et couvert de velours. Sur la cheminée, on avait aligné des rangées de boîtes et de flacons de médicaments. Coincées entre eux, on trouvait lettres, cartes postales, invitations et factures aux enveloppes encore cachetées.

— Vous n'êtes pas sorti parce que vous ne vous sentez pas bien, ou parce que vous n'en trouvez pas le courage ?

— Un peu des deux. Je suis malade comme un chien, alors j'ai passé mon temps à regarder des feuilletons. Tous les personnages ont des vies atroces, là-dedans, alors ça m'aide un peu à oublier la mienne.

Lorsqu'il rit, Jersey vit que même l'état de ses dents paraissait avoir empiré, comme si le cancer lui rongeait les gencives.

— Vous feriez bien de vous reprendre en main. Vous sentez aussi mauvais que la caisse de vos chats. Vous voulez des vêtements propres ?

Westbrook lui montra une vieille penderie en noyer dont la porte pendait de guingois. À l'intérieur se trouvaient des rangées de costumes, ainsi que des pull-overs et des chemises pliés sur des étagères.

— Oh, j'ai tout ce qu'il faut, je vous remercie, camarade. C'est simplement que m'habiller demande trop d'énergie. Ce n'est pas ma priorité du moment.

— Maintenant si, lâcha sèchement Jersey.

Westbrook le regarda longuement, puis haussa les épaules.

— Bien, chef.

— De quoi avez-vous besoin pour vous requinquer un peu ? Il ne nous reste plus que quatre jours, et à vous voir, j'ai l'impression que vous n'y arriverez pas.

Westbrook posa les jambes à terre et lança un regard noir à Jersey.

— Je réussirai. Je vais prendre des antalgiques puissants et des amphets de premier choix. Je ne vous laisserai pas tomber. Croyez-moi, notre projet, c'est tout ce qui me maintient en vie.

— Très bien, mais au moindre coup tordu ce n'est pas vous qui paierez les pots cassés. Vous comprenez où je veux en venir ?

D'un signe de tête, il indiqua la photo des enfants de Westbrook.

— C'est tout à fait clair.

Jersey parcourut des yeux la panoplie de médicaments.

— De la morphine, lut-il d'un ton froid.

— Oui. On ne m'en a pas prescrit, mais ça calme bien la douleur. Ma vieille tante Sarah en a pris pendant des années pour son arthrite. Cela dit, il faut que je surveille les doses.

— Je vous la confisque.

Jersey mit le flacon dans sa poche.

— Un verre de vin, ça vous tente ? Je connais un bar à vin potable au coin de la rue. Je vous invite à manger un morceau ?

Westbrook se fendit d'un sourire carnassier.

Jersey se leva. Déjà mal à l'aise avec Westbrook, sa gêne empira.

— J'aimerais que vous utilisiez l'argent que je vous donne pour vous nourrir, pas pour vous pinter. (Il regarda les pieds de Westbrook, qui portait des chaussettes trouées.) Et profitez-en pour aller laver votre linge aussi, et achetez-vous des chaussettes neuves. Et si vous avez une brosse à dents, servez-vous-en. Votre haleine pue presque autant que vous.

— Je pourris de l'intérieur, se défendit Westbrook en reculant.

Jersey le retint par le revers de sa veste.

— Je dépends de vous, alors je vous surveille. Quatre jours de sobriété — c'est tout le temps que je vous demande. Après, vous pourrez mariner dans votre merde à votre guise. Quatre jours. Regardez-moi ! Vous y arriverez ?

D'une manière ou d'une autre, Westbrook trouva la force de repousser la main de Jersey.

— Ne me menacez pas. Je vous ai dit que je tiendrai le coup. Jusqu'ici je ne vous ai pas laissé tomber, et je n'ai pas l'intention de le faire maintenant. Je vous le répète, j'ai tous les médicaments nécessaires pour me maintenir debout et garder les idées claires. Emportez la morphine. Je souffrirai pour vous. Qu'est-ce que vous répondez à ça ?

Jersey éprouva de la compassion pour lui.

— Excusez-moi... mais nous sommes inquiets à votre sujet. Je ne voudrais pas que vous tombiez d'une overdose juste avant le braquage.

Westbrook fournit un gros effort pour se redresser. La scène fut à la fois triste et admirable.

— Je suis fin prêt, et j'espère de tout mon cœur que c'est aussi votre cas, parce que j'ignore s'il me reste encore beaucoup de temps.

Ayant attendu jusqu'à 22 heures passées, et voyant que Jersey ne l'avait toujours pas contactée, Sylvia bouillait. Elle avait décidé de ne pas reprendre le travail et de s'accorder une deuxième semaine de congé. Le lendemain matin, furieuse, elle appela de nouveau Jersey, cette fois-ci à l'écurie. Ce fut un fanfaron se présentant comme le manager qui lui répondit et lui promit de transmettre le message.

Lorsque Donald Fleming frappa doucement à la porte, Christina se trouvait dans la cuisine.

— Madame, il y a eu un coup de téléphone d'une certaine Mlle Hewitt qui demandait à parler au patron. Elle m'a joint à mon bureau. Pas très sympathique comme femme.

— Ah oui, merci. Vous avez raison, elle est désagréable. Ce n'est pas la première fois qu'elle appelle. Vous lui avez répondu qu'il est à son club ?

— Non, je lui ai simplement dit que je transmettrai le message, et comme apparemment c'était urgent, je lui ai donné son numéro de portable. J'espère que ça ne pose pas de problème. Moi aussi j'aimerais lui parler à propos des courses qu'il faut préparer. Vous pourriez lui demander de me contacter quand il aura le temps ?

— Bien sûr. Je l'appelle tout de suite.

Christina le dévisagea. Quelque chose semblait sérieusement le chagriner.

— Tout va bien ?

Il répondit par un petit hochement de tête, commença à partir, puis s'arrêta, dos à elle.

— Les temps sont difficiles. Une grande partie du personnel a été licencié. Ça n'arrange pas les relations au sein des équipes. Certains jeunes lads s'inquiètent. Je sais qu'on n'y peut rien, mais vous comprenez, ce n'est pas facile.

— Je suis désolée, Donald, mais Edward essaie de rééquilibrer sa situation financière. C'est pour ça qu'il passe autant de temps à Londres. En fait, toute cette semaine, il rencontre des banquiers.

Fleming lui lança un regard désabusé.

— Il m'a dit qu'il devrait peut-être envisager d'hypothéquer le domaine, lui expliqua-t-elle. Si je peux faire quoi que ce soit pour vous, n'hésitez pas à me le demander.

— Merci, madame.

Christina laissa un message au St James puis appela son mari sur son portable. Il répondit :

— Bonsoir, chérie. Je ne vais pas pouvoir te parler très longtemps, parce que je suis en rendez-vous. Apparemment, ça s'annonce plutôt bien. C'est urgent ?

— Pas vraiment. Sylvia Hewitt a encore téléphoné, et Donald lui a donné ton numéro de portable. Il veut aussi que vous vous mettiez d'accord sur des dates de courses. Et n'oublie pas la pièce de théâtre des filles. Tu as promis d'y assister.

— On pourra en discuter plus tard ?

— Oui, je suis désolée de t'avoir interrompu, mais il m'a semblé que Donald souhaitait vraiment te parler et, d'après lui, Sylvia n'apprécie pas du tout que tu ne la contactes pas.

— Je vais les appeler tous les deux.

Elle raccrocha, puis se rendit dans le cabinet de travail de son mari. Sur le bureau, elle trouva un gros agenda. Elle l'ouvrit, puis examina les courses qui y figuraient et les noms des chevaux précédés d'un signe indiquant qu'ils devaient concourir. Certains étaient rayés. Elle tourna quelques pages, et remarqua que Jersey avait entouré le 2 mai et rédigé dans le cercle un petit pense-bête concernant une course à Brighton. A son tour, elle inscrivit une note lui rappelant de venir assister à la pièce du lycée — elle choisit un stylo et écrivit *La Mégère apprivoisée*. Après avoir replacé le stylo dans le pot à crayons, elle jeta un coup d'œil au bureau impeccable, puis crocheta un doigt dans l'une des poignées de tiroir et tira. Le compartiment était verrouillé, ce qui la titilla, mais elle quitta le cabinet de travail et n'y pensa plus.

Plus tard, par la fenêtre de la cuisine, elle regarda les jockeys emmener les chevaux à leur entraînement de la mi-journée. Malgré un grand soleil, il faisait froid. Encore une fois, Royal Flush s'agitait, lançait des ruades et remuait la tête. La longue file de chevaux de grande valeur se dirigeait vers les terres onduleuses qui s'étendaient par-delà la piste. Tout paraissait si parfait, si abondant, qu'elle soupira. Elle savait à quel point son mari adorait la vie qu'ils menaient. Christina enfila sa pelisse en vitesse, puis sortit ses bottes d'équitation du placard de l'entrée. À son arrivée dans la cour, la plupart des chevaux s'exerçaient ; elle alla de box en box, puis entra dans la sellerie. Cette salle était une véritable ruche. L'odeur du savon à selle, mêlée aux senteurs fraîches de foin et de fumier, la prit à la gorge. Pour la première fois, elle ne se sentit pas à sa place. Elle se promena une heure parmi toutes les stalles, passa dans les différentes cours et les bureaux, puis termina par le garage. Elle vint se poster près de la Rolls-Royce de son mari, prête à la revente, que l'un des chauffeurs s'appliquait à briquer. Elle demanda où se trouvait celui qui la conduisait habituellement, et apprit qu'il ne travaillait plus pour eux. Ce fut seulement à ce moment-là qu'elle se rendit compte du nombre d'employés déjà renvoyés. Elle se sentit encore plus mal à l'aise. Pas étonnant que Fleming soit inquiet à ce point. Tout avait tellement changé pendant son absence. Il y avait tant de choses qu'elle n'avait pas remarquées à son retour.

— Combien de chevaux a-t-on vendu ? demanda-t-elle à une jeune femme qu'elle croisa en regagnant la maison.

— Une vingtaine, je crois, madame, répondit-elle d'un air triste.

— En comptant ceux de l'aile est ?

— Non, madame, ceux-là, ça fait déjà longtemps qu'ils sont partis. Les derniers ont été envoyés aux enchères de Tattersalls et en Irlande.

Mais nous misons énormément sur Royal Flush, ajouta-t-elle.

Christina lui adressa un sourire attristé, et rentra chez elle. Pour la première fois, elle eut peur que son mari ne parvienne pas à régler ses problèmes d'argent. À l'évidence, la situation s'avérait bien pire qu'il ne voulait le reconnaître. Lorsqu'elle eut retiré son manteau et ses bottes, la déprime avait laissé place à la colère.

Christina se rendit dans le cabinet de travail de son mari. Là aussi elle se sentait étrangère. L'ordre impeccable et les tiroirs fermés à clé la rendirent furieuse. Elle alla dans la cuisine, y trouva un tournevis, puis revint dans le bureau. Là, elle força un tiroir après l'autre, en sortit le contenu et le posa sur le plateau. Haletant sous l'effet de la peur et de la colère mêlées, elle se mit à parcourir les documents. Tout d'abord, elle ne vit rien d'important : des règlements d'honoraires d'entraîneurs, des factures pour l'achat de chevaux, des notes concernant les chevaux qu'il envisageait d'acheter, du moins avant le début des problèmes. Elle trouva néanmoins des factures impayées, des dettes astronomiques, et une facture de TVA d'un montant de 155 000 livres, accompagnée d'un avertissement disant que, s'il ne réglait pas la note d'ici une semaine, on le poursuivrait en justice. Du fond d'un tiroir, elle tira une feuille de papier sur laquelle Edward avait pris des notes. Elle s'installa dans le fauteuil de bureau et examina les chiffres. Avec une grande méticulosité, il avait répertorié et daté touts les placements faits par Lyons, ainsi que toutes les dépenses par lesquelles Moreno avait gaspillé l'argent investi : repas, maisons, fournitures de bureau coûteuses. Pour la première fois, elle voyait écrit noir sur blanc le montant faramineux de ses pertes, qui ne se comptaient pas en milliers mais en millions, et elle manqua s'évanouir sous le choc. Il semblait n'exister aucun moyen d'éponger leurs dettes. Son mari était littéralement ruiné.

Christina retourna dans la cuisine et ouvrit le réfrigérateur. Assoiffée — la panique lui avait asséché la gorge —, elle se servit un grand verre de jus d'orange et regagna le cabinet de travail. Elle commença à ranger les documents, essayant tout d'abord de les replacer comme elle les avait trouvés, puis se ravisa. De toute façon, à la vue des marques de tournevis sur les poignées et les serrures, il saurait qu'elle les avait forcés. Elle fourra des feuilles volantes dans le premier tiroir de droite avant de le claquer, mais celui-ci étant trop plein, elle en arracha brusquement une poignée de documents et le ferma de nouveau. Le verre de jus de fruits se renversa.

— Merde !

Elle courut chercher un chiffon humide. Le jus semblait s'être infiltré partout, et elle repartit à la cuisine.

Munie d'un torchon, elle se mit à genoux devant le bureau pour éponger la moquette. En se redressant, elle s'appuya sur le rebord de plateau, qui se mit à bouger. Elle se releva complètement.

— Qu'est-ce que j'ai encore fait ? bougonna-t-elle.

En essayant de remettre le bureau en position, elle aperçut un petit bouton. Elle le pressa et, à son grand étonnement, le côté droit de la façade du bureau s'ouvrit. En se penchant, elle découvrit d'autres tiroirs. Ceux du bas étaient fermés à clé et, malgré le tournevis, ils ne bougèrent pas. Elle vit qu'une sorte de pourtour d'acier les entourait.

— Un coffre, dit-elle tout haut.

Puis elle tenta sa chance avec celui du dessus, plus petit, et réussit. Il contenait des enveloppes pleines de documents concernant l'hypothèque du domaine. Sous cette pile se trouvait une enveloppe en papier kraft. Son cœur fit un bond. À l'intérieur, elle découvrit deux passeports. Même s'il y figurait bien des photos d'Edward, l'état civil ne correspondait en rien à celui de son mari. Lorsqu'elle examina le premier, rédigé au nom d'Edwards Cummings, elle vit qu'il portait un tampon récent des douanes de New York. L'autre était un passeport irlandais, au nom de Michael Shaughnessy. Christina ne comprenait rien. Elle avait la certitude que son mari se trouvait au Royaume-Uni à la date indiquée par le tampon. Dans une autre enveloppe, son mari avait caché des passeports pour elle et leurs filles, tous indiquant de fausses identités. Doutant désormais de tout, elle se rassit. Elle croyait Jersey à Londres le lendemain de Noël parce qu'il le lui avait dit mais, à en croire le passeport, il se trouvait à New York. Quels autres mensonges lui avait-il servis ?

Au même moment, à l'entrepôt, Jersey inspectait les travaux de Wilcox, qui devait abattre le mur séparant leurs locaux de la cave de D'Ancona. Sa tâche terminée, Wilcox avait remis les briques en place en les consolidant à l'aide d'un mélange de sucre et de farine teint en gris. Tout s'écroulerait si l'on poussait avec force. C'était du bon travail, et Jersey s'en réjouit. Puis son portable sonna. Il s'agissait de Sylvia Hewitt.

— Monsieur de Jersey, j'espérais que vous m'appelleriez.

— Je vous prie de m'excuser, j'ai été très occupé.

— Moi aussi, répondit-elle d'une voix douce. Il faut que je vous rencontre au plus vite. Je reviens tout juste de New York. J'ai cru comprendre que vous y étiez passé ?

— Vous devez faire erreur.

— Je ne crois pas, et je ne suis plus d'humeur à jouer à votre petit jeu. Ce que j'ai découvert est très grave, et la police est susceptible de s'y intéresser... à moins que nous réussissions à trouver un terrain d'entente d'ordre financier. Bref, nous devrions discuter de mes découvertes. Je pense que vous voyez à quoi je fais allusion.

— Absolument pas, répondit-il froidement.

— Disons ce soir, 18 heures... chez moi ? Vous connaissez l'adresse, n'est-ce pas, monsieur Simmons ?

Il sentit le sol se dérober sous ses pieds. Elle raccrocha. Réussissant à peine à croire ce qu'il venait d'entendre, il resta le regard bloqué sur son téléphone. Son cœur battait la chamade, et la tête lui tournait. Il s'agissait du pire rebondissement qu'il ait connu jusqu'alors, et il lui faudrait y remédier dans les plus brefs délais. Si elle savait, à qui d'autre en avait-elle parlé ? Il allait devoir prendre des mesures draconiennes. D'un pas lent, il s'éloigna de la cave à charbon et alla dans les toilettes crasseuses de l'entrepôt. Il s'aspergea le visage d'eau froide jusqu'à retrouver son calme, puis se tamponna la peau à l'aide d'une serviette blanche pleine de bouloches. Contemplant son reflet dans le miroir fendillé, il réfléchit. Il alla jusqu'à son pardessus, en palpa la poche, et saisit la fiole de morphine de Westbrook. Il la garda dans sa paume comme pour la soupeser. Il lui faudrait découvrir à qui Sylvia Hewitt avait craché le morceau, puis prendre une décision la concernant. Il poussa un soupir. Afin d'être le seul à risquer de payer le prix fort, il se chargerait d'elle en solo.

22

Sylvia déboucha une nouvelle bouteille de vin et l'assortit de deux ballons, d'une coupelle de cacahuètes et de chips. Elle avait déjà bu quelques verres pour fêter une victoire qu'elle pressentait savoureuse. Comme pour préparer la scène d'un théâtre, elle avait passé l'aspirateur, fait les poussières et battu les coussins. Inspectant la « scène », elle se sentait excitée, puissante, et légèrement grisée. Elle alla à son bureau et appela Matheson, à qui elle expliqua qu'ayant reçu sa dernière facture, elle lui enverrait bientôt un chèque. Elle lui annonça également qu'elle avait réussi à retrouver la trace de Simmons à Londres.

— Il vit en Angleterre alors ?

— Oui, et j'attends sa visite d'un moment à l'autre.

— Félicitations. C'est du beau travail. Sait-il où se trouve Moreno ?

— Je pense que oui. Tout ça va bientôt s'éclaircir. Je suis très optimiste, parce que je suis sûre de récupérer mon investissement, et peut-être davantage, en compensation des soucis que tout cela m'a causés, expliqua Sylvia, contente d'elle. Il se pourrait même que je vous envoie une petite prime.

Lorsque la sonnette retentit, elle se leva.

— Je vais devoir vous laisser. Le voilà qui arrive. Merci encore.

Toujours radieuse, elle fit entrer Jersey dans le salon et lui fit signe de s'asseoir en lui prenant son manteau. Elle avait décidé d'attendre avant de l'accuser du meurtre de Moreno. Cet élément devait rester son atout au cas où le reste échouerait.

— Servez-vous à boire, je vous en prie, dit-elle en emportant le manteau dans l'entrée.

— Je préférerais un café, répondit-il d'un ton plaisant.

— Ah, accordez-moi un peu de temps, dans ce cas.

Jersey saisit la bouteille de vin, et remplit un verre dans lequel il vida la fiole de morphine. Il se servait un ballon lorsqu'elle revint.

— C'est de l'instantané. J'espère que ça vous convient.

— C'est parfait. Finalement, le vin paraissait tellement tentant que j'en ai pris.

Elle lui passa sa tasse et porta son verre à sa bouche.

— À la vôtre, dit-elle.

Après avoir bu, elle fronça les sourcils et se passa la langue sur les lèvres.

— Il est bizarre, ce vin.

Jersey but une gorgée du sien.

— Vous trouvez ?

Elle but une autre gorgée.

— Oui, il est à votre goût ?

Il le goûta de nouveau.

— Il est bon.

Elle s'empara de la bouteille et lut l'étiquette.

— C'est drôle, je l'ai payé cher, pourtant, dit-elle, avant de prendre une troisième goulée.

Il leva son verre.

— Vous ne l'avez peut-être pas laissé respirer suffisamment.

Sylvia prit quelques cacahuètes et les mastiqua comme un écureuil.

— Vous devez être impatient d'entendre ce que j'ai à vous raconter. Cela m'étonne que vous réussissiez à rester calme.

Il sourit.

— Bien sûr, j'ai hâte de savoir, et je suis persuadé que vous allez m'éclairer sur bien des points. De toute évidence, vous vous êtes montrée très...

Elle s'esclaffa.

— Ah, vous êtes un exemple de décontraction, monsieur, mais je crois que vous m'avez sous-estimée. J'ai tout de suite su l'importance de ma trouvaille quand j'ai découvert votre passage à East Hampton. Puisque vous vous chargez des formalités concernant les propriétés d'Alex Moreno, vous devez être son complice, peut-être même l'avez-vous aidé à quitter les États-Unis. Son appartement et son domaine valent des millions de dollars, et je comprends que vous n'ayez pas envie de partager les bénéfices de leur revente avec les autres actionnaires. Malheureusement, vous allez devoir les partager avec moi.

— Pourquoi ça ? demanda-t-il d'un ton posé.

— Parce que je sais qui vous êtes, et si vous voulez que cela ne s'ébruite pas, il va falloir me verser une somme bien plus importante que ce que j'ai perdu. (Elle lui expliqua comment elle avait découvert son identité grâce à Brian, l'amant de Moreno.) Cependant, il ne connaissait pas du tout vos noms. Aucun des deux. (Elle gloussa.) J'ai également montré la photo au contremaître du chantier. Il ne s'est pas montré aussi coopératif que le jeune ami de Moreno, mais les homosexuels sont bien plus fins observateurs, non ?

— Combien voulez-vous ?

— Eh bien, disons cinquante-cinquante, d'accord ? Vous avez agi de manière tout à fait illégale, et j'adorerais savoir comment vous vous y êtes pris.

— Cela m'a demandé énormément d'efforts. Le simple fait d'obtenir un faux passeport, c'est déjà la croix et la bannière. Vous savez, je n'avais jamais commis aucun acte frauduleux, mais la peur de tout perdre peut pousser à bien des choses...

Il se leva et fit les cent pas, en continuant à évoquer le stress qu'il avait subi. Soudain, Sylvia fut prise de bouffées de chaleur, et son front devint humide. Elle reprit quelques cacahuètes et termina son vin.

Finalement, elle respira profondément et l'interrompit :

— Ç'a été très difficile pour tout le monde. Si j'estime que vous feriez bien de me payer, c'est à cause de la disparition de M. Moreno. D'après son amant, il était encore vivant le soir précédant son rendez-vous avec...

Elle ne termina pas sa phrase.

— Ça ne va pas, mademoiselle ?

— Non, je me sens complètement...

Elle eut un haut-le-cœur comme si elle allait vomir mais au lieu de ça, elle s'affala en avant. Essayant de retrouver une vision nette, elle poussa un drôle de rire.

— J'ai bu trop de vin, dit-elle.

Il se leva, ramassa son verre et sa tasse, puis quitta la pièce. Elle tenta de se lever, mais ses jambes cédèrent et elle retomba dans son fauteuil. Le salon se brouilla autour d'elle, et elle fut prise d'un mal au cœur terrible.

Dans la cuisine, Jersey fit sa petite vaisselle et la sécha, effaçant ainsi toute empreinte digitale, puis la rangea sur l'étagère. Ayant rempli un verre au robinet, il sortit une petite seringue hypodermique de son portefeuille, en dilua le contenu — de la kétamine, un calmant équin — dans l'eau, avant de remettre la seringue là où il l'avait prise. Puis il prit des glaçons dans le réfrigérateur et apporta le verre à Sylvia.

— Tenez, buvez ça.

L'air moins droguée, elle tendit la main. Il s'assura qu'elle tenait le verre bien fermement avant de reprendre sa place dans le canapé. Elle but à grandes gorgées, reprit sa respiration, puis le regarda d'un air terrorisé.

— Qu'est-ce que vous avez mis là-dedans ?

Il lui reprit le verre et jaugea la quantité de liquide qu'elle avait ingurgitée.

— Un petit sédatif, rien de plus, mademoiselle... Mon vétérinaire l'utilise sans arrêt.

Pendant que le mélange mortel se diffusait dans l'organisme de Sylvia, il emporta les verres à la cuisine, les lava et les rangea.

Une paire de gants chirurgicaux sur les mains, Jersey passa un temps considérable à rassembler la correspondance qu'avaient échangée Sylvia et Matheson, ainsi que tout autre document en rapport avec l'affaire de l'investissement. Puis il retourna à l'évier et mit le feu à tous les papiers. Il en ramassa les restes calcinés, qu'il plaça dans le broyeur d'ordures afin de les réduire en poussière. Puis, par précaution, il nettoya tout.

Lorsqu'il porta Sylvia jusqu'au canapé, elle avait perdu connaissance. Il suréleva sa tête sur un coussin à dentelle, puis alla dans sa chambre, y prit la couette de son lit, et l'en enveloppa.

Lorsque Jersey appela de son club, Christina était couchée. Il sut immédiatement que quelque chose ne tournait pas rond.

— Il va falloir qu'on discute, tous les deux, annonça-t-elle d'un ton assez froid.

— Pourquoi ? Qu'est-ce qui s'est passé ?

— Je préfère ne pas en parler au téléphone.

— D'accord. Je rentre dans quelques jours. Il faut que j'aille en Irlande, répondit-il d'une voix douce.

— Pour quelle raison ? s'enquit-elle.

— Je m'excuse, chérie, mais je ne peux pas te le dire. Tu sais pourquoi.

— Où vas-tu loger ?

— Je vais bouger sur place, mais je serai d'abord à Dublin, et ensuite j'irai assister à quelques ventes aux enchères. J'ai vendu une pouliche à un ami, il n'y pas longtemps, alors il faut que j'aille l'installer comme il faut.

Il ne laissa transparaître aucun signe de sa nervosité.

— En tout cas, n'oublie pas que le 2, on va voir la pièce des filles.

— J'y pense, chérie. Je ne vais pas rentrer tout de suite. Tu es sûre que ça va ? Tu as l'air... Il s'est passé quelque chose ? Ce n'est pas Royal Flush, j'espère ?

— Non, il va bien. On en discutera à ton retour.

— Je t'aime, tu sais.

— Moi aussi.

Elle raccrocha.

Il garda un instant la main sur le combiné. Christina lui avait paru bizarre. Si quelque chose la tracassait, il le découvrirait, mais seulement dans quelque temps. Il se brossa les dents, se doucha et s'apprêta à se coucher. Cependant, rongé par l'inquiétude, il appela Fleming.

— Désolé de téléphoner si tard, mais je suis un peu dépassé par les événements en ce moment. Je viens de parler à Christina. Il y a des problèmes à la maison ?

— Pas que je sache, mais elle est venue à l'écurie cet après-midi. À mon avis, elle s'inquiète comme tout le monde ici, c'est tout.

— Bon, eh bien, espérons que je trouve des fonds supplémentaires mais, en attendant, vous voulez bien garder un œil sur elle, s'il vous plaît ? Je ne voudrais pas qu'elle se fasse trop de soucis. Tout va finir par s'arranger, Donald.

— D'accord. J'ai vu que vous aviez sélectionné un cheval pour la course de Brighton, le 2 mai. Vous pourrez y assister ?

— Peut-être. Ça dépend de quelques rendez-vous.

— Quoi qu'il arrive, vous serez à Lingfield pour voir Royal Flush courir, n'est-ce pas ?

— Bien sûr. Je ne manquerai ça pour rien au monde. Ah, au fait, vous avez du nouveau concernant vous savez quoi ?

— On va lui faire passer une analyse de sang dans quelques jours. On saura alors si elle est grosse et, à mon avis, votre champion s'en est bien sorti.

— Parfait. Je vous rappellerai, dit-il avant de raccrocher et de pousser un soupir.

Il était complètement épuisé, mais avant d'aller se coucher, il sortit le flacon de morphine et la seringue de kétamine. Le verre de Sylvia en ayant contenu suffisamment pour plonger un cheval de trait dans le sommeil éternel, Jersey estima qu'une bonne gorgée suffirait à la mettre hors circuit. Refusant de se réjouir de son acte, il se concentra sur la destruction des preuves. Après avoir enveloppé flacon et seringue dans une serviette de table de l'hôtel, il les brisa en morceaux contre le mur. Puis il prit un des verres de sa chambre, le laissa tomber par terre et ajouta les débris à ceux de la serviette. Une fois sorti discrètement de sa chambre, il alla au bout du couloir et gravit une volée de marches jusqu'à un chariot d'entretien laissé sans surveillance. Il vida les tessons dans la poubelle et jeta la serviette dans le bac à linge, puis regagna sa chambre. Ce ne fut qu'à 23 heures passées qu'il sombra dans un sommeil profond et sans rêve.

Au cours des deux nuits suivantes, ils transportèrent les véhicules un par un jusqu'à l'entrepôt. Afin de ne pas éveiller les soupçons, ils avaient camouflé la mascotte sur la Daimler de la Reine, mais lorsqu'ils accomplirent le trajet jusqu'à Aldersgate à 4 heures du matin, ils ne croisèrent pas âme qui vive. Bien que déplacer les motos et les vêtements s'avérât plus aisé, ils agirent tout de même de nuit. La machine était lancée. Désormais, ils ne pouvaient plus revenir en arrière, et Jersey appela Dulay. À la barre du *Hortensia Princess,* celui-ci se dirigeait vers la côte sud de l'Angleterre. Soudain, tous ces mois de préparatifs, la mise au point du minutage et de tous les détails du casse commençaient à se concrétiser.

Le 1er mai, à Lingfield, Royal Flush remporta sa première victoire de la saison avec sept longueurs d'avance. Mickey Rowland regretta que Jersey ne fût pas là pour assister à sa victoire. Fleming fut surpris — il lui en avait parlé seulement quelques jours plus tôt. Tous les deux reçurent un coup de téléphone de leur patron, et ils lui fournirent un compte rendu précis de la course, lui expliquant que Royal Flush l'avait terminée sans même être essoufflé. Pendant le trajet du retour, le cheval avait gardé son calme et mangé sa ration, aussi jockey et entraîneur se montraient-ils confiants.

— Vous auriez dû voir ça, monsieur, dit Fleming. Vous auriez été fier. Il nous a tous rendus fiers. C'est un vrai champion que vous avez là. Il fallait voir l'entraîneur du cheik lui tourner autour. On va faire les gros titre de *Racing News,* c'est sûr.

Un silence gêné s'installa, puis Fleming reprit :

— Sinon, en ce qui concerne Bandit Queen, ça a fonctionné.

— Dieu soit loué ! s'exclama Jersey en fermant les yeux.

— Vous voulez que je l'emmène en Irlande pour la livrer à ce Shaughnessy ?

— Oui, je vous appellerai pour vous transmettre les instructions précises. Bravo, et merci encore.

Christina regarda les garçons d'écurie fêter la victoire de Royal Flush. Fleming faisait sauter les bouchons de champagne et buvait directement à la bouteille.

— Vous l'avez vu courir ? demanda-t-il à Christina.

— Bien sûr. Channel Four a retransmis la course. Vous avez eu mon mari au téléphone ? Il m'a dit qu'il devait se rendre à Dublin.

— Il était aux anges. Si notre champion gagne la prochaine, il risque de faire un malheur au Derby. Je vous offre une coupe ? Le patron a offert une caisse aux lads.

— Non, merci, répondit-elle avant de se détourner lorsqu'un garçon d'écurie vint questionner Fleming à propos de la préparation du fourgon pour Bandit Queen.

— Je repasserai un peu plus tard avec les documents, lança Fleming en retour.

— Vous la vendez ? demanda Christina, abasourdie.

Edward avait acheté cette jument pour elle.

— Ouais, on l'emmène en Irlande par bateau.

— Ah, d'accord. C'est pour ça qu'il devait partir là-bas ?

— Sûrement. C'est un certain Michael Shaughnessy qui l'a rachetée, un vieil ami de M. de Jersey.

— Bon, eh bien, félicitations à tous, dit-elle avant de repartir vers la maison.

Soudain, elle changea d'avis et alla à sa voiture.

Elle roula jusqu'à l'endroit où l'on gardait les poulinières, et se gara. Toujours au volant, elle regarda emmener Bandit Queen hors de son box au moment où les garçons d'écurie arrivaient à bord du van. Alors qu'ils enveloppaient la jument dans une couverture, Christina descendit de voiture et se joignit à eux.

— Encore une qui s'en va, dit-elle, parlant presque toute seule, avant d'approcher pour caresser la tête de la jument.

Sur le côté, un jeune lad tenait le licou.

— On a de grands espoirs pour elle.

— Vous connaissez ce Michael Shaughnessy qui apparemment l'a achetée ?

— Non, madame, mais elle a dû lui coûter un paquet. Comme je vous l'ai dit, on espère énormément d'elle, et elle a gagné sa première course presque aussi facilement que notre Royal Flush.

— Merci, dit Christina, qui revint à sa voiture.

De retour chez elle, alors qu'elle entrait dans la cuisine, le téléphone sonna.

— Christina ? C'est Helen Lyons.

Christina poussa un soupir.

— Bonjour, Helen. Comment allez-vous ?

— Oh, un petit peu mieux. Une de mes amies, qui habite dans le Devon, va m'héberger quelque temps, et elle s'occupe bien de moi. Je vous dérange peut-être ?

— Euh... non.

— Je vous appelle à propos de mon assurance pour la maison. C'est Sylvia qui s'en chargeait. Ils ne m'ont toujours pas dédommagée, depuis l'incendie.

— Ça alors ! Ça commence à faire long.

— C'est bien mon avis, mais vu la teneur de mes relations avec ma sœur, je ne me sens pas le courage de l'appeler.

— Je comprends, Helen, mais il faudra peut-être vous y résoudre. Ou bien écrivez-lui.

— C'est déjà fait, mais elle ne m'a pas répondu. Je me demandais...

Elle ne termina pas sa phrase. Christina resta silencieuse.

— Eh bien, comme je vous l'ai dit, je ne veux vraiment pas lui adresser la parole, et comme vous connaissiez très bien David, je me demandais si vous auriez la gentillesse de l'appeler de ma part.

Christina soupira. Elle ne vit aucun moyen d'y couper.

— Entendu, Helen, je lui passerai un coup de fil.

— Oh, merci. Vous pourriez lui demander de m'envoyer les documents concernant ma police d'assurance ? Je vous en serais extrêmement reconnaissante.

Après avoir noté le numéro de Sylvia et celui de Helen dans le Devon, Christina promit de la rappeler dès qu'elle aurait joint Sylvia. Énervée, elle raccrocha. Elle se fichait complètement des histoires de Helen ou de sa sœur, surtout lorsqu'elle repensait à ce que Lyons avait infligé à son mari. Elle alluma une cigarette avant d'appeler Sylvia. On ne répondit pas. Elle téléphona ensuite à Dublin, à l'hôtel Westcliffe, où descendait en général son mari. On lui annonça que M. de Jersey n'avait réservé aucune chambre et qu'on ne l'attendait pas. Cette fois-ci, elle raccrocha violemment.

Encore un mensonge ! Elle écrasa sa cigarette et en alluma une autre dans la foulée.

Le téléphone sonna et elle décrocha d'un coup sec.

— Christina, c'est Helen. Vous l'avez appelée ?

— Oui, mais ça ne répond pas.

— Vous avez essayé à son bureau ? Je vous ai bien donné le numéro de son travail, non ?

— Non.

Helen le lui dicta, la remercia abondamment, et s'excusa encore.

— Helen, je vous rappellerai dès que j'aurai joint votre sœur. Alors ce n'est pas la peine de me téléphoner. Allez, au revoir.

Au bord des larmes, Christina raccrocha. Elle resta à fumer cigarette sur cigarette, puis se força à quitter la cuisine. Elle devait changer les draps et lancer une machine. Une fois cette tâche terminée, elle retournerait dans le cabinet de travail. Cette fois-ci, elle examinerait méthodiquement chaque document qui lui tomberait sous la main. Au retour de son mari, elle serait prête à l'affronter, et là, elle exigerait de vraies réponses.

Lorsqu'ils eurent tout transporté à l'entrepôt, ils vidèrent la grange. Jersey et Driscoll passèrent des heures à la nettoyer. Ils ne laissèrent pas la moindre trace de leur passage. Poêle, radiateurs et grandes lampes furent enlevés. Afin de brûler leurs déchets, les gobelets en carton et les gants en caoutchouc, ils allumèrent un bûcher. À seulement vingt-quatre heures du jour J, c'était le calme avant la tempête.

Jersey frappa à la vitre de la Mercedes. Derrière le volant, vêtu d'un uniforme de chauffeur, Driscoll l'abaissa.

— C'est l'heure, annonça Jersey. Les dés sont lancés.

La Mercedes appartenait à Wilcox, mais elle portait de fausses plaques d'immatriculation et finirait à la casse dès qu'ils n'en auraient plus besoin. Wilcox donna le signe du décollage, et Driscoll sortit de l'entrepôt. En ce 2 mai, il était 4 h 15 du matin, Jersey resta seul pour accueillir le reste de l'équipe. Tandis qu'ils s'éloignaient, il consulta sa montre. Dans quelques heures, leur longue période d'attente serait terminée.

— Il est 5 heures, annonça Eric, une fraction de seconde avant que la sonnerie du réveil ne retentisse.

Des bigoudis dans les cheveux, sa femme Maureen dormait sur un côté du lit. Elle s'assit droite comme un i.

— Tu veux ton petit déjeuner ? demanda Eric, debout au bord du lit, muni d'un plateau chargé d'un œuf légèrement poché, de deux tranches de pain grillé beurré, et d'une tasse de café.

— Tu me gâtes, commenta Maureen.

À 6 heures, Eric avait terminé de préparer la petite valise de sa femme. Comme on lui fournissait toujours des robes trop longues, elle emportait toujours quelques affaires de rechange lors de ses tournages. Pour celui-ci, de toute façon, on lui avait demandé d'apporter la sienne. Elle avait choisi un manteau en tweed bleu à col en velours. Elle avait également un chapeau dans une boîte et un ensemble chemisier jupe plissée. Même s'ils lui mettaient en général une maquilleuse à disposition, elle prépara soigneusement son visage, connaissant les teintes exactes de fond de teint et de rouge à lèvres requises. Elle ne devait jamais paraître trop fardée. Un excès de maquillage la trahirait à coup sûr.

Eric l'aida à passer son imperméable. Malgré l'obscurité, il vit que le ciel était nuageux, et il lui tendit un petit parapluie pliant.

— Tu es prête, chérie ?

— C'est bon. La voiture est arrivée ?

— Je vais aller voir.

Eric ouvrit la porte d'entrée, puis prit l'allée jusqu'au portail. Une Mercedes approchait de la maison.

Eric rentra et cria :

— Ils sont là, chérie, ils arrivent tout juste.

Il se retourna au moment où la Mercedes se garait derrière sa voiture.

Le chauffeur descendit, sa casquette tellement baissée sur les yeux qu'elle lui cachait presque le visage.

— Bonjour, je viens prendre...

À cet instant, elle sortit, portant valise, boîte à chapeau et sac à main.

— Je suis prête, annonça Maureen d'un ton enjoué avant de se retourner pour embrasser son mari.

Un autre homme sortit de la Mercedes, en ouvrit la portière arrière, et prit la valise du sosie tandis qu'il l'aidait à monter. Le chauffeur demanda à Eric s'il pouvait utiliser leurs toilettes. Eric lui fit signe de le suivre, et ils entrèrent. Dans la voiture, le deuxième individu posa une petite couverture sur les genoux de Maureen, puis ferma la portière et s'installa sur le siège passager. Au bout de cinq minutes, ne voyant pas le chauffeur revenir, Maureen s'impatienta :

— Qu'est-ce qu'ils fabriquent, bon sang ?

— Il a quelques petits problèmes de prostate, répondit l'homme.

Le chauffeur reparut enfin, le visage empourpré, et ferma la porte d'entrée. Alors qu'ils prenaient la route, Maureen se retourna et jeta un coup d'œil à la maison.

— C'est drôle, dit-elle, mon mari me fait toujours un petit coucou quand je pars travailler. C'est un de nos petits rituels. J'ai vraiment beaucoup de chance.

Elle se cala dans la banquette. Parfois, l'attention indéfectible que lui portait Eric l'agaçait un peu. Mais, comme celui-ci le disait si souvent, sa reine valait la peine qu'on prenne soin d'elle.

Maureen Stanley avait fait carrière en tant que sosie de la Reine Elizabeth. Elle avait quasiment le même âge que la monarque et, comme elle, réduisait le nombre de ses engagements professionnels. L'année du nouveau millénaire, pendant laquelle elle avait souvent dû honorer deux contrats dans la même soirée, avait été formidable. Cependant, elle préférait travailler pour la télévision plutôt qu'apparaître à l'occasion d'événements publics.

— Où se passe le tournage ? demanda-t-elle à Driscoll.

— Pas très loin des studios de la radio BBC.

Au bout d'environ dix minutes, Driscoll s'aperçut qu'elle s'était endormie et que sa tête tombait en avant. Il la regarda et sourit à Wilcox.

— C'est vraiment elle tout craché, t'as vu ? dit-il à voix basse.

— Ouais. Tout s'est déroulé comme prévu, dans la maison ?

— Ouaip. Il est installé bien confortablement, il pourra pas se blesser. Je l'ai ligoté sur le canapé.

Il lança un nouveau coup d'œil à Maureen, qui ne se doutait absolument pas qu'on avait drogué et attaché son mari bien-aimé. Alors qu'Eric, penché au-dessus de la table de l'entrée, lisait des prospectus trouvés dans sa boîte aux lettres, Driscoll avait entouré de son bras le torse du petit homme, et l'avait piqué dans la fesse droite à travers son pantalon. Malgré ses tentatives de se débattre, l'anesthésique avait rapidement agi et eu raison de ses forces.

— Qu'est-ce... qu'est-ce que vous m'avez fait ? avait-il demandé d'un ton essoufflé.

— Je t'endors pour quelques heures, fils, rien de méchant. T'auras un petit mal de crâne en te réveillant, c'est tout.

À 6 h 30, la Mercedes arriva à l'entrepôt. Au moment où les portes se refermaient derrière eux, Maureen se réveilla.

— On est arrivés ? demanda-t-elle, en regardant autour d'elle d'un air surpris. Ce n'est pas la BBC, ça, si ?

Driscoll se tourna vers elle en souriant.

— Non, madame. Voulez-vous sortir de la voiture ? Il y a du café et des beignets.

— Non, merci, j'ai déjà pris mon petit déjeuner.

Elle parcourut le vaste entrepôt des yeux.

— Je vais vous montrer votre loge, dans ce cas.

Driscoll lui ouvrit la porte. Cependant qu'elle s'installait, Wilcox emmena la Mercedes à la casse. Driscoll partit de nouveau pour aller chercher un camion de déménagement. L'équipe avait préparé des autocollants destinés à cacher le nom de la société de location et la plaque d'immatriculation, car ce véhicule jouerait un rôle primordial au cours de leur fuite.

En guise de loge, ils avaient aménagé une petite pièce à l'écart de la partie principale du hangar, précédemment utilisée pour entreposer leurs vêtements et accessoires. On y trouvait une coiffeuse équipée d'un miroir, un fauteuil confortable et un radiateur. On demanda à Maureen d'attendre qu'on vienne la coiffer et la maquiller. Elle hocha la tête et posa sa valise, qu'elle ouvrit afin d'en sortir ses vêtements. On avait déjà suspendu quelques articles à une barre. Comme l'attestaient les étiquettes Aquascutum et Harrods, tous coûtaient très cher, mais elle vit au premier coup d'œil qu'ils étaient trop longs. Pourquoi ne se renseignaient-ils jamais ? La Reine est toute petite.

À l'extérieur de la petite pièce régnait une grande activité. Les Daimler étant prêtes, on leur passait un dernier coup de peau de chamois. Ce fut Pamela qui arriva la troisième, et Jersey lui fit signe de le rejoindre au fond de l'entrepôt. Il lui expliqua que leur reine se trouvait dans la loge, qu'elle ignorait toujours son véritable rôle, et qu'il voulait la laisser dans la méconnaissance le plus longtemps possible.

Pamela, malgré son air détendu, fumait cigarette sur cigarette. Elle se servit un café.

— Je vais me changer et lui tenir compagnie. (Elle inspecta l'entrepôt.) Westbrook est là ?

Jersey consulta sa montre.

— Il doit arriver à 8 heures. Vous êtes parée ?

— Bien sûr. J'ai l'impression de participer à la première d'une pièce.

Elle gloussa. Jersey sourit. Il se félicitait d'avoir intégré Pamela dans l'équipe.

— Vous êtes vraiment unique, dit-il doucement.

— Je sais, mon chou. C'est bien dommage que je ne trouve aucun bonhomme intéressant qui pense la même chose. (Elle leva un sourcil et but un peu de café.) Si ça se trouve, avec tout le blé que je vais récolter grâce à ce casse, je vais me trouver un gentil petit homme-objet.

Sur ce, elle alla jusqu'à la loge, frappa et entra.

Elle avait beau savoir à quoi s'attendre, Pamela fut tout de même abasourdie par la ressemblance de Maureen avec la Reine.

— Bonjour, ma chérie, dit-elle. Je suis votre dame d'honneur. Il faut qu'on s'enferme ici quelque temps en attendant qu'ils nous emmènent sur le plateau.

Elle posa bruyamment sa tasse de café et s'empara de l'unique chaise à dossier solide.

— Vous avez le scénario ? s'enquit Maureen, toujours empêtrée dans ses habits.

— Non, ma biche. C'est le metteur en scène qui nous expliquera ce qu'on doit faire.

Maureen hocha la tête. En général, elle préférait connaître ses répliques à l'avance, de façon à savoir ce qu'on attendait d'elle.

— Vous vouliez un café ? demanda Pamela en sortant une énième cigarette.

— Non, je vous remercie.

En sortant son briquet, Pamela vit que ses mains tremblaient. Malgré toutes ses fanfaronnades, elle se sentait nerveuse. Il ne fallait pas prêter attention aux papillons qui commençaient à s'agiter dans le creux de son estomac, elle le savait. Elle s'était bien trop impliquée pour revenir sur sa décision.

— Vous jouez aux cartes ? demanda Maureen d'un ton plein d'espoir.

— Et comment ! Vous avez apporté un jeu ?

Maureen en sortit un de son sac à main.

— Je ne sors jamais sans ! On s'ennuie tellement, sur ces tournages. On nous fait toujours arriver bien trop tôt, vous ne trouvez pas ?

Au bout d'un long moment, Wilcox et Driscoll revinrent. Wilcox ne put s'empêcher d'admirer les Daimler, qui brillaient comme des miroirs. À côté d'elles se dressaient les motos. Il fit volte-face lorsque le portail s'ouvrit et que les deux motards entrèrent. Hall et Short le saluèrent d'un signe de tête décontracté, mais Wilcox resta distant. Après tout, ils n'étaient que des mercenaires, ce pourquoi Wilcox les considérait comme un danger pour la sécurité de l'équipe, mais Jersey et Driscoll lui avaient garanti leur fiabilité. Laissant Wilcox continuer à briquer les Daimler, ils allèrent revêtir leur uniforme. Lorsque Driscoll apparut avec du café, il leva les yeux.

— Elles ne seront pas plus propres, dit Driscoll. (Il aperçut les motards.) Content de voir qu'ils sont à l'heure. (Il s'approcha de Wilcox.) Celui de droite a fait douze ans pour le fameux braquage de la bijouterie Asprey and Gaspard. L'autre, il est resté quinze ans en cabane, pour à peu près le même genre de coup, sauf qu'il a pris la poudre d'escampette il y a environ un an.

Wilcox changea de sujet :

— Le Colonel m'a dit que le problème avec cette Hewitt était résolu.

Il rangea son chiffon.

— Ça veut dire quoi, à ton avis ?

Wilcox haussa les épaules.

— Bof, il a dû la payer, j'imagine.

— Il a dû raquer un max.

Wilcox hocha la tête. Puis il sourit.

— Ouais, mais c'est un sacré pactole qui va nous tomber dans les poches !

Ils sourirent comme deux enfants et se tapèrent dans la main, aussi nerveux l'un que l'autre mais refusant de l'admettre.

Westbrook arriva vêtu d'un costume à rayures bleu marine, d'une chemise bleue amidonnée à col et poignets blancs, de sa vieille cravate d'Eton décorée d'une épingle à perle, et portant une rose à sa poche de veston. Il s'était lavé les cheveux et les avait peignés en arrière. Même ses dents paraissaient plus blanches. Il restait cependant d'une pâleur maladive, et ses yeux limpides étaient bien trop luisants. Il venait de prendre sa première dose d'amphétamines.

— Bonjour, Colonel, lança-t-il gaiement de la voix traînante et aristocratique qu'on lui connaissait. (Il exécuta un petit pas circulaire sur le talon de ses mocassins Gucci tout neufs.) Alors, verdict ?

— Parfait. Comment ça va ?

— Bien, merci. Sa Majesté est prête ?

Il tordit ses gants en peau de chevreau.

— Elle est dans la loge en compagnie de Pamela. On ne lui a pas encore expliqué le scénario, alors surveillez vos paroles, et rappelez à Pamela de ne pas ôter ses gants. Cela vaut aussi pour vous. On a nettoyé tout l'entrepôt.

— Très bien. Il y a du café ?

— Servez-vous.

Jersey consulta sa montre : 8 heures approchaient. À 10 h 25 précises, il leur faudrait quitter l'entrepôt. En observant Westbrook aller à la cafetière, Jersey ressentit une forte sympathie à son égard. Sa grande élégance rendait difficile à croire qu'il s'agissait de l'individu en piteux état pour qui Jersey avait éprouvé de l'inquiétude. Tout ce qu'il espérait, c'était que Son Excellence tienne le coup.

Lorsque Westbrook frappa à la porte de la loge et entra, Jersey entendit Pamela pousser un cri d'admiration. Pour l'instant, tout allait bien. Tout et tout le monde était prêt à l'heure. Jersey mit un costume gris bon marché, des chaussettes et des chaussures noires, ainsi qu'une chemise blanche et une cravate noire. Il décora sa cravate d'une vulgaire barrette en argent, plia un mouchoir dans sa poche de veston, et s'examina dans la glace. Il avait tout du parfait garde du corps, jusqu'à la carrure.

Après s'être assis, il ouvrit sa mallette et en sortit sa coûteuse perruque rousse avec la moustache et les sourcils assortis. Il passa du temps à coller convenablement la moustache, puis plus de temps encore à ajuster les sourcils et le toupet. Une fois satisfait, il retira ses gants chirurgicaux et les remplaça par d'autres en cuir souple noir.

Pendant encore une demi-heure, il astiqua toute surface susceptible de porter des empreintes ou des traces d'ADN. Il avait déjà vaporisé et frotté les tasses à café et tout le coin cuisine. Les ordures avaient été rassemblées dans un gros sac-poubelle qu'il incinérerait. Tout avait été fait pour qu'il ne reste plus aucun indice. Dans sa mallette, il prit ensuite son téléphone portable, lien vital entre lui et Marsh. À présent, la seule tâche que le hacker devait encore accomplir consistait à obtenir le bon mot de passe. Jersey espérait qu'il avait repéré la ligne téléphonique. S'il échouait dans sa mission, ils étaient foutus.

À 8 h 50, il se rendit dans la loge. D'un signe de tête, il ordonna à Pamela et Westbrook de le laisser seul avec Maureen. Après s'être excusé d'interrompre leur conversation, il expliqua qu'il fallait se rendre sur les lieux du tournage.

— Eh bien, ce n'est pas trop tôt. (Maureen se mit à ranger ses affaires.) Comment est-ce que je dois m'habiller ? C'est bien vous le metteur en scène, n'est-ce pas ? Je suis ici depuis 6 heures, et je n'ai pas encore vu l'ombre d'un scénario !

Jersey la dévisagea.

— Votre manteau m'a l'air parfait, s'il vous convient. Vous pensez que vous devriez porter un chapeau ou un foulard ?

— Tout dépend du script. C'est en intérieur ou en extérieur ? La Reine ne porte pas toujours de chapeau, mais j'en ai apporté quelques-uns.

— C'est un plan qui passe d'extérieur à intérieur.

Maureen lui montra son assortiment de chapeaux, mais Jersey sélectionna un foulard bleu pâle qui, assorti à sa veste, correspondait mieux à l'ambiance informelle de l'occasion. Il lui demanda de ne pas le porter avant leur arrivée sur le plateau. Puis, juste avant de la presser de monter en voiture, il choisit de lui faire porter une grande broche au revers de son manteau.

— Bah, voilà, c'est toujours pareil, se plaignit Maureen. Je suis là depuis 6 heures, et maintenant il faut se magner. On n'a même pas vérifié mon maquillage. Il va au moins falloir que je me remette un petit coup de rouge à lèvres. Il y a une répétition de prévue ?

— Oui. J'aimerais qu'on aille à la voiture.

Tandis qu'il l'y menait, elle jacassa sur tout le trajet. Son Excellence occupait le siège avant, et Pamela attendait sur la banquette arrière, portière ouverte. Maureen monta à côté d'elle, sans manquer de faire remarquer combien il était inhabituel de voyager avec le metteur en scène.

— Non, non, on ne part pas tout de suite. Nous voulons seulement répéter la façon de monter et de descendre de la Daimler.

— Alors là, je peux vous garantir que je connais par cœur.

Sous la supervision de Westbrook, Maureen et Pamela s'entraînèrent.

Ayant consulté sa montre, Jersey se tourna vers Pamela.

— Je voudrais m'entretenir avec notre actrice. (Puis il s'adressa à Maureen.) Pourriez-vous reprendre place dans la Daimler, s'il vous plaît ?

Maureen hésita, lança un regard à Pamela, puis s'exécuta. Jersey monta à côté d'elle, se cala dans la banquette et respira profondément. Il sentait l'odeur de la colle à perruque.

— Votre mari, vous l'aimez ? demanda-t-il posément.

— Pardon ?

— Je vous demande si vous aimez votre mari, répéta-t-il.

— Bien sûr, quelle question ! Ça fait vingt-deux ans que nous sommes mariés.

— Parfait. À présent, je veux que vous gardiez le plus grand calme et que vous écoutiez attentivement ce que je vais vous expliquer. En ce moment même, nous tenons votre mari sous la menace d'une arme à feu. Il se porte très bien, et aucun mal ne lui sera fait si vous m'obéissez. Dans le cas contraire, il sera abattu.

Bouche bée, le regard vague, elle cligna des paupières à toute vitesse.

— Vous comprenez ? La vie de votre mari est entre vos mains. Si vous criez ou tentez d'avertir quelqu'un que nous le séquestrons, vous ne le reverrez jamais vivant. Si vous ne suivez pas mes instructions à la lettre, vous mettrez votre mari en danger de mort. En revanche, si vous coopérez pleinement, vous vous en sortirez tous les deux indemnes. C'est clair ? Ceci n'est pas un jeu. Ni un film. C'est en train de vous arriver. Donnez-moi la main.

D'un geste machinal, Maureen la leva, et Jersey la serra fort.

— Nous allons accomplir un braquage très risqué, et nous avons besoin de vous pour jouer le rôle de la Reine.

Driscoll jeta un coup d'œil à la Daimler. Cela faisait dix minutes qu'ils s'y trouvaient. Il n'avait entendu aucun bruit, protestation ou cri, seulement le murmure ronflant de Jersey ; 9 heures allaient bientôt sonner. Driscoll se rendit compte que compter sur cette femme représentait un sacré risque. Que se passerait-il si elle craquait et ne réussissait pas à tenir son rôle ? La nausée l'envahit.

Jersey descendit de voiture et referma la portière, laissant le sosie de la Reine à l'intérieur, puis alla voir Pamela.

— Allez lui tenir compagnie. Faites-lui la conversation.

Il adressa un signe de tête à Westbrook, qui se leva. Wilcox le regarda d'un air nerveux.

— Elle va tenir le choc. Peut-être qu'une goutte de brandy la requinquerait un peu, mais tout va bien se passer.

Dans la voiture, Pamela s'était installée à côté de Maureen.

— Vous êtes dans le coup, vous aussi ? demanda Maureen d'une voix à peine audible.

— Non, mais à mon avis on ne craint rien. Il suffit de leur obéir, et tout ira bien.

— Ils séquestrent mon mari.

— Je sais.

— Le vôtre aussi ? demanda-t-elle.

Pamela se tourna vers elle et lui prit la main.

— Oui, ma chérie, alors il faut qu'on se serre les coudes. On n'a qu'à s'imaginer que tout n'est qu'un film. C'est la seule façon de s'en sortir.

La portière s'ouvrit et Westbrook leur passa une petite flasque en argent.

— Buvez un petit coup de ça, mesdames, on a encore une petite demi-heure devant nous.

Pamela lui fit un clin d'œil et dévissa le récipient. Maureen le saisit à deux mains et but le brandy à grandes gorgées, ce qui la fit tousser et postillonner. Ses mains tremblaient et des spasmes agitaient ses genoux.

— Je suis terrorisée. Quelle horreur, mais quelle horreur !

Pamela lui saisit de nouveau la main.

— Allez, arrêtez maintenant, ressaisissez-vous. Il faut qu'on coopère. Moi aussi, j'aimerais revoir mon mari, vous savez.

Terrifiée, Maureen hocha la tête et ferma les yeux.

— Il faut… il faut que je me remette du rouge à lèvres, bégaya-t-elle.

Le portable de Jersey sonna, et il s'en empara d'un geste brusque.

— C'est le grand jour, pas vrai ? dit la voix enjouée de Raymond.

— On n'attend plus que vous, répondit Jersey, en jetant un coup d'œil à sa montre, qui affichait 9 h 10.

— Bon, à votre place, je me chargerais du bunker à charbon. Je viens de repérer de l'activité sur les lignes des alarmes, ce qui signifie qu'ils ont effectué leurs tests. Il faudra que vous leur transmettiez votre menace d'attentat dans environ trois quarts d'heure.

— D'accord, mais le code, c'est quoi ?

— Ils ne l'ont pas encore communiqué. Vous bilez pas. Je guette.

— J'espère pour vous.

— Terminé.

Marsh raccrocha.

Jersey se leva. Il savait que l'attente allait commencer à leur paraître longue, et aussi qu'il devait impérativement ne montrer aucun signe de sa nervosité. Il se tourna vers Wilcox et, de la tête, lui intima d'aller se préparer pour descendre dans la cave à charbon. Vêtu d'une combinaison et de gants épais, Wilcox portait un casque équipé d'une lampe.

— Je dispose de combien de temps ? demanda-t-il.

— Il est 9 h 15. Je vais appeler Scotland Yard à 10 heures et, peu de temps après, Marsh interceptera les appels en direction de la maison sécurisée. Ensuite, on aura vingt minutes avant de mettre les voiles.

Wilcox gagna l'ouverture percée entre les deux bâtiments. Il alluma sa lampe et commença à retirer les briques.

— Alors, ça avance ? chuchota une voix.

Wilcox fit volte-face. Vêtu d'une combinaison de

papier blanc pour protéger son costume de la poussière, Jersey ressemblait à un fantôme.

— Le passage sera bientôt libre. Question temps, je m'en sors ?

— On est bons.

Pendant que Jersey lui parlait, Wilcox poussa une autre brique, qui grinça en tombant de l'autre côté. Puis il en tira d'autres vers lui et les fit chuter sur un vieux duvet étendu à ses pieds afin d'étouffer le bruit.

— Ils donnent le dernier coup de chiffon à l'entrepôt, expliqua Jersey.

— Impec, commenta Wilcox, dur au labeur.

Tous les deux restèrent silencieux un instant. Puis Wilcox reprit la parole :

— C'est bon, on y est. Tu devrais pas être en haut en train de téléphoner, bordel ?

— Je vais y aller. Toi, pour l'instant, passe de l'autre côté et vois si on va rencontrer des difficultés.

— C'est un peu tard, non ? rétorqua Wilcox qui s'éloigna à quatre pattes.

Ayant déjà vu l'intérieur de la salle lorsqu'il avait creusé la première fois, il savait à quoi s'attendre. Marsh avait vu juste — il trouva un boîtier relié à toutes les lignes, chacune portant une étiquette claire indiquant l'emplacement du bouton d'alarme concerné, comme par exemple « plancher salle réception » ou « murs chambre forte ». D'Ancona n'avait jamais envisagé qu'on puisse accéder à leurs locaux par l'autre côté. Là résidait leur erreur.

Wilcox dégoulinait de sueur. S'il débranchait l'une des fiches ne serait-ce qu'une fraction de seconde en avance sur les autres, ils devraient s'enfuir sans butin. La technique mise au point par Marsh s'avérait d'une simplicité géniale. À l'extrémité de chaque fiche, à l'endroit de la jonction avec le câble, se trouvait une boucle. Wilcox prit un morceau de fil de fer rigide accroché à sa ceinture, et le passa dans chaque anneau. Afin d'éviter d'arracher une prise par inadvertance, il prit tout son temps. Au bout de cinq minutes, le cordon était en place, soigneusement enfilé dans toutes les boucles. C'était le moment de vérité. En cas d'échec, ils perdraient leur couverture. Il saisit les deux extrémités du fil de fer et tira.

Prêt au départ, Driscoll faisait les cent pas à côté de la Daimler. Assis, les deux motards tenaient leur casque entre les mains. Wilcox semblait mettre une éternité à accomplir sa tâche. Lorsqu'il reparut enfin, couvert de poussière, il leva les pouces. Les boutons d'alarme étaient déconnectés. À l'unisson, l'équipe poussa un soupir de soulagement, et Driscoll lui tapa sur l'épaule.

Westbrook regarda l'heure : 9 h 55. Il commençait à transpirer et à se demander s'il devait prendre sa dernière dose d'amphétamines tout de suite ou attendre.

— Il y a des gogues dans cette baraque ? demanda-t-il.

Driscoll lui indiqua le fond de l'entrepôt. Westbrook s'y rendit et entra dans les toilettes sales. Arrivé seulement quelques instants après Wilcox, il l'entendit sniffer derrière la porte.

— J'en prendrais bien une petite, si vous en avez en rabe, dit-il doucement.

Wilcox ouvrit la porte et le fit entrer. Tassés dans

l'espace exigu, Wilcox coupa deux très longues lignes.

— Pour l'amour du Ciel, ne racontez pas ça au Colonel, dit-il.

— Il sait que j'en ai besoin.

Par anticipation, Westbrook était déjà en train de rouler un billet de cinq livres tout froissé. Wilcox sortit une paille en argent et se voûta au-dessus de sa coke. Toujours vêtu de sa combinaison, il avait le visage encrassé de poussière.

Très nerveux, Jersey passait son temps à regarder sa montre. Il leur restait une demi-heure à attendre, et toujours aucune nouvelle de Marsh. Compter à ce point sur cet individu était de la pure folie, il le savait. Il commençait à envisager d'aller tuer Marsh de ses propres mains lorsque son portable sonna. Le pirate lui donna le mot de passe du jour : « Boswell ». Les doigts tremblants, Jersey passa son coup de téléphone. Lorsqu'on lui répondit, il prit un léger accent d'Irlande du Nord et dit :

— Boswell, je répète, Boswell.

Le policier chargé du standard ne remit pas en question l'authenticité de l'appel et raccrocha rapidement. Jersey poussa un soupir de soulagement.

Marsh écouta le commissaire divisionnaire de Scotland Yard avertir Buckingham Palace de la menace de l'IRA et demander l'interruption du programme de la journée. Sa dernière tâche consistait à intercepter l'appel de Scotland Yard à la maison sécurisée. S'il réussissait son coup, D'Ancona n'en saurait rien.

L'équipe attendait en silence. Wilcox, vêtu de son uniforme de chauffeur, se mordillait les lèvres. À cran, tous attendaient le coup de téléphone final. Le portable de Jersey sonna enfin, et tous fixèrent le Colonel du regard. Marsh avait bien intercepté l'appel, et le personnel de D'Ancona ignorait l'annulation de l'essayage. Les joailliers attendaient toujours la Reine à 10 h 30.

Jersey consulta sa montre : il était exactement 10 h 20. Ils s'apprêtèrent à parcourir la courte distance qui séparait l'entrepôt des locaux de D'Ancona. Jersey monta dans la Daimler à côté de Wilcox. Driscoll prit place dans la deuxième voiture, en compagnie de Pamela, Westbrook, et d'une Maureen rendue silencieuse par la terreur. Les motards baissèrent la visière de leur casque et enfourchèrent leurs engins. Les secondes s'écoulaient lentement.

— Ouvrez les portes, ordonna Jersey.

Le motard le plus proche de l'interrupteur l'actionna, et ils partirent.

Le convoi tourna à gauche et s'engagea sur la route. Assise à côté de Pamela, son foulard bleu noué autour de la tête, une deuxième couche de rouge à lèvres appliquée en hâte, Maureen serrait son sac à main très fort contre elle. Bien qu'ayant une envie pressante, la peur lui clouait les lèvres. De temps à autre, Pamela lui tapotait les genoux, qui tremblaient toujours de façon inquiétante.

— Bon, la troupe est en route, dit Jersey en posant le bras le long du dossier du siège de devant, effleurant Wilcox. La troupe est en route, répéta-t-il, voyant que son complice ne réagissait pas.

Il lui lança un regard inquisiteur.

— Tu en as sniffé beaucoup ? demanda-t-il.

— Suffisamment pour me calmer. J'en avais besoin. J'avais les nerfs en pelote.

Jersey le regarda fixement et retira son bras.

— Si tu merdes, je te tue.

Wilcox se passa la langue sur les lèvres.

— Les motards sont toujours en position, poursuivit Jersey. (Il prit son portable et composa un numéro.) Comment se porte Sa Majesté ?

— À merveille, répondit Westbrook.

Ils dépassèrent les cônes de signalisation placés plus tôt par Hall et Short. C'était le seul chemin menant à la maison sécurisée. Ils passèrent devant le panneau de sens interdit du bout de la rue, lui aussi placé par les motards pour écarter toute circulation. Le trajet leur prit moins de trois minutes.

Jersey regarda par la vitre.

— Tenez-vous prêts, nous sommes arrivés.

Il éteignit son portable et tira sur son gant. Devant, il voyait le gardien, en uniforme et casquette, qui attendait à l'entrée.

— Que le spectacle commence !

Jersey eut un petit rire, et Wilcox lui lança un coup d'œil discret. Le Colonel semblait détendu, comme s'il s'amusait. Jersey capta son regard et lui tapota l'épaule.

— Les trois mousquetaires, hein ? Comme au bon vieux temps.

Wilcox rétrograda d'une vitesse afin de se diriger lentement sur le bas-côté, juste devant l'entrée, de façon à ce que le véhicule de la Reine puisse se garer facilement derrière lui.

— Bonjour, dit Jersey au gardien en descendant de voiture.

Devant les lourdes portes blindées ouvertes, on avait déroulé un tapis rouge sur les marches du perron. Dans le hall d'accueil, les employés de D'Ancona, alignés, attendaient la Reine.

— Il faudrait veiller à ce que la rue reste fermée jusqu'à notre départ, dit Jersey au garde, d'un ton posé mais autoritaire. Un de mes agents va rester dehors pour vous aider si besoin est.

— Bien, monsieur.

À cet instant, le représentant en chef de D'Ancona apparut à la porte, vêtu d'un costume à rayures décoré d'une rose. Il se posta sur le côté et attendit. Un laps de temps très court s'écoula, à peine deux ou trois secondes, qui parut une éternité. Enfin, lord Westbrook descendit du siège avant de la Daimler de la Reine. Il lança un regard froid et arrogant au gardien, puis ouvrit la portière côté passager pour laisser Pamela sortir la première. Le sac de Maureen à la main, elle se mit de côté, et laissa le sosie, un sourire figé aux lèvres, descendre de voiture.

Le gardien fit un salut et, comme à la répétition, Pamela emboîta le pas à Maureen. Lord Westbrook vint à sa gauche, talonné par Jersey, Driscoll fermant la marche. Pendant que Hall s'éloignait pour inspecter la rue et les bâtiments environnants à la recherche de quelque signe de perturbation, ils se dirigèrent vers la maison sécurisée.

Tandis que la délégation passait le hall d'accueil,

descendait les marches puis disparaissait à l'intérieur, le gardien de D'Ancona décida de regagner son poste de travail. À environ un mètre des portes principales se dressait une guérite grillagée sur trois côtés. À l'intérieur, des rangées d'écrans de surveillance montraient la délégation qui se dirigeait lentement vers la salle d'accueil de l'étage inférieur. Lorsque le gardien s'apprêta à entrer dans sa guitoune, Hall, le casque toujours sur la tête, lui emboîta le pas de si près que le factionnaire, agacé, se détourna et se retrouva avec le canon d'un pistolet enfoncé dans la nuque.

— Retourne dans la cage et fais exactement ce que je te dis, sinon je t'explose la cervelle.

Les mains en l'air, l'homme obéit mais posa le pied sur un bouton d'alarme dissimulé.

— Plus vite, mon pote. Magne !

Tous les moniteurs diffusaient des images de l'équipe. D'autres écrans montraient littéralement jusqu'au moindre centimètre carré des locaux, ainsi que de la chambre forte du niveau inférieur, grande ouverte. Hall, qui avait une carrure massive, s'approcha du gardien.

— Arrache les fils des caméras, mon pote. Les alarmes sont HS. Et ce sera ton tour si tu me fais attendre encore une seule seconde. Allez !

Le gardien, hésitant, sentit une violente pression du canon, à présent enfoncé dans le bas de son dos.

Une par une, il débrancha les caméras, et de la neige remplaça les images. Sans ménagement, Hall le fit s'asseoir, lui lia pieds et mains à l'aide de ruban adhésif, et le bâillonna. Puis il lui enfonça sa casquette sur la tête et fit légèrement pivoter le siège de façon que ceux qui passeraient devant la cage le croient « en service ».

Wilcox attendait toujours au volant de la Daimler. Au bout d'un moment, Hall sortit et lui fit signe que la voie était libre. Wilcox alluma le moteur et repartit vers l'entrepôt. Il en ouvrit les portes à l'aide de la télécommande et y conduisit la voiture. Celle-ci ne leur serait plus d'aucune utilité, aussi devait-il agir vite : il versa de l'acide sur le capot, décrocha les plaques d'immatriculation et les fourra avec son uniforme dans un grand sac-poubelle noir contenant déjà la combinaison de papier de Jersey. Il l'emporta au fond de l'entrepôt et le déposa dans une poubelle, où il versa là aussi de l'acide avant de replacer le couvercle et de tout laisser se dissoudre. Quelques minutes plus tard, il sortit prendre place au volant de la deuxième Daimler garée devant la maison sécurisée. De petites gouttes de bave lui perlaient aux commissures, et il n'arrêtait pas de se passer la langue sur les lèvres.

Pendant que se déroulait le braquage, Raymond Marsh quitta le central téléphonique de Scotland Yard et se prépara à accomplir sa dernière tâche. Il se rendit à Edgware Road en métro, puis prit le bus jusqu'à Kilburn. Une fois dans l'appartement de Jersey, il détruisit le modem satellite. Une fois les connexions vers l'ordinateur du domicile du Colonel coupées, il versa de l'acide sur les circuits, le clavier et l'imprimante. L'acide commençant à traverser le cuir, il ôta ses gants, puis inspecta l'appartement pièce par pièce. Hormis quelques vieux journaux et magazines, il ne restait plus rien d'ordre personnel. Il quitta les lieux et prit la route de chez lui.

Sa femme avait déjà terminé de préparer les valises. Seule sa précieuse collection de guitares et ses objets à la gloire d'Elvis le suivraient, lui et sa famille, au Brésil. Rangés dans des caisses, tous ces articles attendaient d'être expédiés. Un de ses amis possédait les clés de la maison et le numéro des affréteurs. Simmons détenait ses coordonnées bancaires. Le jour de la paie, sa part serait virée sur son compte par Internet.

Marsh avait apporté un grand soin aux préparatifs de sa fuite, allant même jusqu'à prévoir des vacances pour lui, pour sa femme et sa fille, mais il savait ne pas être complètement hors de danger. La police allait découvrir que quelqu'un avait eu accès aux lignes téléphoniques de Scotland Yard et de la maison sécurisée suffisamment longtemps pour les pirater. Mais il serait alors déjà loin. Comme Ronnie Biggs[1], il avait choisi le Brésil pour premier port d'escale. Mais, contrairement au célèbre bandit, il ne voyagerait pas seul. Il possédait des billets de première classe pour sa petite famille, tous réservés sous de faux noms. Tandis qu'il s'apprêtait à prendre la poudre d'escampette, il n'eut aucune pensée pour les autres membres de l'équipe. Il espérait seulement qu'ils réussiraient leur coup.

1. Cerveau de l'attaque du train postal en 1963. *(N.d.T.)*

23

Dans la salle d'accueil, les membres du personnel, bien alignés et tirés à quatre épingles, évoquèrent à Westbrook une réunion d'élèves. Les deux secrétaires, rougissantes, lui rappelaient les filles de son ancien principal de collège. À côté d'elles, une femme à forte poitrine et au visage rond qui, tel un officier, maintenait ses bras grassouillets le long du corps, lui faisait penser à son ancienne intendante. Il s'agissait en fait d'une des principales expertes en joyaux de D'Ancona et de la responsable des ventes. Trois hommes ressemblaient à des profs d'Eton. Tous attendaient de saluer Sa Majesté.

À la vue du comité d'accueil, l'inquiétude gagna Jersey : le personnel s'avérait bien plus nombreux que prévu. Se demandant si Hall avait réussi sa mission, il sentit la sueur perler sur sa peau. Seule l'absence de mouvement des caméras lui permettrait de le savoir. Il leva brièvement les yeux. En cas d'échec de Hall, leurs visages seraient fixés sur pellicule. Au troisième coup d'œil, il fut soulagé de constater que les caméras, voyant rouge éteint, ne suivaient plus leur progression.

Le tapis bleu roi dévalait l'escalier et recouvrait le sol de la réception. On avait ostensiblement disposé de grandes compositions de lys. La délégation reçut les révérences polies des deux essayeurs, qui portaient un pantalon rayé impeccable, un veston foncé, une chemise blanche immaculée et une cravate. Ils tenaient à la main des gants blancs, qu'ils enfileraient au moment des mesures.

— Bonjour, dit Maureen en passant devant le personnel.

Bien que souriante, son regard ressemblait à celui d'un lapin apeuré. Pamela restait près d'elle, presque assez pour la toucher. Puis lord Westbrook s'adressa à l'assemblée, et se distingua par son charme et ses manières. Tandis que le petit groupe passait devant la rangée d'employés en leur adressant des sourires et en leur serrant la main, la salle résonnait de son ton posé et aristocratique.

Le représentant en chef, M. Saunders, petit homme nerveux, prit Westbrook à part.

— Nous sommes en train d'ouvrir les chambres fortes. Sa Majesté dispose des joyaux à discrétion.

Saunders adressa un salut à une Maureen au visage figé. Son attitude ne fit qu'augmenter la nervosité du bijoutier.

— Si vous voulez bien me suivre au niveau inférieur, Votre Majesté, nous avons préparé les chambres fortes pour vous.

Au grand soulagement du Colonel, dès que « la Reine » commença à descendre le deuxième escalier, la plus grande partie du personnel se dispersa. Lorsque la femme corpulente fit partir les jeunes filles, Jersey, le souffle court, les observa : si elles repassaient dans le hall d'accueil, elles verraient le gardien ligoté et bâillonné. Quoi qu'il en soit, elles ne regardèrent pas dans sa direction, et gravirent une autre volée de marches menant à leurs bureaux.

L'espace de réception étant désormais vide et l'allée de devant surveillée par Hall, Short et Wilcox se tenaient prêts à venir en renfort.

Le plus gros de l'équipe avait descendu dix marches d'un escalier bordé de chaque côté par une rambarde en bronze lustré. Ils passèrent devant d'autres caméras aveugles installées jusque dans les moindres recoins. Aucune ne bougeait. À présent convaincu que Hall avait accompli sa tâche, Jersey espéra que personne ne remarquerait l'inactivité du système de surveillance.

Pamela sur les talons, Maureen s'appuyait lourdement sur la rampe luisante. Jersey et Westbrook l'encadraient afin de lui assurer une protection sans faille. Lancé dans un discours bégayant, Saunders dressa l'inventaire du dispositif de sécurité entourant la chambre forte. Fort heureusement, les essayeurs et lui, par déférence, ne quittaient pas la délégation du regard. Ils ne levèrent pas les yeux un seul instant. Lorsqu'ils atteignirent le sous-sol, un homme les attendait à côté d'un chariot où on avait disposé eau fraîche, fruits et café. Saunders leur proposa une pause afin de prendre des rafraîchissements, mais Westbrook lui sourit et tapota sa montre pour indiquer que le temps leur était compté.

Le petit groupe s'approcha donc de la vaste chambre forte protégée par d'épaisses portes en acier et deux cages internes. Le premier battant et les barreaux de protection étaient grands ouverts. Au-dessus de la porte blindée, on apercevait le bord d'une grille qui s'abattrait d'un seul coup si l'on pressait un bouton d'alarme, abritant ainsi le trésor et prenant au piège quiconque se trouverait à l'intérieur.

Westbrook, en entretenant une conversation continue que Jersey admira grandement, permit de maintenir la tension à un niveau minimal. Il ne cessa d'évoquer ses souvenirs en tant qu'écuyer lors du couronnement de Sa Majesté. Que ses propos fussent véridiques ou non n'avait aucune importance : sa désinvolture rendit le court trajet jusqu'au coffre moins éprouvant.

Immense, la chambre forte contenait de nombreuses rangées de boîtes en acier qui entouraient la grande cage centrale. À l'intérieur, sur un présentoir massif de structure métallique bordé de velours noir, on avait disposé les prodigieux joyaux. Tous étant subjugués par ce spectacle éblouissant, il s'installa un étrange silence qui ne fut rompu qu'au moment où Westbrook siffla d'admiration avant de chuchoter :

— Seigneur tout-puissant !

Cette exclamation tranquille facilita quelque peu la tâche à Jersey, qui poursuivit sur le même ton :

— Mesdames et messieurs, ne criez pas, restez silencieux et personne ne sera blessé.

Comme s'il n'avait pas bien entendu, Saunders se retourna à moitié, et Jersey choisit ce moment pour montrer son pistolet automatique.

— Que tout le monde se couche ventre à terre. (Il pointa son arme sur Saunders.) Vous le premier. Je ne veux pas entendre un seul bruit.

Confus, Saunders regarda ses assistants, puis

blêmit. Driscoll ouvrit sa veste et sortit son fusil à pompe.

— Obéissez ou je tire. Couchez-vous, tous à plat ventre !

Agitée de soubresauts, Maureen se laissa tomber. Des articles de maquillage roulèrent sur le sol lorsque son sac tomba. Pamela sortit un pistolet factice du sien et le pointa sur la tête de Maureen. Driscoll remonta l'escalier et fit signe à Hall de les rejoindre.

Celui-ci quitta son poste et Short le remplaça.

Saunders leva les mains et cria :

— Non ! Vous n'avez pas le droit ! Pour l'amour du ciel, *non !*

— À terre ! lui ordonna Jersey avant d'ôter son manteau pour laisser apparaître un grand sac à dos en toile légère.

Il le jeta à Westbrook. Pendant que ce dernier y plaçait la couronne de platine décorée du Koh-i-noor, Driscoll et Hall maintinrent le personnel en joue. Jersey tendit son pistolet à Westbrook et se mit à fourrer les autres joyaux dans un deuxième sac que Driscoll lui tenait ouvert. Lorsque tous les bijoux furent pris, il donna le signal du départ.

L'équipe repartit vers l'escalier pendant que Driscoll refermait les lourdes portes, enfermant ainsi Saunders, Maureen et les deux essayeurs terrifiés. Puis, au pas de course, la bande remonta les marches, traversa le hall d'accueil, et passa devant le gardien ligoté.

Les motards firent démarrer leurs engins et partirent dans des directions différentes, bien que leur destination fût la même : le port de plaisance de Tower Bridge. Pamela et Westbrook quittèrent

Newbury Street à pied. Les jambes flageolantes, ni l'un ni l'autre ne pouvait parler, mais ils prirent le chemin de la gare de City Thameslink en jetant constamment des coups d'œil derrière eux.

Driscoll alla directement à la station de Barbican et descendit sur le quai de la ligne Hammersmith & City. Le temps qui s'écoula avant qu'un métro arrive lui paraissant une éternité, il se mit à faire les cent pas. Au bout de trois minutes, il monta dans un compartiment et jura dans sa barbe jusqu'à ce que les portes se ferment enfin, et que la rame quitte la station. Il ruisselait de sueur et sa chemise lui collait à la peau.

Même s'ils devaient s'éloigner au plus vite des lieux du crime, Wilcox et Driscoll ne pouvaient abandonner la Daimler. La ramener à l'entrepôt se révélerait une perte de temps et une prise de risques trop importantes ; de plus, ils préféraient ne pas traverser la ville au volant de cette voiture. C'était là qu'entrait en jeu le camion de déménagement, que Driscoll avait garé non loin de là devant un parcmètre.

Muni des deux sacs à dos, Jersey grimpa dans la Daimler. Wilcox mit le pied au plancher, et la voiture dérapa au coin de la rue, envoyant valdinguer le panneau de sens interdit et les cônes de signalisation.

— Doucement ! s'énerva Jersey.

Ce n'était vraiment pas le moment de se faire arrêter pour excès de vitesse. Wilcox, tendu, réussit à lever le pied. Arrivés au camion, Jersey descendit d'un bond, ouvrit la portière du véhicule, jeta les sacs sur le siège et monta. Dans le même temps, Wilcox ouvrit les portes arrière, abaissa le hayon et conduisit la Daimler à l'intérieur. L'espace manquait tellement qu'il lui fallut un moment pour se glisser hors de l'habitacle. Il ferma le camion de l'intérieur, puis cogna à la paroi de la cabine pour signaler à Jersey de démarrer.

Tout en conduisant, celui-ci retira son déguisement — il maintint sa vitesse à cinquante kilomètres à l'heure, ce qui lui donna l'impression de se traîner comme un escargot. Il prit le chemin de la Tamise, la traversa et tourna à droite pour longer le fleuve en direction de Battersea.

Pour l'instant, leur fuite n'avait pris qu'un quart d'heure, mais il entendait déjà les sirènes de police résonner au loin. En passant devant l'héliport de Battersea, Jersey vit ses deux leurres décoller. Il regarda l'heure : le minutage était parfait. La confusion ainsi semée devrait lui permettre de moins attirer l'attention une fois aux commandes de son appareil.

Les responsables enfermés dans la chambre forte avaient hurlé de toutes leurs forces. Ne pouvant pas sortir, le manque d'oxygène commençait à devenir suffocant. Maureen, hystérique, braillait qu'ils séquestraient son mari. Au bout d'un moment, ses compagnons d'infortune finirent par comprendre qu'elle ne parlait pas du Prince Philip.

Aux étages supérieurs, le personnel continua à travailler, ignorant tout des événements survenus au sous-sol. Cependant, lorsque les secrétaires entrèrent dans la salle d'accueil à l'heure prévue pour le départ de la délégation royale, elles tombèrent sur le socle renversé d'un vase de lys et le gardien de sécurité ligoté. Affolée, l'une d'elles ouvrit les portes.

À 11 heures, alors que commençait la chasse à l'homme, tout Londres résonnait des hurlements des sirènes. Personne ne croyait ce qui venait de se passer. Il s'agissait là d'un des vols les plus audacieux de l'histoire. La toute première mesure prise par la police fut d'envoyer ses hélicoptères surveiller la zone, avec pour ordre de repérer deux Daimler et deux motos.

L'ensemble du secteur voisin de la maison sécurisée fut bouclé. Toujours au volant du camion, Jersey dépassait à présent Kingston et se dirigeait vers la nationale A3. Le trajet avant d'atteindre son hélicoptère et de pouvoir emporter les joyaux loin de la capitale était encore long.

Au même moment, deux hors-bord s'éloignaient à toute vitesse de deux lieux d'amarrage différents situés près de Tower Bridge. Hall avait abandonné sa moto et laissé son casque et ses gants dans un fourre-tout. À présent vêtu d'un épais pull à torsades et d'une casquette de base-ball, il avait gagné le premier bateau. Avant de partir, il avait jeté son fourre-tout à l'eau. Il prit la direction de Putney dans l'intention de ramener son embarcation au hangar, puis de prendre le métro à la station de Putney Bridge pour regagner son appartement de l'Est londonien.

Dix minutes plus tard, Short appliqua des instructions identiques. Il abandonna sa moto dans un parking proche de Blackfriars et alla se changer dans les toilettes. Il prit ensuite la direction de Temple, la casquette bien vissée sur la tête. Arrivé à son lieu d'amarrage, il eut du mal à faire partir le moteur. Cependant, après quelques secondes de panique et quelques démarrages ratés, il se lança à toute vitesse sur les talons de Hall, juste au moment où le bruit des sirènes commençait à s'élever. Short devait laisser le bateau au hangar et tout faire brûler. Par chance, l'incendie provoquerait une diversion supplémentaire.

Après avoir passé beaucoup de temps dans le hangar à poser des mèches en chiffon dans le carburant, Short les alluma et fila. Il se trouvait à une bonne cinquantaine de mètres lorsqu'il vit les flammes se propager. Ensuite, il devait longer New King's Road, sauter dans un bus jusqu'à Sloane Square, et de là rentrer chez lui en métro.

Driscoll sortit de la station Shepherd's Bush et alla chercher sa voiture au parking. Ayant retrouvé son calme, bien que sa chemise soit toujours trempée, il repartit chez lui. Il se demanda si Wilcox et Jersey avaient réussi. Il mourait d'envie d'appeler Wilcox, histoire de savoir si tout le monde s'en était sorti, mais il résista et se contenta de rouler.

Jersey avait posé son hélicoptère à l'aérodrome de Brooklands. Dans ce lieu désert car principalement fréquenté le week-end, seul un petit bureau était occupé, à l'autre bout du parking. Wilcox sauta du camion, grimpa sur le siège conducteur et repartit, captant un instant le regard de Jersey. Même s'ils n'étaient pas encore tirés d'affaire, tous les deux s'autorisèrent un sourire de semi-soulagement.

Pilote chevronné, Jersey savait qu'il ne rencontrerait pas de problèmes avec le contrôle du trafic aérien. Contrairement aux idées reçues, au Royaume-Uni, la plus grande partie de l'espace aérien de basse altitude n'est pas surveillée. Par le passé, il avait déjà utilisé cet aérodrome quelquefois, quand un de ses chevaux courait à Epsom ou à Goodwood. Aujourd'hui, on l'attendait à Brighton pour assister à une course de maiden de deux ans. Dans les toilettes, il nettoya la glu à perruque sur son front, passa un pardessus beige et son feutre marron, fourra les sacs à dos dans une valise et chargea le tout dans l'hélicoptère, qui contenait une caisse d'aspect étrange. Étanche, on l'avait entourée de panneaux de polystyrène assemblés à l'aide de colle résistante à l'eau.

Dans les hangars, Jersey ne croisa qu'une seule personne, un homme occupé à nettoyer un planeur, qui ne fit pas attention à lui. En quittant les toilettes, le gardien, qui déjeunait dans son bureau, lui demanda s'il avait un tuyau pour la course. Jersey rit et lui conseilla de parier sur son poulain, Fan Dancer, dans le trio de tête, tout en précisant qu'il n'était sûr de rien puisqu'il s'agissait de la première course de l'animal.

Lorsque Jersey alluma les turbines et que les pales se mirent à tourner, Wilcox, à dix kilomètres de là, roulait en direction de la vieille grange. Arrivé à destination, il conduisit le camion à l'intérieur, en sortit la Daimler, dont il détacha les plaques d'immatriculation. Le numéro de série du moteur avait déjà été effacé. À l'aide de quatre bidons d'acide, il détruisit les sièges, la peinture et tout le contenu du coffre. À coups de masse, il brisa toutes les vitres et s'attaqua au tableau de bord. L'exercice, qui lui permit d'évacuer sa tension, lui sembla bon. Ensuite, il décolla les autocollants du camion afin de révéler son origine véritable. Il ne devait le rapporter à la société de location « Double Your Time »[1] que plus tard dans l'après-midi. Leurs locaux se trouvaient à Leatherhead, juste un peu plus bas sur la nationale A3. Wilcox laissa le véhicule dans un grand parking et déposa les clés dans une boîte aux lettres à l'entrée. Philip Simmons, grâce à une publicité diffusée sur Internet, avait loué l'engin et réglé les frais à l'avance. Enfin, Wilcox prit un train pour rentrer chez lui.

Le cheval de Jersey participait à la course de 3 heures. C'était là l'occasion rêvée de montrer son visage et de s'établir un alibi, mais il fallait d'abord effectuer le largage. Faisant route vers la côte, il regarda en contrebas la circulation chargée sur les autoroutes qui desservaient Londres. Il se demanda s'il apercevait bien des éclairs de gyrophares bleus un peu partout ou s'il les rêvait. Il savait qu'à présent tous les aéroports seraient surveillés, ainsi que les ports, mais organiser une traque complète prendrait du temps à la police, et il espérait que d'ici là son équipe et lui-même seraient déjà en sécurité.

1. Soit « Deux heures pour le prix d'une. » *(N.d.T.)*

De leur côté, Pamela et un Westbrook très malade avaient atteint Brighton. Là, ils prirent une correspondance pour Plymouth. Pamela s'inquiétait de la fatigue de Westbrook. Transpirant abondamment, il s'était rendu deux fois aux toilettes en titubant pour rendre. Le teint jaune, la sueur lui plaquait les cheveux sur le crâne. Le voyage allait durer au moins cinq heures, et il leur faudrait prendre un taxi pour se mettre en lieu sûr chez Pamela. D'après les instructions de Jersey, ils devaient se séparer, mais Westbrook était trop mal en point pour rester seul.

Arrivés à la gare, ils hélèrent un taxi et gagnèrent l'appartement de Pamela. Elle devait constamment lui donner ses antalgiques pour qu'il ait suffisamment d'énergie pour marcher sans aide. Afin de ne pas fournir son adresse au chauffeur, elle lui avait demandé de s'arrêter à deux rues de chez elle. Le bras autour de son épaule, Westbrook s'appuya lourdement sur elle. Il ne parla quasiment pas, mais quand elle ouvrit la porte d'entrée et l'aida à venir s'effondrer sur le canapé, il poussa un sanglot sans larmes, le visage déformé par la douleur. Elle eut de la peine pour lui.

— On a réussi, dit-elle doucement.

Jersey lui aussi atteignait sa destination. Lorsqu'il arriva à hauteur du yacht, ancré à presque neuf milles du port de plaisance de Brighton, il appela Dulay pour lui dire de se tenir prêt. Ayant mis l'appareil sur pilote automatique, il ouvrit la portière latérale et poussa la caisse par-dessus bord. Sans même attendre de la voir toucher l'eau, il décrivit un grand arc de cercle puis prit la direction de l'héliport de l'hippodrome de Brighton.

Dulay observa la caisse plonger et remonter à la surface, à seulement quelques mètres de la bouée de balisage qui leur servait de repère. Lorsqu'il donna le signal de mettre les moteurs en route, le grand yacht s'avança majestueusement en sa direction. Aidé de deux membres d'équipage, Dulay la hissa à bord, puis mit le cap sur la Côte d'Azur. À bonne distance, le joaillier repéra un petit voilier mais, sachant qu'il ne pouvait rien y faire, pria le Ciel pour que personne à son bord n'ait vu le largage.

Trois jeunes gens, qui avaient pris la mer sans l'autorisation de leurs parents, testaient le petit voilier en vue des compétitions nationales. Ils étaient en train de fumer un énorme joint lorsque l'hélicoptère les survola. Stupéfiés, ils regardèrent la caisse tomber à l'eau. Tout d'abord, n'étant pas certains d'avoir bien vu à cause de la brièveté de la scène, ils se passèrent des jumelles, se demandant s'ils ne venaient pas d'assister à une livraison de drogue. De toute façon, ils ne possédaient pas de radio et, en voyant l'immense yacht prendre le large, estimèrent s'être trompés. S'il s'agissait bien de drogue, le bateau aurait sûrement pris la route des terres, non l'inverse. Soudain, ayant senti une rafale de vent, ils s'empressèrent de retourner au port.

À l'hippodrome, Jersey se rendit dans la salle des balances pour voir Mickey, ce qui surprit ce dernier. Mickey se dirigeait vers le vestiaire aux couleurs de l'écurie de Jersey, prêt à se mettre en tenue. Il fut étonné de voir Jersey ici pour Fan Dancer alors qu'il n'avait pas assisté à la course de Royal Flush à Lingfield, mais il se garda de tout commentaire. Les choix de son patron ne le regardaient pas.

Après lui avoir serré la main, il lui annonça que Fleming s'apprêtait à gagner la stalle où l'on allait seller le cheval, et l'observa s'éloigner, le sourire aux lèvres, saluant quelques jockeys. Lorsqu'il le vit s'arrêter à hauteur du jockey du cheik et le prendre en aparté, il se sentit vexé et se demanda si son patron allait revenir sur sa promesse concernant le Derby.

Jersey entra dans le bar des propriétaires et entraîneurs, et salua quelques-unes de ses connaissances. Puis, quelques minutes plus tard, sans quasiment avoir touché à son gin-tonic, il prit le chemin des boxes de sellage. Il s'arrêta devant l'entraîneur du cheik. Après avoir discuté courses, la conversation s'orienta vers Royal Flush. Évidemment, toute la profession suivait ses progrès avec une grande attention. Bien qu'envahi par un accès de fierté, Jersey annonça d'un ton détaché que c'était son tour de remporter le Derby. Il se tut un instant lorsque l'entraîneur, d'une voix calme, presque chuintante, demanda :

— Le vôtre, monsieur, ou celui de Royal Flush ?

C'était une question étrange, et Jersey s'apprêtait à répondre avec repartie quand il vit Fleming lui faire signe de la main.

Il prit congé et rejoignit son entraîneur.

— Je l'ai vu fouiner à droite à gauche. Je vous parie ce que vous voulez qu'il vous demandait des nouvelles de Royal Flush. Il aimerait bien l'acheter, vous savez, dit Fleming.

— Je ferais pareil, si j'avais sa fortune et son palmarès.

Jersey faisait référence à la domination du cheik sur les hippodromes et sa réputation d'éleveur de champions. Il possédait le meilleur haras d'Angleterre, voire du monde. Les Arabes sont réputés pour leur amour des courses. Leurs animaux évoluent dans un environnement luxueux, s'exercent avec les meilleurs entraîneurs et jockeys sous des contrats exclusifs atteignant des millions de livres. L'un de leurs haras se trouvait non loin de celui de Jersey.

— Qu'est-ce qui vous amène ici ? demanda Fleming alors qu'ils traversaient la pelouse en direction de leur stalle attitrée.

— J'ai manqué la dernière course de mon chouchou, alors j'ai cru bon de venir montrer mes guêtres. Je ne veux pas que les commères du métier lancent la rumeur que je ne m'intéresse plus à mes chevaux.

Lorsque Fleming eut sellé Fan Dancer, ils allèrent tous les deux dans le paddock regarder un lad l'emmener attendre son cavalier. Dix concurrents participant à la course, neuf autres propriétaires et entraîneurs patientaient donc également. Attachant sa jugulaire, Mickey arriva. Il resta quelques instants à côté de Fleming et Jersey, écoutant les instructions de dernière minute, qui consistaient à ne pas trop en exiger de Fan Dancer. On l'aida à monter en selle, puis ils sortirent du rond de présentation pour suivre son canter jusqu'aux starting-gates.

Jersey et Fleming se postèrent côte à côte dans la loge des propriétaires. Fleming dut prêter ses jumelles à son patron.

— Je ne peux pas rester longtemps. Christina et moi devons aller voir mes filles jouer *La Mégère apprivoisée*, dit-il en observant Fan Dancer. Après la course, c'est moi qui vais devoir foncer si je veux être à l'heure.

Puis il ajusta les jumelles sur l'entraîneur du cheik qui, placé non loin d'eux, étudiait le programme.

Les chevaux furent sous les ordres du starter, puis ils partirent. Fan Dancer courait bien, mais il sembla se faire enfermer assez vite à la corde. Jersey observa Mickey le monter aux bras, mais l'animal n'aimait pas se frayer un chemin entre deux autres. Puis le jockey le fit passer dans une belle ouverture et, en touchant à peine Fan Dancer de sa cravache, le mena en cinquième position. Après être redescendu à la sixième place, il remonta une dernière fois pour passer la ligne d'arrivée le cinquième.

— Ce n'est pas Royal Flush, commenta Jersey en rendant ses jumelles à Fleming.

— Les champions de son calibre, c'est rare, lui répondit l'entraîneur tandis qu'ils prenaient le chemin des boxes.

Ne pouvant arriver en retard à la représentation de ses filles, Jersey annonça qu'il s'en allait et demanda à Fleming de féliciter Mickey pour sa course.

Jersey quitta l'hippodrome à 4 heures, et ne se

détendit pas avant de se retrouver seul. Machinalement, il tapota sa poche et sentit le poids de l'objet enveloppé contre sa jambe. Il en connaissait le poids exact — 105,6 carats —, mais le diamant lui avait paru encore plus lourd lorsqu'il l'avait extrait de la couronne. Au cas où ils perdraient le gros du butin, il lui resterait toujours le Koh-i-noor.

Toute la journée, d'innombrables flashes spéciaux d'information apprirent à la population de Londres que le braquage le plus audacieux de l'histoire avait été commis. L'indignation s'empara du pays. L'*Evening Standard* consacra sa couverture à l'événement ; la hardiesse des braqueurs stupéfia la police. Les enquêteurs ne fournirent que peu de renseignements sur le vol mais, en première page, on voyait une photo de Maureen, déguisée en Reine, qui portait une fausse couronne et affichait un sourire crispé. Alors sous calmants, elle était incapable de formuler une phrase cohérente. Son mari, l'avait-on rassurée, était sain et sauf mais profondément ébranlé. Bien que fébrile, elle avait réussi à raconter aux policiers son enlèvement et les menaces exercées sur son mari. Elle décrivit également l'individu qui, d'après elle, commandait le groupe de malfaiteurs. Elle n'avait jamais entendu prononcer son nom, mais elle le décrivit comme un « homme d'allure militaire ». Âgé de la cinquantaine, roux, très grand, il portait la moustache. Sa description concordait avec celle que Saunders, malgré son état de choc, en avait donnée.

Les Anglais s'émerveillèrent de ce vol, curieux de savoir comment il avait été mené à bien, mais la plupart d'entre eux nourrissaient la certitude qu'on prendrait les coupables. La section d'élite de la Metropolitan Police et l'armée annoncèrent qu'ils conjugueraient leurs efforts. L'Opération Couronne fut immédiatement lancée.

La découverte d'un passage de vidéosurveillance montrant les quelques instants précédant la mise hors service des caméras mit la police en ébullition. Les bandes montraient l'équipe en train de pénétrer dans le couloir d'entrée et de se diriger vers la salle d'accueil. Cependant, lorsque la pellicule revint du labo, leur excitation initiale prit un sérieux coup dans l'aile. Malgré une image bien nette de Maureen, aucune prise de vue ne montrait clairement sa dame d'honneur, dissimulée par son grand chapeau. Ils n'obtinrent qu'une vue partielle du profil de Driscoll, et un bout d'épaule et de buste de Jersey, son visage étant caché par le seul membre de l'équipe entièrement visible à l'écran. On voyait un Westbrook souriant qui parlait, puis l'image disparaissait. Au bout de seulement quelques heures, un officier ayant travaillé sur son affaire d'escroquerie à l'assurance l'identifia.

Lors de la conférence de presse, on annonça aux journalistes que l'enquête avait déjà avancé. On lança un avis de recherche contre lord Henry Westbrook. Dans le même temps, on demanda au personnel de la maison sécurisée des descriptions détaillées des membres de l'équipe. Leurs signalements de Pamela s'avérant différents, la police s'appuya sur celui de Maureen. Toujours sous sédatif, elle était restée à l'hôpital, son mari à son côté. Ce dernier décrivit le chauffeur de la Mercedes, et aida le dessinateur de la police à dresser son portrait-robot. Il ne put fournir que des détails approximatifs de son complice.

L'attention de tout le monde ayant été accaparée par la « Reine », personne ne fut en mesure de donner un signalement correct des motards. Les croquis représentant l'homme de grande taille entraperçu à l'écran ne furent pas clairs. Tous tombèrent d'accord pour affirmer qu'il était roux et moustachu, mais personne ne sut le décrire avec précision. M. Saunders restait persuadé qu'il s'agissait du chef de la bande. D'allure militaire, il s'exprimait dans un style soutenu. C'est lui qui avait quitté la chambre forte le premier.

Des recherches d'envergure furent organisées pour retrouver les voitures, et on demanda à tout témoin ayant vu la délégation se diriger vers la maison sécurisée de se signaler, mais personne n'appela.

Lorsque le téléphone sonna, Christina était en train de choisir sa tenue pour la soirée. Crispée, elle répondit, certaine que son mari l'appelait pour se décommander.

En fait, il s'agissait de Helen Lyons.

— Alors, vous avez réussi à joindre Sylvia ?

— Je l'ai appelée chez elle et à son bureau, mais on m'a répondu qu'elle passait quelques jours de congé aux États-Unis. Je vous l'ai déjà expliqué, la dernière fois. Comme elle ne répond pas à son appartement, il me paraît évident qu'elle n'est pas encore rentrée.

— Je suis désolée de vous embêter, mais ma situation financière m'inquiète vraiment. Je ne suis pas encore complètement ruinée, mais c'est David qui s'est toujours occupé de notre argent.

— En tout cas, ce qui est sûr, c'est qu'il s'est occupé du nôtre, rétorqua sèchement Christina, incapable de retenir sa colère plus longtemps. Maintenant que j'ai appelé votre sœur pour vous, je ne veux plus m'impliquer dans vos histoires. Je suis navrée, Helen, mais tout comme vous, nous avons de graves problèmes, et ceci parce que votre mari s'est servi frauduleusement de notre épargne. En ces circonstances, plus je découvre combien David nous a volés, plus je trouve vos appels exaspérants. Je vous suggère de contacter Sylvia vous-même. Bon, il faut vraiment que j'y aille.

Elle raccrocha, puis se sentit honteuse. Elle avait conscience de déverser sa bile sur cette pauvre femme, mais elle ne lui avait dit que la vérité.

Peu après 15 heures, elle prit sa voiture et partit en courses.

À 17 heures, Jersey se posa chez lui. Il fourra sa perruque et sa moustache dans une mallette, puis, d'un pas pressé, se dirigea vers la maison. Malgré son air calme, l'adrénaline coulait toujours à flots dans son organisme. Au retour de Christina, il avait pris un bain, changé de vêtements, et se trouvait dans la cuisine.

— Tiens, te voilà, commenta-t-elle, étonnée.

— Oui, ma chérie. Il est bien prévu qu'on sorte, ce soir, n'est-ce pas ?

— On va voir la pièce des filles, en effet. Je pensais qu'avec tous tes soucis, tu aurais peut-être oublié.

Elle passa devant lui pour déballer les fruits et légumes.

Surpris par son ton, il pivota pour la suivre du regard.

— À t'entendre, on croirait que tu me fais la gueule.

— C'est le cas, si tu veux savoir. (Elle vint le rejoindre à la table.) Bon, comme de toute façon tu vas le découvrir bientôt, autant que je t'avoue tout.

— Découvrir quoi ?

— Je suis allée dans ton cabinet de travail et j'ai...

Les sourcils froncés, elle le regarda, puis se pencha vers lui et lui frotta les favoris.

— Tu as de la colle ou je ne sais quoi sur le visage.

Il se recula.

— C'est du gel de rasage. Je t'écoute, qu'est-ce que tu as cassé ?

— Mais rien, rétorqua-t-elle, avant de le fixer d'un regard noir. J'aimerais bien que tu arrêtes de me traiter comme une gamine. J'ai forcé les serrures des tiroirs de ton bureau.

Il hésita un instant.

— Ah bon ? Et pourquoi ça ?

Christina se mordilla la lèvre, puis respira profondément.

— Je ne sais pas — si, en fait, je sais. J'en ai marre de tes mensonges. Je voulais savoir ce qui se passe, c'est tout.

— C'était quand, ça ?

— Qu'est-ce que ça peut faire ? Je me suis servie d'un tournevis. Bref, ce que j'ai découvert m'a abattue. Je voulais en discuter de vive voix. C'est pour ça que je ne t'en ai pas parlé au téléphone. Pourquoi est-ce que tu m'as caché tout ça, bon Dieu ? C'est fou qu'au bout de tout ce temps tu sois incapable d'être honnête envers moi... Tu es au bord de la ruine !

Jersey se détendit légèrement.

— Et si tu me racontais ça dans le salon, plutôt ?

— Je te rejoins, dit-elle. Je prépare du thé.

Il hocha la tête et quitta la cuisine.

Elle respira à fond. Les nerfs en pelote, elle avait la ferme intention de ne pas le laisser se défiler cette fois.

Jersey écouta Christina lui détailler ses découvertes.

— Je ne comprends pas à quoi peuvent te servir ces faux passeports.

— Ça fait des années que j'utilise de temps en temps une fausse identité. C'est une sorte de stratagème pour me permettre d'assister à des ventes de chevaux incognito.

— Tu me racontes des salades, rétorqua-t-elle, énervée. J'ai trouvé de faux passeports pour les filles et moi. Et j'ai vu qu'un des tiens avait récemment été tamponné à New York. Tu ne m'as jamais parlé d'un séjour là-bas, alors qu'est-ce qui se passe ?

— J'ignorais moi-même que j'allais devoir m'y rendre, et si j'ai pris des passeports pour les filles et toi, c'est juste au cas où vous devriez m'accompagner lors d'un de mes voyages d'affaires secrets.

Tu sais bien que j'ai horreur d'être séparé de toi. C'est la seule et unique raison.

— Qu'est-ce que tu fabriquais à New York alors ?

Jersey choisit de lui livrer une part de vérité :

— Je suis allé rencontrer celui qui m'a ruiné. Je ne voulais pas que ça se sache.

— Pourquoi ?

— Il s'est servi de moi, Christina. Comme tu le sais, il a laissé sa société couler, ce qui a eu pour conséquence d'envoyer par le fond le fruit de toute ma vie de travail.

— Donc, tu es allé le voir ?

— Oui, mais sous une identité d'emprunt, parce que je ne voulais ni l'effrayer, ni l'avertir de ma venue. J'ai découvert qu'il lui restait toujours un peu de mon argent investi dans un projet immobilier, là-bas. C'était un escroc. Quand je l'ai retrouvé, il s'apprêtait à quitter le pays pour l'Amérique du Sud. Comme il a eu peur que je le dénonce à la police, il a craché. Pas toute la somme, seulement une partie infime, en fait, mais suffisamment pour me remettre à flot quelque temps.

— Sylvia est au courant ?

— Non. Si je le lui apprenais, il faudrait que je la paie, et puis les autres actionnaires me tanneraient pour toucher leurs parts eux aussi. Ainsi, j'ai récupéré une part de mes pertes, et Moreno a mis les voiles, à jamais j'espère.

— Et question argent, comment ça va maintenant ? s'enquit-elle.

— Eh bien, pas très fort, mais quand même beaucoup mieux grâce au liquide de Moreno. Au moins je n'aurai pas à vendre notre maison, ce qui serait arrivé si je n'avais pas mis la main sur ce salaud.

— Tu as dû t'y prendre de façon illégale ?

— Bien sûr. Il a fallu que je rapporte l'argent en Angleterre dans une valise, ce qui m'a conforté dans mon choix de voyager sous un faux nom. Mon seul but, c'était de nous protéger. En tout cas, que ce soit légal ou pas, à qui Moreno va-t-il aller se plaindre ? Sûrement pas à la police. C'est lui, le criminel, pas moi. Il s'est rendu coupable d'une fraude fiscale de grande envergure qui a mis pas mal de monde sur la paille. Je reconnais que je t'ai raconté deux ou trois mensonges, mais j'ai dû réagir du tac au tac. Je n'avais pas de temps à perdre, et moins l'on connaissait mes intentions, mieux c'était.

— Du tac au tac ? Tu me prends pour une imbécile ? Certaines dates sur tes passeports remontent à des années, et j'aimerais bien savoir qui est ce Michael Shaughnessy ?

— Tu vois, ce genre de stratagème avait déjà bien fonctionné une fois, alors j'ai recommencé. Dans le seul but de me protéger, je te le répète. Dès qu'on achète un cheval en Irlande, le lendemain, tous les journaux spécialisés en parlent ! Moins il y a de monde au courant de mes activités, mieux je me porte.

— Mais je suis ta femme, quand même !

— Oui, et si j'avais raté mon coup, tu m'aurais suivi au fond du trou. C'était dans ton intérêt.

— Disons plutôt que tu m'as prise pour une idiote, lâcha-t-elle sèchement.

— Si c'est ce que tu appelles te préserver des ennuis, alors oui. Au cas où ça aurait mal tourné, je ne voulais pas t'impliquer dans cette histoire. À Heathrow, il se pouvait qu'on m'arrête à cause des devises. Par chance, ça n'a pas été le cas. De plus, je ne pouvais pas déposer l'argent à la banque, sinon le fisc me serait tombé dessus. Mais nous ne sommes pas encore ruinés, ma chérie, alors tu vois, pas de bobo.

— Eh bien si, figure-toi. (Les sourcils froncés, il la regarda.) À cause de toi, je me suis sentie inutile et à côté de la plaque. Pendant notre séjour à Monaco, tu croulais sous les soucis, mais au lieu de m'en parler, tu m'as offert des cadeaux hors de prix comme si tout allait bien. Comment je me sens après ça, moi, à ton avis ?

— Aimée ?

Il rit, mais elle se détourna d'un air agacé.

— Non, idiote. En tout cas, je trouve toujours cette histoire un peu floue. Par exemple, tu as vendu Bandit Queen, et, d'après Fleming, c'est ce Michael Shaughnessy qui l'a achetée, alors que c'est un des noms qui figurent sur tes faux papiers. Mais ça n'a aucun sens, parce que ce type, c'est vraiment toi, pas vrai ? Il y a ta photo sur le passeport.

— Exact. C'est simple. Si je fais faillite, Bandit Queen ferait partie intégrante de mes dettes. De cette façon, je ne la perdrai pas.

— Mais elle était à moi ! Tu me l'as offerte !

— C'est vrai, et elle l'est toujours, d'une certaine manière. (Il se leva, l'enlaça et l'embrassa dans le cou.) Tu avais déjà tellement de soucis, après le décès de ta mère. Je ne voulais pas t'inquiéter, et... (Il consulta sa montre.) Si on ne se dépêche pas, on risque de passer un mauvais quart d'heure, parce qu'on arrivera en retard à la pièce. On peut aller se changer ?

Elle hocha la tête et l'embrassa. Elle lui toucha le visage.

— Ça sent vraiment bizarre, ce machin, on dirait de la colle. Bientôt tu vas m'annoncer que tu as le crâne comme un œuf et que tu portes une perruque.

Il lui adressa un grand sourire, la souleva et la porta hors de la pièce. Lorsque le téléphone sonna, elle hurla :

— Ne réponds surtout pas ! À tous les coups, ça va être Helen Lyons.

Il la garda dans ses bras jusqu'à la moitié de l'escalier, puis la posa à terre. Le téléphone continua de sonner. Il eut envie de décrocher, au cas où l'appel serait pour lui, mais Christina lui retint la main.

— Ça fait des jours qu'elle appelle. Elle veut que je contacte sa sœur à sa place.

— Pourquoi ?

La sonnerie retentissant toujours, il jeta un coup d'œil par-dessus la rambarde à la table d'entrée en contrebas.

— Comme elle a découvert que David et Sylvia étaient amants, elle dit ne plus jamais vouloir lui adresser la parole. Alors elle m'a demandé ce service. Tu étais au courant ?

— De quoi ?

— Que Sylvia et David se fréquentaient depuis des années.

— Nom d'un chien ! Bien sûr que non. Qu'est-ce qu'elle voulait ? C'est en rapport avec David ou quoi ?

— C'est à propos de la prime d'assurance. Apparemment, c'est Sylvia qui s'occupait de tout, et Helen commence à manquer d'argent.

Le téléphone avait cessé de sonner.

— Tu as parlé à Sylvia ?

— Non. Pourtant, j'ai même appelé à son bureau, mais on m'a répondu qu'elle était à l'étranger. À New York, il me semble. Mais quand Helen a rappelé, juste avant que tu rentres, je n'ai pas réussi à me contenir plus longtemps. Je lui ai balancé qu'après ce que nous avait fait David, elle pouvait très bien appeler Sylvia elle-même ! (Christina changea d'humeur.) Je me suis sentie très seule pendant ton absence, Edward.

— Je suis désolé, mais je n'avais pas le choix.

Il lui caressa le visage et l'embrassa avec douceur.

— Mais est-ce que tout va bien ? Réponds-moi franchement. Je t'en prie, je ne veux plus entendre de mensonges. J'ai détesté forcer tes tiroirs comme une jalouse cinglée, et quand j'ai compris à quel point notre situation financière est critique, c'est toi que j'ai presque détesté pour t'être montré aussi malhonnête.

— En fait, le pire est passé maintenant, et puis avec les espoirs que je fonde sur Royal Flush... S'il remporte le Derby, on va entendre parler de nous. Notre champion vaudra des millions. (Il l'embrassa de nouveau.) Nous sommes presque tirés d'affaire, ma puce.

— Sans que tu aies eu besoin d'hypothéquer le haras ?

— Oui. Ç'a été moins une, mais j'ai réussi à l'éviter. On ne craint plus rien à présent.

Elle s'appuya contre lui et ils terminèrent de gravir l'escalier.

— Il faut que nos rapports changent, dit-elle posément. Dorénavant, ne me mens plus.

— Promis. Bon sang, la prochaine fois, c'est peut-être directement à *moi* que tu t'attaquerais à coups de tournevis !

Il la serra davantage, et ils allèrent dans leur chambre. Dans sa tête, il remercia le ciel d'avoir emporté à Paris son passeport au nom de Philip Simmons. Sinon, Christina l'aurait trouvé avec les autres.

Une heure plus tard, ils assistaient à une version interminable de *La Mégère apprivoisée*. Leurs filles furent ravies de voir leur père, mais Christina leur cacha qu'il avait dormi pendant la plus grande partie du dernier acte. À la fin de la pièce, ils prirent une collation de vin et de fromage avec les autres parents, puis rentrèrent. Dans la voiture, ils écoutèrent de la musique classique plutôt que les informations, et à leur arrivée chez eux, il était 1 heure passée.

Épuisé, Jersey alla directement se coucher et sombra dans un profond sommeil. Christina s'allongea à côté de lui, les yeux grands ouverts, à se demander combien d'autres mensonges son mari lui avait racontés. Elle se rendit compte de son extraordinaire naïveté — pour la première fois, elle s'interrogea sur leurs rapports et le passé de Jersey. Jusqu'alors, elle n'avait jamais souffert de leur différence d'âge, aussi se demanda-t-elle quelles avaient été ses activités avant leur rencontre. À présent, elle le regardait qui dormait comme une souche, et bouillait de colère. Ils ne faisaient quasiment plus l'amour, et il ne l'avait même pas embrassée avant de se coucher. Elle s'affala sur son oreiller, les graines du mécontentement commençant à germer.

Installé dans sa salle télé, Driscoll buvait un grand gin-tonic. Il avait passé la journée à regarder les informations, en partie par amusement et en partie par déni de ses actes. Ils étaient loin d'être tirés d'affaire. Leur plus gros avantage, à Wilcox et à lui, résidait dans leur absence totale de démêlés avec la justice — même si Maureen réussissait à les décrire, elle pourrait examiner les photos d'identité judiciaires jusqu'à la saint-glinglin : ils n'apparaissaient pas dans les sommiers. Dans les flashes spéciaux, on décrivait les véhicules recherchés, et on lançait à longueur de temps des appels à témoins. On traquait Westbrook, et la police disposait d'un mandat d'arrêt à son encontre. Dans des interviews, tout un défilé de gens de la haute et des associés de Westbrook racontèrent son passé de Don Juan et ses rapports avec l'aristocratie. Son visage devenait aussi connu que celui de lord Lucan.

— Qu'est-ce que tu foutais toute la sainte journée ces derniers temps ? lui demanda sa femme en posant un bol de crudités.

— Je démarchais, répondit-il, avant de la regarder qui commençait à croquer dans une carotte.

— Putain, c'est quoi cette nouvelle manie ?

— Je suis au régime.

— Ouais, bah, moi j'ai faim. J'ai pas eu le temps de déjeuner.

Elle se leva.

— Qu'est-ce que tu veux ?

— Une omelette. Un truc pas trop riche. Mon bide m'en fait voir de toutes les couleurs.

— Tu devrais consulter un autre spécialiste. Ton omelette, tu la veux nature, ou avec quelque chose dedans ?

— Un peu de fromage.

— Ça fait grossir, ça.

— Je m'en tape !

— Tony !

— Excuse-moi, mais j'essaie de regarder les infos. (Soudain, il se sentit d'humeur joyeuse.) T'as vu ?

— Je viens de rentrer. Je suis allée prendre un bain de boue au nouveau centre thermal.

— Ouais, eh ben, y a eu un braquage, et pas des moindres.

— Ah oui, je suis au courant. Sandra avait allumé la télé. Tu veux un peu de salade avec ?

— Volontiers.

Il l'observa sortir de la pièce. Il se demanda ce que ressentirait Sandra si elle apprenait que le mari de sa dernière cliente était impliqué dans le vol des joyaux de la Couronne.

Peu après leur arrivée à destination, Pamela se teignit les cheveux pour leur redonner leur couleur orange habituelle. Allongé sur le canapé, Westbrook continuait à s'excuser de lui causer tant de soucis, jurant qu'il se prendrait en main dès qu'il aurait récupéré. Il possédait un faux passeport et suffisamment de liquide pour quitter le pays, mais tant qu'il ne tenait pas debout, s'enfuir était hors de question. Il regarda la télévision toute la journée, mais même les informations ne réussissaient pas à le maintenir éveillé, et il piquait régulièrement du nez. Où diable avaient-ils réussi récolter autant de photos de lui, sans parler de retrouver ses soi-disant associés ? Il se demanda où étaient passés ces fameux grands amis durant sa maladie, l'année passée.

Wilcox arriva chez lui juste à temps pour la fête d'anniversaire des jumeaux, qu'il avait complètement oubliée. Légèrement agacé, lui qui ne pensait qu'à se détendre devant les infos, il gonfla quand même quelques ballons et resta à côté des petits tout le temps qu'ils mangèrent saucisses, œufs et frites. Puis il quitta un moment ce capharnaüm pour aller leur louer des cassettes au vidéoclub du coin. Il revint les bras chargés de barres Mars, de Smarties, de dessins animés, de films de science-fiction, et de tous les journaux du soir qu'il avait pu trouver. Le braquage faisait tous les gros titres, et tout le monde en parlait. Les Anglais, sous le choc, considéraient ce casse comme un sacrilège et trouvaient honteux qu'on puisse vouloir s'en prendre à une partie de l'héritage culturel national. Plus tard dans la soirée, il se retira discrètement dans sa chambre afin de regarder le JT. Les sujets regorgeaient d'interviews, tout le pays semblait traquer Westbrook mais, pour le moment, les enquêteurs ne possédaient apparemment aucun indice concernant l'identité du reste de l'équipe. Néanmoins, les journalistes diffusaient des descriptions basées sur le peu d'éléments en leur possession. Wilcox poussa un soupir de soulagement.

Bien que mourant d'envie d'appeler Driscoll pour lui demander comment il s'en sortait, il savait ne pas devoir céder. Puis, dans un accès de paranoïa, il commença à craindre que la police en sache plus que ce qu'elle annonçait. Il hacha sa dernière dose de cocaïne, et Rika le surprit en train de sniffer dans la salle de bains. Une terrible dispute s'ensuivit, laquelle le calma quelque peu.

Lorsqu'ils eurent fait l'amour, Rika s'allongea à côté de lui, le corps luisant de sueur, et il se dressa sur un coude, souriant.

— Les mômes ont passé une journée super. Merci. Ils s'entendent vraiment bien avec toi, Rika. Je sais pas comment je m'en sortirais sans toi, mais ils vont bientôt aller à l'internat. Leur mère a proposé qu'ils passent les prochaines vacances avec elle et...

Elle se tourna vers lui.

— C'est quoi que tu veux dire ? Tu as plus besoin de moi ?

— Mais non, pas du tout.

— Alors pourquoi tu me raconter ?

— Comme ça. Pourquoi tu interprètes tout ce que je dis, bon sang ?

— C'est pas vrai.

— Mais si.

— Pourquoi tu as rentré aussi en retard ? Je te avais dit que j'ai besoin de trucs pour la fête.

— Il a fallu que je vende une voiture. En fait, j'en revends une grande partie.

Rika fit la moue.

— Tu as toujours des problèmes de l'argent.

— Ouais, mais plus pour très longtemps.

— On va se marier alors ? Tu veux bien épouser Rika ?

Il ferma les yeux.

— Ouais, peut-être... Laisse-moi roupiller un peu. Je suis claqué. Rika se leva, enfila un peignoir, en serra la ceinture et quitta la pièce. Se demandant s'il y avait du nouveau concernant le braquage, il soupira et attrapa la télécommande. Il zappa d'une chaîne à l'autre, puis s'endormit.

Peu de temps après le braquage, lorsqu'ils découvrirent que l'équipe avait arraché les branchements des boutons d'alarme, les enquêteurs remontèrent jusqu'à l'entrepôt par les caves à charbon. À 2 heures du matin, munis d'un mandat de perquisition, ils enfoncèrent la porte du bâtiment. Ce fut à cet instant qu'ils trouvèrent leur dernier indice prometteur. Là, rongée par l'acide, se trouvait une des Daimler. On envoya des experts du labo et vingt policiers examiner l'entrepôt de fond en comble. La police essayait également de découvrir qui avait loué les lieux, mais il leur fallut attendre encore cinq heures avant d'obtenir le nom : Philip Simmons.

Le lendemain du casse, Sa Majesté fit une apparition télévisée inattendue pour demander le concours de la population. Après l'interview, on diffusa un documentaire sur les joyaux de la Couronne, qui fut suivi par dix millions de téléspectateurs. La requête de la Reine déboucha sur une nouvelle avancée importante. Un vieil homme pensait que les Daimler utilisées pour le braquage pouvaient être les siennes. Il expliqua à la police qu'il s'agissait d'un lot de deux, et qu'un type avait acheté le bail de son garage plus de six mois auparavant. Lorsqu'on l'interrogea, il décrivit Wilcox du mieux que sa mémoire le lui permit. La police établit que la description du garagiste concordait avec celle de Maureen.

Les enquêteurs découvrirent ensuite que Philip Simmons avait loué l'entrepôt quelques mois à peine avant le braquage. Après avoir interrogé les agents immobiliers chargés de la transaction, ils obtinrent une nouvelle description de celui qu'ils soupçonnaient à présent d'être le cerveau. Cependant, les renseignements obtenus s'avéraient déroutants. La plupart des tractations concernant la location avaient eu lieu par téléphone, et l'agent qui avait fait visiter les locaux à Jersey fut incapable d'affirmer s'il était roux ou pas, puisque ce jour-là son client portait un chapeau. Dans son souvenir, en tout cas, Simmons n'avait pas de moustache. Malgré une description approximative, il confirma que l'individu était grand, de carrure imposante, et qu'il s'exprimait avec un accent bourgeois.

La dynamique initiale de l'Opération Couronne commençait à s'essouffler. La description de Pamela n'engendra aucun retour. La police savait que leur meilleur atout serait l'arrestation de Westbrook. L'enquête accaparait à présent les efforts de plus d'un millier d'agents, qui passaient au crible déclarations et appels de la population. Cinquante opérateurs travaillaient jour et nuit.

Le jour du braquage et dans les jours qui le suivirent, on signala des centaines d'apparitions de

Westbrook. Parfois à l'aéroport de Heathrow, parfois dans un ferry à Douvres, ou dans diverses gares du sud de l'Angleterre. Une femme déclara être sûre de l'avoir vu dans un train en direction de Plymouth en compagnie d'une blonde. Elle précisa qu'il semblait ivre ou malade. Comme la police n'avait pas rendu public l'état de santé de Westbrook, ce renseignement, susceptible de mener aussi à la dame d'honneur, s'avéra précieux.

Deux jours plus tard, la police obtint un nouvel indice capital. Les trois jeunes qui naviguaient au large de Brighton avaient finalement raconté la scène du largage à leur père, qui à son tour avait rapporté l'incident aux gardes-côtes. Même si d'après lui cet événement n'avait peut-être aucun lien avec le vol des joyaux, il était suffisamment inhabituel pour être signalé.

Les gardes-côtes avaient noté le récit du père et estimèrent nécessaire de transmettre un rapport à la police. On prenait au sérieux tout ce qui sentait le trafic de drogue. La police locale interrogea les jeunes, puis contacta Scotland Yard. Des enquêteurs d'Opération Couronne se rendirent à Brighton.

Bien qu'ils n'aient réussi à déchiffrer que la première partie du nom du bateau, *Hortensia*, les garçons expliquèrent que celui-ci arborait le drapeau français. On alerta les douanes britanniques, mais le navire n'avait été vu dans aucun port anglais. Aucun douanier n'était monté à son bord afin de se renseigner sur les raisons de son mouillage au large des côtes du Sussex.

Le récit des jeunes vint alimenter les théories

concernant la fuite des braqueurs. On avait signalé de nombreux passages d'hélicoptères, et les enquêteurs continuaient à questionner les héliports pour savoir quels appareils volaient au moment du braquage. Assimiler toutes les données s'avéra un travail de longue haleine, mais lorsqu'on les eut recoupées, il apparut avec certitude que quelqu'un avait réservé quatre hélicoptères à l'heure du braquage. Tous avaient reçu pour instructions de prendre des passagers dans le centre de Londres, mais chaque pilote était revenu à vide. L'élément qui redonna un peu de courage aux enquêteurs fut la découverte du nom du responsable des canulars, Philip Simmons, qui remplaçait à présent Westbrook au rang d'homme le plus recherché d'Angleterre. Sa description et son portrait-robot figuraient dans tous les journaux et, aux informations, un portrait conçu par ordinateur apparaissait fréquemment dans les innombrables sujets consacrés au vol des joyaux.

24

Maureen Stanley, à présent plus calme, fut davantage en mesure de contribuer à l'enquête. On lui fit raconter en détail la journée du braquage. Elle dut répondre maintes et maintes fois aux mêmes questions.

Pendant ce temps-là, les équipes de la police scientifique arrivaient au bout d'un exercice long et infructueux. Elles n'avaient pas trouvé la moindre empreinte dans l'entrepôt. Les déchets laissés par les braqueurs étaient si insignifiants qu'ils ne s'avérèrent d'aucune aide. L'acide avait dissous les vêtements et objets placés par Wilcox dans la poubelle. On emporta néanmoins les restes au labo dans l'espoir qu'une fois examinés de plus près ils livreraient des indices. On examina les bidons d'acide. Quelqu'un les avait commandés en gros. Une fois encore, le nom de l'acheteur se trouva être Philip Simmons. L'entreprise chez qui il s'était fourni donna aux enquêteurs son numéro de carte de crédit, ce qui leur permit de remonter jusqu'à une adresse de Kilburn. Lorsque les enquêteurs arrivèrent sur les lieux, le propriétaire leur annonça qu'il n'avait jamais rencontré le locataire. Toutes les transactions avaient été effectuées par Internet.

Pendant qu'une équipe traversait Londres munie d'un mandat de perquisition pour l'appartement de Simmons, une autre essayait de comprendre comment les braqueurs avaient trouvé le moyen de pirater le dispositif de sécurité de Buckingham Palace et de placer sur écoute les lignes de Scotland Yard et de D'Ancona. Sachant qu'en tous les cas le responsable avait eu accès au central téléphonique, on interrogea tous les employés. Un homme, qui possédait les qualifications et le poste nécessaires à une telle entreprise, était parti en congé le jour du braquage. Il se nommait Raymond Marsh.

La deuxième équipe fit route vers la maison du pirate. Les chefs de l'Opération Couronne sentaient que les mailles du filet se resserraient bel et bien, et nourrissaient la certitude qu'ils procéderaient très bientôt à des arrestations.

Lorsque les voitures de patrouille s'arrêtèrent devant la maison, elles furent accueillies par un panneau À VENDRE sur lequel on avait collé un autocollant VENDU. À l'évidence, Marsh ne s'y trouverait pas, et avait probablement quitté le pays. Alignées dans l'entrée, ils trouvèrent diverses caisses devant lui être expédiées en Amérique du Sud. Toutes étaient étiquetées et soigneusement fermées, mais il n'y figurait qu'une adresse de poste restante.

L'agent immobilier, dans l'incapacité de fournir la véritable adresse de Marsh, expliqua que les gains de la vente de la propriété devaient être versés sur son compte. Elle ignorait tout du contenu des caisses. Marsh avait dit qu'un de ses amis passerait les chercher, tout comme certains meubles dont les nouveaux propriétaires ne voulaient pas.

— Connaissez-vous le nom de cet ami ?

— Non, je regrette. Comme je vous l'ai déjà expliqué, on m'a seulement demandé de vendre la maison meublée. À mon avis, cette personne doit posséder une clé.

Robbie Richards l'avait bien en sa possession, mais ne disposant d'aucun endroit où entreposer les malles, il n'était pas encore passé les prendre. Normalement, il était censé les enlever le soir du braquage et, en retour de son aide, choisir les meubles qui lui plaisaient.

À son arrivée dans la rue de chez Marsh, il vit la maison encerclée par des voitures de police et des agents qui grouillaient autour comme des mouches bleues. Au volant de sa camionnette, il fit demi-tour et déguerpit. Bien qu'incapable d'aider les enquêteurs, il aurait cependant pu leur fournir force détails sur les autres activités illégales de Marsh.

Une équipe de policiers entrèrent par effraction dans l'appartement de Kilburn, mais son occupant avait abandonné les lieux depuis longtemps. À la recherche de pièces à conviction, les enquêteurs commencèrent la fouille, et emportèrent l'ordinateur saboté afin de procéder à des examens. L'appareil s'avéra inutile : l'acide avait rongé le plastique des circuits.

Malgré des heures de questionnement, on conclut que Maureen Stanley ne serait d'aucune aide. Elle se montra incapable d'apporter des précisions à la série de croquis déjà conçus par les dessinateurs de la police. On avait transféré les portraits dans un logiciel de DAO, qui colora et affina les traits des suspects, mais cette tentative ne fit que les embrouiller davantage. Elle ne cessa de répéter que, pendant la période précédant le braquage, la peur qu'elle éprouvait pour sa vie et celle de son mari l'avait plongée dans un état second. Cependant, elle expliqua que lord Westbrook était gentil et attentionné, et que la femme qui jouait le rôle de sa dame d'honneur s'appelait Pamela, ou peut-être Pauline.

Menée par leur commandant, l'équipe de policiers travaillant à l'Opération Couronne se rassembla dans une grande salle de réunion. La presse, qui commençait à demander des résultats, raillait les enquêteurs et qualifiait leur travail d'échec. Alors qu'on avait tout d'abord vilipendé les braqueurs pour le vol des joyaux de la Couronne, on les couronnait à présent du titre de héros rebelles.

Même si la police savait que les Daimler avaient fait un premier séjour dans le garage de Leicester, la fouille de celui-ci s'était soldée une fois de plus par un échec. Les braqueurs excellaient dans l'art d'effacer leurs traces. Les enquêteurs savaient que plus ils tardaient à passer leurs découvertes au peigne fin, plus ils risquaient de voir le cerveau du gang leur échapper. Pire encore, d'ailleurs, les précieux joyaux, une fois retaillés, pouvaient être perdus pour la nation à jamais.

À présent, leur indice le plus prometteur s'avérait stérile. Philip Simmons avait créé sa vie de toutes pièces sur Internet grâce à des factures, de nombreux achats, la location de l'entrepôt et de l'appartement. Aucune des pistes d'apparence encourageante ne les mena jusqu'à lui.

On donna pour instructions aux officiers d'élargir le champ de leurs recherches. Les officiers de presse reçurent l'ordre de demander l'assistance de la population. Ils recherchaient un habitant de Londres ou de ses environs qui aurait loué un bâtiment assez grand pour accueillir les voitures et motos utilisées lors du braquage. Le numéro d'appel fut transmis aux journalistes. La police souhaitait toujours interroger Philip Simmons, lord Westbrook, Raymond Marsh et une blonde se prénommant peut-être Pauline ou Pamela. Croquis et portraits informatisés des membres du groupe, diffusés à grande échelle, apparaissaient en permanence à la télévision.

Apeurée, Pamela regardait les mises à jour des JT comme un faucon fondant sur elle, et trouvait les portraits-robots plus ressemblants qu'elle ne l'aurait cru. De plus, ils connaissaient son prénom à présent. Elle s'inquiétait également au sujet de Westbrook, dont l'état de santé alarmant nécessitait une hospitalisation, mais il refusa de la laisser appeler un médecin. Mourant, Westbrook ne craignait qu'une chose : qu'après tous ses efforts son fils n'en récolte rien. Pamela lui affirma que, quelle que soit l'issue du braquage, ils pouvaient faire confiance au Colonel. Il tiendrait parole. Tous savaient que le gros lot ne tomberait pas avant très longtemps. En attendant, le Colonel leur avait donné suffisamment d'argent pour vivre confortablement et sans risques. Il avait même acheté un billet d'avion à Westbrook, mais à présent cette attention s'avérait peu utile pour Son Excellence. Sans traitement médical, il souffrait le martyre.

Pamela acheta de la marijuana à un voisin du dessus, et l'herbe sembla soulager Westbrook. Un soir, en revenant de courses, elle le trouva défoncé, mais habillé et en train d'essayer de lacer ses chaussures. Tremblant comme une feuille, il avait tout du grand malade. Ses cheveux, plaqués sur son crâne, lui donnaient l'air plus maigre que jamais. Depuis leur arrivée, à part un peu d'eau et de brandy, il n'avait quasiment rien avalé.

— Les journaux ne parlent toujours que de ça, lui annonça-t-elle.

— Et j'ai l'impression qu'on montre ma tête sur toutes les chaînes de télé.

Lorsqu'il lui adressa un grand sourire juvénile, elle vit qu'il saignait des gencives.

— Je vais passer ça à la moulinette, et voir si vous réussissez à le garder.

Elle lui montra un plat préparé, qu'elle enfourna dans le micro-ondes.

— Non, pas la peine. Je m'en vais. (Il alluma une cigarette et aspira une grande bouffée.) Ça fait déjà trop longtemps que je suis ici, et je ne veux pas vous mettre en péril une minute de plus.

Bien que soulagée, elle eut trop honte de le montrer.

— Mais pour aller où, bon sang ? Il est déjà 18 heures.

— Chez moi.

Lorsqu'il essaya de se lever, ses jambes se mirent à trembler violemment. Elle ne put s'empêcher de lui lancer une pique.

— Dans cet état, c'est sûr que vous y arriverez.

— Et comment, ma chère ! Je vais me rouler un joint, accumuler un peu d'énergie supplémentaire, et après vous m'appellerez un taxi.

— Je ne peux pas demander à ce qu'on vienne vous prendre ici, mon chou. C'est bien trop risqué.

— Je sais. Dites-lui de passer me prendre à la gare. J'arriverai à marcher jusque là-bas.

— Vous ne tenez même pas debout.

Il se redressa et agita la main.

— Bien sûr que si.

— Mais si vous allez à Pimlico, on vous arrêtera en moins de deux.

— Je ne parle pas de ce chez-moi-là, dit-il doucement, avant de se caler de nouveau dans le canapé. Je parle de ma vraie maison. Le manoir de mes ancêtres.

— C'est une blague ? C'est à mille lieues d'ici, non ?

— Oui, peut-être que le taxi, ce n'est pas une si bonne idée, après tout. Emmenez-moi jusqu'à un train pour Waterloo, et là-bas je me débrouillerai. Je vous en prie, Pamela.

Elle s'approcha de lui et lui prit le visage entre les mains.

— Attendez que je réfléchisse. Si c'est ce que vous voulez, on va trouver une solution.

Pamela quitta l'appartement et revint peu de temps après, munie d'une chaise roulante empruntée à l'un de ses voisins âgé.

— Ça fait une trotte, mais on y arrivera. Bon, roulez-vous quelques joints, et on est partis.

Westbrook la laissa le raser et lui donner une chemise laissée là par un amant parti depuis longtemps. Par-dessus, il enfila un pull à col roulé, et

Pamela l'enveloppa d'une couverture. Elle lui mit un chapeau, qu'elle abaissa bien sur son front.

À 8 heures, elle prit le départ et se lança dans les trois kilomètres qui les séparaient de la gare. Bien qu'énormément amaigri par la maladie, Westbrook restait lourd et difficile à pousser, et elle devait s'arrêter régulièrement pour reprendre son souffle. Westbrook avait le menton appuyé contre le torse, et sa tête était secouée à chaque fois que Pamela franchissait un trottoir.

Un train partant pour Waterloo un quart d'heure plus tard, elle acheta un aller simple et le poussa jusqu'au quai. Elle refusa de réfléchir à la façon dont il monterait dans le train et en descendrait. Sans parler beaucoup, ils attendirent. Au grand étonnement de Pamela, lorsque le train entra en gare, Westbrook trouva suffisamment de force pour se lever sans aide.

— Adieu, ma petite Pamela. Portez-vous bien. Je vous aime beaucoup, et je ne saurais vous remercier assez pour toute votre attention. Bon, laissez-moi à présent, et ne vous retournez pas. Partez avant que je me mette à pleurnicher comme un petit garçon. Je n'ai jamais bien réussi à maîtriser mes sentiments. Ça me rappelle quand je disais « au revoir » à ma mère avant de retourner à l'internat.

Pamela l'embrassa sur sa joue humide et jaune, et s'occupa les mains avec le fauteuil pour retenir ses larmes elle aussi. Elle tenait beaucoup à lui et savait qu'elle ne le reverrait jamais.

De retour chez elle, elle se mit à ranger le désordre dû à la présence de Westbrook. Lorsqu'elle eut enlevé les draps sales et passé l'aspirateur dans le coin du canapé, elle s'assit et éclata en sanglots, à la fois soulagée et attristée. Sans lui, elle se retrouvait complètement seule. Ensuite, elle réchauffa le plat cuisiné et se servit un grand verre de brandy. L'idée d'entendre aux informations qu'on avait arrêté Westbrook à Waterloo l'effrayait trop pour qu'elle puisse allumer la télévision. Lorsqu'elle trouva les billets d'avion ainsi que les deux mille livres qu'il avait laissées à son intention, elle fondit de nouveau en larmes.

Blotti dans un coin du compartiment, Westbrook dormit durant tout le trajet. Personne ne fit attention à lui. Lorsque le train entra en gare, il rassembla suffisamment de forces pour se rendre jusqu'à la station de taxis. La douleur le força à s'asseoir un quart d'heure. Puis, en nage, il fit l'effort de se lever et héla un taxi. Il demanda à ce qu'on le conduise à Andover, à deux bonnes heures de route. Tout d'abord, le chauffeur refusa de le prendre, mais, à la vue des billets, il s'empressa de descendre de voiture et de l'aider à monter.

— Vous êtes souffrant ? demanda-t-il.

— En quelque sorte. On vient de me retirer l'appendice. (Il se cala dans la banquette, stupéfait d'avoir réussi à parcourir autant de chemin.) Quand on sera arrivés, cocher, réveillez-moi, et je vous indiquerai le chemin jusqu'au pavillon du gardien.

De là, il pourrait passer le portail et peut-être parcourir les quatre cents mètres jusqu'à la demeure. Trop épuisé pour garder les paupières ouvertes, il passa cependant le temps en comptant le nombre de pas nécessaires pour atteindre les cuisines, entrer dans le couloir principal et monter l'escalier qui menait à sa chambre. Son esprit dériva vers les souvenirs de cette pièce telle qu'il l'avait connue dans son enfance. Isolé dans l'aile est, il avait toujours été terrifié par le noir. Ses parents ne lui avaient jamais témoigné énormément d'affection, et il ne se rappelait pas avoir vu son père se montrer chaleureux ou compréhensif. Sa mère avait bien essayé, lorsqu'elle était sobre, mais dans les moments où il aurait eu le plus besoin d'elle, elle participait toujours à des soirées mondaines. À l'époque, le seul grand amour de Westbrook avait été cet édifice magnifique vers lequel il se dirigeait. Les couloirs, la salle de bal, la bibliothèque, le plafond de sa chambre, voûté et décoré d'anges l'appelant vers les nuages sur lesquels ils reposaient. Toutes ses tentatives s'étaient soldées par un échec cuisant mais, à présent, grâce aux gains de sa dernière entreprise, il allait s'assurer que son fils, son héritier, qui vivait loin de lui, toucherait l'argent qui lui permettrait de retrouver son foyer légitime. Ce n'était qu'un fantasme, mais Westbrook l'entretint pendant la durée du voyage.

Il laissa au chauffeur un pourboire généreux et le regarda repartir, puis se servit de l'enceinte de pierre pour s'aider à se diriger dans l'obscurité vers le portail du pavillon. Sous la silhouette imposante de la somptueuse demeure, il marcha vers les cuisines, comptant chaque pas en espérant que ses forces ne l'abandonnent pas. Ayant réussi à entrer et à monter dans sa chambre, il s'allongea sur l'édredon, la tête posée sur les traversins de satin décorés de pompons dorés. Au plafond, les chérubins rosés dansaient, les doigts déployés. Un buste en marbre blanc représentant son arrière-arrière-arrière-grand-père se dressait devant la fenêtre : lord Alexander Westbrook, dont la perruque tombait en boucles sur ses épaules, le fixait de ses yeux aveugles. Westbrook poussa un léger soupir de satisfaction. Il retrouvait enfin son foyer.

Le corps de Westbrook fut découvert le lendemain par une vieille femme de ménage. Lorsqu'on téléphona au médecin, deux domestiques de la famille, à présent engagés comme personnel d'entretien par l'entreprise de crèmes glacées propriétaire des lieux, l'avaient déshabillé et lavé. On avait appelé la police, qui arriva sirènes hurlantes au moment où le médecin terminait son examen. La mort était survenue tôt dans la matinée.

On emporta la dépouille à la morgue, où l'on procéda à une autopsie. Le cancer qui le rongeait avait gravement atteint les poumons et le cœur. Aucun élément suspect ne fut décelé. Lorsqu'on rendit le cadavre, un ancien domestique, en vue des funérailles, fournit aux pompes funèbres son uniforme et son épée exposés dans le vestibule. Bien qu'il eût été désavoué par son régiment, on estima tout à fait légitime qu'il soit mis en bière vêtu de sa tenue militaire. Il s'agissait tout de même de lord Westbrook. Sa famille fut invitée à se rendre à Londres pour assister aux funérailles. La police emporta ses habits sales pour les examiner, et les serviteurs furent interrogés, mais vite relâchés.

Westbrook fit de nouveau les gros titres, mais, ayant jeté tout ce qui le liait au braquage et à Pamela, il ne laissa aucun indice susceptible d'aider la police dans son enquête. Il s'était éteint en sachant que le Colonel serait impressionné par la ténacité et le dévouement dont il avait fait preuve au cours de ses dernières heures. Rien d'étonnant à cela, ceci dit : il avait toujours été un véritable gentleman.

Jersey abaissa son exemplaire du *Times* et se laissa aller à un sourire de contentement. L'article stipulait que Westbrook était mort de causes naturelles, et qu'on ne considérait pas son décès suspect. On ne parla de Sylvia Hewitt ni à la télévision ni dans la presse écrite. Cela lui sembla de bon augure. En fait, même si les journaux continuaient à consacrer leurs premières pages à la traque aux braqueurs, il se sentait peut-être tiré d'affaire. Il n'était pas assez idiot pour croire que les enquêteurs transmettaient toutes leurs découvertes aux journalistes mais, cinq jours après le braquage, la police n'avait toujours procédé à aucune arrestation et ne semblait pas sur le point de le faire. Cependant, les appels à témoins quotidiens, les croquis des dessinateurs de la police et les portraits-robots représentaient un risque. Il n'espérait qu'une chose : que tout élément pouvant le relier à Philip Simmons avait été détruit.

Jersey continua à se consacrer quotidiennement à l'écurie, participant aux exercices des chevaux et discutant des futures échéances de courses avec Fleming. Il témoignait une grande attention à Christina, qui paraissait moins inquiète de leur situation maintenant qu'il se trouvait à son côté. Au haras, comme partout ailleurs dans le pays, les discussions à propos du braquage allaient bon train mais, finalement, l'intérêt retomba à mesure qu'avançait la saison.

Après être passée par toute la gamme des émotions, Helen Lyons s'était résolue à appeler sa sœur. Malgré tous ses défauts, Sylvia restait sa seule famille, et Helen souffrait de la solitude. Son amie du Devon lui avait suggéré d'essayer de régler ses problèmes d'argent et de rendre visite à sa sœur, lui signifiant que son hospitalité atteignait ses limites.

Sylvia, cependant, semblait s'être absentée quelque temps, ou du moins ne répondait pas au téléphone. Helen l'avait rappelée d'innombrables fois. Ses collègues de bureau lui confirmèrent qu'elle se trouvait encore sûrement à New York. Au bout d'une semaine, toujours sans nouvelles de sa sœur, elle prit un train pour Londres et se rendit en taxi à St John's Wood. Il lui restait toujours sa clé de l'appartement. Elle ouvrit la porte d'entrée.

— Sylvia, c'est Helen.

Elle entra et marcha sur le courrier entassé. En avançant dans la pièce, elle remarqua une odeur nauséabonde. Elle hurla. Le cadavre de Sylvia était étendu sur le canapé. Helen courut au rez-de-chaussée trouver la concierge. Cette dernière ignorait la marche à suivre. À l'évidence, Sylvia était morte, et cela depuis quelque temps, mais elles appelèrent quand même le médecin, puis l'attendirent.

À son arrivée, celui-ci confirma ce qu'elles savaient déjà, et leur expliqua qu'on ne connaîtrait pas la cause du décès avant l'autopsie. Il appela la police, et un jeune agent en uniforme vint prendre la déclaration des deux femmes. On ne trouva aucun signe d'effraction, et aucun objet ne semblait manquer ou avoir été déplacé.

Helen dut attendre qu'on emporte le corps à la morgue. Elle ouvrit grand les fenêtres pour chasser la puanteur écœurante. N'ayant trouvé aucune raison valable de s'en aller puisqu'elle ne savait toujours pas où loger, elle découvrit tous les documents concernant l'assurance de sa maison soigneusement empilés dans un tiroir du bureau. Elle trouva aussi le testament de sa sœur, et y lut qu'elle en était la principale bénéficiaire. À présent, l'appartement lui appartenait, mais en attendant de le récupérer de manière légale, elle resterait dans la chambre d'amis.

Certains points de l'enquête sur la mort de Sylvia restant sans réponse, l'affaire resta ouverte. La théorie du suicide parut confirmée à l'autopsie, qui révéla un fort taux de morphine dans son organisme. Néanmoins, le légiste fut perturbé par la présence supplémentaire de kétamine. Abasourdie par cette nouvelle, Helen fondit en larmes. Le jeune brigadier assis en face d'elle dut attendre un temps considérable avant de pouvoir reprendre l'interrogatoire. Il leur fallait déterminer si Sylvia l'avait ingéré de son plein gré ou si on lui avait administré de force. Helen expliqua qu'elle ne voyait aucune raison à ce que l'on souhaite du mal à sa sœur.

— Ces deux derniers jours, en revanche, j'ai appris qu'elle avait perdu une somme d'argent colossale à cause d'un mauvais investissement, raconta Helen. Cette affaire impliquait mon mari.

Puis toute l'histoire sortit d'un seul coup. Ayant perdu David, son argent et sa sœur, Sylvia avait tout à fait pu se suicider. Le fait qu'elle ait annoncé à ses employeurs qu'elle ne reprendrait pas le travail immédiatement constituait un autre indice éventuel de ses intentions.

On demanda à Helen si elle connaissait quelqu'un ayant vu sa sœur au cours des deux semaines précédentes, mais ce n'était pas le cas. La police se lança dans l'examen des coups de téléphone passés ou reçus par Sylvia le soir de sa mort. On interrogea aussi amis et collègues, même s'il ne s'agissait toujours pas d'une enquête criminelle. Aucune des personnes questionnées ne pensait que Sylvia aurait pu se suicider, et certaines parlèrent aux inspecteurs de son séjour à New York. Cet élément concordait avec le dernier numéro de téléphone composé par Sylvia, celui d'un détective privé du nom de Matheson. Lorsque le sergent Jon Fuller le contacta, Matheson fut sincèrement peiné. Il expliqua que Mlle Hewitt l'avait engagé pour pister un certain Alex Moreno qui, d'après eux, était mouillé dans une arnaque.

— Vous a-t-elle paru déprimée ? demanda Fuller.

— Non, au contraire. Elle était très enjouée parce qu'elle avait retrouvé celui qui d'après elle pouvait l'aider à récupérer une partie de son argent.

— Mlle Hewitt a-t-elle prononcé son nom ?

— Philip Simmons.

— Vous le connaissez ?

— Je ne l'ai jamais rencontré, mais je sais qu'il est récemment passé à New York. En fait, nous pensions qu'il s'y trouvait toujours. C'est le conseiller financier de Moreno. Mlle Hewitt m'a également dit que tout se passait bien et qu'elle n'avait plus besoin de mes services.

— Avez-vous une idée de son lieu de résidence ? Une adresse, peut-être ?

— Non. Je vous le répète, je ne l'ai jamais croisé, mais je crois qu'il est canadien.

Le rapport de Fuller fut transmis à son supérieur, qui le rangea dans les affaires non classées. Il avait conclu que la mort de Mlle Hewitt demeurait suspecte. Pourquoi une femme sur le point de se tuer à la morphine et à la kétamine prendrait-elle la peine de nettoyer sa cuisine, sans laisser aucune trace de la façon dont elle avait absorbé les drogues ? Pourquoi n'avait-on trouvé aucune lettre d'explication ? De plus, il souhaitait parler à la personne qui était probablement la dernière à l'avoir vue vivante : Philip Simmons, dont le nom figurait à la case de 18 heures de son agenda, souligné trois fois. Pour l'instant, ils n'avaient trouvé aucune trace de ses coordonnées dans son répertoire ou ses dossiers.

On donna pour instruction à Fuller de poursuivre l'enquête, et le corps de Sylvia fut remis aux pompes funèbres. Même si les enquêteurs chargés de l'affaire du braquage avaient annoncé aux médias qu'ils recherchaient un dénommé Philip Simmons, le sergent Fuller ne fit pas le rapprochement. Une suicidée à St John's Wood n'avait rien du crime du siècle. S'il n'avait pas failli sur ce point, l'enquête s'en serait trouvée galvanisée. Pour l'instant, le nom de Philip Simmons fut simplement ajouté à une longue liste de personnes qu'ils souhaitaient interroger.

La brigade du braquage fit un grand pas en avant lorsque les douaniers britanniques, en collaboration avec Interpol, identifièrent un yacht baptisé *Hortensia Princess*, appartenant à Paul Dulay et ancré dans le sud de la France. Ils contactèrent leurs homologues européens, dont les registres montraient que le bateau avait quitté Cannes quatre jours avant son apparition au large de Brighton, et était revenu quatre jours plus tard. Par courrier électronique, ils transmirent aux témoins une photo du navire afin qu'ils vérifient s'il s'agissait bien du même.

Interrogés une nouvelle fois, les trois jeunes répondirent sans hésiter par l'affirmative. Les enquêteurs, lorsqu'ils découvrirent le métier de Dulay, comprirent qu'ils venaient peut-être de déceler une piste importante. On envoya deux inspecteurs interroger Dulay et son personnel.

Les deux membres d'équipage confirmèrent avoir repêché une caisse larguée par un hélicoptère au large des côtes anglaises. Celle-ci ne contenant que du bric-à-brac, ils l'avaient rejetée à la mer. Ils racontèrent que, suite à un problème de moteur, ils avaient dû mouiller dans les environs de Brighton. Après avoir réussi à réparer eux-mêmes les jauges à carburant, ils avaient levé l'ancre et fait route vers la France. Lorsqu'on leur demanda si le propriétaire du bateau se trouvait à bord avec eux, ils confirmèrent sa présence et racontèrent qu'ils tenaient de lui l'ordre de hisser la caisse à bord.

Paul Dulay travaillait dans sa bijouterie lorsque les inspecteurs vinrent le questionner. Gardant son calme, il précisa n'avoir jamais accosté. Il fournit les noms des trois entreprises appelées du bateau pour demander l'envoi de dépanneurs. Lorsqu'on l'interrogea à propos de la caisse, il ne paniqua pas.

— Ah oui. Nous avons vu un hélicoptère nous survoler et larguer quelque chose dans l'eau. J'ai ordonné à mes hommes de repêcher la caisse. (Il leur lança un regard lucide.) Ça aurait pu être de la drogue — n'importe quoi, vous savez. Quand nous l'avons ouverte, nous n'avons trouvé que des bouteilles vides, deux blousons et d'autres vêtements. Nous l'avons rejetée à l'eau. À mon avis, elle flotte toujours quelque part dans le coin.

Les policiers le questionnèrent sur l'hélicoptère — sa marque, son type de propulsion —, mais Dulay haussa les épaules. Ses souvenirs restaient vagues : l'appareil, occupé par trois personnes, était plutôt gros, peut-être un modèle à deux turbines. Les inspecteurs s'en allèrent et revinrent à peine une heure plus tard, munis d'un manuel où l'on voyait plusieurs photos d'hélicoptère. Dulay les examina longuement, puis pointa du doigt un Sikorsky S-76.

— Celui-ci.

— Verriez-vous un inconvénient à ce que l'on fouille votre bateau ?

— Non, pas du tout.

— Nous souhaiterions également jeter un coup d'œil à votre maison.

— Je ne comprends pas bien pourquoi, mais comme vous voudrez.

À leur départ, Dulay fut pris de sueurs froides. Il appela le capitaine de son bateau et lui donna pour instruction de fournir à la police la même marque d'hélicoptère que lui, et de dire que trois personnes occupaient son cockpit.

Dans leur rapport à Scotland Yard, les inspecteurs déclarèrent n'avoir rien trouvé à bord du *Hortensia Princess*, ni dans la demeure ou la bijouterie de Dulay. En revanche, ils précisèrent que Dulay taillait des pierres lui-même et possédait un atelier très bien équipé dans son arrière-boutique. Son commerce était prospère et sa clientèle influente. En conclusion, ils ne nourrissaient aucune suspicion à l'égard de cet homme à la coopération exemplaire.

On leur demanda de le laisser tranquille jusqu'à nouvel ordre, mais de ne pas rentrer en Angleterre. Ils devaient maintenir leur surveillance, et ce de façon ostensible. Bien qu'il leur semblât hors de soupçon, sa profession et sa présence près de l'Angleterre le jour du braquage faisaient de lui un suspect.

Par la suite, on montra une photo identique de l'hélicoptère aux trois garçons qui, ne connaissant rien dans ce domaine, furent incapables de confirmer s'il s'agissait bien du même.

Le renseignement fourni par Dulay fut transmis à l'équipe, qui commença à rechercher au Royaume-Uni tous les propriétaires de Sikorsky. Ils contactèrent également les entreprises auxquelles il avait demandé de l'aide. Toutes se souvenant de l'appel de Dulay, on ne put invalider sa version des faits. On envoya des vedettes à la recherche de la caisse larguée en mer.

L'inquiétude rongeait le joaillier. Persuadé d'être pris en filature, ses nerfs commençaient à lâcher. Malgré l'envie de contacter Jersey, il n'osait le faire. Cependant, quelques jours après avoir été questionné, ce fut Jersey qui l'appela. Les journaux regorgeaient de détails sur l'hélicoptère, déclarant que c'était probablement là le moyen utilisé par les malfaiteurs pour s'enfuir, aussi Jersey se doutait que Dulay serait sûrement à cran. Il lui téléphona d'une cabine publique à l'hippodrome de Kempton Park, où il venait d'assister à la victoire facile de Royal Flush, qui s'assurait ainsi une place au Derby. Il avait ensuite félicité Mickey et, en évitant les photographes, regardé les lads envelopper son cheval d'une couverture.

Lorsqu'il joignit le bijoutier, il flottait toujours sur son petit nuage.

— Alors, comment ça va ? demanda-t-il.

— Ils me filent, j'en suis sûr ! lança Dulay, paniqué.

— Pas si vous avez suivi mes ordres.

— Des témoins ont assisté au largage.

— Mais vous vous en êtes tenu à notre histoire ?

— Oui. Ils ont fouillé le bateau de fond en comble. Ma maison, la boutique...

— Mais tout est bien caché, donc il n'y a pas à s'inquiéter.

Jersey restait flegmatique.

— Ouais, mais c'est pas vous qu'on surveille. Je chie dans mon froc, putain.

— Contentez-vous de garder votre calme.

Continuez comme si de rien n'était. Ne vous approchez pas du butin, suivez le plan à la lettre. On n'ira pas le récupérer tant que tout ne sera pas calmé. Poursuivez vos petites affaires et essayez de jauger M. Kitamo. Nous exigeons cet acompte d'un million.

— Il va vouloir faire expertiser le Koh-i-noor, mais pour l'instant je suis trop sous pression pour aller chercher les joyaux.

— Eh bien, s'il veut le diamant, il va falloir qu'il nous fasse confiance, c'est tout. Dites-lui que nous voulons toucher le million de dollars avant de le lui montrer. À moins qu'il soit complètement à côté de la plaque, il doit être au courant que des joyaux d'une valeur inestimable sont disponibles, à l'heure qu'il est.

— Je comprends. De votre côté, tout va bien ?

— Oui. Rien à signaler.

À la fin de la communication, Jersey se sentait à cran. Il ne s'attendait pas à ce qu'un tel danger se dresse aussi vite. Hormis le Koh-i-noor, les joyaux se trouvaient toujours dans la caisse étanche, enveloppés dans des bâches et des sacs de toile, cachés à des dizaines de mètres de profondeur. Un casier à homards marquait l'emplacement où on l'avait larguée au large de Cannes, aux abords d'un petit bras de mer où se trouvait un port de pêche. Le moment venu, Dulay irait récupérer le butin seul sur un hors-bord : pas d'équipage, pas de témoins.

En mer, les gardes-côtes repêchèrent une vieille caisse en bois volumineuse et la hissèrent à leur bord. Ils y trouvèrent des bleus de travail, des bottes, deux blousons et une paire de chaussures. Son contenu, qui ne fournit aux enquêteurs aucun nouvel indice, rendit la déclaration de Dulay plus plausible.

Ce dernier lut sur Internet qu'on avait retrouvé la caisse, mais cela ne le tranquillisa en rien. Il regrettait déjà sa participation au vol des joyaux, mais il était trop tard. Pour l'instant, la chance lui avait souri, mais combien de temps sa bonne étoile allait-elle encore le protéger ?

Aux yeux de Fuller, la mort de Sylvia Hewitt semblait suspecte. Il avait emporté l'agenda professionnel et des documents personnels de la comptable trouvés à son bureau, auxquels vinrent s'ajouter lettres et dossiers pris chez elle. En passant son agenda au peigne fin, il découvrit qu'elle aurait dû se rendre à plusieurs rendez-vous au cours de la semaine suivant sa mort, notamment chez le dentiste et le médecin. Ce qui ne collait pas avec l'état d'esprit d'une femme qui envisage de se suicider.

Il appela de nouveau Matheson, lequel affirma qu'à leur rencontre à New York elle ne lui avait pas paru suicidaire, mais plus déterminée que jamais à retrouver Moreno. Matheson ajouta que le jeune chef d'entreprise avait disparu.

Dans l'agenda de Sylvia figurait une liste des noms et des numéros de téléphone de certains clients de David Lyons ayant connu eux aussi d'importantes pertes. Les noms d'Anthony Driscoll, James Wilcox et Edward de Jersey, comme si elle les considérait plus importants que les autres, étaient soulignés, et Fuller décida de se concentrer sur ces individus.

Le premier du trio à être interrogé fut Tony Driscoll. Il passa à deux doigts de la crise cardiaque lorsque sa femme vint dans son cabinet de travail lui annoncer qu'un policier demandait à lui parler.

— Désolé de vous déranger, monsieur. Je suis le sergent Jon Fuller, et voici l'agent Margaret Kilshaw. Je souhaiterais vous poser quelques questions concernant une certaine Sylvia Hewitt. J'ai cru comprendre que vous étiez partenaires en affaires. (Driscoll hésita, mais Fuller reprit la parole :) Vous savez peut-être que Mlle Hewitt est décédée.

— Oh, vous m'en voyez navré, mais je ne la connaissais pas.

— Mlle Hewitt a récemment perdu une très grosse somme d'argent à cause d'un mauvais investissement dans une start-up, et votre nom figure dans son agenda.

— Ah, oui. Je vois de qui il s'agit, mais je ne l'ai jamais rencontrée. À mon avis, elle a obtenu mon numéro par l'intermédiaire de David Lyons, celui qui m'a conseillé de placer mon argent dans cette même société.

— Pouvez-vous m'expliquer pourquoi elle vous a contacté ?

— Comme j'ai moi aussi perdu énormément d'argent, Mlle Hewitt m'a demandé si je souhaitais engager quelqu'un dans le but de rechercher le responsable de cette faillite. En ce qui me concerne, j'étais très agacé qu'elle ait obtenu mes coordonnées, et je lui ai fait remarquer que c'était illégal.

— Et vous ne l'avez jamais rencontrée ?

— Non. Désolé de ne pas pouvoir me rendre plus utile.

— Une dernière chose. Connaissez-vous un certain Edward de Jersey ?

— Non.

— Et un dénommé James Wilcox ?

— Non plus.

— Philip Simmons ?

Le cœur de Driscoll semblait sur le point de lui briser les côtes.

— Non. Je suis navré, mais je n'ai parlé à cette femme qu'une seule fois au téléphone.

Il hésita à poursuivre, mais estima qu'il en avait déjà assez dit.

Très vite, Wilcox reçut un coup de fil de Driscoll, qui le prévint de ne pas s'inquiéter s'il recevait la visite de la police.

— J'avais prévenu tout le monde que cette bonne femme de malheur représentait un danger, répondit Wilcox, agacé.

— Oui, je sais, mais le problème est réglé. Elle est morte.

Le temps que Wilcox percute, un bref silence s'écoula.

— Comment ça se fait qu'ils soient venus te voir ?

— Cette garce avait noté mes coordonnées dans son agenda, putain, alors ça veut dire qu'elle devait aussi connaître les tiennes et celles du Colonel. Je vais l'avertir aussi. (Driscoll marqua une pause.) Enfin, jusqu'ici tout va bien, pas vrai ?

— Ouais. Espérons que ça dure.

Dans l'après-midi, lorsque le sergent Fuller rendit visite à Wilcox, ce dernier nia connaître Sylvia Hewitt, Driscoll et Jersey.

— Saviez-vous que David Lyons s'était suicidé ? demanda Wilcox à l'inspecteur d'un ton innocent.

— Oui, nous sommes au courant. Une dernière petite chose — connaissez-vous un certain Philip Simmons ?

— Non. Comme je ne fréquentais pas les Lyons en dehors du travail, je n'ai jamais rencontré ses autres clients. Tout ce que je sais, c'est que nous avons tous perdu énormément d'argent. C'est peut-être une autre victime de cette banqueroute.

— À cause d'un certain Alex Moreno ?

— Il faut croire. Mais, à mon avis, il s'est fait la malle. Je sais que nos chances de récupérer notre argent sont très faibles.

Comme prévu, Driscoll passa un bref coup de téléphone à Jersey, qui se montra bourru et froid. Lorsqu'il raccrocha, Driscoll sentit comme une drôle de sensation dans l'estomac. Certain que Jersey avait joué un rôle dans la mort de Sylvia Hewitt, comme pour celle de Moreno, il préférait n'être au courant de rien. Il se sentait simplement soulagé de la savoir hors d'état de nuire.

Cependant, Driscoll et Wilcox avaient besoin d'un apport d'argent. Ignorant que Wilcox envisageait la même solution, Driscoll décida de mettre sa maison en vente.

Le sergent Jon Fuller, accompagné de sa coéquipière, se rendit ensuite chez Jersey. Déjà impressionné par les propriétés de Driscoll et Wilcox, il eut le souffle coupé par celle de Jersey. Ils se garèrent à côté d'un des équipements de l'aile ouest, un grand manège semi-couvert doté d'une piscine en fer à cheval destinée à l'exercice des animaux.

Jersey observait Royal Flush parcourir le bassin à la nage. Bien qu'ayant vu la voiture de police entrer dans l'écurie, il n'y prêta aucune attention. À l'approche des agents, il continua à crier ses instructions :

— Continuez. Qu'il nage encore deux demi-cercles.

— Bonjour, monsieur.

Fuller lui montra son insigne et présenta sa partenaire.

— Voici ma plus grande fierté, Royal Flush, dit Jersey en montrant l'étalon. Le jour du Derby, misez sur lui, leur conseilla-t-il, avant de leur adresser un sourire charmeur.

Il les accompagna jusqu'à la maison, où il leur raconta qu'il avait rencontré Sylvia Hewitt à deux reprises, la première fois chez son beau-frère, David Lyons, et la seconde chez elle à St John's Wood.

— On a retrouvé le corps de Mlle Hewitt dans son appartement, annonça Fuller.

Jersey s'arrêta net.

— Quelle horreur ! Quand est-ce arrivé ?

— Il y a deux semaines. D'après nous, il s'agirait d'un suicide, monsieur.

— C'est terrible, mais je ne vois pas en quoi je

peux vous aider. Je ne la connaissais pas vraiment. (Il ajouta être surpris que Sylvia ait envisagé le suicide. Puis il se tut un instant.) Je ne sais pas si je devrais vous en parler, mais son beau-frère, comme vous le savez sûrement, s'est récemment donné la mort, lui aussi. Si j'hésite à tenir des propos désobligeants concernant Sylvia, c'est parce que je portais une grande affection à David et à sa malheureuse femme. (Il marqua une nouvelle pause.) Mais il me semble que Sylvia et David étaient amants depuis très longtemps. (Il soupira.) Vous me voyez profondément navré de ce qui est arrivé. D'une certaine manière, j'aurais aimé la connaître davantage. La perte de certains placements m'a terriblement dérouté, mais en comparaison...

— Avez-vous déjà envisagé d'engager une action en justice ? demanda l'inspecteur avec intérêt.

— Voyez-vous, David était mort. Mon père me répétait toujours : « N'investis jamais dans un domaine que tu ne comprends pas. » Alors je regrette de tout mon cœur de ne pas l'avoir écouté. Ce Moreno, là, il s'est enfui avec tout ce qu'il a pu sauver de ce désastre.

— L'avez-vous déjà rencontré ?

— Bon sang, non. Mlle Hewitt essayait de le retrouver. Elle désirait que je l'aide, mais les détectives privés ne sont pas fiables et, à mes yeux, la meilleure solution consistait à passer l'éponge. En ce qui me concernait, David mort, tout était terminé.

— Et vous ne connaissez pas un certain Anthony Driscoll ou un certain James Wilcox, par hasard ?

— Non, je regrette.

— Avez-vous déjà rencontré un homme du nom de Philip Simmons ?

À cet instant, Christina entra dans la pièce. Munie d'un plateau, elle s'arrêta une seconde sur le pas de la porte.

— Entre donc, chérie.

Jersey se leva et fit les présentations. Elle posa le plateau et leur serra la main. Jersey distribua les tasses de café en expliquant à Christina la raison de la présence des policiers.

Abasourdie, Christina s'assit.

— Quelle horreur ! C'est terrible. Il faut que j'appelle Helen.

Jersey passa le bras autour d'elle.

— Oui, bien sûr, tu as raison.

Elle le fixa du regard un instant, puis sourit aux policiers.

— Veuillez m'excuser, dit-elle en quittant la pièce.

Devant la porte du cabinet de travail, Christina attendit et entendit son mari répondre à la question des policiers au sujet de Philip Simmons.

— Son nom ne m'évoque rien. Était-ce un client de David Lyons ?

— Nous n'en sommes pas sûrs, répondit Fuller. Si nous vous demandons ça, c'est simplement parce que nous avons trouvé plusieurs notes dans l'agenda de Mlle Hewitt concernant cet homme et, d'après le détective de New York, elle pensait qu'Alex Moreno et lui se connaissaient.

— Je ne crois pas avoir jamais rencontré ce Simmons, mais comme je vous l'ai expliqué, je croise énormément de monde sur les hippodromes.

— Vous êtes-vous rendu récemment à New York ?

— Non.

Christina continua à écouter jusqu'à ce qu'ils se mettent à discuter courses. Elle descendit lentement jusqu'à sa chambre et s'assit sur le lit. Elle comprenait les motivations de son mensonge. Ses activités à New York étaient illégales, il le lui avait expliqué. Mais comment diable cette histoire pouvait-elle avoir un rapport avec Sylvia Hewitt ? Elle alla à la fenêtre, vit Jersey raccompagner les policiers dans la cour, et les observa regagner leur voiture.

Quelques instants plus tard, Jersey entra dans la chambre à coucher.

— Je ne m'attendais pas à te voir à la maison si tôt, dit-il.

Christina le fixa du regard. Il l'effrayait.

— Qu'est-ce que tu as entendu d'autre ? demanda-t-il.

— Eh bien, leur question sur ta présence à New York.

— Je ne pouvais pas leur répondre la vérité, et tu sais pourquoi, dit-il en s'asseyant sur le lit à son tour.

Elle fuyait son regard.

— Mais ils vont la découvrir, c'est certain.

— Pourquoi ça ? Je détruirai mes passeports, si tu veux.

— À ta place, je le ferais, mais je ne comprends pas la nécessité de tout ce subterfuge.

— Je t'ai déjà tout expliqué.

— Je sais bien, mais pourquoi le nom de celui que tu es allé voir à New York figurait dans l'agenda de Sylvia Hewitt ?

— Parce que, vois-tu, ma chérie, elle essayait de retrouver sa trace afin de récupérer son argent. Je te l'ai déjà raconté. En fait, c'est David qui m'avait suggéré d'employer un pseudonyme lors de mes déplacements d'affaires. C'est même lui qui s'est chargé de m'obtenir les passeports. Dès qu'un vendeur apprend qui je suis, il augmente le prix. À mon avis, si elle n'arrêtait pas d'appeler ici, c'est parce qu'elle avait découvert mon petit tour et voulait m'extorquer une somme. Quelle femme désagréable, vraiment !

— Je t'en prie, elle est morte.

— Je sais, mais c'est elle qui s'en est chargée. Fréquenter David dans le dos de Helen, quelle garce ! Sa propre sœur !

— Je te trouve bien moralisateur d'un seul coup, commenta-t-elle, perplexe.

— Pas vraiment, mais tout ce qui l'intéressait, c'était de revoir son pognon, et quand elle a compris que c'était peine perdue, elle n'a pas supporté.

— Comment s'y est-elle prise ?

— Aucune idée. Nous ne sommes pas entrés dans les détails.

— Tu es passée la voir alors ?

— Pardon ?

— Je te demande si tu es passé la voir, quand elle n'arrêtait pas d'appeler.

— Non, je ne m'en suis pas occupé. J'avais suffisamment de soucis comme ça — et vu que ce salaud de David m'a quasiment foutu sur la paille, je pensais que tu comprendrais pourquoi je ne tenais pas à m'embarquer dans ces histoires avec elle.

— Et tu l'as fait ?

— De quoi ?

— T'embarquer dans des histoires avec elle ?

— Mais pourquoi tu me demandes ça, bon sang ? Je viens de te dire que je ne lui avais pas rendu visite. Je ne veux pas en discuter plus longtemps. Ça suffit.

Il quitta la pièce et claqua la porte.

Lui qui avançait déjà sur un terrain miné, voilà que la personne à qui il tenait le plus se révélait également la plus dangereuse pour sa sécurité. Il s'en voulait d'avoir laissé traîner les passeports, et de rendre ainsi vulnérable ce qu'il estimait être son dernier sanctuaire. Il lui fallait trouver un moyen d'y remédier le plus vite et le plus efficacement possible.

Raymond Marsh, ignorant que l'on enquêtait déjà sur lui, avait gagné l'Amérique du Sud sans encombre. Quasi immédiatement, une allergie au climat lui donna de violentes migraines et une éruption cutanée sur tout le corps. Bien qu'ayant réservé une chambre d'hôtel, il ne projetait pas de rester. L'Amérique du Sud ne lui convenait pas. Il appela son ami Robbie afin de lui indiquer où expédier ses affaires. Lorsqu'il apprit que les environs de son ancienne maison fourmillaient de flics et que sa photo apparaissait sur tous les journaux et tous les écrans de télé, il raccrocha brusquement. Quitter le Brésil devenait impératif. La police avait peut-être découvert où il se trouvait.

En sueur, il faisait les cent pas en se grattant et cherchait un endroit où s'enfuir quand sa femme entra dans la chambre, leur fille qui hurlait dans les bras.

— Elle aussi elle a des démangeaisons. C'est la chaleur, ça.

Marsh la regarda et lui sourit de toutes ses dents.

— Tirons-nous d'ici, dans ce cas. Tu sais quoi, pourquoi on n'irait pas visiter ton pays ?

— Qu'est-ce que tu racontes ? demanda-t-elle en enfournant une tétine dans la bouche du bébé.

— On part en Nouvelle-Zélande.

Rio est une ville où tout s'achète, et en moins d'un après-midi Raymond Marsh possédait de nouveaux passeports. À 22 heures, lui, sa femme et sa fille quittèrent Rio munis de billets d'avion payés avec leurs fausses cartes bancaires. Au cours du vol, l'état de Marsh empira et, à l'atterrissage, il était complètement malade et fébrile. Ils descendirent au meilleur hôtel d'Auckland, d'où ils appelèrent un médecin. L'allergie de Marsh s'atténua, mais la fièvre et les douleurs persistaient. On lui diagnostiqua une forme sévère de zona. Pendant deux jours, il dut rester sous sédatif dans une chambre obscure. Il se sentait tellement mal en point qu'il n'alluma même pas la télévision.

Son départ précipité de Rio signifiait qu'aucun indice n'existait concernant l'endroit où il se trouvait à présent. Lorsque les enquêteurs remontèrent jusqu'à son adresse de poste restante, ils prirent la route du Brésil munis d'un mandat d'arrêt, mais revinrent bredouilles.

À Londres, les gros titres raillaient l'incapacité de la police à capturer Marsh et à retrouver Philip Simmons. Les articles firent le tour du monde et finirent par atteindre l'hôtel du hacker. Lorsqu'il le lut, le journal était déjà vieux d'une semaine.

À sa lecture, Marsh se sentit soulagé. La traque visant à le retrouver avait atteint une impasse, et on le pensait toujours en cavale à Rio. Les photos qu'ils avaient publiées de lui, toutes issues de ses malles, le stupéfièrent. Certaines le montraient habillé en Elvis, d'autres en uniforme d'écolier. Il savait qu'il lui était désormais impossible d'utiliser aucune de ses fausses cartes de crédit.

Il s'examina dans la glace. Malade, il n'avait pas eu le temps de se coiffer, et ses cheveux étaient tout condensés en paquets inélégants. Il alla à la salle de bains, mit la tête sous la douche et dut faire trois shampooings pour se débarrasser de la graisse et du vieux gel coiffant séché. Réussir à modeler sa chevelure en banane de rocker avait exigé des années de pratique mais, à présent, son front se dégarnissait de façon alarmante et sa tignasse lui tombait mollement jusqu'au menton. Au bord des larmes, il saisit une paire de ciseaux à ongles et s'en servit pour tout couper très court. Il n'y avait pas que ses cheveux qu'il ne reverrait jamais, mais aussi tous ses objets de collection. Les caisses contenant les guitares de son idole et ses photos dédicacées se trouvaient à présent aux mains de la Metropolitan Police.

Une couche sale à la main, sa femme fit irruption dans la salle de bains, et dut s'asseoir sur le bord de la baignoire tant elle riait. Lorsqu'elle cessa de glousser, elle s'essuya les yeux à l'aide d'un mouchoir.

— Ça alors, Raymond, c'est dingue ce que ça te change !

— Je me ferai mettre des implants, rétorqua-t-il d'un ton sec.

Marsh calcula que les problèmes d'argent ne tarderaient pas à apparaître, mais il savait que contacter Philip Simmons relevait du suicide. Il lui faudrait surveiller les journaux et se montrer discret. Il installa sa famille dans un petit appartement de Wellington et postula à une place dans une entreprise informatique locale. Sa nouvelle situation n'avait aucun rapport avec la vie de rêve qu'il avait espérée mais, au moins, il était libre.

L'enterrement de Sylvia Hewitt eut lieu quelques jours après celui de lord Westbrook. Les funérailles de ce dernier furent bien plus médiatisées — des rangées de journalistes et de photographes bordaient les rues voisines de son domaine d'Andover. On devait l'enterrer dans la crypte familiale, à côté de ses illustres ancêtres, et le service funèbre fut célébré dans la chapelle du manoir. Son ex-épouse, son fils et héritier, ainsi que ses deux filles, étaient revenus en Angleterre pour l'occasion. L'entreprise propriétaire des lieux autorisa l'utilisation de la chapelle et de la crypte. Les personnes présentes étaient de vieux amis de la famille et divers parents éloignés. On avait disposé des bouquets de lys de chaque côté de sa photo. L'air dégoûté, les policiers observèrent la cérémonie de ce petit criminel qui avait pris part à un braquage dont la nation ne se remettait toujours pas.

Lord Westbrook avait rêvé de voir son fils retrouver son foyer ancestral. Vêtu d'un costume gris, le jeune homme se tenait à côté de sa mère. Tous les deux ignoraient le rêve de Westbrook. Ses parents les plus éloignés déclarèrent à la presse que ses actes les horrifiaient.

Connaissant les terribles douleurs qu'endurait Westbrook, Jersey se réjouit d'apprendre qu'il ne souffrait plus. Cependant, même si cela signifiait qu'on lui ôtait une grosse épine du pied, il tiendrait sa promesse. Le jour de la paie, le fils de Westbrook toucherait la part de son père. Malgré ses multiples facettes, Jersey restait quelqu'un d'intègre. Dans les journaux, il n'avait toujours rien lu concernant le « suicide » de Sylvia Hewitt, aussi espérait-il de toute son âme qu'on avait classé l'affaire.

Lorsqu'elle vit au JT le court passage de l'enterrement, Pamela se mit à sangloter. Elle regrettait de ne pas avoir pu s'y rendre. Elle avait envoyé un bouquet accompagné d'une petite carte sur laquelle elle avait simplement inscrit « De la part de votre dame d'honneur, avec amour et tendresse », et qu'elle avait payé en espèces.

Dans l'espoir qu'un membre du gang s'y montre, la police filma l'intégralité des funérailles, mais personne ne vint. Ils examinèrent également les fleurs. Obscure, la dédicace de Pamela leur sembla provenir d'une maîtresse, même si apparemment le terme « dame d'honneur » faisait référence au braquage. On contacta la fleuriste, qui se souvint qu'une rousse débraillée à la voix et aux manières distinguées lui avait commandé un bouquet. Malheureusement, elle n'avait laissé ni adresse ni numéro de téléphone. Lorsqu'on lui montra les portraits dressés d'après la description de Maureen Stanley, la fleuriste manqua s'étouffer.

— Mince alors, c'est la femme qu'on recherche pour le vol de joyaux de la Couronne. Je n'en reviens pas. (Elle regarda de nouveau le portrait-robot et secoua la tête.) Non, c'est pas elle. La femme que j'ai vue était beaucoup plus vieille.

La police se heurtait de nouveau à un mur, et les gros titres mentionnaient de moins en moins le braquage. Les enquêteurs estimèrent que leur meilleur choix consistait à jouer la carte de l'émission télévisée policière. Le *Crime Show* consacra ses cinquante minutes d'antenne à l'enquête, et un particulier fortuné offrit une récompense de vingt-cinq mille livres à quiconque fournirait un renseignement débouchant sur une arrestation. À la fin de l'émission, les téléphones sonnaient en permanence, et les vingt-quatre agents en service espéraient accomplir l'avancée décisive tant attendue. Le lendemain matin, on vérifiait encore les déclarations du public.

Le commissaire principal Dom Rodgers, l'officier en charge de l'Opération Couronne, se sentait souffrant. Il toussait déjà depuis deux jours et craignait d'avoir attrapé un virus. À présent, le front brûlant, il se rendit chez un médecin de Maida Vale. Dans la salle d'attente froide et peu accueillante, les deux patients arrivés avant lui souffraient de rhumes carabinés. Complètement patraque, il regrettait de ne pas avoir emporté son journal. Son téléphone sonna.

— Rodgers, j'écoute. Quoi ? s'exclama-t-il, stupéfait. Bon, je ne suis pas très loin de chez eux. J'y fonce.

Il éteignit son téléphone d'un coup sec, quitta le cabinet médical sans attendre son rendez-vous, puis se rendit directement au poste de police de St John's Wood. Sa poitrine le brûlait et il transpirait sous son pardessus, mais son émulation fit passer son état de santé au second plan. Il demanda à parler aux policiers chargés de l'affaire Sylvia Hewitt.

Lorsqu'il sucra son gobelet de thé, le sergent Jon Fuller avait la main tremblante.

— Je suis vraiment navré, commissaire, mais nous possédions une liste des clients de David Lyons qui, d'après Mlle Hewitt, ont perdu de l'argent à cause de la faillite de la start-up et...

— Venez-en au fait, sergent. Philip Simmons. Vous avez appelé l'équipe chargée de l'enquête sur le braquage et... (D'un geste brusque, il posa un petit dictaphone sur le bureau puis agita la main.) Allez, continuez, j'ai déjà perdu suffisamment de temps à cause de vous, fiston. Philip Simmons, donc.

Mis au courant des éléments de l'affaire Hewitt, Rodgers repartit à Scotland Yard, où son équipe, ayant reçu le coup de téléphone de St John's Wood plus tôt dans la matinée, l'attendait. Il posa négligemment son magnétophone sur une table.

— Écoutez ce crétin, et rejoignez-moi dans mon bureau. Nous avons du nouveau, et nous aurions pu obtenir ces renseignements des semaines plus tôt, bordel de merde.

25

Suite à l'émission télévisée, la police obtint de nouveaux renseignements. Un chauffeur de taxi affirmait avoir pris Westbrook à la gare de Waterloo peu avant sa mort. D'après lui, il l'avait conduit jusqu'à son domaine familial mais, sur le moment, il ne l'avait pas reconnu. Bien qu'il fût incapable de préciser de quel train Westbrook descendait alors, les policiers possédaient la date et l'heure de son arrivée, et pouvaient ainsi commencer à examiner les horaires correspondants. Le barman d'un hôtel était certain d'avoir vu Westbrook en compagnie d'un homme répondant à la description donnée durant l'émission, qui cependant lui semblait plus blond-châtain que roux. Il ne se rappelait pas le jour exact, mais savait que la rencontre remontait au mois de janvier. Un employé des chemins de fer se souvenait d'avoir vu quelqu'un répondant au signalement de Westbrook arriver à la gare de Plymouth en fauteuil roulant, poussé par une rousse âgée. Un train au départ de Plymouth était arrivé à Waterloo peu avant que Westbrook prenne son taxi. La description de la femme collait avec celle fournie par la fleuriste.

L'enquête bouillonnait de nouveau. Un agent immobilier déclara qu'un homme du nom de Philip Simmons avait loué un hangar à bateaux près de Putney Bridge. La transaction ayant eu lieu sur Internet, il n'avait jamais rencontré M. Simmons. Le jour du braquage, un incendie avait ravagé le local.

Des policiers, accompagnés d'hommes-grenouilles bien équipés, se rendirent sur place afin de draguer le fleuve. Ils remontèrent l'épave d'un petit hors-bord. Après examen, on prit une photo d'un modèle identique, qui fut imprimée en première page de l'*Evening Standard* accompagnée d'un appel à témoins demandant à toute personne possédant des renseignements concernant une embarcation de ce type de contacter directement la police. Cela déboucha sur l'appel du mécanicien de la concession de bateaux d'occasion. L'homme fournit une description de Wilcox, que la police identifia comme l'un des deux ravisseurs de Maureen Stanley, et comme l'acheteur des Daimler. Le mécano, cependant, n'avait rencontré aucun Philip Simmons.

Tous ces renseignements laissaient à croire que les braqueurs avaient pris la fuite par le fleuve, et on demanda à quiconque aurait vu ces deux hors-bord de se présenter. D'autres enquêteurs interrogèrent les propriétaires de la multitude d'embarcations amarrées le long de la Tamise. Grâce à ces questions, ils trouvèrent l'emplacement du lieu d'amarrage loué pour les deux bateaux, et le fameux nom fit surface une nouvelle fois : Philip Simmons.

Les officiers de l'Opération Couronne pensaient que Philip Simmons était le pseudonyme virtuel de leur suspect numéro un. Mais l'indice majeur touchant à sa véritable identité découla de la mort de Sylvia Hewitt, qui faisait désormais partie intégrante de l'enquête. On lut et relut toutes les déclarations provenant de ses amis et collègues, à la recherche de pistes éventuelles. La police possédait les noms de trois hommes ayant perdu des sommes astronomiques suite à la faillite de la start-up : James Wilcox, Anthony Driscoll et Edward de Jersey. Ces hommes pouvaient-ils être liés à Philip Simmons ?

Effrayée par les gros titres — LA POLICE À DEUX DOIGTS DU COUP DE FILET —, Pamela se terra dans son studio crasseux. Elle se sentait isolée et souffrait de la solitude. Un foulard sur la tête et des lunettes noires sur le nez, elle alla s'acheter une teinture pour cheveux brun foncé à la pharmacie du coin. Puis elle se rendit à la boutique de vins et spiritueux la plus proche, où elle choisit une grande bouteille de vodka. À son retour, elle s'enferma à double tour, appliqua la teinture sur ses cheveux et la laissa prendre une demi-heure. La vodka à portée de main, elle se mit à regarder la télévision sur son lit en fumant cigarette sur cigarette. Mis à part les informations de 18 heures annonçant que l'arrestation des braqueurs n'était plus qu'une question de temps, ses récentes aventures ne lui semblaient plus qu'un rêve lointain.

Driscoll et Wilcox voguaient dans la même galère que Pamela, même si la leur restait légèrement plus confortable. Tous les deux regardaient tous les JT et lisaient les journaux de la première à la dernière page. Chacun de son côté, miné par une anxiété égale, avait regardé le *Crime Show*, qui avait percé une brèche dans leur confiance. Leurs familles respectives subissaient leur mauvaise humeur, mais leurs femmes mettaient cela sur le compte des soucis d'argent. Contrairement à Jersey, Wilcox et Driscoll sortaient rarement de chez eux. Ils se sentaient plus terrifiés chaque fois que sonnait le téléphone ou qu'on frappait à la porte. Leur sang-froid les abandonnait. Finalement, l'attente leur étant devenue insupportable, ils décidèrent indépendamment de quitter l'Angleterre.

Driscoll partit en Espagne, annonçant à Liz qu'il lui fallait signer l'acte de vente de leur villa, et, après un coup de téléphone très bref, Wilcox accepta de le rejoindre. Cette décision allait contre les règles du Colonel, mais ils étaient incapables de supporter la pression seuls. Ils résistèrent cependant à la forte envie de contacter Jersey.

Les dernières avancées avaient galvanisé le commissaire Rodgers, mais en fin d'après-midi, après son entrevue avec le sergent Fuller, un regain de fièvre l'avait forcé à rentrer chez lui. Le médecin insista pour qu'il reste alité au moins deux jours. L'officier de presse déclarait à présent que les enquêteurs avaient obtenu de nouvelles pièces à conviction capitales, et qu'on procéderait sûrement très bientôt à des arrestations. Rodgers l'avertit cependant qu'aucun des noms des trois hommes ne devait être divulgué tant qu'ils ne posséderaient pas davantage de preuves. Leur première priorité consistait à ne pas leur mettre la puce à l'oreille. D'après les déclarations du jeune officier de St John's Wood, ils savaient qu'ils se trouvaient toujours en Angleterre, mais Rodgers, devant s'aliter, commit lui-même l'erreur de repousser l'interrogatoire des trois actionnaires lésés, ce qui permit à Wilcox et Driscoll de quitter le pays.

Même si Liz Driscoll savait que son mari se rendait en Espagne, Rika ignorait tout du départ de Wilcox. Celui-ci fit monter les jumeaux dans sa voiture, expliquant qu'il les confiait à leur mère pour quelques jours, et ne revint jamais.

Jersey s'occupait l'esprit en consacrant son temps à ses chevaux. La tension avec Christina, qui ne s'atténuait pas, constituait pour lui une source permanente d'inquiétude. Celle-ci atteignit son point culminant le soir de l'émission télévisée. Christina la regardait seule dans sa chambre, et lui dans son cabinet de travail en savourant brandy et cigare. À la moitié de l'émission, il serra le cigare entre ses dents, éteignit la télévision et se leva.

Ayant entendu son mari quitter la maison, Christina l'observa par la fenêtre s'éloigner au volant de son Range Rover. Elle attendit dix minutes, le regard fixé au-delà des enclos, mais il ne revint pas, et lorsqu'elle retourna à sa télé, l'émission était terminée. Les références permanentes à Philip Simmons l'avaient terrorisée, car même si l'on décrivait cet homme comme roux et moustachu, on avait également évoqué la possibilité que celui-ci ait eu recours à un déguisement. Soit celui qu'ils désiraient questionner avait porté une perruque, soit il avait teint ses cheveux. Même si les portraits-robots de « l'homme le plus recherché » de Grande-Bretagne ne ressemblaient pas à son mari, la description de sa taille, de ses manières et de son allure militaire semèrent le doute dans son esprit.

Christina se rendit dans le cabinet de travail de Jersey. Une odeur de cigare y flottait toujours, et le verre de brandy était à moitié plein, comme s'il projetait de revenir bientôt. Elle alla à son bureau et essaya de l'ouvrir. Elle le trouva équipé de nouvelles serrures. Christina hésitait à les forcer une deuxième fois. Puis elle vit les clés sur le sous-main. Elle ouvrit le premier tiroir, qui contenait quelques documents, mais rien de très important. Dans le suivant, il avait rangé des factures de vétérinaire et de fourrage, ainsi qu'une pile de brochures promouvant des ventes aux enchères en Irlande. Dans le troisième, elle trouva les papiers relatifs à ce qu'il avait vendu à Tattersalls, qu'elle avait déjà tous vus. Ensuite, elle passa du côté droit du meuble, en ouvrit le compartiment secret, et commença à le fouiller. L'enveloppe contenant les passeports avait disparu. À sa place se trouvait un testament d'Edward de Jersey. Il léguait son domaine à Christina et à ses filles. Le document, dans lequel il ordonnait aussi de nombreuses donations à des associations caritatives, comportait une liste de notes personnelles et de sommes à régler à son personnel pour leurs services rendus. Non seulement grâce à la date, mais aussi parce qu'il n'y avait plus d'argent à distribuer, elle conclut que le testament avait été rédigé des mois plus tôt. Elle ne trouva rien d'incriminant, à l'exception de la disparition des passeports. Avait-il trouvé une autre cachette ?

Elle referma les tiroirs, posa les clés où elle les avait trouvées, puis regagna sa chambre, plus calme mais toujours contrariée. Elle essayait de se convaincre qu'elle faisait preuve de paranoïa. Cependant, comme sur pilotage automatique, elle se mit à fouiller la penderie de son mari. Elle commença par les tiroirs de sous-vêtements, puis passa aux chaussettes, et à l'étagère où il rangeait ses pulls en cachemire. Elle palpa sous les habits, puis explora les poches de ses vestes, ses chaussures et ses bottes, plongeant la main jusqu'au bout. Ce fut une perte de temps totale. Dans un accès de colère, elle se leva et donna un grand coup dans les cintres. Des vestons tombèrent sans bruit, et l'inefficacité de sa recherche la fit crier de frustration.

Au bord des larmes, elle retourna dans leur chambre, ouvrit les tiroirs des tables et des meubles de chevet, puis regarda sous le lit. À présent, ne se souciant plus de laisser des traces de son passage, elle chercha partout avec frénésie, même dans les chambres des filles. Elle ne demandait qu'une preuve, qu'un petit élément qui mettrait fin à la terrible peur lancinante que son mari soit d'une manière ou d'une autre impliqué dans le vol des joyaux de la Couronne.

À minuit passé, Christina, épuisée, finit par descendre se servir un whisky. Elle avait fouillé la maison de fond en comble, mais en passant devant le vestiaire, elle marqua un temps d'arrêt. Les bombes et les vestes d'équitation de son mari étaient empilées les unes sur les autres à côté des rangées impeccables de bottes en cuir ou en caoutchouc. L'une après l'autre, elle les retourna. Quelque chose se trouvait dans le bout d'une botte d'équitation boueuse, caché dans une épaisse chaussette roulée. Le cœur battant à tout rompre, elle la sortit. Adossée au mur, elle retira un objet enveloppé dans un vieux chiffon, puis se laissa lentement glisser à terre à la vue de la pierre étincelante : le Koh-i-noor. Voilà qu'elle venait de trouver la preuve indéniable qu'elle recherchait.

Jersey revint à la ferme vers 1 h 30. Discrètement, il alla dans son cabinet de travail et posa une mallette noire sous le bureau. Il regarda les tiroirs, saisit les clés, et les soupesa un moment, pensif. Puis il gagna le vestiaire en hâte et l'examina. Inutile d'allumer la lumière pour savoir qu'on avait fouillé les manteaux. Il fit volte-face et gravit l'escalier. Toutes les pièces étant allumées, il vadrouilla de chambre en chambre afin de regarder à l'intérieur et d'éteindre les lumières, puis traversa le palier jusqu'à la sienne. Seule une petite lampe de chevet brillait, et il vit le désordre depuis le pas de la porte.

Un oreiller calé derrière la tête, Christina l'attendait. Appuyé contre le cadre de la porte, il lui sourit.

— Tu as trouvé ce que tu cherchais ?

Les yeux plantés dans les siens, il se posta au bout du lit, retira ses chaussures et les écarta d'un coup de pied.

— Tu ne m'as pas répondu, dit-il.

Christina se détourna. Après avoir ôté sa veste et déboutonné sa chemise, il se rendit à la salle de bains et ferma la porte. Elle entendit le bruit de la douche puis, un peu plus tard, le cliquetis de la brosse à dents dans le verre et, enfin, le bourdonnement de son rasoir électrique. Au bout d'un quart d'heure, il revint, vêtu d'un peignoir blanc. Pieds nus, il alla à la penderie, y jeta un coup d'œil, vit les vêtements et les cintres par terre, puis continua jusqu'à la coiffeuse.

— Tu t'es démenée, commenta-t-il d'un ton moqueur, peignant ses cheveux mouillés en regardant le reflet de Christina dans le miroir.

Puis il se détourna.

Sans connaître la cause de sa gêne, elle voulait se dérober à son regard. Puis soudain, elle comprit. Elle le trouvait très attirant, sentiment qu'elle n'avait pas éprouvé depuis longtemps. Son aura emplissait la pièce obscure, et il ne l'effrayait plus.

— Il faut qu'on parle, annonça-t-elle d'une voix étonnamment posée.

— Plus tard.

Jersey tira la couette qui la recouvrait. Puis leurs regards se trouvèrent et, malgré ses griefs à son égard, elle ouvrit les bras lorsqu'il s'agenouilla sur le lit et s'approcha d'elle. Il la caressa, doucement d'abord, embrassant toutes les zones de son corps, avant de lui arracher sa nuisette et de la serrer fort contre lui. Puis, sous l'assaut de ses baisers plus fougueux, elle s'abandonna, poussant de petits gémissements lorsqu'il commença à lui faire l'amour avec ardeur jusqu'à ce qu'ils atteignent l'orgasme simultané et gémissent de plaisir. Haletant, il roula sur le côté.

— Eh bien, ça va mieux, dit-il en tendant la main vers la table de chevet pour se servir un verre d'eau.

Il en engloutit la moitié puis lui proposa le reste.

Elle secoua la tête et enveloppa son corps nu de la couette.

— Il faut que tu saches que je t'aime, que je n'ai jamais cessé de t'aimer, dit-il.

— Je ne sais pas qui tu es ! s'exclama-t-elle, les larmes aux yeux.

— Non, en effet — enfin, pas complètement. (Il le reconnut d'un air tellement détaché qu'elle se recroquevilla, loin de lui.) Mais il est trop tard maintenant.

— Qu'est-ce que tu as fait ? demanda-t-elle, apeurée.

— Beaucoup de choses, ma chérie, mais je te le répète, il est trop tard. Ce serait trop long de tout t'expliquer. (Il souleva le bras droit.) Viens par ici.

— Non.

— Allez, viens, dit-il fermement en la blottissant contre lui comme une enfant. Il est préférable que tu en connaisses le moins possible. Tu en sais déjà trop, et j'ignore comment tu réagirais si tu en apprenais davantage.

— J'ai trouvé ce que tu as caché dans le bout de ta botte, déclara-t-elle en se redressant sur le coude. Qu'est-ce que c'est ? (Sans lui répondre, il regarda son visage apeuré, et lui sourit. Elle se détourna.) J'ai regardé l'émission, ce soir, sur le braquage.

— Je sais.

— Je t'en supplie, ne me dis pas qu'il s'agit de ce que je pense.

Face à son silence, elle plongea la main sous l'oreiller et en sortit le joyau.

— Je le sentais, là, sous ma tête, pendant que tu me baisais, dit-elle en le tenant fermement.

Lorsqu'il tendit la main, elle referma son poing sur le diamant.

— Donne-le-moi, ordonna-t-il.

— Non, pas question. Pas avant que tu m'aies expliqué ce que c'est. Je veux savoir ce que ça fait là.

Penché au-dessus d'elle, il manqua lui écraser la main en le lui prenant, avant de le brandir sous la lampe. Le joyau étincela.

— Le Mont de Lumière, dit-il doucement avec un regard enfantin. C'est le diamant le plus précieux du monde.

— Qu'est-ce qu'il fait chez nous ? demanda-t-elle, terrifiée.

— J'en avais besoin.

— Il faut que tu le rendes.

— Ah bon ?

— Tu n'as pas le droit de le garder.

— Vraiment ?

— Non, tu es fou si tu crois le contraire.

— Et pourquoi ?

En colère, elle se redressa et le regarda.

— Il a été volé.

Il lui lança un bref regard froid et arrogant qui lui glaça le sang. Elle s'éloigna de lui, et sa peur revint. Elle craignit tout d'abord pour sa personne mais, redevenu doux, il tendit la main vers elle.

— Non, ne me touche pas, je t'en prie. Je ne veux pas de toi près de moi. Tout ça, c'est trop. (Elle alla enfiler un peignoir.) En quoi es-tu lié à la mort de Sylvia Hewitt ?

— En rien.

— Mais la police veut interroger ce Philip Simmons, et je sais que c'est toi. Il est le dernier à l'avoir vue vivante, ils l'ont dit à la télé. Pourquoi le préciseraient-ils si tu n'étais pas impliqué ?

— Qu'est-ce qui te fait croire que c'est moi ? demanda-t-il d'un ton presque narquois.

— Tu corresponds à la description.

— Comme des milliers d'autres. De plus, tu sais où j'étais le jour du braquage. Tout d'abord à l'hippodrome de Brighton, et ensuite à la pièce des filles. Je n'ai pas le don d'ubiquité, ma chérie, à ce que je sache. (Il posa le diamant à côté de lui, dans son champ de vision.) Je ne suis impliqué en rien dans le décès de Sylvia Hewitt, et si tu veux savoir, à l'heure supposée de sa mort, j'étais à mon club. J'ai dîné au restaurant, et je t'ai même appelée de là-bas. Demande au réceptionniste, si tu ne me crois pas.

— Alors si tu n'y es pour rien, pourquoi est-ce que les enquêteurs veulent te parler ?

— Aucune idée. Possible que ce soit en rapport avec la mort de Lyons. Il s'est suicidé, et il semblerait qu'elle l'ait imité. En plus de son épargne, il a perdu la mienne, et comme je te l'ai déjà expliqué, je n'ai pas contacté Sylvia Hewitt parce que je pensais qu'elle voulait me taper de l'argent. Elle n'arrêtait pas de me parler de son détective, et en ce qui concerne ceci... (d'un signe du menton, il indiqua la pierre, puis se tourna vers Christina) ... il s'agit d'une imitation en cristal que j'ai achetée quand j'ai visité la Tour de Londres avec tes parents. J'avais l'intention de l'offrir aux filles. Elle est restée dans ma poche, et je l'ai oubliée jusqu'à ce que j'aille monter, alors je l'ai glissée dans une de mes vieilles bottes. (Il pouffa.) Bon sang, chérie, tu n'as tout de même pas cru que j'étais impliqué dans le vol des joyaux ! C'est incroyable, quand même. Je t'en prie, détrompe-moi ! (Voyant Christina debout au pied du lit, rougissante, il pouffa de nouveau.) Oh, chérie, ma pauvre. À quoi as-tu passé la soirée ? À chercher le reste des joyaux ?

— Au départ, non. Je cherchais tes passeports. Où es-tu allé ce soir ?

— Faire un tour en voiture. Ensuite, je me suis garé, et je suis allé me promener un peu. Cet interrogatoire va durer encore longtemps, Miss Marple ?

Il s'esclaffa, jeta la pierre en l'air et la rattrapa. La brillance du Koh-i-noor lança des éclairs dans toute la pièce.

— Donne-le-moi, dit-elle, en le lui arrachant des mains.

Elle alla jusqu'au miroir de la coiffeuse et le taillada d'un coup de diamant. Lorsqu'elle vit la pierre mordre le verre, elle se mit à trembler.

— Tu n'aurais pas dû faire ça, dit-il d'une voix posée.

Il ne souriait plus.

— Mon Dieu. Quelle horreur !

Il respira à fond.

— Tout va bien se passer, chérie, mais maintenant que tu m'as percé à jour, il va falloir que je prenne grand soin de toi. Je vais tout mettre en œuvre pour te protéger, et trouver un moyen de vous laisser, toi et les filles, en dehors de ça.

— Tu vas t'en aller ?

— Non. Ce n'est pas encore nécessaire, mais tu sais pourquoi j'avais des passeports pour tout le monde. Il se peut qu'on doive s'en aller à la cloche de bois, mais quoi qu'il arrive, tu sais que je prendrai les mesures nécessaires pour qu'on ne vienne pas t'importuner. Il va falloir qu'on discute sérieusement de la marche à suivre mais, pour l'instant, je ne crois pas qu'il faille trop s'inquiéter.

— Comment peux-tu me dire ça ? Si je t'ai reconnu, les autres risquent de ne pas tarder.

— Toi, tu es ma femme, ma chérie.

Elle déglutit. Le calme de son mari ne l'effrayait que davantage.

— Est-ce que tu as... Je veux dire, c'est toi ?

— De quoi ?

— Le braquage, bon sang !

— Oui, répondit-il simplement.

Puis, d'un pas décontracté, comme s'il ne s'était rien passé, il alla enfiler son peignoir.

— Je lance du thé. Tu en veux ?

— Non, répondit-elle.

Sa gorge lui donnait l'impression de brûler.

— Je meurs de faim, alors je vais me préparer un sandwich au pain grillé aussi. Tu es sûre que ça ne te tente pas ? demanda-t-il en quittant la pièce.

Recroquevillée sur le lit, elle l'écouta descendre l'escalier, et le sang commença à lui cogner dans les tempes.

Dans la cuisine, Jersey s'activait. De la poche de son peignoir, il sortit quelques somnifères appartenant à Christina, les réduisit en poudre, et en saupoudra le fromage qui fondait, puis versa le reste dans le thé de sa femme.

Lorsqu'il revint muni du plateau et de la bouteille de brandy, elle s'était redressée dans le lit, et, assis en tailleur, il remplit leurs tasses.

— Ça te tente ? demanda-t-il d'un ton aguicheur.

Bien qu'ayant tout d'abord décliné son offre, elle avait la bouche tellement sèche qu'elle finit par accepter. N'aimant pas le brandy qu'il avait versé dans le thé, elle fit la grimace, mais il l'encouragea à boire. Puis il entama un sandwich, et elle l'imita.

— C'est peut-être notre dernier repas ensemble, plaisanta-t-il.

Elle se détourna.

— Je te taquine, tu le sais bien.

Christina lui fit de nouveau face, les yeux pleins de larmes, apeurée mais toujours amoureuse de lui, puis secoua la tête.

— Je suis morte de peur, murmura-t-elle.

Il écarta le plateau et l'enlaça.

— Écoute-moi, tout va bien se passer, et je peux te dire la vérité maintenant. Tu dois te douter de la suite des événements, à l'heure qu'il est. J'ai tout prévu. Il va falloir que nous quittions l'Angleterre. Tu m'écoutes ?

Des larmes le long des joues, elle hocha la tête.

— Je t'aime, dit-il d'une voix douce.

Puis ils firent l'amour une deuxième fois. Lorsqu'elle s'endormit, il la tint dans ses bras jusqu'à ce que sa respiration se fasse régulière. Étendu à côté d'elle, il lui caressa les cheveux, attendant d'être sûr qu'elle ne se réveillerait pas. Il tira la couette sur elle et vérifia qu'elle avait bu presque tout le thé et mangé la moitié du sandwich. D'après lui, la dose suffirait. Il fit ses valises en vitesse, n'emportant que le strict nécessaire, et glissa le diamant dans sa poche. Il descendit chercher sa mallette. Sans laisser aucun mot, il s'en alla par la porte de la cuisine et traversa la cour silencieuse. À 3 heures du matin, tout le monde dormait. Il entra dans le box de Royal Flush et serra la tête du cheval dans ses bras. Accablé par l'attachement qu'il éprouvait envers le superbe étalon, il était au bord des larmes.

— Adieu, mon champion. Où que je sois, je garderai un œil sur toi.

Le vacarme de l'hélicoptère réveilla quelques garçons d'écurie, dont un qui se redressa dans son lit en jurant, mais le bruit disparut vite, et le silence reprit ses droits.

Christina dormit jusqu'à midi, sans voir les fourgons venir emmener les chevaux. Le cheik les avait rachetés, et Royal Flush constituait le joyau de sa couronne.

26

L'affolement s'empara de l'écurie lorsqu'il devint clair que Jersey avait vendu la propriété jusqu'au dernier clou, mais on informa tout de même le personnel qu'il continuerait à travailler pour le cheik. Les lads regardèrent le champion monter dans sa remorque. Comme à son habitude, il ruait et mordait. On l'avait même affublé d'une couverture aux couleurs de son nouveau propriétaire qui, cigare aux lèvres, traîna un peu dans les environs afin d'inspecter ses acquisitions, puis se promena dans le domaine en compagnie d'un Donald Fleming complètement abattu.

À son réveil, Christina eut l'impression qu'un poids de plomb lui pendait au cou, et les craintes qui la minaient la veille au soir resurgirent. Par la fenêtre, elle vit le domaine en proie au tumulte, et conclut que son mari procédait à l'entraînement des chevaux. Une fois douchée, elle s'habilla et descendit à la cuisine préparer son petit déjeuner. Là, elle découvrit la vérité de la pire façon qui soit. Par une lettre courtoise, le nouveau propriétaire lui annonçait qu'elle disposait d'une semaine pour rassembler l'ensemble de ses affaires et quitter les lieux. Elle découvrit également son flacon de somnifères à moitié vide, là où Jersey l'avait laissé à côté du morceau de pain avec lequel il avait composé leurs sandwiches au fromage.

Lorsqu'elle alla dans la cour et apprit par les membres du personnel ce qui se passait, elle fut trop abattue pour adresser la parole à qui que ce soit. Elle rentra chez elle et courut vomir dans l'évier.

Christina refusait d'admettre que, comme tous les autres, elle ignorait tout des projets de son mari. Il ne l'avait pas mise au courant de la vente. Au début, elle s'attendait à ce qu'il revienne et lui fournisse des explications. En milieu d'après-midi, elle demeurait incapable d'appréhender la situation avec lucidité. Toujours sous le choc, elle appela le lycée de ses filles, seulement pour apprendre de la bouche de la principale qu'il fallait payer des frais de scolarité astronomiques. Sans douter qu'il s'agissait d'une simple négligence, la directrice demanda tout de même à être réglée au plus vite. En cas de problème, Mme de Jersey et elle pouvaient peut-être convenir d'un rendez-vous afin de discuter de l'avenir de ses filles. Ne sachant que répondre, Christina demanda à parler à son aînée, un malheur ayant frappé la famille. Elle réussit à maîtriser ses émotions lorsqu'elle annonça à Natasha que sa sœur et elle devaient rentrer à la maison, et lui dit qu'elle ne pouvait lui expliquer au téléphone les raisons de ce retour précipité. Elles devaient prendre le premier train, et elle viendrait les chercher à la gare.

Christina apprit qu'elle n'était pas arrivée au bout de ses peines lorsqu'elle appela la banque pour tenter de payer les droits d'inscription de ses filles : leur compte joint était quasiment vide, et certaines traites restaient toujours impayées.

Elle découvrit qu'elle devait des sommes énormes à l'épicier et au marchand de vin, ainsi qu'au vétérinaire et à leur fournisseur de fourrage. Le téléphone ne cessa de sonner toute la journée. Incapable de supporter les nouvelles demandes de règlement des factures, elle décida de le laisser décroché. Les documents découverts dans les tiroirs du bureau de son mari ne concernaient qu'une partie infime de toutes leurs dettes. Mobilisant le peu d'énergie qui lui restait, elle alla rendre visite à Donald Fleming, qu'elle trouva aussi consterné qu'elle. Elle apprit alors que la plupart des membres du personnel attendaient des arriérés de salaire. La honte fut tellement forte qu'elle ne put continuer à parler à l'entraîneur, qui fondit en larmes devant elle.

— Comment a-t-il pu ne pas même en discuter avec moi ?

— Je suis désolée, répondit-elle en s'éloignant de la porte à reculons. Je suis vraiment navrée.

Il la regarda en secouant la tête.

— Je ne comprends pas qu'il ait pu ne pas me mettre dans la confidence. C'est vrai, quoi... je travaille quand même pour lui depuis presque vingt ans.

— Et moi je suis sa femme depuis autant de temps, et... (Elle sentit son menton trembloter.) Je repasserai un peu plus tard discuter avec vous. Excusez-moi, je n'ai pas vraiment les idées claires...

Elle quitta le bureau en courant. Une fois rentrée, elle ne trouva même pas la force d'ôter son manteau. Cependant, plus elle comprenait la gravité de sa situation, plus cela apaisait son chagrin. Elle fut forcée d'envisager la possibilité qu'il ait planifié son départ depuis longtemps, et que les chances de le voir revenir soient fort improbables. Incapable de repenser au soir précédent et à la façon dont ils avaient fait l'amour, elle resta à sangloter à la table de la cuisine. À chaque fois qu'elle s'essuyait les yeux, les larmes affluaient de plus belle.

Christina se força à monter à l'étage pour prendre une douche, se changer et se préparer à accueillir ses filles. En entrant dans la chambre, de nouveau submergée par le chagrin, elle s'allongea sur le lit à plat ventre, là où persistait l'odeur de son mari. Elle sentait toujours sa présence, et des pleurs jaillirent violemment de ses entrailles.

Lorsque les sanglots cessèrent enfin, Christina alla chercher ses filles, totalement calme, comme si tout allait bien. Elle ne leur expliqua rien avant d'être de retour au domaine. Elle leur annonça alors qu'il se pouvait que leur père n'ait pas seulement abandonné la maison, mais aussi sa famille. Elle se trouvait dans une position délicate. S'il comptait vraiment revenir et les emmener comme il l'avait promis, il valait mieux que les filles en sachent le moins possible. Dans sa tête, elle se repassa en boucle leur conversation de la veille : ses promesses, ses déclarations d'amour. Cela dit, elle savait à présent qu'il l'avait droguée.

Christina se trouva dans l'incapacité de fournir une explication sensée à ses filles perplexes. La tristesse visible sur leur visage eut raison de la maîtrise de Christina, qui échoua de nouveau à contenir ses larmes.

Vingt-quatre heures plus tard, Jersey n'avait toujours donné aucun signe de vie. La quantité de soucis s'abattant sur Christina était telle qu'elle n'avait pas eu le temps d'envisager une vie sans son mari. Elle se mit à sélectionner tous les objets de valeur qu'elle pourrait vendre, mais la trahison de Jersey planait au-dessus d'elle comme un gros nuage noir. Ce fut à ce moment-là, alors qu'elle se trouvait dans cet état de grande vulnérabilité, que deux voitures de patrouille arrivèrent dans la cour. Les policiers en uniforme devaient commencer par questionner le personnel des écuries pendant que le commissaire Rodgers, accompagné d'une gradée, Trudy Grainger, interrogeraient Edward de Jersey. Dans le même temps, deux agents désignés par Rodgers devaient aller interroger Driscoll et Wilcox.

En se garant, le commissaire vit les camions de déménagement devant la porte ouverte.

— Ça ne me dit rien qui vaille, murmura-t-il en se dégourdissant les jambes.

Malgré sa démarche maladroite, ses pieds en canard et sa tête pointée en avant comme celle d'une tortue, un des attributs de son visage compensait l'ensemble de ses défauts : ses yeux d'un bleu limpide. Des yeux qui semblaient ne manquer aucun détail — qui paraissaient capables de sonder l'esprit et se plissaient lorsqu'il souriait — lui donnaient alors un air bienveillant.

C'était le cas sous bien des aspects mais, malgré cette gentillesse, il pouvait se montrer d'une dureté implacable.

Le commissaire Rodgers frappa à la porte déjà ouverte. N'entendant aucune réponse, il entra, passant à côté des cartons, dont certains attendaient leur cargaison.

— Il y a quelqu'un ? appela-t-il en vain.

Il alla dans le salon. La radio était branchée sur Classic FM, et Christina enveloppait des verres en cristal.

Rodgers cogna bruyamment.

— Si vous venez chercher l'argenterie, je n'ai pas encore terminé, lança-t-elle.

Il lui montra son insigne.

— Commissaire Rodgers, se présenta-t-il, et voici l'agent Grainger.

— C'est à propos de mon mari ? bégaya-t-elle.

— J'aimerais lui parler, en effet.

— Moi aussi, figurez-vous, mais il est absent, et j'ignore totalement où il se trouve.

Elle s'essuya les mains, tachées par le papier journal, sur son tablier.

— Et vous, je peux vous parler ?

— Oui, mais je vous le répète, j'ignore où il est. Il a vendu toute la propriété, maison comprise, alors comme vous le voyez, je déménage. Je n'ai pas le choix. Le nouveau propriétaire m'a donné une semaine pour déguerpir.

Rodgers sourit dans une tentative de la calmer.

— Madame de Jersey, puis-je éteindre la radio ?

— Bien sûr.

Elle ôta son tablier et fondit en larmes. Lorsque deux adolescentes apparurent munies de chandeliers, Christina leur cria presque dessus :

— Laissez ça.

Rodgers hocha la tête et s'approcha de Natasha. Avant qu'il ait pu poser la moindre question à l'une des filles, Christina avait entouré leurs épaules d'un bras protecteur.

— Voici mes filles, Natasha et Leonie. Vous ne tenez pas à les questionner, n'est-ce pas ?

— Pas pour l'instant.

Rodgers observa Christina raccompagner les jeunes filles hors de la pièce.

— Elles reviennent tout juste du lycée, dit-elle. Elles ne sont pas au courant de... (elle respira profondément pour se reprendre) ... la vente.

Retrouver un débit calme prit du temps à Christina, et Rodgers l'emmena finalement dans la cuisine, où il demanda si ses adjoints pouvaient préparer du café.

— Allez-y, répondit-elle, la tête ailleurs.

Il s'assit à la table. Même cette pièce était envahie de caisses de vaisselle empilées et prêtes à être emportées.

— J'ai pris la décision d'envoyer ce qui me reste au garde-meuble et d'aller vivre chez mon père. Mes filles sont très perturbées par ce qui se passe. Comme je vous l'ai dit, elles arrivent tout juste et ne sont au courant de rien.

Elle se moucha. Rodgers prit tout son temps, discutant d'un ton doux des aléas du déménagement, pourvu qu'elle se calme suffisamment pour être en mesure de répondre à ses questions. Mais d'après les quelques paroles qu'elle avait déjà prononcées, il la savait au courant d'un détail concernant son mari qui l'intéressait.

Finalement, après une tasse de café et une cigarette, elle sembla avoir recouvré sa maîtrise de soi.

— J'ai quelques questions à vous poser, dit-il enfin.

— À propos de nos dettes ? Il doit de l'argent à tout le monde. À tel point que j'ai dû débrancher le téléphone, parce que dès que la nouvelle de la vente du domaine s'est répandue, ça n'a pas cessé de sonner.

— Ce ne sont pas vos dettes qui m'amènent.

Rodgers attendit de nouveau qu'elle ait terminé de s'essuyer les yeux. Elle fut incapable de croiser son regard insistant.

— Connaissez-vous Sylvia Hewitt ? demanda-t-il.

Christina acquiesça d'un signe de tête et répondit qu'elle savait également pour son décès.

— C'était la belle-sœur du conseiller financier de mon mari.

— Jusqu'ici, nous avions mis sa mort sur le compte d'un suicide, mais certains éléments ont fait surface, expliqua-t-il en ouvrant un calepin.

Lorsqu'il lui demanda si elle connaissait Anthony Driscoll ou James Wilcox, elle secoua la tête. Puis elle resta silencieuse un instant et dit que, si sa mémoire était bonne, il s'agissait de clients de David Lyons.

— Votre mari connaissait-il bien Mlle Hewitt ? s'enquit-il.

Christina haussa les épaules.

— À mon avis, il la connaissait, c'est sûr, mais pas très bien, répondit-elle d'un ton neutre.

— Savez-vous s'il lui a déjà rendu visite chez elle ?

— Non, répondit-elle en détournant les yeux.

— Donc, il se peut qu'il soit passé la voir, ne serait-ce que pour discuter de la perte de son investissement ?

Christina resta silencieuse.

— Mlle Hewitt a elle aussi perdu une somme considérable, il me semble, poursuivit Rodgers.

— Je crois que oui, mais pas autant que mon mari. D'ailleurs, il parlait toujours d'elle avec dédain. Je crois qu'il ne l'appréciait pas énormément.

— Savez-vous où se trouvait votre mari le soir de sa mort ?

— Oui, tout à fait, répondit-elle d'un ton sec. (Rodgers fut confondu par la brusquerie de sa réponse.) À son club, le St James. Il m'a dit qu'il y passait la nuit.

— Vous m'avez l'air très sûre de vous.

Elle regardait fixement ses mains posées sur ses genoux.

— Il se trouve que nous en avons discuté.

— Pour quelle raison ?

— Aucune en particulier.

Elle saisit sa tasse de café. Il remarqua que sa main tremblait.

Rodgers se tapota les dents à coups de crayon.

— L'avez-vous questionné sur la mort de Sylvia Hewitt ?

— Je ne vous suis pas. Que voulez-vous dire par là ?

— Pourquoi vous souvenez-vous d'où se trouvait votre mari ce soir-là ?

Christina garda le silence.

— Madame de Jersey, je vous prie de répondre à ma question.

— Comme j'avais essayé de le joindre et qu'il ne m'avait pas répondu, j'ai appelé son club. Je me souviens que c'était ce soir-là, tout simplement.

— Savez-vous où se trouvait votre mari le 2 mai ?

Elle fronça les sourcils et se mit à tordre un morceau de mouchoir trempé.

— Pourquoi précisément ce jour-là ?

Elle leva les yeux, qui évoquèrent à Rodgers ceux d'un animal pris au piège.

— Voyez-vous, madame, s'il est besoin de vous le rappeler, il s'agit de la date à laquelle on a volé les joyaux de la Couronne, répondit-il d'un ton affable.

— Si vous voulez bien patienter, je vais aller chercher notre agenda.

Elle se leva brusquement et alla dans le couloir, où elle resta un instant les mains pressées contre les yeux, tremblant de tout son corps. Il lui fallut respirer profondément à plusieurs reprises avant de revenir munie du livre.

— Voilà, je sais que l'après-midi il a assisté à une course hippique à Brighton, mais il est revenu ici en début de soirée. Nos filles jouaient une pièce de théâtre, au lycée, alors nous sommes partis d'ici tous les deux aux alentours de 17 heures.

— Connaissez-vous un certain Philip Simmons. (Rodgers surprit Christina qui prenait brièvement son souffle, et l'observa attentivement.) Philip Simmons, répéta-t-il.

— Le nom me dit quelque chose, répondit-elle, avant de lever des yeux brillants dans lesquels on lisait la peur. J'ai vu l'émission sur le braquage, alors je sais que la police souhaite l'interroger.

— Et c'est seulement pour cette raison que vous connaissez ce nom ?

Christina sortit une Silk Cut de son paquet. Il s'avança pour la lui allumer.

— Ils en ont parlé à la télévision.

— Alors, à votre avis, où se trouve votre mari ?

Christina haussa les épaules et se détourna.

— Aucune idée.

Elle respira à fond, puis se tourna vers lui, la colère se peignant sur son visage. De nouveau, il remarqua un changement rapide d'attitude. L'animal pris au piège se débattait.

— Mon mari m'a quittée. Il faut que j'abandonne ma maison. Il l'a vendue. Comme tout le reste, d'ailleurs. Il est parti en hélicoptère, sans me laisser aucune lettre d'explication. Depuis son départ, je n'ai pas arrêté. Tout est bon pour ne pas penser à la façon dont il... C'est par un mot du nouveau propriétaire que j'ai appris la vente de notre propriété. Et comme il m'a également laissé d'énormes dettes sur les bras, si vous lui mettez la main dessus, prévenez-moi, surtout. (Elle écrasa sa cigarette dans le cendrier, puis se cala sur sa chaise et serra les mains très fort.) Quelle est la raison de votre venue ? Si ce n'est pas la mort de Sylvia Hewitt, qu'est-ce qui vous amène alors ? Pourquoi désirez-vous le voir ?

Rodgers tourna le paquet de cigarettes vers lui.

— C'est bien au sujet de Mlle Hewitt. Je m'entretiens avec tous ceux qui la connaissaient.

Malgré sa courtoisie, il la scrutait tel un faucon.

— Il n'y a pas d'autre raison ?

— Probable. J'essaie de retrouver Philip Simmons.

— Donc, d'après vous, cet homme est impliqué dans le décès de Sylvia Hewitt ?

— Probable.

— Je croyais qu'elle s'était donné la mort. Helen, sa sœur, m'a expliqué qu'il s'agissait d'un suicide.

— Probable. (Sans livrer aucun renseignement, il continuait à l'observer de près.) Je souhaiterais que vous me décriviez l'hélicoptère de votre mari, dit-il en tapotant son calepin. Et si vous avez la moindre idée concernant sa destination, je vous serais reconnaissant de m'en parler.

Christina resta silencieuse.

— Donc, d'après vous, il ne reviendra pas ? demanda Rodgers.

Les yeux de Christina s'emplirent de larmes. Se levant d'un bond, elle sortit un autre mouchoir pour les essuyer et se moucher.

Rodgers lui tendit sa carte.

— Si vous estimez qu'un détail pourrait m'aider, appelez-moi.

— Sans faute.

L'air épuisé et déconfit, il s'en alla. Bien que compatissant au malheur de Christina, il aurait mis la main au feu qu'elle lui cachait quelque chose. Il n'allait pas lâcher prise aussi facilement.

Par la fenêtre de la cuisine, Christina regarda les policiers s'éloigner, traverser la cour, interroger les filles d'écurie, s'entretenir avec les jockeys, puis entrer dans le bureau du manager. Hormis le faible espoir que Jersey la contacte, Christina n'avait rien dit par peur que ses connaissances les compromettent, ses filles et elles. Elle décida de partir pour la Suède au plus vite. Si Edward les appelait, elles y seraient plus en sécurité qu'en Angleterre.

Assis dans le bureau de Fleming, Rodgers étudia les listes des courses à venir, jeta un coup d'œil rapide aux nombreuses coupes et décorations remportées par l'écurie, puis contempla la plus grande photographie accrochée au mur. On y voyait Jersey à côté de son cheval préféré, Royal Flush. Puis, après avoir regardé brièvement les autres clichés représentant Jersey et ses autres champions, il s'arrêta sur celui où il posait en compagnie de la Reine à Ascot.

— C'est un grand gaillard, commenta Rodgers d'un ton posé.

— Oui, plus de seize paumes, répondit Fleming.

— Non, je parlais de M. de Jersey, répliqua Rodgers en montrant la photo du doigt.

— Ah oui, il dépasse le mètre quatre-vingt-dix.

Fleming poussa un soupir et vint à côté de Rodgers, qui s'était levé pour examiner les photos de près.

— Sa Majesté est-elle venue ici ? demanda-t-il, en se penchant sur un cliché en particulier.

— Grand Dieu, non ! Cette photo a été prise l'année dernière à Ascot.

— Un membre de la maison royale est-il déjà venu ici ?

— Pas que je sache. Un responsable des écuries de la Reine, vous voulez dire ?

— En fait, quiconque serait au service de Sa Majesté.

— Je ne crois pas, et ça fait presque vingt ans que je travaille ici. Pourquoi cette question ?

— Rien de spécial. Il est vraiment magnifique, ce domaine, dit-il, histoire de changer de sujet tandis que Fleming regagnait son bureau.

Rodgers décrocha un des cadres et le glissa sous son manteau. Il fut interloqué par l'émotion qui transparut dans la voix de Fleming.

— Je ne comprendrai jamais comment il a pu abandonner un étalon pareil. (Fleming montra une photo de Royal Flush.) C'était sa plus grande fierté et, d'après nous, il va remporter le Derby. C'est un cheval extraordinaire.

— À votre avis, pourquoi a-t-il pris le large ? demanda Rodgers d'un ton naturel.

— L'argent. Il a perdu une fortune à cause d'une start-up. Il n'a jamais réussi à redresser la barre, et entretenir une écurie pareille, ça coûte des milliers par semaine. En fait, il n'a pas réussi à se tirer du pétrin dans lequel il s'était fourré tout seul. Mais, à mon sens, ça n'explique toujours rien. Je croyais qu'il me préviendrait avant, au moins, à défaut d'en parler au reste du personnel.

— Apparemment, même sa femme n'était au courant de rien.

— Ouais, c'est ce que j'ai entendu, et pourtant il l'adorait. Mais l'amour de sa vie, ça restait Royal Flush. Il l'aimait jusqu'à l'obsession. C'est ça qui cloche. Je comprends qu'il puisse laisser tomber tout le reste, mais vendre cet animal, ça a dû lui briser le cœur.

— Vous l'aimiez bien ?

— Qui ça ? Le patron ? demanda Fleming, qui retrouvait sa maîtrise de soi.

— Oui. Quel genre d'homme est-ce ?

— Franchement, je lui aurais laissé tout mon argent pour le dépanner. C'est le genre de type à qui l'on croit pouvoir accorder toute sa confiance. Un homme de parole, enfin, avant. Mais en tout cas, une bonne moitié d'entre nous va continuer à travailler ici. Ça faisait peut-être partie de la transaction.

— La transaction ? répéta Rodgers.

— Il a tout vendu à un cheik mais, apparemment, on obtiendra tous un poste si on en a envie. Il s'en est assuré.

— À votre avis, combien vaut ce domaine ?

— Les écuries ? demanda Fleming, prudent, avant de se mettre à déplacer des documents sur son bureau. Je ne sais pas trop ce qu'il possédait vraiment. D'après moi, il avait quasiment tout hypothéqué. Mais qui sait ? En tout cas, le haras et les chevaux valent bien dans les quarante millions. À lui tout seul, Royal Flush vaut plus d'un million, mais ça fait des mois qu'il avait commencé à revendre ses meilleures bêtes, et ses voitures aussi. Il avait déjà licencié une bonne partie de ses employés.

— Connaissez-vous un certain Philip Simmons ?

Fleming secoua la tête.

— Non.

— Et James Wilcox ?

— Non plus.

Rodgers changea de jambe d'appui. La photographie était toujours cachée sous son manteau.

— Avez-vous déjà rencontré un dénommé Anthony Driscoll ?

— Non, aucun de ces noms ne m'est familier. Vous savez, j'ai pas mal de boulot. Est-ce que vous attendez quelque chose de moi en particulier ? J'aimerais bien me mettre au travail.

— Le 2 mai dernier, savez-vous où se trouvait M. de Jersey ?

— Ça dépend du moment de la journée, mais il a passé une partie de l'après-midi avec moi à l'hippodrome. Un de nos chevaux participait à la course de 15 heures, à Brighton. À la fin, il a dû s'en aller tout de suite pour assister à la pièce de ses filles.

— Comment M. de Jersey s'est-il rendu à Brighton ?

— En hélicoptère. C'est lui qui le pilote maintenant. Avant, il employait quelqu'un, mais le type a été licencié il y a des mois.

— De quel modèle d'hélicoptère s'agit-il ?

— Euh... Je n'en sais trop rien. C'est un appareil plutôt petit, il me semble, répondit Fleming en consultant sa montre de façon ostentatoire.

— Où est-il parti, selon vous ? demanda Rodgers, la main sur la poignée de la porte.

— Aucune idée, désolé.

Rodgers sourit et le remercia de lui avoir accordé de son temps. Au moment où il posait le pied dehors, Fleming déclara :

— Je peux vous donner un tuyau, en revanche. Je sais à coup sûr où vous pourrez le trouver.

Rodgers se retourna.

— Au Derby. Il ne manquera pour rien au monde la victoire de Royal Flush à cette course. Si vous misez tout de suite sur ce cheval, vous toucherez gros.

Rodgers regagna sa voiture, où il attendit patiemment sa collègue. Puis ils repartirent en silence, Rodgers feuilletant les pages de son calepin, posé sur la photo de Jersey.

— Soit il s'est fait la malle avec le pognon de la vente, soit il se terre quelque part avec un flacon de médoc, commenta-t-il d'un ton plat.

— Ou alors il s'est tiré avec les joyaux de la Couronne, ajouta le chauffeur.

Son commentaire fut mal accueilli : Rodgers lui lança un regard glacial. Au bout d'un silence interminable, Rodgers recommença à parcourir ses notes.

— Mme de Jersey cachait quelque chose. (Il tapota son carnet, puis suggéra de vérifier l'alibi de Jersey concernant le soir de la mort de Sylvia Hewitt, puis se cala dans la banquette et ferma les yeux.) Il y a un truc qui pue dans cette histoire, et ce n'est pas le crottin de cheval. On va lancer sa description sur le réseau informatique national de la police, histoire de voir si on peut mettre la main dessus, ne serait-ce que pour sa femme. Un sacré canon. Ça n'a pas dû être facile de la laisser tomber. (Il rouvrit les yeux.) À moins qu'il ne soit jamais parti et qu'elle le couvre. (Il jeta un regard noir par la vitre et grinça des dents.) Et si Jersey était notre homme ? À mon avis, c'est possible. Le signalement de Philip Simmons correspond aussi à Jersey. (Il maintint la photographie en équilibre sur un genou.) Pourquoi un type dont la photo paraît dans tous les journaux à chaque course hippique — un mec qui a discuté avec la Reine, bordel — prendrait le risque d'organiser le plus gros braquage de l'histoire ?

Les yeux rivés sur le cliché, Rodgers plongea la main dans sa poche pour en sortir une boîte de pastilles à la menthe. Son portable sonna.

— Bref, on saura bientôt si Maureen Stanley l'identifie ou non.

Il répondit.

— Rodgers, lâcha-t-il sèchement avant d'écouter son interlocuteur en mâchant un bonbon.

Lorsqu'on lui annonça que Driscoll et Wilcox avaient tous les deux quitté le pays la veille, il jura. Les reproches allaient fuser de partout pour avoir déconné à ce point. Il aurait dû les coincer dès qu'il avait reçu le tuyau, mais il avait attendu. Une telle erreur allait faire mauvaise impression.

Jersey savait que le temps lui était compté. Il avait pris l'avion pour Paris sous l'identité de Shaughnessy, puis réservé une chambre dans une petite pension. D'une cabine, il appela Dulay, à qui il expliqua très brièvement qu'il souhaitait le rencontrer. Il voulait toucher l'acompte de leur acheteur.

Paul Dulay, toujours sous surveillance, se rendit à Paris en voiture. Après s'être garé, il ne se déplaça plus qu'à pied et par les transports en commun jusqu'à se sentir certain d'avoir semé ceux qui le filaient. Il arriva une heure en retard à son rendez-vous avec Jersey, prévu dans un petit bar en face de l'hôtel de la Tremouille, en possession d'un demi-million de dollars rangé dans un petit fourre-tout en cuir. Il avait gardé l'autre moitié pour lui.

— Si vous saviez les tours et les détours auxquels j'ai dû me livrer pour récupérer cet argent... et le tout avec ces empaffés aux basques.

— Qu'a dit Kitamo ?

— Eh bien, il n'est jamais très bavard, mais comme il est au courant des derniers événements en Angleterre, il demande quand il verra la marchandise.

Jersey donna pour instruction à Dulay de ne pas essayer de remonter le butin. Les joyaux devaient rester attachés au poteau tant que la pression n'était pas retombée. Si nécessaire, les pierres pouvaient rester dans l'eau durant des mois.

— Combien de temps Kitamo devra-t-il patienter, selon vous ?

— Le temps qu'il faudra. Ne lui remettez pas le Koh-i-noor tant que nous ne serons pas tirés d'affaire. En ce qui concerne les autres pierres, dites-lui qu'il les obtiendra au compte-gouttes. Surtout, n'approchez pas de la caisse.

— Comment est-ce que je peux lui fournir le diamant sans m'en approcher ?

En guise de réponse, Jersey le sortit de sa poche et le tendit discrètement à Dulay.

En s'en emparant, Dulay resta sans voix.

— Nom de Dieu de merde ! Où est-ce que je vais le cacher, bon sang ?

— Restez calme et baissez le ton. Gardez-le jusqu'à nouvel ordre, et dites à Kitamo qu'il devra procéder au prochain virement par Internet. Dès que le paiement sera validé, nous lui passerons la pierre. Pas avant.

— C'est drôle que vous employiez le « nous », rétorqua sèchement Dulay, parce que c'est moi qui vais me le trimbaler, ce diamant, putain ! (Angoissé, le bijoutier buvait plus que de raison, mais Jersey garda son calme.) Où est-ce que je vais le planquer, bordel ? Ils ont déjà fouillé ma maison et ma bijouterie de fond en comble.

Jersey s'esclaffa et s'approcha de Dulay.

— Je vais vous indiquer l'endroit exact où le cacher.

De retour à son hôtel, Jersey rangea l'argent de Dulay dans une grande caisse en bois, à côté des billets reçus après que la valeur de son hypothèque avait été convertie en espèces à la vente de son domaine. Le reste avait été placé sur deux comptes ouverts à New York par Internet. Sur le double fond de la caisse, Jersey posa trois grands tableaux achetés dans une galerie proche de l'hôtel de la Tremouille. Chaque peinture était emballée individuellement dans de la toile cirée et une épaisse couche de papier bulle. Une fois scellée, la caisse devait partir par cargo vers les États-Unis, le nom de la galerie et la valeur du contenu clairement indiqués sur le côté. Les tableaux devaient être livrés à la propriété des Hamptons, récupérés et entreposés par ses notaires jusqu'à l'arrivée de Jersey. Puisque retourner à son hélicoptère présentait trop de risques, il avait loué un emplacement pour l'appareil à l'aéroport d'Orly. Pour réussir sa fuite, il devait miser sur une cavale en solitaire, et ne pouvait se permettre de s'adresser à qui que ce soit. Il espérait que Christina n'avait pas divulgué les noms figurant sur ses faux passeports, Shaughnessy et Cummings, parce qu'il comptait les utiliser.

Une fois la caisse emportée par la société de fret, il changea de passeport afin de devenir Edward Cummings, le marchand d'art anglais. Il se teignit en brun foncé et se colla un petit bouc assorti. Pour terminer, il chaussa une paire de lunettes à monture en écaille. Lorsque l'avion décolla pour New York, il regarda fixement par le hublot. Quelque part en contrebas, ballottée par la mer étincelante, une caisse contenant les joyaux de la Couronne était attachée à un casier à homards.

Christina se mit sur son trente et un. Elle avait passé un temps considérable à choisir sa tenue. Toujours fragile, elle ne savait pas encore vraiment comment approcher le cheik, qui n'avait pas montré beaucoup d'enthousiasme lorsqu'elle avait demandé à le rencontrer. Mais elle voulait absolument savoir, et elle avait insisté et obtenu de lui un rendez-vous à 15 heures.

Il possédait un domaine encore plus spectaculaire que celui de Jersey. Au milieu d'une vaste étendue de terres vallonnées et de jardins décorés, le manoir à murs blancs et à colonnades, auquel on accédait par une allée de gravier de marbre qui scintillait comme des diamants, se dressait telle une ancienne demeure coloniale.

On fit entrer Christina dans un salon. Ici et là, des tableaux délicats représentant des chevaux sauvages ornaient les murs aux côtés de vitrines où se côtoyaient récipients de cristal et porcelaine chargée. Des franges dorées décoraient les fauteuils et les canapés moelleux aux coussins de velours. Une servante lui proposa un thé, qu'elle refusa.

Christina voulait connaître la somme déboursée par le cheik pour le domaine. Certaine que Jersey avait placé de l'argent destiné à ses filles et elle, elle devait absolument savoir s'il avait abordé le sujet lors de leurs transactions. Grand et élégant, l'homme qui l'accueillit portait un costume immaculé. Les cheveux noirs, gominés et peignés en arrière, il avait un air austère, froid et impatient. Lorsqu'ils se serrèrent la main, elle sentit le parfum douceâtre de son eau de Cologne citronnée.

Il recula d'un pas et lui fit signe de s'asseoir.

— Vous désiriez me voir ?

— Oui, à propos d'un sujet très personnel. Je m'excuse de m'imposer ainsi, mais je souhaite à tout prix obtenir des réponses. Edward de Jersey, mon mari... (Le cheik plongea ses yeux foncés dans les siens.) ... Eh bien, vous avez racheté son haras et ses écuries. (Elle prit son souffle bruyamment.) J'ai besoin de savoir s'il a prévu quelque chose pour mes filles et moi, s'il a discuté de notre situation avec vous.

— Quelle situation ?

— Eh bien, je sais que les négociations se sont déroulées assez précipitamment, alors je pensais que mon mari avait peut-être laissé des informations à mon attention, parce qu'il...

Il leva la main et elle se tut.

— Au contraire, madame. Nous avions commencé les pourparlers il y a déjà quelque temps.

— Comment ça, quelque temps ? demanda-t-elle d'une petite voix.

— Environ six semaines. Quand votre mari a rejeté ma première offre, je n'ai pas insisté. Nous avons ensuite entamé de nouvelles négociations, puisque j'acceptais de payer le prix qu'il demandait à condition que Royal Flush fasse partie de la vente, ce qu'il a tout d'abord refusé, mais... (Tout sourire, il mima un geste généreux.) ... Je lui ai fait une offre qu'il ne pouvait rejeter.

— Il y a combien de temps ?

— Quatre jours.

— Combien a-t-il touché ? s'enquit-elle, pressant les mains à plat sur les genoux.

Un instant de silence s'écoula. Elle leva les yeux.

— Voyez-vous, madame, j'estime qu'il s'agit d'un sujet privé, et je ne souhaite pas en discuter.

— Mais je suis sa femme, protesta-t-elle d'une voix qu'elle-même trouva stridente. (Elle se leva.) Je me retrouve seule sans domicile ni compte en banque, avec deux filles à charge et une montagne de factures à payer. Je suis parfaitement en droit de savoir combien il a touché.

— Non, madame, certainement pas. Si votre mari n'a pas pris la peine de vous en parler, alors je crains que...

— J'exige de savoir ! *C'est mon droit !* se mit-elle à crier.

À deux doigts de s'évanouir, elle engloutit le verre d'eau glacée que lui tendit le cheik. Celui-ci lui proposa d'appeler un médecin, mais elle refusa et tenta de retrouver son calme. Le poids de tous ces événements s'avérait trop lourd pour elle.

— Je vous serais infiniment reconnaissante si vous me donniez une idée de la somme qu'a touchée mon mari, dit-elle d'une voix faible et triste.

Au bout d'un moment, afin de la calmer et de lui prouver la transparence des transactions, il lui montra les factures et documents signés de la main de son mari, et elle se rendit compte qu'il avait empoché une véritable fortune le jour de son départ, et pris les dispositions nécessaires afin de recevoir d'autres virements. À son retour le soir où Christina avait fouillé toute la maison, il possédait l'argent et avait déjà décidé de la quitter. Alors qu'ils faisaient l'amour, il s'apprêtait à partir.

Christina regagna cette demeure, à présent complètement vide, qu'elle avait tant aimée. Elle avait admis devant son mari qu'elle ne le connaissait pas, et elle se souvenait mot pour mot de sa réponse. Passer dans des pièces qu'ils avaient aménagées ensemble et se rendre compte de la gravité de sa trahison la mina complètement. Elle déambula dans la maison jusqu'à ce qu'elle arrive dans leur chambre. Elle entendait encore Jersey, sa voix, son rire. Elle se rappela sa dernière déclaration d'amour. C'était de la torture mais, pour trouver la force de passer à l'acte, il lui fallait souffrir et ressentir l'ampleur de ses mensonges. S'il lui avait laissé de quoi vivre, une preuve que les vingt années passées ensemble comptaient à ses yeux, la souffrance en aurait été atténuée. Mais elle se retrouvait complètement démunie, alors que lui était parti avec des millions de livres en espèces.

Lentement, Christina descendit l'escalier et alla dans le cabinet de travail de son mari. Malgré l'absence des meubles, une forte odeur de cigare, imprégnée dans les murs, lui donnait l'impression qu'il était là pour voir ce qu'elle allait faire. Elle se pencha vers le téléphone. La ligne fonctionnait toujours, et elle sortit la carte du commissaire Rodgers. Calme, la colère lui ôtant tout scrupule, elle composa le numéro de la ligne directe de l'officier et attendit.

— Rodgers, j'écoute.

— Christina de Jersey à l'appareil. J'aimerais vous parler à propos de mon mari.

27

On ne montra pas directement à Maureen Stanley la photo prise dans le bureau de Jersey, mais un agrandissement tiré par le labo de la partie supérieure de son buste. On le mêla à huit autres photos en noir et blanc d'hommes de carrure et de couleur de cheveux similaires. La police ne possédait pas encore de photos de Wilcox et Driscoll.

Le commissaire Rodgers attendit patiemment qu'elle étudie les portraits l'un après l'autre. Sourcils froncés et lèvres pincées, elle prit son temps, puis étala les huit clichés devant elle comme pour jouer à une réussite. Alors que Rodgers était sur le point de perdre espoir, Maureen identifia leur homme.

— J'ai une excellente mémoire des visages.

Remise du calvaire de son enlèvement, se délectant de l'intérêt permanent que lui portaient les médias, elle passait du bon temps.

D'un ton impatient, Rodgers l'interrompit :

— Madame Stanley, reconnaissez-vous l'homme qui vous a séquestrée ? Le chef de la bande, selon vous.

— Oh oui, absolument !

— Pourriez-vous s'il vous plaît montrer à tout le monde ici de quel individu il s'agit ?

Maureen acquiesça d'un signe de tête, la main en suspens au-dessus des clichés.

— Sans aucune hésitation, c'est lui ! annonça-t-elle d'un air triomphal en brandissant la photo de George Ericson, l'un des agents chargés de l'enquête.

Rodgers ferma les yeux.

Tony Driscoll signa l'acte de vente de sa villa de Marbella en présence de son agent immobilier, une blonde pulpeuse au bronzage intégral et au décolleté plongeant. La villa passait à un Italien élégant, qui avait accepté de payer en espèces. Après ajout de la valeur des biens demeurant dans la maison et déduction de la part de l'agence, il lui restait environ cent trente mille livres. Conscient que sa villa valait davantage, Driscoll accepta tout de même le manque à gagner.

Il s'apprêtait à repartir en Angleterre lorsqu'il reçut un appel téléphonique de sa femme, complètement hystérique. Les policiers étaient passés chez eux.

— Tony, ils m'ont posé plein de questions sur cette femme, là, Sylvia Hewitt. Et puis — oh, Tony, c'était horrible —, ils m'ont interrogée sur le vol des joyaux de la Couronne : où tu étais ce jour-là, où tu te trouves en ce moment. J'ai répondu qu'ils se trompaient complètement, que tu t'occupais de la vente de notre villa.

— Raccroche immédiatement, Liz.

— Comment ça, raccroche immédiatement ? Bon sang, qu'est-ce qui se passe, Tony ? *Tony ?*

Mais Driscoll avait brutalement coupé la communication. Il alla chercher Wilcox sur la terrasse et s'assit à côté de lui sur l'autre chaise à bronzer.

— Ça sent le roussi, annonça-t-il calmement. Les poulets sont passés chez moi questionner Liz, et ils ont un mandat de perquisition. (Wilcox n'ouvrit pas les paupières.) T'as entendu ?

— Ouais.

Wilcox ôta ses protège-yeux.

— Qu'est-ce que tu en dis ?

Wilcox se leva, prit sa serviette de bain et la mit en écharpe.

— Je descends sur le port appeler Rika d'une cabine, histoire de savoir s'ils sont venus fouiner chez moi aussi.

— Et après ?

— Eh ben, faudra qu'on réfléchisse à ce qu'on fera ensuite.

— C'est tout vu, mon pote. Je me casse. Cette abrutie leur a dit que je suis ici, alors, à ton avis, il va leur falloir combien de temps pour rappliquer ? Un coup de fil à la police espagnole et on est foutus.

— Qu'est-ce qu'ils voulaient ?

— Ils ont posé des questions sur Hewitt, et de là ils sont passés à la date du braquage. La conclusion est pas difficile à deviner. Ils sont à nos basques.

— On n'en est pas sûrs.

— Ouais, eh ben je vais être franc avec toi. Je compte pas retourner là-bas pour vérifier.

— Qu'est-ce que tu vas faire alors ?

— Me barrer d'ici et me planquer.

Wilcox garda son calme.

— Tu veux bien attendre que j'aie appelé Rika ?

— Bien sûr, mais grouille-toi. Il va falloir qu'on se sépare, et fissa.

Driscoll retourna dans la villa.

Wilcox se rendit au port de Puerto Banus au volant de la Jeep de Driscoll. Une fois sur place, il appela Rika de la cabine d'un bar. Parlant peu, il l'écouta lui raconter que non seulement les policiers l'avaient questionnée, mais qu'ils étaient aussi revenus munis d'un mandat de perquisition.

— Ils cherchaient quoi, James ? Pourquoi tu quittes moi ? Où tu es ? Dis-moi c'est quoi que tu fais.

Il raccrocha et appela son ex-épouse, Françoise. Avec les cris de ses enfants en fond sonore, il expliqua qu'il ne pourrait pas rentrer en Angleterre avant quelque temps, et que les garçons devraient retourner vivre chez elle. Françoise entra dans une colère noire. Il lui raccrocha au nez et quitta le bar. Les nerfs en pelote, il revint à la villa.

Alors qu'il garait la Jeep dans l'allée, essayant de réfléchir à ce qu'il allait faire, Driscoll sortit de la maison, ses sacs de voyage à la main.

— Je me tire, annonça-t-il d'un ton plat.

— Tu vas où ?

— Je sais pas, mais je vais pas rester planté là à attendre qu'on vienne me cueillir, et à ta place je ferais la même chose.

— Avec quel pognon ? rétorqua sèchement Wilcox, qui descendit de voiture et claqua la portière.

Driscoll soupira.

— Écoute, je vais pas te laisser dans la merde. Je t'ai laissé cinq cents billets sur la table de la cuisine.

— Eh ben ! Je vais pas aller loin avec ça.

— C'est pas mon problème, Jimmy, mais on peut pas prendre le risque de rester ensemble.

— Toi t'es tranquille. Tu viens d'empocher le pactole en vendant cette villa, mais moi, cinq cents livres, ça va pas me durer longtemps, pas vrai ?

— Prends la Jeep — les papiers sont dans le tiroir du couloir —, et rends visite à une des greluches avec qui tu traînais. Laisse les clés de la maison sur la console. Les agents en ont un autre jeu, mais tu ne pourras pas rester ici très longtemps. Les nouveaux proprios emménagent à la fin du mois.

Driscoll s'éloigna sans se retourner.

Il descendit l'allée de gravier vert, passa devant la piscine en forme de rein, et prit la ruelle en travaux qui se trouvait au bout. La municipalité « terminait » cette rue menant au petit groupe de villas depuis qu'il avait acheté la sienne quinze ans plus tôt. Au bout de cette voie parsemée de nids-de-poule, il tourna à droite et prit la direction d'une petite rangée de boutiques, d'où il appela un taxi pour se rendre à l'aéroport. Toujours dépourvu de plan, il appela tout de même sa femme pour lui dire de vendre leur maison, de ne pas poser de questions et d'attendre qu'il la contacte. Bien qu'elle fût morte d'inquiétude, Driscoll ne lui dit pas grand-chose pouvant la rassurer, mais seulement qu'il ne pourrait pas rentrer en Angleterre. Ne sachant pas combien de temps il s'absenterait, il lui conseilla de s'acheter un nouveau logement et de laisser un numéro où la joindre à l'agence immobilière. Il se sentit coupable de la laisser en pleurs et paralysée par la peur, mais si les policiers tentaient de le coincer, ils avaient sûrement mis sa ligne sur écoute. Ils le savaient en Espagne maintenant, mais où donc pouvait-il aller sans faux passeport ? Où qu'il aille, ils le retrouveraient.

Sous un nom d'emprunt, il fit appel aux services d'un pilote d'avion privé pour se rendre à Palma de Majorque. C'était le seul endroit où il n'avait pas à devoir présenter ses papiers. Une fois sur place, il loua un appartement délabré qui donnait sur une fabrique de poterie. Ce ne fut qu'une fois installé qu'il se détendit. Au moins, sans Wilcox, il se sentait moins exposé. Il resterait caché le temps que la pression retombe — disposant de plus de cent mille livres en espèces, il aurait de quoi voir venir quelque temps. Il alla s'acheter quelques provisions et regagna en hâte son appartement. Ayant passé de nombreux étés en famille en Espagne, il maîtrisait plutôt bien la langue, mais parlait toujours avec un accent anglais et, pire encore, il savait qu'il devait revoir son style s'il ne voulait pas complètement détonner avec le décor. Driscoll décida donc de ne pas déménager, de se faire pousser la barbe, de bronzer et de rester caché. Il savait qu'il allait devoir utiliser son argent avec parcimonie, mais à tous points de vue, son train de vie n'aurait aucune commune mesure avec celui auquel il était habitué. Les flics le recherchaient et, après avoir épluché tous les journaux anglais de la première à la dernière page, il se sentit nauséeux. La plupart dataient de la veille et ne contenaient pas une seule ligne concernant le braquage, ce qui l'effraya davantage que des gros titres criards. C'était toujours comme ça avant les coups de filet.

Dans la villa, Wilcox emporta tout ce qu'il pourrait revendre : draps, couverts et vêtements de Driscoll. Il chargea la Jeep, conscient qu'il devrait la vendre en priorité puisqu'elle était enregistrée au nom de Driscoll. Son problème principal consistait à trouver une cachette, et il devait le résoudre rapidement. Suivant le conseil de son compère, il caressa l'idée d'aller s'incruster chez une des filles rencontrées le premier soir. Sharon travaillait comme serveuse dans un bar à cocktails du port. En dernier recours, il pouvait se tourner vers Daniella, une masseuse du country-club de Marbella. Puisqu'elle l'avait dragué à mort, il l'invita à sortir le soir même.

Wilcox se rendit à la villa de Sharon, sise dans les hauteurs, mais il se ravisa au dernier moment car il se souvint qu'elle vivait avec deux colocataires, ce qui comportait trop de risques, et fit demi-tour. En fin de journée, il avait vendu la Jeep à une société de location, signant tous les documents du nom de Tony Driscoll, puis acheta une vieille Suzuki qu'il paya en espèces. Il se rendit au petit appartement de Daniella, dans les faubourgs de Nueva Andalucia. Son numéro de charme convaincant eut raison des réticences de Daniella concernant son installation chez elle. Néanmoins, elle l'avertit que s'il lui causait du tort, il aurait affaire à ses frères. D'ailleurs, le fait qu'il loge chez elle n'allait pas leur plaire.

Se sachant vulnérable, il lui donna immédiatement de l'argent pour le loyer en gage de sa bonne volonté, et le soir même, on le présenta à la famille de la jeune femme. À aucun moment il n'évoqua ses six enfants et sa maîtresse furieuse restés en

Angleterre, mais il broda toute une histoire sur son coup de foudre et son désir de construire une nouvelle vie avec Daniella, en insistant sur ses intentions de chercher du travail dès le lendemain. Un des frères de Daniella lui proposa un petit boulot d'homme d'entretien dans son immeuble de location de vacances, où il devrait s'occuper de la peinture, de la décoration et du nettoyage après le départ des clients. C'était à mille lieues de son ancienne vie mais, au moins, pour l'instant, il se sentait à l'abri.

Se pliant toujours aux règles établies par le passé, ni Wilcox ni Driscoll n'avaient tenté de contacter Jersey. Cependant, ils avaient tout de même gardé un œil attentif sur les journaux, étonnamment silencieux. Wilcox prit la décision de n'appeler ni son ex-femme ni Rika avant très longtemps. Au moins, les garçons vivaient chez leur mère et, très certainement, Rika ne resterait pas seule bien longtemps.

Christina, anxieuse mais se sentant blessée et trahie au plus profond de son âme, voyait son salut dans ce qu'elle s'apprêtait à faire. Cependant, une fois en face du commissaire Rodgers et de trois gradés, le trouble et les larmes la gagnèrent. On lui proposa du thé et du café, mais elle refusa les deux et demanda un verre d'eau. La tête baissée, elle resta silencieuse pendant que Rodgers entamait l'interrogatoire en douceur, l'encourageant à parler, sachant intuitivement que l'avancée décisive dont ils rêvaient tous se présentait enfin à eux. Elle accepta qu'on enregistre l'entretien.

— Quelle est la raison de votre venue ici aujourd'hui ? commença Rodgers.

— Je me sens tenue de faire part de mes soupçons concernant l'implication d'une certaine personne dans le vol des joyaux de la Couronne et la mort de Sylvia Hewitt, répondit-elle d'une voix totalement dénuée d'émotion.

Rodgers lança un bref regard à ses officiers.

— De qui s'agit-il, madame ? Nous avons demandé l'aide de la population sur de nombreux points.

Elle garda les yeux baissés.

— De Philip Simmons.

— Le connaissez-vous ?

— Oui, je crois. (Elle toussa et but une gorgée d'eau. Ils attendirent.) Je pense que c'est mon mari.

Cette fois, elle leva la tête et déballa tout, expliquant qu'elle avait cru le reconnaître à la télévision sans toutefois vouloir y croire.

— Désolé de vous interrompre, madame, mais jusqu'à la diffusion de cette émission, aviez-vous des raisons de croire que votre mari était Philip Simmons ?

— Non, pas vraiment. Il avait des problèmes d'argent et...

— Lorsque vous l'avez reconnu d'après la description donnée à la télévision, qu'avez-vous fait ?

— Pardon ?

— Eh bien, se trouvait-il chez vous, à ce moment-là ? Lui avez-vous posé des questions ?

— Oui.

— Donc, vous avez accusé votre mari d'être l'homme que nous recherchons, c'est bien ça ?

— Tout à fait.

— Vous lui avez demandé si Philip Simmons, c'était lui ?

— Oui.

— Et qu'a-t-il répondu ?

— Que non.

— Il a nié, donc ?

— Oui, au début, jusqu'à ce que...

Dans la pièce, la tension devenait presque palpable, et Christina hésita.

— Jusqu'à... ce que je trouve le diamant.

Dubitatif, Rodgers se cala sur sa chaise.

— Madame de Jersey, êtes-vous en train de nous dire que vous avez retrouvé les joyaux volés ?

Christina serrait les mains très fort.

— L'un d'eux, seulement. Caché dans le bout d'une de ses bottes.

Elle raconta sa découverte de la pierre, et déclara qu'à ses yeux il s'agissait incontestablement du Koh-i-noor. Puis elle relata leur confrontation et la façon dont elle avait prouvé qu'il s'agissait d'un vrai diamant.

— Qu'avez-vous fait ensuite ?

— Je lui ai demandé de but en blanc s'il était impliqué dans le braquage.

Rodgers et les autres officiers se penchèrent vers elle.

— Et qu'a-t-il répondu ?

Christina marqua une pause.

— Il a avoué que oui.

Un silence assourdissant s'abattit sur la salle. Ils venaient enfin d'obtenir la confirmation tant attendue. Elle reprit :

— À ce moment-là... je suis restée sans voix,

complètement assommée. Il m'a préparé un thé et...

Au bord des larmes, elle raconta qu'il l'avait droguée et qu'à son réveil elle avait découvert qu'il était parti en hélicoptère pendant la nuit. Puis elle craqua, et Rodgers ordonna qu'on interrompe l'interrogatoire.

À la reprise, lorsqu'on la questionna de nouveau sur la mort de Sylvia Hewitt, elle réussit à se souvenir du déroulement de cette soirée.

— Saviez-vous que Sylvia Hewitt a été tuée par un mélange de morphine et de kétamine ? demanda posément Rodgers.

— Non, je ne connaissais pas les causes de sa mort. Je croyais qu'il s'agissait d'un suicide. C'est ce que je vous ai dit quand vous êtes venus chez moi.

— La kétamine est un sédatif équin très puissant, que les vétérinaires utilisent aussi pour endormir des animaux de moindre taille.

— Je l'ignorais, dit-elle, le regard triste.

— Votre mari aurait-il pu avoir accès à ce genre de produit ?

— C'est possible... Il dirigeait une écurie en tout cas. Vous devriez peut-être poser la question à M. Fleming. Moi je ne sais pas.

— Vous m'avez dit qu'il vous a fait prendre des somnifères le soir de son départ ?

Elle leva les yeux, choquée par ce qu'il insinuait.

— Avez-vous envisagé la possibilité qu'il ait essayé de vous réduire au silence ? Vous venez de raconter que cela s'est passé le soir de son départ.

— C'est exact, mais il restait des comprimés

dans le flacon, et s'il avait voulu me tuer, il les aurait tous mis dans le thé.

Elle avait élevé la voix.

— Donc, d'après vous, votre mari ne souhaitait pas vous faire du mal ?

— Mais non !

Rodgers resta silencieux quelques instants, puis se pencha près d'elle.

— Quand nous sommes passés chez vous, vous ne m'avez rien raconté de tout ça, madame. Pas un mot à propos du diamant, de la confrontation avec votre mari, ni de ses aveux. Je trouve cela suspect.

Au cours de l'heure qui suivit, on soumit Christina à une pression énorme, la forçant à répéter plusieurs fois son récit. Lorsqu'on l'accusa d'avoir aidé son mari à prendre la fuite, elle se leva sous l'effet de la colère.

— Je n'en savais rien ! *Absolument rien !* hurla-t-elle avant de fondre en larmes. Je ne pensais pas qu'il me quitterait, dit-elle en pleurant.

Trudy Grainger prit Rodgers à part et suggéra qu'on permette à Christina de se reposer.

N'ignorant pas que cette femme se trouvait sous le choc, le commissaire Rodgers ne ressentait néanmoins qu'une grande excitation à l'idée de cet immense pas en avant. Le vieux dicton « Même en enfer, point de colère égale celle d'une femme abusée » se vérifiait, et leur valait la percée la plus spectaculaire. Tout en épluchant les renseignements fournis par Christina, Rodgers rédigea des mémos et sa prochaine série de questions.

À la pause déjeuner, l'équipe étudia les données en sa possession. N'ayant reçu aucune nouvelle d'Interpol, tous craignaient d'avoir perdu leur gros poisson. Et en ce qui concernait les autres joyaux volés, Christina ignorait totalement où ils pouvaient être. Sans qu'elle le sache, les enquêteurs, munis d'un mandat de perquisition, se livraient à une fouille complète du domaine. Consterné, le nouveau propriétaire vit débarquer tout un régiment de policiers. On soumit ensuite les demeures de Wilcox et Driscoll aux mêmes examens rigoureux.

Le soir même, dans une déclaration à la presse, les responsables de l'enquête annoncèrent qu'ils connaissaient désormais le nom de l'homme le plus recherché d'Angleterre : Edward de Jersey, alias Philip Simmons. On délivra également des mandats d'arrêt à l'encontre de James Wilcox et de Tony Driscoll. D'après la police, tous les deux résidaient peut-être en Espagne.

Le lendemain, accompagnée de son avocat, Christina commença une nouvelle séance d'interrogatoire interminable. Ils lui posèrent des questions détaillées sur les voyages à l'étranger de son mari. Lorsqu'elle mentionna le séjour à Monaco, ils se penchèrent de nouveau sur l'enquête concernant l'*Hortensia Princess* et Paul Dulay, sous surveillance depuis des semaines. Pour l'instant, tout ce qu'ils possédaient de lui était sa confirmation qu'il possédait bien le bateau, et ses explications au sujet du « parachutage » rapporté par les jeunes Anglais.

Paul Dulay fut arrêté par la police française. Tout d'abord, il affirma avoir une raison valable pour s'être ancré au large de Brighton. Cependant, les enquêteurs savaient à présent que Jersey se trouvait à l'hippodrome de Brighton le jour du braquage, et qu'il était arrivé sur les lieux peu de temps après l'horaire donné par les témoins du largage. Sous la pression, Dulay refusa de répondre à la moindre question en l'absence d'un avocat.

La bijouterie et la maison de Paul Dulay furent fouillées une deuxième fois, et finalement, suite à un interrogatoire plus poussé, il commença à craquer. Ses avocats acceptèrent un compromis s'il fournissait des renseignements et avouait son implication dans le vol. Il mena la police jusqu'à la petite crique et montra le casier à homards agité par les flots. Il ne faudrait aux policiers que quelques minutes pour accéder à la caisse attachée aux bouées. Lorsque les vedettes partirent la récupérer, la crique regorgeait de touristes et de journalistes.

On rapporta la caisse à terre, puis on l'emmena au commissariat local, où on l'ouvrit. À l'intérieur, on découvrit tous les joyaux volés à l'exception du formidable Koh-i-noor.

L'interrogatoire de Dulay se poursuivant jour et nuit, le bijoutier donna finalement des renseignements sur la vente du diamant, et on retrouva l'acheteur japonais. Tout d'abord, celui-ci refusa qu'on l'interroge mais, à condition que cela n'engendre aucune répercussion, il admit avoir versé une énorme avance à Dulay pour obtenir le diamant, qu'il n'avait toujours pas reçu. On questionna de nouveau le Monégasque, cette fois en présence de la police britannique, et il reconnut avoir donné un demi-million de dollars à Jersey à Paris et gardé le reste.

Désormais, les enquêteurs redoutaient que la

pierre ait déjà été taillée. Ils persistèrent jusqu'à ce que Dulay craque. Ils n'en revinrent pas. La pierre précieuse était cachée dans son jardin, au milieu de galets, près d'une petite chute d'eau.

Lorsque les enquêteurs britanniques arrivèrent à la cascade, ils trouvèrent une sirène — de sa main tendue jaillissait un filet d'eau. Sous sa nageoire caudale se trouvait la rocaille de jardin. Là, parmi les galets immergés, brillait le Koh-i-noor. L'eau venait y rebondir, et des arcs-en-ciel réfractés sur ses facettes dansaient dans la lumière du soleil.

En Angleterre, l'effervescence due au retour des joyaux retombait, mais les journalistes conférèrent un statut héroïque à ceux qu'ils supposaient responsables du braquage. Le nom d'Edward de Jersey était sur presque toutes les lèvres. Les policiers durent se livrer à un nombre incalculable de traques totalement vaines. Deux semaines plus tard, hormis celle de Paul Dulay, on n'avait toujours procédé à aucune arrestation. Le bijoutier avait tout déballé, mais il devint évident qu'il n'en savait pas plus. Il soutint ne connaître ni Driscoll, ni Wilcox, ni aucun autre des membres de l'équipe, mais quand on lui montra la photo de Jersey, il reconnut Philip Simmons. On l'incarcéra dans une prison française en attendant son transfert vers l'Angleterre, où il serait jugé.

Lorsqu'il eut confirmé que Jersey était le cerveau du casse, on raccompagna Dulay à sa cellule. Il ne révéla pas qu'il avait rencontré Anthony Driscoll des années auparavant — la police ignorait toujours totalement que derrière Dulay, Jersey et son équipe, se cachaient les auteurs du Vol des lingots. Il demanda un bloc-notes et un crayon afin d'écrire à sa femme. Puis il déchira sa chemise et se pendit. Dans sa lettre, il demandait à Ulrika et à ses enfants de lui pardonner. Son acte porta un coup sévère à la police, qui comptait le faire comparaître au tribunal en tant que témoin à charge.

Le commissaire Rodgers insista sur le fait qu'il n'abandonnerait pas la traque des suspects. Il déclara qu'il arrêterait les coupables dans les mois à venir. Cependant, la piste Jersey ne menait nulle part, ce qui constituait un problème majeur. Il disposait d'une grosse somme d'argent en espèces, non seulement grâce au paiement de Dulay, mais aussi grâce à la vente de son domaine. Il est facile d'attraper un fugitif démuni, mais un homme possédant une fortune, c'est une autre histoire. Jersey possédait largement de quoi s'acheter une nouvelle identité, et même un nouveau visage, s'il le désirait. Même avec le concours du FBI et d'Interpol, ils ne trouvaient aucune piste. Comme Wilcox et Driscoll, Jersey avait disparu.

L'équipe d'enquêteurs, à présent plus que réduite, prit la décision de concentrer ses recherches en Espagne, dans l'espoir de retrouver Wilcox et Driscoll. En possession de photographies de leurs suspects, et disposant d'une prime substantielle à offrir pour tout renseignement déterminant, ils se mirent au travail.

Après des journées d'interrogatoire, Christina s'écroula sous l'effet de l'épuisement. Elle passa deux jours en clinique privée, et son père vint en Angleterre s'occuper de ses petites-filles. Finalement, on autorisa Christina à regagner la Suède. Les autorités suédoises acceptèrent de mettre en place une surveillance sur toute la famille au cas où Jersey tenterait de les contacter.

Christina attendit presque une semaine avant de se rendre à la banque. Elle y possédait un compte à son nom, sur lequel sa mère avait laissé de l'argent, et quelques bijoux dans un coffre. Ayant décidé de rester en Suède, elle souhaitait les revendre. Christina s'entretint brièvement avec le directeur, qui l'accompagna à la chambre forte. Seule, elle déverrouilla la porte du coffre. À l'intérieur, elle trouva une enveloppe à son attention. À l'écriture, elle sut instantanément qu'elle provenait de son mari. Les doigts tremblants, elle en déchira le cachet et se mit à lire.

> Ma bien-aimée,
>
> Lorsque tu liras cette lettre, soit tu me mépriseras de toute ton âme, soit tu auras su trouver en toi la force de me pardonner. Je n'ai pas d'autre solution que de tout vendre en vitesse sans t'avertir de mes intentions. Je n'ai jamais voulu vous impliquer, les petites et toi, ni vous faire du mal. Je t'aime toujours autant qu'au début de notre mariage, quant à mes filles, je les aime aussi de tout mon cœur. J'ai également beaucoup d'admiration pour toi, et je sais que, grâce à ton éducation, elles deviendront aussi parfaites que toi.
>
> Même si je sais que tu ne me trahirais jamais, le seul scénario qui s'offre à moi pour vous préserver est de disparaître. J'ai mis de l'argent de

côté pour vous trois. Les clés que tu trouveras dans le coffre sont celles d'une maison adorable que j'ai choisie en tenant compte de vos goûts à toutes, puisque je me doutais que tu reviendrais en Suède. Je t'aimerai jusqu'à mon dernier souffle, et je te remercie de m'avoir donné les vingt plus belles années que j'aie jamais passé. Que Dieu te garde !

Tenant mollement la lettre à la main, elle la relut plusieurs fois, les larmes s'accumulant dans ses yeux avant de tomber sur la feuille et de brouiller l'écriture de Jersey. Elle trouva les clés en question, attachées à une petite carte sur laquelle figurait une adresse, et posées sur une épaisse enveloppe contenant cartes et comptes bancaires à son nom de jeune fille, Christina Olefson. En tout, elle disposait d'un million et demi de livres. La maison valait trois quarts de million.

Plus tard dans la journée, Christina, assise sur le parquet en pin de sa nouvelle demeure, contemplait les jardins. Comme tout au long de leur vie commune, il avait pensé à tout. Alors que lui l'aimait toujours, elle ne lui avait pas fait confiance. Il avait dû le prévoir, et la culpabilité remplaça le chagrin qui l'habitait depuis des semaines. Mais les larmes ne vinrent plus : elle avait déjà trop pleuré. Elle se leva et posa le front contre la vitre froide. Dans la buée, elle dessina leurs initiales. Alors que les lettres dégoulinaient, elle quitta la pièce. À présent, elle savait leur vie commune bel et bien terminée. Son amour pour lui, sans bornes, peut-être excessif, l'avait rendue aveugle. Christina n'aurait vu aucun inconvénient à vivre dans le dénuement, contrairement à Jersey, raison pour laquelle il avait mis en péril le bonheur de la famille.

Christina comptait garder le secret sur la somme qu'elle venait de recevoir. Préférant rester dans l'ignorance, elle ne demanda pas au directeur quand et comment son mari avait eu accès au coffre. Elle proposa à son père d'emménager avec elle et les filles : peut-être penserait-on alors qu'il avait payé la maison, ou au moins une partie. La police, elle le savait, la surveillait toujours, probablement dans l'espoir que Jersey la contacte. De par les clés et l'argent du coffre, elle savait qu'il ne tenterait rien.

Elle inscrivit ses filles au lycée américain de Stockholm et se lança dans l'ameublement et la décoration de sa nouvelle maison.

Même si le mois de mai fut l'un des plus frais qu'on ait jamais connu, Royal Flush était au sommet de sa forme, prêt pour le Derby, qui se déroulerait le 8 juin. L'étalon imposant, assagi, avait perdu de sa turbulence exacerbée, souvent dangereuse. On l'avait brossé jusqu'à ce que sa robe ressemble à du cuir verni noir. À l'entraînement, il devançait les autres champions de deux bonnes centaines de mètres, et tandis que commençait le battage publicitaire pour la saison du plat, Mickey Rowland nourrissait la certitude que, malgré le changement de propriétaire, il allait toujours monter pour la course de sa vie. Cette clause figurant dans l'arrangement conclu entre Jersey et le cheik, Rowland pardonnait à son patron son départ subit et ses salaires impayés.

Le nouveau propriétaire de Royal Flush

n'ébruita pas les prouesses de l'étalon. Aucun spectateur n'était autorisé à assister à ses séances d'entraînement. Ayant remporté aisément ses deux courses de sélection, on voyait en lui le grand favori du Derby, d'autant plus qu'il avait appartenu à Edward de Jersey. L'homme le plus recherché de Grande-Bretagne allait se voir privé du prix qu'il convoitait tant.

Aux yeux du commissaire Rodgers, l'absence de témoignages de la population au sujet de Driscoll et Wilcox, même encouragés par une récompense plus conséquente, restait un mystère insondable. Les indices concernant le lieu d'habitation de Pamela, comme tant d'autres éléments, n'avaient débouché sur rien de concret jusqu'à ce qu'ils reçoivent un coup de téléphone de la police de Plymouth. Une femme avait été gravement brûlée dans l'incendie de son appartement, situé dans un quartier délabré surnommé le « Fort ». Apparemment, elle s'était endormie en fumant et en buvant. Les voisins, à la vue de la fumée qui passait sous sa porte, avaient tenté d'entrer de force. N'y parvenant pas, ils avaient appelé les pompiers. On avait retrouvé Pamela Kenworthy-Wright sur son lit, dans un piteux état, au bord de l'asphyxie. Devenue hystérique au moment d'être emmenée à l'hôpital, elle sombra ensuite dans le coma. Sous son lit, la police avait découvert une boîte en fer contenant trois mille livres en liquide et tout un assortiment d'articles qui vint étayer les soupçons. On trouva également une chemise brodée du monogramme de lord Westbrook, ainsi qu'une chevalière en or portant le blason de sa famille.

Accompagné par deux gradés, le commissaire

Rodgers prit le train jusqu'à Plymouth, où une voiture de patrouille vint les accueillir à la gare. Moins de quinze minutes après leur arrivée à l'hôpital, Pamela mourut. Ne pas pouvoir l'interroger fut pour eux un coup sévère, puisqu'ils croyaient dur comme fer qu'elle avait pris part au braquage. Cette hypothèse leur fut plus tard confirmée par Maureen, qui reconnut en Pamela la dame d'honneur de l'équipe.

Malgré un temps considérable passé à fouiller tous les effets personnels de Pamela, ils ne dénichèrent aucun indice probant. Hormis la chevalière et l'argent qu'elle avait gardés, Pamela avait suivi les instructions de Jersey à la lettre.

Seule, quasiment isolée du reste du monde, Pamela s'était mise à boire comme un trou au fur et à mesure qu'elle lisait les exploits accomplis par la police au cours de leur chasse aux braqueurs. Comme elle continuait à picoler tout en mangeant de moins en moins, les dernières avancées de l'enquête finirent par ne plus l'intéresser. Pauvre Pamela. Sa mort horrible fit les gros titres, mais les journaux publièrent une très belle photo d'elle prise en tournée de nombreuses années auparavant alors qu'elle jouait dans la pièce *L'École de la médisance*, ce qui lui épargna au moins le déshonneur d'apparaître telle qu'on pouvait la voir dans ses derniers jours — cheveux carotte, visage fripé et rougi par l'alcool. Elle mourut en lady Teazle, et même d'anciens amis qu'elle ne fréquentait plus depuis longtemps vinrent faire l'éloge de son grand talent, de son humour et de son caractère formidables. Au moins, ce passage-là lui aurait plu.

Wilcox, tout bronzé, s'était laissé pousser les cheveux et la barbe. Toujours employé par les frères de Daniella, il peignait et décorait leurs appartements. Point positif de son nouveau style de vie, il commençait à prendre le dessus sur la cocaïne. Lors d'une pause déjeuner, le frère de Daniella brandit un journal espagnol.

— Ils parlent d'un cheval qui a appartenu au mec qui aurait volé les joyaux de la Couronne, dit-il, en tapotant l'article du bout du doigt. Il s'appelle Royal Flush.

Il montra la photo à Wilcox.

Plus tard, une fois le jeune homme parti, Wilcox s'empara du journal et se mit à lire. Il tourna la page et vit une autre photo, d'Edward de Jersey cette fois, toujours en cavale, ainsi qu'un autre article interminable sur le braquage. Il regarda longuement le visage impassible du Colonel. Ce serait bien son genre, pensa-t-il, culotté comme il est, de venir au Derby voir courir son cheval. Il se demanda si la police avait eu la même idée. Il ne put s'empêcher de toucher le visage de Jersey et fit une prière silencieuse pour qu'il n'ose pas.

Driscoll, assis devant la télé câblée, zappait d'une chaîne anglaise à l'autre. Finalement, il s'arrêta sur une émission où l'on parlait du Derby. Tout d'abord, n'ayant jamais été très joueur, il s'y intéressa peu. À l'époque où il travaillait pour Ronnie Jersey, le vieux briscard lui avait appris à garder son argent dans ses poches et à laisser les parieurs perdre le leur. Driscoll avait religieusement suivi ce conseil. Puis l'émission vint à traiter plus particulièrement d'un cheval nommé Royal Flush, qui avait appartenu à Edward de Jersey, et il accorda à la télévision toute son attention. Driscoll s'était refusé à repenser à Jersey, mais la mention de son nom fit tout remonter à la surface. Terré en Espagne, il ne quittait son appartement que rarement par peur d'être reconnu, et s'était fait pousser une barbe intégrale pour cacher sa figure au maximum. En partie à cause du stress et en partie grâce aux salades et légumes frais qu'il achetait au marché, il avait considérablement maigri. Ses brûlures d'estomac et les indigestions qui lui empoisonnaient la vie depuis des années avaient fortement diminué, et les footings auxquels il se livrait tous les soirs sur la plage pour ramasser les quotidiens anglais abandonnés par les touristes lui avaient redonné du muscle. Depuis deux jours, il paniquait : son visage et celui de Wilcox apparaissaient dans tous les journaux. En secret, il pria le ciel pour que Jersey reste caché, dans l'intérêt des Trois Mousquetaires du bon vieux temps.

À la fin mai, Christina savait que l'agitation autour du Derby commencerait bientôt à prendre de l'ampleur, et que cette course signifierait beaucoup à ses yeux. Elle ne miserait pas d'argent — elle ne l'avait jamais fait — mais, par solidarité avec Jersey, elle espérait que Royal Flush la remporterait. Tout comme Wilcox, elle se demanda s'il allait prendre le risque de venir voir courir son cheval. Elle savait combien il allait lui être difficile de résister. Cette course, son mari l'adorait, et l'idée de la gagner l'obnubilait, car elle le rapprochait de son père depuis longtemps disparu, même si elle ne savait pas vraiment pour quelle raison. En tout cas, elle n'avait qu'un seul souhait : qu'il ne s'y montre pas.

28

La police, qui consacrait toujours une équipe importante à la traque de Jersey, possédait un nouvel atout : des photos récentes de Wilcox et Driscoll. Liz ignorait complètement où se trouvait son mari le jour du braquage, et Rika affirma que Wilcox était chez eux ce jour-là, puisqu'ils avaient fêté ensemble l'anniversaire de ses fils. Jusqu'alors, aucune preuve tangible ne liait ces deux hommes au braquage, mais leur fuite les rendait suspects. Les recherches les concernant gagnèrent en intensité.

Après quasiment un mois entier de courses folles infructueuses dans toute l'Espagne, la police revint bredouille. À présent, le commissaire Rodgers se penchait de plus près sur l'affaire leadingleisurewear et la disparition d'Alex Moreno, dans l'espoir d'y trouver des indices permettant de retrouver la trace de Jersey. Mais Alex Moreno s'était évaporé. Déprimé, Rodgers convoqua ses officiers pour les briefer. Il savait qu'il leur fallait rappeler au public que Jersey courait toujours — la police avait besoin du concours de la population —, mais même la presse ne s'intéressait plus à leurs communiqués.

Assis dans son petit réduit fermé, il savait devoir

aller s'adresser à ses hommes, tout aussi démoralisés que lui. Tous connaissaient la pression qui pesait sur leur chef, lui-même ignorait totalement dans quelle direction orienter l'enquête. Lors de sa dernière séance hebdomadaire en compagnie des grands pontes, ceux-ci avaient insinué qu'il serait peut-être temps de passer le flambeau à une nouvelle équipe.

Il se leva, repoussa sa chaise et se rendit à la salle de réunion, où les vingt hommes et les deux femmes chargés de l'enquête l'attendaient. La mine renfrognée, il entra et se posta devant les rangées de photos alignées sur l'un des murs.

— Bon, si nous ne procédons pas bientôt à des arrestations, on risque de me couper l'herbe sous le pied, lâcha-t-il sèchement. Nos types courent toujours, alors ceux qui ont une idée brillante à proposer, c'est le moment.

Sara Redmond, une jolie petite blonde, leva la main.

— D'après moi, patron, on a au moins une piste de sûre : son pseudonyme, Philip Simmons. Pourquoi a-t-il choisi ce nom-là ? Il y a peut-être une raison historique, un rapport à son passé ? Ou alors il l'a déjà utilisé pour d'autres crimes. Ça vaudrait le coup qu'on...

Le téléphone sonna. Rodgers décrocha, écouta, et son visage rendu gris par l'anxiété passa au rouge vif. En raccrochant, il frappa la table du plat de la main.

— Les flics de Newcastle ont coincé un type après un cambriolage qui a foiré. Il demande à conclure un arrangement. (Tous les regards convergèrent vers lui.) Il a avoué avoir participé au braquage.

Des cris de joie s'élevèrent dans la salle, et tous se levèrent bruyamment. La suggestion de Sara passa complètement à l'as.

En contrepartie d'une réduction de peine, Kenneth Short avait fourni un témoignage dans lequel il reconnaissait être l'un des motards de l'équipe. Tout d'abord, il nia connaître son partenaire, mais livra finalement le deuxième nom, et la police alla cueillir Brian Hall dans la ferme du Dorset où il se cachait. Short avait été payé en espèces par un homme qu'il ne connaissait que sous le nom de Philip Simmons — un premier versement de vingt mille livres qui devait être suivi d'un deuxième du même montant une fois les pierres revendues. Ayant lu dans la presse qu'on avait retrouvé les joyaux, il savait qu'il ne verrait jamais la couleur du second paiement, mais s'était déjà endetté à hauteur de la somme qu'il attendait. Il avait alors prévu de cambrioler les bureaux d'une entreprise, mais s'était fait surprendre par un maître-chien.

Hall et Short décrivirent la façon dont ils s'étaient échappés par bateau avant d'incendier le hangar. On retrouva les deux motos à l'endroit précis où ils les avaient laissées. Ils menèrent également la police à la grange, qui abritait toujours la seconde Daimler. En plus d'apporter aux enquêteurs de nouvelles pièces à conviction, l'arrestation des motards engendra une réaction enthousiaste des médias. Le braquage revint en première page, et la police espérait d'autres avancées.

Ni Short ni Hall ne purent fournir d'informations détaillées concernant l'organisation du casse, mais tous les deux expliquèrent qu'ils devaient leur intégration à l'équipe grâce à Tony Driscoll. Des années auparavant, Hall avait travaillé pour ce dernier et l'avait de nouveau rencontré alors qu'on l'avait engagé comme extra pour le mariage de sa fille. Tous les deux identifièrent Wilcox comme le chauffeur de la Daimler. À présent, la traque s'intensifia, et les visages de Driscoll et Wilcox apparurent dans toute la presse écrite et télévisée dans l'espoir que quelqu'un apporte à la police des renseignements concernant leur cachette.

Ce regain de médiatisation de l'affaire menaçait la tranquillité des deux fugitifs. Qui furent contraints de prendre leur mal en patience, en espérant ne pas se faire prendre. La crainte permanente d'être reconnus leur empoisonnait la vie, d'autant plus que l'Espagne grouillait de vacanciers anglais. Des photos de James Wilcox et d'Anthony Driscoll, sur lesquelles on avait inscrit en lettres rouges le mot « Récompense » au-dessus de leur visage, furent placardées dans tous les commissariats, abribus et aéroports espagnols.

La police eut un nouveau coup de pot lorsqu'un prisonnier proposa lui aussi de passer un arrangement. Il déclarait posséder des renseignements concernant le vol. D'après la rumeur, un certain Gregory Jones, incarcéré à la prison de Franklyn, était impliqué.

Jones se montra peu enclin à coopérer. Condamné à perpétuité, il savait qu'on n'allégerait pas sa peine, même s'il collaborait. Il n'accepta de parler qu'au moment où on lui promit d'appuyer sa demande de transfert dans une prison ouverte. Il expliqua à l'équipe comment il avait détaillé à Jersey — qui s'était fait passer pour un avocat du nom de Philip Simmons — les procédures de protection de la famille royale. Jones ne précisa pas qu'il avait été payé.

À la vue des résultats des deux derniers jours, Rodgers se sentit complètement requinqué. Grâce aux récentes arrestations et inculpations, on ne remplacerait pas son équipe. Ses agents reprenaient confiance. Après des heures passées à interroger Liz Driscoll, la petite amie et l'ex-femme de Wilcox, les enquêteurs avaient l'impression de connaître par cœur les deux complices. Les agents Trudy Grainger et Sara Redmond avaient activement participé aux interrogatoires de toutes les femmes.

— Bon, on a beau en savoir pas mal sur Driscoll et Wilcox, Edward de Jersey demeure un mystère, dit Trudy en jetant un coup d'œil aux dernières dépositions.

— Comment ça ? demanda Sara.

— Eh bien, il n'a pas le même profil que les deux autres. Il est différent, et on comprendrait presque pourquoi sur les trois, c'est sur lui que la presse s'est le plus étalée. C'est vrai que pendant le braquage, ils n'ont pas eu recours à la violence. Personne n'a été blessé.

— Ah oui, on parie ? commenta Sara.

Trudy poursuivit :

— Non, ils n'y ont jamais eu recours. C'est prouvé. D'accord, ils ont fichu une trouille de tous les diables à l'agent de sécurité de chez D'Ancona et à tout le personnel mais, au bout du compte, tout ça profite même au sosie de la Reine. Depuis le braquage, c'est la coqueluche du pays. On la voit toutes les semaines dans *News of the World*. Dimanche dernier, ils lui ont consacré toute une page de la partie magazine où elle expliquait comment porter un twin-set ou ce genre de connerie. Tu vois, ils n'ont fait de mal à personne et on a retrouvé les joyaux, alors qu'on les coince ou pas, tout le monde s'en fiche.

— Je ne suis pas d'accord quand tu dis que personne n'a été blessé. Va demander à leurs femmes — Christina de Jersey, en particulier ! Ce n'était qu'une bande de sales menteurs, surtout Edward de Jersey. Sa femme et ses gosses, il s'en balance. À ton avis, elles le prennent bien ?

— Je suis sûre qu'elles adorent ça, rétorqua sèchement Trudy, énervée parce qu'elle savait que Sara disait vrai.

— Comment ça, elles adorent ? demanda cette dernière. Ça m'étonnerait. Il s'est barré avec des millions en poche alors qu'il les laissait dans la merde. Pour moi, ce mec n'a rien d'un héros. C'est un menteur, un manipulateur, et j'espère bien qu'on le coincera, cet enfoiré.

— Oui, tu as peut-être raison. Mais en tout cas, malgré tous ses défauts, personne ne semble prêt à dire du mal de lui, apparemment.

Sara s'appuya contre le bureau de Trudy.

— Non, je ne suis pas d'accord. À mon avis, c'est plutôt que personne ne veut rien dire du tout. Peut-être qu'ils ont peur. Mais je suis sûre que quelqu'un qui le connaît assez bien saura nous mener à lui.

Trudy sourit.

— Ouais, eh ben tu devrais commencer à chercher. Il faut que j'apporte ça au patron, alors si tu veux bien m'excuser.

De retour à son bureau, Sara se mit à gribouiller sur un bloc-notes. Tous les hommes arrêtés jusqu'alors avaient parlé librement de Driscoll et Wilcox, mais dès qu'il s'agissait de Jersey, ils semblaient réticents à s'exprimer, voire incapables de fournir beaucoup de renseignements à son sujet. D'après eux, bien que peu loquace et toujours poli, il se comportait comme un général. Jamais ils ne l'avaient vu en colère : il se montrait toujours agréable, élégant et courtois. D'après Brian Hall, Wilcox était un être maussade et lunatique, Driscoll avait des ennuis d'estomac, et la plupart du temps, tous les deux restaient ensemble, ne s'adressant quasiment jamais à personne d'autre qu'à Jersey, qu'ils appelaient Colonel. Sara dessina une silhouette d'homme filiforme doté d'une grosse tête à moustache en croc, sous laquelle elle écrivit LE COLONEL. Puis elle déchira le papier en petits morceaux et se concentra sur son étude de la déposition de Brian Hall.

Sara n'était pas la seule à avoir tiqué sur le surnom d'Edward de Jersey. Lorsqu'il avait reçu l'ensemble des données, Rodgers n'y avait pas prêté grande attention. À présent, cela l'intriguait, et il sortit de son réduit.

— Sara, vous pourriez m'imprimer la déposition de Brian Hall ?

— Bien sûr, patron, j'étais justement en train de la relire.

Rodgers se rassit dans son fauteuil à pivot, devant son bureau que seuls encombraient un téléphone et un bloc-notes. Exécrant le désordre tout autant que les ordinateurs, il travaillait complètement encerclé de boîtes et de classeurs. On aurait dit que l'enquête sur le braquage ne durait pas depuis des semaines, mais depuis des années.

Sara posa le document sur le bureau de Rodgers et le regarda le feuilleter et en parcourir les pages en diagonale.

— Vous cherchez quelque chose en particulier ? demanda-t-elle.

— Ouais. Un truc que Hall a dit. Je l'ai gardé dans un coin de ma mémoire. Il a bien parlé d'un surnom que Driscoll et Wilcox donnaient à Jersey, le Colonel, quelque chose dans ce genre-là ?

— Ouais, patron. C'est à la page 4, à peu près à la cinquième ligne.

Surpris, Rodgers leva la tête.

— Merci. C'est tout pour l'instant.

Après son départ, il fronça les sourcils, et alors qu'il relisait la fameuse phrase, une idée fit tilt dans sa tête. Il ferma les yeux et remonta à l'époque où il n'était qu'un bleu, un temps où l'on racontait toute une pléthore d'histoires concernant un braqueur mythique, intouchable, dont on ne connaissait que le surnom, le Colonel. Jersey pouvait-il être ce cerveau génial ? Son âge correspondait. Soudain, la suggestion de Sara, comme quoi Jersey n'avait peut-être pas choisi son pseudonyme au hasard, lui revint en mémoire. Se pouvait-il que, s'il se penchait de nouveau sur les braquages attribués au Colonel — le Vol des lingots d'or et la Grande attaque de train —, il y trouverait le nom de Philip Simmons ?

Rodgers se rendit dans la salle des opérations principale.

— Il me faut une voiture. Je veux me rendre chez Edward de Jersey. Trudy est dans le coin ? demanda-t-il à Sara.

— Non, commissaire. Elle vient de partir consulter les comptes en banque de Gregory Jones. Ensuite elle va interroger sa mère et...

— Peu importe. Venez avec moi. Tout de suite.

De nouveau, Rodgers prit la route du domaine. Cette fois, il souhaitait s'entretenir plus longuement avec les employés de l'écurie, qui avaient côtoyé Jersey quotidiennement. Jusqu'alors Rodgers avait concentré ses efforts sur les preuves tangibles et des myriades de pistes, mais il savait à présent que, s'il voulait arrêter Jersey, il lui fallait comprendre sa personnalité. Pour l'instant, l'image générale qui ressortait des témoignages de ses anciens employés était celle d'un homme consciencieux, qui attendait de son personnel ardeur au travail, loyauté et efficacité, mais qui savait récompenser en conséquence. En revanche, un élément que tous mentionnaient fascinait Rodgers : Jersey nourrissait une véritable obsession pour Royal Flush. D'après eux, il le traitait comme un fils et lui accordait même plus d'attention qu'à ses filles.

À son arrivée au domaine, il fut surpris de voir si peu de monde. De plus, bétonneuses et engins de construction avaient investi les lieux. Le nouveau propriétaire entreprenait des rénovations.

Sara sur les talons, Rodgers alla d'une stalle vide à l'autre. À l'évidence, les employés — ou du moins la plupart d'entre eux — étaient absents. Frustré, Rodgers alla à la rencontre de Fleming, qui parlait avec le vétérinaire pendant qu'on nettoyait les boxes au jet d'eau. Le véto était venu demander conseil à Fleming à propos des recours possibles pour toucher ses factures impayées. Ils regardèrent Rodgers traverser la cour dans leur direction.

— Bonjour, dit Rodgers. J'aurais quelques petites questions à vous poser, c'est possible ?

Tous allèrent dans l'ancien bureau de Fleming, à présent vide de toute décoration, à l'exception de la photo représentant Jersey en compagnie de la Reine. Le vétérinaire raconta à Rodgers dans quel désarroi les soucis de santé de Royal Flush avaient plongé Jersey, qui avait soigné lui-même la patte blessée de l'animal. D'après Fleming, Jersey savait communiquer avec le cheval comme personne. Il se remémora son refus catégorique quand, devant le tempérament violent qui risquait de lui coûter sa concentration sur les champs de course, on avait évoqué la castration. Au lieu de cela, Jersey avait installé le cheval dans un box isolé. Puis il avait supervisé son entraînement en personne pendant six mois, jusqu'à ce que petit à petit, à la surprise générale, le grand étalon se calme et remporte ses premières courses, prouvant que Jersey avait eu raison. Fleming choisit de ne pas évoquer son petit « arrangement » avec Jersey, ni sa rétribution de dix mille livres. Cela n'aiderait l'enquête en rien, et de plus, il en avait trop honte. Malgré son adoration pour Royal Flush, Jersey avait mis en péril sa performance lors du Derby. À l'époque, il n'avait pas saisi les raisons de cette décision : son patron avait sûrement déjà prévu de vendre l'écurie, et Royal Flush avec. À présent, Fleming comprenait pourquoi Jersey avait illégalement fait couvrir sa meilleure poulinière par Royal Flush : sachant qu'il risquait de le perdre, il avait voulu s'assurer de pouvoir un jour posséder de nouveau un champion de sa trempe. Fleming garda donc sous silence la vente de Bandit Queen à Michael Shaughnessy.

Le vétérinaire parti, Rodgers et Sara, laquelle n'avait pas prononcé un seul mot, restèrent dans le bureau. Fleming se sentait mal à l'aise.

— Personne ne veut de cette photo, j'ai l'impression, commenta Rodgers, en s'emparant du cadre argenté où l'on voyait Jersey et la Reine.

— Moi si, répondit Fleming avec douceur. (Il esquissa un sourire morne.) Le Derby, c'est la course qu'il a toujours voulu gagner. Au fil des ans, il y a inscrit de nombreux chevaux. C'est en rapport avec son père.

— Son père ? C'est de lui qu'Edward de Jersey a hérité de ce domaine ?

Fleming eut l'air étonné.

— Pas du tout. Son père était bookmaker, dans l'East End.

Rodgers fut abasourdi.

— *Bookie,* vous dites ?

— Oui. Si mes souvenirs sont bons, il s'appelait Ronald, mais il ne m'en a jamais beaucoup parlé. Le Patron, il n'était pas du genre à s'étendre en conversations intimes. Il a fait Sandhurst, mais moi je ne l'ai connu que propriétaire de chevaux. Il m'a engagé il y a vingt ans.

— Vous l'aimiez bien ? demanda Rodgers.

Voyant que Fleming hésitait, il attendit, puis répéta sa question.

— Si je l'aimais bien ?

— En tant qu'homme, insista Rodgers.

— Je ne sais pas trop quoi vous répondre. C'est difficile, après les derniers événements. C'était un couple sensationnel, en tout cas. Demandez donc à ma femme.

Rodgers posa un regard pressant sur Fleming.

— C'est à vous que je le demande.

— Eh ben, je viens de vous répondre, non ? On ne travaille pas vingt ans pour quelqu'un sans éprouver de sympathie à son égard. Je le respectais et...

— Et ? le relança Rodgers.

— S'il est vraiment coupable de ce qu'on l'accuse, alors je ne l'ai jamais vraiment bien connu, parce qu'il a toujours été réglo avec moi, jusqu'à la fin. Mais à mon avis, c'est parce qu'il avait des problèmes d'argent. Bon, je n'ai rien à ajouter, et j'aimerais reprendre le travail, si vous permettez. Il me reste quelques petits détails à régler pour le nouveau proprio.

— Très bien. Je vous remercie de m'avoir accordé du temps. J'ai besoin de mieux connaître l'homme que je recherche.

— Ça, j'avais compris, mais je ne vous souhaite pas trop de chance. J'espère qu'on ne le coincera pas.

Rodgers se leva, l'air énervé, et adressa un signe de tête à Sara, toujours muette.

— Eh bien, moi, j'espère bien que si. Quand on y pense, c'est un voleur, un escroc. Et il ne va pas s'en sortir indemne.

Il quitta la pièce. Sara salua Fleming de la tête et suivit son supérieur.

Se retrouvant seul, Fleming prit la photo dont son ancien patron était si fier. Bien qu'ayant encore beaucoup à dire sur Jersey, cela lui était impossible sans se compromettre. Pour l'instant, sa femme et lui cherchaient à déménager. Après quelques négociations, le cheik lui avait proposé un poste dans ses bureaux. C'était une dégringolade dans la hiérarchie, mais elle lui permettrait de payer le loyer du logement qu'on lui fournissait. Devant déjà patienter encore longtemps avant la retraite, il ne toucherait désormais ni prime ni pension. Dès les débuts de ses problèmes financiers, Jersey avait cessé de payer les cotisations de son personnel. Soudain, alors qu'il fixait la photo du regard, se demandant où Jersey se cachait, et regrettant de lui avoir accordé une telle confiance, une violente vague de colère déferla sur lui : il brisa la photographie contre le bureau.

Après son dernier rendez-vous avec Dulay, Jersey partit pour l'Irlande sous le nom de Michael Shaughnessy. Il possédait là-bas une petite ferme, laissée en gérance à un éleveur de chevaux du coin. À chacune de ses venues en Irlande, Jersey s'y était rendu, mais toujours sous un déguisement. C'était son petit projet, son secret. Bandit Queen, qui portait un petit, s'y trouvait.

En 1999, Jersey avait acheté la pouliche 125 000 livres lors d'une vente à Tattersalls. Il ne l'avait fait courir que dans trois courses. Pendant que les policiers hystériques poursuivaient leur chasse à l'homme, Edward de Jersey préparait tranquillement le transfert de Bandit Queen vers les États-Unis. Pour commencer, il affréta un avion, et paya les frais de transporteur et taxes d'examen pour l'export. Sur le livret signalétique de l'animal, à la place du nom du géniteur, Jersey inscrivit le frère de Royal Flush, un étalon nommé Royal Livery. Il fit tout son possible pour cacher qu'on avait mené illégalement Royal Flush à la saillie. On emmena Bandit Queen à l'aéroport dans un van. Une fois en Amérique, elle devrait rester en quarantaine, pour laquelle il avait également payé, avant d'être emmenée à East Hampton. Jersey engagea un garçon de voyage afin qu'il accompagne la jument, et le rémunéra grassement pour s'assurer qu'il prenne le plus grand soin de son précieux chargement. Jersey s'envola ensuite à destination de la Virginie, d'où il prit un vol intérieur pour New York.

Arrivé à JFK, Jersey se rendit à East Hampton en car. Muni d'une seule valise, il prit une chambre au Hunting Inn. Il appela l'accompagnateur de Bandit Queen, qui lui expliqua que le vol s'était déroulé sans encombre et qu'on soumettait la jument à des examens au centre de Cornell. Jersey, ayant comme pour tout le reste parfaitement couvert ses arrières, savait que les agents ne trouveraient aucune irrégularité dans ses papiers ni dans ses analyses sanguines. Il loua ensuite un cottage près de Gardiner's Bay, à Springs, dans la région d'East Hampton. Ne sortant que rarement de chez lui, il commandait ce dont il avait besoin par Internet, et s'organisait afin de récupérer la propriété de Moreno. Sachant que la police britannique avait peut-être repéré ses liens avec cette maison, il agit avec une grande prudence, mais n'avait pas l'intention de laisser filer des millions de dollars.

Impressionnés par sa taille et sa qualité évidente, les employés des écuries de quarantaine firent descendre Bandit Queen de la fourgonnette. La jument avait une petite tête — presque celle d'un pur-sang arabe —, un cou puissant et un corps robuste et musculeux. Le fait qu'elle soit grosse ne sautait pas aux yeux. D'après le vétérinaire, le voyage ne l'avait pas perturbée, et elle mangea sa première ration de bon appétit. Sa robe brillait sous le soleil d'après-midi. Pendant qu'elle s'acclimatait à son nouvel environnement, le personnel resta en contact permanent avec son propriétaire : Michael Shaughnessy appelait tous les jours. Disant espérer quitter l'Irlande sous peu, il leur cacha qu'il vivait déjà à East Hampton.

À la fin mai, Jersey, à présent habitué à son nouveau nom, contacta le cabinet de notaires à qui il avait confié sa caisse de tableaux, et leur annonça qu'il passerait la récupérer en personne. Au volant d'une Jeep de location, il se rendit sur place, présenta ses papiers d'identité et paya le montant du service. Puis il se rendit dans un entrepôt que le cabinet utilisait pour conserver les biens de ses clients. À cause de la nature nomade de nombreux propriétaires de la région, qui demandaient aux notaires de jouer le rôle d'« intendant », c'est-à-dire s'occuper des affaires de la maison et payer les factures, la transaction n'avait rien d'inhabituel. Jersey fourra la caisse dans la Jeep et rentra chez lui. Après s'être servi vingt mille dollars, il cacha le reste de l'argent dans des sacs plastique étanches sous le plancher.

La pression du mois passé ne l'avait pas épargné. Il avait pris un gros coup de vieux et perdu énormément de poids. À l'instar de Driscoll et Wilcox, il arborait à présent une barbe intégrale. À part pour acheter quelques provisions, il ne sortait quasiment jamais. Se fournissant chez des agriculteurs locaux, il ne se nourrissait que de bons aliments frais afin de se refaire une santé et prenait chaque jour des nouvelles de son foal, bien qu'il ne fût pas encore né. Aux écuries de quarantaine, on s'habituait à la voix suave de cet inconnu.

— Allô ? Michael Shaughnessy à l'appareil. Comment va ma princesse ? demandait-il.

Attendant la naissance de son foal comme un père enthousiaste, Jersey s'était mis à rechercher une propriété où il pourrait garder la mère et le petit. Sous son plancher, il lui restait plus que suffisamment pour tenir de nombreuses années, et lorsqu'il trouverait enfin un moyen de mettre la main sur la propriété de Moreno, il prendrait sa retraite et mènerait une vie de luxe. Ses projets à long terme consistaient à partir s'installer en Virginie et y ouvrir une écurie. En attendant, il se contentait de laisser passer le temps. Les riverains savaient qu'un nouveau résident avait emménagé près de la baie, mais aucun ne l'approcha. L'intimité, voilà qui faisait partie des avantages des Hamptons : on pouvait sympathiser entre voisins si l'on voulait, ou bien rester anonyme. Beaucoup d'artistes y habitaient aussi, et le barbu efflanqué au long manteau se fondait parfaitement dans le décor. Tôt le matin, il allait se promener sur les plages toujours désertes pour assister au lever du soleil. Il grimpait sur les rochers et restait assis à réfléchir à sa vie et à son avenir, pensait à Christina, à ses filles, et regrettait que cette histoire ne se soit pas terminée autrement. Cependant, ce mode de vie restait son seul moyen de rester libre, le prix à payer étant la solitude.

Jersey eut tout le temps de penser aussi à Driscoll et à Wilcox, mais il n'éprouvait aucun regret. D'ailleurs, il n'en éprouvait pour rien, excepté peut-être Sylvia Hewitt, mais la tuer s'était avéré nécessaire. Y croire l'aidait à accepter sa mort. Il n'envisageait aucunement de retourner en Angleterre, ni d'assister au Derby, malgré tout ce que pouvaient penser ceux qui le traquaient. Rien ne le poussait à rentrer chez lui. Bandit Queen allait mettre bas la progéniture de son champion. Certain d'être tiré d'affaire, il savait qu'un jour son foal remporterait le Derby.

Sa conversation avec Fleming et le vétérinaire confirma au commissaire Rodgers qu'il avait affaire à un homme à la personnalité complexe. Bien que son père ait été bookmaker, Jersey était capable de fréquenter la Reine un jour et de voler les joyaux de la Couronne le lendemain. Tandis que la voiture de patrouille s'éloignait du domaine, il se tourna vers Sara.

— Alors, qu'est-ce que vous en pensez ?

Elle se fendit d'un sourire désabusé.

— J'ai l'impression que personne ne le connaissait vraiment.

— Ouais, eh ben, il va bien falloir que moi j'y

arrive, parce que j'ai bien l'intention d'achever ma carrière par son arrestation. Ensuite, je prends ma retraite.

Ayant conclu qu'il devait se pencher sur le passé de Jersey s'il voulait comprendre ses motivations profondes, Rodgers, avec l'aide de Sara, se mit à fouiller les archives. Jersey n'avait pas de casier judiciaire, mais Rodgers trouva de vieux articles consacrés aux bureaux de paris de son père et aux différends opposant des gangs rivaux de l'East End. Malgré le peu de renseignements qu'on y fournissait sur le père et le fils, Rodgers lut qu'on avait donné une messe en souvenir du bookmaker, très apprécié des habitants du quartier. Ronald Jersey avait demandé à ce qu'on disperse ses cendres sur le champ de courses d'Epsom le jour du Derby, mais sa requête avait été refusée.

Rodgers, toujours aidé de Sara, étudia ensuite les listes d'état civil, et découvrit l'acte de naissance de Jersey. Celui-ci était plus âgé qu'il ne l'aurait cru, ce qui l'encouragea à approfondir ses recherches. Il consulta les archives scolaires et médicales. Il vérifia la déclaration de Fleming concernant son passage à Sandhurst, et découvrit qu'on l'en avait exclu à cause d'une grave blessure au genou ayant nécessité une intervention chirurgicale délicate. Ce fut Sara qui remarqua que James Wilcox s'y trouvait en même temps que lui, et que lui aussi avait été contraint de partir, quoique pour d'autres raisons.

Le soir, dans l'intimité de son foyer, Rodgers, fasciné, mit bout à bout les différents éléments qui constituaient l'histoire de Jersey. Grâce à ses talents informatiques, Sara l'avait aidé à déterrer d'autres détails concernant son passé, et il put ainsi étudier sa carrière dans l'immobilier. Sara avait rassemblé des déclarations d'impôts qui montraient des revenus croissants, mais rien qui indiquât comment il avait acquis son domaine luxueux. À présent, Rodgers consacrait ses efforts à trouver un lien dans le passé entre Driscoll et Jersey. Après des heures de vérifications méticuleuses et de recoupement de renseignements, Rodgers eut la certitude d'avoir mis le doigt sur quelque chose. Bien qu'il n'ait pas déterminé la période de la rencontre entre Jersey et Driscoll, l'enrichissement conséquent de Driscoll et de Wilcox coïncidait avec celui de Jersey, peu de temps après le Vol des lingots d'or. Avant de dévoiler ses découvertes à son équipe, Rodgers avait donné pour instruction à Sara d'essayer de dégoter davantage de détails sur Jersey, notamment à quel moment il avait acquis sa particule. Elle lui fournit des informations sur sa première femme, Gail, qu'il avait épousée quand il s'appelait toujours Eddie Jersey. Elle s'était remariée deux fois. À présent divorcée, elle vivait dans une maison chic à Chelsea. Sara donna à Rodgers son numéro de téléphone.

D'abord réticente, l'ex-madame Jersey finit par accepter d'être interrogée, sans toutefois montrer grand enthousiasme. Rodgers raccrocha et regarda Sara. Il allait l'emmener avec lui. Après tout, l'idée de remonter dans le passé criminel de Jersey venait d'elle.

— Vous êtes occupée, Sara ? demanda-t-il.

— J'allais taper la déposition du fermier qui a loué la grange à Jersey. L'équipe du labo y travaille toujours, même si apparemment leurs efforts n'aboutissent pas à grand-chose.

— Trudy, vous pourriez vous en occuper ? Sara, je veux que vous veniez avec moi.

Trudy fit la moue.

— D'accord, mais j'ai trouvé la preuve que Philip Simmons, alias Edward de Jersey, a versé de l'argent sur le compte de la mère de Gregory Jones. Cinq briques !

— Bravo, beau boulot. Si ce sale menteur s'imagine qu'on va le transférer dans une belle petite prison douillette, il se fourre le doigt dans l'œil. (Il se tourna vers Sara.) Je vais avoir besoin de vous pendant peut-être deux heures, d'accord ? lui annonça-t-il. (Elle ferma son ordinateur portable.) Appelez-nous une voiture, s'il vous plaît.

Sara se pressa d'emboîter le pas à Rodgers, qui enfonçait le bouton de l'ascenseur.

— Je veux que vous veniez interroger la première femme de Jersey avec moi. Elle a accepté de nous rencontrer.

— Pourquoi ? Vous pensez qu'elle sait où il est ?

— Je veux simplement obtenir un portrait plus précis de notre homme.

La maison, petite mais cossue, se trouvait sur Glabe Place, et Gail Raynor leur ouvrit la porte. Tout en les menant dans un salon agréable, elle se montra plutôt froide. Sans attendre la première question, elle se lança dans une tirade concise où elle leur expliqua savoir qu'ils venaient pour parler de son ex-mari, mais que celui-ci ne lui avait pas donné signe de vie depuis plus de vingt-cinq ans. Ayant lu les articles concernant son implication dans le braquage, elle avait deviné que les enquêteurs souhaiteraient lui parler, mais elle leur assura qu'elle ne le cachait pas.

— En tout cas, s'il lui prenait l'envie de me contacter, j'appellerai la police sans tarder. Il s'agit d'un crime abject, et je me réjouis qu'il ait échoué. On a retrouvé les joyaux, et j'espère qu'ils sont plus en sûreté qu'auparavant.

Les cheveux teints en blond, les sourcils arqués et les yeux d'un bleu perçant, elle avait à l'évidence été belle, mais avait mal vieilli. Apparemment, elle préférait parler d'elle que de ses liens avec Edward de Jersey. Mariée très jeune, elle avait vite compris qu'il s'intéressait plus à ses relations qu'à elle. Son père possédait autrefois des agences immobilières dans la région de Chelsea et de Fulham, dont Jersey avait repris la direction. À la mort du père de Gail, l'affaire lui appartenait totalement. Après toutes ces années, et malgré des indemnités de divorce conséquentes, l'amertume la rongeait encore.

— C'est à cette époque qu'il a acheté le domaine ? demanda Rodgers.

Gail haussa les épaules.

— Il valait quarante millions de livres, annonça-t-il d'une voix douce.

Gail parut estomaquée.

— Quel enfoiré. Quarante millions ! Putain !

Elle se passa la main dans les cheveux.

— Pourriez-vous nous parler de son entourage, de sa famille ?

— Son père était bookmaker. Apparemment, une année, il avait touché le gros lot le jour du Derby, ce qui lui a permis d'ouvrir sa première boutique de paris, mais c'est tout ce que je sais. En fait, bizarrement, Eddy n'avait pas beaucoup d'amis. Ça alors, quarante millions ! Je sais bien que, depuis le temps, le domaine a dû prendre de la valeur mais, à ce point-là, c'est complètement dingue. D'après lui, les agences de papa ne lui rapportaient que cinquante mille par an.

La théorie de Rodgers selon laquelle Jersey avait acquis sa propriété grâce à de l'argent sale semblait tenir la route, et il sentit son estomac se nouer sous l'effet de l'excitation.

— Alors où a-t-il trouvé les fonds pour l'acheter ? demanda-t-il, légèrement hésitant.

— Aucune idée. Probablement de la revente des agences de papa. Vraiment, je n'en sais rien. Il a toujours eu de l'argent en tout cas ; il était très doué pour les investissements. Ensuite, il s'est remarié avec un mannequin assez jeune pour être sa fille.

— Avez-vous déjà entendu quelqu'un l'appeler le Colonel ?

— Le Colonel ? répéta Gail. Pendant un temps, il a été à Sandhurst, mais on l'a mis dehors. À cause d'une blessure au genou, je crois. Il s'en plaignait toujours, mais ç'a été sa seule expérience militaire. Il n'a jamais atteint le grade de colonel. En tout cas, vu son caractère, ça ne m'étonnerait pas qu'il en ait joué un, mais je n'en sais vraiment rien.

— Comment ça, joué un colonel ? s'enquit Rodgers.

— Sa mère appartenait à une troupe de théâtre amateur et, enfant, il tenait souvent un rôle dans leurs représentations. Je ne suis pas très au courant de tout ça, mais il gardait des photos de lui où il portait costume et perruque. Pendant notre mariage, il n'a jamais joué dans une pièce. Il tenait trop à bien se faire voir de mon père. (Elle se leva et tourna le regard vers un bureau ancien.) Il me semble qu'il me reste encore une photo. C'est certain, même.

Elle ouvrit un tiroir, d'où elle se mit à sortir lettres, livres et vieux journaux intimes, à la recherche d'un album.

— Je suis sûre qu'il est quelque part là-dedans.

Elle parcourut la pièce des yeux, puis alla jusqu'à une bibliothèque.

— Avez-vous déjà rencontré James Wilcox ?

— James ? Bien sûr, je le connais depuis l'époque où l'on sortait en boîte. C'est lui qui m'a présentée à Eddy.

— Et Tony Driscoll ?

— J'ai lu son nom dans les journaux, mais je ne l'ai jamais rencontré. (Elle continua ses recherches sur les étagères, puis montra une rangée.) Tenez, il est là.

Sara, plus grande que Gail, attrapa l'album perché en hauteur, le lui tendit, et celle-ci se mit à le feuilleter.

— Si ça se trouve, je me suis trompée. Après son départ, j'ai mis un point d'honneur à jeter tout ce qui le concernait. Ah, ça y est ! Je ne sais vraiment pas pourquoi j'ai conservé celle-là, mais la voilà. (Elle souleva le film plastique qui recouvrait trois clichés en noir et blanc.) C'est une pièce dans laquelle il a joué, petit. Je vous laisse regarder. Il est au bout.

Rodgers examina la photo.

— Ils ont monté *Un chant de Noël,* de Dickens. C'est lui, à côté du gamin à béquilles.

Chez le grand garçon maigrelet qui se tenait timidement à une extrémité, Rodgers ne décela aucune ressemblance avec l'homme qu'il traquait. Il retourna la photo, lut les noms des acteurs gribouillés au dos, puis la passa à Sara. Dans la liste des acteurs, un certain H. Smedley tenait le rôle de Tiny Tim, et pour se désigner Jersey avait simplement écrit « moi ». Sara rendit le cliché à Gail.

— Merci.

Sachant par intuition que Gail ne leur fournirait aucun autre renseignement utile, Rodgers se leva et la remercia de son accueil. Mais elle n'avait pas terminé de se lamenter.

— Il s'est tiré en douce, vous savez. Il n'a jamais eu les tripes de m'annoncer en face qu'il me quittait. Je me suis réveillée un matin, et j'ai découvert qu'il était parti avec ses affaires. Le pire, c'est qu'il s'apprêtait à s'en aller depuis une éternité. D'après mes avocats, il a dû passer au moins six mois à tout organiser, et moi je ne me doutais de rien, alors vous imaginez. Voilà quel genre d'homme c'est, un menteur sournois.

Rodgers marmonna de nouveau ses remerciements, puis ajouta :

— En tout cas, j'espère qu'on le coincera, ce coup-ci.

Ce à quoi Gail répliqua :

— À quoi bon maintenant, n'est-ce pas ? C'est presque un héros national, à en croire les journaux, et puis on a récupéré les joyaux. Ce n'est pas comme s'il avait tué quelqu'un.

En fermant la porte, ses yeux bleus mouillés de larmes, elle leur lança un long regard.

— Vous y croyez, à ça ? demanda Rodgers à Sara sur le chemin de la voiture.

Elle hésita.

— Non. À mon avis, il a tué Sylvia Hewitt. Et je pense qu'il a peut-être assassiné Alex Moreno aussi.

— Tiens, pourquoi ça ?

— Je sais bien que tout le monde considère Edward de Jersey comme une sorte de surhomme mais, à mes yeux, ce n'est qu'un vulgaire voleur. Il est possible qu'il le soit depuis très longtemps, et plus j'en découvre à son sujet, plus il me fait mauvaise impression. Je ne lui ferais confiance pour rien au monde, mais si je le rencontrais, il se pourrait tout aussi bien que je tombe amoureuse de lui. Voilà ce qui le rend si dangereux. Je suis persuadée que si Alex Moreno l'a vraiment floué, Jersey ne l'aura pas laissé s'en tirer à bon compte.

Il lui lança un regard en biais.

— Laissez-moi vous dire un truc, Sara. Je pense peut-être comme vous, mais si on lance une enquête aux États-Unis, ils voudront leur part du gâteau. Depuis le début, on sue sang et eau pour attraper ce salaud, et je veux être celui qui lui passera les bracelets. Après, je pars à la retraite, et personne d'autre ne recevra les lauriers à ma place pour toutes ces semaines de travail acharné. Je vais le coincer, cet enfoiré. Ça ne va plus tarder. Je le sens.

— Sauf s'il est aux États-Unis.

Il la regarda d'un air morne.

— S'il essaie de récupérer la propriété de

Moreno, on le saura. Je me suis arrangé pour que l'entrepreneur reste vigilant, là-bas. Cela dit, s'il a tué Moreno, il faut que vous compreniez que c'est à eux que reviendra l'enquête, pas à nous. Pour l'instant, tout ce qui m'intéresse, c'est que ce soit moi qui coince cet enfoiré. En toute honnêteté, je pense avoir parfaitement cerné le personnage. C'est un insensible. Il a largué sa première femme, et la deuxième a eu droit au même sort.

— C'est vrai qu'il a l'air d'avoir un cœur de pierre. Faire un coup pareil à ses filles, je n'en reviens pas, commenta Sara, dégoûtée.

Rodgers déverrouilla le véhicule.

— Il a peut-être un cœur de pierre, mais il a quand même un point faible. J'ai compris ça.

— Ses filles ?

Elle monta dans la voiture et claqua sa portière. Il s'installa à côté d'elle.

— Non. D'une manière ou d'une autre, il a réussi à s'affranchir de ce genre de sentiment. Il doit sûrement tenir à elles, mais c'est un calculateur. Il passe des mois à régler ses coups jusque dans les moindres détails. La préparation de ce braquage, c'était du grand art.

— Alors, qu'est-ce qui le rend vulnérable ?

— Son cheval, Royal Flush. Si mon flair ne me trompe pas, ce salaud ne pourra résister à l'envie d'assister à la course de sa vie.

Elle lui lança un long regard en biais.

— Je n'ai qu'un petit chapeau de paille, dit-elle.

Ne comprenant pas, il fronça les sourcils.

— Il va me falloir un chapeau pour la course.

Il éclata d'un étrange ricanement.

— Payez-vous-en un beau et faites-le passer en

note de frais. S'il vient au Derby, il sera sûrement dans les loges privées. En ce qui me concerne, j'ai l'intention de m'équiper en haut-de-forme et en habit.

Elle s'esclaffa, et il se tourna vers elle, l'air réprobateur.

— Je ne plaisante pas. S'il vient, cet enfoiré ne rampera pas comme un rat entre les jambes des parieurs, il se mêlera au beau monde — et, connaissant la frivolité des aristos, ça ne m'étonnerait pas qu'ils l'accueillent à bras ouverts, tout comme ils ont protégé lord Lucan. À leurs yeux, ce sera prétexte à une bonne rigolade.

Elle hocha la tête.

— J'espère que si on rigole, ce ne sera pas de...

Elle allait dire « vous », mais se rattrapa et dit « nous ».

— Sûrement pas, vous verrez. Il va se pointer, et il n'y aura rien de drôle. Il va prendre trente ans, comme les auteurs de la Grande attaque du train, et moi je serai aux premières loges pour le regarder se faire choper. Après ça, personne n'aura envie de se marrer.

— Alors là, j'en sais rien. (Elle esquissa un petit sourire.) Je n'étais pas née, à l'époque, patron.

— Moi si, dit-il doucement. Je me souviens de tout. C'était vers la même époque que le Vol des lingots d'or.

Il avait failli révéler qu'on n'avait jamais arrêté l'homme surnommé le Colonel, mais il s'interrompit, sachant qu'il ne pouvait toujours pas confirmer ses soupçons. Mais quelle prime de retraite il toucherait s'il réussissait !

Ses supérieurs furent difficiles à persuader de mettre sur pied une opération d'envergure le jour du Derby, mais Rodgers était si convaincu de sa théorie que son enthousiasme l'emporta. Désormais, il sentait le bout du tunnel approcher, et il avait hâte que tout soit terminé. Même si Jersey semblait un parfait gentleman, Rodgers était sûr que sous le masque d'affabilité se cachait un individu bien plus froid, dur et dangereux. Mais, à son avis, Jersey ne saurait résister à l'envie d'assister au plus grand défi de Royal Flush. S'il avait su pour le foal caché, sa confiance en aurait été ébranlée.

Deux semaines avant la course, Rodgers demanda à Christina d'être présente au Derby. Elle tenta de refuser, mais il se montra insistant. Personne ne serait plus qualifiée qu'elle pour les aider à identifier Jersey. Préférant qu'ils ne se penchent pas de trop près sur sa situation financière, elle accepta, mais ne prévint pas ses filles. Feuilletant la liasse d'invitations qu'on lui avait adressées, elle fut émue du nombre de personnes lui demandant de se joindre à eux. Jusqu'à ce que la police la contacte, elle prévoyait de décliner toutes les propositions. À présent, elle en accepta une, adressant ses remerciements à ses hôtes pour leur gentillesse et déclarant qu'elle avait hâte de les revoir.

La police mit son opération sur pied. L'hippodrome serait surveillé par des agents en civil, disséminés un peu partout, des premiers gradins aux bars à champagne en passant par les salles de paris. On les trouverait même dans les tribunes royales, les restaurants et les loges privées. Ils se posteraient, dixit Rodgers, partout où Jersey pouvait se montrer. Sur le poteau de ligne d'arrivée, ils avaient installé plusieurs caméras indépendantes qui filmeraient la tribune du vainqueur, les parties réservées aux propriétaires et aux entraîneurs, les bars et le petit héliport. Pour un seul homme, il s'agissait d'une bien grosse opération.

29

Ce fut à la suite d'une des promenades matinales de Jersey que l'inattendu se produisit. Au temps splendide du début du mois de juin avait succédé une chaleur lourde et moite, et la pluie constante rendait la maison froide et humide. Le bruit de la mer s'écrasant sur les rochers en contrebas, qui d'ordinaire l'emplissait d'un sentiment de liberté, finissait par l'agacer. En consultant le calendrier, il s'aperçut que le Derby se déroulerait dans quelques jours seulement. Pour la première fois depuis le début de sa cavale, sa famille et son ancienne vie lui manquèrent terriblement, et une profonde dépression le gagna. Durant des mois, ses déplacements et la pression constante lui avaient occupé l'esprit, mais à présent dépourvu d'activités, il se sentait apathique et désœuvré.

Sous le poids de la déprime, ses épaules s'affaissèrent. Il trouvait difficile de relever la tête. Des larmes jusqu'alors inexistantes se mirent à ruisseler le long de ses joues, mais il ne les essuya pas. Il entendait encore Christina lui annoncer qu'elle avait trouvé le Koh-i-noor dans sa botte. À cet instant, il avait su qu'il devrait la quitter. Sachant que l'étau de l'enquête se resserrait, il avait alors déjà préparé son départ, sans toutefois prévoir la peine que susciterait en lui de perdre sa femme et ses filles. Lentement, il se leva et alla contempler l'océan par la fenêtre. Telle une couverture grise, la brume recouvrait le paysage.

Il ignorait d'où il tenait sa personnalité, et ne connaissait pas les raisons de ses actes. Sa seule grande motivation avait toujours été le goût de la victoire. L'émotion ressentie à la vue de ses chevaux qui passaient le poteau d'arrivée en tête était unique. Il se mit à faire les cent pas dans la pièce. S'en étant tiré sans encombre, il restait victorieux — libre, il avait gagné, et gagnerait encore. Mais ce sentiment n'avait rien à voir avec l'argent, la somme cachée sous le plancher ou celle qu'il toucherait à la revente de la maison de Moreno.

Alors qu'il déambulait, le voile d'obscurité se leva, et Jersey se mit à rire. Rien n'étant plus fort que sa passion pour sa famille et Royal Flush, il ne reculerait devant rien pour les apercevoir, ne serait-ce qu'une dernière fois. L'adrénaline se répandit en lui comme une décharge électrique. Disparue l'entrave morale qui semblait lui comprimer le cerveau, envolée la dépression — une sensation brûlante l'envahit. Il éclata d'un rire étrange et guttural, parce qu'il sentait vraiment qu'il aurait le dernier mot. Conscient que la police lui réserverait un comité d'accueil au Derby, il savait que, s'il s'y montrait, on l'arrêterait en un rien de temps, mais l'idée de l'ébullition que son apparition provoquerait l'amusait. Bandit Queen, quant à elle, ne serait pas son dernier mot, mais un futur atout — surtout si Royal Flush remportait le Derby. Le poulain ou la pouliche qu'elle portait serait imbattable.

Jersey était impatient d'assister au Derby, d'entendre l'immense foule des spectateurs. Comme dans aucune autre course, celle-ci faisait partie intégrante de l'ambiance : gitans et parieurs, aides de bookmaker, locataires de loges, femmes aux chapeaux extravagants, hommes portant haut-de-forme et habit, l'odeur des frites, des coques et des moules, le bruit sec des bouchons de champagne qui sautent. Enfant, son père l'y emmenait — toute la bande de copains de l'East End arrivait sur Gypsy Hill munis de bières et de paniers à pique-nique. À l'époque, il n'avait jamais pensé se trouver un jour de l'autre côté de la barrière, salué par la Reine d'un discret « Monsieur de Jersey ». Il entendait encore son père pleurer de joie, casquette à la main, au moment où le cheval sur lequel il avait misé ses économies passait la ligne d'arrivée. Ensuite, il avait juré de ne plus jamais jouer aux courses et que, grâce à ses gains, il ouvrirait son premier bureau de paris. Il avait tenu parole. Mais la course que Ronnie Jersey ne voulait manquer pour rien au monde, c'était le Derby. Aujourd'hui, être le propriétaire du grand favori, l'avoir entraîné et savoir en son for intérieur que rien n'empêcherait ce cheval de remporter la victoire, troubla Jersey bien plus qu'il ne l'aurait cru possible.

— Comment va ma reine ? demanda la voix familière à la jeune employée de l'écurie.

— Monsieur Shaughnessy ?

— Lui-même, j'appelle simplement pour prendre des nouvelles de ma jument, dit-il.

Elle le sentait presque sourire à l'autre bout de la ligne.

— Eh bien, elle est incroyable, monsieur. Elle mange comme une ogresse, et elle commence à prendre du volume. Le vétérinaire est venu l'examiner, et elle devrait bientôt pouvoir sortir de quarantaine. Il pense que son petit sera un sacré morceau, mais il ne s'inquiète pas. C'est une jument robuste et, d'après lui, il n'y aura pas de complications, même s'il lui reste encore quatre mois de gestation.

— Mais elle n'est pas trop grosse, quand même, s'enquit-il, inquiet.

— Il dit qu'il n'y a pas de soucis à se faire, et nous lui avons fait passer une échographie, comme vous nous l'avez demandé.

— Je vous rendrai visite dans l'après-midi, annonça-t-il d'un ton brusque.

N'ayant jamais vu Michael Shaughnessy, le personnel des écuries de quarantaine fut quelque peu surpris par ce grand homme émacié vêtu d'un vieux pardessus, qui arriva au volant d'une Jeep tout aussi décrépite et couverte de boue. Chaussé de gros godillots, il donnait l'impression de ne pas avoir pris un bon repas depuis longtemps, mais ses manières détonnaient avec son apparence. D'un ton autoritaire, il demanda à ce qu'on le laisse seul avec sa jument.

La nouvelle de sa présence se répandit, et on le regarda entrer dans le bureau du directeur. Après une conversation interminable, Shaughnessy sortit, retourna à sa Jeep et s'en alla. Le directeur sortit à son tour en secouant la tête.

— Il veut qu'on renvoie la jument et son petit en Angleterre quand elle aura mis bas.

— Où est-ce qu'il vit ? Il est de la région ?

— Apparemment, il loue une maison sur Gardiner's Bay, dans les Springs, mais il rentre à Londres. (Il consulta sa montre.) Il s'y prend au dernier moment, mais il devrait arriver juste à temps. S'il repart, c'est pour assister au Derby.

Le Derby attirait toujours une foule immense. L'activité des services de protection rapprochée de la famille royale était optimale. À l'arrivée des Daimler et des Rolls-Royce, on emmènerait leurs passagers dans la tribune royale. Agents de sécurité et policiers devaient cerner leurs loges. Tous les parkings entourant Epsom feraient l'objet d'une surveillance étroite, et l'on avait engagé du personnel supplémentaire pour vérifier tous les laissez-passer. On devrait contrôler tous les groupes venus en car ou autre moyen de transport, toutes les issues, même s'il serait difficile de surveiller les milliers de personnes qui entreraient dans l'hippodrome.

Un des chevaux de la Reine partait comme deuxième favori. Le favori, à quelques jours de la course, restait Royal Flush. On mentionna à peine le fait que l'animal appartenait à présent au cheik. On le désignait toujours comme le « Cheval du Voleur des Joyaux ».

Si Royal Flush ne gagnait pas, les *bookies* empocheraient le gros lot. Les parieurs misaient sur lui sans retenue, et les enquêteurs avaient demandé aux bookmakers de les prévenir s'ils pressentaient qu'un pari pouvait être celui de Jersey. Ce à quoi on leur répondit qu'un tel acte allait à l'encontre des clauses de confidentialité qui liaient les preneurs de paris à leurs clients, auxquelles adhéraient tous les porteurs d'une carte Ladbrokes et tous les bookmakers. Cependant, la police obtint des États-Unis la confirmation qu'on les préviendrait si quelqu'un misait une somme substantielle sur Royal Flush.

Arrivée de Suède, Christina s'installa au Dorchester, et prit le temps de s'acheter une tenue neuve. Ayant voyagé seule, deux agents vinrent l'attendre à l'aéroport au cas où des journalistes chercheraient à la harceler, mais aucun ne se montra. Elle s'installa dans sa suite. Seule à Londres, elle éprouva un chagrin terrible. Si elle le voyait, elle ignorait totalement comment elle réagirait et quels sentiments surgiraient en elle. De plus, s'il se présentait bien au Derby, on attendait d'elle qu'elle le dénonce. À présent, elle se demandait si elle en serait capable.

Les policiers étaient fin prêts. La préparation de l'opération avait exigé des semaines de travail, et rien ne garantissait que Jersey se montrerait, mais c'était un pari sur lequel Rodgers jouait sa carrière. On suivait de très près l'évolution de cette enquête et de cette énorme opération de surveillance, ainsi que les actes de Rodgers, qui avait préparé son habit et son haut-de-forme de soie grise. Au moins, qu'il se plante ou qu'il connaisse la gloire, il le ferait en toute élégance.

Le samedi 8 juin arriva enfin — le Derby serait la quatrième course de la journée. La première s'étant terminée vingt minutes plus tôt, les chevaux participant à la deuxième se dirigeaient au pas vers la ligne de départ. Personne n'avait encore vu Jersey mais, cette année, l'affluence atteignait des sommets, accrue par les pronostics de la presse qui donnaient Royal Flush gagnant, et le fait que tout le monde croyait dur comme fer que l'homme le plus recherché de Grande-Bretagne s'y montrerait. Certains espéraient assister à une arrestation spectaculaire. D'autres souhaitaient qu'il apparaisse mais réussisse à s'échapper.

Jersey alla voir un fêtard assez ivre, à qui il offrit deux cents livres pour échanger son costume avec lui. Le voyant hésiter, il monta à trois cents. Dans le vestiaire, alors qu'ils échangeaient leurs vêtements, le jeune homme rougeaud lui demanda pourquoi il n'avait pas encore de tenue.

— Parce que je suis Edward de Jersey, répondit-il.

Il sortit de la salle et se fondit dans la foule.

Le jeune homme devint fébrile. Dans sa hâte de trouver quelqu'un à qui tout raconter, il oublia de remonter sa braguette, et sauta sur un agent en uniforme qui essaya de le repousser.

— Le mec du braquage, celui qu'ils recherchent, là, il est ici !

— Quoi ?

— Et la récompense ? Je vais la toucher ? Je viens de le voir !

— Ouais, ouais, c'est ça, comme deux cents autres, mon pote, répondit le flic.

— Mais c'est pas des salades. Il porte mon costume, bordel.

La rumeur se propagea, et la police s'activa à

fouiller le vestiaire et ses environs, mais Jersey avait déjà gagné la sellerie. Il s'approcha de son ancien entraîneur.

— Bonjour, Donald, c'est moi.

Fleming fit volte-face et manqua laisser tomber la selle.

— Vous êtes fou ! Il y a des flics partout.

— Je le sais, mais je tenais à vous remettre ceci. C'est le certificat de propriété d'une certaine jument. Pour l'instant, elle est aux États-Unis, en quarantaine, et le petit se porte bien. Il est à vous et à Mickey. Grâce à lui, vous allez devenir riches.

Fleming en resta coi. Soudain, il fut au bord des larmes.

— Je l'annoncerai à Mickey. Sa femme est enceinte, et...

Sans un mot de plus, Jersey s'éloigna, et Fleming le regarda s'en aller. Il n'avait même pas eu le temps de lui serrer la main.

Sur un de leurs écrans, ils virent Jersey quitter la sellerie mais, à leur arrivée sur place, il avait disparu. L'hippodrome grouillant de monde, rien n'était plus facile. Son apparition suivante eut lieu devant un stand où l'on vendait coques et moules. Il paya sa portion avec un billet de cinquante livres, et dit au vendeur de garder la monnaie. Rodgers, accompagné de Sara Redmond, devenait plus survolté à chaque fois que leur suspect apparaissait à l'écran.

On faisait à présent défiler les concurrents, pendant que les jockeys sortaient rejoindre entraîneurs et propriétaires. Une clameur s'éleva des tribunes à l'arrivée du jockey de Royal Flush. Il s'agissait de Mickey Rowland. Peu importe son sentiment concernant les actes criminels de son ancien patron, Jersey lui avait assuré sa participation au Derby par une clause dans le contrat signé avec le cheik, et Mickey voulait lui témoigner sa gratitude. Une fois monté sur Royal Flush, il brandit les couleurs de Jersey, portant la casaque de soie bien au-dessus de sa tête. Il l'agita fougueusement jusqu'à ce que le garde du corps du cheik le lui arrache des mains, mais l'image, relayée par les caméras, avait été vue par tout le public et les téléspectateurs du pays.

La police poursuivit ses recherches, mais autant vouloir trouver une aiguille dans une botte de foin. Pendant que les cavaliers se rassemblaient pour le départ, des témoins prétendaient avoir aperçu Jersey à tous les coins de l'hippodrome.

Christina, dans une loge appartenant à une grande famille de propriétaires, regardait la retransmission de l'événement. À l'évidence, Jersey était là, mais où exactement ? Très angoissée, elle était installée devant l'écran de télévision lorsqu'un policier entra dans la loge et lui demanda si elle l'avait vu.

— Non, pas encore. Laissez-moi, je vous prie.

Il s'en alla, mais deux agents restèrent en faction devant la porte. Si Christina venait à sortir, ils la suivraient à la trace, mais elle resta assise, une coupe de champagne intacte à la main, les yeux rivés à l'écran. À la vue de Mickey Rowland arborant les couleurs de son mari, elle avait manqué laisser tomber son verre. Les propriétaires de la loge avaient abandonné l'espoir de la faire participer à leur fête. Dans une certaine mesure, sa présence rendait tout le monde nerveux et, à l'idée que son mari pourrait se montrer, leur excitation atteignait un degré d'intensité maximal. Finalement, Christina s'excusa et annonça qu'elle se rendait au vestiaire pour dames.

Lorsqu'elle y arriva, consciente qu'on la suivait, elle se retourna vers les agents et leur adressa un sourire charmant.

— Je n'en ai que pour un tout petit moment, mais je ne crois pas qu'il soit correct que vous entriez avec moi.

Une fois dans une des loges, elle s'appuya contre la porte. Sous l'effet de la tension insoutenable, elle tremblait. Ayant réussi à se raisonner, elle sortit se regarder dans le miroir. Son visage était d'une telle pâleur que ses yeux paraissaient d'une taille démesurée. Les mains tremblotantes, elle se remaquilla et réajusta son chapeau. Elle respira profondément et quitta la salle. Les deux agents l'encadrèrent.

— J'aimerais aller assister à la course depuis les tribunes des entraîneurs et des propriétaires.

— Très bien, madame, mais il va falloir qu'on vous accompagne.

— Je comprends.

Sur leur chemin, les badauds savaient qu'il se passait quelque chose. Même s'ils ne reconnaissaient pas la belle femme escortée de deux agents, ils s'écartaient à l'arrivée du trio. Un steward tenta de leur barrer l'accès, mais les agents lui montrèrent leur insigne. Par talkie-walkie, l'un d'eux prévint leur supérieur que Mme de Jersey avait demandé à se rendre dans la tribune des propriétaires. Les policiers reçurent l'autorisation de l'y emmener, et l'ordre de ne pas la quitter d'une semelle.

Les chevaux attendaient le signal du starter, et même si le compte des apparitions de Jersey se montait à vingt-cinq, il continuait à se déplacer en toute liberté. Ce qu'ignoraient les enquêteurs, c'est qu'il n'était ni dans les loges ni sur les tribunes privées, mais sur le chemin de Gypsy Hill, où s'entassaient cars, fête foraine et familles d'origine populaire. Personne ici ne portant ni haut-de-forme ni habit, il ressortait comme le nez au milieu de la figure et, tandis qu'on lui ouvrait le passage vers les barrières, de nombreuses personnes se mirent à le héler. Parfaitement à l'aise parmi ces familles de l'East End, son quartier d'origine, il se retrouva entouré d'un cercle presque protecteur.

À la force des coudes, un homme se frayait un chemin vers la grande silhouette. Empressé d'approcher Jersey, de le toucher et de se présenter à lui, il s'était mis en nage.

— Eddy, Eddy ! criait-il, dressé sur la pointe des pieds. Eddy, eh, *Eddy* !

La voix cassée à force de hurler, apercevant tout juste sa proie au loin dans la foule, il continuait à l'appeler :

— Eddy, c'est moi ! Laissez-moi passer, je le connais !

Jersey, encerclé par les spectateurs, dont certains lui demandaient son autographe, fit volte-face et vit la figure lunaire de Harry Smedley.

— Faites place à mon ami.

Quand Harry Smedley arriva à sa hauteur, il leva le bras.

— C'est moi, Harry Smedley, ahana-t-il. On était à l'école ensemble. Tu te souviens de moi ?

Le sourire aux lèvres, Jersey baissa les yeux. Décidément, qui pouvait bien être ce type ?

— Bien sûr, Harry. Allez, viens, la course va commencer.

Harry Smedley, assistant au Derby à côté de l'homme le plus recherché de Grande-Bretagne, connut le plus beau jour de sa vie. Sa femme, ses fils et toute sa petite famille n'en reviendraient pas. Ce moment, il ne l'oublierait jamais.

— J'ai misé deux cents livres gagnant sur Royal Flush, hurla-t-il, bousculé de toutes parts.

Lorsque Jersey ouvrit son portefeuille et se mit à jeter des billets de cinquante livres autour de lui, l'agitation de la foule monta encore d'un cran.

— C'est Royal Flush qui va gagner ! lança-t-il, cependant que tous ramassaient les billets à tâtons en poussant des cris d'enthousiasme.

De l'autre côté de la piste, les puissantes caméras de la police le repérèrent enfin, mais la course devant bientôt commencer, traverser l'hippodrome en voiture pour aller le coincer était impossible. Tous les agents postés sur Gypsy Hill et ses environs immédiats reçurent l'ordre d'aller l'arrêter. Journalistes et commentateurs sportifs prenaient leur pied :

— À l'effervescence due à cette course de légende vient s'ajouter la nouvelle que l'homme le plus recherché de Grande-Bretagne se trouve ici même, parmi les milliers de spectateurs. Son cheval, Royal Flush, est en ce moment sur la ligne de départ, et il semblerait qu'aucune intervention ne soit possible avant la fin de la course. Les concurrents sont sous les ordres, et *c'est parti* !

Bousculé par le cheval placé sur sa droite, Royal Flush prit un mauvais départ. Il lui fallut un certain temps avant de retrouver sa cadence. Au virage, il se trouvait en sixième position, mais tenait ferme. Jersey, entouré d'hommes et de femmes lui évoquant les amis de son père, et tellement absorbés par la course qu'ils en avaient oublié son crime, restait impassible. Harry Smedley criait si fort que sa voix déjà éraillée se transforma en coassement. La plupart d'entre eux ayant misé sur Royal Flush, les cris l'exhortant à accélérer étaient assourdissants. Après le virage, les concurrents arrivèrent à hauteur de la butte, et s'il ne réagissait pas, Royal Flush risquait de se faire largement distancer.

Harry Smedley était au bord des larmes. Il leva la tête vers Jersey, qui restait immobile, comme pétrifié. Les poings sur les hanches, lui aussi voulait voir son champion regagner du terrain.

— Allez, fais-le remonter, Mickey ! Allez, mon champion, allez, fiston ! disait-il dans sa barbe.

Puis, tout à coup, le grand étalon fila vers l'avant, aiguillonné par les talonnades du jockey, et vint se placer en troisième position. Lorsqu'il dépassa le deuxième, la foule hurla son approbation.

Jersey ne bougeait toujours pas. Il fallut attendre que Royal Flush passe en tête pour qu'il se mette à crier avec les autres. Royal Flush resta un instant au coude à coude avec son adversaire, puis le dépassa et termina la course seul devant, gagnant avec une telle facilité qu'une clameur assourdissante s'éleva du tertre. Voilà qui valait la peine d'être venu. Le voir franchir la ligne d'arrivée fut une telle extase que rien, même les déboires qui attendaient Jersey, ne pourrait le lui faire regretter.

Cette fois, accoudé aux barrières, Harry Smedley pleurait pour de bon.

— Il a réussi, il a gagné ! dit-il.

Lorsqu'il se tourna vers Jersey, celui-ci semblait s'être évaporé.

Jersey n'aurait pu se frayer un chemin dans la multitude derrière eux. Au moins une vingtaine de rangées de spectateurs lui bloquaient la route, et quelqu'un d'aussi grand que lui aurait été immédiatement repéré. Affolé, Harry se retourna, puis il se glaça.

— C'est pas vrai, il escalade le grillage !

— Et le champion du Derby 2002 est... Royal Flush !

Alors que le cheik entrait dans la tribune du vainqueur pour qu'on lui remette le prix le plus convoité du monde hippique, on vit une silhouette franchir la clôture de Gypsy Hill et marcher en brandissant son chapeau très haut. Il déambula d'un air fanfaron le long de la piste et fut presque autant acclamé que le cheik.

— On le tient, s'exclama Rodgers, en nage, avant de donner par radio l'ordre de l'arrêter.

— Pas tout à fait, rétorqua Sara, qui s'accrochait à son chapeau à fleurs. C'est plutôt lui qui s'est rendu.

Bizarrement, elle semblait au bord des larmes. Elle se tourna vers Christina de Jersey qui, toujours encadrée par deux agents, se tenait près de la rambarde, à hauteur du poteau d'arrivée.

Certain que Jersey la chercherait, Rodgers avait fait en sorte qu'on la voie bien. À présent, il observait ses réactions à mesure qu'approchait la silhouette de Jersey. Il alla lui poser une question tout à fait inutile.

— S'agit-il d'Edward de Jersey ?

Elle se tourna face à lui, mais il ne put soutenir son regard empli de chagrin.

— Oui, c'est mon mari.

Tous portèrent de nouveau leur attention sur la piste, où un grand nombre de policiers arrivaient de tous côtés vers Jersey qui, sous les acclamations, continuait avec audace à saluer les spectateurs.

Encerclé par des policiers en civil et en uniforme, il fut arrêté sur place. Après l'avoir sommé de se rendre sans opposition, on lui passa les menottes, puis on le fit monter dans un fourgon à destination de Scotland Yard, où on l'interrogerait.

— Vous souhaitez lui parler ? demanda Rodgers à Christina, qui secoua la tête.

— Non, je veux rentrer chez moi.

On l'emmena, et Rodgers ordonna à son escorte de la protéger des photographes. Son comportement exemplaire suscitait en lui respect et compassion.

Sa Majesté, qui avait elle aussi assisté à l'arrestation, ne laissait rien paraître de ses sentiments, mais paraissait peinée que son propre cheval n'ait terminé que cinquième.

La demande de mise en liberté sous caution ayant été refusée, Edward de Jersey passa plusieurs mois en prison à attendre son procès. On le jugea finalement pour sa participation au vol des joyaux. Il ne dénonça jamais aucun de ses complices et, refusant de livrer la moindre preuve, ne parla jamais de son propre chef. Par manque de pièces à conviction, il ne fut pas inculpé pour le meurtre de Sylvia Hewitt. Il fut condamné à une peine de vingt-cinq ans d'emprisonnement.

ÉPILOGUE

ANTHONY DRISCOLL est toujours en liberté. Il vit avec une Espagnole dénommée Rosa. Elle travaille dans un restaurant du quartier, et lui est employé en tant que veilleur de nuit dans une poterie des environs.

JAMES WILCOX est lui aussi toujours en liberté. Il est aujourd'hui marié à Daniella, qui lui a donné une petite fille. Il continue à retaper les appartements de vacances de ses beaux-frères.

CHRISTINA DE JERSEY a divorcé de son mari après la condamnation de ce dernier. Il a refusé les visites de sa femme et de ses filles, préférant les encourager à commencer une nouvelle vie. Christina avait découvert qu'il avait déposé trois millions de dollars sur un compte à la banque North Fork d'East Hampton, destiné à ses filles lorsqu'elles fêteraient leurs 21 ans.

RAYMOND MARSH travaille à présent pour une entreprise de conseil en informatique en Nouvelle-Zélande.

HARRY SMEDLEY a reçu dix mille livres pour son témoignage exclusif paru dans *News of the World* où il raconte son enfance passée à côté d'Eddie Jersey. Son livre s'intitule *Mon ami Edward de Jersey*.

ROYAL FLUSH a connu une carrière éblouissante — il a remporté les courses d'Ascot et de Goodwood. Puis on l'a emmené à Dubaï où il a gagné le Grand championnat. De retour en Angleterre, il s'est mis à souffrir de douleurs abdominales, de sudation et de spasmes musculaires, et l'on a diagnostiqué un cas aigu de maladie de l'herbe. Il est mort en n'ayant jamais couvert officiellement. Le foal de Bandit Queen est son unique progéniture.

BANDIT QUEEN a mis bas sans complication aux États-Unis. Son foal, robuste et magnifique, a été ensuite emmené par bateau en Angleterre pour être entraîné par ses nouveaux propriétaires, Donald Fleming et Mickey Rowland. On l'a laissé paître jusqu'à ses 2 ans, âge auquel il a pu commencer les exercices. Des photographies de lui tapissent les murs de la cellule de celui qui l'avait fait naître en toute illégalité, celui qui, contrairement à la plupart, avait vu son rêve se réaliser. Cette victoire, au bout du compte, représentait la réalisation de son vœu le plus cher.

LE COMMISSAIRE RODGERS s'est retiré de la Metropolitan Police après le procès de Jersey. Ayant passé des heures à l'interroger, il s'est réjoui de le voir condamné, bien qu'insatisfait de savoir que deux membres de la bande vivaient quelque part en liberté. Alors qu'on allait emmener à sa cellule un Jersey menotté, Rodgers a demandé à passer quelques minutes seul avec lui. Il savait que même au cas où Jersey avouerait, il ne pourrait pas utiliser ses déclarations, mais il lui a tout de même posé la question : Était-il le cerveau de la Grande attaque du train et du Vol des lingots d'or ? Jersey a planté son regard dans celui de Rodgers puis, au bout d'un long silence, il a levé les mains menottées, souriant :

— Il vous faudra attendre la parution de mon autobiographie.

Remerciements

Je souhaite remercier les nombreuses personnes qui m'ont aidée dans mes recherches et permis de rendre plausible une grande partie de l'action de *Royal Flush*. Je tiens tout particulièrement à saluer John Gosden, mon entraîneur personnel, Annette et Andy Dive, Emmanuel Coste, Peter Middleton, Clive Driver, Jessica Cobham, Ann Dougan, le docteur Ian Hill, Stephen Ross et Andrew Bennett-Smith, Matthew Tucker et Steve Nicholls.

J'aimerais également remercier ma fidèle équipe des La Plante Productions, et en particulier Lucy Hillard qui, à la tête du groupe de recherches, fut chargée d'organiser mes rendez-vous avec toutes les personnes devant m'éclairer de leur savoir. Merci également à Kate Fletcher, Kerry Appleyard et Jocelyn Cornforth.

Comme à l'accoutumée, un grand merci à Gill Coleridge, mon formidable agent, ainsi qu'à toute l'équipe de Rogers, Coleridge and White. Merci également à Philippa McEwan, Imogen Taylor, et à tout le monde chez Pan Macmillan pour leur soutien sans faille. Enfin, merci à Hazel Orme, ma dévouée directrice littéraire depuis tant d'années.

Du même auteur aux Éditions du Masque :

SUSPECT NUMÉRO UN.
Prix du roman d'aventures 1995

COUP DE FROID

SANG FROID

CŒUR DE PIERRE

CONTE CRUEL

BELLA MAFIA

Composition réalisée par JOUVE

Imprimé en France sur Presse Offset par

BRODARD & TAUPIN

GROUPE CPI

La Flèche (Sarthe).
N° d'imprimeur : 29587 – Dépôt légal Éditeur : 56597-05/2005
Édition 01
LIBRAIRIE GÉNÉRALE FRANÇAISE – 31, rue de Fleurus – 75278 Paris cedex 06.

ISBN : 2 - 253 - 09071 - 9 30/1757/1